本书由内蒙古大学一流学科建设经费资助出版

骏马追风舞

——唐诗与北方游牧文化

高建新◎著

人民出版社

目　录

绪　论

中国是一个由多民族组成的国家。在广袤的北方草原上，汉唐以来一直活跃着多个游牧民族政权，无论南下还是西迁，都会给中原乃至世界带来震荡，由此影响中国和世界历史的进程，充分说明"复杂社会的进化是由不同群体间的竞争来推动的"①。

美国拉特格斯大学历史系教授彼得·查拉尼斯认为：游牧民族"生息在欧亚大草原上，在历史上是一股巨大的力量。他们的历史重要性主要不是在于他们所建立的帝国，草原上大量的事例已经证明这些帝国都是昙花一现。他们的历史重要性在于他们向东、向西运动时，对中国、波斯、印度和欧洲所产生的压力，这种压力不断地影响着这些地区历史的发展"②。刘迎胜教授也认为："大约是因为地理环境和其他因素的影响，中国南方民族一般只形成分散的、实力有限的地域性集团，很少对中国历史的全局发生影响。而北方草原民族则不同，他们常常形成实力强大的集团，对中原地区以及中国历史的全局发生过巨大的影响。"③唐前有猃狁、匈奴、鲜卑、柔然、敕勒等，与唐同时存在的有北方的突厥、回鹘、吐谷浑、党项以及东北兴起的靺鞨、青藏高原的吐蕃等，他们以自己的聪明智慧，创造了以游牧为主的特色鲜明的地域性文化，④成为灿烂的中华文化不可或缺的重要组成部分，深刻影响了中原的农耕

① 《数学家用方程式解释文明兴衰》，《参考消息》2013 年 9 月 28 日。
② ［法］勒内·格鲁塞：《草原帝国·前言》，蓝琪译，商务印书馆 1998 年版，第 1 页。
③ 刘迎胜：《丝绸之路·序言》，江苏人民出版社 2014 年版，第 10 页。
④ 内蒙古博物院于 2012 年 7 月—10 月在新疆博物馆举办"中国古代北方草原游牧文明展"，其前言这样写道："中国古代北方草原游牧民族以其彪悍、野性、多变的个性特征，成为中华文化五千年灿烂文明史的一个重要组成部分。东胡、匈奴、鲜卑、突厥、契丹等民族先后在此上演了一幕幕波澜壮阔的历史。他们一度也成为中原王朝盛衰的试金石。"

文化，影响了当时和后来的文学实践。

研究中国边疆史的学者认为："中国作为一个有别于现代民族国家（nation-state）的传统多族群国家，其边疆史有着鲜明的'中国性'，这'中国性'一方面体现为中国的文化主体性，表现为总是不自觉地在潜意识中以中原文化观观照中国边疆史，但在另一方面，正如社会人类学家施坚雅（G.W.Skinner）所指出的，'中国'不应该被简单地理解为是一个均质化的、'铁板一块'的单一实体；它是经由政治、经济和文化方面发展并不均衡的一系列地方区域之间的互动与整合而成的一个系统。"①这个系统在发展过程中，不论自觉与否，都必然受到来自周边各民族从观念、制度到风俗习惯的影响并从中获益。更何况，中国文化本来就是开放的、多元的，它是在接受外界、与外界不断互动中发展壮大自己的，这从无数的事实中已经获得证明。内蒙古博物院举办的"边关岁月——东周至南北朝时期历史文化陈列"说明这样写道：

> 魏晋南北朝时期的内蒙古地区，游牧民族占据主要地位。这时的蒙古高原，各游牧民族不断南迁，受到中原文化的强大影响，经历了快速汉化的过程。同样，草原文化也给中原文明注入了新鲜的血液。在这个民族大融合的过程中，民族之间的碰撞融合，催生了空前强大的隋唐盛世。②

可以说，没有北方游牧文明，就没有盛唐。即使是怀着强烈的中原文明优越感的学者，也不得不承认这一点。这样的观点不仅适用于观照中国历史，同样适用于观照中国文学，特别是与周边各民族接触交往异常活跃的唐代文学。

以唐诗而论，盛唐诗是唐诗繁荣的顶峰，代表了中国古典诗歌发展的最高水平，有自己独特鲜明的美学特质，是中国古典诗歌的艺术与美学的典范，文学史家所称的"盛唐气象"让后人追慕不已。③盛唐诗雄浑壮美、大气磅礴、酣畅淋漓，充满阳刚之气，既与盛唐强大的国力、

---

① ［美］巴菲尔德：《危险的边疆——游牧帝国与中国》，《人类学视野下的中国边疆史——代中译本前言》，袁剑译，江苏人民出版社 2011 年版，第 1 页。
② 笔者于 2019 年 10 月 25 日前往内蒙古博物院参观。
③ 高建新：《五十年来"盛唐气象"研究述评》，《文学遗产》2010 年第 3 期。

广阔统一的疆土、开放的文化政策有密切关系，也与盛唐人尚"胡"且多有"胡气"、普遍主动接受来自以游牧为主的北方各民族文化的影响有密切关系。[①]梁启超先生说："放异彩"的诗歌"是经过一番民族化合以后，到唐朝才会发生。那时的音乐和美术都很受民族化合的影响，文学自然也逃不出这个公例"（《中国韵文里头所表现的情感》）[②]；闻一多先生认为南朝文学如宫体诗之类，"专以在昏淫的沉迷中作践文字为务"，"本是衰老的，贫血的南朝宫体生活的产物，只有北方那些新兴民族的热与力才能拯救它"，"得到它所需要的营养"（《宫体诗的自赎》）[③]；陈寅恪先生说："李唐一代为吾国与外族接触繁多，而甚有光荣之时期"[④]；程千帆先生认为，唐朝"三百年中，汉族与外族的矛盾和互相吸收，可钻研的地方似乎不少"，仅是文学，"如果写成一部专著，还是有很多话可说的"（《致余恕诚》）[⑤]；余恕诚先生也说："唐代的民族关系及其互动，是唐代诗歌创作的重要主题和发展变化的动力之一。"[⑥]在历代王朝中，唐朝与外族接触最为频繁、接受外来影响最为显著，是秦汉以后统一的多民族国家发展的重要时期。对此，近代以来的学者认识一致，均指明了以游牧为主的北方各民族文化所具有的异常活力及其对唐诗的题材、风格、审美取向等多方面的深刻影响。[⑦]

一、北方游牧文化及其特点

"游牧"一词，始见于东汉经学家郑玄（127—200）《周礼注》。《周礼·地官司徒》："囿人掌囿游之兽禁，牧百兽。"郑玄注："囿游，囿之离宫小苑观处也，养兽以宴乐视之。禁者，其蕃卫也。郑司农云：囿

① 高建新：《"胡气"与盛唐诗》，《苏州大学学报》2009年第3期。
② 梁启超：《饮冰室合集》（四），中华书局1989年版，第108页。
③ 闻一多：《唐诗杂论》，上海古籍出版社1997年版，第11页。
④ 陈寅恪：《唐代政治史述论稿》，上海古籍出版社1998年版，第11页。
⑤ 程千帆：《闲堂书简》，上海古籍出版社2004年版，第629—630页。
⑥ 余恕诚：《当代唐诗研究应加强民族与诗歌关系研究》，《民族文学研究》2009年第1期。
⑦ 高建新：《北方游牧文化的特点及其对唐诗的影响》，《文学地理学》（第3辑），中山大学出版社2014年版，第211—224页。

游之兽，游牧之兽也。"(《周礼注疏》卷十六）① 郑司农，即郑众（？—
114），东汉章帝（58—88）时官大司农，郑司农这里说的"游牧"是
指牧放。结合游牧的环境、特点，今天的解释则比较具体。《辞海》：
"游牧，居无定处，随带畜群逐水草转移。"②《汉语大词典》："游牧，居
无定处，从事畜牧。"③《现代汉语词典》："游牧，从事畜牧，不在一
个地方定居。"④ 其实"游牧"一词最基本的含义就是常年在游动中牧
放牲畜，故不能定居一处。《新唐书·西域传下》：吐火罗"北有颇黎
山，其阳穴中有神马，国人游牧牝于侧，生驹辄汗血"；"居你诃温多
城，宜马羊，俗柔宽，故大食常游牧于此"⑤。吐火罗，古代中亚国家和
地区名，7世纪中叶曾归附唐朝；⑥ 大食，大食国，唐代对阿拉伯帝国的
称呼。

　　有学者认为："'游牧'，从最基本的层面来说，是人类利用农业资
源匮乏之边缘环境的一种经济生产方式。利用食草动物之食性与它们卓
越的移动力，将广大地区人类无法直接消化、利用的植物资源，转换为
人们的肉类、乳类等食物以及其他生活所需。"简言之，"游牧是在特定
环境中，人们依赖动物来获得主要生活资源的一种经济手段"⑦。其实，
游牧既是一种生产方式，也是一种生活方式，与自然环境关系密切，其
核心就是如何协调与环境的关系，利用自然资源生存和发展。我们必须
承认，"环境的强有力的影响导致中非森林的土著居民过着狩猎和采集
的生活，导致了中亚草原的土著居民过着游牧的生活"⑧。不同环境中的
人类，其生产方式和生活方式是不一样的，当然价值观也不会一样。游
牧起源很早，可追溯到殷商时期，"殷的先世本是游牧部族，向无定居

① （清）阮元校刻：《十三经注疏》（上），中华书局1980年版，第749页。
② 《辞海》，上海辞书出版社1980年版，第797页。
③ 罗竹风主编：《汉语大词典》（中），汉语大词典出版社1997年版，第3370页。
④ 中国社会科学院语言研究所编：《现代汉语词典》（修订本），商务印书馆1996年版，第
　1525页。
⑤ （宋）欧阳修、宋祁：《新唐书》（二十），中华书局1975年版，第6252、6264页。
⑥ 周伟洲、丁景泰主编：《丝绸之路大辞典》，陕西人民出版社2006年版，第131页。
⑦ 王明珂：《游牧者的抉择——面对汉帝国的北亚游牧部族》，广西师范大学出版社2008年
　版，第3、7页。
⑧ ［法］阿·德芒戎：《人文地理学问题》，葛以德译，商务印书馆1993年版，第5页。

生活。成汤以前就迁徙过八次，成汤至盘庚，又迁都五次。那时牧畜业异常发达，从甲骨卜辞中可以看到祭祀时大量用牲的现象"[1]。

游牧文化是指一种以自然环境（草原）和生产方式（放养畜群）、生活方式（"逐水草迁徙"）为基本条件的地域性文化，是"从事游牧生产、逐水草而居的人们，包括游牧部落、游牧民族和游牧族群共同创造的文化。它的显著特征就在于游牧民族的观念、信仰、风俗、习惯以及他们的社会结构政治制度、价值体系等都是游牧生产方式和游牧生活方式的历史反映和写照。游牧文化是在游牧生产的基础上形成的，包括游牧生活方式以及与游牧生活相适应的文学、艺术、宗教、哲学、风俗、习惯等构成游牧文化的具体要素"[2]。北方游牧文化则是指历史上生活在中国北方广袤草原上的游牧民族所创造的文化。《史记·匈奴列传》对当时最强盛的北方游牧民族——匈奴的生活、生产方式及其风俗有精彩的记述：

> 居于北蛮，随畜牧而转移。其畜之所多则马、牛、羊，其奇畜则橐驼、驴、骡、駃騠、騊駼、騨騱。逐水草迁徙，毋城郭常处耕田之业，然亦各有分地。毋文书，以言语为约束。儿能骑羊，引弓射鸟鼠；少长则射狐兔：用为食。士力能毌弓，尽为甲骑。其俗，宽则随畜，因射猎禽兽为生业；急则人习战攻以侵伐，其天性也。

> 匈奴之俗，人食畜肉，饮其汁，衣其皮；畜食草饮水，随时转移。故其急则人习骑射，宽则人乐无事，其约束轻，易行也。君臣简易，一国之政犹一身也。[3]

以匈奴为代表的北方游牧民族，居住在北方宽阔的草原上，不建城市，社会结构松散；与畜牧一同转移，牧养着多种牲畜，"逐水草迁徙"[4]；善于骑射，崇尚英雄；以肉、乳为食，衣动物皮毛；生活宽松时

---

[1] 游国恩等：《中国文学史》（一），人民文学出版社 1963 年版，第 5 页。

[2] 吴团英：《草原文化与游牧文化》，《内蒙古社会科学》2006 年第 5 期。

[3] （汉）司马迁：《史记》（九），中华书局 1975 年版，第 2879、2900 页。

[4] 内蒙古锡林郭勒盟博物馆"草原风韵"展说："草原驻牧之地有冬、夏营盘之分。夏营盘择水草丰美之地，搭建帐包于平原，游移自由，冬营盘则寻山谷阳坡、沙丘灌木避风处，以避风雪。冬、夏营盘移驻视牧草生长状况，一般春季在五月，秋季在十月。同时，视牧草情况，施行放养或圈养。"笔者于 2013 年 9 月 24 日前往锡林郭勒盟博物馆参观。

多以牧放牲畜为生，生活窘迫时就会出击攻伐。能"弯（wān）弓"（弯弓射箭）、尽为"甲骑"（披甲的骑兵），说明可以随时出击攻伐。与中原汉族相比，北方游牧民族因规矩少、约束少、思想负担少、行政限制少，所以行动起来快速自如，效率高，往往能出奇制胜。

可以看出，虽然游牧文化与农耕文化都是建立在各自地理形态基础上的相对独立的地域性文化，但与固守土地、男耕女织、讲求人际关系的农耕文化不同，游牧文化的核心是人与自然的关系，畜群、草场、牧人构成了游牧的基本条件。"游牧社会可被看做依赖于家畜与空间移动或游牧的协调共存"[①]；"游牧民族需要有一个比农耕民族大得多的空间，既要有可供四季轮流放牧的草场，又要有足够的水源、猎场和柴山，以此构成一个相当广阔的天地。游牧圈的大小，很大程度取决于草原的载畜量，取决于牲畜的数量和水草的状况"[②]。清代学者赵翼说："游牧乃沙漠之地，不生五谷，故但逐水草耳。"（《莱夷作牧》）[③]游牧民族必须携带着自己的家庭和畜群，依循季节转换，在无边的荒漠中寻找有水有草的地方，获得暂时的安歇。因此，游牧生活的伟业要求一种非常严格的行为和体力标准，本能地要求高度的忠诚和血族集团的团结。[④]同时，游牧生活是漂泊的、孤独的，是异常艰辛的，能祖祖辈辈、一年四季坦然面对漂泊、孤独、忍受艰辛的民族，必定是强大的民族，否则就无法生存。游牧民族以畜牧为业，是环境的选择，善于骑射，是生存的必需，由此锻炼出了雄健强悍的体魄与豪侠尚武的精神。[⑤]

《史记·匈奴列传》在与北方游牧民族比较之后，指出了中原汉族风俗习惯存在的明显弊端：

> 室屋之极，生力必屈。夫力耕桑以求衣食，筑城郭以自备，故其民急则不习战攻，缓则罢于作业。嗟土室之人，顾无多辞，令喋

---

① 彭兆荣、李春霞：《游牧文化的人类学研究述评》，载齐木道尔吉、徐杰舜主编：《游牧文化与农耕文化》，黑龙江人民出版社2011年版，第3页。

② 史继忠：《论游牧文化圈》，《贵州民族研究》2001年第2期。

③ （清）赵翼：《陔余丛考》，河北人民出版社1990年版，第18页。

④ ［英］阿诺德·汤因比：《历史研究》（修订插图本），刘北城、郭小凌译，上海人民出版社2000年版，第115页。

⑤ 袁行霈：《中国文学史》（二），高等教育出版社1999年版，第98页。

喋而占占，冠固何当？①

有战争发生时不能打仗、和平时期则疲于各种劳作、喜欢大兴土木并为此耗尽了气力的中原汉人，再说什么都是没有用的。"土室之人"，犹言"住房子的先生们"，指汉族人。②司马贞《索隐》在解释"室屋之极，生力必屈"时说："以言栋宇室屋之作，人尽极以营其生，至于气力屈竭也。"③把宝贵的精力与有限的财富完全消耗在经营屋宇之上，而且代代相承，愈演愈烈，自然不会有其他想法了。

地域不同，风俗不同，南方与北方的差别是显而易见的。早在春秋时期孔子就说："南方之强与？北方之强与？抑而强与？宽柔以教，不报无道，南方之强也，君子居之。衽金革，死而不厌，北方之强也，而强者居之。"（《礼记·中庸第三十一》）孔颖达疏曰："南方谓荆阳之南，其地多阳。阳气舒散，人情宽缓和柔。假令人有无道加己，己亦不报，和柔为君子之道，故云君子居之。'衽金革，死而不厌，北方之强也，而强者居之'者，衽，卧席也；金革，谓军戎器械也。北方沙漠之地，其地多阴。阴气坚急，故人性刚猛，恒好斗争。故以甲铠为席，寝宿于中，至死不厌，非君子所处，而强梁者居之。"（《礼记正义》卷五十二）④南方崇尚的"强"与北方崇尚的"强"判然有别，前者崇尚的是隐忍宽柔，后者崇尚的是武力。后代学者在解释这段话时体现了一致的看法，朱熹说："南方风气柔弱，故以含忍之力胜人为强，君子之道也"；"北方风气刚劲，故以果敢之力胜人为强，强者之事也"（《中庸章句》）。⑤司马迁在《货殖列传》中讨论了人性、风俗与地理环境、生产方式的关系，目光遍及当时的汉帝国南北，但又具体细微，兹举数例：

> 齐带山海，膏壤千里，宜桑麻，人民多文采布帛鱼盐。临菑亦海岱之间一都会也。其俗宽缓阔达，而足智，好议论，地重，难动

① （汉）司马迁：《史记》（九），中华书局 1975 年版，第 2900 页。
② 韩兆琦撰：《史记笺证》（八），江西人民出版社 2004 年版，第 5496 页。
③ （汉）司马迁：《史记》（九），中华书局 1975 年版，第 2900 页。
④ （清）阮元校刻：《十三经注疏》（下），中华书局 1983 年版，第 1626 页。
⑤ （宋）朱熹撰：《四书章句集注》，中华书局 1983 年版，第 21 页。

摇，怯于众斗，勇于持刺，故多劫人者，大国之风也。其中具五民。而邹鲁滨洙泗，犹有周公遗风，俗好儒，备于礼，故其民龊龊。颇有桑麻之业，无林泽之饶。地小人众，俭啬，畏罪远邪。及其衰，好贾趋利，甚于周人。

颍川、南阳，夏人之居也。夏人政尚忠朴，犹有先王之遗风。颍川敦愿。秦末世，迁不轨之民于南阳。南阳西通武关、郧关，东南受汉、江、淮。宛亦一都会也。俗杂好事，业多贾。其任侠，交通颍川，故至今谓之"夏人"。

总之，楚越之地，地广人希，饭稻羹鱼，或火耕而水耨，果隋蠃蛤，不待贾而足，地埶饶食，无饥馑之患，以故呰窳偷生，无积聚而多贫。是故江淮以南，无冻饿之人，亦无千金之家。沂、泗水以北，宜五穀桑麻六畜，地小人众，数被水旱之害，民好畜藏，故秦、夏、梁、鲁好农而重民。三河、宛、陈亦然，加以商贾。齐、赵设智巧，仰机利。燕、代田畜而事蚕。①

无论是临菑的"宽缓阔达"、邹鲁的"龊龊"（不大方）、"俭啬"，还是颍川的"敦愿"（厚道）、宛地的"任侠"，都与其所处的地理环境、生产方式关系密切。地理环境对人性的影响如胎记一样，难以磨灭。郦道元说："抑其山秀水清，故出隽异；地险流急，故其性亦隘。"（《水经注》卷三十四）②遍游西域诸国的玄奘说："夫人有刚柔异性，言音不同，斯则系风土之气，亦习俗之致也。"（《大唐西域记·序论》）③人的"隽异"抑或"隘"、人性的刚柔、说话的声音不同，与其所在的风土、习俗有密切的关系。明代唐顺之在《东川子诗序》中所说"西北之音慷慨，东南之音柔婉，盖昔人所谓系水土之风气"（《荆川集》卷六），④直

---

① （汉）司马迁：《史记》（十），中华书局 1975 年版，第 3265、3269、3270 页。

② （北魏）郦道元：《水经注》，陈桥驿点校，上海古籍出版社 1990 年版，第 646 页。

③ （唐）玄奘、辩机著，季羡林等校注：《大唐西域记校注》（上），中华书局 2000 年版，第 45 页。

④ 《影印文渊阁四库全书》（第一二七六册），（台湾）商务印书馆 1983 年发行，第 320 页。

接继承了玄奘的观点。爱新觉罗·玄烨说"南方风土柔缓，物性亦复相似"(《南方物性》)[①]，也深刻论述了地域环境及风俗对人性格心理的深刻影响。鲁迅先生也多次谈到地域不同造成的北人、南人性格上的明显差异："据我所见，北人的优点是厚重，南人的优点是机灵。但厚重之弊也愚，机灵之弊也狡。"(《北人与南人》)[②]"由我看来，大约北人爽直，而失之粗，南人文雅，而失之伪。粗自然比伪好。但习惯成自然，南边人总以像自己家乡那样的曲曲折折为合乎道理。你还没有见过所谓大家子弟，那真是要讨厌死人的。"(《致萧军、萧红信》1935 年 3 月 13 日)基于此，鲁迅先生甚至说："我不爱江南。秀气是秀气的，但小气。听到苏州话，就令人肉麻。此种言语，将来必须下令禁止。"(《致萧军》1935 年 9 月 1 日)[③]鲁迅先生耿直快爽，爱憎分明，毫不含糊。

关于地理环境与风土习俗的关系，明代著名学者王士性以浙江为例，在《广志绎》中有一段经典的论述：

> 杭、嘉、湖平原水乡，是为泽国之民；金、衢、严、处丘陵险阻，是为山谷之民；宁、绍、台、温连山大海，是为海滨之民。三民各自为俗：泽国之民，舟楫为居，百货所聚，间阎易于富贵，俗尚奢侈，缙绅气势大而众庶小；山谷之民，石气所钟，猛烈鸷愎，轻犯刑法，喜习俭素，然豪民颇负气，聚党与而傲缙绅；海滨之民，餐风宿水，百死一生，以有海利为生不甚穷，以不通商贩不甚富，间阎与缙绅相安，官民得贵贱之中，俗尚居奢俭之半。[④]

虽处于同一大的地域，但因为所处具体地理环境不同、利用自然资源的程度不同，或为"泽国之民"，或为"山谷之民"，或为"海滨之民"，其所呈现的风俗、生活态度与价值追求也有差异："泽国之民"崇尚奢侈，"山谷之民"喜好俭素，"海滨之民"则在奢侈与俭素之间，他们与缙绅的关系也各不相同，充分说明人是环境的产物，地理环境造就

---

① （清）爱新觉罗·玄烨：《康熙几夏格物编》，李迪译注，上海古籍出版社 2007 年版，第 23 页。
② 《鲁迅全集》(第五卷)，人民文学出版社 2005 年版，第 456—457 页。
③ 《鲁迅全集》(第十三卷)，人民文学出版社 2005 年版，第 407—408、532 页。
④ （明）王士性：《地理书三种》，周振鹤编校，上海古籍出版社 1993 年版，第 264 页。

不同的族群及其性格。王士性的观点，显然受到了司马迁《货殖列传》的影响。

比王士性晚了二百余年的黑格尔在《历史哲学》中也谈到了地理环境对人类社会产生的巨大影响和制约。他把地理环境分成高地、平原流域、海岸区域三种类型：高地以草原游牧地区为典型代表，"在这些高地上的居民中，没有法律关系的存在，因此，在他们当中就显示出了好客和劫掠的两个极端"；平原流域"是被长江大河所灌溉的流域，形成这些流域的河流，又造成了它们土地的肥沃"，"这里的居民生活所依靠的农业，获得了四季有序的帮助，农业也就按着四季进行；土地所有权和各种法律关系便跟着发生了——换句话说，国家的根据和基础，从这些法律关系开始有了成立的可能"①；海岸和大海相连，是最具优越性的区域：

> 大海给了我们茫茫无定、浩浩无际和渺渺无限的观念；人类在大海的无限里感到他自己底无限的时候，他们就被激起了勇气，要去超越那有限的一切。大海邀请人类从事征服，从事掠夺，但是同时也鼓励人类追求利润，从事商业。平凡的土地、平凡的平原流域把人类束缚在土壤上，把他卷入无穷的依赖性里边，但是大海却挟着人类超越了那些思想和行动的有限的圈子。②

不同的地域造就不同的风俗与个性，不同的气候同样造就不同的风俗与个性。法国启蒙运动思想家孟德斯鸠说："炎热地区的人怯懦如同老人；寒冷地区的人骁勇如同少年"；"北方地区的人强壮而健康，但比较粗笨，他们能从一切令精神处于活动状态的事情中获得欢乐，诸如狩猎、跋涉、作战、饮酒等等。我们不难发现，北方气候下的人恶习少而美德多，非常真诚和坦率。一旦接近南方地区，你简直就以为远离了道德，强烈的情欲导致罪恶丛生，人人都竭尽全力攫取他人的好处，用以为情欲加薪添火"③。亨廷顿也认为，气候凉爽和旋风区是文明最高的

① ［德］黑格尔：《历史哲学》，王造时译，上海书店出版社 2006 年版，第 82、83 页。
② ［德］黑格尔：《历史哲学》，王造时译，上海书店出版社 2006 年版，第 82、83—84 页。
③ ［法］孟德斯鸠：《论法的精神》（上），李平沤译，商务印书馆 2012 年版，第 272、274 页。

地区，而气候少变的热带地区文化必然落后。[①]虽然我们不完全赞同孟德斯鸠、亨廷顿的观点，但应当承认，不同的地域和气候造就不同的风俗与个性，不同的风俗与个性当然会影响到文化的特性及文学的内容与风格，孔尚任说：

> 北人诗隽而永，其失在夸；南人诗婉而风，其失在靡。虽有善学者，不能尽山川风土之气。盖山川风土者，诗人性情之根柢也。得其云霞则灵，得其泉脉则秀，得其冈陵则厚，得其林莽烟火则健。凡人不为诗则已，若为之，必有一得焉。(《古铁斋诗序》)[②]

况周颐也说："南人得江山之秀，北人以冰霜为清。南或失之绮靡，近于雕文刻镂之技。北或失之荒率，无解深裘大马之讥。"(《蕙风词话》卷三)[③]山川风土既为诗人性情之根基，处在南北不同的地域环境下，诗歌从内容到风格也就会明显不同；南人得山川之秀，其创作风格是柔美的、旖旎多情的；北人既以"冰霜为清"，其创作自然就是健朗的、快爽的，不尚柔情缠绵。

法国艺术史家丹纳认为，处在巴尔干半岛南部的希腊是一片丘陵地，土地贫瘠却又三面临海，物产相对贫乏但又风景壮阔，"这样一个地方自然产生一批苗条，活泼，生活简单，饱吸新鲜空气的山民"。他们天生就是航海的民族，勇敢乐观，"便是今日，每个希腊人身上都有水手的素质"。"这个民族好比一群蜜蜂，生在温和的气候之下，但土壤贫瘠，只能利用一切可以通行的出路去采集，搜寻，造新的蜂房，靠着灵巧和身上的刺自卫，建筑轻盈的屋子，制成甘美的蜜，老是忙忙碌碌的探求，嗡嗡之声不绝；周围一些大型的动物却只知道让主子带去吃草，或者莫名其妙的角斗。"[④]特殊的自然环境，让希腊人视野辽阔、敢于搏风击浪，创造了属于他们自己的海洋文化。北方游牧民族则世世代

---

① 南京大学地理系等编：《地理学辞典》，上海辞书出版社1983年版，第9页。

② 汪蔚林校辑：《孔尚任诗文集》，中华书局1962年版，第475页。

③ (清)况周颐：《蕙风词话·人间词话》，王幼安校订，人民文学出版社1960年版，第57页。

④ [法]丹纳：《艺术哲学》，傅雷译，人民文学出版社1963年版，第246、248、249—250页。

代生活在广袤的草原上，人人能骑善射，天生有猎手的素质，创造了属于他们自己的游牧文化。[①] 如果说到人与自然关系的和谐、对自然环境的保护（尤其是有序利用、不攫取自然）等方面，游牧文化更有自己的优长，值得农耕文化学习。匈奴势力强大时所占地域极其辽阔，东至辽河、西越葱岭、北抵贝加尔湖、南达长城。陈序经说："匈奴还控制了现在的新疆，置僮仆都尉去管理，势力一直延伸到乌孙、大宛或葱岭以西的大夏、康居等地，也就是现在的中亚细亚的咸海、黑海一带。北部到现在的贝加尔湖一带。"[②] 匈奴成为历史上第一个草原游牧帝国并不是偶然的，其价值观及生产、生活方式在其中不能不起重要的作用。从所处的自然环境探寻一个民族的社会文化形态及其特点，可能是一条正确的、科学的、有效的途径。

袁行霈先生说："中国幅员辽阔，各地的自然条件、风俗习惯和文化渊源，都呈现一定的差异。中国文化的地域性，主要表现为南北两个地区的差异。东部和西部虽然也有差异，但相对说来不那么显著。"[③] 就中国古代的疆域而言，大致上可以分为三大片，"地跨黄河、长江、珠江的农业区是一大片；长城以北的游牧区是一大片；青藏高原及其邻近的游牧区又是一大片。这一大片农业区和两大片游牧区都有数百万平方公里的面积，同时并存着互不相同的生产体系"[④]。"桑女淮南曲，金鞍塞北装"（王翰《子夜春歌》）[⑤]，北方游牧文化与中原及南方农耕文化一北一南，一寒一暖，一动一静，一在马背上，一在耕地上，都属于典型的地域性文化，但它们的关系却不是一个文化板块和另一个文化板块的简单对应和拼接，而是在彼此交错、交叉、交融中发展壮大，并呈现出各自的鲜明特色。

伏尔泰说："土壤和气候，对于一切自然产物——从人一直到蘑菇，

---

① 高建新：《南北朝乐府民歌比较分析》，《内蒙古社会科学》1999 年第 2 期。

② 陈序经：《匈奴史稿》，中国人民大学出版社 2007 年版，第 60 页。

③ 袁行霈：《中国文学概论》，高等教育出版社 1999 年版，第 33 页。

④ 费孝通主编：《中华民族多元一体格局》（修订本），中央民族大学出版社 1999 年版，第 263 页。

⑤ （清）彭定求等编：《全唐诗》（三），中华书局 1999 年版，第 1608 页。本书所引唐诗，除特别注明之外，均出自此版本，不再另注。

确实显示着支配力量。"① 游牧民族所生活的北方，气候寒冷，降雨量少，时有风沙和干旱，"没有南方那样繁密而多彩的植被、曲折而湿润的水网，景观缺乏细部的变化。然而大自然在这单调之中，充分显示出它的严峻、崇高、阔大。生活在这里的人们，不大会注意细微的东西，目光总是被引向高远之处，看到的是巨大的世界。久而久之，人的心胸也就随之扩展，形成粗犷豪迈的性格"②。汤因比说："艰苦的环境对于文明来说，非但无害而且是有益的。""游牧民族对大自然挑战的应战是一出非凡的壮剧。"③ 北方游牧民族生活在广袤草原上，帷天席地，风餐露宿，一生与孤独的自由相随，在永不停歇的移动中保持着自己的生机和活力，有不同于中原农耕民族的气度和追求。法国学者雷纳·格鲁塞说："高原上凛冽的寒风和严寒酷热，勾画出他们的面貌：眯起的眼睛，突出的颧骨，卷曲的头发，也练就了他们强壮的体格。逐牧草而作季节性迁徙的放牧生活的需要，决定了他们特有的游牧生活；游牧经济的迫切需要决定了他们与定居民族之间的关系；这种关系由胆怯的仿效和嗜血性的袭击交替出现所形成。"④ 在雷纳·格鲁塞看来，人更是所处环境的产物，而非泛泛的"大地之子"。北方游牧民族是广阔草原的产物，能在如此恶劣的环境中幸存下来，注定是难以战胜的，至少是在他们那个时代。

一般而言，农耕民族是想尽办法建立并维护秩序、延续秩序，而北方游牧民族则要改变甚至捣毁农耕民族的秩序并设法使之难以延续，而广阔的北方草原与对马的驾驭也为这种摧毁提供了强有力的条件。只要与马背结合，他们就有强大的生产力和所向无敌的战斗力，他们曾经是欧亚草原上最彪悍的主角。"游牧生活不像农业生产那样安定，那样井然有序、有耕耘必有收获，而是充满了变化和风险。各部落之间，也少有文化礼仪的虚饰，谁有力量谁就去征服。在与自然、与敌手的严酷

---

① ［法］伏尔泰：《哲学辞典》(下)，王燕生译，商务印书馆1991年版，第372页。

② 章培恒、骆玉民主编：《中国文学史》(上)，复旦大学出版社1996年版，第442页。

③ ［英］阿诺德·汤因比：《历史研究》(修订插图本)，刘北城、郭小凌译，上海人民出版社2000年版，第95、114页。

④ ［法］雷纳·格鲁塞：《草原帝国·序言》，蓝琪译，商务印书馆1998年版，第3页。

斗争中，造就了民众的强悍气质，他们不会喜爱南方人那种温柔缠绵的歌"①；"游牧民本性酷爱无政府状态，因为他们的生活方式是追求自由，而自由便迅速导致了拒绝权威或官府"②。"追求自由""拒绝权威或官府"，是北方游牧民族的核心价值观，为此他们会不惜一切代价。

《汉书·匈奴传》说："单于遣使遗汉书云：'南有大汉，北有强胡。胡者，天之骄子也，不为小礼以自烦。'"③崔融《拔四镇议》说："夫胡者，北狄之总名也。其地南接燕赵，北穷沙漠，东接九夷，西界六戎。天性骄傲，觇伺便隙，鸟飞兽走，草转水移。自言天地所生，日月所置。"④唐文宗时宰相李德裕《进幽州纪圣功碑文状》说："北狄强悍，勇于四夷；前代圣王，莫能制服。"⑤"胡"，在汉代主要是指匈奴；汉以后，"胡"成为中原汉民族对北方草原上游牧民族的统称。"小礼"，就是苛细、烦琐、屑小之礼节、规矩，《汉书·匈奴传》认为"礼义之弊，上下交怨"，颜师古注曰："言忠信衰薄，强为礼义，故其末流，怨恨弥起。"⑥指出了礼仪本质上的虚伪性。"胡人"既自诩"天之骄子"，当然不会制订"小礼"，更不会用"小礼"作茧自缚、自寻烦恼。其实，这正是北方广袤草原上的游牧民族的共同特点。由此而推，"胡气"自然是指"胡人"之气调、气派、气度，赤诚坦荡、粗犷豪放、自然真朴、无拘无束、率性而为、崇尚自由、崇拜英雄、反对矫情，再加上血性、

---

① 章培恒、骆玉民主编：《中国文学史》（上），复旦大学出版社1996年版，第442页。

② ［法］鲁保罗：《西域的历史与文明》，耿昇译，新疆人民出版社2006年版，第20页。

③ 1955年内蒙古包头召湾出土西汉瓦当，上有"单于天降"四字，北京中国国家博物馆藏，笔者于2020年1月4日前往参观。展品介绍说："此瓦当为圆形，后有筒，筒中部有瓦钉孔。正面宽沿，被十字格线分成四区，每区内一阳文篆字，计'单于天降'四字。该墓同时出土的还有'四夷□服''单于和亲''千秋万岁'等瓦当，据此判断，'单于天降'瓦当应是对当时汉军击退匈奴贵族侵扰的一种颂扬。据研究，召湾是匈奴单于南下觐见汉宣帝的必经之地，带有'单于天降'瓦当的建筑就是在此时兴建的。汉成帝、哀帝时期，匈奴南下逐渐改走云中、定襄一带，这类建筑逐渐被废弃。'单于天降瓦当这类建筑上的装饰则更多地出现在墓葬中了'。"对"降"的读音和释义目前有两种不同意见：一、读jiàng，诞生，降生。二、读xiáng，降服，使驯服。内蒙古博物院亦藏有此瓦当，并将"单于天降"译为"meaning the submission of the chanyu to the han"，意为"单于臣服于汉朝"，笔者于2019年10月25日前往参观。

④ （清）董诰等编：《全唐文》（二），上海古籍出版社1990年版，第978页。

⑤ （清）董诰等编：《全唐文》（三），上海古籍出版社1990年版，第3198页。

⑥ （汉）班固：《汉书》（十一），中华书局1962年版，第3760、3761页。

刚烈和强悍，应该说是"胡气"的典型体现。简言之，"胡气"就是大气、豪气、英雄气，其中虽然也多少掺和着一点儿"蛮气"。王国维先生也曾感慨地指出南北方的差异，赞美了北方人物的雄强，在《读史二十首》（其十五）中说：

> 江南天子皆词客，河北诸王尽将才。
>
> 乍歌乐府兰陵曲，又见湘东玉轴灰。①

南朝的皇帝如宋文帝、齐高帝、齐武帝、梁武帝、梁简文帝、梁元帝、陈后主都颇具文才，有诗文传世，风格绮丽；北朝的诸王如苻坚、拓跋珪、慕容垂、高欢、宇文泰，尽为北地胡人，其卓越的军事才能，通过与南朝的战争得到了充分体现。

需要说明的是，北方游牧文化与西域文化相互交融，彼此渗透，二者往往是你中有我，我中有你，关系复杂，很难一一清楚区分。有学者认为："西域文化从总体上讲是一种东西方文化汇聚、绿洲农耕文化和草原游牧文化与屯垦文化并存、多种宗教文化辉映的多源发生、多元并存、多维发展的复合型地域文化。"②就与唐王朝接触频繁的北方各民族而言，气候、自然环境及生活和生产方式各有不同，其中有游牧民族，如地处漠北草原的突厥，"随逐水草"（《旧唐书·回纥传》）的回纥，"畜牦牛、马、驴、羊，以供其食。不知稼穑，土无五谷。气候多风寒，五月草始生，八月霜雪降"（《旧唐书·西戎传》）的党项，"有城郭而不居，随逐水草，庐帐为室，肉酪为粮"（《旧唐书·西戎传》）的吐谷浑，"风俗并于突厥，每随逐水草，以畜牧为业，迁徙无常，居有毡帐"（《旧唐书·北狄传》）的奚国；有既牧又耕的民族，如"其地气候大寒，不生杭稻，有青稞麦、䜴豆（野绿豆）、小麦、乔麦。畜多牦牛、猪、犬、羊、马"（《旧唐书·吐蕃传上》）的吐蕃，"有城郭屋宇，耕田畜牧为业"（《旧唐书·西戎传》）的龟兹国（今新疆库车）；还有"其地良沃，多蒲萄，颇有鱼盐之利"（《旧唐书·西戎传》）的焉耆国（今新疆焉耆县），"多商贾、少田作"（《旧唐书·西戎传》）的泥婆罗国（今尼泊

---

① 陈永正撰：《王国维诗词笺注》，上海古籍出版社 2011 年版，第 15 页。
② 仲高：《西域文化特征及其现代化》，《新疆艺术》1995 年第 5 期。

尔），"其地暑湿，人皆乘象，土宜秔稻，草木凌寒不死"（《旧唐书·西戎传》）的罽宾国（今阿富汗之努里斯坦）；[1] 以及有"时产名驹，皆汗血，多善马。有屋宇，杂以穹庐"（《册府元龟》卷九百六十一）[2] 的吐火罗国（中亚国家和地区名）；等等。但总体上说，北方（包括西域）的各民族以游牧民族为多，生活和生产方式相同或相近。苏北海先生《汉唐时期的草原丝绸之路》一文认为"自古以来，由于地理环境的关系，从蒙古高原直到中亚、西亚，是游牧民族的生活区域"[3]；法国学者鲁保罗也认为"在近代之前，中亚或西域主要属于游牧民所有"[4]。直至 20 世纪上半叶，世界主要游牧类型仍然有蒙古高原游牧、西藏高原游牧、中亚山地游牧、西亚山地游牧、阿拉伯沙漠游牧等，[5] 大致上涵盖了《旧唐书》中所提到的这些国家和地区。为了体例统一和论述方便，本书除绪论部分之外，一般用"北方游牧文化"来统领各个论题，而不用或尽量少用"胡文化"这个内容宽泛、含义相对模糊的概念。

二、唐人尚"胡"且多有"胡气"

鲁迅先生曾直言不讳地说："古人告诉我们唐如何盛，明如何佳，其实唐室大有胡气，明则无赖儿郎。"（《致曹聚仁》1933 年 6 月 18日）[6] 鲁迅先生所谓"胡气"，一则是指唐代帝王身上所体现出的不同于前代、后代帝王的大气魄，二则是指唐代帝王具有的"胡人"血统。陕西省礼泉县昭陵碑林第二展厅中陈列的"唐太宗庙碑"上刻有李世民半身像，其面部为络腮大胡须，极似少数民族形象。"这种带有骑牧民

---

① （后晋）刘昫等：《旧唐书》（十六），中华书局 1975 年版，第 5195、5291、5297、5354、5220、5303、5301、5289、5309 页。

② （宋）王钦若等编：《册府元龟》（十一），周旭初等校订，凤凰出版社 2006 年版，第11130 页。

③ 张志尧主编：《草原丝绸之路与中亚文明》，新疆美术摄影出版社 1994 年版，第 24 页。

④ ［法］鲁保罗：《西域的历史与文明》，耿昇译，新疆人民出版社 2006 年版，第 19 页。

⑤ 王明珂：《游牧者的抉择——面对汉帝国的北亚游牧部族》，广西师范大学出版社 2008 年版，第 4 页。

⑥ 《鲁迅全集》（第十二卷），人民文学出版社 2005 年版，第 404 页。

族豪迈之气的血统性格，深深地影响了唐朝的国情、国策及民间的社会习俗，难怪鲁迅先生有'唐室大有胡气'之说。"①北京故宫南薰殿旧藏、现藏台北故宫博物院绢本设色唐太宗半身像，与庙碑上的李世民像相似。《旧唐书·本纪·高祖》载，唐高祖李渊的四世祖李熙在北魏时"领豪杰镇武川，因家焉"。武川，北魏六镇之一，在今内蒙古武川县西、乌兰不浪东土城子。②李氏为鲜卑化的汉人，高祖之母、太宗之母，均为鲜卑人。陈寅恪先生说："若以女系母统言之，唐代创业及初期君主，如高祖之母为独孤氏，太宗之母为窦氏，即纥豆陵氏，高宗之母为长孙氏，皆是胡种，而非汉族。故李唐皇室之女系母统杂有胡族血胤，世所共知，不待阐述。"③他们长期生活在北方少数民族中间，在文化习俗上沿袭了北朝传统，"胡化"的程度很深。唐朝统一天下后，这些北方少数民族的习俗就自然被带到了中原。何况，唐都长安西晋以来一直是北方少数民族活跃的地方，前赵、前秦、后秦、西魏、北周先后以长安为首都，时间长达120年。这里"胡风"浓郁，绵延不绝，影响深远。

盛唐人尚"胡"，就是崇尚北方游牧民族的气调、气派、气度，包括他们的生活、习俗、审美趣味及其价值观。《明皇杂录》说："天宝初，时士庶好为艳服、貂皮帽，妇人则步摇钗，窄小襟袖，识者窃叹。"④《旧唐书·舆服志》说："开元初，从驾宫人骑马者，皆著胡帽，靓妆露面，无复障蔽。士庶之家，又相仿效，帷帽之制，绝不行用。俄又露髻驰骋，或有著丈夫衣服靴衫，而尊卑内外，斯一贯矣"；"太常乐尚胡曲，贵人御馔，尽供胡食，士女皆竟衣胡服。"⑤王建"每到日中重掠鬓，祗衣骑马绕宫廊"（《宫词一百首》其一〇二），专咏妇女骑马的英姿。从听胡乐、吃胡食、穿胡服、戴胡帽、着胡靴在当时已成为一种时尚来看，"胡"风几乎渗透了盛唐人的日常生活，盛唐人的文化行

① 张志攀主编：《大唐歌飞的千年传奇——昭陵博物馆》，西安出版社2018年版，第79页。
② 谭其骧主编：《中国历史大辞典·历史地理》，上海辞书出版社1996年版，第493页。
③ 陈寅恪：《唐代政治史述论稿》，上海古籍出版社1997年版，第1页。
④ 陶敏主编：《全唐五代笔记》（二），三秦出版社2012年版，第1039页。
⑤ （后晋）刘昫等：《旧唐书》（六），中华书局1975年版，第1957页。

为和审美情趣多吸收、融合了胡人观念、价值，成为盛唐文化的一个显著特征，所以朱熹说："唐源流出于夷狄，故闺门失礼之事，不以为异。"①陈寅恪特别强调了朱熹此说的重要价值："即此简略之语句亦含有种族及文化二问题，而此二问题实李唐一代史事关键之所在，治唐史者不可忽视者也。"（《统治阶级之氏族及其升降》）②不只是治唐史者不可忽视，治唐文学者亦不可忽视。在盛唐诗人的作品中，"胡"字随处可见、不胜枚举，诸如"君不闻胡笳声最悲，紫髯绿眼胡人吹。"（岑参《胡笳歌送颜真卿使赴河陇》）"更悲秦楼月，夜夜出胡天。"（陶翰《出萧关怀古》）"磨用阴山一片玉，洗将胡地独流泉。"（李颀《崔五六图屏风各赋一物得乌孙佩刀》）"中军置酒饮归客，胡琴琵琶与羌笛。"（岑参《白雪歌送武判官归京》）"少年十五二十时，步行夺得胡马骑。"（王维《老将行》）"胡雁哀鸣夜夜飞，胡儿眼泪双双落。"（李颀《古从军行》）"胡笳在何处，半夜起边声。"（储光羲《关山月》）"千载琵琶作胡语，分明怨恨曲中论。"（杜甫《咏怀古迹五首》其三）从中足以看出"胡文化"对盛唐的广泛影响。

唐人尚"胡"且多有"胡气"，因为唐人有开放的文化胸怀与平等的民族政策，与历史上的各个王朝都不相同。让我们先看看《汉书·匈奴传下》所代表的一般中原汉族统治者对北方游牧民族的看法：

> 夷狄之人贪而好利，被发左衽，人而兽心，其与中国殊章服，异习俗，饮食不同，言语不通，辟居北垂寒露之野，逐草随畜，射猎为生，隔以山谷，雍以沙幕，天地所以绝外内也。是故圣王禽兽畜之，不与约誓，不就攻伐；约之则费赂而见欺，攻之则劳师而招寇。其地不可耕而食也，其民不可臣而畜也，是以外而不内，疏而不戚，政教不及其人，正朔不加其国；来则惩而御之，去则备而守之。其慕义而贡献，则接之以礼让，羁縻不绝，使曲在彼，盖圣王制御蛮夷之常道也。③

---

① （宋）朱熹：《朱子语类》（八），中华书局1986年版，第3245页。
② 陈寅恪：《唐代政治史述论稿》，上海古籍出版社1997年版，第1页。
③ （汉）班固：《汉书》（十一），中华书局1962年版，第3834页。

在一般中原汉族统治者（所谓"圣王"）眼里，北方游牧民族贪婪好利，尚未开化，习俗、语言与中原迥然不同，处于荒漠之野，随草畜而居。"圣王"对他们不仅心怀偏见，而且始终是以警惕的目光注视着他们，基本采取不接触、不亲近的态度，所谓"与汉隔绝，道里又远，得之不为益，弃之不为损。盛德在我，无取于彼"（《汉书·西域传下》）[1]，生怕有丝毫的闪失而带来灾祸。《新唐书·回鹘下》赞曰："夷狄资悍贪，人外而兽内，惟剽夺是视。故汤、武之兴，未尝与共功，盖疏而不戚也。"[2] 汉语中的"胡搅蛮缠""胡说八道""胡言乱语""胡闹""胡扯""蛮不讲理""蛮干""蛮横"等词汇，大约都与中原汉民族对周边少数民族的误解乃至轻蔑有关。唐的最高统治者则不然，从开国皇帝唐高祖李渊到继任者唐太宗李世民、唐玄宗李隆基一以贯之，平等地对待周边的少数民族。终唐一代，与唐王朝保持政治隶属关系的少数民族政权多达三百余个。[3]

长城南北是农耕文化和草原游牧文化的分界，同时也成了隔绝北方游牧文化与中原农耕文化的人为屏障。"秦有陇西、北地、上郡，筑长城以拒胡。"（《史记·匈奴列传》）[4]"破六国以为郡县，筑长城以为关塞。"（《汉书·贾邹枚路传》）[5]"秦家筑城备胡处，汉家还有烽火然。烽火然不息，征战无已时。"（李白《战城南》）秦汉以来耗费了大量人力物力修筑的长城，总长度达六千余公里，其主要功能就是防范来自北方的游牧民族。"先帝制：长城以北，引弓之国，受命单于；长城以南，冠带之室，朕亦制之。"（《史记·匈奴列传》）[6]"自长城以南天子有之，长城以北单于有之。"（《汉书·匈奴传下》）[7]唐人赵嘏所谓"秦皇无策建长城，刘氏仍穷北路兵"（《送从翁中丞奉使黠戛斯六首》其六），秦始

① （汉）班固：《汉书》（十二），中华书局 1962 年版，第 3930 页。
② （宋）欧阳修、宋祁：《新唐书》（十九），中华书局 1975 年版，第 6151 页。
③ 王世丽：《安北与单于都护府——唐代北部边疆民族问题研究·前言》，云南人民出版社 2006 年版。
④ （汉）司马迁：《史记》（九），中华书局 1975 年版，第 3747 页。
⑤ （汉）班固：《汉书》（八），中华书局 1962 年版，第 2331 页。
⑥ （汉）司马迁：《史记》（九），中华书局 1975 年版，第 2902 页。
⑦ （汉）班固：《汉书》（十一），中华书局 1962 年版，第 3818 页。

皇在万般无奈中修建长城，刘氏所建的汉王朝兵穷北方，面对强大的匈奴，依旧是无计可施。美国当代学者狄宇宙认为："这些'长城'所具有的最重要的共同特征是，它们都组成了一个完整的防御工事系统，这些工事系统不仅包括人工构筑物，也包括那些天然屏障。这些防御工事线广泛利用了周围地形的自然特征。在山峦起伏的地形中，就只沿着悬崖峭壁、深涧沟壑筑起几个瞭望哨或者几个堵塞山口通道的石墙。在洪水泛滥的平原、绵延起伏的草原或者低矮平缓的小丘间，长城就是一成不变地用泥土混合压实来修建的。"① 一方面是高高垒砌的长城，一方面是塞外奔突的战马，防御与反防御形成的剧烈冲突从来就没有止歇过。唐人袁朗说："长城连不穷，所以隔华戎。"(《饮马长城窟行》)绵延的长城，阻隔了中原汉族与周边少数民族的往来。胡曾说："祖舜宗尧自太平，秦皇何事苦苍生。不知祸起萧墙内，虚筑防胡万里城。"(《咏史诗·长城》)祸起萧墙，这个"墙"就是秦始皇修筑的长城。王无竞也说："秦世筑长城，长城无极已。暴兵四十万，兴工九千里。死人如乱麻，白骨相撑委。殚弊未云悟，穷毒岂知止。胡尘未北灭，楚兵遽东起。"(《北使长城》)秦修长城，非但没有阻挡北方游牧民族的南下，反而导致天下大乱。鲁迅先生在《华盖集·长城》一文中曾这样评价长城：

> 伟大的长城！

> 这工程，虽在地图上也还有它的小像，凡是世界上稍有知识的人们，大概都知道的罢。

> 其实，从来不过徒然役死许多工人而已，胡人何尝挡得住。现在不过一种古迹了，但一时也不会灭尽，或者还要保存它。

> 我总觉得周围有长城围绕。这长城的构成材料，是旧有的古砖和补添的新砖。两种东西联为一气造成了城壁，将人们包围。

> 何时才不给长城添新砖呢？

---

① ［美］狄宇宙：《古代中国与其强邻——东亚历史上游牧力量的兴起》，贺严、高书文译，中国社会科学出版社 2010 年版，第 173 页。

这伟大而可诅咒的长城！①

长城是屏障，也是巨大、冰冷的隔绝，所以鲁迅先生说它"伟大而可诅咒"，希望后世的人们再也不要为它增添"新砖"了；又说"长城久成废物，弱水也似乎不过是理想上的东西"。(《忽然想到·六》)② 阿根廷作家、学者博尔赫斯对长城的认识更有意味："也许长城是一个隐喻，始皇帝罚那些崇拜过去的人去干一件像过去那样浩繁、笨拙、无用的工程"；"始皇帝筑城把帝国围起来，也许是他知道这个帝国是不持久的。"③

历代统治者虽然修筑长城不已，却从未能阻止北方游牧民族的南下。唐则不然，贞观二年（628）"己未，突厥寇边。朝臣或请修古长城，发民乘堡障，上曰：'突厥灾异相仍，颉利不惧而修德，暴虐滋甚，骨肉相攻，亡在朝夕。朕方为公扫清沙漠，安用劳民远修障塞乎！'"(《资治通鉴》卷一百九十三《唐纪九》)④ 唐太宗又说："千里长城，岂谓静边之计？""使万里之外，不有半烽；百郡之中，犹无一戍。永绝镇防之役，岂非黎元乐见。"(《平薛延陀幸灵州诏》)⑤ 对于唐王朝的北部边防和生息其间的北方游牧民族，唐太宗有自己的判断和自信。"历代长城的修筑，不只是把外族圈到了长城之外，从另一个角度来看，也局限自己在关内。废弃长城，使得唐王朝视野宏阔，凭借其强大的军事力量和羁縻府州制度，影响的范围大大超过前代。"⑥ 唐人陆参《长城赋》感慨地说："干城绝，长城列；秦民竭，秦君灭。呜呼悲夫！""本以为御而反以为亡者哉！"⑦

贞观四年（630），东突厥在唐军的不断进攻下连连失利，加上连年严重的自然灾害，前来归附者达十万众。对如何处置众多曾为边患的

---

① 《鲁迅全集》(第三卷)，人民文学出版社 2005 年版，第 61 页。

② 《鲁迅全集》(第三卷)，人民文学出版社 2005 年版，第 46 页。

③ ［阿根廷］博尔赫斯：《博尔赫斯谈艺录》，王永年等译，浙江文艺出版社 2005 年版，第79—80 页。

④ （宋）司马光：《资治通鉴》(十三)，中华书局 2011 年版，第 6169 页。

⑤ （清）董诰等编：《全唐文》(一)，上海古籍出版社 1990 年版，第 35 页。

⑥ 王效锋：《唐代不筑长城之缘由及影响初探》，《湖北社会科学》2011 年第 12 期。

⑦ （清）董诰等编：《全唐文》(三)，上海古籍出版社 1990 年版，第 2769 页。

突厥归附者，在朝议中发上了激烈的争论。主张"分其土地，析其部落，使其权弱势分"者有之；主张趁机强迫其汉化，"分其种落，散居州县，教之耕织，可以化胡虏为农民"者有之。连一代名臣魏征都持这样偏激的观点："突厥世为寇盗，百姓之仇也；今幸而破亡，陛下以其降附，不忍尽杀，宜纵之使还故土，不可留之中国。夫戎狄人面兽心，弱则请服，强则叛乱，固其常性。今降者众近十万，数年之后，蕃息倍多，必为腹心之疾，不可悔也。"（《资治通鉴》卷一百九十三《唐纪九》）①魏征主张将这些突厥归附者全部驱逐出境。中书令温彦博则建议："请准汉建武时置降匈奴于五原塞下，全其部落，得为捍蔽，又不离其土俗，因而抚之，一则实空虚之地，二则示无猜之心。若遣向河南，则乖物性，故非含育之道也。"（《安置突厥议》）②即依照汉代置匈奴降者于塞下的旧例，保留突厥的部落组织，不改变他们的游牧生活方式。"太宗从之，遂处降人于朔方之地，其入居长安者近且万家。"（《旧唐书·温彦博传》）③唐太宗最终采用了温彦博的建议，东突厥人得以安居乐业，并为唐王朝的强大作出了应有的贡献，如挡住了在漠北强大起来的薛延陀的南下，在后来的对外战争中，突厥骑兵成为唐太宗有力的助手。④同在贞观四年，李世民还说过这样的话："隋炀帝性好猜防，专信邪道，大忌胡人，乃至谓胡床为交床，胡瓜为黄瓜，筑长城以避胡，终被宇文化及使令狐行达杀之。"⑤隋炀帝"大忌胡人"，最终却被自己的近臣鲜卑族胡人宇文化及指派的令狐行达杀掉。贞观十八年（644），有人怀疑归附十余年的东突厥首领俟利苾可汗的忠诚，唐太宗说："夷狄亦人耳，其情与中夏不殊。人主患德泽不加，不必猜忌异类。盖德泽洽，则四夷可使如一家；猜忌多，则骨肉不免为仇敌。"（《资治通鉴》卷一百九十七《唐纪十三》）⑥基于这样的观点，唐太宗对待周边

---

① （宋）司马光：《资治通鉴》（十三），中华书局 2011 年版，第 6187—6188 页。
② （清）董诰等编：《全唐文》（十三），上海古籍出版社 1990 年版，第 6188 页。
③ （后晋）刘昫等：《旧唐书》（七），中华书局 1975 年版，第 2361 页。
④ 万钧：《唐太宗》，学习生活出版社 1955 年版，第 33—34 页。
⑤ （唐）吴兢撰，谢保成集校：《贞观政要集校》，中华书局 2009 年版，第 333 页。
⑥ （宋）司马光：《资治通鉴》（十三），中华书局 2011 年版，第 6329 页。

少数民族的政策始终如一。贞观二十一年（647），已在位20年的唐太宗依旧说："自古皆贵中华，贱四夷，朕独爱之如一，故其种落皆依朕如父母。"（《资治通鉴》卷一百九十八《唐纪十四》）[①] 唐太宗认为这是他统一天下最重要的原因之一。唐太宗不仅开创了"贞观之治"，唐王朝繁盛的根基也由此奠定。

贞观二十二年（648），"是时四夷大小君长争遣使入献见，道路不绝，每元正朝贺，常数百千人"。（《资治通鉴》卷一百九十八《唐纪十四》）[②] "胡越一家""爱之如一"、平等对待，不仅较成功地解决了与四边少数民族的关系问题，也使唐王朝能从不同类型的文化中汲取丰厚的养分，创造属于自己的更为强大的文化。宋人李廌《谢公定所宝蕃客入朝图，贞观中阎立本所作，笔墨奇古，许赠赵德麟而未予，廌作此诗，取以送德麟》一诗充满崇敬地写道："贞观文皇力驯制，诸蕃君长充王官。玉门不关障无候，驿道入参天可汗。蛮夷邸中诸国使，旄裘椎髻游长安。"[③] 唐太宗以空前的开放和大气，赢得了北方游牧民族的敬重，被尊为"天可汗"。在陕西省礼泉县昭陵北司马门内发现的陪侍太宗的等身雕刻的14个番君长石像，也能说明这一点。[④] 石像分两排站立东西相向，排列呈阶梯状。14个番君长都是唐朝时期周边的少数民族国王或首领，6位可汗：突厥颉利可汗阿史那咄苾，突厥突利可汗阿史那钵苾，乙弥泥熟俟利苾可汗那思摩，答布可汗阿史那社尔，薛延陀真珠毗伽可汗，吐谷浑乌地也拔勒豆可汗；4位"丝绸之路"上的国王：龟兹王诃黎布失毕，于阗王伏阇信，焉耆王龙突骑支，高昌王鞠智勇；还有吐蕃赞普松赞干布，新罗乐浪郡王金真德（女），林邑王范头利，婆罗门国王阿罗阿顺。[⑤] 贞观二十三年（649）九月太宗去世："四夷之人入仕于朝及来朝贡者数百人，闻丧皆恸哭，剪发、劐面、割耳，

---

① （宋）司马光：《资治通鉴》（十三），中华书局2011年版，第6360页。

② （宋）司马光：《资治通鉴》（十三），中华书局2011年版，第6366页。

③ 北京大学古籍文献研究所编：《全宋诗》（二十），北京大学出版社1991年版，第13600页。本书所引宋诗，除特别注明之外，均出自此版本，不再另注。

④ 田月：《昭陵发现"十四国番君长石像"》，《华商报》2003年11月30日。

⑤ 张志攀主编：《大唐歌飞的千年传奇——昭陵博物馆》，西安出版社2018年版，第150—155页。

流血洒地"；"庚寅，葬文皇帝于昭陵，庙号太宗。阿史那社尔、契苾何力请杀身殉葬，上（高宗）遣人谕以先旨不许。蛮夷君长为先帝所擒服者颉利等十四人，皆琢石为其像，刻名列于北司马门内。"（《资治通鉴·唐纪十五》）[1] 正是在这个意义上，法国学者勒内·格鲁塞认为："唐太宗（627—649）是中国在中亚的威势的真正建立者"，"唐朝的真正建立者"，"一个受到震惊的亚洲从他身上看到了一个陌生的、史诗般的中国"[2]；英国学者杰弗里·巴勒克拉夫说，"唐代中国是一个极度世界主义的社会。"[3] "极度世界主义"就是包容民族间的差异性，一视同仁，没有异类，以平等开放的态度看待各个国家、地区；"极度世界主义"让世界从中国受益，也让中国从世界受益。

陈寅恪先生说："李唐一族之所以崛兴，盖取塞外野蛮精悍之血，注入中原文化颓废之躯，旧染既除，新机重启，扩大恢张，遂能别创空前之世局。故欲通解李唐一代三百年之全史，其氏族问题为最要之关键。"（《李唐氏族之推测后记》）[4] "李唐最盛之时即玄宗之世，东汉、魏晋、北朝文化最高之河朔地域，其胡化亦已开始。""汉人与胡人之分别，在北朝时代文化较血统尤为重要。凡汉化之人即目为汉人，胡化之人即目为胡人，其血统如何，所在不论。"（《统治阶级之氏族及其升降》）[5] "北朝胡汉之分，不在种族，而在文化，其事彰彰甚明，实为论史之关要。"[6] 血统并不是识别种族的最重要标准，关键在于你接受的是何种文化的熏陶，是在何种文化环境中成长的。说到底，文化才是真正意义上的族徽而非其他。没有"塞外野蛮精悍之血"和"胡化"，李唐王朝的空前兴盛是不可想象的。唐时亦不是以血统论胡人汉人，而是以

① （宋）司马光：《资治通鉴》（十三），中华书局 2011 年版，第 6381、6382 页。

② ［法］勒内·格鲁塞：《草原帝国》，蓝琪译，商务印书馆 1998 年版，第 127、130 页。

③ ［英］杰弗里·巴勒克拉夫：《泰晤士世界历史地图集》，生活·读书·新知三联书店 1985 年版，第 126 页。

④ 陈寅恪：《金明馆丛稿二编》，上海古籍出版社 1980 年版，第 303 页。

⑤ 陈寅恪：《唐代政治史述论稿》，上海古籍出版社 1997 年版，第 43、16 页。

⑥ 陈寅恪：《隋唐制度渊源略论稿》，上海古籍出版社 1982 年新 1 版，第 41 页。

文化论胡化汉化。观察唐代文化，应省视胡、汉文化之融合。^①历来都是以血统论种族，而李唐王朝承接了北朝以来的观点，继以文化论种族，这正是李唐王朝的高明之处。以文化论种族，让李唐王朝较好地解决了与周边少数民族的关系问题。

对于唐王朝开放的胸怀，鲁迅先生也充满了赞赏之情，据孙伏园回忆，鲁迅先生曾说："唐代的文化观念，很可以做我们现代的参考，那时我们的祖先们，对于自己的文化抱有极坚强的把握，决不轻易动摇他们的自信力；同时对于别系的文化抱有极恢廓的胸襟与极精严的抉择，决不轻易的崇拜或轻易的唾弃，这正是我们目前急切需要的态度。"^②法国学者勒内·格鲁塞认为，唐王朝特别是太宗朝"曾经从这些牧民中吸取力量，并把这种力量注入那种历史研究的文明的巨大优越性之中"^③。杨义教授认为，唐人正是因为将中华文化"胡化而得其大"^④，才创立辉煌的唐代文明。敢于大胆吸取异质文化，以开阔的视野、开放的胸襟面对世界，不仅强大了国力，同时也给文学艺术带来不同凡响的高远境界。

三、盛唐诗人的边塞之旅

经过近三百年的分裂割据和民族融合，到了公元 6 世纪末，中国社会再次进入一个统一兴盛的时代。在隋末战乱中诞生的李唐王朝，从太宗、高宗、武则天一直持续保持着国力的增长，到玄宗李隆基开元时期达到了鼎盛。社会安定，交通畅达，物质生活富裕，盛唐游览之风盛行："是时，海内富实，米斗之价钱十三，青、齐间斗才三钱，绢一匹钱二百。道路列肆，具酒食以待行人，店有驿驴，行千里不持尺兵。"

---

①　唐振常：《〈唐代政治史述论稿〉学习笔记》，载陈寅恪：《唐代政治史述论稿》，上海古籍出版社 1997 年版，第 28 页。

②　孙伏园：《鲁迅先生二三事》，作家书屋 1949 年版，第 36—37 页。

③　[法] 勒内·格鲁塞：《草原帝国》，蓝琪译，商务印书馆 1998 年版，第 130 页。

④　杨义：《中国古典文学图志》(10—14 世纪)，生活·读书·新知三联书店 2006 年版，第 3 页。

（《新唐书·食货志》）^① 骑着驿驴看天下，是盛唐才有的风景。胸怀天下，悠闲又气度从容，诗人们在不断的移动中保持着对外部世界敏锐新鲜的感受力。

当时诗人游历之地一为湘湖、吴越山水，一为北部及西北边塞。边塞当然多是胡地，如北部的居延、五原、金河、云中、雁门关，西北的阳关、玉门关、凉州、敦煌、酒泉、库车、疏勒、交河等，甚至是今天的中亚、西亚地区。浓郁的民族风情，迥异于中原的物产与气候，浩瀚的沙漠，漫长的边境线，数不尽的边关、边城，高高耸起的烽燧、长城以及艰苦守边的将士，都让诗人觉得惊异甚至震撼，灵魂受到了洗礼。从玄宗朝王谏《安西请赐衣表》的记述中可知边塞军旅生活的真实情形：

> 臣奉某月日敕：令臣河西拣招五千人，赴碛西逐面防捍者。臣到安西之日，安西早已翻营。军令有行，因不敢息，铁衣不解，吹角便行。边庭路长，去去弥远，往还三万里，辛苦二周年。朝行雪山，暮宿冰涧，溪深路细，水粗（原文阙二字），大约一程，少亦百渡。人肤皴裂，道上血流；畜蹄穿踞，路傍骨积；征马被甲，塞草不肥；战士戎衣，胡风尽化。今边秋早冷，赤肉迎霜，臣准敕放还，实恐碛途冻死。伏惟矜慈育物，远念单寒，请令安西给付绵帛，盖其冻露，路免僵尸。生入铁门，死将不朽！^②

王谏的文章描绘了真实的边塞生活，感情深沉，语气恳切，情在理中，理中含情，悲悯之中怀有大爱。碛西，唐玄宗设碛西节度使，治所在今新疆库车附近，统辖安西、北庭两大都护府，岑参有《武威送刘判官赴碛西行军》《送李副使赴碛西官军》诗。通往安西的道路艰险异常，危机四伏，自然环境极其恶劣，死亡的威胁时时刻刻存在着。往还一次行程三万里，费时整整两周年。翻营，倾营出动，王建"和雪翻营一夜行，神旗冻定马无声。遥看火号连营赤，知是先锋已上城"（《赠李愬仆射二首》其一）、张籍"黄沙北风起，半夜又翻营。战马雪中宿，探人

① （宋）欧阳修、宋祁：《新唐书》（五），中华书局 1975 年版，第 1346 页。
② （清）董诰等编：《全唐文》（二），上海古籍出版社 1990 年版，第 1984 页。

冰上行。深山旗未展，阴碛鼓无声。几道征西将，同收碎叶城"（《征西将》），描写的正是"翻营"的情形。在极端恶劣的气候下，军队马不停蹄，连夜行进，要在出其不意中获得胜利。文中的"皲（cūn）裂"，指皮肤因寒冷而冻裂；"跙（jù）穿"，指路途遥远，马蹄磨穿，行走艰难，正是岑参所谓"前月发安西，路上无停留。都护犹未到，来时在西州。十日过沙碛，终朝风不休。马走碎石中，四蹄皆血流。"（《初过陇山途中呈宇文判官》）王谏诉说离家之遥远、行旅之艰难、环境之恶劣、守边之艰辛、归乡之无期，但这一切又都融在了拳拳的报国之心中。结尾一句"生入铁门，死将不朽"，说无论经历多少艰难困苦，只要活着进入铁门关，就是死了也会不朽。刚毅决绝与自豪之情尽在其中，足以让铁骨英雄潸然泪下。铁门，指铁门关，在今新疆库尔勒市北8公里处，南临塔里木河和塔什拉玛干沙漠。《新唐书·地理志七下》："自焉耆西五十里过铁门关；又二十里，至于术守捉城。"①焉耆，今新疆焉耆县；于术，今库尔勒市。铁门关在霍拉山与库鲁塔山两山对峙的峡谷中，流经库尔勒的孔雀河穿流峡谷之中，是"丝绸之路"中道的必经之路。岑参《题铁门关楼》描绘了铁门关之险："桥夸千仞危，路盘两崖窄。试登西楼望，一望头欲白。"西汉张骞衔命两次出使西域都路经铁门关。班超出使西域也曾走过此路，饮马于孔雀河边，故此河又称"饮马河"。玄奘去天竺取经，也是经过铁门关西向屈支（今新疆库车）和印度的："践流沙之浩浩，陟雪岭之巍巍，铁门巉嶮之涂，热海波涛之路。"（《还至于阗国进表》）②王谏于史无名，但凭这篇《安西请赐衣表》，许多人也会将其牢记。③

　　孟浩然一生饱览湘湖、吴越山水，其诗"渐至鹿门山，山明翠微浅。岩潭多屈曲，舟楫屡回转"（《题鹿门山》）、"洞庭秋正阔，余欲泛归船。莫辨荆吴地，唯馀水共天"（《洞庭湖寄阎九》）、"千山叠成嶂，万水泻为溪。石浅流难注，藤长险易跻"（《游江西上留别富阳裴刘二少

①　（宋）欧阳修、宋祁：《新唐书》（四），中华书局1975年版，第1151页。
②　（清）董诰等编：《全唐文》（五），上海古籍出版社1990年版，第4188页。
③　高建新：《守卫大唐西域将士的一曲悲歌——读王谏〈安西请赐衣表〉》，《古典文学知识》2017年第2期。

府》)、"挂席东南望，青山水国遥。舳舻争利涉，来往接风潮"(《舟中晚望》)①，表达了动人的山水感触，清旷淡远、自然入妙。湘湖、吴越山水游为盛唐诗带来了清丽之美，而西北边塞游则激发了诗人的英雄主义情怀，为盛唐诗带来了阳刚壮阔之美。出塞磨炼诗人的意志体魄，让人了悟生命，也锻铸诗歌奇高的风骨。因为有出塞的丰富经历，又受到了边塞生活的熏陶，边塞诗中就自然有"胡气"的弥漫。"胡人"好饮，醉后一派浩荡天真，勃勃英气尽显，盛唐人亦复如此且毫不逊色，直至中唐，刘禹锡依旧说："长安百花时，风景宜轻薄。无人不沾酒，何处不闻乐。"(《百花行》)

岑参一生两次进入西北边塞，远至西域，边地的风土人情开阔了诗人的视野和胸襟，为其诗带来了奇丽、壮阔的美，无论境界还是格调。"功名只向马上取，真是英雄一丈夫"(《送李副使赴碛西官军》)，是唐人价值观的典型体现，主动出击而绝不被动等待。"一生大笑能几回？斗酒相逢须醉倒"(《凉州馆中与诸判官夜集》)，是诗人在凉州与老友聚饮时所表现出的奋发豪迈，这种豪迈奋发来源于对前途、对生活的充满信心。他的千古名句"北风卷地白草折，胡天八月即飞雪。忽如一夜春风来，千树万树梨花开"(《白雪歌送武判官归京》)，表达了对北国雪景的由衷赞美，在诗人眼里江南二月盛放的梨花与胡天八月漫天的飞雪一样可观可赏，引人入胜。胡地奇景激人奇情、奇思，无论观还是写，都能出人手眼之外。这个"奇"的得来是与诗人两次边塞游历密不可分的。还有与岑参齐名的高适，入陇右、河西节度使哥舒翰幕不仅是他生活的转折点，也是其创作的转折点，其诗笔力雄健、气势奔放，是西北边塞生活陶冶的结果，如"万鼓雷殷地，千旗火生风。日轮驻霜戈，月魄悬雕弓。青海阵云匝，黑山兵气冲。战酣太白高，战罢旄头空。万里不惜死，一朝得成功。画图麒麟阁，入朝明光宫"(《塞下曲》)，这种充满视死如归英雄气概的诗作，绝不是在京城可以写出来的。正如方东树所说："高、岑奇峭，自是有气骨，非低平庸浅所及。"(《昭昧詹言》卷

---

① 佟培基撰：《孟浩然诗集笺注》，上海古籍出版社 2000 年版，第 52、381、265、57 页。

十二）^①刘勰所论述的"江山之助"（《文心雕龙·物色》）^②，在盛唐边塞诗人的身上体现得特别鲜明和充分，如司马迁一样"雄奇雅健""逸气纵横"的文学风格，都是在壮游天下之后获得的。

出使过"胡地"、有"胡地"丰富生活体验的王维所歌咏的"新丰美酒斗十千，咸阳游侠多少年。相逢意气为君饮，系马高楼垂柳边"（《少年行四首》其一），体现的也是典型的"胡气"。珍贵的新丰美酒为意气而饮，为豪情而饮，为相逢而饮，侠少们轻生报国的壮烈情怀、仗义疏财的豪侠行为被表现得有声有色，宛在目前。没有什么比青春的激情、虎虎的生气、浩大的追求更适宜于酒和醉了。王维在赴河西（唐方镇，辖境相当于今甘肃河西走廊）节度幕慰问戍边将士途中写下的"大漠孤烟直，长河落日圆"（《使至塞上》），更是典型的"胡地"风光。^③李颀说："东门酤酒饮我曹，心轻万事皆鸿毛。醉卧不知白日暮，有时空望孤云高。"（《送陈章甫》）一醉之后心轻万事、云淡天高，其中吐露的是光华灿烂的生命情调。明人陈继儒说："醉把杯酒，可以吞江南吴越之清风；拂剑长啸，可以吸燕赵秦陇之劲气。"（《小窗幽记·情》卷二）^④志存高远，激情万丈，豪气干云，这是盛唐人的写照，他们奏响的是一个伟大时代的洪钟大吕。

唐人尚"胡"也尚"侠"，"任侠"之风弥漫于整个社会，侠气被看作是一种英雄主义的品格："长安重游侠，洛阳富财雄。玉剑浮云骑，金鞭明月弓。"（卢照邻《结客少年场行》）"非直结交游侠子，亦曾亲近英雄人。"（郭震《古剑篇》，一名《宝剑篇》）"容色由来荷恩顾，意气平生事侠游。"（蔡孚《打球篇》）"骑射先鸣推任侠，龙韬决胜仿时英。"（贺朝《从军行》）"侠客白云中，腰间悬辘轳。"（常建《张公子行》，一作《古意》）"塞下应多侠少年，关西不见春杨柳。"（高适《送浑将军出塞》）"中军一队三千骑，尽是并州游侠儿。"（戎昱《出军》）"侠气五都

---

①　（清）方东树：《昭昧詹言》，汪绍楹校点，人民文学出版社1961年版，第243页。

②　（梁）刘勰：《文心雕龙注释》，周振甫注释，人民文学出版社1983年版，第494页。

③　高建新：《"大漠孤烟直，长河落日圆"新解》，《内蒙古大学学报》2017年第1期。

④　（明）陈继儒：《小窗幽记》（外二种），罗立刚校注，上海古籍出版社2000年版，第30页。

少，矜功六郡良。"（李益《从军有苦乐行》）李德裕《豪侠论》："夫侠者，盖非常之人也，虽以然诺许人，必以节气为本。义非侠不立，侠非义不成。""士之任气而不知义，皆可谓之盗矣。然士无气义者，为臣必不能死难，求道必不能出世。"①尚节气、重道义，是侠的核心价值观，"它不仅是游侠一切行为的准则，也反映了作为道义责任的积极承担者，他们基本的人格取向"②。"侠"的尚节气、重道义及其"贵重然诺，一以意许知己，死亡不相负"（《三国志·吴书·刘繇太史慈士燮传》裴注引《江表传》）③的见义勇为、临危不惧、舍己救人的英雄气概，与"胡气"有本质的相通。"胡气"与"侠气"结合，体现在盛唐诗中，就是崇尚大气，张扬自我、追求个性解放，抒写崇高壮美的人生理想。

四、李白："胡气"的典型体现者

天才诗人李白（701—762）无疑是"胡气"的典型体现者。④李白生活于开元天宝年间，其"胡气"，来自开放的盛唐社会、文化所激发的人生豪情，来自诗人高远的人生理想和强烈的功名之心，也来自诗人可能有的"胡人"血统。胡怀琛认为李白先世是"突厥化的中国人"（《李太白的国籍问题》）⑤；陈寅恪肯定地认为，李白不生于中国而生于西域，"至中国后方改姓李也。其父所以名客者，殆由西域之人其名字不通于华夏，因以胡客呼之，遂取以为名，其实则非自称之本名也。夫以一元非汉族之家，忽来从西域，自称其先世于隋末由中国谪居于西突厥旧疆之内，实为一必不可能之事。则其人之本为西域胡人，绝无疑义矣"（《李太白氏族之疑问》）⑥；詹瑛先生后来又为陈寅恪先生"疑白本为西域胡人"的观点找到了佐证。他发现李白诗中所写的"脱吾帽，向君

① （清）董诰等编：《全唐文》（三），上海古籍出版社1990年版，第3224—3225页。
② 汪涌豪：《中国游侠史》，复旦大学出版社2005年版，第261页。
③ （晋）陈寿：《三国志》（五），中华书局1959年版，第1190页。
④ 蒋志：《李白与西域文化》，《绵阳师范学院学报》2006年第3期。
⑤ 郁贤皓、倪培翔：《建国以来李白研究概述》，《李白学刊》第2辑，上海三联书店1989年版，第275页。胡怀琛文原载《逸经》1936年第1期。
⑥ 陈寅恪：《金明馆丛稿初编》，上海古籍出版社1980年版，第279页。

笑。饮君酒，为君吟"(《扶风豪士歌》)，纯属"夷礼"，但"太白何从而习此夷礼耶"。还有，亲见过李白的魏颢描述李白"眸子炯然，哆如饿虎"(《李翰林集序》)①的相貌声音，詹锳先生认为"亦极特异，惜不知其髭须如何耳"；与李白诗酒唱和的崔宗之也说李白"双眸光照人，辞赋凌子虚"。(《赠李十二白》)②由此詹锳先生推测："白之家世或本胡商，入蜀之后，以多赀渐成豪族，而白幼年所受教育，则中西语文兼而有之。如此于其胡性之中，又加之以诗书及道家言，乃造成白诗豪放飘逸之风格。李诗之所以不可学者其在斯乎？"(《李白家世考异》)③还有，唐人孟棨《本事诗·高逸》说："李白初自蜀至京师，舍于逆旅。贺监知章闻其名，首访之。既奇其姿，复请所为文，出《蜀道难》以示之。"④贺知章为什么会"奇其姿"呢？李白的"姿"究竟是什么样子？是否与陈寅恪先生所说的"西域胡人"的相貌有关系呢？这些还需要我们进一步研究。

李白自言"陇西布衣，流落楚汉"(《与韩荆州书》)⑤、"本家陇西人，先为汉边将"。(《赠张相镐二首》其二)李阳冰《草堂集序》、范传正《左拾遗翰林学士李公新墓碑并序》记载其为"陇西成纪人"。陇西成纪，今甘肃秦安西北，西汉、隋属天水郡，地处古凉州的东南，离麦积山石窟不远，历史上一直都是胡人活跃的地方，因此李白即便不是"胡人"，也会受到来自地域的、家世的"胡风""胡气"的深刻影响，这从李白诗中多有胡地人物、风俗、景物的描写也可以看出："幽州胡马客，绿眼虎皮冠。笑拂两只箭，万人不可干。"(《幽州胡马客歌》)"胡人吹玉笛，一半是秦声。"(《观胡人吹笛》)"胡雏绿眼吹玉笛，吴歌白纻飞梁尘。"(《猛虎行》)"胡风吹代马，北拥鲁阳关。"(《豫章行》)"胡燕别主人，双双语前檐。"(《秋浦感主人归燕寄内》)"越鸟从南来，胡鹰亦北渡。"(《独漉篇》)"庾公爱秋月，乘兴坐胡床。"(《陪宋中丞武昌夜饮怀

① 金涛声、朱文彩编：《李白资料汇编》(唐宋之部·上)，中华书局 2007 年版，第 11 页。
② 金涛声、朱文彩编：《李白资料汇编》(唐宋之部·上)，中华书局 2007 年版，第 7 页。
③ 詹锳：《李白诗论丛》，作家出版社 1957 年版，第 24 页。
④ 丁福保辑：《历代诗话续编》(上)，中华书局 1983 年版，第 14 页。
⑤ 安旗、薛天纬等撰：《李白全集编年笺注》(四)，中华书局 2015 年版，第 1776 页。

古》）最让人不解的是李白自己在《上安州裴长史书》记载的一件事情：

> 昔与蜀中友人吴指南同游于楚，指南死于洞庭之上，白禅服恸哭，若丧天伦。炎月伏尸，泣尽而继之以血。行路间者，悉皆伤心。猛虎前临，坚守不动。遂权殡于湖侧，便之金陵。数年来观，筋骨尚在。白雪泣持刃，躬身洗削。裹骨徒步，负之而趋。寝兴携持，无辍身手。遂丐贷营葬于鄂城之东。故乡路遥，魂魄无主，礼以迁窆，式昭明情。此则是白存交重义也。①

就是再"存交重义"，中原汉族也不会有这样的举动：洗削腐尸、裹骨而行、昼夜不离其身。范传正《左拾遗翰林学士李公新墓碑并序》说李白："天宝初，召见于金銮殿，玄宗明皇帝降辇步迎，如见园、绮，论当世务，草答蕃书，辩如悬河，笔不停缀。"② 蕃，周代谓九州之外为夷服、镇服、蕃服，后用以泛指域外或外族。《周礼·秋官司寇·大行人》："九州之外，谓之蕃国。"（《周礼注疏》卷三十七）③ 蕃书，藩国之书，说明李白通晓少数民族或外国的文字，亦可看作李白为胡人或深受胡地文化影响的佐证。

李白那种雄视古今、狂放不羁、自然纯真的个性风采，"胡气"在其中无疑起到了巨大作用。李白本来就集盛唐人俊爽朗健的精神、傲岸不屈的品格、恢宏豪宕的气度、脱尘超凡的情怀以及"任侠"的英雄气质于一身，盛唐文人渴望建功立业、有所作为的强烈愿望，放情山水、笑傲风月的俊爽生活，歌颂理想、赞美人生的奋发精神，低回孤独、幽渺婉曲的感伤情怀，仗剑远游、饮酒求仙的超凡追求，以及那种以天下为己任、"舍我其谁"的恢宏气度，在"胡气"的催发下愈发表现得充分和完美。李白喜欢"胡气"浓郁的人和地方，毫不掩饰自己对胡姬的喜欢："五陵年少金市东，银鞍白马度春风。落花踏尽游何处，笑入胡姬酒肆中。"（《少年行二首》其二）"银鞍白鼻䯄，绿地障泥锦。细雨春风花落时，挥鞭直就胡姬饮。"（《白鼻䯄》）"胡姬貌如花，当垆笑春风。

---

① 安旗、薛天纬等撰：《李白全集编年笺注》（四），中华书局 2015 年版，第 1763—1764 页。
② 安旗、薛天纬等撰：《李白全集编年笺注》（四），中华书局 2015 年版，第 1954 页。
③ （清）阮元校刻：《十三经注疏》（上），中华书局 1980 年版，第 892 页。

笑春风，舞罗衣，君今不醉将安归。"（《樽前有酒行二首》其二）"何处可为别，长安青绮门。胡姬招素手，延客醉金樽。"（《送裴十八图南归嵩山二首》其一）胡人本豪情，胡酒更醇烈，在细雨春风、落花缤纷之时，银鞍白马的五陵少年挥鞭直就胡姬、笑入胡姬酒家，与貌美如花的胡姬开怀畅饮，不醉不归，盛唐文化的青春热血在李白的酒中更加的沸腾了。[①]长安城酒店林立，尤其是在最热闹的东市和西市，其中有一大部分是胡人开设的，与胡姬饮酒在唐诗里多有歌咏："胡姬春酒店，弦管夜锵锵。"（贺朝《赠酒店胡姬》）"胡姬酒垆日未午，丝绳玉缸酒如乳。"（岑参《青门歌送东台张判官》）"妍艳照江头，春风好客留。当垆知妾惯，送酒为郎羞。"（杨巨源《胡姬词》）"为底胡姬酒，长来白鼻騧。"（姚合《白鼻騧》）"落日胡姬楼上饮，风吹箫管满楼闻。"（章孝标《少年行》）"金钗醉就胡姬画，玉管闲留洛客吹。"（温庭筠《赠袁司录》）可见这种风气在当时的流行。

李白的特殊之处还在于其"胡气"与"侠气"的完美结合。刘全白说他"少任侠，不事产业，名闻京师"（《唐故翰林学士李君碣记》）[②]；与李白交往密切的魏颢甚至说他"少任侠，手刃数人"（《李翰林集序》）[③]；李白的朋友崔宗之也说李白"袖有匕首剑，怀中茂陵书"。（《赠李十二白》）[④]李白自己的诗中也多有此类描写："笑尽一杯酒，杀人都市中。"（《结客少年场行》）"酒后竞风采，三杯弄宝刀。杀人如剪草，剧孟同游遨。"（《白马篇》）"托身白刃里，杀人红尘中。"（《赠从兄襄阳少府皓》）詹瑛先生认为："白昼杀人，不以为意，此与中夏文人，实所罕见"；"此种豪侠之风亦与中华之传统文人不类"；"太白既有侠骨，而非儒风，故其诗意气豪迈，每取雄伟宏丽开阖动荡而富于刺激性之题材，摆去一切拘束，而以壮浪纵恣之笔出之。"[⑤]一旦触动就强烈爆发，绝无节

① 高建新：《酒入诗肠句不寒：古代文人生活与酒》，内蒙古大学出版社2007年版，第99—100页。
② 金涛声、朱文彩等编：《李白资料汇编》（唐宋之部·上），中华书局2007年版，第14页。
③ 金涛声、朱文彩等编：《李白资料汇编》（唐宋之部·上），中华书局2007年版，第11页。
④ 金涛声、朱文彩等编：《李白资料汇编》（唐宋之部·上），中华书局2007年版，第7页。
⑤ 詹瑛：《李白诗论丛》，作家出版社1957年版，第107、24、108页。

制，如狂飙裹挟怒涛、火山喷发岩浆，这就是李白的抒情方式。在《侠客行》中，通过对战国时朱亥、侯嬴不惜自我牺牲的侠义行为的赞美，李白一吐自己心中的理想：

> 赵客缦胡缨，吴钩霜雪明。
>
> 银鞍照白马，飒沓如流星。
>
> 十步杀一人，千里不留行。
>
> 事了拂衣去，深藏身与名。
>
> 闲过信陵饮，脱剑膝前横。
>
> 将炙啖朱亥，持觞劝侯嬴。
>
> 三杯吐然诺，五岳倒为轻。
>
> 眼花耳热后，意气素霓生。
>
> 救赵挥金槌，邯郸先震惊。
>
> 千秋二壮士，烜赫大梁城。
>
> 纵死侠骨香，不惭世上英。
>
> 谁能书阁下，白首太玄经。

一诺千金，五岳为轻；纵然死去，侠骨犹香。诗中所体现出的潇洒超逸、刚毅决绝无与伦比。"究其内质无不透露出盛唐诗人崇尚自我，推尊独立人格的精神品质。这与他们在生活中的表现是完全一致的。"[1]即使晚年流放夜郎，遭遇艰难，李白也不失英雄本色："昔在长安醉花柳，五侯七贵同杯酒。气岸遥凌豪士前，风流肯落他人后。"（《流夜郎赠辛判官》）惊世骇俗的才情与举动，"胡气"与"侠气"的水乳交融、相得益彰，造就了李白及其诗歌的飞扬、狂放，横空出世，气贯长虹。

五、北方游牧文化的影响[2]

从历史交往来看，北方游牧文化与中原文化既冲突又相互影响，"游牧文化一方面削弱了儒家传统对中原地区的影响，使北方农耕区出

---

① 刘飞滨：《盛唐诗歌的任侠精神》，《中国文学研究》2004 年第 2 期。

② 高建新：《北方游牧文化浸染下的唐诗》，《中华读书报》2016 年 7 月 27 日。

现'经术浸微'的情形，另一方面，又为北方汉人注入了强悍、朴实的独特气质"①，促使中原汉族以自我为中心亦即"中国百姓，天下根本；四夷之人，犹于枝叶"(《贞观政要》卷九)②观念的改变。"花门将军善胡歌，叶河蕃王能汉语"(岑参《与独孤渐道别长句兼呈严八侍御》)、"座参殊俗语，乐杂异方声"(岑参《奉陪封大夫宴得征字时封公兼鸿胪卿》)、"童子解吟长恨曲，胡儿能唱琵琶篇"(唐宣宗《吊白居易》)、"蕃人旧日不耕犁，相学如今种禾黍"(王建《凉州行》)、"胡人有妇能汉音，汉女亦能解胡琴"(戴良《凉州行》)③、"衣冠异域真余志，礼乐中原乃我荣"(耶律楚材《和武川严亚之见寄五首》其一)④，都说明文化影响是双向的、交融互渗的，是你中有我，我中有你。汉文化接受"胡文化"的影响，"胡文化"自然也接受汉文化的影响，正所谓"塞北江南共一家，何须泪落怨黄沙"(《杂曲歌辞·太和第四》)。

唐文化是魏晋以来四百年华夏各民族文化融合的结果，是中原农耕文明与北方游牧文明结合、会通的产物。从中华民族的历史发展进程来看，北方各游牧民族本身也是汉民族的族源之一。余恕诚认为："中国历史上，人口南移是主要流向，汉族出于种种原因，由黄河流域转向长江以南，而北方游牧部落，又南下到黄河流域的农耕地区，逐步融入汉人之中，成为汉民族的新血液。可以说中国古代北方始终是民族新血液、新成分的输入口。"⑤王国维先生说："两条云岭摩天出，九曲黄河绕地回。自是当年游牧地，有人曾号伏羲来。"(《读史二十首》其二)⑥云雾笼罩，雄伟的昆仑山脉与天山山脉拔地而起，迂回曲折的滔滔黄河在大地奔流，就在当年北方先民游牧的地方，诞生了中华民族人文始祖之一的伏羲。著名诗人昌耀在《寻找黄河正源卡日曲：铜色河》(《青藏高原的形体》之六)中说：

---

① 高翔、刘凤云：《论古代中国北方的农耕与游牧——对两种文化关系及发展趋向的探讨》，《中国人民大学学报》1995 年第 1 期。

② (唐)吴兢撰，谢保成集校：《贞观政要集校》，中华书局 2009 年版，第 503 页。

③ (清)顾嗣立编选：《元诗选》(二集下)，中华书局 1987 年版，第 1049 页。

④ 《影印文渊阁四库全书》(第一一九册)，(台湾)商务印书馆 1983 年发行，第 522 页。

⑤ 余恕诚：《唐诗风貌》(修订本)，中华书局 2010 年版，第 22 页。

⑥ 陈永正撰：《王国维诗词笺注》，上海古籍出版社 2011 年版，第 2 页。

历史太古老，草场移牧——

西羌人的营地之上已栽种了吐蕃人的火种，

而在吐谷浑人的水罐旁边留下了蒙古骑士的侧影……

看哪，西风带下，一枚探空气球箭翎般飘落。

而各姿各雅美丽山的泉水

依然在黄昏蒙影中为那段天籁之章添一串儿冰山珠玉，

遥与大荒铜铃相呼，遥与铁锚海月相呼，

牵动了华夏九州五千个纪年的悬念。①

在古老辽阔的北方草原上，各个民族往来频繁，交融渗透，活跃异常。西羌人、吐蕃人、吐谷浑人、蒙古人的身影交相出现在历史的大舞台上，他们与中原汉民族一样参与历史的创造，影响着历史的进程。这也印证了费孝通先生关于中华民族是"多元一体格局"的论述："它的主流是由许许多多分散孤立存在的民族单位，经过接触、混杂、联接和融合，同时也有分裂和消亡，形成一个你来我去，我来你去，我中有你，你中有我，而又各具个性的多元统一格局。这也许是世界各地民族形成的共同过程。"②

正因为如此，我们才有幸在唐诗中看到大量关于北方游牧文化（包括西域文化）及物产的描述，如音乐有《高昌乐》《西凉乐》《疏勒乐》《天竺乐》《龟兹乐》《康国乐》等，舞蹈有《胡旋舞》《胡腾舞》《柘枝舞》等，乐器有胡琴、胡笳、羌笛、琵琶、羯鼓等，服饰有胡服、胡帽、胡靴等，居所用具有穹庐、毡帐、胡床等，饮食有胡饼、羊肉、乳酪等，物产有胡麻、胡椒、葡萄及葡萄酒等。据美国学者爱德华·谢弗的研究，唐代仅是可考的外来物品就有170余种，③可分为18类，包括动植物、食物、香料、纺织品等，杜甫所谓"勃律天西采玉河，坚昆碧碗最来多。旧随汉使千堆宝，少答胡王万匹罗。"（《喜闻盗贼蕃寇总退口号

---

① 《昌耀抒情诗选》，青海人民出版社1986年版，第164—165页。

② 费孝通主编：《中华民族多元一体格局》（修订本），中央民族大学出版社1999年版，第3—4页。

③ ［美］爱德华·谢弗：《唐代的外来文明·译者的话》，吴玉贵译，陕西师范大学出版社2005年版，第7页。

五首》其四）①勃律，克什米尔北部印度河流域古国，是连接西域、印度、吐蕃的交通要冲；坚昆，古族名，在今叶尼塞河上游，6世纪中叶为突厥征服，唐曾设坚昆都护府。②这些外来的事物，无不影响着唐人的日常生活。唐诗中还有大量关于北方游牧文化地区的山川、地貌，如黄河、洮河、桑河、无定河、阴山、贺兰山、祁连山、燕支山、黑山、瀚海、朔方、紫塞、葱岭等的描述，及北部、西北边防重镇，如金河、云中、五原、居延、受降城、雁门关、陇山、陇头、凉州、玉门关、阳关等的书写。在这个空前的文化大交流、大融合过程中，涌现出一大批反映北方游牧文化的代表性诗人，如陈子昂、高适、岑参、王维、王昌龄、李白、杜甫、白居易、元稹、李益等，他们的创作具有鲜明的时代特色，反映了一代诗人对北方游牧文化的深刻感知，是"以诗补史""以诗证史""史诗互补"的宝贵材料。可以看出，唐诗中有关北方游牧文化的记述，是有系统的、成规模的，是唐人有意通过诗歌加以整体的展现。

　　总之，北方游牧文化是一种具有鲜明的民族性与地域性的文化，豪情快爽，阳刚大气，充满魅力，深刻地影响了唐代的社会生活及唐人的价值观和审美趣味，培养了唐人的英雄主义情怀和英雄主义品格，扩大了唐诗的审美题材，给唐诗带来了雄奇壮美的风格。像"胡人"一样少约束，忌细碎，自由地喷吐胸中之豪情，才可能产生真诗、好诗，这也应合了狄德罗的论述："一般说来，一个民族愈文明，愈彬彬有礼，它的风俗习惯也就愈没有诗意，一切都由于温和化而软弱起来了。"③对于唐人而言，尚"胡"事实上指示的是一种新鲜活泼的生活追求和精神追求。当然，盛唐社会的开放、大气、昂扬向上以及欣逢盛世的自豪感，也容易激发诗人的豪情、豪气，而这正与"胡气"的内质相协调，"胡气"催生的往往是一种激人奋发的壮士情怀、英雄情怀。

　　可贵的是，唐人尚"胡"却没有被"胡化"，而是通过对异质文化

---

① 高建新：《诗圣笔下的丝绸之路》，《学习时报》2016年10月3日。
② 周伟洲、丁景泰主编：《丝绸之路大辞典》，陕西人民出版社2006年版，第12—13、359页。
③ 转引自［英］洛克：《西方美学史》，关运文译，商务印书馆1999年版，第266页。

积极合理的吸收、消化并融入自己的血肉中，最终创造了包括盛唐诗在内的辉煌灿烂的大唐文化。所以研究唐诗，必须关注来自北方游牧文化对唐诗从题材、内容到美学风格所产生的多方面的影响。否则，就不可能全面、准确、深入地理解唐诗，揭示其不同于前代、后代的独特价值。事实已经证明：唐诗的繁荣离不开北方游牧文化深刻和多方面的影响；中华文化是中国各民族共同创造的一体多元的文化；中国文学是中国各民族（包括历史上的北方游牧民族）共同创造的文学；多元性、开放性、包容性、丰富性是中华文化及中国文学最为鲜明的特点。

第一章　唐诗中的北方游牧民族乐器

——以羯鼓、羌笛、琵琶为研究对象

唐代国门大开，民族平等，中西文化交流频繁，北方游牧民族乐器继前代持续大量传入中原地区，如胡琴、羌笛、箜篌、觱篥、羯鼓等，加上帝王的雅好推波助澜，"圣主之千声羯鼓，洛水风清；岐山之数调胡琴，嵩山月白"（徐寅《五王宅赋》），[①]极大地丰富了中原乐器的种类及其演奏，促进了中原音乐的繁荣，促进了诗与音乐的进一步融合，20世纪全国各地出土的文物就提供了大量的实物证据。

1942年至1943年，由中央研究院历史语言研究所、中央博物院、四川博物馆联合挖掘的成都永陵，是前蜀开国皇帝王建（847—918）的陵墓。陵墓正中是用青白大理石砌成的须弥座，称作棺床，棺床腰部的东、西、南三面均有雕刻精美、形态各异的乐伎形象，一共24幅，其中舞者2人，奏乐者22人，奏乐者手中所持乐器计有羯鼓、箜篌、筚篥、筝、排箫、琵琶、都昙鼓、齐鼓、腰鼓、羌笛、拍板等，是一个较完整的唐代宫廷乐队，乐器组合属燕乐，表明唐王朝的宫廷乐器多数来自北方游牧地区，受"胡乐"影响较深。[②]永陵现已辟为成都永陵博物馆。

1957年，陕西省西安市鲜于廉墓出土"三彩釉骆驼载乐俑"，现藏于中国国家博物馆。载乐俑是唐开元十一年（723）的作品，骆驼俑头高58.4厘米、首尾长43.4厘米，舞俑高25.1厘米。在铺着长方条纹花

---

① （清）董诰等编：《全唐文》（四），上海古籍出版社1990年版，第3876页。

② 《中国大百科全书·文物博物馆》，中国大百科全书出版社1995年版，第571页。

毯的骆驼背上，塑有五位胡人乐俑，左右两侧各坐着两个，神情专注地演奏胡乐。左面一人拨奏梨形琵琶，一人吹筚篥，右面二人击鼓，四人带着幞，身着翻领半袖大衣，脚蹬皮靴，是一个由胡人组成的小型巡回演出乐队。站立在四人中间的是一髯须浓密、眼睛圆睁、穿翻领绿袍的胡俑，右手前抬，右臂舞袖低垂，嘴正张开，似正在合乐而舞并伴以歌唱。骆驼昂首向前，造型生动，是典型的盛唐时期作品。

1959 年，陕西省西安市西郊中堡村唐墓出土"三彩骆驼载乐俑"，现藏于陕西历史博物馆。载乐俑通高 58 厘米，长 41 厘米，在铺着长方格花毯的骆驼背上，塑有 7 男 1 女共 8 个乐舞俑。环坐驼背上的乐俑分别执笛、箜篌、琵琶、笙、箫、拍板、排箫 7 种乐器，正在全神贯注地演奏，其中女舞俑立于 7 个乐俑中间，长袖轻拂，边歌边舞。这组乐舞俑是典型的盛唐时期作品，舞乐者均穿戴着汉族衣冠，使用的却多是从北方游牧民族地区传入的乐器，形象地表现了北方游牧民族乐器在开元、天宝时期流行的情形。

1995 年，河北省曲阳县西燕川村王处直墓出土"白石彩绘散乐图浮雕"，现藏于河北省博物院。此浮雕是唐代胡乐演奏的典型场面的生动再现，乐伎们丰腴圆满，梳高髻，簪珠花，着长裙，披帛巾，所持乐器均为胡乐，司仪带幞头，横持长杆指挥乐伎们演奏。展览介绍说，此浮雕为墓葬墙面装饰品，"长 136，高 82 厘米。由 15 人组成，表现了乐队吹奏表演的热闹场面。右边第一人着男装，可能是乐队指挥。12 名演奏者皆为女子，身着窄袖襦衫，长裙曳地，分前后两排，所持乐器有箜篌、筝、琵琶、拍板、座鼓、笙、方响、筚篥、横笛等。乐队指挥下方有孝子 2 人。盛唐风格，国内仅见"[1]。作为北方游牧民族乐器的代表，羯鼓节奏鲜明，羌笛音色特别，琵琶可以在快速行进的马上弹拨，即"驰弹"（李世民《琵琶》："驰弹风响急"），自有打动人心之处，受到了广泛的欢迎和重视，唐诗中对这类乐器及其演奏有丰富的描写。[2]

---

[1] 河北省博物院"曲阳石雕"展览，笔者于 2014 年 8 月 26—27 日两次前往参观。

[2] 高建新：《唐诗中的北方游牧民族乐器——以羯鼓、羌笛为研究对象》，《民族文学研究》2017 年第 2 期。

一、羯鼓

（一）唐玄宗与羯鼓

羯鼓，古代打击器，一般认为起源于北方羯族。羯族是匈奴族的一个分支，五胡（匈奴、鲜卑、羯、氐、羌）之一，东晋十六国时期建立了后赵政权，故羯鼓可称为羯族之鼓。又，羯鼓两面蒙皮，中腰略粗，用羯（即公羊）皮做鼓皮，故又称羯鼓。羯鼓两面鼓膜以绳拉紧，横卧于鼓架，以双手各持一杖击两面。[①]《通典·乐四》(卷一百四十四)："羯鼓，正如漆桶，两头俱击。以出羯中，故号羯鼓，亦谓之两杖鼓。"[②] 羯鼓形制不一，孔尚任说："羯鼓，细腰小鼓也。鼓面大如拳，腰细如指，周身嵌金细花，漆光黯黯，俱作牛毛断纹。钢卷张皮，丝绦绷榨，下承以牙床，双杖系之。声焦烈而高。"(《羯鼓》)[③] 孔尚任所述更像今天的腰鼓。唐人南卓《羯鼓录》说：

> 羯鼓出外夷，以戎羯之鼓，故曰羯鼓。其音主太簇一均，龟兹部、高昌部、疏勒部、天竺部皆用之，次在都昙鼓、答腊鼓之下，鸡娄鼓之上。鞻如漆桶，下以小牙床承之。击用两杖，其声焦杀鸣烈，尤宜促曲急破，作战杖连碎之声。又宜高楼晚景，明月清风，破空透远，特异众乐。杖用黄檀、狗骨、花楸等木，须至干紧，绝湿气，而复柔腻，干取发越响亮，腻取战褭健举。[④]

太簇，是古代音乐十二律中阳律的第二律，取万物簇生之意；均，调律。太簇一均，即太簇一曲，指羯鼓可以定音，并主导着当时宫廷音乐的调式，也是唐代龟兹、高昌、疏勒、天竺等四部乐的基本宫调，在这个意义上羯鼓具有"定音鼓"的性质。[⑤]《旧唐书·音乐志二》记载，演奏《高昌乐》《疏勒乐》要使用羯鼓。"鞻（sǎng），鼓框木。《广

---

① 《中国大百科全书·音乐舞蹈》，中国大百科全书出版社 1989 年版，第 323 页。

② （唐）杜佑：《通典》(四)，王文锦等点校，中华书局 1988 年版，第 3677 页。

③ 《孔尚任诗文集》，汪蔚林校辑，中华书局 1962 年版，第 624 页。

④ （唐）南卓：《羯鼓录》(外二种)，古典文学出版社 1957 年版，第 3 页。

⑤ 郑祖襄：《羯鼓为什么主"太簇一均"》，《南京艺术学院学报》2009 年第 10 期。

韵·荡韵》：'鼛，鼓匡木也。'"①战裹（niǎo），颤动、摇曳，韩偓以此描绘蔷薇花："绿刺红房战裹时，吴娃越艳醮酣后。"（《三月二十七日自抚州往南城县舟行见拂水蔷薇因有是作》）羯鼓音质丰富，鼓槌选料讲究，或"干"或"腻"，皆有说道。羯鼓可以传递丰富的个人情感世界，一击就是千杖，苏轼《有美堂暴雨》说："天外黑风吹海立，浙东飞雨过江来。十分潋滟金樽凸，千杖敲铿羯鼓催。"②写水势如同十分满的酒凸过了杯面，写暴雨声像是千杖急下敲响的羯鼓。

羯鼓盛行于开元、天宝年间，唐玄宗及宰相宋璟等，皆善击羯鼓，以绝技著称，《羯鼓录》说：

> 宋开府璟，虽耿介不群，亦深好声乐，尤善羯鼓，始承恩顾，与上论鼓事，曰："不是青州石末，即是鲁山花瓷。捻小碧上，掌下须有朋肯之声。据此乃是汉震第二鼓也。且鼛用石末花磁，固是腰鼓，掌下朋肯声，是以手拍，非羯鼓明矣。"又开府谓上曰："'头如青山峰，手如白雨点'，此即羯鼓之能事也。山峰取不动，雨点取碎急。"上与开府兼擅两鼓，而羯鼓偏好，以其比汉震稍雅细焉。开府之家悉传之。③

捻（niē），同"捏"，用拇指和其他手指夹住。青州石末、鲁山花瓷，均为汉震鼓之名称。小碧，当指用碧玉制成、类似调音器一类的部件，穿在鼓筒外侧的皮条上，可以上下移动，绷紧或放松鼓皮。掌，以手掌拍击。《文选·扬雄〈羽猎赋〉》："及至获夷之徒，蹴松柏，掌蒺藜。"李善注："蹴，踏也；掌，以掌击之也。"④《羯鼓录》原注："第二鼓者，左以杖，右以手指。《类说》'指'作'拍'。"⑤朋肯，皆读去声，象声词，形容鼓声。"捻小碧上掌，下须有朋肯之声"，是说用"小碧"把汉震鼓的鼓膜绷紧，直到以手掌拍击时发出"朋肯"之声，另本为

---

① 《汉语大字典》（缩印本），湖北辞书出版社、四川辞书出版社1992年版，第551页。
② 《苏轼诗集》（二），（清）王文诰辑注，孔凡礼点校，中华书局1982年版，第483页。
③ （唐）南卓：《羯鼓录》（外二种），古典文学出版社1957年版，第6页。
④ （梁）萧统：《文选》（一），（唐）李善注，上海古籍出版社1986年版，第394页。
⑤ （唐）南卓：《羯鼓录》（外二种），古典文学出版社1957年版，第6页。

"捻小碧上，掌下须有朋肯声"①。因为皇帝及宰相的雅好，羯鼓风靡一时，齐己说："此境此身谁更爱，掀天羯鼓满长安。"（《赠琴客》）羯鼓声声如雷，震天撼地，长久地回荡在长安城的上空。张祜《邠娘羯鼓》也说：

> 新教邠娘羯鼓成，大酺初日最先呈。
>
> 冬儿指向贞贞说，一曲干鸣两杖轻。

邠（bīn）娘，"当是诸王家所养之鼓手"②；大酺，帝王为表示欢庆，特许民间举行大聚饮三天；干鸣，指羯鼓的"焦杀鸣烈"之声。贞贞，一作"真真"。清人黄周星《唐诗快》评此诗说："唐之去今千余年，其人久已朽矣。谁复知有邠娘、冬儿、真真者？赖此一诗，便觉鼓声历乱，双鬟笑语，如在耳目之前，且并诸美之名字亦传矣。诗固神物也哉！"③

胡乐中，唐玄宗尤爱羯鼓，《新唐书·礼乐志十二》："帝又好羯鼓，而宁王善吹横笛，达官大臣慕之，皆喜言音律。帝尝称：'羯鼓，八音之领袖，诸乐不可方也。'"④唐人段安节《乐府杂录》也说：

> 明皇好此伎。有汝阳王花奴，尤善击鼓。花奴时戴砑绢帽子，上安葵花，数曲曲终，花不落，盖能定头项尔。黔帅南卓著《羯鼓录》中具述其事。咸通中，有王文举尤妙弄三杖，打撩万不失一，懿皇师之。⑤

花奴，汝阳王李琎的小名。《羯鼓录》说李琎"以其聪悟敏慧，妙达音旨，每随游幸，顷刻不舍。琎常戴砑绢帽打曲，上自摘红槿花一朵，置于帽上笪处，二物皆极滑，久之方安，遂奏《舞山香》一曲，而花不坠落，上大喜笑，赐琎金器一厨，因夸曰：'花奴姿质明莹，肌发光细，非人间人，必神仙谪堕也'"⑥。"数曲曲终，花不落"，正是《羯

---

① （唐）王谠：《唐语林》，上海古籍出版社1978年版，第174页。

② 尹占华撰：《张祜诗集校注》，甘肃文化出版社1997年版，第99页。

③ 尹占华撰：《张祜诗集校注》，甘肃文化出版社1997年版，第99页。

④ （宋）欧阳修、宋祁：《新唐书》（二），中华书局1975年版，第476页。

⑤ （唐）崔令钦等：《教坊记》（外三种），中华书局2012年版，第139页。

⑥ （唐）南卓：《羯鼓录》（外二种），古典文学出版社1957年版，第4—5页。

鼓录》"头如青山峰""山峰取不动"之说的典型例证。定头项，即在演奏时，头、颈等能始终保持不动，《教坊记辑佚》："吕元真打鼓，头上置水椀，曲终而水不倾动，众推其能定头项。"[①] 三杖，指羯鼓；打撩，敲击羯鼓；懿皇，唐懿宗李漼。羯鼓高手技艺超凡，皇帝亦拜为师。《羯鼓录》又记载了唐玄宗敲击羯鼓的生动情景：

> 尝遇二月初，诘旦巾栉方毕，时当宿雨初晴，景色明丽。小殿内庭，柳杏将吐，睹而叹曰："对此景物，岂得不为他判断之乎！"左右相目，将命备酒，独高力士遣取羯鼓。上旋命之临轩纵击一曲，曲名《春光好》（上自制也），神思自得。及顾柳杏，皆已发坼，上指而笑谓嫔御曰："此一事不唤我作天公，可乎？"嫔御侍官，皆呼万岁。又制《秋风高》，每至秋空迥彻，纤翳不起，即奏之，必远风徐来，庭叶随下。其曲绝妙入神，例皆如此。[②]

玄宗敲击羯鼓自得之神态，宛然目前。羯鼓节奏感极强，可急可缓，声音铿锵错落，表现力丰富，有自由发挥的巨大空间，同时还可以伴以腰肢身段的优美展示，无疑给具有高度音乐修养的唐玄宗以极大的美感享受。《羯鼓录》记载：玄宗"性俊迈，酷不好琴。曾听弹琴，正弄未及毕，叱琴者出曰：'待诏出去！'谓内官曰：'速召花奴，将羯鼓来，为我解秽。'"[③] 解秽，去除秽气。晚唐诗人宋齐丘《陪华林园试小妓羯鼓》亦复提此事：

> 切断牙床镂紫金，最宜平稳玉槽深。
>
> 因逢淑景开佳宴，为出花奴奏雅音。
>
> 掌底轻璁孤鹊噪，枝头干快乱蝉吟。
>
> 开元天子曾如此，今日将军好用心。

切断，截断。牙床，即《羯鼓录》所谓"鬛如漆桶，下以小牙床承之"。玉槽，槽形鼓座的美称。枝头，疑指鼓槌；干快，即《羯鼓录》所谓"干紧""干取发越响亮"之意。"掌底""枝头"两句说，玄宗敲击

---

① （唐）崔令钦等：《教坊记》（外三种），中华书局2012年版，第31页。
② （唐）南卓：《羯鼓录》（外二种），古典文学出版社1957年版，第4页。
③ （唐）南卓：《羯鼓录》（外二种），古典文学出版社1957年版，第5页。

羯鼓水平超群，时而掌中鸣玉，缓如栖息的喜鹊间或孤啼；时而"干紧"的羯鼓皮在鼓槌的急敲下，响亮密集如夏蝉和鸣。

唐玄宗的技艺如此精湛，是经过异常刻苦的训练得来的。《唐语林·补遗》（卷五）："（李）龟年善打羯鼓。明皇问：'卿打多少杖？'对曰：'臣打五千杖讫。'上曰：'汝殊未，我打却三竖柜也。'后数年，又问，打一竖柜，因赐一拂枝杖羯鼓槌。"[1]唐玄宗对羯鼓的痴迷由此可见。羯鼓对击鼓者要求较高，易学而难精，沈括《梦溪笔谈》卷五说：

> 吾闻《羯鼓录》序羯鼓之声云："透空碎远，极异众乐。"唐羯鼓曲，今唯有邠州一父老能之。有《大合蝉》《滴滴泉》之曲，予在鄜延时，尚闻其声。泾原承受公事杨元孙因奏事回，有旨令召此人赴阙，元孙至邠，而其人已死，羯鼓遗音遂绝。今乐部中所有，但名存而已，"透空碎远"，了无余迹。唐明帝与李龟年论羯鼓云："杖之弊者四柜"。用力如此，其为艺可知也。[2]

邠州，今陕西省彬县；鄜延，今陕西省延安。按照沈括的记载，羯鼓之技艺从地域上说，是由长安扩展至周边地区；从时间上说，由唐延续至宋后，遂成绝响。今天延安市的安塞区有著名的"安塞腰鼓"，与古老的羯鼓有亲缘关系，2006年5月20日经国务院批准列入第一批国家级非物质文化遗产名录。

（二）"安史之乱"与羯鼓

"安史之乱"是唐王朝在鼎盛时期遭遇的最沉重的打击，唐王朝由此走上了下坡路。"安史之乱"之后，中晚唐诗人对唐玄宗沉溺于羯鼓进而误国的史实进行了深刻的反思。这些作品多以游华清宫张本，隐含着诗人的婉讽："风树离离月稍明，九天龙气在华清。宫门深锁无人觉，半夜云中羯鼓声。"（张祜《华清宫四首》其一）"天宝承平奈乐何，华清宫殿郁嵯峨。朝元阁峻临秦岭，羯鼓楼高俯渭河。"（张继《华清宫》）"华清宫里打撩声，供奉丝簧束手听。寂莫銮舆斜谷里，是谁翻得

---

① （宋）王谠：《唐语林》，上海古籍出版社1978年版，第175页。
② （宋）沈括：《梦溪笔谈》，岳麓书社1997年版，第37页。

雨淋铃。"（崔道融《羯鼓》）华清宫巍峨壮丽，响起的声声羯鼓"破空透远"，却没有惊醒迷梦中的唐玄宗。与此同时，晚唐诗人扣住玄宗沉溺羯鼓，宠幸杨贵妃，致使国家发生变乱这一历史事实，写下了许多含蕴丰富的政治讽刺诗，其中最著名的作品是李商隐的《龙池》：

> 龙池赐酒敞云屏，羯鼓声高众乐停。
>
> 夜半宴归宫漏永，薛王沉醉寿王醒。

诗说，因为是家人龙池宴饮，无须回避嫔妃，只把云母屏风张开就可以了；有杨贵妃在座，玄宗兴致高昂，击打羯鼓的声音愈发显得急促高亢，淹没了所有器乐。夜深龙池宴罢归来，薛王酩酊大醉，玄宗之子寿王却满怀心事，夜不成寐。薛王，玄宗之弟李业之子。寿王，玄宗之子李瑁。杨玉环先为寿王妃，后被唐玄宗看中，将其立为贵妃。全诗笔触精微传神，揭露了宫闱中不可告人的丑事。"羯鼓声高众乐停"一句蕴涵丰富，既写玄宗对羯鼓情有独钟，因杨贵妃情绪特别高涨，又暗指玄宗唯我独尊、为所欲为、冒天下之大不韪，做出将寿王妃据为己有的丑行。此诗含蓄蕴藉、讽而不露的笔法受到后世的赞美，《震泽长语》曰："余读《诗》，至《绿衣》《燕燕》《黍离》，有言外无穷之感。后世唯唐人尚有此意，如'薛王沈醉寿王醒'，不涉讥刺，而讥刺之意溢于言表，得风人之旨。"[1] 再如温庭筠《过华清宫二十二韵》，一开头就写道：

> 忆昔开元日，承平事胜游。
>
> 贵妃专宠幸，天子富春秋。
>
> 月白霓裳殿，风干羯鼓楼。

霓裳（cháng），即《霓裳羽衣曲》，唐代乐曲名，传为唐玄宗所制。唐王朝开元全盛之日，玄宗宠幸杨贵妃之时正值壮年，常在明月映照下欣赏杨贵妃的《霓裳羽衣舞》，自己也趁着风干之天，鼓皮紧绷之时急敲羯鼓，越发显出了羯鼓"破空透远，特异众乐"的特殊魅力。然而，"安史之乱"发生了：

> 艳笑双飞断，香魂一哭休。
>
> 早梅悲蜀道，高树隔昭丘。

---

[1] 陈伯海主编：《唐诗汇评》（下），浙江教育出版社 1995 年版，第 2466 页。

朱阁重霄近，苍崖万古愁。

至今汤殿水，鸣咽县前流。

昭丘，昭陵，唐太宗墓，在今陕西省礼泉县。汤殿，温泉浴室。县，指临潼，有华清宫，玄宗偕贵妃常在此避暑。"安史之乱"起，玄宗君臣一行逃难入蜀行至马嵬坡，禁卫军发生哗变，杨妃娇媚的笑容已不复见，太宗的功业被完全葬送，如今悔之晚矣。黄周星《唐诗快》认为，"此即诗史也，盛衰理乱之感，无一不备其中，令观者慨当以慷"①。在《鸿胪寺有开元中锡宴堂楼台池沼雅为胜绝荒凉遗址仅有存者偶成四十韵》一诗中，温庭筠亦有"婵娟得神艳，郁烈闻国香。紫绦鸣羯鼓，玉管吹霓裳"的描写，说受宠的杨妃姿态美好，如牡丹花一样富艳芬芳，系着紫色丝带的羯鼓轰鸣，玉制的管乐器吹出的是《霓裳羽衣曲》。温庭筠认为，帝王、妃子沉溺享乐、不恤国事，最终导致了"纵火三月赤，战尘千里黄"惨祸的发生。

"安史之乱"的发生虽有根由，却是飞来横祸，对唐王朝的打击是沉重的、带有毁灭性的，对唐以后的中国封建社会的影响是巨大的，所以这种反思一直从中晚唐持续到北宋直至南宋。与司马光同修《资治通鉴》的史学家刘攽《荔枝》其二说：

锦筵火齐砌金柈，五月甘浆破齿寒。

南国已随朱夏熟，北人犹指画图看。

烟岚不续丹樱献，玉座空悲羯鼓残。

相见任夸双蒂美，多情莫唱水晶丸。②

火齐，火齐珠，一种玫瑰色宝石。张衡《西京赋》："翡翠火齐，络以美玉。"李善注："翡翠，鸟名也。火齐，玫瑰珠也。"(《文选·赋甲》)③ 这里火齐指荔枝。金柈（pán），金盘，韩愈《永贞行》："公然白日受贿赂，火齐磊落堆金盘。"双蒂，并蒂，似指玄宗与贵妃。水晶丸，荔枝品种之一。诗说，玄宗皇帝与杨妃，一个喜好羯鼓，一个酷嗜

① 陈伯海主编：《唐诗汇评》(下)，浙江教育出版社1995年版，第2631页。
② 北京大学古文献研究所编：《全宋诗》(十一)，北京大学出版社1993年版，第7315页。
③ (梁)萧统：《文选》(一)，(唐)李善注，上海古籍出版社1986年版，第55页。

荔枝，到头来只落得国破人亡，空留悲叹，此亦唐人杜牧《华清宫三十韵》"尘埃羯鼓索，片段荔枝筐"、宋人孙渐《游骊山》"羯鼓寂无声，连理空余木"①所言之意。宋人吴雍《登骊山阁留诗》说：

> 山头羯鼓奏霓裳，断送君王入醉乡。
>
> 凭阁无言念兴废，孤烟犹起泰陵傍。②

泰陵，唐玄宗墓，位于陕西省蒲城县东北五龙山余脉金粟山南。诗人不禁感慨：玄宗专好羯鼓，贵妃善舞《霓裳》，最终享乐的是自己，断送的是一个好端端的王朝。就在诗人登临凭吊、发思古之幽思之时，一缕孤烟从气势磅礴的泰陵上升起，婉讽之意由此见出。结尾两句，诗人化用杜牧《华清宫三十韵》"孤烟知客恨，遥起泰陵傍"之诗意。宋人赵汝燧《缠头曲》（《野谷诗稿》卷一）诗说：

> 阿蛮妙舞翠袖长，臂韝珠络带宝装。
>
> 春风按试清元殿，粉白黛绿立两傍。
>
> 三郎老手打羯鼓，太真纤指弹龙香。
>
> 箜篌野狐拍怀智，觱篥龟年笛宁王。
>
> 中有八姨坐绮席，淡扫蛾眉压宫妆。
>
> 醉看阿蛮小垂手，飞燕轻盈惊鸿翔。
>
> 八姨指挥三郎听，颁赉岂惜倾筐箱。
>
> 缠头一局三百万，莫遣傍人笑大唐。
>
> 尾声方断地衣卷，忽闻鼙鼓喧渔阳。
>
> 播迁才出望贤路，玉食未进日卓午。
>
> 粝饭胡饼能几许，不饱皇孙及妃主。
>
> 阿蛮知是何处去，但见猪龙胡旋舞。③

这是一个由皇帝、皇妃主导的规格和演奏水平极高的小型艺术团。阿蛮，谢阿蛮，玄宗时宫廷舞蹈家，擅长《凌波舞》；三郎，唐玄宗；太真，杨贵妃，善弹琵琶；野狐，张野狐，宫中乐工，善弹箜篌；怀

---

① 北京大学古文献研究所编：《全宋诗》（二十三），北京大学出版社1995年版，第15435页。

② 北京大学古文献研究所编：《全宋诗》（十一），北京大学出版社1993年版，第7384页。

③ 《影印文渊阁四库全书》（第一一七五册），（台湾）商务印书馆1983年发行，第91页。

智，贺怀智，宫中乐工，擅长拍板；龟年，李龟年，宫中乐工，擅长
觱篥；宁王，唐玄宗之兄李宪，善吹玉笛；八姨，杨贵妃姊秦国夫人。
《旧唐书·后妃传上》：

> 太真姿质丰艳，善歌舞，通音律，智算过人。每倩盼承迎，动
> 移上意。宫中呼为"娘子"，礼数实同皇后。有姊三人，皆有才貌，
> 玄宗并封国夫人之号：长曰大姨，封韩国；三姨，封虢国；八姨，
> 封秦国。并承恩泽，出入宫掖，势倾天下。[①]

猪龙，长着龙首的猪，指安禄山，《杨太真外传》卷下：唐玄宗
"尝与（安禄山）夜燕，禄山醉卧，化为一猪而龙首"；安禄山"于上
前《胡旋》，疾如风焉"[②]。"安史之乱"就在无休止的歌舞升平中无情地
爆发了，一个曾经辉煌的时代就这样被毁掉了。逃难中，杨贵妃、虢
国夫人不是自杀就是被杀，曾经锦衣玉食的皇子皇孙连"粝饭"（糙米
饭）、"胡饼"都奉为甘肥。羯鼓"老手"唐玄宗虽幸免于难，却落得个
晚境凄凉："不觉流涕""凄然垂涕""又涕零"（《杨太真外传》卷下），[③]
最终为天下所笑。刘克庄《再和十首》（其八）亦藏有深意：

> 淡赏无烦羯鼓催，解鞍便可坐莓苔。
> 莫将花与杨妃比，能与三郎作祸胎。[④]

无烦，无须烦劳；莓苔，青苔；三郎，玄宗为睿宗李旦第三子，故
称；祸胎，致祸之根源。《开元天宝遗事·解语花》："明皇秋八月，太
液池有千叶白莲数枝盛开，帝与贵戚宴赏焉。左右皆叹羡。久之，帝指
贵妃示于左右曰：'争如我解语花？'"[⑤]诗说，今日玄宗另有雅兴，暂且
不去敲击羯鼓了，可以下马停驻、坐赏青苔了；千万不要再把杨妃比作
解语花了，杨妃实在是致使国家祸乱的根由。言外之意，沉迷于羯鼓的
玄宗又岂能脱了干系。

---

① （后晋）刘昫等：《旧唐书》（七），中华书局 1975 年版，第 2178 页。
② （五代）王仁裕：《开元天宝遗事十种》，上海古籍出版社 1985 年版，第 141 页。
③ （五代）王仁裕：《开元天宝遗事十种》，上海古籍出版社 1985 年版，第 144 页。
④ 北京大学古文献研究所编：《全宋诗》（五十八），北京大学出版社 1998 年版，第
　　36247 页。
⑤ （五代）王仁裕：《开元天宝遗事十种》，上海古籍出版社 1985 年版，第 96 页。

在中晚唐诗人眼里，玄宗沉溺羯鼓与杨妃酷嗜荔枝一样，都是重大事件，甚至是政治事件，与唐王朝的兴衰关系密切，所以他们不惜笔墨，在诗中不断咏叹，言凿凿，情切切，由此造就了咏史诗的高度繁荣，出现了如杜牧、李商隐等一批杰出诗人。他们总结历史，期待从中获得兴亡治乱的教训，提醒后来的统治者不要重蹈覆辙，以至于影响到了北宋、南宋诗人的思维方式与抒情方式，甚至包括他们的历史观，这是值得我们特别注意的。

二、羌笛

羌笛，羌族簧管乐器，双管并在一起，每管各有六个音孔，上端装有竹簧口哨，竖吹，因源出于羌人，故称"羌笛"，又称"羌管"。"古代羌笛是对羌人吹管乐器的泛称，包括哨振（边棱音）和簧振（单簧）两类。"①

古笛为七孔，羌笛为三孔。《说文解字·竹部》："笛，七孔筩也。从竹，由声。羌笛三孔。"段玉裁注："《文选》李注引《说文》：笛，七孔，长一尺四寸，今人长笛是也。""李善曰羌笛长于古笛，有三孔，大小异。"②至多迟至汉代，羌笛已经出现在音乐生活中了。《通典·乐四》（卷一百四十四）引东汉应劭《风俗通》曰："丘仲造笛，长尺四寸，七孔，武帝时人。后更有羌笛。"③清代戏剧家孔尚任在《汉玉羌笛》一文中是这样描述他得到的一支汉代羌笛的：

> 汉玉羌笛，色甘黄如柳花，吹孔之下，止具三孔，双钩碾制，形肖竹节，顶节二寸，中节八寸，尾节五寸，较以汉尺，分毫不爽，其为汉器无疑。全体光莹，不沾汗浆，亦无土花，盖在内府秘藏者。④

有玉制羌笛，更多为竹制。东汉马融《长笛赋》："近世双笛从羌

① 《中国大百科全书·音乐舞蹈》，中国大百科全书出版社1989年版，第524页。
② （清）段玉裁撰：《说文解字注》，上海古籍出版社1988年版，第197—198页。
③ （唐）杜佑：《通典》（四），王文锦等点校，中华书局1988年版，第3683页。
④ 汪蔚林校辑：《孔尚任诗文集》，中华书局1962年版，第611页。

起，羌人伐竹未及已。龙鸣水中不见己，截竹吹之声相似。剡其上孔通洞之，裁以当簻便易持。易京君明识音律，故本四孔加以一。君明所加孔后出，是谓商声五音毕。"(《文选·赋壬》)李善注引《风俗通》曰："笛元羌出，又有羌笛。然羌笛与笛，二器不同，长于古笛，有三孔，大小异，故谓之双笛。"①唐人黄滔《壶公山》也说："翠竹雕羌笛，悬藤煮蜀笺。"

（一）羌笛与边塞

羌笛在唐代是边塞上常见的一种乐器，并没有出现在唐代的"十部乐"中，抑或只是游牧民族或军中将士用来自娱自乐的："平沙漫漫马悠悠，弓箭闲抛郊水头。鼠毛衣里取羌笛，吹向秋天眉眼愁。"（刘言史《牧马泉》）"天边物色更无春，只有羊群与马群。谁家营里吹羌笛，哀怨教人不忍闻。"（无名氏《镇西》）"异方之乐令人悲，羌笛胡笳不用吹。坐看今夜关山月，思杀边城游侠儿。"（孟浩然《凉州词》其二）"凉州城外少行人，百尺峰头望虏尘。健儿击鼓吹羌笛，共赛城东越骑神。"（王维《凉州赛神》）"中军置酒饮归客，胡琴琵琶与羌笛。"（岑参《白雪歌送武判官归京》）"戎鞭腰下插，羌笛雪中吹。"（李顾《塞下曲》）从这些描写中可以看出，羌笛的民间特点非常突出，是边地、边塞上的民间正声，长久以来回响在苍茫的时空中。

羌笛首次出现在诗中是南北朝时期："榆关断音信，汉使绝经过。胡笳落泪曲，羌笛断肠歌。"庾信《拟咏怀诗二十七首》其七）"陇头鸣四注，征人逐贰师。羌笛含流咽，胡笳杂水悲。"（张正见《陇头水二首》其一）"胡关氛雾侵，羌笛吐清音。韵切山阳曲，声悲陇上吟。"（贺彻《赋得长笛吐清气》）②与胡笳一样，羌笛的出现与边塞、征战及浓郁的悲情紧密关联，显示了鲜明的随军特点。到了唐代，羌笛的随军特点依旧没有改变，诗中羌笛的出现总是与边塞、征战及荒凉壮阔的边疆景

---

① （梁）萧统：《文选》（二），（唐）李善注，上海古籍出版社1986年版，第822—823页。
② 逯钦立辑校：《先秦汉魏晋南北朝诗》（下），中华书局1983年版，第2368、2478、2554页。

色紧密关联，不过内容更加丰富、情感更加深厚。加之以唐王朝国力强大、疆域广阔、对外开放，初盛唐诗人（也包括部分中晚唐诗人）大多有边塞从军、漫游西北的经历，"舍我其谁"的自信与建功立业的理想之外，又别有一种深长的家国情怀，故能悉心揣摩羌笛特殊的音色及丰富内在的表现力，体现在诗中就格外不同凡响，如杜审言《赠苏味道》：

> 北地寒应苦，南庭戍未归。
>
> 边声乱羌笛，朔气卷戎衣。
>
> 雨雪关山暗，风霜草木稀。
>
> 胡兵战欲尽，虏骑猎犹肥。
>
> 雁塞何时入，龙城几度围。
>
> 据鞍雄剑动，插笔羽书飞。
>
> 舆驾还京邑，朋游满帝畿。
>
> 方期来献凯，歌舞共春辉。

全诗极写边塞从军生活的艰苦异常及建功立业的高远理想。"边声乱羌笛，朔气卷戎衣"两句，苍劲沉郁，哀而不伤，有李陵《重报苏武书》"凉秋九月，塞外草衰，夜不能寐，侧耳远听，胡笳互动，牧马悲鸣，吟啸成群，边声四起"之悲慨。[1]《增订评注唐诗正声》评此诗"高华雄劲，冠冕词流"，《唐诗选脉会通评林》亦曰"意调雄浑，为国家边士生色"[2]。再如王之涣脍炙人口的名作《凉州词二首》（其一）：

> 黄沙直上白云间，一片孤城万仞山。
>
> 羌笛何须怨杨柳，春风不度玉门关。

全诗壮阔雄厚又深情蕴藉，守边将士的高远情怀指而可想。此诗"黄沙直上"一本作"黄河远上"，笔者以为"黄沙直上"更见边塞实景与守边之艰辛，自然引出后两句，正如《唐贤三昧集笺注》所评："此状凉州之险恶也。笛中有《折柳曲》，然春光已不到，尚何须作杨柳之怨乎？明说边境苦寒，阳和不至，措词宛委，深耐人思。"《唐诗正声》：

---

① （清）严可均校辑：《全上古三代秦汉三国六朝文》（一），中华书局1958年版，第282页。

② 陈伯海主编：《唐诗汇评》（上），浙江教育出版社1995年版，第121页。

"吴逸一评：神气内敛，骨力全融，意沉而调响。满目征人苦情，妙在含蓄不露。"《汇编唐诗十集》："唐云：一语不及征人，而征人之苦可想。"[1] 又如王昌龄《从军行七首》（其一）：

> 烽火城西百尺楼，黄昏独坐海风秋。
>
> 更吹羌笛关山月，无那金闺万里愁。

深长的家国情怀已融入西北的万里江山与陡起的羌笛曲中了。《唐诗摘钞》："当黄昏独坐之时，乡思已自'无那'，岂意羌笛更吹《关山月》之曲，闻之使人倍难为情矣。"[2] 王诗与高适"为问边庭更何事，至今羌笛怨无穷"（《金城北楼》）的直接抒情相比，意味自然深长。与王昌龄诗异曲同工的是刘长卿《从军行六首》（其五）：

> 倚剑白日暮，望乡登戍楼。
>
> 北风吹羌笛，此夜关山愁。
>
> 回首不无意，滹河空自流。

日暮倚剑登楼，遥望故乡，北风中传来阵阵羌笛声，今夜思乡之情铺满关山。不言己愁，而愁情满纸。一样的夜晚，一样的边关，一样的羌笛，一样的乡思，李益《夜上受降城闻笛》则又多了几分凄清：

> 回乐烽前沙似雪，受降城下月如霜。
>
> 不知何处吹芦管，一夜征人尽望乡。

芦管，指羌笛。诗歌描绘出了一幅有声有色的荒凉的边塞图景：在如霜一般的月光笼罩下，大漠黄沙映出雪一般的晶莹洁白，边塞的夜晚辽阔而宁静，不知是哪里吹响了羌笛，边塞的荒远使笛声瞬间传遍四野，无数的征人在笛声中再也抑制不住对家乡的思念之情。《增订唐诗摘钞》评此诗说："沙飞月皎，举目凄其，于此时而闻笛声，安有不思乡念切者。"[3]

羌笛本来就有异乎寻常的感人力量，特别是身处塞上、远离家乡、与友人分别之时，闻笛者更是思潮翻涌，热泪盈眶，黑发须臾尽白。李

---

① 陈伯海主编：《唐诗汇评》（中），浙江教育出版社 1995 年版，第 1355 页。
② 陈伯海主编：《唐诗汇评》（上），浙江教育出版社 1995 年版，第 434 页。
③ 陈伯海主编：《唐诗汇评》（中），浙江教育出版社 1995 年版，第 1486 页。

顾《古意》：

> 男儿事长征，少小幽燕客。赌胜马蹄下，由来轻七尺。杀人莫敢前，须如猬毛磔。黄云陇底白雪飞，未得报恩不能归。辽东小妇年十五，惯弹琵琶解歌舞。今为羌笛出塞声，使我三军泪如雨。

守边壮士，刚毅果决，心硬如铁，谁知一曲羌笛竟然触动了柔软的心扉，顿时泪落如雨，发白如霜。人同此心，心同此理，这样的情形在边塞诗中并不少见："代北几千里，前年又复经。燕山云自合，胡塞草应青。铁马喧鼙鼓，蛾眉怨锦屏。不知羌笛曲，掩泪若为听。"（赵嘏《前年过代北》）"白雁兼羌笛，几年垂泪听。阴风吹杀气，永日在青冥。远戍秋添将，边烽夜杂星。嫖姚头半白，犹自看兵经。"（贯休《古塞上曲七首》其三）"菊黄芦白雁初飞，羌笛胡笳泪满衣。送君肠断秋江水，一去东流何日归。"（沈宇《武阳送别》）"离离天际云，皎皎关山月。羌笛一声来，白尽征人发。"（李咸用《关山月》）人心是柔软的，只要触动了就会有反应。

（二）羌笛与《落梅花》曲

《落梅花》即《梅花落》，是羌笛曲中最著名的作品，是汉乐府二十八横吹曲之一："《梅花落》，本笛中曲也。"（《乐府诗集·横吹曲辞四》）[1] 羌笛与《落梅花》在唐诗中时常同时出现，刘禹锡说："塞北梅花羌笛吹，淮南桂树小山词。"（《杨柳枝词九首》其一）唐人段安节《乐府杂录·笛》中记载了一段神奇的故事：

> 笛，羌乐也。古有《落梅花》曲，开元中，有李谟独步于当时，后禄山乱，流落江东。越州刺史皇甫政月夜泛镜湖，命谟吹笛，谟为之尽妙。倏有一老父，泛小舟来听，风骨冷秀，政异之。进而问焉，老父曰："某少善此，今闻至音，辄来听耳。"政即以谟笛授之，老父始奏一声，镜湖波浪摇动，数叠之后，笛遂中裂。即探怀中一笛，以毕其曲。政视舟下，见二龙翼舟而听。老父曲终，以笛付谟。谟吹之竟不能声。即拜谢以求其法。顷刻，老父入小

---

[1] （宋）郭茂倩：《乐府诗集》（二），中华书局1979年版，第349页。

舟，遂失所在。①

这段故事以传奇的手法描绘了羌笛演奏者在演奏《落梅花》时大自然发生的不可思议的变化，使人想到《列子·汤问》中的"郑师文学琴"的著名故事。高妙的音乐演奏不仅能穷尽大自然之美，而且还能招致大自然发生微妙有趣的"感应"，奏春曲可引致"凉风忽至，草木成实"的秋景，奏秋曲可引致"温风徐回，草木发荣"的春景，奏夏曲可引致"霜雪交下，川池暴沍"的冬景，而奏冬曲引致的则是"阳光炽烈，坚冰立散"的夏景。全曲终了时则显现出一片祥瑞景象："景风翔，庆云浮，甘露降，澧泉涌。"② 能达到如此超凡的境地，足见演奏者技艺高超、精神专一及对大自然的深刻感知。李白《清溪半夜闻笛》，表现羌笛名曲《落梅花》的动人力量：

　　　　羌笛梅花引，吴溪陇水情。

　　　　寒山秋浦月，肠断玉关声。

诗人夜半闻笛，耳边正是凄切的《落梅花》，使人不禁想起北朝民歌《陇头歌》"陇头流水，鸣声幽咽"的描写；寒山披霜，秋浦月冷，远在玉门关外的羌笛声令人肠断。征夫之苦、思乡之痛，尽在不言中了。高适《塞上听吹笛》：

　　　　雪净胡天牧马还，月明羌笛戍楼间。

　　　　借问梅花何处落，风吹一夜满关山。

诗中的"梅花"，指羌笛曲《落梅花》。在明月映照戍楼之时，羌笛一曲《落梅花》，一夜之间随风吹遍了关山。

王昌龄、高适、王之涣的诗作，最能体现守卫玉门关将士们的家国情怀，无论内容的厚实，还是风骨的健举、格调的高爽，都是盛唐时期的典型代表。宗白华先生说："立在军门之前，横吹一支短笛，高歌一曲胡笳，无论你是怎样的一个弱者，也会兴奋起来，身上燃烧着英雄的热血。"（《唐人诗歌中所表现的民族精神》）③《唐诗正声》："吴逸一评：

---

① （唐）崔令钦等：《教坊记》（外三种），中华书局 2012 年版，第 135—136 页。

② 杨伯峻撰：《列子集释》，中华书局 1999 年版，第 176—177 页。

③ 《宗白华全集》（二），安徽教育出版社 1994 年版，第 133 页。

因'牧马还'而有此笛声，摹写得妙。"①《唐诗解》："落梅足起游客之思，故闻笛者每兴咏。"②此诗亦题作《和王七玉门关听吹笛》："胡人吹（一作'羌'）笛戍楼间，楼上萧条海（一作'明'）月闲。借问落梅凡几曲，从风一夜满关山。"亦有情味，值得品赏。羌笛与《落梅花》曲相谐，在唐诗中屡有明证："羌笛横吹阿嚲回，向月楼中吹落梅。"（李白《司马将军歌》）"牧童何处吹羌笛，一曲梅花出塞声。"（韦庄《汧阳间》）"结实和羹知有日，肯随羌笛落天涯。"（徐夤《梅花》）"霜月夜裴回，楼中羌笛催。晓风吹不尽，江上落残梅。"（贯休《月夕》）阿嚲（duǒ）回，笛曲名，也称"阿滥堆"。③其中，李峤（一作宋之问）《笛》一诗表达的由羌笛引发的感情更为深挚，令人沉思：

> 羌笛写余声，长吟入夜清。
>
> 关山孤月下，来向陇头鸣。
>
> 逐吹梅花落，含春柳色惊。
>
> 行观向子赋，坐忆旧邻情。

羌笛声声悠扬，入夜之后更显清越，尤其是在孤月映照下的关山、陇头响起。一曲《落梅花》直逼灵魂，即使春回柳上，亦足使人惊心。结句诗人由羌笛曲想到了向秀《思旧赋》，即"向子赋"。向秀与嵇康、阮籍、刘伶等同为"竹林七贤"，其《思旧赋》序说：

> 余与嵇康、吕安，居止接近，其人并有不羁之才。然嵇志远而疏，吕心旷而放，其后各以事见法。嵇博综技艺，于丝竹特妙。临当就命，顾视日影，索琴而弹之。余逝将西迈，经其旧庐。于时日薄虞渊，寒冰凄然。邻人有吹笛者，发声寥亮；追思曩昔游宴之好，感音而叹，故作赋云。④

能勾起如此悲凉沉痛的感情，想必邻人所吹"发声寥亮"者亦为羌笛。

羌笛为北乐，梅生南方，二者是如何关联起来的，在当时就有诗

---

① 陈伯海主编：《唐诗汇评》（上），浙江教育出版社1995年版，第895页。

② （明）唐汝询：《唐诗解》（下），河北大学出版社2001年版，第685页。

③ 郁贤皓撰：《李太白全集校注》（二），凤凰出版社2015年版，第440页。

④ （梁）萧统：《文选》（二），上海古籍出版社1986年版，第720页。

人有疑问。梁去惑《塞外》说:"塞北长寒地,由来□物华。不知羌笛里,何处得梅花?"阙者疑为"少"字。其实皇甫冉《送刘兵曹还陇山居》一诗回答的正是这个问题:"离堂徒宴语,行子但悲辛。虽是还家路,终为陇上人。先秋雪已满,近夏草初新。唯有闻羌笛,梅花曲里春。"远在西北边塞,气候严寒异常,秋已雪满,近夏草新,只有在羌笛曲《落梅花》中,才能嗅到春天的讯息。《落梅花》之外,羌笛名曲还有《折杨柳》,李白《春夜洛城闻笛》:

谁家玉笛暗飞声,散入春风满洛城。

此夜曲中闻折柳,何人不起故园情。

玉笛,指羌笛。折柳,即《折杨柳》,羌笛名曲。《苕溪渔隐丛话》:"《乐府杂录》云:'笛者,羌乐也。古曲有《折杨柳》《落梅花》。'故谪仙《春夜洛城闻笛》云:'谁家玉笛暗飞声,散入春风满洛城。此夜曲中闻《折柳》,何人不起故园情?'杜少陵《吹笛》诗:'故园杨柳今摇落,何得愁中曲尽生?'王之涣云:'羌笛何须怨杨柳,春风不度玉门关。'皆言《折柳曲》也。"[①]羌笛曲中的《折杨柳》,既写离情别绪,又暗含唐人折柳送别的习俗。诗说,究竟是谁家羌笛竟有如此魔力?把春夜里本来宁静温暖的心吹得波澜起伏,陷入深深的乡思之中。诗由近及远,由己及人,感情深挚,余韵悠扬,充分展示了羌笛及《折杨柳》的巨大感染力。

可以看出,无论是边塞之声的羌笛,还是吹奏《落梅花》《折杨柳》的羌笛,都感情深挚,平民色彩十分明显,能深深地打动人心。羌笛巨大的艺术感染力说明,任何真正的艺术都会与心灵与情感发生密切的联系:"情感并不是孤立地存在于心灵中,好像可以用一种艺术把它从心灵里提取出来";"音乐所唤醒的强烈的情感本身,以及音乐使似梦非梦的人们沉浸其中的所有甜美和痛苦的情调","正是世界上最美好的,有益身心的神奇事迹之一"[②]。

---

① (宋)胡仔纂集:《苕溪渔隐丛话·后集》,廖德明校点,人民文学出版社1984年版,第24页。

② [奥]爱杜阿德·汉斯立克:《论音乐的美——音乐美学的修改新议》,杨业治译,人民音乐出版社1978年版,第15、9页。

三、琵琶

琵琶，北方游牧民族弹拨乐器，又名枇杷，汉代刘熙《释名·释乐器》说："枇杷本出于胡中，马上所鼓也。推手前曰枇，引手却曰杷，象其鼓时，因以为名也。"[①] 李峤《琵琶》诗说："本是胡中乐，希君马上弹。"琵琶演奏有一个鲜明的特点，"初声颇复闲缓，度曲转急躁"（《通典·乐二》卷一百四十二），[②] 因而能将感情一层一层向前推进，直至达到最高潮，获得最佳的艺术效果："摧藏千里态，掩抑几重悲。促节萦红袖，清音满翠帷。"（李世民《琵琶》）"破拨声繁恨已长，低鬟敛黛更摧藏。潺湲陇水听难尽，并觉风沙绕杏梁。"（羊士谔《夜听琵琶三首》其三）"满坐红妆尽泪垂，望乡之客不胜悲。曲终调绝忽飞去，洞庭月落孤云归。"（佚名《琵琶》）《唐诗选脉会通评林》引周珽语曰："弹琵琶者，不胜柔情惨戚；听琵琶者，更多转意深沉；诵琵琶诗者，又不禁幽念凄楚。"[③] 摧藏，奏乐时的抑按动作："左手抑扬，右手徘徊；抵掌反复，抑按藏摧。"（蔡邕《琴赋》）[④]

（一）琵琶的起源与形制

按照唐人段安节《乐府杂录》的说法，琵琶"始自乌孙公主造，马上弹之，有直项者，曲项者"[⑤]。元狩四年（前119），汉武帝为了夹击匈奴，派张骞出使乌孙国（今新疆伊犁河流域、伊克赛湖周围地区），结为联盟，又以宗室女细君、解忧二公主嫁乌孙昆莫。临行让人为她们制作了乐器，可以骑在马上弹奏，以解遥遥旅途的寂寞思念之情，这就是琵琶。因为魏晋时"竹林七贤"之一的阮咸善弹琵琶，妙绝一时，故琵琶又称"阮"或"阮咸"。

---

① （东汉）刘熙撰，（清）毕沅疏证，（清）王先谦补：《释名疏证补》，中华书局2008年版，第227—228页。

② （唐）杜佑：《通典》（四），王文锦等点校，中华书局1988年版，第3615页。

③ 陈伯海主编：《唐诗汇评》（中），浙江教育出版社1995年版，第1580页。

④ （清）严可均校辑：《全上古三代秦汉三国六朝文》（一），中华书局1965年版，第854页。

⑤ （唐）南卓：《羯鼓录》（外二种），古典文学出版社1957年版，第29页。

通过"丝绸之路"，琵琶传入中亚等地，大约在晋穆帝永和六年（350）前后，琵琶由印度传回中国北方，梁简文帝大宝二年（551）前传到南方。^①琵琶有一个由中国传入西域、印度，又由印度、西域回传中国的过程，最初为圆形、长柄，再次传回的琵琶由圆形变为梨形，四弦曲项，这已经是改造过的琵琶，人称"胡琵琶"^②："初周文帝时，有龟兹人曰苏祇婆，从突厥皇后入国，善胡琵琶。"（《文献通考·乐考》卷一百三十一）^③唐初大将柴绍"遣人弹胡琵琶，二女子对舞。"（《旧唐书·唐俭等传》）^④胡琵琶又有两种形制：一种是曲项琵琶，有四根弦，四个柱（即"相"，音位标志），音箱呈梨形，琴颈是弯曲的，"曲项琵琶催酒处，不图为乐向谁云。"（周昙《六朝门·简文帝》）用拨子弹奏："曲终收拨当心画，四弦一声如裂帛。""沈吟放拨插弦中，整顿衣裳起敛容。"（白居易《琵琶引并序》）"欲写明妃万里情，紫槽红拨夜丁丁。"（许浑《听琵琶》）"粉胸绣臆谁家女，香拨星星共春语。"（佚名《琵琶》）"拨""红拨""香拨"，即弹琵琶用的拨子。唐代盛行的是这种琵琶。1987年出土于西安市长安县（今长安区）韦曲镇南里王村唐韦氏墓的壁画"树下仕女图"六合屏风之三，坐在方凳上的仕女手拿拨子下斜抱弹的琵琶是四弦琵琶。^⑤另一种叫五弦琵琶，有五根弦，四个柱，它与曲项琵琶相同而略为小一些，用拨子弹奏，但南北朝后已有人改用手指弹奏了，有唐人赵鸾鸾《纤指》诗为证："纤纤软玉削春葱，长在香罗翠袖中。昨日琵琶弦索上，分明满甲染猩红。"《新唐书·礼乐志十一》说："五弦，如琵琶而小，北国所出，旧以木拨弹，乐工裴神符初以手弹，太宗悦甚，后人习为搊琵琶。"^⑥搊（chōu），弹奏。敦煌莫高窟第112窟的中唐（781—847）壁画"反弹琵琶起舞"则是六弦琵琶，克孜尔千佛洞8号窟中也有弹琵琶壁画，不过是在前面弹。胡人善弹琵

---

① 《中国大百科全书·音乐舞蹈》，中国大百科全书出版社1989年版，第511页。

② 吴钊、刘东升：《中国音乐史略》，人民音乐出版社1993年版，第117页。

③ （元）马端临：《文献通考》（上），中华书局1986年版，第1166页。

④ （后晋）刘昫等：《旧唐书》（七），中华书局1975年版，第2314页。

⑤ 西安陕西历史博物馆·唐代壁画珍品馆，笔者于2018年11月10日前往参观，馆中禁止拍照。

⑥ （宋）欧阳修、宋祁：《新唐书》（二），中华书局1975年版，第471页。

琶，岑参《凉州馆中与诸判官夜集》诗说："凉州城里十万家，胡人半解弹琵琶。琵琶一曲肠堪断，风萧萧兮夜漫漫。"

受"胡风"影响，琵琶在唐朝非常流行，所谓"琵琶多于饭甑，措大多于鲫鱼"。（无名氏《江陵语》）[1] 饭甑，蒸饭的一种瓦器；措大，贬称贫寒的读书人。琵琶是歌舞音乐中最重要的乐器之一，著名的《胡腾舞》中就有琵琶伴奏："四座无言皆瞪目，横笛琵琶遍头促。"（刘言史《王中丞宅夜观舞胡腾》）唐朝的十部乐中，《西凉伎》《天竺伎》《高丽伎》《龟兹伎》《安国伎》《疏勒伎》《康国伎》七部乐中有琵琶。

无论宫廷还是民间，都有许多弹奏琵琶的高手。唐代著名的琵琶演奏家，见诸记载的就有段善本、贺怀智、曹刚、裴神符、康昆仑、雷海青、李管儿、赵璧，白居易有《听曹刚琵琶兼示重莲》诗：

> 拨拨弦弦意不同，胡啼番语两玲珑。
>
> 谁能截得曹刚手，插向重莲衣袖中？

《乐府杂录》琵琶条："贞元中有王芬、曹保保——其子善才，其孙曹纲皆袭所艺。"[2] 唐人称琵琶师为善才，谓其演奏技艺高超，非常人可比。白居易的《琵琶引并序》一题作《琵琶行并序》，[3] 描写流落在九江的琵琶女高超的弹奏技艺与其令人欷歔的一生，是脍炙人口的名篇。其中关于琵琶演奏技艺的一段描述，出神入化，如闻天籁，读后让人久久难忘：

> 转轴拨弦三两声，未成曲调先有情。
>
> 弦弦掩抑声声思，似诉平生不得意。
>
> 低眉信手续续弹，说尽心中无限事。
>
> 轻拢慢捻抹复挑，初为霓裳后绿腰。
>
> 大弦嘈嘈如急雨，小弦切切如私语。
>
> 嘈嘈切切错杂弹，大珠小珠落玉盘。
>
> 间关莺语花底滑，幽咽泉流冰下难。

---

[1] （清）彭定求等编：《全唐诗》（十三），中华书局1999年版，第10004页。

[2] （唐）崔令钦：《教坊记》（外三种），吴企明点校，中华书局2012年版，第131页。

[3] 王汝弼选注：《白居易选集》，上海古籍出版社1980年版，第175页。

冰泉冷涩弦凝绝，凝绝不通声暂歇。

别有幽愁暗恨生，此时无声胜有声。

银瓶乍破水浆迸，铁骑突出刀枪鸣。

曲终收拨当心画，四弦一声如裂帛。

东船西舫悄无言，唯见江心秋月白。①

由琵琶女的遭遇激发出的"同是天涯沦落人，相逢何必曾相识"的身份认同，更让无数的失意者感慨，《唐贤小三昧集》评说："感商妇之飘流，叹谪居之沦落，凄婉激昂，声能引泣。"《唐宋诗醇》亦云："满腔迁谪之感，借商妇以发之，有同病相怜之意焉。比兴相纬，寄托遥深，其意微以显，其意哀以思，其辞丽以则。"②

（二）唐人笔下的琵琶

琵琶不仅深受北方游牧民族喜好，也深受唐人喜好，唐代诗人描写琵琶的佳作层见叠出，精妙细腻："金鸾双立紫檀槽，暖殿无风韵自高。"（和凝《宫词百首》其十九）"尺八调悲银字管，琵琶声送紫檀槽。"（直言《观元相公花饮》）"琵琶起舞换新声，总是关山旧别情。"（王昌龄《从军行七首》其二）"紫檀槽"，用紫檀木制作的槽型音箱，代指琵琶，节奏鲜明、音调清亮、表现力丰富，可独奏、伴奏、重奏、合奏，是唐代宫廷乐队中的主要弹拨乐器。受北方游牧文化影响，琵琶在长安城里非常流行："贵里豪家白马骄，五陵年少不相饶。双双挟弹来金市，两两鸣鞭上渭桥。渭城垆头酒新熟，金鞍白马谁家宿。可怜锦瑟筝琵琶，玉壶清酒就倡家。"（崔颢《渭城少年行》）陈寅恪先生在笺释白居易《琵琶引并序》时说："自汉以来，旅居华夏之中亚胡人，颇以善酿著称，而吾国中古杰出之乐工亦多为西域胡种。则此长安故倡，既居名酒之产区，复具琵琶之绝艺，岂所谓'酒家胡'者也？"③元稹《琵琶》诗说："学语胡儿撼玉玲，甘州破里最星星。使君自恨常多事，不

① 朱金城撰：《白居易集笺校》（二），上海古籍出版社1988年版，第685—686页。

② 陈伯海主编：《唐诗汇评》（中），浙江教育出版社1995年版，第2109页。

③ 陈寅恪：《元白诗笺证稿》，上海古籍出版社1978年版，第57页。

得工夫夜夜听。"甘州，指《甘州曲》，唐时西凉所进乐曲名；破，音乐术语，指曲半调转急促；星星，形容声音美妙。诗说，琵琶乐声清脆如胡儿学语、摇动玉玲一般动听；诗人希望自己常有闲暇，夜夜倾听。

不仅是宫廷、民间，军中也流行琵琶。岑参《白雪歌送武判官归京》："中军置酒饮归客，胡琴琵琶与羌笛。"在军中送别客人的最高礼遇，不仅有美酒，还有胡琴、琵琶与羌笛演奏的音乐。王昌龄《从军行七首》（其二）："琵琶起舞换新声，总是关山旧别情。撩乱边愁听不尽，高高秋月照长城。"演奏的琵琶曲虽然换了新的，但思乡之情却从未改变；就在缭乱人心的边愁又涌起之时，一轮秋月映照着长城。边愁，戍边人的愁苦之情。《唐人绝句精华》评说："第二首琵琶之新声，亦撩人之怨曲，满腹离绪之人何堪听此，故有第三句。末句忽接写月，正以见边愁不尽者，对此'高高秋月'但'照长城'，愈觉难堪也。句似不接，而意实相连，此之谓暗接。"①王翰《凉州词二首》（其一）的"葡萄美酒夜光杯，欲饮琵琶马上催。醉卧沙场君莫笑，古来征战几人回"，反映的是即将开赴沙场的将士视死如归的英雄情怀，豪迈奋发，激昂悲壮，气贯长虹。明人王世贞说："'葡萄美酒'一绝，便是无瑕之璧，盛唐地位不凡乃尔。"（《艺苑卮言》卷四）②一首绝句即能标明诗人在盛唐诗坛上的非凡地位，如其中不写到豪情的酒，而且是西域产的"葡萄美酒"，不写到河西走廊上的"夜光杯"，不写到声声弹响的琵琶，还能实现吗？《唐人万首绝句选评》称此诗"气格俱胜，盛唐绝作"③。气格就是气韵、风格，铿锵激越的琵琶声在这里起了重要作用。

琵琶从一开始就是为远行他乡的公主定制的，因此与遥远的异地、寒冷的气候、不同的语言风俗紧密关联，所以唐人笔下的声声琵琶，更多表现的是幽怨和哀伤："行人刁斗风砂暗，公主琵琶幽怨多。"（李颀《从军行》）"浑成紫檀金屑文，作得琵琶声入云。胡地迢迢三万里，那堪马上送明君。"（孟浩然《凉州词》其一）"画图省识春风面，环佩空归

---

① 陈伯海主编：《唐诗汇评》（上），浙江教育出版社1995年版，第435页。
② 丁福保辑：《历代诗话续编》（中），中华书局1983年版，第1013页。
③ 陈伯海主编：《唐诗汇评》（上），浙江教育出版社1995年版，第503页。

月夜魂。千载琵琶作胡语，分明怨恨曲中论。"（杜甫《咏怀古迹五首》其三）"塞黑云黄欲渡河，风沙眯眼雪相和。琵琶泪湿行声小，断得人肠不在多。"（王建《太和公主和蕃》）"欲写明妃万里情，紫槽红拨夜丁丁。胡沙望尽汉宫远，月落天山闻一声。"（许浑《听琵琶》）"纤腰不复汉宫宠，双蛾长向胡天愁。琵琶弦中苦调多，萧萧羌笛声相和。"（刘长卿《王昭君》）"龟兹觱篥愁中听，碎叶琵琶夜深怨。竟夕无云月上天，故乡应得重相见。"（刘商《胡笳十八拍》其七）"马上琵琶行万里，汉宫长有隔山春。"（李商隐《王昭君》）"琵琶马上弹，行路曲中难。汉月正南远，燕山直北寒。"（董思恭《昭君怨二首》其二）琵琶与远嫁的王昭君及和亲的大唐公主结下了不解之缘，"胡地""胡天""胡沙""胡语"，就是琵琶演奏的自然环境与文化环境，"愁""怨""幽怨""怨恨""断得人肠"，就是琵琶曲的情感蕴涵与艺术效果，何况琵琶本来就长于表达"怨切""哀切"之情。[1]

　　有趣的是，唐人喜欢以琵琶声形容胡人学语之声，觉得蛮音胡语就像琵琶演奏一样好听，包括他们努力学习汉语的声腔："声似胡儿弹舌语，愁如塞月恨边云。"（白居易《听李士良弹琵琶》）"四弦不似琵琶声，乱写真珠细撼铃。指底商风悲飒飒，舌头胡语苦醒醒。"（白居易《春听琵琶兼简长孙司户》）"滴滴泪泪声不定，胡雏学汉语未正。"（牛殳《琵琶行》）"晓鹤弹古舌，婆罗门叫音。"（孟郊《晓鹤》）弹舌，颤动舌头根部发出短促连续的声音；滴滴泪泪，泉水流动之声；婆罗门，古印度的别称。胡人之语音玲珑清脆，顿挫有致，如摇响玉铃一样，有"大珠小珠落玉盘"之美，让唐人觉得既新鲜又有趣。

（三）日本正仓院珍藏的大唐琵琶[2]

　　唐代存留至今的骆驼形象以出土的陶骆驼、三彩骆驼及唐墓壁画中的骆驼形象为多，在国内各大博物馆中，还未见到饰有骆驼形象的琵琶。2015 年 10 月 24 日，日本奈良国立博物馆首次展出正仓院密藏

---

① 汪辟疆校录：《唐人小说》，上海古籍出版社 1978 年版新 1 版，第 302 页。
② 高建新：《大唐琵琶上的丝路骆驼图案解读》，《民族文学研究》2019 年第 4 期。

了 1300 年的两把唐代琵琶，其中一把名为"螺钿紫檀五弦琵琶"，全长108.1 厘米，最大幅 30.9 厘米，琵琶面板上就饰有骆驼形象，传世仅此一件，是唐朝中日文化交流的实物见证，所以异常珍贵。日本学者河添房江认为，"它是日本乃至全球存世的唯一一把古代五弦琵琶，即使就此意义而言，也是极为稀少贵重的乐器"①，属于日本的国宝级文物。有意思的是，正仓院收藏的这把唐琵琶本身是五弦曲项琵琶，面板上镶嵌的石国胡人骑骆驼弹拨的则是四弦曲项琵琶，琵琶上镶嵌着琵琶，是一个十分有趣的工艺现象、文化现象。

螺钿，是用贝壳薄片制成人物、鸟兽、花草等形象，镶嵌在漆器或雕镂器物表面的一种工艺技法。螺钿一般都镶嵌在颜色较深的如紫、黑背景上，以使白色的螺钿与颜色较深的器物相衬托，达到典雅秀丽、黑白分明的视觉效果。这种工艺流行于盛唐或稍晚时期，《安禄山事迹》卷上记载，天宝九年（750）唐玄宗曾赏赐安禄山"宝钿镜一面"②，其颜色、形制可参见陕西考古研究院藏的开元二十四年（736）"螺钿花鸟纹八出葵花镜"。此镜 2001 年在西安市曲江新区李倕墓出土，半球形钮，钮面及镜背髹漆，嵌以蚌片磨制的图案。钮面为六瓣花形，内区为 8 组小宝相花图案，外区为 4 对展翅鸳鸯，间以 4 组较大的宝相花图案；周围均镶嵌细小绿松石片，绚丽多彩，精致华美。墓主李倕的曾祖为李渊的第十八子舒王元名。其夫侯莫陈，官至宣德郎，兼直弘文馆。③

正仓院展出的这把半梨形紫檀面板上横向镶嵌着一幅螺钿质的长方形图案，图案可分两部分：下半部分为胡人骑骆驼弹奏曲项琵琶图案，占面板的三分之二，骆驼前右腿下竖向镶嵌着"象外"二字，寓意音乐世界是别一世界，亦即唐人所谓"超以象外"（司空图《二十四诗

---

① ［日］河添房江：《唐物的文化史》，汪勃、［日］山口早苗译，商务印书馆 2018 年版，第16 页。

② （五代）王仁裕、（唐）姚汝能撰：《开元天宝逸事·安禄山事迹》，曾贻芬点校，中华书局 2006 年版，第 80 页。

③ 见 2018 年 9 月 4 日—11 月 3 日北京国家博物馆"大唐风华"展，笔者曾前往参观。

品·雄浑》)[1]、"象外之象"(司空图《与极浦书》)[2]、"象外更生意"(刘长卿《观李凑所画美人障子》)[3]、"得兹象外趣"(钱起《过瑞龙观道十》)。紫檀坚硬细密，花纹美丽，生长缓慢，新木色红，旧木色紫，是制作包括琵琶在内的弹拨乐器的上好材质，唐人多有描述："浑成紫檀金屑文，作得琵琶声入云。"(孟浩然《凉州词》其一)[4]"黄金捍拨紫檀槽，弦索初张调更高。"(张籍《宫词》其二)[5]"觱栗调清银象管，琵琶声亮紫檀槽。"(李宣古《杜司空席上赋》)"金鸾双立紫檀槽，暖殿无风韵自高。"(和凝《宫词百首》其十九)"尺八调悲银字管，琵琶声送紫檀槽。"(直言《观元相公花饮》)"声入云""调更高""声亮"，均说以紫檀木制作的琵琶音量高、音质好。"螺钿紫檀五弦琵琶"面板上的胡人弹奏的梨形四弦曲项琵琶，是典型的"胡琵琶"，由印度通过"丝绸之路"传入。

骑在驼峰间圆形花毯上的胡人，卷发，圆脸，浓眉大眼，面朝前方；鹰钩鼻子，鼻梁很长，鼻根与前额连在了一起，而一般人的鼻根是在两眼中间。胡人着窄袖袍衫，衣带向后飘拂，显示骆驼正在快速驰走。从长相与穿戴看，弹琵琶者应为来自中亚一带的石国（今乌兹别克斯坦塔什干一带）胡人，与北京国家博物馆所藏北齐"黄釉乐舞图瓷扁壶"上的石国胡人相貌高度相似，鼻根与前额也是连在了一起的。石国胡人擅长音乐舞蹈："石国胡儿向碛东，爱吹横笛引秋风。"(周朴《塞下曲》)"石国胡儿人见少，蹲舞尊前急如鸟。"(刘言史《王中丞宅夜观舞胡腾》)尤善以跳跃和快速多变的腾踏舞步为主的《胡腾舞》："胡腾身是凉州儿，肌肤如玉鼻如锥。"(李端《胡腾儿》)"锥"，形容鼻头尖锐。紫檀面板上的石国胡人左手握琴头，右手举拨子，正在抱弹四弦曲项琵琶，《旧唐书·音乐志二》说："曲项者，亦本出胡中。"[6]穿着驼鼻弓的骆驼眼睛圆睁，张嘴嘶鸣，一边向前驰走，一边回首，惊异地望着

① 何文焕：《历代诗话》(上)，中华书局1981年版，第38页。
② 郭绍虞主编：《中国历代文论选》(二)，上海古籍出版社1979年版，第201页。
③ 储仲君撰：《刘长卿诗编年笺注》(上)，中华书局1996年版，第82页。
④ 佟培基撰：《孟浩然诗集笺注》，上海古籍出版社2000年版，第417页。
⑤ 徐礼节、余恕诚撰：《张籍集系年校注》(中)，中华书局2011年版，第745页。
⑥ (后晋)刘昫等：《旧唐书》(四)，中华书局1975年版，第1076页。

弹奏琵琶的主人，似乎为美妙的琵琶声所打动。

琵琶本是骑在马或骆驼上弹拨的乐器，奔驰的骆驼与演奏琵琶的胡人相互映衬，正是"丝绸之路"开拓以来，中亚、西亚各地区、各民族的人们争相进入长安和中原的形象写照，包括那些身怀绝技的艺术家们。河添房江说正仓院藏的这把"琵琶弹拨部分装饰有骑骆驼、抚琵琶的波斯人"①，说抚琵琶者为波斯人，证据乏力，不能让人信服，因为唐墓中出土的波斯人相貌皆为高鼻、深目、浓髯须。《北史·西域·于阗传》："自高昌以西诸国人等，皆深目高鼻。"②《新唐书·西域传下》："大食，本波斯地。男子鼻高，黑髯。"③《文献通考·四裔考》："自高昌以西，诸国人等深目高鼻。"④唐代诗文中也有类似的描写："铁马长鸣不知数，胡人高鼻动成群。"（杜甫《黄河二首》其一）⑤"一双胡子著绯袍，一个须多一鼻高。"（韦铿《嘲邵景萧嵩》）"谁知高鼻能知数，竞向中原簸战旗。"（徐夤《两晋》）"邺都倾覆，飞祸缠于高鼻。"（卢照邻《五悲并序·悲才难》）⑥作者直接用"高鼻"这一相貌特征指代胡人。⑦

北京国家博物馆、陕西历史博物馆、西安博物院，均有胡人弹琵琶陶俑展示，一则证明琵琶来自域外，二则证明琵琶是马上弹奏之乐器，可以与"螺钿紫檀五弦琵琶"上的胡人弹琵琶图案相互印证。河添房江认为，"该五弦琵琶，是在南印度产的紫檀上用玳瑁、夜光贝等施加螺钿工艺的物品，从印度经由中亚的龟兹国入唐，然后带到了日本"⑧，但从该琵琶面板上镶有"象外"两个汉字来看，此说是经不起细究的。

这把半梨形紫檀面板上的螺钿质长方形图案的上半部分是一朵盛开

① ［日］河添房江：《唐物的文化史》，汪勃、［日］山口早苗译，商务印书馆2018年版，第16页。

② （唐）李延寿：《北史》（十），中华书局1974年版，第3209页。

③ （宋）欧阳修、宋祁：《新唐书》（二十），中华书局1975年版，第6262页。

④ （元）马端临：《文献通考》（下），中华书局1986年版，第2643页。

⑤ 萧涤非主编：《杜甫全集校注》（六），人民文学出版社2014年版，第3197页。

⑥ 李云逸撰：《卢照邻集校注》，中华书局1998年版，第196页。

⑦ 高建新、崔笃：《高鼻深目浓须：唐人笔下的胡人相貌》，《中国社会科学报》2015年5月22日。

⑧ ［日］河添房江：《唐物的文化史》，汪勃、［日］山口早苗译，商务印书馆2018年版，第16页。

的曼陀罗花，占面板的三分之一，花的四周环绕着五只翩翩飞翔的鸟。曼陀罗花春生夏长，绿茎碧叶，独茎直上，八月开白花，朝开夜合，凡六瓣，状如牵牛花而大，可入药，有镇静、麻醉等功效，广泛分布于世界温带至热带地区，中国各地均有分布。曼陀罗花又是佛教的四大吉祥花（曼陀罗花、莲花、山玉兰和优昙花）之一，寓意丰富，《本草纲目·草部》（卷十七）说：“《法华经》言佛说法时，天雨曼陀罗花。”[①]佛教是日本最大的宗教，通过“海上丝绸之路”从中国传入日本，属于再传佛教，曼陀罗花由此扣合了琵琶面板上“象外”二字的佛学蕴涵，亦即超越物象之外。紫檀面板上的花鸟图案生动传神，雕工细腻，连曼陀罗花的纹理、飞鸟的羽翎都看得清清楚楚，与骆驼图案虽然是两部分，但有内在的联系，二者结合得可谓天衣无缝。

这把皇家琵琶用料考究，制作精美，举世无双，有极高的文物价值与工艺价值。琵琶面板上的图案设计独具匠心，巧夺天工，螺钿洁白细腻，闪烁着象牙般的光泽，令人叫绝，可谓把大唐盛世的繁华浓缩在了一把琵琶上。据说这把琵琶是当年唐玄宗（685—762）赠送给日本圣武天皇（701—756）的礼物。河添房江认为，这把五弦琵琶很可能是在华留学17年、利用汉字偏旁和部首创制日文字母“片假名”的吉备真备带回日本的。天平七年（735），吉备真备随遣唐使返回日本，将其所搜集的大批唐文物进献给了朝廷，其中可能就有这把五弦琵琶。在吉备真备进献这些文物不久，与遣唐使一起来到日本的唐人，在五月五日举行的“骑射”仪式上，在演奏唐、新罗的音乐时，使用了这把从唐朝带回来的五弦琵琶。退一步说，“就五弦琵琶的来历而言，即便不是吉备真备，也有可能是这些同行的外国人带来的”[②]。这把五弦琵琶一直由圣武天皇收藏，圣武天皇死后，皇家将琵琶贡献给了奈良东大寺的正仓院，成为国宝级文物。

奈良东北近京都，气候温和多雨，森林覆盖率高，风景秀丽，古迹

---

① （明）李时珍：《本草纲目》（中），王育杰整理，人民卫生出版社2005年版，第994页。

② ［日］河添房江：《唐物的文化史》，汪勃、［日］山口早苗译，商务印书馆2018年版，第19—20页。

众多，公元710年（唐中宗景龙四年）至784年（唐德宗兴元元年）的74年间是日本的首都，唐代的"海上丝绸之路"使奈良成为日本历史、文化的发祥地之一，1998年12月"古奈良的历史遗迹"被列入世界文化遗产名录。奈良的招提寺是由唐代高僧鉴真和尚亲自主持修建的，在中日文化交流史上声名显赫，地位特殊。奈良东大寺的正仓院建于公元728年的奈良时代，亦即唐玄宗开元十六年，仓中文物分240类，共计5645件，被看作日本国宝的就有600余件，是迄今保存最丰富、最有价值的唐朝艺术品宝库。正仓院按照类别分为北仓、南仓、中仓，乐器均藏在北仓，仓中绝大部分文物是日本遣唐使、遣唐僧从中国带回本国的，虽地处内陆，奈良却因此成为"海上丝绸之路"的东方终点。

20世纪30年代，文物鉴赏家傅芸子先生赴日考察奈良正仓院藏品，惊叹藏品之精美丰富："夫唐代过去文化之遗迹，至今最能充分表现其特色者唯正仓院所存若干遗物而已"（《结语》）；"睹其物品之可认为唐制者，璀璨瑰丽，迄今千百余年，犹焕然发奇光。而日本奈良朝以来，吸取中国文化别为日本特有风调之制品，并觉其优秀绝伦，为之叹赏不置。于是以知正仓院之特殊性，固不仅显示有唐文物之盛，而中日文化交流所形成之优越性又于以窥见焉"（《原版自序》）；仓中"多种珍品为吾人求之而不可得者，今皆完整无损，聚于一堂，至足充分显示唐代文化与夫奈良朝日本文化的两种优越性，弥足补吾人对于唐代文化向所不能充分领略之遗憾，其价值固超越西陲发见之一些断纨零缣的残缺品也。吾尝谓苟能置身正仓院一观所藏各物，直不啻身在盛唐之世"（《正仓院之价值》）。[①] 在傅芸子先生眼里，奈良正仓院所藏唐代文物，其价值已经超越了当时西北考古发现的"断纨零缣"，置身于正仓院，就如同置身于万紫千红、缤纷绚烂的盛唐一样。

"螺钿紫檀五弦琵琶"是唐代中日文化交流的珍贵实物，显示了中国古代乐器的精美绝伦以及"丝绸之路"的广泛影响。历经1300年，正仓院能把一把木制琵琶保存得如此完好，实属不易，令人钦佩。1988年4月，奈良县政府在奈良市举行大规模的"丝绸之路博览会"，为期

---

① 傅芸子：《正仓院考古记》，上海书画出版社2014年版，第132、11、16页。

六个月，日本邮政为此特地发行了一套一枚的邮票，图案就是"螺钿紫檀五弦琵琶"面板上石国胡人骑骆驼弹琵琶部分，显示了日方对这一图案所蕴含的丰富的文化意义的理解与看重。

法国史学家和批评家丹纳说："要了解一件艺术品，一个艺术家，一群艺术家，必须正确地设想他们所属的时代的精神和风俗概况。这是艺术品的最后解释，也是决定一切的基本原因。这一点已经由经验证实。"[①] 时代精神、风俗对艺术家及其作品有直接、深刻的影响。"艳曲兴于南朝，胡音生于北俗"（《乐府诗集·杂曲歌辞一》），[②] 唐代流行的音乐如西凉乐、天竺乐、龟兹乐、疏勒乐、康国乐、安国乐、高昌乐等，使用的乐器如胡琴、羌笛、箜篌、琵琶、觱篥、羯鼓等，多数是从"丝绸之路"及北方游牧民族地区传入的，所谓"文物千官会，夷音九部陈。鱼龙华外戏，歌舞洛中嫔"（元稹《代曲江老人百韵》）。这些音乐及乐器特色鲜明，不同于传统的雅乐，[③] 深得当时人们的喜好，所谓"城头山鸡鸣角角，洛阳家家学胡乐"（王建《凉州行》），直到中唐仍旧有"女为胡妇学胡妆，伎进胡音务胡乐"（元稹《法曲》）的记载。据《旧唐书·音乐志一》载：

> 玄宗又于听政之暇，教太常乐工子弟三百人为丝竹之戏，音响齐发，有一声误，玄宗必觉而正之。号为皇帝弟子，又云梨园弟子，以置院近于禁苑之梨园。太常又有别教院，教供奉新曲。太常每凌晨，鼓笛乱发于太乐署。别教院廪食常千人，宫中居宜春院。玄宗又制新曲四十余，又新制乐谱。每初年望夜，又御勤政楼，观灯作乐，贵臣戚里，借看楼观望。夜阑，太常乐府县散乐毕，即遣宫女于楼前缚架出眺歌舞以娱之。若绳戏竿木，诡异巧妙，固无其比。[④]

这简直就是一所音乐学院，唐玄宗就是音乐学院的院长兼作曲家和指挥家。元稹感慨地说："玄宗爱乐爱新乐，梨园弟子承恩横。"（《和李

---

① ［法］丹纳：《艺术哲学》，傅雷译，人民文学出版社1963年版，第7页。
② （宋）郭茂倩：《乐府诗集》（三），中华书局1979年版，第884页。
③ 徐连达：《唐朝文化》，复旦大学出版社2003年版，第419—420页。
④ （后晋）刘昫：《旧唐书》（四），中华书局1975年版，第1051—1052页。

校书新题乐府十二首·华原磬》）新乐，多为胡乐。唐玄宗之所以如此精通音乐、重视音乐，在著名作家李国文先生看来："一方面，唐代与前朝、与后代采取了绝不相同的对外政策，张开怀抱，展阔胸襟，以海纳百川的气魄，去拥抱整个世界；一方面，中土的华夏正声，已不能适应丰富多彩的盛唐气象，需要新的音乐元素，需要新的旋律、节奏、声韵、调式，使唐朝的声音更宏大，更壮观，也是势之所趋。于是，大肆扩张的胡风胡气，从未像唐朝这样，如水银泻地，无孔不入地进入中土，其潮蜂拥而至，其势锐不可当，其变化不可遏止，其影响波澜壮阔。"①

我们知道，在诸多与诗歌关联的因素中，音乐与诗歌的关系最为密切，对诗歌的影响也最为直接和深入，无论节奏、旋律还是风格，甚至可以说没有音乐就没有诗歌。诗的"盛唐之音"大气磅礴、雍容华贵，如宏大的交响乐，是一个辉煌时代的见证，其中不能也不可能没有"胡音"的加入，包括以羯鼓、羌笛、琵琶为代表的北方游牧民族乐器。

---

① 李国文：《唐朝的声音》，《人民文学》2004 年第 2 期。

第二章　唐诗中的北方游牧民族风俗（上）

——以胡服、胡床、葡萄酒等为研究对象

哈佛大学塞缪尔·亨廷顿教授认为："文明和文化都涉及一个民族全面的生活方式，文明是放大了的文化。"[①] 随着"丝绸之路"的开通，游牧民族的风俗、文化源源不断地传入内地，"张骞使西域，得《摩诃兜勒曲》，汉武采之，以为鼓吹。东汉、魏、晋，乐则胡笛、箜篌，御则胡床，食则貊炙，器则蛮盘，祠则胡天"（刘贶《武指》），[②] 上到宫廷，下至民间，追崇游牧民族的文化、风俗一时间蔚为风气。

《后汉书·五行志一》载："灵帝好胡服、胡帐、胡床、胡座、胡饭、胡箜篌、胡笛、胡舞，京都贵戚皆竞为之。"[③]《搜神记》卷七："胡床、貊槃，翟之器也；羌煮、貊炙，翟之食也。自太始以来，中国尚之。贵人富室，必畜其器，吉享嘉宾，皆以为先。"[④] 貊槃（mò pán），亦作"貊盘"，一种盛装食物的盘子，北方游牧民族所造；翟，同"狄"，北方各族通称；羌煮，羌族的一种烹饪制法，将煮好的鹿头肉蘸在熬好的调味充足的猪肉汁里食用；貊炙，貊族烤肉，类似今天的烤全羊之类；[⑤] 太始（前96—前93），汉武帝年号。《旧唐书·舆服志》："开元来，妇人例著线鞋，取轻妙便于事，侍儿乃著履。臧获贱伍者皆服

---

① ［美］塞缪尔·亨廷顿：《文明的冲突与世界秩序的重建》，周琪、刘绯等译，新华出版社2010年版，第20页。
② （清）董诰等编：《全唐文》（二），上海古籍出版社1990年版，第1700页。
③ （南朝）范晔：《后汉书》（十一），中华书局1965年版，第3272页。
④ （晋）干宝：《搜神记》，汪绍楹校注，中华书局1979年版，第94页。
⑤ 王仁湘：《羌煮貊炙话胡食》，《中国典籍文化》1995年第1期。

襕衫。太常乐尚胡曲，贵人御馔，尽供胡食，士女皆竞衣胡服。"①从乐曲、乐器、舞蹈到服装、用品、饮食等日常生活，汉魏至隋唐数百年里，中原文化全面受到来自北方游牧民族文化及风俗的影响，呈现出更加丰富多彩的特点。

一、胡服与胡妆

胡服及胡妆，最能见出北方游牧民族文化对中原文化及日常生活的影响。前者影响遍及朝廷上下，后者主要是在民间。《文献通考·乐考二·历代乐制》（卷一百二十九）：西晋以来，"非唯人情感动，衣服亦随之以变，长衫鬘帽，阔带小靴，自号惊紧，争入时代；妇女衣髻，亦尚危侧，不重从容，俱笑宽缓"②。不仅是胡乐感动人心，还有胡服、胡妆，人们都争相效仿。无论是胡服还是胡妆，均简洁明快，摈除苛细，富于个性特征，所以能够持久风行于中原大地。

（一）胡服③

胡服，虽然是指北方和西方各民族的服装，但主要是指游牧民族的服装。④王国维先生在《胡服考》一文中对胡服的历史及沿革有细密深入的考证：

> 胡服之入中国，始于赵武灵王……战国之季，他国已有效其服者。至汉而为近臣及武士之服，或服其冠，或服其服，或并服焉。汉末，军旅数起，服之者多，于是始有"袴褶"之名。魏晋以后，至于江左，士庶服之，百官服之，天子亦服之。然但以为戎服及行旅之服而已，北朝起自戎夷，此服尤盛，至施之于妇女。后魏之初，以为常服及朝服，后虽复古衣冠，而此服不废。隋则取其冠，以为天子之戎服、武臣之朝服；取其服为天子田猎豫游之服、皇太

---

① （后晋）刘昫等：《旧唐书》（六），中华书局1975年版，第1958页。
② （元）马端临：《文献通考》（上），中华书局1986年版，第1151页。
③ 高建新：《"胡服"与唐诗中的"胡服"》，《文史知识》2013年第9期。
④ 罗竹风主编：《汉语大词典》（中），汉语大词典出版社1997年版，第3894页。

子侍从田狩之服、上下公服、武官侍从之服；取其带与履，以为常服。唐亦如之，武弁之服用其冠，平巾帻之服用其服，常服用其带与履。唐季褶服渐废，专用常服，宋初议复之而未行，然仪卫中尚用之。又自六朝至唐，武官小吏流外多服袴褶。此胡服行于中国之大略也。①

《史记·六国年表》："赵武灵王十九年（前307），初胡服"；②《史记·赵世家》："吾欲胡服"，《史记正义》释"胡服"："今时服也，废除裘裳也。"③所谓"时服"，一指当时通行的服装，一指时兴的服装。皮靴，就属于流行的胡服，后唐马缟《中华古今注·靴笏》卷上：

> 靴者，盖古西胡也。昔赵武灵王好胡服，常服之，其制短靿黄皮，闲居之服。至马周改制，长靿以杀之，加之以毡及绦，得著入殿省敷奏，取便乘骑也，文武百僚咸服之。至贞观三年（629），安西国进绯韦短靿靴，诏内侍省分给诸司。至大历二年（767），宫人锦靿靴侍于左右。④

短靿（yào），短筒皮靴。马周（601—648），贞观初"以布衣进用"（《旧唐书·职官三》），⑤为太宗赏识，官至中书令，曾建议官服改制（见《新唐书·车服志》）。这样看来，从赵武灵王（？—前295）施行"胡服骑射"开始，一直到中唐，胡服在中原大地上流行了一千余年。不论天子还是大臣，文官还是武将，朝廷还是民间，包括一部分妇女，皆喜欢胡服。

关于胡服的形制，宋人顾文荐《负暄杂录》说："辨验古之衣冠制度，多于古画中见之，不可不详加审正。汉魏晋时皆冠服，未尝有袍、笏、帽、带。自五胡乱华，夷狄杂处。至元魏时，始有袍、帽，盖胡服也。唐世亦自北而南，所以袭其服制。"（《说郛三中》卷十八）⑥所谓

① 王国维：《观堂集林》（下），河北教育出版社2001年版，第662—680页。
② （汉）司马迁：《史记》（二），中华书局1975年版，第734—735页。
③ （汉）司马迁：《史记》（六），中华书局1975年版，第1806、1789页。
④ （唐）李匡文等：《资暇集及其他二种》，《丛书集成初编》第279册，商务印书馆1939年版，第14页。
⑤ （后晋）刘昫等：《旧唐书》（六），中华书局1975年版，第1863页。
⑥ （元）陶宗仪：《说郛三种》（一），上海古籍出版社1988年版，第331页。

"冠服"，就是帽子和衣服。古代服制，官吏的冠服因官爵不同而有别。沈括《梦溪笔谈·故事一》："中国衣冠，自北齐以来，乃全用胡服。窄袖，绯绿短衣，长靿靴，有鞢𩍐带，皆胡服也。窄袖利于驰射，短衣长靿，皆便于涉草。"[①] 靿靴，长筒皮靴；鞢𩍐（xiè xiè），胡服上用以佩物的金属装饰。关于胡服的制式，王国维先生《胡服考》一文中论说得较为详细：

> 其制：冠则惠文；其带，具带；其履，靴；其服，上褶下袴。
>
> 袴褶之质，魏晋六朝杂用缣锦织成䌷布皮韦为之；隋则天子及皇太子褶以罗，袴以布；唐则五品以上通用䌷绫及罗，六品以下用小绫，流外小吏亦用布焉。褶之色，汉魏以降，大抵用绛及朱，然亦无定色；隋则天子及皇太子以紫，百官五品以上亦以紫，六品以下用绛；唐则天子或紫或白，皇太子以紫，百官服色初与隋同，后以品差为四等。袴皆白色。又古袴褶大抵褒博，故有缚袴之制。隋唐以后，行从骑马所服者颇窄小矣。[②]

司空曙《观猎骑》(一作《公子行》)："缠臂绣纶巾，貂裘窄称身。射禽风助箭，走马雪翻尘。"诗中骑手服装的特点即是"窄称身"。王建《花褐裘》："对织芭蕉雪毳新，长缝双袖窄裁身。到头须向边城著，消杀秋风称猎尘。"张籍《送元宗简》："貂帽垂肩窄皂裘，雪深骑马向西州。"元稹《小胡笳引》："何时窄袖短貂裘，胭脂山下弯明月。"杨汝士《建节后偶作》："山僧见我衣裳窄，知道新从战地来。"姚合《从军乐二首》(其二)："僮仆惊衣窄，亲情觉语粗。"《喜贾岛至》："军吏衣裳窄，还应暗笑余。"孙光宪《酒泉子》："香貂旧制戎衣窄，胡霜千里白。"以上诸诗词所涉服饰，一变中原的宽服博带之制，皆以"窄"为其特点，证实了王国维先生的"行从骑马所服者颇窄小"的论述。"窄"，行动方便，适宜骑马作战。

胡服传入中原的历史虽然悠久，但大盛却在盛唐。《旧唐书·舆服

---

① （宋）沈括：《梦溪笔谈》，岳麓书社 1997 年版，第 3 页。

② 王国维：《观堂集林》(下)，河北教育出版社 2001 年版，第 662—665、684—685 页。

志》："开元初，从驾宫人骑马者，皆著胡服，靓妆露面，无复障蔽。"①
《新唐书·车服志》："初，妇人施冪䍦以蔽身，永徽中，始用帷冒，施
裙及颈，坐檐以代乘车。命妇朝谒，则以驼驾车。数下诏禁而不止。武
后时，帷冒益盛，中宗后乃无复冪䍦矣。宫人从驾，皆胡冒乘马，海
内效之，至露髻驰骋，而帷冒亦废，有衣男子衣而靴（靴），如奚、契
丹之服。武德间，妇人曳履及线靴。开元中，初有线鞋，侍儿则著履，
奴婢服襴衫，而士女衣胡服，其后安禄山反，当时以为服妖之应。"②传
统的"帏帽之制"已被淘汰，"靓装露面""露髻驰骋"，就是要展示女
性的天然之美。帽饰的变化，体现的是审美观的变化。《安禄山事迹》
卷下："天宝初，贵游士庶好衣胡服，为豹皮帽，妇人则簪步摇，衩
衣之制，衿袖窄小。"③步摇，古代妇女附在簪钗上的一种首饰，《释
名·释首饰》："步摇，上有垂珠，步则摇动也。"④《新唐书·五行志
一》："天宝初，贵族及士民好为胡服、胡帽，妇人则簪步摇钗，衿袖
窄小"；"太尉长孙无忌以乌羊毛为浑脱毡帽，人多效之，谓之'赵公
浑脱'"；"高宗尝内宴，太平公主紫衫、玉带、皂罗折上巾，具纷砺七
事，歌舞于帝前。帝与武后笑曰：'女子不可为武官，何为此装束'"⑤。
"步摇钗"，是插在发髻上的一种饰物，黄金装饰，下垂珠玉，步（行
走）则摇动，故曰"步摇"，杨贵妃就喜欢佩戴"步摇钗"，白居易《长
恨歌》有"云鬓花颜金步摇，芙蓉帐暖度春宵"句；"浑脱"，浑脱帽，
一种用整张皮子（或毡子）制成的囊形或锥型的帽子，北方游牧民族男
子多戴之；⑥"纷砺七事"，唐代武官的配饰、装束，《新唐书·车服志》：
"初，职事官三品以上赐金装刀、砺石，一品以下则有手巾、算袋、佩

---

① （后晋）刘昫等：《旧唐书》（六），中华书局1975年版，第1957页。
② （宋）欧阳修、宋祁：《新唐书》（二），中华书局1975年版，第531页。
③ （唐）姚汝能：《安禄山事迹》，曾贻芬点校，中华书局2006年版，第107页。笔者按：
　　"妇人则簪步摇，衩衣之制，衿袖窄小"句，应句读为"妇人则簪步摇钗，衣之制，
　　衿袖窄小"。
④ （东汉）刘熙著，（清）毕沅疏证，（清）王先谦补：《释名疏证补》，中华书局2008年版，
　　第161页。
⑤ （宋）欧阳修、宋祁：《新唐书》（三），中华书局1975年版，第878页。
⑥ 吕一飞：《胡族习俗与隋唐风韵——魏晋北朝北方少数民族社会风俗及其对隋唐的影响》，
　　书目文献出版社1994年版，第8页。

刀、砺石。至睿宗时，罢佩刀、砺石，而武官五品以上佩鞢韂七事，佩刀、刀子、蛎石、契苾真、哕厥针筒、火石是也。"①契苾真，用于雕凿的楔子；哕厥，用于解绳结的锥子。向达先生研究敦煌壁画，谓自六朝至唐初，男女俱着胡服，即所谓裤褶，男衣短仅至膝，折襟翻领，女衣亦同而稍长，内面另有长裙，肩披肩巾，俱穿胡靴，足可见李唐一代服装趋向之转变。②所谓"回鹘衣装回鹘马，就中偏称小腰身。盘凤鞍鞯闪色妆，黄金压胯紫游缰"（花蕊夫人《宫词》），可见当时胡服之流行。陕西省礼泉县昭陵博物馆藏有大量穿戴胡服、胡帽的骑马陶俑。③沈从文先生认为："所谓'胡服胡帽'，即衿袖窄小条纹卷口裤及软锦靴等等，在近年出土大量画塑上反映，时代多较早些。在开元、天宝以前，武则天时代，便已成为一时社会时髦。"④陈寅恪先生认为："贞元、元和之时长安胡服之流行，必与胡人侨寓者之众多有关。"⑤既是时尚，又有众多侨居的胡人引领，所以胡服、胡帽从武则天时代一直到唐德宗、唐宪宗时代，在长安流行了一百余年。

有论者认为，处在中国封建社会发展巅峰的唐代，在服饰文化上的博采众长、融会贯通无疑为后世树立了一座丰碑。从山西省永乐宫的壁画以及唐代著名仕女画家张萱、周昉的传世作品中，我们可以领略到那种女着祖装的雍容华贵、女扮男装的飘逸俏丽以及女着胡服的干练秀俊。⑥关于女子着胡服的实例，可见于留存下来的石刻、线画、陶俑等，典型的装束为：头戴浑脱帽，身着翻领长袍，下着长裤，足登高勒皮靴，⑦如1955年陕西省西安市东郊十里铺337号墓出土的"蓝釉胡服女陶俑"（现藏于北京中国国家博物馆）。女陶俑高25厘米，头戴小帽，外罩云头纹、高顶卷檐白色毡帽，身着左衽褐色大翻领、蓝色窄袖回鹘长袍，腰身收紧，系窄带，下穿白色长裤，足蹬蓝色翘尖尖头履。从形

① （宋）欧阳修、宋祁：《新唐书》（二），中华书局1975年版，第529页。
② 向达：《唐代长安与西域文明》，河北教育出版社2001年版，第406页。
③ 2019年10月20日，笔者前往礼泉县昭陵博物馆参观。
④ 沈从文：《中国古代服饰研究》，上海书店出版社2011年版，第308页。
⑤ 陈寅恪：《元白诗笺证稿》，上海古籍出版社1978年版，第304页。
⑥ 蒋彦：《唐朝的女性服饰》，《文艺研究》2009年第3期。
⑦ 沈从文：《中国古代服饰研究》，上海书店出版社2011年版，第309—310页。

体上看，塑造的是一位身着胡服的年轻女子的形象，是唐代女子盛行着男装、穿胡服的写照。[①]1972年陕西省礼泉县张士贵墓出土的"彩绘陶戴帷帽女骑俑"，是唐高宗显庆二年（657）的作品，现藏于北京中国国家博物馆，亦是女子骑马着胡服、戴帷帽的实物例证。女骑俑头戴有沿儿的圆毡帽（即"帷帽"），上身着半袖束腰短袄，下身着红色贴身长裙，足穿黑色尖头靴。[②]帷帽，即带帷的帽子，是典型的胡装，帽檐儿四周有垂下的丝网或薄绢，长到颈部，用以掩面。1991年陕西省西安市东郊唐墓也出土了女子骑马着胡服陶俑[③]，陕西历史博物馆、礼泉县昭陵博物馆、洛阳博物馆，均有女子骑马着胡服陶俑展出。

与汉族宽大博带式的衣服不同，胡服一般上身多穿贴身短衣、短袍，衣身紧窄，下身着长裤、足蹬革靴，所谓"上褶下裤"，活动便利，尤便于骑射活动："垂老戎衣窄"（杜甫《初冬》）"貂帽垂肩窄皂裘，雪深骑马向西州。"（张籍《送元宗简》）"缠臂绣纶巾，貂裘窄称身。射禽风助箭，走马雪翻尘。"（司空曙《观猎骑》，一作《公子行》）"对织芭蕉雪氄新，长缝双袖窄裁身。到头须向边城著，消杀秋风称猎尘。"（王建《花褐裘》）"何时窄袖短貂裘，胭脂山下弯明月。"（元稹《小胡笳引》）"五陵年少轻薄客，蛮锦花多春袖窄。酌桂鸣金玩物华，星蹄绣毂填香陌。"（张碧《游春引三首》其二）"山僧见我衣裳窄，知道新从战地来。"（杨汝士《建节后偶作》）"军吏衣裳窄，还应暗笑余。"（姚合《喜贾岛至》）"僮仆惊衣窄，亲情觉语粗。"（姚合《从军乐二首》其二）男装如此，女装亦是如此，"小头鞋履窄衣裳"（白居易《上阳白发人》）、"李波小妹字雍容，窄衣短袖蛮锦红"（韩偓《后魏时相州人作李波小妹歌疑其未备因补之》），都是典型的胡服，前者流行于天宝末年，后者一直流行于游牧民族地区。陕西省礼泉县昭陵博物馆藏有"波斯裤女立俑"，

① 扬州博物馆、上海博物馆、洛阳博物馆均有唐代"彩陶骑马女俑"，基本造型为女子戴浑脱帽、骑马着紧身胡服。笔者于2014年5月11日、2014年10月7日、2015年5月1日前往参观。

② "中国国家博物馆官方网站·陶瓷馆"展品介绍。笔者于2013年9月3日前往北京中国国家博物馆参观了实物。

③ 华梅：《中国服装史》（修订本），天津人民美术出版社1999年版，第59页。

这是一位胡装女俑，头戴翻檐胡帽，胡帽上窄下宽，顶部较平，"上穿浅色圆领窄袖长袍，束腰，下穿红白相间波斯裤，立于踏板之时，浓眉朱唇，拱手站立，表情严肃"[1]。

沈从文先生认为："唐代前期'胡服'和唐代流行来自西域的柘枝舞、胡旋舞不可分。唐诗人咏柘枝舞、胡旋舞的，形容多和画刻所见'胡服'相通。"[2]刘禹锡《观柘枝舞二首》（其一）描写的是女性舞者的衣饰：

> 胡服何葳蕤，仙仙登绮墀。
>
> 神飙猎红蕖，龙烛映金枝。
>
> 垂带覆纤腰，安钿当妩眉。
>
> 翘袖中繁鼓，倾眸溯华榱。

《柘枝舞》来自西域康国、石国一带，舞者的衣饰是典型的胡服。诗人说，身着亮丽胡服的舞者，在地毯上翩翩起舞。细腰上系着飘舞的长带，头上插满的首饰压住了眉毛。葳蕤，华美、艳丽貌，《古诗为焦仲卿妻作》有"妾有绣腰襦，葳蕤自生光"[3]，诗人以"何葳蕤"惊叹胡服的华美艳丽；垂带，《柘枝舞》舞女以长带为饰，白居易《柘枝词》"绣帽珠稠缀，香衫袖窄裁"、章孝标《柘枝》"柘枝初出鼓声招，花钿罗衫耸细腰。移步锦靴空绰约，迎风绣帽动飘飘"、张祜《周员外席上观柘枝》"金丝蹙雾红衫薄，银蔓垂花紫带长"及《观杨瑗柘枝》"促叠蛮鼉引柘枝，卷帘虚帽带交垂。紫罗衫宛蹲身处，红锦靴柔踏节时"，描写的都是胡服的轻薄艳丽和《柘枝舞》的动人心神；虚帽，即浑脱帽，帽顶尖而中空。舞者头戴的绣帽、足上的锦靴，更为《柘枝舞》平添了几分绰约和轻灵。李端《胡腾儿》描写的是男性舞者的衣饰："桐布轻衫前后卷，葡萄长带一边垂。帐前跪作本音语，拾襟搅袖为君舞。"舞者身着棉布轻衫，前后卷起，腰扎葡萄锦飘带，垂向一边，以本族语言道白后，捏住衣襟、挥动长袖，开始舞蹈，舞蹈时腰带随着婉转的舞

---

① 张志攀主编：《大唐歌飞的千年传奇——昭陵博物馆》，西安出版社2018年版，第86—90页。

② 沈从文：《中国古代服饰研究》，上海书店出版社2011年版，第309页。

③ 逯钦立辑校：《先秦汉魏晋南北朝诗》（下），中华书局1983年版，第283—284页。

姿飘动。桐布，指棉布，属于棉花纺织品，棉花7世纪由印度传入，首先在西域地区种植；葡萄，指葡萄锦，《太平御览》卷八百一十五《布帛部二》引《邺中记》，有"葡萄文锦""桃核文锦"①。刘言史《王中丞宅夜观舞胡腾》："织成蕃帽虚顶尖，细氎胡衫双袖小。"描写的也是男性舞者的衣饰。氎（dié），细毛布或棉布；蕃帽，浑脱帽。

无论《柘枝舞》还是《胡腾舞》，靴子是其中重要的舞装："罗带却翻柔紫袖，锦靴前踏没红茵。"（张祜《寿州裴中丞出柘枝》）"画鼓不闻招节拍，锦靴空想挫腰肢。"（张祜《感王将军柘枝妓殁》）"跳身转毂宝带鸣，弄脚缤纷锦靴软。"（刘言史《王中丞宅夜观舞胡腾》）"湘江舞罢忽成悲，便脱蛮靴出绛帷。"（舒元舆《赠李翱》）"危弦细管逐歌飘，画鼓绣靴随节翻。"（沈传师《次潭州酬唐侍御姚员外游道林岳麓寺题示》）"舞靴应任闲人看，笑脸还须待我开。"（杜牧《留赠》）这些诗中写到了各式各样的靴子："锦靴""蛮靴""绣靴""舞靴"。1950年江苏南京南唐李昪墓出土的"舞蹈陶俑"，身着舞衣，脚着皮靴，右手弯曲向后低垂，左手向前举过头顶，舞姿十分生动。②《太平御览》卷六百九十八《服章部》引《释名》曰："靴，本胡服也，赵武灵王始服之。"③由于胡舞在中原广泛传播，胡服尤其是靴子也在民间广为流行。着靴，俨然成为时尚的标志之一。诗人李白喜欢着靴："尝大醉上前，草诏，使高力士脱靴，力士耻之。"（《唐才子传》卷二）④直至晚唐，殷文圭《经李翰林墓》诗仍在咏赞高力士为李白脱靴的历史往事："诗中日月酒中仙，平地雄飞上九天。身谪蓬莱金籍外，宝装方丈玉堂前。虎靴醉索将军脱，鸿笔悲无令子传。十字遗碑三尺墓，只应吟客吊秋烟。"白居易不仅描写胡装，他自己也喜好胡装："晚入东城谁识我，短靴低帽白蕉衫"（《东城晚归》），"裘轻被白氎，靴暖蹋乌毡"。（《喜老自嘲》）"短靴""低

---

① （宋）李昉：《太平御览》（七），夏剑钦、黄巽斋等校点，河北教育出版社1994年版，第538页。又，北京中国国家博物馆藏有1982年青海海西州出土的唐代"绯红地连枝葡萄纹绫"，纺织精美、颜色艳丽，笔者于2013年9月3日前往参观。

② 实物藏于北京中国国家博物馆，笔者于2013年9月3日前往参观。

③ （宋）李昉：《太平御览》（六），夏剑钦、黄巽斋等校点，河北教育出版社1994年版，第457页。

④ 傅璇琮主编：《唐才子传校释》（一），中华书局1987年版，第387页。

帽"白蕉衫""裘""白氎""靴""乌毡",均为北方游牧民族的服饰、用品。氎（dié），用细毛布或细棉布制成的披衣。

胡服的质地，除了缣锦、绫罗，还有皮毛之属。《史记·匈奴列传》说匈奴"自君王以下，咸食畜肉，衣其皮革，被旃裘"[①]，即北方匈奴的日常生活主要依靠牧放的牲畜，吃的是牛羊肉，穿的是用牛羊皮制成的皮衣，披的是用牛羊毛织成的大衣。薛道衡《昭君辞》："毛裘易罗绮，毡帐代金屏。"[②]说昭君出塞后，过上了北方游牧民族的生活，毛裘替换了罗绮，由住金屏围拢的宫殿改成了住毡房。杜甫《送韦十六评事充同谷郡防御判官》："羌父豪猪靴，羌儿青兕裘。"羌人父子以豪猪皮为靴，以雌犀牛皮为裘。刘商《琴曲歌辞·胡笳十八拍》第五拍："羊脂沐发长不梳，羔子皮裘领仍左。狐襟貉袖腥复膻，昼披行兮夜披卧。"王昌龄《箜篌引》："疮病驱来配边州，仍披漠北羔羊裘。"都是讲以羊羔皮为裘，昼披夜卧，轻便保暖。薛逢《侠少年》"绿眼胡鹰踏锦鞲，五花骢马白貂裘"、李颀《塞下曲》"黄云雁门郡，日暮风沙里。千骑黑貂裘，皆称羽林子"中的"白貂裘""黑貂裘"，都是用貂皮制成的胡服，为冬天所穿，防寒性能良好。

胡服的传入和流行，为中原汉族服饰的样式、质地、色彩都带来了新的气象和活力，极大地方便了中原汉族的起居生活，甚至是行为方式，功劳可谓大矣。"晋唐（265—907）时期以其雍容大度的气魄，充分汲取异域文化，谱写了服饰时尚的华章。以圆领窄袖袍和长裤为特征的胡服以其强烈的时尚感染力冲击了传统服饰，唐代女性的'时世妆'成为中国服饰史上灿烂夺目的一笔。"[③]

（二）胡妆[④]

胡妆，指胡人的化妆样式，具体说就是指胡人的发式、面妆样

---

① （汉）司马迁：《史记》（九），中华书局1975年版，第2879页。
② 逯钦立辑校：《先秦汉魏晋南北朝诗》（下），中华书局1983年版，第2680—2681页。
③ 杭州中国丝绸博物馆历代服饰展览介绍，笔者于2014年2月18日前往参观。
④ 高建新：《唐代女子风靡胡妆》，《中国社会科学报》2013年8月23日。

式。^①东汉权臣梁冀妻孙寿即善胡妆："寿色美而善为妖态，作愁眉，啼妆，堕马髻，折腰步，龋齿笑，以为媚惑。"（《后汉书·梁统列传》）李贤注引《风俗通》曰："堕马髻者，侧在一边。折腰步者，足不任体。"^②梁代徐摛《胡无人行》诗中也有"列楹登鲁殿，拥絮拭胡妆"的描写。^③到了唐代，伴随着胡服的流行，胡妆风靡一时，《新唐书·五行志一》："元和末，妇人为圆鬟椎髻，不设鬓饰，不施朱粉，惟以乌膏注唇，状似悲啼者。圆鬟者，上不自树也；悲啼者，忧恤象也。""唐末，京都妇人梳发，以两鬓抱面，状如椎髻，时谓之'抛家髻'。又世俗尚以琉璃为钗钏。近服妖也。抛家、流离，皆播迁之兆云。"^④喜欢"胡妆"，已经到了一种不计后果的地步，可见"胡妆"的吸引力不一般。《新唐书·常山王传》："又使户奴数十百人习音声，学胡人椎髻，剪彩为舞衣，寻橦跳剑，鼓鞞声通昼夜不绝。"^⑤天宝时期的诗人独孤及《送王判官赴福州序》诗中也有相关记述："椎髻殊俗，覆车畏途。""圆鬟椎髻""抛家髻""胡人椎髻""椎髻"等，都是典型的胡妆。"椎髻"亦作"椎结""堆髻"，将头发结成锥形的髻。《汉书·李陵传》："后陵、律持牛酒劳汉使，博饮，两人皆胡服椎结。"颜师古注："结，读曰髻，一撮之髻，其形如椎。"^⑥白居易《时世妆》一诗专咏来自域外的流行装束，包括"堆髻"：

> 时世妆，时世妆，出自城中传四方。
>
> 时世流行无远近，腮不施朱面无粉。
>
> 乌膏注唇唇似泥，双眉画作八字低。
>
> 妍媸黑白失本态，妆成尽似含悲啼。
>
> 圆鬟无鬓堆髻样，斜红不晕赭面状。
>
> 昔闻被发伊川中，辛有见之知有戎。

---

① 辛渝：《"胡妆"指的是什么？》，《西南民族大学学报》1992 年第 4 期。

② （南朝）范晔：《后汉书》（五），中华书局 1965 年版，第 1180 页。

③ 逯钦立辑校：《先秦汉魏晋南北朝诗》（下），中华书局 1983 年版，第 1891 页。

④ （宋）欧阳修、宋祁：《新唐书》（三），中华书局 1975 年版，第 879 页。

⑤ （宋）欧阳修、宋祁：《新唐书》（十二），中华书局 1975 年版，第 3564 页。

⑥ （汉）班固：《汉书》（八），中华书局 1962 年版，第 2458 页。

元和妆梳君记取，髻堆面赭非华风。

乌膏，妇女用以涂唇的化妆品。赭面，以赤色涂脸，亦指以赤色涂红的脸。赭，红褐色。《新唐书·吐蕃传上》："衣率毡韦，以赭涂面为好。"[1]元和年间（806—820），妇女的面妆不施朱粉，而以乌膏涂唇，眉成八字，发作"堆髻"，面呈赭色。[2]向达先生说："赭面是吐蕃风，堆髻在敦煌壁画及西域亦常见之。此种时妆或亦经由西域以至于长安。"[3]陈寅恪先生也说："乐天则取胡妆别为此篇以咏之。盖元和之时世妆，实有胡妆之因素也。""白氏此诗所谓'面赭非华风'者，乃吐蕃风气之传播于长安社会者也。"[4]"八字"眉、"堆髻"、"赭面"虽非中原传统的妆扮，但一流行就长达数十年，可见当时妇女的钟爱。直至五代时期，"堆髻"还有留存："绿云高髻，点翠匀红时世。月如眉，浅笑含双靥，低声唱小词。"（牛峤《女冠子》）

堕髻，又称堕马髻、坠马髻，为一种偏垂在一边的发髻，唐人诗中屡有描述："风流夸堕髻，时世斗啼眉。"（白居易《代书诗一百韵寄微之》）"二八蛾眉梳堕马，美酒清歌曲房下。"（李颀《缓歌行》）"扇掩将雏曲，钗承堕马鬟。"（张昌宗《太平公主山亭侍宴》）"从来不堕马，故遣髻鬟斜。"（刘禹锡《同乐天和微之深春二十首》其十五）台北故宫博物院所藏《唐人宫乐图》，画中人物的发式有的发髻梳向一侧，是为"坠马髻"，有的把发髻向两边梳开，在耳朵旁束成球形的"垂髻"。啼眉妆，又称"啼妆""泪妆"，薄施脂粉于眼角下，视若啼痕，让人怜惜。[5]杨贵妃就喜欢这种妆式，《中华古今注·靴笏》卷中有"太真偏梳朵子作啼妆"的记载。[6]白居易《琵琶引并序》中亦有"夜深忽梦少年事，啼妆泪落红阑干"的描写。此诗写于元和十年（815），"啼妆"仍在流行。作为一种流行时间较长的眉妆，"啼妆"在唐诗中时有描绘：

---

[1] （宋）欧阳修、宋祁：《新唐书》（十九），中华书局1975年版，第6072页。

[2] 沈从文：《中国古代服饰研究》，上海书店出版社2011年版，第304页。

[3] 向达：《唐代长安与西域文明》，河北教育出版社2007年版，第49页。

[4] 陈寅恪：《元白诗笺证稿》，上海古籍出版社1978年新1版，第260、262页。

[5] 罗竹风主编：《汉语大词典》（上），汉语大词典出版社1997年版，第1627页。

[6] （唐）李匡文等：《资暇集及其他二种》，《丛书集成初编》第279册，商务印书馆1939年版，第18页。

"瘴塞巴山哭鸟悲，红妆少妇敛啼眉。"（元稹《瘴塞》）"弱体鸳鸯荐，啼妆翡翠衾。"（李华《长门怨》）"殷勤为报梁家妇，休把啼妆赚后人。"（罗虬《比红儿诗》）"戚戚彼何人，明眸利于月。啼妆晓不干，素面凝香雪。"（韦庄《闺怨》）

在"啼眉妆"之前，唐代妇女流行的眉妆大约如白居易《上阳白发人》中所描述："今日宫中年最老，大家遥赐尚书号。小头鞋履窄衣裳，青黛点眉眉细长。外人不见见应笑，天宝末年时世妆。"李白《对酒》："蒲萄酒，金叵罗，吴姬十五细马驮。青黛画眉红锦靴，道字不正娇唱歌。玳瑁筵中怀里醉，芙蓉帐底奈君何"，李白诗中的"青黛画眉"，印证白居易描写的上阳宫女"青黛点眉眉细长"及"窄衣裳"，确实是"胡风"大盛的天宝末年的"时世妆"，一直流行到元和年间："旧样钗篦浅澹衣，元和梳洗青黛眉。低丛小鬓腻鬖鬖，碧牙镂掌山参差。"（陈陶《西川座上听金五云唱歌》）《唐语林·德行》卷一："晟治家整肃，贵贱皆不许时世妆梳。"[1] 太尉西平王李晟全力抵御时风，不允许家人追攀时尚，从反面证明了"时世妆"的巨大魅力。

元稹《和李校书新题乐府十二首·法曲》一诗的描述，也能证明胡妆是"时世妆"，为世人效仿："女为胡妇学胡妆，伎进胡音务胡乐。火凤声沉多咽绝，春莺啭罢长萧索。胡音胡骑与胡妆，五十年来竞纷泊。"从盛唐（713）到中唐（756）五十多年来，胡妆、胡音、胡乐、胡舞、胡骑铺天盖地而来，"胡风"席卷了中原大地。火凤，舞曲名，来自西域，《洛阳伽蓝记》卷三："徐常语士康曰：'王有二美姬，一名脩容，一名艳姿，并蛾眉皓齿，洁貌倾城。脩容亦能为《绿水歌》，艳姿尤善《火凤舞》，并爱倾后室，宠冠诸姬。'士康闻此，遂常令徐鼓《绿水》《火凤》之曲焉。"[2] 春莺啭，舞曲名，《乐府诗集》卷八十引《教坊记》曰："高宗晓声律，闻风叶鸟声，皆蹈以应节。尝晨坐，闻莺声，命乐工白明达写之为《春莺啭》，后亦为舞曲。"（《乐府诗集·近代曲辞

---

① （宋）王谠：《唐语林》，上海古籍出版社1978年版，第1页。
② （北魏）杨衒之：《洛阳伽蓝记》，杨勇校笺，中华书局2006年版，第156页。

二》）① 元稹《筝》："火凤有凰求不得，春莺无伴啭空长。"火凤、春莺二词语意双关，表达了爱的惆怅。

与胡服一样，胡妆的流行是对中原传统化妆样式的有力冲击，充分显示了胡文化难以抵抗的巨大魅力，一如陈寅恪先生在论及白居易《时世妆》一诗时所言："凡所谓摩登之妆束，多受外族之影响，此乃古今之通例，而不须详证者。又岂独元和一代为然哉？"② 有意思的是，鲁迅先生对胡妆是持开放态度的："西汉末年，女人的'堕马髻'，'愁眉啼妆'，也说是亡国之兆。其实亡汉的何尝是女人！不过，只要看有人出来唉声叹气的不满意女人的妆束，我们就知道当时统治阶级的情形，大概有些不妙了。"（《南腔北调集·关于女人》）③ 鲁迅先生绝不认为一种装束的流行会导致亡国。

二、居所与用具

塞缪尔·亨廷顿引道森的论述说，文明"是一个特定民族发挥其文化创造力的一个特定的原始过程"④。紧密结合所处的自然环境与特殊的生活方式，北方游牧民族以自己的聪明智慧，创造了与中原汉民族不同的文明，包括居所及用具，同时又广泛地影响了中原汉民族，其中以穹庐、胡床为代表，其特点是舒适便捷、适应性极强，是堪称伟大的发明。

（一）穹庐⑤

穹庐，是古代北方游牧民族用毡子搭成的居所，因其中央隆起，四周下垂，形状似天，故称穹庐，类似今天的蒙古包，主要有三大构件：

---

① （宋）郭茂倩：《乐府诗集》（四），中华书局 1979 年版，第 1137 页。

② 陈寅恪：《元白诗笺证稿》，上海古籍出版社 1978 年版，第 260 页。

③ 《鲁迅全集》（第四卷），人民文学出版社 2005 年版，第 531 页。

④ ［美］塞缪尔·亨廷顿：《文明的冲突与世界秩序的重建》，周琪等译，新华出版社 2010 年版，第 20 页。

⑤ 高建新：《话说"穹庐"》，《文史知识》2014 年第 7 期。

可折叠的网状围壁条木、搭起伞状圆顶的椽木、覆盖圆壁和顶棚的白色厚毡。蒙古包顶有圆形天窗，可以用来通风、采光、排烟。清代名臣张鹏翮于康熙二十七年（1688）随内大臣索额图赴色楞格河与俄罗斯和谈，从北京出发，所经多为蒙古族生活之地，故深知蒙古包的优点，他在《奉使俄罗斯日记》说："塞外以蒙古毡帐为佳，风不能动，日不能透，寒不能入。"①《汉书·匈奴传上》说"匈奴父子同穹庐卧"，颜师古注："穹庐，旃帐也。其形穹隆，故曰穹庐。"②穹庐多用红柳作支架，围以毡子，故又称毡帐、毡房、毡包，如王安石《明妃曲》说："穹庐为室旃为墙，胡尘暗天道路长。"这是一种移动的住所，结实轻便，有大有小，拆分后可以载在车上，并随时随地组合，搭建成房，以适应草原上的气候条件和"逐水草而居"、不断移动的游牧生活。《太平御览》卷七百九十五《四夷部·西戎四·乌孙》：

> 张骞言："乌孙本与大月氏共在敦煌间，今乌孙强大，可厚赂，招令东居故地，妻以公主，以制匈奴。"武帝即位，令骞赍金币往赐昆莫，于是使献马，愿尚公主。元封中，遣江都王建女细君为公主，以妻焉。公主别理宫室居，岁时一再与昆莫会，置酒饮食。昆莫年老，语言不通，公主悲愁，自作歌曰："吾家嫁我兮天一方，远托异国兮乌孙王。穹庐为室兮毡为墙，以肉为食兮酪为浆。"③

穹庐为室，围毡为墙，这是典型的北方游牧民族的居所，有悠久的传统："行行日已远，遂造匈奴城。延我于穹庐，加我阏氏名。"（石崇《王明君辞并序》）④"胡风带秋月，嘶马杂笳声。毛裘易罗绮，毡帐代金屏。"（薛道衡《昭君辞》）⑤"卤簿迟迟出国门，汉家公主嫁乌孙。玉颜便向穹庐去，卫霍空承明主恩。"（孙叔向《送咸安公主》）"毡帐秋风迷宿

---

① （清）张鹏翮：《奉使俄罗斯日记》（外八种），忒莫勒、娜仁高娃点校，黑龙江教育出版社2014年版，第55页。
② （汉）班固：《汉书》（十一），中华书局1962年版，第3760页。
③ （宋）李昉：《太平御览》（七），夏剑钦、黄巽斋等校点，河北教育出版社1994年版，第379页。
④ 逯钦立辑校：《先秦汉魏晋南北朝诗》（上），中华书局1983年版，第643页。
⑤ 逯钦立辑校：《先秦汉魏晋南北朝诗》（下），中华书局1983年版，第2680—2681页。

草，穹庐夜月听悲笳。"（马致远《汉宫秋·楔子》）[1] 一旦由汉入胡，自然环境和日常生活都发生了巨大的变化。

北朝乐府民歌《敕勒歌》："敕勒川，阴山下。天似穹庐，笼盖四野。天苍苍，野茫茫，风吹草低见牛羊。"[2] 描写的是敕勒川（今内蒙古土默特平原）壮阔苍茫的草原风光。[3]"天似穹庐"，是说在一望无际的草原上，辽阔的天宇如同巨大无比的毡帐一样从四面垂下。全诗寥寥 27 字，抓住北方草原上典型的景物，描绘出一幅苍莽壮阔的游牧图景，使人强烈地感受到大自然勃发的生命热力与"逐水草迁徙"的草原生活的无穷魅力。元好问说："慷慨歌谣绝不传，穹庐一曲本天然。中州万古英雄气，也到阴山敕勒川。"（《论诗三十首》其七）[4] 今天鄂尔多斯成吉思汗陵的主体建筑——三座雄伟的蒙古式大殿，就是依照穹庐的样式建造的。阴山，阴山山脉，横亘于今内蒙古中部，东段进入河北省西北部，连绵 1200 余公里，南北宽 50—100 公里，是黄河流域的北部界线，季风与非季风分界线，也是中国古代游牧文化与农耕文化的分界线。阴山一带，自古就是北方游牧民族的生息繁衍之地，《汉书·匈奴列传下》说："北边塞至辽东，外有阴山，东西千余里，草木茂盛，多禽兽。"[5] 将天宇比作穹庐，不仅气魄雄伟，也见穹庐在游牧民族生活中占据的重要位置。唐无名氏《胡笳曲》"月明星稀霜满野，毡车夜宿阴山下"，描绘出北方游牧民族的生活及其环境。毡车，是可移动的毡房，游牧民族用以抵御风寒雨淋，《文献通考·四裔考二十四·室韦》（卷三百四十七）："乘牛车，蓬莰为室，如突厥毡车之状。"[6]《太平御览》

---

① 王季思主编：《中国十大古典悲剧集》（上），上海文艺出版社 1982 年版，第 41 页。

② 逯钦立辑校：《先秦汉魏晋南北朝诗》（下），中华书局 1983 年版，第 2289 页。

③ 《呼和浩特市志·政区》："敕勒川：北魏时敕勒部称阴山前（即大青山前的广阔平原）为敕勒川，其地约西起乌拉特前旗，东至卓资山县，南起长城，北至大青山，相当于汉代云中、定襄二郡地方。"呼和浩特市史志办公室编纂：《呼和浩特市志》（内蒙古地方志丛书），内蒙古人民出版社 2005 年版，第 155 页。又，内蒙古自治区的敕勒川博物馆对敕勒川地区的历史文化有详细的介绍，该馆是内蒙古唯一的一座以区域性历史文化为内容的博物馆，位于包头市土默特右旗萨拉齐镇，笔者曾于 2013 年 7 月 7 日前往参观。

④ 狄宝心撰：《元好问诗编年校注》（一），中华书局 2011 年版，第 52 页。

⑤ （汉）班固：《汉书》（十一），中华书局 1962 年版，第 3803 页。

⑥ （元）马端临：《文献通考》（下），中华书局 1986 年版，第 2717 页。

卷三百二十三《兵部五十四》："初，哥舒翰造毡车，以毡蒙其车，以马驾之。"[1]当年哥舒翰仿效游牧民族造毡车，用之于军队。

《后汉书·乌桓鲜卑列传》：乌桓"俗善骑射，弋猎禽兽为事。随水草放牧，居无常处。以穹庐为舍，东开向日。食肉饮酪，以毛毳为衣。"[2]《周书·异域传下·吐谷浑》：吐谷浑"治伏俟城，在青海西十五里。虽有城郭，而不居之，恒处穹庐，随水草畜牧。"[3]《旧唐书·西戎传》："吐谷浑，其先居于徒河之清山，属晋乱，始度陇，止于甘松之南，洮水之西，南极白兰，地数千里。有城郭而不居，随逐水草，庐帐为室，肉酪为粮。"[4]吐谷浑是鲜卑慕容一支，东晋十六国时期控制了青海、甘肃等地，后被唐朝征服，加封青海王。因为游牧生活必须"随水草畜牧"，所以虽有城郭也不去居住。北方游牧民族不居城郭还有一个原因是出于军事上的考虑，突厥可汗默棘连"欲城所都"，老臣暾欲谷谏曰：

> 突厥众不敌唐百分一，所能与抗者，随水草射猎，居处无常，习于武事，强则进取，弱则遁伏，唐兵虽多，无所用也。若城而居，战一败，必为彼禽。（《新唐书·突厥传下》）[5]

游牧民族之所以不可制服，就在于迁徙无常，对手难以掌握。刘商《琴曲歌辞·胡笳十八拍》（第五拍）："毡帐时移无定居，日月长兮不可过。"与固守土地、固守产业的农耕文化不同，对于北方游牧民族而言，茫茫草原，随处是家："漠漠边尘飞众鸟，昏昏朔气聚群羊。"（崔融《从军行》）"碧毛毡帐河曲游"，"橐驼五万部落稠"（王昌龄《箜篌引》），"橐驼何连连，穹帐亦累累。"（岑参《北庭西郊候封大夫受降回军献上》）"牛马散北海，割鲜若虎餐。虽居燕支山，不道朔雪寒。"（李白《幽州胡马客歌》）"毡裘牧马胡雏小，日暮蕃歌三两声。"（耿湋《凉

---

① （宋）李昉：《太平御览》（三），夏剑钦、黄巽斋等校点，河北教育出版社1994年版，第846页。

② （南朝）范晔：《后汉书》（十），中华书局1965年版，第2979页。

③ （唐）令狐德棻等：《周书》（三），中华书局1971年版，第912页。

④ （后晋）刘昫等：《旧唐书》（十六），中华书局1975年版，第5297页。

⑤ （宋）欧阳修、宋祁：《新唐书》（十九），中华书局1975年版，第6052页。

州词》）"云边雁断胡天月，陇上羊归塞草烟。"（温庭筠《苏武庙》）"谷口穹庐遥逦迤，溪边牛马暮盘跚。"（唐无名氏《晚秋登城之作》其二）一片草地、一顶毡帐、一群牛羊、几峰骆驼，就可以成为游动的家了。这样的居住方式也传到了中原，诗人白居易不仅好胡服，也喜住毡帐，其《别毡帐火炉》诗说：

> 忆昨腊月天，北风三尺雪。
> 年老不禁寒，夜长安可彻。
> 赖有青毡帐，风前自张设。
> 复此红火炉，雪中相暖热。
> 如鱼入渊水，似兔藏深穴。

　　在北风劲吹、大雪飘飞、天寒地冻之时，赖有自己张设的青毡帐御寒。白居易多次在诗中写到毡帐、火炉："庭草留霜池结冰，黄昏钟绝冻云凝。碧毡帐上正飘雪，红火炉前初炷灯。"（《夜招晦叔》）"日午微风且暮寒，春风冷峭雪干残。碧毡帐下红炉畔，试为来尝一醆看。"（《府酒五绝·招客》）毡帐中的红火炉温暖了整个冬天。曾两次出使辽国的北宋学者苏颂的《契丹帐》，对北方游牧民族的生活习俗表示了理解和赞赏：

> 行营到处即为家，一卓穹庐数乘车。
> 千里山川无土著，四时畋猎是生涯。
> 酪浆膻肉夸希品，貂锦羊裘擅物华。
> 种类益繁人自足，天教安逸在幽遐。[1]

　　牧放牛马，追逐水草，一顶毡帐数乘车，随处可以为家。游荡在广袤丰饶的草原上，四时狩猎，以奶、牛羊肉为食，以动物皮毛为衣，尽得大自然的馈赠。勇敢剽悍的游牧民族就这样一代一代繁衍生息，悠闲自由地生活着、创造着。

---

[1] （宋）苏颂：《苏魏文公集》（上），王同策等校点，中华书局1994年版，第171页。

（二）胡床①

胡床，是一种可以折叠的轻便坐具②，因为胡床床腿交叉，上可穿绳以容坐，又称"交床""绳床"。《晋书·佛图澄传》："坐绳床，烧安息香。"③李白《草书歌行》："吾师醉后倚绳床，须臾扫尽数千张。"说"草圣"怀素醉倚胡床，笔走龙蛇，顷刻间已狂草数千张。宋人陶穀《清异录·逍遥录》卷下："胡床，施转关以交足，穿便绦以容坐，转缩须臾，重不数斤。相传明皇行幸频多，从臣或待诏野顿，扈驾登山不能跂立，欲息则无以寄身，遂创意如此，当时称'逍遥座'。"④从记载看，胡床类似今天的马扎子，有小有大。胡床并非唐玄宗"从臣""扈驾"的创意，因为在唐前就已经流行开来。晋谢尚《大道曲》引《乐府广题》曰："谢尚为镇西将军，尝著紫罗襦，据胡床，在市中佛国门楼上弹琵琶，作《大道曲》。"⑤南朝梁徐防《长安有狭斜行》："上客且安坐，胡床妾自擎。"⑥可以"自擎"，说明胡床分量较轻，可以随手提携。南朝梁庾肩吾《咏胡床应教》："传名乃外域，入用信中京。足欹形已正，文斜体自平。"⑦说胡床来自域外，在中京洛阳流传。胡床看似斜足，坐上去却很平稳。《世说新语》中多处提到了"胡床"："因便据胡床，与诸人咏谑，"（《容止》）"渊使少年掠劫，渊在岸上，据胡床指麾左右，皆得其宜。"（《自新》）"即便回下车，踞胡床，为作三调。弄毕，便上车去。"（《任诞》）"亦不坐，仍据胡床，在中庭晒头，神气傲迈，了无相酬对意。"（《简傲》）"武子一起便破的，却据胡床，叱左右"（《汰侈》）。⑧"所谓'据'（或'踞'），也就是下垂双腿，双足着地。"⑨

《资治通鉴》卷二百四十二《唐纪五十八》：唐穆宗长庆二年

---

① 高建新：《"据胡床"与唐代诗人气度》，《中国社会科学报》2014年4月4日。
② 罗竹风主编：《汉语大词典》（中），汉语大词典出版社1997年版，第3894页。
③ （唐）房玄龄等：《晋书》（八），中华书局1974年版，第2486页。
④ 《影印文渊阁四库全书》（第一〇四七册），（台湾）商务印书馆1983年发行，第898页。
⑤ （宋）郭茂倩：《乐府诗集》（三），中华书局1979年版，第1061页。
⑥ 逯钦立辑校：《先秦汉魏晋南北朝诗》（下），中华书局1983年版，第2068页。
⑦ 逯钦立辑校：《先秦汉魏晋南北朝诗》（下），中华书局1983年版，第1999页。
⑧ 龚斌撰：《世说新语校释》，上海古籍出版社2011年版，第1212、1233、1481、1506、1692页。
⑨ 阎艳：《〈全唐诗〉名物词研究》"胡床"条，巴蜀书社2003年版，第148页。

（822）"十二月，辛卯，上见群臣于紫宸殿，御大绳床"。胡三省注引程大昌《演繁露》曰：

> 今之交床，制本自虏来，始名"胡床"，隋以谶有"胡"，改名"交床"。唐穆宗于紫宸殿御大绳床见群臣，则又名"绳床"矣。余按：交床、绳床，今人家有之，然二物也。交床以木交午为足，足前后皆施横木，平其底，使错之地而安；足之上端，其前后亦施横木而平其上，横木列窍以穿绳条，使之可坐。足交午处复为圆穿，贯之以铁，敛之可挟，放之可坐；以其足交，故曰交床。绳床，以板为之，人坐其上，其广可前容膝，后有靠背，左右有托手，可以阁臂，其下四足著地。[①]

胡床和绳床虽都为坐具，但有明显的差别，绳床更像是今天的座椅。

胡床轻巧简便，可开可合，用后可以折叠悬挂起来。《三国志·魏书》引《魏略》：裴潜"为兖州时，尝作一胡床，及其去也，留以挂柱"。[②]王维《魏郡太守河北采访处置使上党苗公德政碑》有"壁挂胡床，舍留官犊"句。[③]李白《寄上吴王三首》其二："坐啸庐江静，闲闻进玉觞。去时无一物，东壁挂胡床。"另外，权德舆《跌伤伏枕有劝酿酒者暂忘所苦因有一绝》诗中有这样的描述："一杯宜病士，四体委胡床。暂得遗形处，陶然在醉乡。"既然"跌伤伏枕"，能将四体委之胡床之上，这个胡床一是尺寸不能太小，二是还必须结实稳当。

由于分量轻、便于携带、随处可坐，胡床深受唐人的喜欢。唐诗中关于胡床的描写又多与优美静谧的环境、高雅的兴致、旷放的情怀紧密相连，如李白《经乱后将避地剡中留赠崔宣城》："崔子贤主人，欢娱每相召。胡床紫玉笛，却坐青云叫。杨花满州城，置酒同临眺。"据胡床吹紫玉笛，情致高迈。又如李白《陪宋中丞武昌夜饮怀古》：

> 清景南楼夜，风流在武昌。

---

① （宋）司马光：《资治通鉴》（十七），中华书局2011年版，第7944—7945页。

② （晋）陈寿：《三国志》（三），中华书局1959年版，第673页。

③ 陈铁民撰：《王维集校注》（三），中华书局1997年版，第972页。

> 庾公爱秋月，乘兴坐胡床。
>
> 龙笛吟寒水，天河落晓霜。
>
> 我心还不浅，怀古醉余觞。

《晋书·庾亮传》："亮在武昌，诸佐吏殷浩之徒，乘秋夜往共登南楼，俄而不觉亮至，诸人将起避之。亮徐曰：'诸君少住，老子于此兴复不浅。'便据胡床，与浩等谈咏竟坐。其坦率行己，多此类也。"[1]李白说沐浴在明亮的秋月下，乘着兴致坐在胡床上吹笛，洒脱亦如当年的庾亮。李白诗中的"床"，有几篇指的是"胡床"："床前明月光，疑是地上霜。举头望明月，低头思故乡"（《静夜思》）与"妾发初覆额，折花门前戏。郎骑竹马来，绕床弄青梅"（《长干行》）中之"床"，皆指胡床。前者写诗人夜晚坐在门外的胡床上，感月思乡；后者"绕床"，指绕着门前的胡床跑，而非到了那个小女孩儿的卧房，绕着她的睡床跑。

杜甫诗中也多处写及胡床："岑寂双甘树，婆娑一院香。交柯低几杖，垂实碍衣裳。满岁如松碧，同时待菊黄。几回沾叶露，乘月坐胡床。"（《树间》）诗人说坐在枝叶婆娑的老树下，衣服都沾了树叶上的露水，不记得在树下如此坐了多少回了；"楚岸通秋屐，胡床面夕畦。"（《孟仓曹步趾领新酒酱二物满器见遗老夫》）在温暖的夕阳映照下，坐在胡床上面对着葱绿的菜园，心中充满了欢喜。韦应物《花径》也是写据胡床的清兴：

> 山花夹径幽，古甃生苔涩。
>
> 胡床理事余，玉琴承露湿。
>
> 朝与诗人赏，夜携禅客入。
>
> 自是尘外踪，无令吏趋急。

在山花夹径、古砖生苔的幽静环境中，坐在胡床上弹奏玉琴，心中实在是惬意。柳宗元《石涧记》："水平布其上，流若织文，响若操琴。揭跣而往，折竹箭，扫陈叶，排腐木，可罗胡床十八九居之。交络之流，触激之音，皆在床下。"在风景绝胜处安置胡床，轻便简洁，随时

---

[1]　（唐）房玄龄等：《晋书》（六），中华书局1974年版，第1924页。

移动，更便于观赏。李颀《赠张旭》：

> 张公性嗜酒，豁达无所营。
>
> 皓首穷草隶，时称太湖精。
>
> 露顶据胡床，长叫三五声。
>
> 兴来洒素壁，挥笔如流星。

张公，指张旭，盛唐著名的书法家，"善草书，而好酒，每醉后号呼狂走，索笔挥洒，变化无穷，若有神助，时人号为'张颠'。"（《旧唐书·文苑传中·张旭传》），[①] 有"草圣"之称。"露顶"，正是张旭的本色，杜甫《饮中八仙歌》也说："张旭三杯草圣传，脱帽露顶王公前，挥毫落纸如云烟。"写张旭三杯酒醉后，自由挥洒，笔走龙蛇，字迹如云烟般舒卷自如，写出了张旭的贫而能清、狂而能正的高行洁操。同一时期的高适有《醉后赠张九旭》诗："世上谩相识，此翁殊不然。兴来书自圣，醉后语尤颠。白发老闲事，青云在目前。床头一壶酒，能更几回眠。"写尽了此老的憨态。"据胡床"，傲然自得，不拘小节。

到了中唐，胡床的使用更加普遍。刘禹锡说："分忧余刃又从公，白羽胡床啸咏中。"（《酬窦员外郡斋宴客偶命柘枝因见寄兼呈张十一院长元九侍御》）胡床啸咏，自有气度。白居易说："池上有小舟，舟中有胡床。床前有新酒，独酌还独尝。"（《咏兴五首》其一）小舟、胡床、新酒，共同构成了一种有情韵的生活。白居易诗中多有"绳床"出现："松下轩廊竹下房，暖檐晴日满绳床。"（《东院》）"自出家来长自在，缘身一衲一绳床。"（《赠僧五首·自远禅师》）"洗浪清风透水霜，水边闲坐一绳床。"（《秋池》）"婆娑绿阴树，斑驳青苔地。此处置绳床，傍边洗茶器。"（《睡后茶兴忆杨同州》）"坐倚绳床闲自念，前生应是一诗僧。"（《爱咏诗》）"夫妻老相对，各坐一绳床。"（《三年除夜》）从白诗的描写看，胡床可以随处安置，已完全进入唐人的日常生活中了。

---

① （后晋）刘昫等：《旧唐书》（十五），中华书局1975年版，第5034页。

胡床因其足呈交叉状，又有"交椅"之称。①《朱子语类》卷七十七："然器亦道，道亦器也。道未尝离乎器，道亦只是器之理。如这交椅是器，可坐便是交椅之理。"②"交椅是宋代在胡床基础上出现的一种新型家具。它吸收了圈椅上半部的特征，增加了靠背和扶手，可室中独倚，也可提挈出行，坐之闻香抚琴，倚之品茗谈心。"③"交椅"既实指，又是身份、职位的象征，屡见于明清小说，可见其使用之普遍："那时引人下山来，和小弟厮杀，被我赢了他，留小弟在山上为寨主，让第一把交椅教小弟坐了，以此在这里落草。"（《水浒传》第五回）"就叫朱贵同上山寨相会，都来到寨中聚义厅上。左边一带四把交椅，却是王伦、杜迁、宋万、朱贵，右边一带两把交椅，上首杨志，下首林冲，都坐定了。"（《水浒传》第十二回）④"他也不管好歹，就把马拴在敞厅柱上，扯过一张退光漆交椅，叫师父坐下。"（《西游记》第十八回）⑤"老妈并李桂卿出来见毕，上面列四张校椅，四人坐下。"（《金瓶梅词话》第二十回）⑥"三人步行至山寨，进了中堂。二人将殷郊扶在正中交椅上，纳头便拜。"（《封神演义》第六十三回）⑦"左右设下交椅，然后又按长幼挨次归坐受礼。"（《红楼梦》第五十三回）⑧"这夏作人又是坐了公局绅士的第一把交椅。你想谁还敢惹他。"（《二十年目睹之怪现状》第五十六回）⑨"校（jiào）椅"，即交椅。

胡床的发明和广泛流行，在"坐"的历史上有着革命性的意义。中

① 交椅实物如"黄花梨木圆后背交椅""黄花梨木带踏床交杌"，可见上海博物馆"中国明清家具馆"藏品，笔者于2014年10月7日前往参观；中国国家博物馆"大美木艺——中国明清家具珍品展"中亦有"黄花梨木圆后背三接雕花交椅"（一对）、"黄花梨交椅式躺椅"；又，中国国家博物馆"宋代石刻艺术展"中有"负交椅男侍石刻图"（四川地区出土），笔者于2014年11月2日前往参观。

② （宋）朱熹：《朱子语类》（五），中华书局1986年版，第1970页。

③ 中国国家博物馆"大美木艺——中国明清家具珍品展"交椅展览说明。

④ （明）施耐庵：《水浒传》（上），朱一玄校订，人民文学出版社1997年版，第81—82、156页。

⑤ （明）吴承恩：《西游记》（上），齐鲁书社1980年版，第225页。

⑥ （明）兰陵笑笑生：《金瓶梅词话》（下），陶慕宁校注，人民文学出版社2000年版，第232页。

⑦ （明）许仲琳：《封神演义》（下），人民文学出版社1981年版，第606页。

⑧ （清）曹雪芹：《红楼梦》（二），人民文学出版社1964年版，第671页。

⑨ （清）吴趼人：《二十年目睹之怪现状》（下），人民文学出版社1981年版，第439页。

原传统的席上"跪坐"或称"跽坐",即两膝着地、挺直上身、臀部坐在小腿肚上,逐渐为胡床上的"垂足坐"所替代。由席地"跪坐""跽坐"所形成的一套礼仪制度,也相应发生了重大变化。[①]"垂足坐"可以坐得更舒适、更长久、更自由,顺应了人的身体结构和生理特点,心情因此会变得轻松愉快,嵇康所说的"危坐一时,痹不得摇"(《与山巨源绝交书》)[②]的苦痛和无奈借此获得改变,生活的品质借此获得提高。不仅如此,自南北朝以后,"垂足坐"的生活方式还直接促进了高型家具的发展,使家具在具备实用功能的同时,更趋古朴典雅,艺术化的色彩十分明显,至明清达到鼎盛。我们今天坐在各种舒适的椅子上,使用着各式各样、各种质地的高型家具,享受方便舒适,也获得美感享受,是不能忘记胡床的始创之功的。[③]

三、饮食

因为喜欢游牧民族的文化,唐人也喜欢游牧民族的饮食。《旧唐书·舆服志》载:开元以来,"贵人御馔,尽供胡食"。[④]由此中原的传统饮食结构发生变化,由麦菽而肉食。盛唐诗人贺朝《赠酒店胡姬》:"胡姬春酒店,弦管夜锵锵。红毾铺新月,貂裘坐薄霜。玉盘初鲙鲤,金鼎正烹羊。上客无劳散,听歌乐世娘。"伴着音乐彻夜享受美酒、美食,可见饮食及娱乐的一般习惯。羊肉之外,胡饼、乳酪与葡萄酒最能代表北方游牧民族的日常饮食。

(一)胡饼[⑤]

胡饼,即烧饼,炉饼,西域各国日常食品,[⑥]是典型的胡食。又,

---

① 曾维华:《论胡床及其对中原地区的影响》,《学术月刊》2002年第7期。
② 戴明扬撰:《嵇康集校注》,人民文学出版社1962年版,第120页。
③ 吕一飞:《胡族习俗与隋唐风韵——魏晋北朝北方少数民族社会风俗及其对隋唐的影响》,书目文献出版社1994年版,第92页。
④ (后晋)刘昫等:《旧唐书》(六),中华书局1975年版,第1958页。
⑤ 高建新:《何谓胡饼》,《中国社会科学报》2014年11月15日。
⑥ 阎艳:《唐诗食品词语语言与文化之研究》,巴蜀书社2004年版,第42—49页。

"唐代的胡饼类似于今之烧饼，它是在炉中烤制而成，上着胡麻，中间还可以着馅。"[1] 唐慧琳《一切经音义·麨麮》卷三十七："胡食者，即饆饠、烧饼、胡饼、搭纳是也。"[2] 有论者认为，胡饼是唐代随移居长安的胡人传入，后盛行民间的。[3] 其实，胡饼在唐代之前就已经传入中原，《太平御览》卷八百六十《饮食部·饼》引《续汉书》曰："灵帝好胡饼，京师皆食胡饼。"[4] 东汉刘熙《释名·释饮食》也已提到胡饼："饼，并也，溲面使合并也。胡饼作之，大漫沍也，亦言以胡麻著上也。"[5] 溲，用水浸湿；漫沍，面糊的音转。《太平广记》卷二六二《张咸光》："大谏尝制《碣山潜龙宫上梁文》云：'馒头似碗，胡饼如笠。'"[6] 说胡饼的形状如斗笠。《太平御览》卷九百八十《菜茹部五》又引晋代嵇含《南方草物状》曰："合浦有菜，名优殿。以豆酱汁茹食，芳好。可食胡饼。"[7]《初学记·器物部·饼》卷二十六引《释名》："胡饼，言以胡麻著之也。"又引崔鸿《前赵录》曰："石季龙讳胡，改胡饼曰麻饼。"[8] 石季龙，即石勒（274—333），十六国时期后赵建立者。《艺文类聚》卷八十五引《邺中记》曰："石勒讳胡，胡物皆改名，胡饼曰麻饼，胡绥曰香绥，胡豆曰国豆。"[9]《晋书·王长文传》："王长文，字德睿，广汉郪人也。少以才学知名，而放荡不羁，州府辟命皆不就。州辟别驾，乃微服窃出，举州莫知所之。后于成都市中蹲踞啮胡饼。刺史知其不屈，礼遣之。"[10] 由此可见，胡饼的传入早在汉代。王长文既能"于成都市中蹲踞啮胡饼"，可见胡饼在晋代已成为流行的大众食品了。

---

[1]　傅晓静：《唐代的胡风饮食》，《民俗研究》1998 年第 2 期。

[2]　（唐）慧琳：《一切经音义》，徐时仪校注，上海古籍出版社 2008 年版，第 1154 页。

[3]　周伟洲、丁景泰主编：《丝绸之路大辞典》，陕西人民出版社 2006 年版，第 232 页。

[4]　（宋）李昉：《太平御览》（七），夏剑钦、黄巽斋等校点，河北教育出版社 1994 年版，第 864 页。

[5]　（东汉）刘熙撰，（清）毕沅疏证，（清）王先谦补：《释名疏证补》，中华书局 2008 年版，第 135 页。

[6]　（宋）李昉等：《太平广记》（二），上海古籍出版社 1990 年版，第 682 页。

[7]　（宋）李昉：《太平御览》（八），夏剑钦、黄巽斋等校点，河北教育出版社 1994 年版，第 792 页。

[8]　（唐）徐坚等：《初学记》（下），中华书局 1962 年版，第 642 页。

[9]　（唐）欧阳询：《艺文类聚》（下），上海古籍出版社 1999 年版，第 1453 页。

[10]　（唐）房玄龄等：《晋书》（七），中华书局 1974 年版，第 2138 页。

胡饼通常是用纯面粉制作，加少许盐，但也有加羊肉馅的。《齐民要术·饼法》说："作烧饼法：面一斗，羊肉二斤，葱白一合，豉汁及盐，熬令熟。炙之，面当令起。"[1] 要把羊肉等炒熟，包在面团儿里做成饼，把它炕熟，面要预先发过。北方的胡化，早在魏晋时期就已经开始。唐去贾思勰的北魏时代不远，当有此做法。[2]《唐语林·补遗》（卷六）："时豪家食次，起羊肉一斤，层布于巨胡饼，隔中以椒豉，润以酥，入炉迫之，候肉半熟食之，呼为'古楼子'。"[3] 在硕大的胡饼中，将切成片的羊肉一层一层铺进去，再加上椒豉，润以酥油，放入烤炉烤到半熟时吃。《太平广记》卷一九三《虬髯客》记载了胡饼与羊肉共食："靖骤拜。遂环坐。曰：'煮者何肉？'曰：'羊肉，计已熟矣。'客曰：'饥甚。'靖出市买胡饼，客抽匕首，切肉共食。"[4] 烘烤胡饼有时间、火候的讲究。放入炉中的胡饼，须慢火烘焙。胡饼香酥可口、易于制作、便于携带、能够长久保存，由此成为往来于"丝绸之路"上的商旅行人的最佳食品。"胡饼"这一名称从汉到五代、宋一直在中原流行，说明它对中原的饮食文化有强烈的影响。

唐代是胡饼最风行的时代。日本僧人圆仁入长安，亲见胡饼盛行：开成六年（841）"立春节，赐胡饼、寺粥。时行胡饼，俗家皆然"[5]。《资治通鉴》卷二百一十八《唐纪三十四》："安史之乱"爆发，唐玄宗仓皇逃往四川，途经咸阳望贤宫时，"日向中，上犹未食，杨国忠自市胡饼以献。于是民争献粝饭，杂以麦豆；皇孙辈争以手掬食之，须臾而尽，犹未能饱。上皆酬其直，慰劳之。众皆哭，上亦掩泣。"胡三省注："胡饼今之蒸饼。"高似孙注："胡饼，言以胡麻著之也。"[6] 此时的胡饼，真可谓救命饼，甘之如饴。宋人赵汝燧《缠头曲》诗挖苦道："缠头一局三百万，莫遣傍人笑大唐。尾声方断地衣卷，忽闻鼙鼓喧渔阳。播迁

---

① （北魏）贾思勰：《齐民要术》，农业出版社 1963 年版，第 149 页。

② 段塔丽：《漫谈胡食》，《文史知识》1995 年第 6 期。

③ （宋）王谠：《唐语林》，上海古籍出版社 1978 年版，第 207 页。

④ （宋）李昉等：《太平广记》（二），上海古籍出版社 1990 年版，第 274 页。

⑤ ［日］圆仁：《入唐求法巡礼记》，广西师范大学出版社 2007 年版，第 118 页。

⑥ （宋）司马光：《资治通鉴》（十五），中华书局 2011 年版，第 7091 页。

才出望贤路，玉食未进日卓午。粝饭胡饼能几许，不饱皇孙及妃主。"（《野谷诗稿》卷一）①《太平广记》卷四十二《贺知章》：诗人贺知章曾向一位王姓老人请教黄老之术，"与夫人持一明珠，自云在乡日得此珠，保惜多时，特上老人，求说道法。老人即以明珠付童子，令市饼来。童子以珠易得三十余胡饼，遂延贺。贺私念宝珠特以轻用，意甚不快。老人曰：'夫道者可以心得，岂在力争；悭惜未止，术无由成。当须深山穷谷，勤求致之，非市朝所授也。'贺意颇悟，谢之而去。"②当时长安的升平坊、辅兴坊有不少胡人开得饼店。《太平广记》卷四百二《鬻饼胡》："有举人在京城，邻居有鬻饼胡"，卷四五二《任氏》："既行，及里门，门扃未发。门旁有胡人鬻饼之舍，方张灯炽炉。"③白居易《寄胡饼与杨万州》：

> 胡麻饼样学京都，面脆油香新出炉。
>
> 寄与饥馋杨大使，尝看得似辅兴无。

杨万州，万州刺史杨归厚。时任忠州刺史的诗人说，忠州的胡饼从配料到形状都学习长安，而且烤得面脆油香。诗人探询杨归厚，比起你曾吃过的辅兴坊（在长安朱雀门街西第三街）胡饼味道如何？④能从忠州（今重庆忠县）寄胡饼到万州（今重庆万州区），可见胡饼保存时间是比较长的。皮日休《初夏即事寄鲁望》：

> 顾予客兹地，薄我皆为伧。
>
> 唯有陆夫子，尽力提客卿。
>
> 各负出俗才，俱怀超世情。
>
> 驻我一栈车，啜君数藜羹。
>
> 敲门若我访，倒屣欣逢迎。
>
> 胡饼蒸甚熟，貊盘举尤轻。
>
> 茗脆不禁炙，酒肥或难倾。
>
> 扫除就藤下，移榻寻虚明。

---

① 《影印文渊阁四库全书》（第一一七五册），（台湾）商务印书馆1983年发行，第91页。
② （宋）李昉等：《太平广记》（一），上海古籍出版社1990年版，第214—215页。
③ （宋）李昉等：《太平广记》（四），上海古籍出版社1990年版，第44、341页。
④ 朱金城撰：《白居易集笺校》（二），上海古籍出版社1988年版，第1164页。

$$唯共陆夫子，醉与天壤并。$$

诗人通过对胡饼等日常饮食的描写，写出了诗人与陆鲁望的深情厚谊。由"胡饼蒸甚熟"可知，胡饼制法虽以烤熟为主，但也有蒸熟的；"貂盘"，又作"貂槃"，北方游牧民族所用盛器，轻便实用。

据考察，历史上的胡饼实际上就是今天在新疆、甘肃一带广泛流行的馕："随着时间的流逝，现代社会中再也没有称作'胡饼'的食物了，不过今天陕西的锅盔和新疆的馕，这两种著名小吃都是从胡饼演化而来的。"[1] 馕，其词源于波斯语，意为面包，[2] 多以发酵面粉为主要原料，不放碱而放少许盐。馕多呈圆形，中间稍薄，边沿略厚，上面戳印有美丽的图案，擀好的馕面胚需放入囊坑中烤熟。囊坑一般用麦秸和黏土砌筑而成，高约 1 米，肚大口小，便于保温，先用柴火或炭火将馕坑四壁烤烫，再贴上生馕慢火烤制。馕一般直径 40—50 厘米，大的馕需要几斤面粉制成，称为"馕中之王"。今天新疆南疆盛产馕，种类繁多，库车县有"大馕城"，远近闻名。[3]

（二）乳酪

乳酪，也称奶酪，以羊、牛、马或骆驼乳汁制成，是半凝固的奶制品。通常 1 公斤乳酪需要 10 公斤奶制成，可谓浓缩的奶。奶酪含有大量的蛋白质、钙、脂肪、磷和维生素等成分，营养丰富，品种多样，在历史上就是北方游牧民族的日常食品。

北方游牧地区的风俗、饮食习惯与中原迥然不同。《汉书·匈奴传上》："其得汉絮缯，以驰草棘中，衣裤皆裂弊，以视不如旃裘坚善也；得汉食物皆去之，以视不如重酪之便美也。"[4] 旃，毡也；重，湩（dòng）也，乳汁；酪，奶酪。匈奴人认为，中原的绵絮丝绸远不如毡子、皮袄结实又好看；中原的食物也远不如乳汁、奶酪味美而适口。《太平御览》卷八百五十八《饮食部》引《西河旧事》曰："祁连山宜

---

① 解梅：《"胡饼"考略》，《农业考古》2012 年第 1 期。
② 周伟洲、丁景泰主编：《丝绸之路大辞典》，陕西人民出版社 2006 年版，第 619 页。
③ 李春华主编：《新疆风物志》，新疆人民出版社 2000 年版，第 347—348 页。
④ （汉）班固：《汉书》（十一），中华书局 1962 年版，第 3759 页。

牧牛羊，羊肥乳酪好，不用器物，刈草着其上，不解散，一斛酪升余酥。"①《元和郡县图志·陇右道·张掖县》记载得更为详细："祁连山，在县西南二百里。张掖、酒泉二界上，美水茂草，山中冬温夏凉，宜放牧，牛羊充肥，乳酪浓好，夏泻酥不用器物，置于草上不解散，作酥特好，一斛酪得斗余酥。"②祁连山脉位于青海省东北部与甘肃省西部边境，由多条西北—东南走向的平行山脉和宽谷组成。这一带有广阔的草原、优良的牧场和数不清的牛羊，历史上就是西北游牧民族的重要聚居地，这里的乳酪产量多、质量高。《太平御览》卷五百七十《乐部八》："汉以江都王女细君妻乌孙，悲愁自作歌曰：'吾家嫁我兮天一方，远托绝国兮乌孙王。穹庐为室兮毡为墙，以肉为食兮酪为浆。居常悲思兮内感伤，愿为黄鹄兮归故乡'。"③《旧唐书·西戎传》说吐谷浑"随逐水草，庐帐为室，肉酪为粮"④。

　　由于乳酪香美可口、营养价值高，唐朝廷设有"典牧署"，专司乳酪等的制作，《旧唐书·职官志三》：典牧署"主酪五十人。令掌牧杂畜，造酥酪脯腊给纳之事"。⑤专设机构制作乳酪，可见质量要求之高、用量之大。《旧唐书·穆宁传》："质兄弟俱有令誉而和粹，世以'滋味'目之：赞俗而有格，为酪；质美而多入，为酥；员为醍醐；赏为乳腐。"⑥酥，用牛羊奶制成的食物，如酥酪、酥油；醍醐，色乳黄，为酪中之精品。穆宁有四子：穆赞、穆质、穆员、穆赏，人以奶制品喻四子之品格，可见出使用的广泛。因为中原农家多饲养羊，故酪以羊酪居多，称"羊酪"。《世说新语·言语》："陆机诣王武子，武子前置数斛羊酪，指以示陆曰：'卿江东何以敌此？'陆云：'有千里莼羹，但未下

---

① （宋）李昉：《太平御览》（七），夏剑钦、黄巽斋等校点，河北教育出版社1994年版，第853—854页。
② （唐）李吉甫：《元和郡县图志》（下），贺次君点校，中华书局1983年版，第1021页。
③ （宋）李昉：《太平御览》（五），夏剑钦、黄巽斋等校点，河北教育出版社1994年版，第460页。
④ （后晋）刘昫等：《旧唐书》（十六），中华书局1975年版，第5297页。
⑤ （后晋）刘昫等：《旧唐书》（六），中华书局1975年版，第1882页。
⑥ （后晋）刘昫等：《旧唐书》（十三），中华书局1975年版，第4116—4117页。

盐豉耳。'"① 王武子以羊酪骄人，足见此物在当时的稀罕。储光羲《田家即事》（一说杨发《南野逢田客》）：

> 桑柘悠悠水蘸堤，晚风晴景不妨犁。
>
> 高机犹织卧蚕子，下坂饥逢饷馌妻。
>
> 杏色满林羊酪熟，麦凉浮垄雉媒低。

桑柘茂盛，晚风吹晴，在杏花娇艳的春时，正逢羊酪制熟，香气扑鼻，眼前呈现的是一派丰收景象。包佶《顾著作宅赋诗》：

> 几年江海烟霞，乘醉一到京华。
>
> 已觉不嫌羊酪，谁能长守兔罝。

因为长久食用，所以已经不嫌用羊奶做的乳酪腥膻。刘禹锡《送周鲁儒赴举诗》："若逢广坐问羊酪，从此知名在一言。"又，《送陆侍御归淮南使府五韵》："江左重诗篇，陆生名久传。凤城来已熟，羊酪不嫌膻。""不嫌膻"，指经常食用，已经习惯了羊酪的膻味。因为羊酪多在杏花开放时节制成，故羊酪又有"杏酪"之称。崔橹《春日即事》："杏酪渐香邻舍粥，榆烟将变旧炉灰。"

唐代提及奶酪及牛羊乳的诗还有："楚酪沃雕胡，湘羹糁香饵。"（韩翃《赠别崔司直赴江东兼简常州独孤使君》）"稻饭红似花，调沃新酪浆。"（白居易《二年三月五日斋毕开素当食偶吟赠妻弘农郡君》）"左魂右魄啼肌瘦，酪瓶倒尽将羊炙。"（李贺《长平箭头歌》）"群孙轻绮纨，下客丰醴酪。"（李正封《晚秋郾城夜会联句》）……楚酪，《楚辞·大招》："鲜蠵甘鸡，和楚酪只。"蠵（xī），海龟，王逸注："言取鲜洁大龟，烹之作羹，调以饴蜜，复用肥鸡之肉，和以酢酪，其味清烈也。"② 雕胡，菰米；酪浆，指牛羊乳汁；酪瓶，奶瓶；醴酪，甜酒和奶酪。

（三）葡萄酒③

葡萄酒，产自西域，是典型的胡酒，酿酒的主要原料是葡萄，亦产

---

① 龚斌撰：《世说新语校释》，上海古籍出版社 2011 年版，第 186 页。

② （宋）洪兴祖撰：《楚辞补注》，白化文等校点，中华书局 1983 年版，第 219 页。

③ 高建新：《葡萄美酒：穿越史志流入唐诗》，《中国食品报》2017 年 10 月 12 日。

自西域。《汉书·西域传》："罽宾地平，温和，有目宿、杂草、奇木、檀、槐、梓、竹、漆。种五谷、蒲陶诸果，粪治园田"①，且末国"有蒲陶诸果"，难兜国"种五谷、蒲陶诸果"。②蒲陶，即葡萄；罽宾国、且末国、难兜国，均为西域古国。《神农本草经·上经·草》说：蒲萄"益气，倍力，强志，令人肥健，耐饥，忍风寒。久食轻身，不老，延年。可作酒。"③《汉武帝内传》说，为了招待西王母，汉武帝"至七月七日，乃修除宫掖之内，设座殿上，以紫罗荐地，燔百和之香，张云锦之帐，然九光之灯，设玉门之枣，酌蒲萄之酒"④，郑重恭敬至极。金代诗人元好问《蒲桃酒赋》序言中说：他的朋友告诉他，"贞祐中，邻里一民家避寇自山中归，见竹器所贮蒲桃在空盎上者，枝蒂已干，而汁流盎中，薰然有酒气。饮之，良酒也。盖久而腐败，自然成酒耳。不传之秘，一朝而发之，文士多有所述。今以属子，子宁有意乎？予曰：世无此酒久矣，予亦尝见还自西域者云：'大食人绞蒲桃浆封而埋之，未几成酒。愈久者愈佳，有藏至千斛者'。其说正与此合"。⑤贞祐，金宣宗完颜珣的年号（1214—1223）；大食，西域古国名，主体在今天的阿拉伯地区。《本草纲目·谷部·葡萄酒》说："葡萄久贮，亦自成酒，芳甘酷烈，此真葡萄酒也"。⑥上述两例说的都是天然的葡萄酒，自然发酵而成。葡萄酒不仅是饮中的珍品，又有药疗作用，因原产自西域，汉唐以来珍稀异常。

历史上的葡萄酒酿造技术主要被西域的少数民族所掌握，葡萄酒产地也主要集中在西域及河西走廊一带。《史记·大宛列传》首次记载了葡萄酒："大宛在匈奴西南，在汉正西，去汉可万里。其俗土著，耕田，田稻麦。有蒲陶酒，多善马。马汗血，其先天马子也。有城郭屋室。其属邑大小七十余城，众可数十万"；"安息在大月氏西可数千里。

---

① （汉）班固：《汉书》（十二），中华书局1962年版，第3885页。
② （汉）班固：《汉书》（十二），中华书局1962年版，第3879、3884页。
③ 《神农本草经》，四川科学技术出版社2008年版，第187页。
④ 《汉魏六朝笔记小说大观》，上海古籍出版社1999年版，第141页。
⑤ 《元好问全集》（增订本），李正民增订，山西古籍出版社1999年版，第2页。
⑥ （明）李时珍：《本草纲目》（中），王育杰整理，人民卫生出版社2005年版，第1278页。

其俗土著，耕田，田稻麦，蒲陶酒。城邑如大宛，其属小大数百城，地方数千里，最为大国"；"宛左右以蒲陶为酒，富人藏酒至万余石，久者数十岁不败。俗嗜酒，马嗜苜蓿。汉使取其实来，于是天子始种苜蓿、蒲陶肥饶地。及天马多，外国使来众，则离宫别观旁尽种蒲萄、苜蓿极望"。[①] 汉武帝建元三年（前138），外交家张骞奉汉武帝之命出使西域，看到西域诸国酿造及存储葡萄酒的情况。唐人鲍防《杂感》谓："汉家海内承平久，万国戎王皆稽首。天马常衔苜蓿花，胡人岁献葡萄酒。"元好问《蒲桃酒赋》说："西域开，汉节回。得蒲桃之奇种，与天马兮俱来。枝蔓千年，郁其无涯。敛清秋以春煦，发至美乎胚胎。意天以美酿而饱予，出遗法于湮埋。"[②] 两者咏赞的正是这个历史性的事件。西域开通后，汉朝使节携带葡萄种子与天马一同归来。从此葡萄千年长青，苍郁无边，吸收秋之清气、春之煦风，至美的胚胎由此发育成长。意想是上天想让我饱饮美酒，所以使久已失传的葡萄酒酿法重新回到了人间。安息，西域的波斯国，在今伊朗境内。大宛及其周边国家，自古以来就是葡萄酒的出产地。《博物志》卷五说："西域有蒲萄酒，积年不败。彼俗传云：可至十年，饮之醉，弥日不解。"[③]《太平御览》卷九百七十二引《后凉录》说："建元二十年（384），吕光入龟兹城。胡人奢侈，富于生养，家有蒲萄酒，或至千斛，经十年不败。"[④] 龟兹，西域古国，今天新疆的库车。建元十九年（383）春，前秦苻坚的将领吕光奉命进攻西域，后进入龟兹城，看到龟兹城里家家都储存着大量的葡萄酒。能够贮存十年不败，可见葡萄酒的纯度是非常高的。《太平广记》卷三百一《汝阴人》讲述的是汝阴人许姓男子的一段奇异婚姻，其中写到屋内精美的陈设："有玉罍，贮车师葡萄酒，芬馨酷烈。"[⑤] 车师，指车师国，故址在今新疆吐鲁番，盛产葡萄酒。

---

① （汉）司马迁：《史记》（十），中华书局1975年版，第3160、3162、3173、3157页。
② 《元好问全集》（增订本），李正民增订，山西古籍出版社1999年版，第3页。
③ （晋）张华：《博物志校注》，范宁校证，中华书局1980年版，第64页。
④ （宋）李昉：《太平御览》（八），夏剑钦、黄巽斋等校点，河北教育出版社1994年版，第733页。
⑤ （宋）李昉等：《太平广记》（三），上海古籍出版社1990年版，第229页。

　　东汉时，葡萄酒仍然非常珍贵，《太平御览》卷九百七十二《果部下》引《续汉书》曰："扶风孟佗以蒲萄酒一斛遗张让，即以为凉州刺史。"[1]孟佗，又作孟他，字伯郎，精通贿赂之道。张让，东汉灵帝时宦官，任中常侍，封列侯，酷好受贿，贪婪狠毒。行贿一斛葡萄酒即可换得一个凉州刺史，可见出当时葡萄酒的珍稀。刘禹锡《葡萄歌》（一作《蒲桃》）说："酿之成美酒，令人饮不足。为君持一斗，往取凉州牧。"苏轼对此事也颇为感慨："将军百战竟不侯，伯郎一斛得凉州。"（《次韵秦观秀才见赠……》）[2]将军，指李广，身经百战却不得封侯，后来被逼自杀。陆游也说："蒲萄一斗元无价，换得凉州也是闲。"（《感旧绝句七首》其七）"君不见蒲萄一斗换得西凉州，不如将军告身供一醉。"（《凌云醉归作》）

　　《续汉书》又载："魏文帝诏群臣曰：中国珍果甚多，且复为说蒲萄。当其朱夏涉秋，尚有余暑，醉酒宿醒，掩露而食。甘而不饴，脆而不梳，冷而不寒。味长汁多，除烦解饴。又酿以为酒，甘于曲糵，善醉而易醒。道之固已流涎咽唾，况亲食之耶？他方之果，宁有匹之者！"[3]饴（yuàn），厌腻。曹丕极道葡萄的珍稀异常，说用葡萄"酿以为酒，甘于曲糵，善醉而易醒"，已把用葡萄酿的酒和用曲糵酿的米酒区别开来，并指出了葡萄酒"善醉而易醒"的特点。易醒，说明这种葡萄酒所含的酒精度并不太高。北朝庾信说："蒲桃一杯千日醉，无事九转学神仙。"（《燕歌行》）[4]陈代陆琼说："蒲萄四时方醇，琉璃千钟旧宾。夜饮舞忱销烛，朝醒弦促催人。"（《还台乐》，一作陆机，题作《饮酒乐》）[5]他们都沉醉于葡萄酒的美妙。

　　葡萄酒酿造法在唐代以前主要是从西域传入的，以葡萄为主要原料，经过葡萄汁榨取、酒精发酵、陈酿等处理后获得葡萄酒。《本草纲

---

[1]（宋）李昉：《太平御览》（八），夏剑钦、黄巽斋等校点，河北教育出版社1994年版，第733页。

[2]《苏轼诗集》（三），（清）王文诰辑注，孔凡礼点校，中华书局1982年版，第828页。

[3]（宋）李昉：《太平御览》（八），夏剑钦、黄巽斋等校点，河北教育出版社1994年版，第733页。

[4] 逯钦立辑校：《先秦汉魏晋南北朝诗》（下），中华书局1983年版，第2352页。

[5] 逯钦立辑校：《先秦汉魏晋南北朝诗》（下），中华书局1983年版，第2538页。

目·谷部·葡萄酒》说，可用酿制烧酒法亦即蒸馏法酿造葡萄酒："烧者，取葡萄数十斤，同大曲酿酢，取入甑蒸之，以器承其露滴，红色可爱。古者西域有之，唐时破高昌，始得其法。"[1]李时珍认为，用传统的米酒酿法亦即发酵法所酿出的葡萄酒，并非真正意义上的葡萄酒，用蒸馏法酿造的葡萄酒，才是真正意义上的葡萄酒。《清稗类钞·饮食类》说："葡萄酒为葡萄汁所制，外国输入甚多，有数种。不去皮者色赤，为赤葡萄酒，能除肠中障物；去皮者色白微黄，为白葡萄酒，能助肠之运动。"[2]元佚名（一说作者为宋伯仁）《酒小史》记天下名酒一百种，其中有"西域葡萄酒"。[3]《红楼梦》第六十回写道："见芳官拿了一个五寸来高的小玻璃瓶来，迎亮照着，里面有半瓶胭脂一般的汁子，还当是宝玉吃的西洋葡萄酒。"[4]从颜色看，所比附的当是赤色葡萄酒。实际上，葡萄酒的酿造过程比黄酒酿造要简便一些，但葡萄的生产有鲜明的季节性，终究不如谷物方便，因此葡萄酒的酿造技术在中原及江浙地区并未获得大面积推广。从宋人朱肱所著《酒经》中的"葡萄酒法"来看，汉魏以来传统的汉民族对严格意义上的葡萄酒酿造技术并没有真正掌握。[5]

　　大约到了唐太宗时期，中原才掌握了葡萄酒的酿制方法。《册府元龟·外臣部·朝贡第三》（卷九百七十）："前代或有贡献，人皆不识，及破高昌，收马乳蒲桃于苑中种之，并得其酒法，帝自损益，造酒成。凡有八色，芳辛酷烈，味兼缇盎。既颁赐群臣，京师始识其味。"[6]高昌，西域古国，在今新疆吐鲁番东，是西域交通枢纽，贞观十四年（640）被唐太宗灭。缇齐、盎齐，两种酒的名称，《周礼·天官·酒正》："辨五齐之名，一曰泛齐，二曰醴齐，三曰盎齐，四曰缇齐，五

---

①　（明）李时珍：《本草纲目》（中），王育杰整理，人民卫生出版社 2005 年版，第 1278 页。

②　（清）徐珂编：《清稗类钞》（十三），中华书局 2010 年版，第 6325 页。

③　胡山源：《古今酒事》第一辑，上海书店 1987 年版，第 73 页。

④　（清）曹雪芹：《红楼梦》（二），人民文学出版社 1964 年版，第 771 页。

⑤　高建新：《中华生活经典·酒经》，中华书局 2011 年版，第 169—178 页。

⑥　（宋）王钦若等编：《册府元龟》（十一），周旭初等校订，凤凰出版社 2006 年版，第11231 页。

曰沉齐。"（《周礼注疏》卷五）① 马乳葡萄，即马奶葡萄，韩愈《题张十一旅舍三咏·蒲萄》："新茎未遍半犹枯，高架支离倒复扶。若欲满盘堆马乳，莫辞添竹引龙须。"宋人钱易《南部新书》丙卷也有类似的记载："太宗破高昌，收马乳葡萄种于苑中，并得酒法，仍自损益之，造酒成绿色，芳香酷烈，味兼醍醐，长安始识其味也。"② 唐太宗破高昌后，开始在宫苑中种植葡萄，还引进了葡萄酒酿造方法，亲自过问酿酒工艺，还建议作了一些改进，酿成的葡萄酒"芳辛酷烈"，味道并不亚于粮食酒。向达先生说："有唐一代，西域酒在长安亦甚流行。唐初有高昌之葡萄酒，其后有波斯之三勒浆，又有龙膏酒，大约亦出于波斯，俱为时人所称美。"③ 三勒浆，是波斯产的一种果酒，用庵摩勒、毗梨勒、诃梨勒三种树的果实酿成。④ 从大的方面说，唐太宗实行开放的文化政策，继续开拓"丝绸之路"，连通了当时的大半个世界，通过"丝绸之路"，"胡文化"源源不断地进入中原的同时，西域的葡萄及葡萄酒酿造技术也随之再次进入。《太平御览》卷七百九十二《四夷部》引《唐书》曰："龟兹有城郭，男女皆剪发，垂与项齐。惟王不剪发，以锦蒙顶，着锦袍、金宝带，坐金师子床。有良马、封牛，饶蒲萄酒。又曰：贞观四年，遣使来献马。太宗赐以玺书，抚慰甚厚。自此朝贡不绝。"⑤

因为掌握了酿造技术，唐诗中对葡萄酒的描写也就多了起来。李白《襄阳歌》说："遥看汉水鸭头绿，恰似葡萄初酦醅。此江若变作春酒，垒曲便筑糟丘台。"酦醅（pō pēi），是未经过滤的重酿酒。在诗人眼里，碧水悠悠的汉江就像刚刚酿出的葡萄酒。诗人转念又想，若是汉江真的都变成了美酒，酒糟一定会堆积如山，可以垒成高台，那该有多么壮观啊！后来王安石的"舍南舍北皆春水，恰似蒲萄新酦醅"（《怀元

---

① （清）阮元校刻：《十三经注疏》（上），中华书局 1980 年版，第 668 页。

② （宋）钱易：《南部新书》，黄寿成点校，中华书局 2002 年版，第 32 页。

③ 向达：《唐代长安与西域文明》，河北教育出版社 2007 年版，第 52 页。

④ 仁湘：《羌煮貊炙话胡食》，《中国典籍文化》1995 年第 1 期。

⑤ （宋）李昉：《太平御览》（七），夏剑钦、黄巽斋等校点，河北教育出版社 1994 年版，第 358 页。

度四首》其二）、① 苏轼的"春江渌涨蒲萄醅，武昌官柳知谁栽"（《武昌西山》）的描写，② 都继承了李白的诗意，更把汉江扩大为整个春江。值得注意的是，李白《襄阳歌》中形容初酸醅的葡萄酒恰似汉水"鸭头绿"，是与《南部新书》记载的葡萄酒"造酒成绿色"是一致的。唐人最著名的涉及葡萄酒的作品是王翰《凉州词二首》其一："蒲萄美酒夜光杯，欲饮琵琶马上催。醉卧沙场君莫笑，古来征战几人回。"反映了厮杀沙场将士视死如归的英雄情怀，全诗激昂悲壮、令人血脉偾张。李顾《塞下曲》表现的也是把守边关将士的情怀："金笳吹朔雪，铁马嘶云水。帐下饮蒲萄，平生寸心是。"胡笳吹雪、铁马嘶鸣之时，在军帐里饮葡萄酒，更激起了平生的心思。元稹《西凉伎》则描写古凉州的风情民俗："吾闻昔日西凉州，人烟扑地桑柘稠。蒲萄酒熟恣行乐，红艳青旗朱粉楼。楼下当垆称卓女，楼头伴客名莫愁。"西凉，西凉州，即凉州，今甘肃武威，古代就是葡萄酒的主产区之一。在葡萄酒酿成之际，凉州的人们恣意享乐，楼下卖酒的自称卓文君，楼头伴客饮酒的自名莫愁女。白居易《寄献北都留守裴令公》描写的也是北方少数民族的风俗："羌管吹杨柳，燕姬酹蒲萄。"羌管吹出的是《折杨柳》，燕姬酹饮的是葡萄酒。刘复《春游曲》描写的是在酒家饮葡萄酒的情形："春风戏狭斜，相见莫愁家。细酹蒲桃酒，娇歌玉树花。"品酒听歌，一派欢乐祥和。刘禹锡《和令狐相公谢太原李侍中寄蒲桃》描写葡萄移栽及酿酒的情形，从中可见出西域文化与中原汉文化的交融：

> 珍果出西域，移根到北方。
>
> 昔年随汉使，今日寄梁王。
>
> 上相芳缄至，行台绮席张。
>
> 鱼鳞含宿润，马乳带残霜。
>
> 染指铅粉腻，满喉甘露香。
>
> 酝成千日酒，味敌五云浆。
>
> 咀嚼停金盏，称嗟响画堂。

---

① 北京大学古籍文献研究所编：《全宋诗》（十）北京大学出版社 1991 年版，第 6755 页。
② 《苏轼诗集》（五），（清）王文诰辑注，孔凡礼点校，中华书局 1982 年版，第 1458 页。

惭非末至客，不得一枝尝。

被视作珍果的葡萄原本出自西域，后来移植到了北方；当年是随着汉使进入长安的，如今又寄给了宰相令狐楚；宰相的书信一到，豪华的宴席随即摆开；一串串葡萄果实叠放如鱼鳞闪闪，个大味美的马奶葡萄还带着残霜；如果用紫色的葡萄汁染指，就会嫌铅粉过于细腻，品尝葡萄满喉如饮甘露一样芬芳；用葡萄酿成的美酒如"千日酒"一样浓烈，醇厚的味道敌过中原传统美酒"五云浆"；品尝葡萄的人们赞叹不绝，声音响遍画堂；遗憾的是自己不能到场，如此珍稀的葡萄却一点儿也尝不上。"千日酒"，《搜神记》卷十九："狄希，中山人也。能造'千日酒'，饮之千日醉。"[1]唐人多有赞美："野觞浮郑酌，山酒漉陶巾。但令千日醉，何惜两三春。"（王绩《尝春酒》）"欲慰一时心，莫如千日酒。"（孟郊《暮秋感思》）"青布旗夸千日酒，白头浪吼半江风。"（韩偓《江岸闲步》）葡萄酒的普及推广，丰富了中原酒的品种，也为文人的读书生活平添了几分雅趣。

葡萄酒之名外，杜甫《谢严中丞送青城山道士乳酒一瓶》诗中出现了"乳酒"之名："山瓶乳酒下青云，气味浓香幸见分。"《汉语大词典》："乳酒，因用马乳葡萄酿制，故名。"[2]举杜甫此诗为例证。"乳酒"在亦指米酒和用马奶酿制的酒。岑参《青门歌送东台张判官》诗中有"酒如乳"之形容："胡姬酒垆日未午，丝绳玉缸酒如乳。"陈铁民、侯忠义解释"酒如乳"："唐时之酒为米酒，浓者色白如乳。"[3]古文家独孤及（725—777）《郑县刘少府兄宅月夜登台宴集序》一文中亦有"有酒如乳，醑我乎城隅。城临近山，俯瞰平隰"（《全唐文》卷三百八十七）之描写。[4]醑（xǔ），美酒："清尊浮绿醑，雅曲韵朱弦。"（李世民《春日玄武门宴群臣》）"小榼酤清醑，行厨煮白鳞。"（白居易《风雨中寻李十一因题船上》）宋人姚述尧《浣溪沙·呈潮阳使君宋台簿敦书》词中也写到了"乳酒"："乳酒初颁菊正黄，去年高宴近清光。"词人自注：

---

① （晋）干宝：《搜神记》，汪绍楹校注，中华书局1979年版，第235页。

② 罗竹风主编：《汉语大词典》（上），汉语大词典出版社1997年版，第331页。

③ 陈铁民、侯忠义撰：《岑参集校注》，中华书局2004年版，第160页。

④ （清）董诰等：《全唐文》（二），上海古籍出版社1990年版，第1739页。

"羌人作马乳酒兼蒲萄压之，晋宣帝时九日来献，因遍赐百僚。"①《牡丹亭》第四十七出《围释》中有"马乳酒"之名："〔贴〕叫马乳酒。〔老旦〕约儿兀只。〔贴〕要烧羊肉。〔净叫介〕快取羊肉、乳酒来。（外持酒肉上）"②后两例的"马乳酒"，指的是马奶酒，以马乳发酵而成，乳白色，香气馥郁，酒精度较低，今天内蒙古地区蒙古族常酿常饮。

① 唐圭璋编：《全宋词》(三)，中华书局 1965 年版，第 1554 页。本书所引宋词，除特别注明之外，均出自此版本，不再另注。
② （明）汤显祖：《牡丹亭》，徐朔方、杨笑梅校注，人民文学出版社 1982 年版，第 218 页。

第三章　唐诗中的北方游牧民族风俗（下）

——以羊、骆驼、马为研究对象

作为"五畜"之一的羊，不仅为人们的生存提供了基本的肉食、皮毛，还影响到了中华文化观念、审美观念的形成。骆驼与马是北方游牧民族重要的生产和生活资料，是人类最好的帮手和朋友。骆驼是最能适应极端气候的牲畜之一。骆驼运输是古"丝绸之路"最主要的运输方式。在通往西域漫长的道路上，要不断穿越茫茫无际的沙漠，极耐干渴、善于行走、有"沙漠之舟""旱地之龙"之称的骆驼，不仅成为最主要的运载工具，也成为古"丝绸之路"的不朽象征。马则在4000年前就被人类驯服，不仅是北方游牧文化的核心要素之一，也是北方草原游牧社会生产力发展水平的标志之一，与战争、边疆关系密切。

一、羊[①]

羊是最常见的哺乳动物，反刍类，一般头上有一对角。羊的品种很多，如绵羊、山羊。羊是十二生肖之一，是重要的民俗文化符号。在唐文学中，羊既可以描绘美好的生活图景，有丰富的文化蕴含和情感指向，又是美味佳肴，记录了唐人喜好"胡食"的饮食风俗。

（一）羊的文化蕴含

羊是人类最早驯化的动物之一，野绵羊驯化为家畜始于约8000年

---

① 高建新:《唐文学中的羊》,《古典文学知识》2015年第1期。

前的新石器时代。[①]早期岩画如阿拉善曼德拉山岩画、阴山岩画、贺兰山岩画中多有羊的形象，尤以北山羊为多，或一尾或成群。北山羊形状似山羊而大，雄雌都有角，雄的角大，向后弯曲，生活在高山地带，也叫羱（yuán）羊。羊与人们的日常生活关系密切，在华夏民族发展过程中贡献巨大，对华夏文化观念、审美观念的形成发展有重要影响。

《说文解字·羊》："羊，祥也。"[②]羊是吉祥的象征，始终是中华民族的美好追求。《庄子·人间世》："虚室生白，吉祥止止。"成玄英疏："吉者，福善之事；祥者，嘉庆之徵。止者，凝静之智。言吉祥善福，止在凝静之心。"[③]在众多古代礼器的铭文中，"吉祥"多作"吉羊"。三羊喻"三阳"。三阳，卦爻之初九、九二、九三，阳气盛极而阴衰微也，寓意祛尽邪佞，吉祥好运接踵而来，所谓"三羊开泰"。广州又称"羊城""五羊城"，取五色羊衔穗带来的吉祥。据北宋徽宗年间张劢撰写的《广州重修五仙祠记》碑文记载："初有五仙人皆手持谷穗，一茎六出，乘五羊而至，仙人之服与羊各异色，如五方，既遗穗与广人，仙忽飞升以去，羊留化为石，广人因即其地为祠祀之。"[④]唐人诗中已有"羊城""五羊城"之名称："海对羊城阔，山连象郡高。"（高适《送柴司户充刘卿判官之岭外》）"五羊城在蜃楼边，墨绶垂腰正少年。"（皮日休《送李明府之任海南》）"遐荒迢递五羊城，归兴浓消客里情。"（殷尧藩《送刘禹锡侍御出刺连州》）

《说文解字·美》："美，甘也。从羊从大。羊在六畜主给膳也。'美'与'善'同意。"[⑤]"善""美"是中华文化的重要理论范畴，杨辛教授说："所谓'美'与'善'同义，说明美的事物起初是和实用结合。""羊身上有些形势特征，如角的对称、毛的卷曲都富有装饰趣味。在甲骨文中的'羊'字，洗练地表现了羊的外部特征，特别是头部的特征，从羊角上表现了一种对称的美，不少甲骨文中的'羊'字就是一些

---

① 《中国大百科全书·农业》（一），中国大百科全书出版社1990年版，第646页。
② （汉）许慎：《说文解字》，中华书局1963年版，第87页。
③ 《南华真经注疏》（上），（晋）郭象注，（唐）成玄英疏，中华书局1998年版，第84页。
④ 《中国历史文化名城词典》，上海辞书出版社1985年版，第620页。
⑤ （汉）许慎：《说文解字》，中华书局1963年版，第87页。

图案化的美丽的羊头。"①从山西博物院藏西周时期"玉羊"，南京博物院藏商代"青铜三羊罍"，鄂尔多斯青铜博物馆藏商代"羊首蛇纹柄青铜刀"、战国时期"羊纹金饰件""青铜大角羊"，四川博物馆藏商周时期的"蟠龙盖兽面铜罍"等来看，羊的形象很早就脱离了实用而进入人们的审美视野，这些羊的造型简练生动，极具装饰效果和写意风格。

羊还是美好德行的体现，孔颖达疏《诗经·召南·羔羊》说："召南之国，化文王之政，在位皆节俭正直，德如羔羊也。"（《毛诗正义》卷一）②董仲舒说："羔食于其母，必跪而受之，类知礼者；故羊之为言犹祥与，故卿以为贽。"（《春秋繁露·执贽第七十二》）③羊羔跪受母乳是一种感恩知礼之举，令人感动。杜甫《杜鹃》："鸿雁及羔羊，有礼太古前。行飞与跪乳，识序如知恩。圣贤古法则，付与后世传。"诗说，大雁有序而飞与羔羊跪乳感恩，是美好品德的体现，应该传扬后世。1938年出土于湖南宁乡、现藏国家博物馆的商代礼器"四羊青铜方尊"，是中国现存商代青铜方尊中最大的一件，体现了先民对羊"善良知礼"文化蕴含的认同。古代盛大祭祀中的主祭品也往往有羊："我将我享，维羊维牛，维天其右之。"（《诗经·周颂·我将》）"锼臂饮清血，牛羊持祭天。"（《欢闻变歌六首》其五）④

至于与羊有关的成语、典故、俗语更是不胜枚举：领头羊、替罪羊、小绵羊、臧谷亡羊、瘦羊博士、十羊九牧、与羊谋羞、羊质虎皮、羝羊触藩、卖狗悬羊、争鸡失羊、饿虎见羊、羊羔美酒、羊落虎口、羊肠鸟道、肉袒牵羊、饿虎擒羊、饿虎扑羊、虎入羊群、羊入虎群、驱羊战狼、顺手牵羊、亡羊之叹、亡羊补牢、挂羊头卖狗肉、羊毛出在羊身上、千羊之皮不如一狐之腋等，通俗易懂，意蕴丰富，展开就是一幅关于自然与人生、社会的图景，已经成为祖国语言宝库的重要组成部分。

---

① 杨辛：《美学原理》，北京大学出版社1983年版，第92—93页。
② （清）阮元校刻：《十三经注疏》（上），中华书局1980年版，第288页。
③ （清）苏舆撰：《春秋繁露义证》，钟哲点校，中华书局1992年版，第419—420页。
④ 逯钦立辑校：《先秦汉魏晋南北朝诗》（中），中华书局1983年版，第1050页。

（二）羊与北方游牧生活图景

游牧文化的核心是人与自然的关系，畜群、草场、牧人构成了游牧的基本条件。北朝《敕勒歌》："敕勒川，阴山下。天似穹庐，笼盖四野。天苍苍，野茫茫，风吹草低见牛羊。"牛羊是这幅壮阔的北方草原图景中最具生机的构成部分。唐无名氏《杂曲歌辞》其一《镇西》：

> 天边物色更无春，只有羊群与马群。
>
> 谁家营里吹羌笛，哀怨教人不忍闻。

"羊群""马群"为寂寥的春天带来了无限的生机，但声声羌笛，却又引发了人的无限愁思。李宣远《并州路》（题注：一作杨达诗，题作《塞下作》）：

> 秋日并州路，黄榆落故关。
>
> 孤城吹角罢，数骑射雕还。
>
> 帐幕遥临水，牛羊自下山。
>
> 征人正垂泪，烽火起云间。

并州，今山西太原。帐幕临水，牛羊下山，展示的"逐水草迁徙"的游牧生活图景，勾起了征人的思乡之情。就在伤心垂泪之时，烽烟又起，战事在即，打破了本来平静的生活。王建《塞上逢故人》：

> 百战一身在，相逢白发生。
>
> 何时得乡信，每日算归程。
>
> 走马登寒垄，驱羊入废城。
>
> 羌笳三两曲，人醉海西营。

诗抒发了浓郁的思乡之情。"驱羊入废城"是历经边塞战争之后所见的景象，在荒凉中又显现出些许生机。虽然历经战争，但边地的游牧生活仍在顽强继续着。《敦煌廿咏》其七《水精堂咏》描绘的就是远离中原的边远之地敦煌、阳关一带的游牧生活图景：

> 阳关临绝漠，中有水精堂。
>
> 暗碛铺银地，平沙散玉羊。
>
> 体明同夜月，色净含秋霜。
>
> 可则弃胡塞，终归还帝乡。

在广阔的沙原上，散布着如玉一样洁白的羊群，羊群通体明洁如月，颜色纯净，如披秋霜，体现了诗人对羊的由衷赞美之情。张仲素的《王昭君》描绘的是北方边塞的生活图景：

> 仙娥今下嫁，骄子自同和。
>
> 剑戟归田尽，牛羊绕塞多。

关于昭君出塞，历代诗人多突出其幽怨之情，此诗敬称昭君为"仙娥"，充分肯定了昭君出塞的功绩，赞扬昭君远嫁匈奴后为北方边地带来了久违的和平，一如史籍所说："边城晏闭，牛马布野，三世无犬吠之警，黎庶亡干戈之役。"（《汉书·匈奴传下》）[①] "边人获安，中外为一，生人休息，六十余年。"（《后汉书·南匈奴传》）[②] "牛羊绕塞多"，是和平安宁生活的形象体现。

与进入审美视野的多数动物带给欣赏者的是盎然的野趣不同，牛羊的出现，总是伴随着优美的田园风光、温馨的牧歌情调，酿就的是一种归家一样宁静安详、充满了暖意的氛围。置身在这种氛围之中，漂泊躁动的心也似乎找到了依托，找到了归宿。牛羊的归来总是在夕阳下落的黄昏时分，而黄昏又是一个让人思绪荡漾的时刻，于是在两千多年前的《诗经·君子于役》中，就已经有了这样动人的画面：

> 君子于役，不知其期。曷至哉？鸡栖于埘，日之夕矣，羊牛下来。君子于役，如之何勿思！

在夕阳酿就的温暖色调中，鸡儿纷纷回到窝中，牛羊从山上缓缓下来。一位妻子久久伫立，思绪难宁：鸡儿、牛羊也知道回圈聚集，而自己思念的亲人却还在外面服劳役，这怎能不让人牵挂呢？"日之夕矣，羊牛下来"由此成为一个范本，被唐人不断临摹："斜阳照墟落，穷巷牛羊归。野老念牧童，倚杖候荆扉。"（王维《渭川田家》）整个画面呈现的都是暖色调，充满了人间情味。蔡复《夕阳》："夕阳欲下山，一半恋流水。短笛牛羊归，余光照童子。"则又是一幅夕阳牧归图，引发了人们对充满浪漫和诗意的乡村生活的无限向往。因恋流水，夕阳将落

---

① （汉）班固：《汉书》（十一），中华书局1962年版，第3832—3833页。

② （南朝）范晔：《后汉书》（十），中华书局1965年版，第2953页。

未落；在悠扬的笛声中，牛羊缓缓归来，黄昏柔和的光照在欢快归来的牧童身上。元代诗人萨都剌《上京即事》（其八）："牛羊散漫落日下，野草生香乳酪甜。卷地朔风沙似雪，家家行帐下毡帘。"描绘的也是上都（今内蒙古正蓝旗）草原充满暖意的游牧生活图景。

田园牧歌的乡村图景，在"诗圣"杜甫笔下，尤其有杰出的描写："牛羊下来久，各已闭柴门。"（《日暮》）"烟火军中幕，牛羊岭上村。所居秋草净，正闭小蓬门。"（《秦州杂诗二十首》其十）"荻岸如秋水，松门似画图。牛羊识童仆，既夕应传呼。"（《返照》）余如"靡靡春草合，牛羊缘四隈。"（白居易《登城东古台》）"牛羊归古巷，燕雀绕疏篱。"（李远《闲居》）"凫鹄下寒渚，牛羊归远村。"（杜牧《陵阳送客》）皆可思可睹，美如画图。

（三）饮膳中的羊

清人屈大均说："东南少羊而多鱼，边海之民有不知羊味者；西北多羊而少鱼，其民亦然。二者少得而兼，故字以'鱼''羊'为'鲜'。"（《广东新语·乳羊》卷二十一）[1] 美味当然离不开"鲜"了，羊堪当之。许慎说"羊在六畜主给膳也"，数千年来，羊一直是人们不能缺少的重要食物与基本的营养来源，代表着富足甚至是豪奢的生活。"万羊"之典就是贵族之家饮食豪奢的代称，元代著名的国宴"诈马宴"一次要食用上万只羊。[2] "大宴三日酣群悰，万羊脔炙万瓮酥。"（周伯琦《诈马行并序》）[3] 元代忽思慧《饮膳正要》记录的仅是用羊肉、羊骨、羊内脏做的羹食就有"羊蜜膏""羊脏羹""羊骨粥""羊脊骨羹""羊白肾羹"等数种。[4]《红楼梦》五十三回中还有"汤羊""风羊"之称，黑山村庄头乌进孝交租的礼单上写着："野羊二十个，青羊二十个，家汤羊二十个，家风羊二十个。"[5] 杀羊之后，用滚水烫后煺毛而不剥皮的羊，谓之"汤

---

① （清）屈大均：《广东新语》（下），中华书局1985年版，第541页。

② 高建新：《元代诗人笔下的"诈马宴"略说》，《内蒙古大学学报》2016年第2期。

③ （清）顾嗣立编选：《元诗选》（初集下），中华书局1987年版，第1857页。

④ 尚衍斌等：《饮膳正要注释》，中央民族大学出版社2009年版，第145—146页。

⑤ （清）曹雪芹：《红楼梦》（二），人民文学出版社1964年版，第665页。

羊"；杀羊之后，不煺毛，不剥皮，只把五脏取出，将五香盐料放进肚里，风干，谓之"风羊"。

与中原汉族以谷物为主要食物不同，北方游牧民族的食物则主要是牛羊肉、奶、酪等。虽然曹植《箜篌引》中就有"置酒高殿上。亲友从我游。中厨办丰膳。烹羊宰肥牛"的描写，①但中原人认识、接受羊肉、酪浆却有一个过程，尤以《洛阳伽蓝记》卷三的记载最为有趣：

> 肃初入国，不食羊肉及酪浆等物，常饭鲫鱼羹，渴饮茗汁。京师士子，道肃一饮一斗，号为"漏卮"。经数年已后，肃与高祖殿会，食羊肉酪粥甚多。高祖怪之，谓肃曰："卿中国之味也。羊肉何如鱼羹？茗饮何如酪浆？"肃对曰："羊者是陆产之最，鱼者乃水族之长。所好不同，并各称珍。以味言之，甚是优劣。羊比齐、鲁大邦，鱼比邾、莒小国，唯茗不中，与酪作奴。"高祖大笑。②

肃，即王肃，琅琊（今山东临沂）人，曾在南朝齐任秘书丞，因父亲王奂被齐国所杀，便从建康（今江苏南京）投奔北魏。北魏，初定都盛乐（今内蒙古和林格尔县），后移至平城（今山西大同），再移洛阳。初入北魏，王肃饮食偏爱鲫鱼羹，习惯于喝茶，不吃羊肉、酪浆等。几年以后，他便喜欢上了游牧民族的饮食。一次他在宫里用餐，居然吃了很多的羊肉和酪粥。魏孝文帝见状问道："以你中原人的口味比较，羊肉与鲫鱼羹，茶与奶酪，究竟哪个味道好？"王肃以羊肉比之于齐、鲁这样的大邦，鱼则是像邾（zhū，古国名，在今山东邹县）、莒（jǔ，周代诸侯国名，在今山东莒县一带）这样的小国。还说只有茶是最不中用的东西，它最多只能给奶酪当个奴仆，茶由此又称"酪奴"："破殿静披甭臼古，斋房闲试酪奴春。"（林通《孤山寺》）"支颐坐觉疏星没，独扣龙头泻酪奴。"（朱槔《寓居南轩》）"义丰爱酒憎官壶，日长忍渴呼酪奴。"（岳珂《吴季谦侍郎送家酿香泉绝无灰得未曾有戏成报章》）③"风流

---

① 赵幼文撰：《曹植集校注》，人民文学出版社1984年版，第459页。
② （北魏）杨衒之著，范祥雍校注：《洛阳伽蓝记校注》，上海古籍出版社1978年新1版，第147页。
③ （清）吴之振等选，（清）管庭芬、蒋光煦补：《宋诗钞》，中华书局1986年版，第407、1560、3601页。

玉友争妍。酪奴可与忘年。"(向子諲《清平乐》)

"胡风"盛行有唐一代。因为喜欢北方游牧民族的文化，唐人也喜欢游牧民族的饮食。《旧唐书·舆服志》载：开元以来，"贵人御馔，尽供胡食"。[①] 由此改变了中原的传统饮食结构，由麦菽而为肉食。《唐六典》卷四"尚书礼部"记载，亲王以下至五品官都可以享受到国家配给的肉类，其中：亲王以下至二品官"每月给羊20口"，三品官每日供应"羊肉四分"，四品官、五品官每日供应"羊肉三分"。[②] 盛唐诗人贺朝《赠酒店胡姬》写道："胡姬春酒店，弦管夜锵锵。红毹铺新月，貂裘坐薄霜。玉盘初鲙鲤，金鼎正烹羊。上客无劳散，听歌《乐世娘》。""毹"(tà)，有花纹的细毛毯；《乐世娘》，乐府羽调曲，白居易《听歌六绝句·乐世》："管急弦繁拍渐稠，绿腰宛转曲终头。诚知《乐世》声声乐，老病人听未免愁。"伴随着美妙的音乐和歌曲，彻夜享受着美酒美食；李白《将进酒》写道："天生我材必有用，千金散尽还复来。烹羊宰牛且为乐，会须一饮三百杯。"中唐诗人曹邺《贵宅》也写道："此地日烹羊，无异我食菜。"这里的"烹羊"，既描绘了气氛热烈的饮食场面，从中见出当时饮食的一般习惯，又指示了一种豪情大气的生活态度。

《汉书·地理志八下》说："民有五畜，山多麋鹿。"颜师古注："五畜：牛、羊、猪、鸡、犬。"[③] 羊作为"五畜"之一，在人们的物质生活和精神生活中都占有极其重要的位置，唐代是这样，今天仍旧是这样。

二、骆驼

在古代文献中，骆驼又称"橐（tuó）驼""橐佗"，为草原五畜（马、牛、绵羊、山羊、骆驼）之一，阿拉善曼德拉山岩画中已大量出现双峰驼的形象。《史记·匈奴列传》：匈奴"居于北蛮，随畜牧而转

---

① （后晋）刘昫等：《旧唐书》（六），中华书局1975年版，第1958页。

② （唐）李林甫等：《唐六典》，陈仲夫点校，中华书局1992年版，第128页。

③ （汉）班固：《汉书》（六），中华书局1962年版，第1670页。

移。其畜之所多则马、牛、羊，其奇畜则橐驼、驴、蠃（luó，骡）、駃騠（jué tí，骏马）、騊駼（táo tú，野马）、驒（tuó，青黑马）、騱（xí，前脚全白的马）"。"橐驼"，《索隐》："橐他。韦昭曰：'背肉似橐，故云橐也'。"①《汉书·匈奴传》颜师古曰："橐佗，言能负橐囊而驮物也。"②《汉书·西域传上》：大月氏"出一封橐驼"。师古注曰："脊上有一封也。封，言其隆高，若封土也，今俗呼为封牛。封，音'峰'。"③"一封橐驼"，当指单峰驼，而非"封牛"。"封牛"，亦作"犎牛"。单峰驼是骆驼，封牛是一种脊肉隆起的野牛。大月氏，古族名，月氏族的一支，因遭匈奴攻击，公元前 2 世纪从敦煌、祁连山一带迁往伊犁河流域，后又迁往阿姆河流域，公元前 125 年左右灭大夏，后建贵霜帝国。汉元朔元年（前 128）前后，张骞通西域至其国，后与汉往来渐密。④贵霜帝国疆域从今日的塔吉克斯坦绵延至里海、阿富汗及印度河流域，这一带产单峰驼。

　　北魏、北齐时期，太仆寺（专掌车马之机构）内设有驼牛署和牛羊署（见《魏书·帝纪·孝庄纪》《北齐书·高乾传》等），北周设有"驼牛都尉"（《周书·贺拔胜传》），《北史》中有"官驼"（见《北史·蠕蠕等传》）的记载，能上升到国家管理机构的层面，见出骆驼等牲畜的重要性。到了唐朝，饲养骆驼再次成为官方行为。《旧唐书·职官志》："其关内、陇右、西使、南使诸牧监马牛驼羊，皆贮蒿及茭草。"⑤《新唐书·百官志》："开元初，闲厩马至万余匹，骆驼、巨象皆养焉。"⑥《新唐书·兵志》：天宝"十三载（754），陇右群牧都使奏：马牛驼羊总六十万五千六百，而马三十二万五千七百"⑦。《新唐书·车服志》还有以骆驼拉车的记载："命妇朝谒，则以驼驾车。"⑧

①　（汉）司马迁：《史记》（九），中华书局 1975 年版，第 2879、2880 页。
②　（汉）班固：《汉书》（十一），中华书局 1962 年版，第 3744 页。
③　（汉）班固：《汉书》（十二），中华书局 1962 年版，第 3890 页。
④　周伟洲、丁景泰主编：《丝绸之路大辞典》，陕西人民出版社 2006 年版，第 128 页。
⑤　（后晋）刘昫等：《旧唐书》（六），中华书局 1975 年版，第 1841 页。
⑥　（宋）欧阳修、宋祁：《新唐书》（四），中华书局 1975 年版，第 1217 页。
⑦　（宋）欧阳修、宋祁：《新唐书》（五），中华书局 1975 年版，第 1338 页。
⑧　（宋）欧阳修、宋祁：《新唐书》（二），中华书局 1975 年版，第 531 页。

（一）骆驼的生物特性

《史记·匈奴列传》认为“橐駞”是“奇畜”之一，奇就奇在了它超乎寻常的生物特性。在动物分类学中，骆驼属于偶蹄目骆驼科骆驼属，分双峰驼、单峰驼，都由原驼演化而来。原驼起源于北美大陆，约于中新世前后（Miocene Epoch；距今约2330万年—530万年）经过白令海峡迁入中亚。约在公元前4000—前3000年，双峰驼开始在中亚驯化。单峰驼的驯化可能是从中阿拉伯或南阿拉伯开始的。我们今天看到的最早的骆驼形象，是在贺兰山岩画、阿拉善曼德拉山岩画、阴山岩画中。贺兰山“骆驼岩画简介”说：“骆驼是一种耐旱性很强的沙漠动物，也是贺兰山岩画动物形象的一大类型。在早期它属于北方狩猎民族的狩猎对象之一，后来，伴随着游牧经济的到来，骆驼的自身的一些优点被人类所运用，进而成为人们生活中的密切伙伴。”[①]

骆驼性怯懦而机警，嗅觉灵敏，能利用无水草场，具有远距离寻找水源的机能。《博物志》卷八说：“自敦煌西涉流沙往外国，沙石千余里，中无水，时则有沃流处，人莫能知，皆乘骆驼。骆驼知水脉，遇其处辄停不肯行，以足蹋地。人于蹋处掘之，辄得水。”[②] 梅尧臣也说骆驼“常时识风候，过碛辨沙泉。”(《橐驼》)[③] 骆驼平时就能识别气候、风向，在寸草不生的干旱沙漠中还能找到水源。老马识途，骆驼亦可引路。玄奘西行，就是凭借当地人与骆驼的导引渡过雪山的：

> 王遣一大臣将百余人送法师度雪山。负刍草粮食资给。行七日至大山顶，其山叠嶂危峰，参差多状，或平或耸，势非一仪，登陟艰辛，难为备叙。自是不得乘马策杖而前，复经七日至一高岭，岭下有村可百余家，养羊畜，羊大如驴。其日宿于此村，至夜半发，仍令村人乘山驼引路。其地多雪涧凌溪，若不凭乡人引导，交恐沦坠。[④]

① 宁夏贺兰山岩画博物馆相关介绍，笔者于2013年8月18日前往参观。
② （晋）张华：《博物志校注》，范宁校证，中华书局1980年版，第96—97页。
③ 北京大学古籍文献研究所编：《全宋诗》(五)，北京大学出版社1991年版，第2939页。
④ （唐）慧立、彦悰：《大慈恩寺三藏法师传》，孙毓堂等点校，中华书局2000年版，第115—116页。

　　骆驼极耐干旱，血液里含有蓄水能力很强的高浓缩蛋白，能吸收储存大量的水分。骆驼能在几分钟内摄入相当于自身体重（500—700公斤）四分之一以上的水；[①] 骆驼体内水分丢失缓慢，即使脱水量达体重的25%，仍无不利影响；骆驼在没有水的条件下能生存3周，没有食物的条件下生存4周；骆驼能饮盐碱水，能以带针刺的灌木为食物，如骆驼刺。

　　骆驼背上有驼峰，最大者可接近身体的20%，内储存有大量脂肪，必要时可转化成水和能量，以维持生命活动。大多数哺乳动物，脂肪是散在地分布于全身表皮之下，由此减少了汗的蒸发；骆驼的脂肪则主要集中于驼峰中，因此在体表的其他部分汗很容易蒸发。另外，骆驼的被皮比较疏松，可以使汗在皮肤表面得到蒸发，而不像被皮较厚的哺乳动物，汗的蒸发是在毛的根部，其过程也较为缓慢。骆驼的体温在一定范围内可以随环境的温度变化而变化，例如在夏季的早晨，体温只有34°C，到了午后则可达40.6—40.7°C，这种体温的变化对于散热有重要意义，因为体温升高后，就减少了身体与外部环境的温差及水分的蒸发，便于把白天获得的热能储存于体内，而在夜间大气气温降低时散出。特殊的机能使骆驼能够在干旱炎热或干旱寒冷的荒漠环境中生存，这是其他哺乳动物不可比的。[②] 骆驼全身长有一层厚绒毛（驼绒），耐严寒。骆驼眼睑双重，可单独启闭；鼻孔可斜开成裂缝状，周围丛生短毛，能抵御风沙袭击。骆驼的妊娠期约13个月，每胎1仔。初生小驼，当天能直立行走，2年后可独立生活。通常3岁驼体格基本成熟，可以驮运货物。成年骆驼肩高2米，体长3米，平均寿命一般为30年。骆驼平时温顺，发情时雄驼变得异常凶猛。

　　骆驼体型高大，四肢修长，善走，是乘、挽、驮的良好役畜。宋人陆佃《埤雅·释兽》引《金柯要诀》说："行之善者，如龟、如龙、如马、如驼、如鹰、如雁。"[③] 骆驼掌下生着胼胝状的肉垫，行走时脚趾在

[①] 《中国大百科全书·农业》（一），中国大百科全书出版社1990年版，第607—608页。

[②] 赵兴ester：《骆驼的生态生理及繁殖》，甘肃科学技术出版社1995年版，第47—48页。

[③] （宋）陆佃：《埤雅》，王敏红校点，浙江大学出版社2008年版，第36页。

前方又开，因此不会在沙面上陷落，又可以把体重分散，但不适合在坚硬及潮湿的地面上行走。清代名臣张鹏翮的《奉使俄罗斯日记》中说："出塞莫良于驼，多多益善。驼能三五日不饮水，食不择蒿艾枝叶，衔尾而行，一人可牵三驼。"①元代诗人周伯琦《九月一日还自上京途中纪事十首》（其二）诗说："驿程无里数，洼阜峻还低。落日明驼背，晴沙响马蹄。"②描写的是从元上都（今内蒙古正蓝旗）返回大都（今北京），在夕阳映照下骆驼行走在高低不平的山路上的情形。《清稗类钞·动物类》关于骆驼的介绍较为详细：

> 骆驼体高八九尺，颈足皆长，性温顺而力强，能负囊橐行远，故名橐驼，方音遂讹为骆驼。生于沙漠之乡，行亦利于沙漠。其趾软，行山路最伤，土路亦不甚速，惟沙地则步轻而匀。蹄无甲，陷沙不深，举趾高，踢沙不扬。牛马行沙漠则反是，故边地有"牛走土，马走草，骆驼走沙不用叫"之谣。老驮户言草地驼行二十步，马行二十五步，能追及，马速于驼也。沙漠马行二十步，驼行，十五步已追及，驼利于马也。③

骆驼一般可日行60—80公里，驮重150—200公斤，一日可行走30—40公里，短期不给饮食，亦不误行走。《山海经》说："号山阳之光山，兽多橐驼，善行流沙中，日三百里，负千斤。"④骆驼不仅善走，还可以当辕驾车。《新唐书·车服志》记载："命妇朝谒，则以驼驾车"；⑤元代诗人乃贤《塞上曲五首》（其二）说："杂沓毡车百辆多，五更冲雪渡滦河。当辕老妪行程惯，倚岸敲冰饮橐驼。"⑥单峰驼的步速较双峰驼快，⑦《新唐书·吐蕃上》："独峰驼日驰千里。"⑧中国是世界上双

① （清）张鹏翮：《奉使俄罗斯日记》（外八种），忒莫勒、娜仁高娃点校，黑龙江教育出版社2014年版，第54页。
② 《影印文渊阁四库全书》（第一二一四册），（台湾）商务印书馆1983年发行，第515页。
③ （清）徐珂编：《清稗类钞》（十二），中华书局2010年版，第5557—5558页。
④ （宋）李昉：《太平御览·兽部十三·橐驼》（八），孙雍长等校点，河北教育出版社1994年版，第210页。
⑤ （宋）欧阳修、宋祁：《新唐书》（二），中华书局1975年版，第531页。
⑥ （清）顾嗣立：《元诗选》（初集中），中华书局1987年版，第1460页。
⑦ 《中国大百科全书·生物》（二），中国大百科全书出版社1991年版，第931页。
⑧ （宋）欧阳修、宋祁：《新唐书》（十九），中华书局1975年版，第6072页。

峰骆驼的主要产地之一，现有三个双峰驼品种：新疆双峰驼、阿拉善双峰驼、苏尼特双峰驼，主要分布在内蒙古、新疆、青海、甘肃、宁夏境内的干旱荒漠草原上。《清稗类钞》说："驼以青海之柴达木所产为首选，土人云，柴达木种，肉峰高而负重多，胃囊大而耐渴久。中途遇有狂飚，他驼行背风，此独逆风而前。旋风骤至，卷沙成柱，他驼或为卷倒，此独植立不动。其躯干重，筋力强，能御风沙也如此。"[①] 骆驼运输创造了闻名于世的古"丝绸之路"，为商贸流通、东西方文化交流创造了不朽的业绩。可以这样说，没有骆驼，就没有"丝绸之路"，没有骆驼，"丝绸之路"就不会延伸得如此之远。

（二）诗人笔下的骆驼

骆驼第一次出现在中国文学作品中，不是在《诗经》中，而是在屈原的《九歌》里："乘龙兮辚辚，高驼兮冲天。"（《湘夫人》）"撰余辔兮高驼翔，杳冥冥兮以东行。"（《少司命》）[②] 辚辚（lín lín），行车声；高驼，橐驼；撰，控制；杳冥冥，幽深黑暗。前两句说，龙车隆隆向前，骆驼直奔云天；后两句说，驾驭着我的骆驼一路前行，在茫茫的夜里奔向东方。之后，西汉贾谊《惜誓》中出现"涉丹水而驼骋兮，右大夏之遗风"之句，东方朔《七谏·谬谏》中出现"鸡鹜满堂坛兮，蛙黾游乎华池。要裹奔亡兮，腾驾橐驼"之句。[③] 大夏，张骞出使西域回来后首次提及的西域古国；要裹（niǎo），骏马名，《吕氏春秋·离俗览·离俗》："飞兔、要裹，古之骏马也。"[④] 到了西晋，陆机在《洛阳记》中写道："汉铸铜驼二枚在宫南四会道，夹路相对。"又引俗语曰："金马门外聚群贤，铜驼陌上集少年。"[⑤] 此后铜驼被历代诗人歌咏，多表达今昔盛衰的感慨。

唐王朝本来疆域辽阔，"丝绸之路"的繁盛更加大了骆驼的需求量，

---

① （清）徐珂编：《清稗类钞》（十二），中华书局2010年版，第5559页。

② （宋）朱熹：《楚辞集注》，上海古籍出版社1979年版，第39、42页。

③ （宋）洪兴祖撰：《楚辞补注》，白化文等校点，中华书局1983年版，第228、257页。

④ 《二十二子》，上海古籍出版社1986年版，第697页。

⑤ 逯钦立辑校：《先秦汉魏晋南北朝诗》（上），中华书局1983年版，第798页。

骆驼在人们生活中的重要作用日渐显露，因此被诗人更多关注，第一次出现了咏驼诗："骆驼，项曲绿蹄，被他负物多。"（无名氏《嘲骆驼》）第一次出现了"野驼"一词："琵琶长笛曲相和，羌儿胡雏齐唱歌。浑炙犁牛烹野驼，交河美酒金叵罗。"（岑参《酒泉太守席上醉后作》）"沙碛（一作"溪水"）连天霜草平，野驼寻水碛中鸣。"（张籍《关山月》）岑参诗中的"烹野驼"，不能判定是实写还是夸张；张籍对于野驼大漠寻水、仰天长鸣的描绘十分生动形象。

盛唐岑参、王昌龄的诗中，都写到了北方游牧地区的骆驼："胡地苜蓿美，轮台征马肥。大夫讨匈奴，前月西出师。甲兵未得战，降虏来如归。橐驼何连连，穹帐亦累累。"（岑参《北庭西郊候封大夫受降回军献上》）"五世属藩汉主留，碧毛毡帐河曲游。橐驼五万部落稠，敕赐飞凤金兜鍪。"（王昌龄《箜篌引》）轮台，今新疆轮台县；河曲，黄河曲折流经的地区，即今宁夏、内蒙古、晋西北一带。二地均为汉唐北方游牧之地，盛产骆驼。

杜甫是写骆驼最多的唐代诗人："马头金匼匝，驼背锦模糊。"（《送蔡希鲁都尉还陇右因寄高三十五书记》）金匼匝（kē zā），金络头；模糊，"驼背负物而以锦帕蒙之，此之谓模糊"[1]；这两句诗说马戴着金络头，驼披着锦绣，由此赞美了蔡希鲁的超人才略。"紫驼之峰出翠釜，水精之盘行素鳞"（《丽人行》）、"劝客驼蹄羹，霜橙压香橘"（《自京赴奉先县咏怀五百字》），说驼峰、驼蹄羹已成为以奢靡为常的皇族贵戚的美食。"昨夜东风吹血腥，东来橐驼满旧都"（《哀王孙》），则写"安史之乱"起，长安血雨腥风，到处是骑着骆驼的叛军，《新唐书·逆臣上》："贼之陷两京，常以橐它载禁府珍宝贮范阳，如丘阜然。"[2]"羌女轻烽燧，胡儿掣骆驼"（《寓目》），写在寓居秦州（今甘肃天水）期间，见此地羌女不事烽燧，胡儿能牧放骆驼，清人陈式说："烽燧非妇人之事，羌女视之甚轻；骆驼非儿童之物，胡儿当之则能掣。言生长边塞，习与

---

① 萧涤非主编：《杜甫全集校注》（二），人民文学出版社 2014 年版，第 624 页。
② （宋）欧阳修、宋祁：《新唐书》（二十），中华书局 1975 年版，第 6428 页。

性成也。"①"幕前生致九青兕，驼鞴嶵嵬垂玄熊"（《冬狩行》），写梓州刺史章彝校兵打猎的场景：军幕前活擒野牛，高大的骆驼上悬垂着黑熊。驼（tuō）驼，即骆驼；嶵嵬（léi wéi），山高貌。杜诗中的骆驼形态多样，蕴涵丰富。

到了中唐，骆驼与人们的生活发生了更为紧密的联系。或以骆驼为山名："橐驼山上斧刃堆，望秦岭下锥头石。"（元稹《望云骓马歌》）或把挂钩做成骆驼形："隔子碧油糊，驼钩紫金镀。"（元稹《梦游春七十韵》）或把乐器做成骆驼头形状："骠（古缅甸）之乐器头象驼，音声不合十二和。"（元稹《和李校书新题乐府·骠国乐》）或以骆驼为桥名："骆驼桥上苹风急，鹦鹉杯中箬下春。"（刘禹锡《洛中送韩七中丞之吴兴口号五首》其四）皎然有《奉同颜使君真卿袁侍御骆驼桥玩月》诗。《旧唐书·西戎传》说波斯国"多畜牧，有鸟形如橐驼，飞不能高，食草及肉"，②《新唐书·地理志七下》中亦有"橐驼湾"地名，③柳宗元《种树郭橐驼传》，则以"橐驼"形容种树者之驼背。能用"橐驼"形容鸟（鸵鸟）、形容人、起地名，说明人们对骆驼这种动物已经很熟悉。

晚唐陆龟蒙《杂讽九首》（其九）："捷可搏飞狖，健能超橐驼。"赞美人如橐驼一样矫健；杜荀鹤《赠友人罢举赴交趾辟命》："舶载海奴镮硾耳，象驼蛮女彩缠身。"写舞象驼的蛮女的夺人风采；韦庄《绥州作》："带雨晚驼鸣远戍，望乡孤客倚高楼。"描绘暮雨中骆驼对着边关戍楼昂首嘶鸣之情状，宛然在目。凡此种种，可见骆驼及其特点在日常生活中已广为唐人所知。

在文学作品中，骆驼还有"明驼"之称。北朝乐府民歌《木兰辞》（一名《木兰诗》）一诗收在《乐府诗集·梁鼓角横吹曲》中④，诗中有两句是"愿驰千里足，送儿还故乡"，朱东润先生将"愿驰千里足"一

---

① 萧涤非主编：《杜甫全集校注》（三），人民文学出版社 2014 年版，第 1515 页。
② （后晋）刘昫等：《旧唐书》（十六），中华书局 1975 年版，第 5312 页。
③ （宋）欧阳修、宋祁：《新唐书》（四），中华书局 1975 年版，第 1147 页。
④ （宋）郭茂倩：《乐府诗集》（二），中华书局 1979 年版，第 374 页。

句改作"愿借明驼千里足"①，依据的是唐人段成式《酉阳杂俎·毛篇》的相关记载："驼，性羞。《木兰篇》：'明驼千里脚'，多误作'鸣'字。驼卧腹不贴地，屈足漏明，则行千里。"②黄庭坚《和答魏道辅寄怀十首》（其十）"明驼思千里，驽马怯负荷"、孔尚任《桃花扇》第三十六出"似明驼出塞，琵琶在怀，珍珠偷洒"③，都写到了"明驼"。所谓"明驼"，即善走之骆驼。《杨太真外传》卷下："交趾贡龙脑香，有蝉蚕之状，五十枚。波斯言老龙脑树节方有，禁中呼为瑞龙脑，上赐妃十枚。贵妃私发明驼使（明驼使腹下有毛，夜能明，日驰五百里），持三枚遗禄山。"④宋人注黄庭坚"明驼思千里"曰："《杨妃外传》：贵妃私发明驼，以瑞脑香遗安禄山。明驼者，眼下有毛，夜明，日行五百里。"⑤

（三）丝路古道上的骆驼⑥

骆驼是一种古老的生灵，有人所不及的机敏和聪明，能在及其险恶的环境中救助人类，对此史书中多有记载：

> 且末西北有流沙数百里，夏日有热风，为行旅之患。风之所至，唯老驼预知之，即嗔而聚立，埋其口鼻于沙中。人每以为候，亦即将毡拥蔽鼻口。其风迅驶，斯须过尽，若不防者，必至危毙。（《北史·西域传》）⑦

> 鄯善，古楼兰国也。东去长安五千里。所治城方一里。地多沙卤，少水草。北即白龙堆路。魏太武时，为沮渠安周所攻，其王西奔且末。西北有流沙数百里，夏日有热风，为行旅之患。风之

① 朱东润主编：《中国历代文学作品选》（上编二），上海古籍出版社1979年版，第393—394页。
② （唐）段成式：《酉阳杂俎》，方南生点校，中华书局1981年版，第160页。
③ 王季思主编：《中国十大古典悲剧集》（下），上海文艺出版社1982年版，第911页。
④ （五代）王仁裕：《开元天宝遗事十种》，上海古籍出版社1985年版，第140页。
⑤ （宋）任渊等撰：《黄庭坚诗集注》（四），刘尚荣校点，中华书局2003年版，第1165页。
⑥ 高建新：《古丝绸之路上的骆驼》，《文学地理学》（第6辑），中国社会科学出版社2017年版，第166—183页。
⑦ （唐）李延寿：《北史》（十），中华书局1974年版，第3209页。

欲至，唯老驼知之，即鸣而聚立，埋其口鼻于沙中。人每以为候，亦即将毡拥蔽鼻口。其风迅驶，斯须过尽。若不防者，必至危毙。（《周书·异域下》）①

（吐谷浑）西北有流沙数百里，夏有热风，伤行人。风将发，老驼引项鸣，埋鼻沙中，人候之，以毡蔽鼻口乃无恙。（《新唐书·西域传上》）②

所谓"西北有流沙数百里"，皆指今天新疆的塔克拉玛干沙漠。塔克拉玛干沙漠是中国境内最大的沙漠和最大的流动沙漠，流沙面积世界第一。只有安全地穿越塔克拉玛干沙漠，翻过葱岭，才能抵达西亚、中亚，直至大秦。骆驼是"奇畜"，亦是仁兽，凭着自己的机敏在"丝绸之路"上的热浪滚滚的沙漠中挽救了无数生命。宋人陆佃《埤雅·释兽》说：骆驼"背有肉鞍如峰，长颈高脚，善负，遇处辄停，不行。其粪烟直上，如狼烟也。又知风候。"③美国学者爱德华·谢弗说："伟大的'丝绸之路'是唐朝通往中亚的重要商道，它沿着戈壁荒漠的边缘，穿越唐朝西北边疆地区，最后一直抵达撒马尔罕、波斯和叙利亚……这些道路之所以能够通行，完全是靠了巴克特里亚骆驼的特殊长处，这种骆驼不仅可以嗅出地下的泉水，而且还能够预告致命的沙漠。"④巴克特里亚，古希腊人对今兴都库什山以北的阿富汗东北部地区的称呼。可以说，是骆驼连通了"丝绸之路"，是骆驼成就了"丝绸之路"。

赖有骆驼移动在古老的"丝绸之路"上，汉唐成就了彪炳千秋的伟业，汉画像石中就有"胡人骑骆驼"像，⑤后来的唐三彩中也有不少此类造型，这是汉唐人对一段辉煌历史的形象记录。杜甫《喜闻盗贼蕃寇总退口号五首》（其三）："崆峒西极过昆仑，驼马由来拥国门。"描写的就是"丝绸之路"开通之后，万国争相来朝的盛况。崆峒，山名，在今

① （唐）令狐德棻等：《周书》（三），中华书局1971年版，第915—916页。
② （宋）欧阳修、宋祁：《新唐书》（二十），中华书局1975年版，第6224页。
③ （宋）陆佃：《埤雅》，王敏红校点，浙江大学出版社2008年版，第35—36页。
④ ［美］爱德华·谢弗：《唐朝的外来文明》，吴玉贵译，社会科学文献出版社1995年版，第24页。
⑤ 武利华：《徐州汉画像石图像解读》，河海大学出版社2016年版，第225页。

甘肃酒泉市，唐属陇右道肃州福禄县，宋人赵次公说："崆峒在西郡之西，而昆仑又在崆峒西极之西，今公此句，诗人广大其言，谓其从化之地远也。"[1] 由来，从来；"拥"字意味深厚，有拥堵、拥挤之意，又指争先恐后、生怕误过、同一时间聚集在了一起的景象；国门，国都的城门，亦指通关入境。"拥国门"极具表现力，写出了各国使节、商人熙熙攘攘，纷纷进入国门的情景。唐王朝国力强大、经济繁荣，对外来西域使节、客商持开放和欢迎态度，极大地刺激了异国商人纷纷来华经商，"丝绸之路"的商贸活动达到了历史顶峰。中唐诗人张籍《凉州词三首》（其一）[2] 有这样的描绘：

> 边城暮雨雁飞低，芦笋初生渐欲齐。
>
> 无数铃声遥过碛，应驮白练到安西。

安西，唐方镇名，初以安西都护兼四镇经略大使，开元六年（718）始称四镇节度使。其后置安西都护府（治所在今新疆库车），所统辖的龟兹、于阗、疏勒、焉耆四镇，皆为"丝绸之路"上的重镇。[3] 这首诗可描可绘，句句皆画。春日傍晚，雨丝飘洒，遥远的边城上空雁群盘旋低回，湖中水边青葱的芦笋正在旺盛生长；满载着中原丝绸的一支支驼队，脚步坚实，伴着叮咚的驼铃声，正缓缓行进在浩瀚的沙漠戈壁上，要抵达大唐的西部边陲——安西。张籍描绘出的是一幅怎样动人的图景啊！安西四镇，是一片神奇广大的区域，既是多民族的聚居地，又是多文化的汇聚地。《太平寰宇记·陇右道·安西大都护府》：安西"本龟兹国也。唐贞观十四年（640），侯君集平高昌，置安西都护府，治在西州"，"东至焉耆镇守八百里，西至疏勒镇守二千里，南至于阗二千里，东北至北庭府二千里，南至吐蕃界八百里，北至突骑施界雁沙川一千里"。[4] "无数铃声"，写出了驼队的众多和驼铃声的悠长和密集。1927年5月，瑞典探险家斯文·赫定率领着由中外学者组成的"西北科学考

---

① 萧涤非主编：《杜甫全集校注》（九），人民文学出版社 2014 年版，第 5408 页。

② 高建新：《展开在"丝绸之路"上的文学景观——再读张籍〈凉州词三首〉其一》，《临沂大学学报》2016 年第 6 期。

③ 谭其骧主编：《中国历史大辞典·历史地理》，上海辞书出版社 1996 年版，第 355 页。

④ （宋）乐史：《太平寰宇记》（七），王文楚等点校，中华书局 2007 年版，第 2999 页。

察团"，从内蒙古包头出发，经由百灵庙、五原，沿着古代"草原丝绸之路"向西北进发。考察团抵达内蒙古额济纳旗后，在前往新疆哈密的途中，"12 月 5 日，赫定一行遇见了一支庞大的驼队，这支从归化（今呼和浩特——笔者注）前往巴里坤和奇台（二县均在今新疆境内——笔者注）的驼队共有 1200 峰骆驼和 90 多个人，是几家商号联合起来贩运布匹、茶叶、香烟和日杂用品的。虽然队伍很庞大，但他们的组织却井井有条"。① 这个长途跋涉的驼队绵延数公里，蔚为壮观，由此可推想唐代"丝绸之路"的繁盛。1933 年 11 月的一个寂静的冬夜，再次沿着"草原丝绸之路"考察的斯文·赫定在包头百灵庙听到了阵阵驼铃声：

> 铃声渐渐移近，越来越清脆，随着骆驼迈出的步子响起有条不紊的节奏。驼铃声越来越响，当第一峰骆驼经过我们的帐篷时，那铃声直响得震耳，划破了夜的寂静。骆驼就这样一峰一峰地过去了，我们总算听到了商队最后一峰骆驼的铃声，听着它渐渐远去。我聆听着，深深为这古老而又熟悉的铃声打动，正是这千百年来回响在商队经过的古道上的特殊旋律，长伴着旅人商贾展开了一幅幅多姿多彩、震撼人心的沙漠生活图景。过了很久很久，驼铃声才完全消失在长夜中。②

这段生动的描述，可视作"无数铃声"的注脚。"碛"，沙漠，驼队由长安或洛阳出发，一路向西北进发，要穿越茫茫无际的沙漠戈壁，如今天的腾格里沙漠、巴丹吉林沙漠、罗布泊、塔克拉玛干沙漠等，风餐露宿，备尝艰辛。

唐诗诗题中多有"赴安西"者：张九龄《送赵都护赴安西》，张说《送赵顺直郎中赴安西副大都督》，孙逖、卢象《送赵都护赴安西》，王维《送刘司直赴安西》《送元二使安西》（一作《渭城曲》），岑参《送人赴安西》《武威送刘单判官赴安西行营便呈高开府》《安西馆中思长安》，李白《送程刘二侍郎兼独孤判官赴安西幕府》，杜甫《送从弟亚赴安西

---

① 李军、邓淼：《斯文·赫定》，中国民族摄影艺术出版社 2002 年版，第 167 页。
② ［瑞典］斯文·赫定：《丝绸之路》，江红、李佩娟译，新疆人民出版社 2010 年版，第 32 页。

判官》,刘长卿《赠别于群投笔赴安西》等等,由此可见当时人员往来安西的频繁。白练,即白色熟绢。"从敦煌吐鲁番文书来看,在平时的称呼中,绢分生、熟两种,生绢是指未经精练脱胶的平纹织物,其中又有大生绢、白丝生绢或白生绢、黄丝生绢之分;熟绢,是生绢脱胶之后的称呼,又可称为练,练根据尺寸有大练、小练之分。"[①]白练是"丝绸之路"上运送的主要货物之一,被西域诸国奉为至宝,但在唐人生活中却是常见之物:"白练束腰袖半卷,不插玉钗妆梳浅。"(张籍《采莲曲》)"胯下嘶风白练狞,腰间切玉青蛇活。"(庄南杰《雁门太守行》)"重思醉墨纵横甚,书破羊欣白练裙。"(陆龟蒙《怀杨台文杨鼎文二秀才》)唐人喜欢以白练形容美好的景致:"秦山数点似青黛,渭上一条如白练。"(岑参《入蒲关先寄秦中故人》)"万丈赤幢潭底日,一条白练峡中天。"(白居易《十年三月三十日别微之于沣上……》)"今古长如白练飞,一条界破青山色。"(徐凝《庐山瀑布》)张籍诗中的"白练",也可以理解为唐代色彩绚丽、图案新颖、做工精美的丝绸的代称。[②]有论者认为,"这首诗记叙的正是当年中国丝绸经过河西、新疆运往印度、波斯,乃至希腊、罗马的盛况。它告诉人们,现在被淡忘的古丝绸之路,当年是骏马奔驰,明驼驰足的国际贸易大道"[③],正是"丝绸成了连接不同民族的纽带,并出现了一条条无穷无尽的商路"[④]。

"丝绸之路"漫长,绝无坦途可言。汉唐以来,由东向西通往西域的道路,[⑤]沙漠连着沙漠,戈壁接着戈壁,形成绵延数千公里的瀚海奇观。东西长约一千公里的塔克拉玛干又是世界最大的移动沙漠,风来沙走,漫天黄尘,绝少水源,经年不见绿色,非有骆驼不能度越。骆

---

① 赵丰:《唐代丝绸与丝绸之路》,三秦出版社1992年版,第118页。
② 唐代丝绸的实物,中国国家博物馆、陕西历史博物馆、甘肃省博物馆、新疆维吾尔自治区博物馆、宁夏回族自治区博物馆、杭州的中国丝绸博物馆均有展出。其中以新疆维吾尔自治区博物馆"找回西域昨日辉煌"展览以及中国丝绸博物馆陈列的各式各样花纹和图案的丝绸最有特点。
③ 丝路:《无数铃声遥过碛》,《新疆师范大学学报》1985年第1期。
④ [瑞典]斯文·赫定:《丝绸之路》,江红、李佩娟译,新疆人民出版社2010年版,第226页。
⑤ 高建新:《"丝绸之路"的开拓与"胡文化"的输入》,《阴山学刊》2013年第6期。

驼是穿越沙海的永不沉没之舟。晋代学者郭璞《山海经图·橐驼赞》说："驼惟奇畜，肉鞍是被。迅骛流沙，显功绝地。潜识泉源，微乎其智。"[1]肉鞍，即驼峰，元人王逢《叹病驼》诗说："狂夫东游乘白骡，道路适遇病橐驼。紫毛无复好容色，肉鞍尚耸双坡陀。"[2]郭璞说，骆驼不愧"奇畜"的称誉，以肉为鞍，任人骑乘，能够平稳快速地通过流沙，在极端险恶之地方才显示自己卓越的品性，能在荒漠中发现水源，才知道其智慧原来是如此超凡。就骆驼对人类的贡献而言，无论用什么样的语言描述、赞美都不会过分。

　　20世纪的考古发掘中，在洛阳、西安、宁夏、山西、新疆都出土了大量的骆驼俑、载丝骆驼俑以及部分印有骆驼图案的丝锦，为我们研究骆驼在"丝绸之路"上的重要作用提供了珍贵实物，其中又以唐代为最有特色，既表明人们对骆驼的无言赞美，也表明唐代工匠对骆驼这种牲畜的体型、性情已经非常熟悉，并在塑造时投入了真挚浓郁的感情，所以他们手下的作品才会如此生动传神，让人难忘。"唐代骆驼的塑造渗透了对现实生活的歌颂和向往，不是简单的形象再现；它们或大步行走，或引颈长啸，表现出勇敢坚韧的精神，有的凄惨悲壮，像是对险象环生的恶劣自然进行着抗争。骆驼上的货袋，常常装饰着一个很大的兽头，像虎头；驼囊上的怪兽形象未必是虎，有多种不同的样式。如果对骆驼的出现、演变、形象、组合特征、兴盛和消亡的时间做系统考察，唐人对骆驼的热烈赞美无疑暗示着对漫漫丝路象征的歌颂。"[3]值得注意的是，今天我们看到的唐墓出土的三彩骆驼，多数作昂首嘶鸣状，尤以陕西历史博物馆、西安博物院、昭陵博物馆、河南博物馆、洛阳博物馆所藏为最多，这从一个方面说明了唐人在骆驼身上寄寓了自己的人生理想和渴望走向远方的不安与振奋。另一方面，"胡人与骆驼的大量出现，反映了对丝路贸易的重视已不是政府和统治阶层独有的崇尚，丝路贸

---

①　（宋）李昉：《太平御览·兽部十三·橐驼》（八），孙雍长等校点，河北教育出版社1994年版，第211页。

②　（清）顾嗣立编选：《元诗选》（初集下），中华书局1987年版，第2222页。

③　齐东方：《丝绸之路的象征符号——骆驼》，《故宫博物院院刊》2004年第6期。

易、对外开拓的精神成为社会普遍的追求"。①

"丝绸之路"漫漫征途，绝无平坦之路可循，跋涉者须以人畜的尸骨为路标前行，一个脚窝紧连着另一个脚窝，一匹骆驼的头紧顶住另一匹骆驼的尾，沉稳而缓慢地向前。自丝绸之路开拓以来，不知有多少骆驼或生病或因体力耗尽在途中悲壮地倒下，元人许恕有《病橐驼行》诗，格外牵人情肠、动人哀感：

> 西域紫驼高硉兀，不见肉峰惟见骨。
>
> 左顾右盼如乞怜，欲行不行还勃窣。
>
> 向来负重曾千斤，识风知水灵于人。
>
> 长鸣蹴踏塞北雪，矫首振迅江南春。
>
> 只今多病兼衰老，疮皮剥落毛色槁。
>
> 秋沙苜蓿三尺长，空向墙头龁枯草。②

硉兀（lù wū），突出、不平的样子。勃窣（bó sū），匍匐慢行。春往秋来，在通往西域的漫漫征程中，背负千斤、"识风知水"的骆驼耗尽了自己的体力，瘦骨嶙峋，衰老多病，毛色斑驳，平日里喜好的苜蓿也没有机会进食，只能空向墙头咀嚼干草。最终，高大的骆驼倒下了，但尸骨不朽，成为指示人们前进方向的路标。《周书·异域下》："自燉煌向其国（高昌国——笔者注），多沙碛，道里不可准记，唯以人畜骸骨及驼马粪为验，又有魑魅怪异。故商旅来往，多取伊吾（今新疆哈密——笔者注）路云。"③《大唐西域记》卷一"大沙碛"条载："从此（窣堵利瑟那国，即今塔吉克斯坦西北之沙赫里斯坦——笔者注）西北，入大沙碛，绝无水草，途路弥漫，疆境难测，望大山，寻遗骨，以知所指，以记经途。"④《大慈恩寺三藏法师传》卷五载："又从此（泥壤城，今新疆民丰——笔者注）东入流沙，风动沙流，地无水草，多热毒

---

① 齐东方：《"无数铃声遥过碛，应驮白练到安西"——从文物特征看汉唐中西文化交流》，《北京日报》2017年3月20日。

② （清）顾嗣立编选：《元诗选》（三集），中华书局1987年版，第610页。

③ （唐）令狐德棻等：《周书》（三），中华书局1971年版，第915页。

④ （唐）玄奘、辩机著，季羡林等校注：《大唐西域记校注》（上），中华书局2000年版，第87页。

鬼魅之患。无径路，行人往返，望人畜遗骸以为幖帜。硗确难涉，委如前序。"①《通典·边防·西戎三》（卷一百九十一）："从武威西北有捷路，度沙碛一千余里，四面茫然，无有蹊径。欲往者，不可准记，唯以人畜骸骨及驼粪为验。路中或闻歌哭之声，行人寻之，多致亡失，盖魑魅魍魉也。故商旅往来，多取伊吾路。"② 这些成为路标的"骸骨""遗骨""遗骸"中，有一大部分是骆驼的遗骨，坚硬如胡杨，倒卧一千年不死，依旧直指前路，又如暗夜里的明灯，照亮了风沙弥漫的丝绸之路，给在艰难中行进的人们带来生的希望。

作为"丝绸之路"上最具活力的文学景观，无论诗人还是雕塑家，都在骆驼身上注入了浓浓的情感，倾心颂扬骆驼，因为他们一致认为：骆驼，是永不沉没的"沙漠之舟"，是从容遨游于沙海的"旱地之龙"；驼队，是万里沙海中唯一移动的风景；叮当的驼铃，奏响的是雄伟壮阔的文化交流进行曲。

三、马③

马是古代陆地上可骑乘的速度最快的动物，所谓"夫行天莫如龙，行地莫如马"（《后汉书·马援传》）。④ "马的卓越的移动力让它们可以利用广大的、远方的草场资源，可以帮助人们沟通讯息，并让人们快速远离危机。"⑤ 有了奔驰的骏马，不仅节省了人类宝贵的时间和有限的体力，而且极大地扩大了人类的活动空间，完成仅凭自身不可能完成的艰苦的生产活动和军事活动。马与北方游牧民族的关系至为特殊和密切，无论是游牧与日常生活还是战争，马都不可或缺。马背生，马背长，他们与马的关系是一种血肉的关系。

---

① （唐）慧立、彦悰：《大慈恩寺三藏法师传》，孙毓堂等点校，中华书局1983年版，第124页。
② （唐）杜佑：《通典》（五），王文锦等点校，中华书局1988年版，第5205页。
③ 高建新：《唐诗中的骏马及"昭陵六骏"》，《内蒙古大学学报》2015年第1期。
④ （南朝）范晔：《后汉书》（三），中华书局1965年版，第840页。
⑤ 王明珂：《游牧者的抉择——面对汉帝国的北亚游牧部族》，广西师范大学出版社2008年版，第13页。

（一）骏马与北方

北方广大游牧地区历史上就盛产骏马，是骏马的故乡："冀之北土，马之所生。"（《左传·昭公四年》）①"天马出西北，由来从东道。"（阮籍《咏怀八十二首》其四）②"秦西冀北，实多骏骥。"（《南齐书·王融传》）③《北史·西域传》：于阗国"山多美玉。有好马、驼、骡"，吐火罗"其山穴中有神马，每岁牧牝马于穴所，必产名驹"，石国"有粟、麦，多良马，其俗善战"，女国"气候多寒，以射猎为业。出鍮石、朱砂、麝香、牦牛、骏马、蜀马"。④《大唐西域记·屈支国》："国东境城北天祠前有大龙池。诸龙易形，交合牝马。遂生龙驹，椀戾难驭。龙驹之子，方乃驯驾，所以此国多出善马。"⑤杜环《大食国经行记》："其马，俗云西海滨龙与马交所产也。腹肚小，脚腕长，善者日走千里。"⑥青海湖周围也出产骏马，《魏书·吐谷浑传》："青海周回千余里，海内有小山，每冬冰合后，以良牝马置此山，到来春收之，马皆有孕，所生得驹，号为龙种，必多骏异。吐谷浑尝得波斯草马，放入海，因生骢驹，能日行千里，世传青'海骢'者是也。"⑦这样看来，"青海骢"是吐谷浑人用波斯马与当地土著马杂交而生。所不同的是，《魏书》说怀孕的母马"到来春收之"，《周书·异域传》说"至来冬收之"。⑧吐谷浑人一向善于养马，从辽东西迁后，一直生活在青海湖周围，畜牧业外，也从事农业生产，种植大麦、粟、豆等作物。《北史》、《隋书》、新旧《唐书》也认为"青海骢"是吐谷浑人用当地土著马与波斯马杂交而生。青海湖是中国最大的内陆湖、咸水湖，由祁连山脉的大通山、日月山与青海南山之间的断层陷落形成，海拔在 3000 米以上。今天青海湖的面积达 4800

① （晋）杜预撰：《春秋左传集解》（三），上海古籍出版社 1988 年版，第 1235 页。

② 陈伯君撰：《阮籍集校注》，中华书局 1987 年版，第 219 页。

③ （梁）萧子显：《南齐书》（三），中华书局 1972 年版，第 822 页。

④ （唐）李延寿：《北史》（十），中华书局 1974 年版，第 3209、3236、3235 页。

⑤ （唐）玄奘、辩机著，季羡林等校注：《大唐西域记校注》，中华书局 2000 年版，第 57 页。

⑥ （清）董诰等编：《全唐文》（五），上海古籍出版社 1990 年版，第 4400 页。

⑦ （北齐）《魏书》（六），中华书局 1974 年版，第 2240—2241 页。

⑧ （唐）令狐德棻等：《周书》（三），中华书局 1971 年版，第 913 页。

平方公里，夏季高原上碧草如茵，鲜花随处盛开，北面的祁连山山顶上积雪终年不化，倒映在碧蓝的湖水中，如图画般美丽。这里日照强烈、四季分明，春季强风，夏季清凉少雨，秋季明净干爽，冬季寒冷多雪，是典型的高原大陆性气候，适宜于马的强健体格的养成，号为"龙种"、日行千里的"青海骢"，正是在这样的自然环境中繁育成长的。《新五代史·四夷附录第三》：凉州"其地宜马，唐置八监，牧马三十万匹"①。监，指牧监，5000匹马为上牧监，3000匹以上为中牧监。②

西北地区所出骏马，以史籍中所称的"渥洼"之马为最著名。《史记·乐书》：汉武帝"尝得神马渥洼水中"。《史记集解》李斐曰："南阳新野有暴利长，当武帝时遭刑，屯田敦煌界。人数于此水旁见群野马中有奇异者，与凡马异，来饮此水旁。利长先为土人持勒靽于水旁，后马玩习久之，代土人持勒靽，收得其马，献之。欲神异此马，云从水中出"。③本来是献马人的虚饰，结果却使渥洼成了赫赫有名的出产神马之地。《汉书·武帝纪》："六月，得宝鼎后土祠旁。秋，马生渥洼水中，作《宝鼎》《天马之歌》。"④唐人乔彝《渥洼马赋》："域中之宝，生乎天涯；天子之马，产乎渥洼。"⑤杜甫《沙苑行》："龙媒昔是渥洼生，汗血今称献于此。"李群玉《骆马》："由来渥洼种，本是苍龙儿。"韦庄《代书寄马》："驱驰曾在五侯家，见说初生自渥洼。"谭其骧先生说，"渥洼水，在今甘肃敦煌市西南汉龙勒县故址南"，唐改龙勒县为寿昌县。⑥唐无名氏《敦煌廿咏·渥洼池天马咏》："渥洼为小海，伊昔献龙媒。"传说中的渥洼在今甘肃敦煌南湖乡，是一个常水期面积为164公顷的内陆湖，由众多泉水汇成，碧波荡漾，当地称"渥洼池"⑦，并立有石碑。

---

① （宋）欧阳修：《新五代史》（三），中华书局1974年版，第913页。

② 王仲荦：《隋唐五代史》（上），上海人民出版社2003年版，第488页。

③ （汉）司马迁：《史记》（四），中华书局1975年版，第1178页。

④ （汉）班固：《汉书》（一），中华书局1962年版，第184页。

⑤ （清）董诰等编：《全唐文》（三），上海古籍出版社1990年版，第2452页。

⑥ 谭其骧主编：《中国历史大辞典·历史地理》，上海辞书出版社1996年版，第908页。

⑦ 《中国敦煌旅游图》，新疆人民出版社2005年版。又，笔者于2017年7月27日前往敦煌市南湖乡参观，渥洼池西距阳关遗址13公里，已修成水库，称黄水坝水库。

（二）马的驯化与骑战

既有骏马还需驯养，否则难以驾驭，马的驯养在人类文明发展史上是一件值得书写的大事。① 美国当代学者狄宇宙认为："从农业——畜牧业混合型生活到完全成熟的马背上的以畜牧业为基础的游牧生活的转变过程中，马一直被认为是起了决定性的作用。"② 斯塔夫里阿斯诺认为："马的驯养和较迟的冶铁技术的发明是两个十分重大的发展，它们使游牧民获得新的作战能力。""到公元前二千纪末，游牧民用骑兵取代战车，进一步提高了他们的战斗力。这时的马既高大又强壮，可以直接骑人。而且，游牧民还发明了役使马的马勒、马嚼子、角状的马鞍和马镫，使他们能在策马飞奔时腾出双手，射出阵雨般的箭。欧亚大陆的游牧民获得前所未有的灵活机动性，能追上和打败防守城市中心的军队。古典时代和中世纪时，游牧民的军事才能主要就建立在骑马作战这一基础上；终于，在13世纪时，使成吉思汗能完成一系列惊人的征服；直到西方火器占据优势之后，诸文明中心才从游牧民频频入侵的威胁中解脱出来。"③

冷兵器时代，战争的决定性兵种是骑兵。《汉书·匈奴传下》说："匈奴之俗，本上气力而下服役，以马上战斗为国，故有威名于百蛮。战死，壮士所有也"，"汉虽强，犹不能兼并匈奴"。④ 匈奴人的价值观，就是崇尚勇武，以服役于人为耻，凭借马上战斗立国，所以在北方各少数民族中独有威盛的名声。再加上士兵不怕牺牲，以战死为荣，即使是强大的汉朝，也不能兼并匈奴。唐人刘贶《武指》一文也深有体会地指出："晋末五胡递居中夏，岂无天道？亦人事使之然也。华人，步卒也，利险阻；虏人，骑兵也，利平地。彼则驰突，我则坚守，无与追奔，无与竞逐。来则杜险使无进，去则闭险使无还，冲以长戟，临以强弩，非

---

① 呼和浩特内蒙古博物院"风云骑士——中国古代北方草原鞍马文物精选"，有丰富的实物展出。

② ［美］狄宇宙：《古代中国与其强邻——东亚历史上游牧力量的兴起》，贺严、高书文译，中国社会科学出版社2010年版，第29页。

③ ［美］斯塔夫里阿斯诺：《全球通史——1500年以前的世界》，吴象婴、梁赤民等译，上海社会科学出版社1988年版，第152—153页。

④ （汉）班固：《汉书》（十一），中华书局1962年版，第3797页。

求胜之也，创之而已。"①北方的游牧民族之所以能够长期占据中原，一个重要的原因就是，游牧民族的军队均为骑兵，而中原军队则多为步卒，前者以进攻为主，后者以防守为重，二者的战斗力难以相提并论。杜甫《韦讽录事宅观曹将军画马图引》："今之新图有二马，复令识者久叹嗟。此皆骑战一敌万，缟素漠漠开风沙。"骑兵作战，可以一当万，战斗力空前提高。缟素，指供书画用的白绢。唐文宗朝宰相李德裕《讨袭回鹘事宜状》也说："回鹘皆骑兵，长于野战，若在碛卤，难与交锋，虽良将劲卒，无以制胜。"②面对回鹘的骑兵，即使良将强兵，也难以取胜。杜牧《上周相公书》说："两汉伐虏，骑兵取于山东，所谓冀之北土，马之所生，马良而多，人习骑战，非山东兵不能伐虏。昨者以步骑，百不当一，是不知人事也。"③产不产良马，有没有骑兵，善不善于骑战，成了战争胜败的至关重要的因素。骑兵的灵活性、机动性及其超强的攻击性，根本就不是步兵能够抵挡的，所以来自北方游牧民族的骑兵，早在春秋时代就被中原汉人称为"骑寇"④，其中不无惊恐之意。

　　有了马和驾驭马的高超技术，游牧民族的战斗力大为增强，如历史上的东胡、匈奴、鲜卑、突厥、契丹，都曾给中原的农耕文化以巨大的威胁。"在这以前，游牧民族是无法与农业民族相抗衡的，因为后者既占有压倒多数的人口，又有巨大的经济潜力和不能相提并论的高度的文化。但是，当游牧民族掌握了骑马术之后，两者的相互关系却变得不可妄测了。"⑤游牧民族素有"马背民族"之称，马是游牧民族的生产生活资料，也是游牧、狩猎、征战的必备骑乘。⑥法国学者雷纳·格鲁塞说：游牧生活"对定居人民处于显然优势。游牧人——一般的说是骑马射

①　（清）董诰等编：《全唐文》（二），上海古籍出版社 1990 年版，第 1700 页。

②　（清）董诰等编：《全唐文》（三），上海古籍出版社 1990 年版，第 3195 页。

③　（清）董诰等编：《全唐文》（四），上海古籍出版社 1990 年版，第 3453 页。

④　《管子·小匡第二十》："中救晋公，禽狄王，败胡貉，破屠何，而骑寇始服。"尹知章注："屠何，东胡之先也。""北狄以骑为寇。"《诸子集成》（五），上海书店出版社 1986 年版，第 126 页。

⑤　吕一飞：《胡族习俗与隋唐风韵——魏晋北朝北方少数民族社会风俗及其对隋唐的影响》，书目文献出版社 1994 年版，第 95 页。

⑥　张景明：《中国北方游牧饮食文化研究》，文物出版社 2008 年版，第 55 页。

箭者——具有流动性，几乎有到处皆是的神秘性。他们的失败不发生什么后果，因为他们可以立即逃走。欲使他们受到惨痛的失败，中国的军队就要进攻至于戈壁沙漠的北边，至于鄂尔浑河和客鲁涟河（今作克鲁伦河——笔者注）之上，即他们安放其财产，即畜群的地方"①。对于劳师远征的中国军队而言，想做到这一点，又是异常困难的。王昌龄《城旁□□》："降奚能骑射，战马百余匹。"②李白《幽州胡马客歌》："翻入射鸟兽，花月醉雕鞍。"李颀《崔五六图屏风各赋一物得乌孙佩刀》："乌孙腰间佩两刀，刀可吹毛锦为带。握中枕宿穹庐室，马上割飞翳蟠塞。"均是夸赞游牧民族的能骑善射，骁勇异常。奚，指东胡，内附于唐朝。

（三）唐人笔下的骏马③

马是国家军备的重要组成部分，是军队战斗力的体现，为了边防及应对经常发生的边塞战争，唐王朝大规模养马，牧场遍及北方。"马者，兵之用也；监牧，所以蕃马也，其制起于近世。唐之初起，得突厥马二千匹，又得隋马三千于赤岸泽，徙之陇右，监牧之制始于此。"④"牧马一百二十匹，成为一群，群置牧长。十五个牧长之上置牧尉一人。牧尉之上置牧监。"⑤唐代的养马之地多数在北方游牧民族的聚居区域，所养之马多为胡马，品种优良，如杜甫《李鄠县丈人胡马行》所咏："丈人骏马名胡骝，前年避胡过金牛。回鞭却走见天子，朝饮汉水暮灵州。""头上锐耳批秋竹，脚下高蹄削寒玉。始知神龙别有种，不比俗马空多肉。"欧阳修《论监牧札子》说：

> 唐世牧地，皆与马性相宜。西起陇右、金城、平凉、天水，外暨河曲之野，内则岐、邠、泾、宁，东接银、夏，又东至于楼烦，

① ［法］雷纳·格鲁塞：《蒙古帝国史》，龚钺译，翁独健校，商务印书馆1989年版，第272页。

② 胡问涛、罗琴撰：《王昌龄集编年校注》，巴蜀书社2000年版，第224页。

③ 高建新：《雪耳红毛浅碧蹄，追风曾到日东西——酷爱骏马的唐人》，《光明日报》2018年7月23日"文学遗产"专刊。

④ （宋）欧阳修、宋祁：《新唐书》（五），中华书局1975年版，第1337页。

⑤ 王仲荦：《隋唐五代史》（上），上海人民出版社2003年版，第488页。

皆唐养马之地也。以今考之，或陷没夷狄，或已为民田，皆不可复得。惟闻今河东岚石之间，山荒甚多，及汾河之侧，草地亦广，其间草软水甘，最宜牧养，往时河东军马，常在此处牧放。今马数全少，闲地极多，此乃唐楼烦监地也。①

岐，岐州，即扶风郡，在今陕西西部，辖境包括宝鸡、凤翔、岐山、眉县等市县；邠，邠州，又名新平郡，约今陕西彬县、旬邑、长武等县；泾，泾州，又名保定郡，约当今甘肃镇原、泾州、灵台等县；宁州，又名彭原郡，约当今甘肃正宁、宁县、合水等县；河曲，黄河弯曲之处，李益诗所谓"黄河东流流九折"（《塞下曲》其三）。《新唐书·突厥传上》："初，突厥内属者分处丰、胜、灵、夏、朔、代间，谓之河曲六州降人。"②以此观之，唐代所谓河曲即指上述六州之地，黄河流经的今宁夏、内蒙古、晋西北一带；③银，银州，治今陕西儒林县，辖境相当于今陕西榆林、米脂、佳县以及衡山县东部地区；夏，夏州，今陕西靖边、内蒙古杭锦旗、乌审旗一带；楼烦，楼烦郡，今山西忻州一带。"欧阳修的这一概括，基本上勾画出了唐代监牧的地域分布，这一带水草丰盛，田土肥腴，气候高爽，特别适宜于畜群繁衍，故秦汉以来就是丰茂的畜牧场地，到了唐代，也很自然地成为了官府畜牧业勃兴的优良载体。"④欧阳修担心失去了像唐朝那样宽阔的牧马之地，北宋的国防就会处在危险之中。

在中国历史上，没有比唐人更喜欢马的了。从帝王到平民，从男子到妇女，没有不喜欢马的。唐太宗有"十骥""昭陵六骏"，唐玄宗有"照夜白""玉花骢"。养马业的繁荣，也为唐人喜欢马提供了条件。岑参《卫节度赤骠马歌》极写骏马之美，唐人对马的喜好由此可见一斑：

> 君家赤骠画不得，一团旋风桃花色。
>
> 红缨紫鞚珊瑚鞭，玉鞍锦鞯黄金勒。
>
> 请君鞴出看君骑，尾长窣地如红丝。

① 《欧阳修全集》（下），中国书店 1986 年版，第 885 页。

② （宋）欧阳修、宋祁：《新唐书》（十九），中华书局 1975 年版，第 6045 页。

③ 李云逸撰：《王昌龄诗注》，上海古籍出版社 1984 年版，第 92 页。

④ 乜小红：《唐五代畜牧经济研究》，中华书局 2006 年版，第 48 页。

自矜诸马皆不及，却忆百金新买时。

香街紫陌凤城内，满城见者谁不爱。

扬鞭骤急白汗流，弄影行骄碧蹄碎。

紫髯胡雏金剪刀，平明剪出三骏高。

枥上看时独意气，众中牵出偏雄豪。

诗人把卫节度的赤红色的骏马写得生机勃勃、活灵活现，从马的毛色、装扮一直写到精美的马具，如紫色的马笼头、珊瑚装饰的马鞭、玉饰的马鞍、丝绸质地的鞍鞯等，再写到马长尾拖地、碧蹄上翻、急速奔驰的优美姿态。诗如图画一般绚丽多彩，看得出来，诗人不仅懂马，而且爱马。五代赵喦《八达春游图》，现藏于台北故宫博物院，描绘了八名衣冠华贵之士，骑着骏马出游，或回首召唤同伴，或挥鞭促马前行，人与马的神情、动作各有不同，八匹马马蹄轻快，均作奔跑状。园林中的草地、树木呈现新绿之色，表现出春游之愉悦气氛。赵喦去唐不远，其作品最能表现唐人骑马奔驰之风采。五代词人毛文锡《甘州遍》（其一）可看作《八达春游图》的注解："春光好，公子爱闲游，足风流。金鞍白马，雕弓宝剑，红缨锦襜出长楸。"锦襜（jǐn chān），锦鞯，锦制的鞍鞯。我们从国家博物馆、陕西历史博物馆、西安博物院、洛阳博物馆中所藏的唐三彩釉陶马，也能强烈感受到那才是真正意义上的骏马。这些三彩釉陶马一改秦汉时期平稳古拙的风格，马首高昂，姿态俊逸，装饰漂亮，动感强烈。

受北方游牧民族生活、习俗的影响，深知马在边防及战争中的重要作用，唐人热烈地描写骏马、塑造骏马、赞颂骏马，从中寄寓自己高远的人生理想："骏马似风飙，鸣鞭出渭桥。弯弓辞汉月，插羽破天骄。"（李白《塞下曲》其三）骏马迅疾如暴风，打响马鞭直出渭桥，将士们全副武装离开京城、奔赴边疆，奉命前去击破来犯的敌人。"侠客重恩光，骏马饰金装。瞥闻传羽檄，驰突救边荒。"（张易之《出塞》）侠客最看重的就是荣誉，事先把自己的骏马配上最好的鞍蹬，一听说边境有紧急情况，即刻骑马奔赴前线。"男儿称意得如此，骏马长鸣北风起。待君东去扫胡尘，为君一日行千里。"（岑参《卫节度赤骠马歌》）有理想的热血男儿，就该备好骏马，等待北风的吹起，一旦前去扫荡敌人，可以日行千里，迅速奔赴前线；"红亭出鸟外，骏马系云端"（岑参《虢州西亭陪端公宴集》），描绘的高远图景也让人神往。"玉樽酒频倾，论功笑李陵。红缰跑骏马，金镞掣秋鹰。"（马戴《边将》）畅饮美酒，笑傲李陵，松开缰绳让骏马奔跑，搭起弓箭射向秋鹰。"红缰""金镞"，色彩显黲，画面感十分鲜明。"大漠沙如雪，燕山月似钩。何当金络脑，快走踏清秋。"（李贺《马诗二十三首》其五）络脑，马络头。大漠如雪，明月如钩，什么时候才能披上威武的鞍具，在天高气爽的秋天驰骋疆场、建立功勋呢？"猛将关西意气多，能骑骏马弄雕戈。金鞍宝铰精神出，笛倚新翻水调歌。"（无名氏《水调歌第二》）关西，指函谷关以西的地方。关西的猛将充满了英雄气概，不仅能马上挥戈，亦能马上横笛，吹出动人的《水调歌》，尽显飒爽英姿。有了奔驰的骏马，就有了捍卫家国的利器。这些赞美骏马的诗和守卫北疆、边塞立功紧密相连，表明了唐人对四境安宁、国家和平的渴望。

唐代是一个推重英雄品格、激发英雄气概的时代，加之"丝绸之路"畅通带来的开放，"胡风"的浸染，不仅男人喜欢马，妇女同样喜欢马。要骑马驰骋，就得穿胡服。《旧唐书·舆服志》说：

> 开元初，从驾宫人骑马者，皆著胡帽，靓妆露面，无复障蔽。士庶之家，又相仿效，帷帽之制，绝不行用。俄又露髻驰骋，或有著丈夫衣服靴衫，而尊卑内外，斯一贯矣。[1]

帷帽，原属胡装，帽子四周有连檐，连檐有下垂的丝网或薄绢，一般用黑纱制成，其长到颈部，以作掩面，隋唐时改短了四周的垂网，亦称"浅露"。帷帽及女子骑马戴帷帽情形，可见陕西昭陵博物馆藏唐墓壁画"燕妃墓捧帷帽侍女图"、洛阳博物馆藏"绿釉骑马帷帽女俑"、北京国家博物馆藏"彩绘陶戴帷帽女骑俑"，至今中国南方妇女依旧戴类似的遮阳帽参加生产劳动。开元初年（713），随皇帝出行的宫女都骑马，一概戴着胡帽，打扮漂亮，容颜敞露，无须遮蔽。士庶之家又相仿效，放弃了遮挡容颜的传统帷帽，一时成为风尚。不久又露出发髻、骑

---

[1]　（后晋）刘昫等：《旧唐书》（六），中华书局1975年版，第1957页。

马驰骋，甚者着男子服装、穿皮靴，没有内外尊卑之分。上海博物馆藏唐代"彩色釉骑马女俑"，骑白马女俑戴胡帽，着半袖无领低胸短衫，下身穿长裤而非长裙。花蕊夫人徐氏《宫词》（其二十一）描摹宫女初学骑马：

> 殿前宫女总纤腰，初学乘骑怯又娇。
>
> 上得马来才欲走，几回抛鞚抱鞍桥。

情态逼真，让人忍俊不禁。鞚（kòng），驾驭。鞍桥，马鞍，其拱起处形似桥，故称。王建《宫词一百首》（其一〇二）诗描摹的也是宫女骑马：

> 药童食后送云浆，高殿无风扇少凉。
>
> 每到日中重掠鬓，衩衣骑马绕宫廊。

专咏宫女骑马的英姿。衩衣，开衩的便袍，方便骑马。无名氏《咏美人骑马》诗说：

> 骏马娇仍稳，春风灞岸晴。
>
> 促来金镫短，扶上玉人轻。
>
> 帽束云鬟乱，鞭笼翠袖明。
>
> 不知从此去，何处更倾城。

春风吹拂，晴日映照下的灞水之滨，骑马的美人英姿飒爽。"帽束云鬟乱"，正是"露髻驰骋"的生动写照。

盛唐张萱的《虢国夫人游春图》，现藏于辽宁省博物馆，画为绢本设色，是唐代贵族女性喜欢马的形象展示。此画描绘的是唐玄宗的宠妃杨玉环的三姊虢国夫人及其眷从春天盛装出游的景象，她们不乘辇，而是选择乘马出行。全画共九人（包括一小女孩儿）骑着八匹马，毛色不同，各有姿态。画面上能看到五匹马的马尾打了结，为的是防止马在奔跑时马尾披散，对邻马造成妨碍。前导三骑与后卫三骑是侍从、侍女，中间并辔前行的是秦国夫人与虢国夫人，二人梳当时流行的发式——倭堕髻。虢国夫人居画面中部的左侧，身穿淡青色窄袖上襦，肩搭白色披帛，下着描有金花的红裙，裙下露出绣鞋上面的红色绚履，服饰尽得唐人风致。张祜的《集灵台二首》（其二）描写了虢国夫人的风采："虢国夫人承主恩，平明骑马入宫门。却嫌脂粉污颜色，淡扫蛾眉朝至尊。"秦国夫人居于画面的右上首，正面向虢国夫人诉说着什么。前面三骑略后有一个乘着四蹄雪白的黑色骏马的中年侍从随行，粉白色的圆领窄袖衫，与黑马形成鲜明的对比。后卫三骑居中的是老年侍姆，右手护着鞍前的幼女，神情显得小心谨慎。幼女左手把住鞍桥，态度十分安详。整个马队的人物表情从容，神态自若，乘骑步伐轻松自如，看得出他们驾驭马的技术十分娴熟。因为画家使用几近于写实的手法，观者可以清晰地领略到唐马的风采：品种优良，训练有素，健壮丰腴，步态优雅，毛色漂亮，有汗血马的血统。

从唐诗中可以看出，在诸多毛色中，唐人偏爱白色骏马："黄花盖野田，白马少年游。"（王建《采桑》）"翩翩白马来，二月青草深。"（高适《别耿都尉》）"白马翩翩春草细，郊原西去猎平原。"（刘长卿《献淮宁军节度使李相公》）"朱衣乘白马，辉光照里闾。"（韦应物《张彭州前与缑氏冯少府各惠寄一篇……》）"山头一队欲凌云，白马红旗出众群。"（史昂《野外遥占浑将军》）"诏选将军护北戎，身骑白马臂彤弓。"（许浑《献鄜坊丘常侍》）"垂杨拂白马，晓日上青楼。"（韦应物《贵游行》）白马或与黄花、青草、垂杨相衬，或与朱衣、红旗、彤弓对比，画面明丽，引人遐思，既有形式美又有力量美。

唐人喜欢白马以李白为甚，可以说到了着迷的程度："醉骑白花马，西走邯郸城。"（《自广平乘醉走马六十里至邯郸登城楼览古书怀》）"龙马花雪毛，金鞍五陵豪。"（《白马篇》）"白马谁家子，黄龙边塞儿。"（《独不见》）"白马黄金塞，云砂绕梦思。"（《塞下曲六首》其六）"屈盘戏白马，大笑上青山。"（《登敬亭北二小山余时送客逢崔侍御并登此地》）"银鞍照白马，飒沓如流星。"（《侠客行》）"五陵年少金市东，银鞍白马度春风。"（《少年行二首》其二）"白马金羁辽海东，罗帷绣被卧春风。"（《春怨》）"日暮醉酒归，白马骄且驰。"（《古风》其八）白色纯净、清爽、雅致，透明度、反射度最高，更容易引起视觉上的美感，有更鲜明的画面感。

唐人对马的喜爱还体现在具体细微的观察及细节的表现上，仅是

"马蹄"一项，就有多种生动的表现："野店山桥送马蹄"（杜甫《将赴成都草堂途中有作先寄严郑公五首》其三）、"草色青青送马蹄"（刘长卿《送李判官之润州行营》）、"地足青苔染马蹄"（王建《江陵即事》）、"浅草才能没马蹄"（白居易《钱塘湖春行》）、"春风得意马蹄疾"（孟郊《登科后》）、"马蹄踏破乱山青"（杜光庭《偶题》其二）、"日照香尘逐马蹄"（章碣《曲江》）、"马蹄闲慢水溶溶"（韩偓《归紫阁下》）、"归心逐马蹄"（李频《送张郎中赴睦州》）、"乱云生马蹄"（武元衡《秋晚途次坊州界寄崔玉员外》）。欣赏各种自然环境、各种情境下的马蹄，实际上是在欣赏马的运动之美、矫健之美。至于沈佺期的"四蹄碧玉片，双眼黄金瞳"（《骢马》）、李白的"紫骝行且嘶，双翻碧玉蹄"（《紫骝马》）、刘言史的"弄影便从天禁出，碧蹄声碎五门桥"（《春游曲》其二）、施肩吾的"碧蹄新压步初成，玉色郎君弄影行"（《望骑马郎》）、韩翃的"鸳鸯赭白齿新齐，晚日花中散碧蹄"（《看调马》）、薛涛的"雪耳红毛浅碧蹄，追风曾到日东西"（《十离诗·马离厩》），皆以碧玉形容马蹄，引发人的美感，凸显骏马的颜色之美及惊人的速度。

（四）汗血马[①]

在西北游牧民族地区所产的众多骏马中，以大宛所产汗血马最为著名。《史记·大宛列传》："大宛在匈奴西南，在汉正西，去汉可万里。其俗土著，耕田，田稻麦。有蒲陶酒。多善马，马汗血，其先天马子也。"《史记集解》引《汉书音义》曰："大宛国有高山，其上有马，不可得，因取五色母马置其下，与交，生驹汗血，因号曰天马子。"[②]大宛是西域三十六国之一，北通康居国，南面和西南面与大月氏接，地处中

---

① 高建新：《唐代文学中的"汗血马"》，《海南师范大学学报》2014 年第 10 期。
② （汉）司马迁：《史记》（十），中华书局 1975 年版，第 3160 页。

亚，在今乌兹别克斯坦费尔干纳境内。① 大宛的汗血马是在张骞开通西域之后进入中原的，《汉书·西域传下》："自是之后，明珠、文甲、通犀、翠羽之珍盈于后宫，薄梢、龙文、鱼目、汗血之马充于黄门，巨象、师子、猛犬、大雀之群食于外囿。殊方异物，四面而至。"② 薄梢、龙文、鱼目，皆为骏马之名。"丝绸之路"开通之后，包括汗血马在内的西域的珍宝异物就源源不断地进入了汉的宫室。

汉武帝本来就酷爱骏马，一听说西域有汗血马，立刻派遣使者前往。《史记·大宛列传》："天子好宛马，使者相望于道，诸使外国一辈大者数百，少者百余人，人所赍操，大放博望侯时。"③ "相望于道"，足见使者之众多，往来络绎不绝。《汉书·西域传上》：

> 宛别邑七十余城，多善马。马汗血，言其先天马子也。张骞始为武帝言之，上遣使者持千金及金马，以请宛善马。宛王以汉绝远，大兵不能至，爱其宝马不肯与。汉使妄言，宛遂攻杀汉使，取其财物。于是天子遣贰师将军李广利，将兵前后十余万人伐宛，连四年。宛人斩其王毋寡首，献马三千匹，汉军乃还。

> 宛王蝉封与汉约，岁献天马二匹。汉使采蒲陶、目宿种归。天子以天马多，又外国使来众，益种蒲陶、目宿离宫馆旁，极望焉。④

"凿空"西域的张骞首先告诉汉武帝大宛国产汗血马，激起了汉武帝的无限向往。为了获得汗血马，汉武帝甚至不惜举全国之力发动战争，而且长达四年（前104—前101）。《汉书》对此多有记载："太初四年（前101），诛宛王获宛马。"（《汉书·礼乐志》）⑤ "四年春，贰师将军

---

① 谢成侠：《二千多年来大宛马（阿哈马）和苜蓿传入中国及其利用考——中国畜牧兽医史料之一》，《中国畜牧兽医杂志》1955 年第 3 期。该文引苏联养马科学研究所所长卡里宁对阿哈马历史的叙述，"阿哈尔捷金马是土库曼南部沙漠上绿洲泰克部落的马种，这是世界上最陌生而最古老的马种。在土库曼那一区域，实际上并无特别的牧地，自然生成的动物，都是喂的苜蓿和大麦的混合物"，认为大宛马的原产地就在苏联加盟共和国土库曼（今土库曼斯坦）。

② （汉）班固：《汉书》（十二），中华书局 1962 年版，第 3928 页。

③ （汉）司马迁：《史记》（十），中华书局 1975 年版，第 3170 页。

④ （汉）班固：《汉书》（十二），中华书局 1962 年版，第 3894—3895 页。

⑤ （汉）班固：《汉书》（四），中华书局 1962 年版，第 1061 页。

李广利斩大宛王首，获汗血马来。作《西极天马之歌》。"（《汉书·武帝纪》）颜师古引应劭语曰："大宛旧有天马种，踏石汗血。汗从前肩髆出，如血。号一日千里。"师古又注曰："踏石者，谓踏石而有迹，言其蹄坚利。"[①]"髆"同"膊"，近肩的部分。牛津大学杰弗里·巴勒克拉夫教授认为：汉武帝之所以不惜发动战争长达四年，原因是"汉朝热衷于以天马装备自己的骑兵，来抗衡匈奴和长城以北其他乘马的游牧人群的轻快的小马。汉朝第五代君主武帝派遣使臣和军队征服新疆的游牧人群出没的地区，以求控制这种马的来源。汉朝最后得到了大宛种马的稳定的供应"。[②]《史记·大宛列传》：汉武帝"得乌孙马好，名曰'天马'。及得大宛汗血马，益壮，更名乌孙马曰'西极'，名大宛马曰'天马'云。"[③]《史记·乐书》：

> （汉武帝）又尝得神马渥洼水中，复次以为《太一之歌》。歌曲曰："太一贡兮天马下，霑赤汗兮沫流赭。骋容与兮跇万里，今安匹兮龙为友。"后伐大宛得千里马，马名"蒲梢"，次作以为歌。歌诗曰："天马来兮从西极，经万里兮归有德。承灵威兮降外国，涉流沙兮四夷服。"[④]

乌孙，西域古国，地在今伊犁河谷，事迹见《汉书·西域传下·乌孙国》。在汉武帝眼里，真正的"天马"，非汗血马莫属，杜甫所谓"渥洼汗血种，天上麒麟儿"（《和江陵宋大少府暮春雨后同诸公及舍弟宴书斋》）。对于汉武帝来说，不惜代价获取西域的汗血马，不仅是汉王朝强

---

① （汉）班固：《汉书》（一），中华书局 1962 年版，第 202 页。
② ［英］杰弗里·巴勒克拉夫：《泰晤士世界历史地图集》，毛昭晰、刘家和等译，生活·读书·新知三联书店 1985 年版，第 70 页。
③ （汉）司马迁：《史记》（十），中华书局 1975 年版，第 3170 页。
④ （汉）司马迁：《史记》（四），中华书局 1975 年版，第 1178 页。

盛及武功远及边鄙的具体体现，[①] 同时也可以用来装备军队，强大国防。

1969 年 10 月，甘肃武威雷台汉墓出土的"铜奔马"，原名"马踏飞燕"，通高 34.5 厘米，长 45 厘米，宽 13.1 厘米，重 7.3 千克，现藏于甘肃省博物馆，2018 年的藏品介绍是这样说的：

> 铜奔马（东汉 25—220 年）造型矫健精美，作昂首嘶鸣、逸足奔腾状。摄取奔马三足腾空、一足超掠飞鹰的刹那瞬间。飞鹰回首惊顾，更增强奔马急速向前的动势。铜奔马全身的着力点集注于超摄飞鹰的一足上，精确地掌握了力学的平衡原理，具有卓越的工艺技术水平。铜奔马是按照良马式的标准去塑造的，集河西马、大宛马、蒙古马等马钟的优点于一身，特别是表现出河西走马的对侧步的特征，使凉州骏马的遨游丝路、凌空万里的不凡气质，通过巧妙的构思经营、精炼的艺术造型和卓越的铸铜工艺完美地体现出来。铜奔马成为东西方文化交往的使者和象征，因此被列为中国旅游的标志。[②]

藏品介绍说"铜奔马"右后蹄所踏者为"飞鹰"，而非通常所说的"飞燕"，意在突出大宛马惊人的速度。在笔者看来。"铜奔马"的构成也许没有那么复杂，它就是大宛马速度、力量和美的生动展现，历史上的大宛马就是通过武威在内的河西走廊进入中原的。"铜奔马"完全符合《齐民要术》（卷六）关于骏马的标准："马，头为王，欲得方；目为丞相，欲得光；脊为将军，欲得强；腹胁为城郭，欲得张；四下为令，欲得长。""马，龙颅突目，平脊大腹，䏶重有肉。此三事备者，亦千

[①]　周伯琦《天马行应制作并序》：元惠宗"至正二年（1342）岁壬午七月十有八日，西域拂郎国遣使献马一匹，高八尺三寸，脩如其数而加半，色漆黑，后二蹄白，曲项昂首，神骏超逸，视他西域马可称者，皆在髃下。金辔重勒，驭者其国人，黄须碧眼，服二色窄衣，言语不可通，以意询之，凡七度海洋，始达中国。是日天朗气清，相臣奏进，上御慈仁殿，临观称叹。遂命育于天闲，饲以肉粟酒湩。仍敕翰林学士承旨臣巙巙命工画者图之，而直学士臣揭傒斯赞之：盖自有国以来，未尝见也。殆古所谓天马者邪！"（清）顾嗣立编选：《元诗选》（初集下），中华书局 1987 年版，第 1864 页。元代宫廷画家周朗为此绘有《拂郎国贡马图》，现藏故宫博物院。一般认为，拂郎国，即今芬兰。《〈拂郎国贡马图〉见证元代皇帝外交》，《内蒙古晨报》2009 年 4 月 3 日。

[②]　2014 年 7 月 14 日、2018 年 11 月 24 日，笔者两次前往兰州甘肃省博物馆参观"甘肃丝绸之路文明"展。

里马也。"①"胜"（bì），同"髀"，大腿。一直到隋唐，大宛马仍有输入，《唐会要》卷七十二《诸蕃马印》载："康国马，康居国马也，是大宛马种，形容极大。武德中，康国献马四千匹，今时官马，犹其种也。"② 由此可知，最晚在 7 世纪初叶大宛马种就已经用来改良中国的马种了。

汉武帝获取汗血马的事迹，直至唐朝仍为文人们津津乐道，表达了对一个英雄时代的怀念："天马来出月支窟，背为虎文龙翼骨。嘶青云，振绿发，兰筋权奇走灭没。腾昆仑，历西极，四足无一蹶。""天马呼，飞龙趋。目明长庚臆双凫，尾如流星首渴乌，口喷红光汗沟朱。"（李白《天马歌》）"天马从东道，皇威被远戎。"（周存《西戎献马》）"大宛久开，攸闻汗血之献。"（姜立佑《对夷乐鞬鞬为任判》）③ "林邑贡能言之鸟，大宛奉汗血之马。"（顾况《高祖受命造唐赋并序》）④ "屠蒲梢而亘大漠，指贰师而求汗血。"（乔彝《渥洼马赋》）⑤ "控弦尽用阴山儿，临阵常骑大宛马。"（高适《送浑将军出塞》）"浑驱大宛马，系取楼兰王。"（岑参《武威送刘单判官赴安西行营便呈高开府》）"汉家未得燕支山，征戍年年沙朔间。塞下长驱汗血马，云中恒闭玉门关。"（李昂《从军行》）"大宛来献赤汗马，赞普亦奉翠茸裘。"（元稹《和李校书新题乐府十二首·西凉伎》）"汉家天马出蒲梢，苜蓿榴花遍近郊。"（李商隐《茂陵》）林邑，南海古国名，今越南一带。在唐诗中，汗血马几乎成了胜利的保证与象征。关于汗血马的获取，《太平广记》卷四三五《畜犬二·马》的记载颇有传奇色彩：

> 吐火罗国波讪山阳石壁上有一孔，恒有马尿流出，至七月平旦，石崖间有石阁道，便不见。至此日，厌哒人取草马，置池边与集，生驹皆汗血，日行千里，今名"无数颇梨"，随西域中浴，须臾即回。⑥

---

① （北魏）贾思勰：《齐民要术》，农业出版社 1963 年版，第 77—78 页。

② （宋）王溥：《唐会要》（下），上海古籍出版社 2006 年版，第 1547 页。

③ （清）董诰等编：《全唐文》（二），上海古籍出版社 1990 年版，第 1626 页。

④ （清）董诰等编：《全唐文》（三），上海古籍出版社 1990 年版，第 2375 页。

⑤ （清）董诰等编：《全唐文》（三），上海古籍出版社 1990 年版，第 2452 页。

⑥ （宋）李昉等：《太平广记》（四），上海古籍出版社 1990 年版，第 228 页。

　　吐火罗，古代中亚国家和地区名，其地原名巴克特里亚，公元 2 世纪吐火罗人攻占其地，其地名亦渐变为吐火罗，后成为中亚另一个强国厌哒的附属国，7 世纪初被西突厥夺取，7 世纪中期归附唐朝，关系密切。① 厌哒，游牧部族，亦作"嚈哒"，《北史·西域传》："嚈哒国，大月氏之种类也，亦曰高车之别种。其原出于塞北。自金山而南，在于阗之西，都乌浒水南二百余里，去长安一万一百里。"② 草马，母马。《新唐书·西域传下》：吐火罗"北有颇黎山，其阳穴中有神马，国人游牧牝于侧，生驹辄汗血。"③ 吐火罗与汉代的大宛处在同一区域，都在葱岭之西的中亚，直至今天，这一带仍是骏马的著名产地。

　　关于汗血马的体形，《太平御览》卷八百九十七《兽部九》引《神异经》曰："西南大宛有马，其大三丈，髯至膝，尾委地，蹄如升，踠可握。日行千里，至日中而汗血。"④ 汗血马体形高大俊美，美髯披拂至膝，马尾长可拖地，蹄如升大，四肢修长，胫踠细可手握，奔驰神速，一日千里。杜甫《房兵曹胡马》盛赞汗血马：

> 胡马大宛名，锋棱瘦骨成。
>
> 竹批双耳峻，风入四蹄轻。
>
> 所向无空阔，真堪托死生。
>
> 骁腾有如此，万里可横行。

　　惊人的速度，优美的体形，超常的体力，汗红如血的神秘，是汗血马受人喜爱的重要原因。唐人不惜挥洒才情，作赋大加咏赞，王损之《汗血马赋》是其代表：

> 异彼天马，生于远方，每流汗以津润，如成血以荧煌，所以名重骙骙，价高骕骦。骨腾肉飞，既挥红而沛艾；麟超龙蓍，亦流汗以徜徉。当其武皇耀兵，贰师服猛，破大宛之殊俗，获斯马于绝境。由是辞远塞以俱来，望汉庭之遐骋。初疑霡霂，染瀚海之霜

---

① 周伟洲、丁景泰主编：《丝绸之路大辞典》，陕西人民出版社 2006 年版，第 131 页。
② （唐）李延寿：《北史》（十），中华书局 1974 年版，第 3230 页。
③ （宋）欧阳修、宋祁：《新唐书》（二〇），中华书局 1975 年版，第 6252 页。
④ （宋）李昉：《太平御览》（八），夏剑钦、黄巽斋等校点，河北教育出版社 1994 年版，第179 页。

华；终讶淋漓，变榆关之霞影。及乎献阙之始，就驾之初，饰金羁
而势如蹑影，排玉勒而态若凌虚。伯乐乍观，讶沾襟而沃若；王良
载驭，惊溅袖以班如。观其步骤如流，驱驰若灭，恣余力而耸跃，
控中衢而夐绝。长鸣向日，躞蹀而色若渥丹；骧首临风，奋迅而光
如振血。疾徐中节，羁束如濡，流脣臆以飞赭，洒缨鬣以凝珠。雄
姿泛彼，逸态濡于；映白驹之群，皆疑失素；齐紫燕之匹，不可夺
朱；卓彼奇姿，实为殊观。初溢腹而沾洒，终尽足而涣汗。此朱翼
而表异，难并骏良；彼赤鬣以称奇，翻同欵段。超腾莫及，迅疾难
俦，遽赫如以浃洽，乍焕若以飞浮。倏遽越都，甚追风而更疾；如
同过隙，似奔电以潜流。且其戢联，翩异蹁跹，材逾良骏，名失逸
足。倏不弃于血，诚将八銮而齐躅。①

来自绝远之地的汗血马，美姿美容，优雅高贵，让人叹为观止。汗
血马"势如蹑影""态若凌虚""步骤如流，驱驰若灭"，飞奔的速度比风
更快、比电更疾，简直就是马中的帝王，不愧"天马"之美称。

汗血马体力极好，在高温条件下，一天只需喝一次水，尤其适于在
沙漠中长途跋涉。②胡直钧《获大宛马赋》："昔孝武寤善马，驾英才。
穷贰师于海外，获汗血之龙媒。于是宛卒大北，神驹尽来。驵骏奇状，
超摅逸材。走追风于马邑，嘶逐日于云堆。"③汗血马的获得，真可"耀
威华夏，夺魄獯戎"，但作者更希望"罢征战于戎夷，浃风俗于纯嘏。
自将致丹质之凤鸟，岂徒来汗血之龙马"，对汉武帝不惜代价获取汗血
马表达了委婉的批评。

与此同时，更多的诗人咏赞的是作为战马的汗血马，只有驰骋沙
场，才能体现汗血马的真正价值："贾勇于饮醴之夫，以一当万；扬威
于汗血之骑，左萦右拂。"（苏颋《命吕休璟等北伐制》）④汗血马所展示
的是唐军的军威。唐诗中描写汗血马的诗篇，往往充满了所向无敌的英
雄主义的气概，王昌龄《箜篌引》：

---

① （清）董诰等编：《全唐文》（三），上海古籍出版社 1990 年版，第 2176 页。
② 刘岩、王宏斌：《图说丝绸之路》，吉林人民出版社 2010 年版，第 57 页。
③ （清）董诰等编：《全唐文》（三），上海古籍出版社 1990 年版，第 2735 页。
④ （清）董诰等编：《全唐文》（二），上海古籍出版社 1990 年版，第 1132 页。

> 卢溪郡南夜泊舟，夜闻两岸羌戎讴。
>
> 其时月黑猿啾啾，微雨沾衣令人愁。
>
> 有一迁客登高楼，不言不寐弹箜篌。
>
> 弹作蓟门桑叶秋，风沙飒飒青冢头。
>
> 将军铁骢汗血流，深入匈奴战未休。

卢溪郡，即辰州，治沅陵（今湖南沅陵县）；蓟门，在唐幽州范阳郡，治所蓟县（今北京境内）；青冢，即昭君墓，在今内蒙古呼和浩特市南。只有汗血宝马超强的体力、非常的速度，才能深入敌境，承担艰苦异常的边塞征战任务。唐彦谦《咏马二首》（其二）：

> 峻嶒高耸骨如山，远放春郊苜蓿间。
>
> 百战沙场汗流血，梦魂犹在玉门关。

诗题中的马，指的是汗血马。诗说，汗血马高耸突兀，骨骼奇异，牧放在苜蓿茂盛的春郊。苜蓿是汗血马最好的饲草，梅尧臣《咏苜蓿》："苜蓿来西域，蒲萄亦既随。胡人初未惜，汉使始能持。宛马当求日，离宫旧种时。黄花今自发，撩乱牧牛陂。"汗血马百经沙场，无敌不克，最难忘记的还是在玉门关的战争经历。万楚《骢马》：

> 金络青骢白玉鞍，长鞭紫陌野游盘。
>
> 朝驱东道尘恒灭，暮到河源日未阑。
>
> 汗血每随边地苦，蹄伤不惮陇阴寒。
>
> 君能一饮长城窟，为报天山行路难。

河源，河源郡，隋置，治赤水城（今青海兴海县东南），隋末为吐谷浑所据，郡废。汗血宝马速度惊人，驰骋在北方的千里边防线上，朝东暮西，片刻不停。哪里有苦战，哪里就有汗血马的身影。即使边地阴潮寒冷、蹄子受伤，汗血马也毫无畏惧、一路向前。顾况《从军行二首》（其二）：

> 少年胆气粗，好勇万人敌。
>
> 仗剑出门去，三边正艰厄。
>
> 怒目时一呼，万骑皆辟易。
>
> 杀人蓬麻轻，走马汗血滴。

> 丑虏何足清，天山坐宁谧。
>
> 不有封侯相，徒负幽并客。

三边，古称幽州、并州、凉州为三边，后泛指边疆。《汉书·地理志》言"武帝开广三边"。[①]有胆气的少年，仗剑出门，再配上一匹汗血宝马，真真是如虎添翼，平定三边，又何惧什么劲敌！翁绶《白马》：

> 渥洼龙种雪霜同，毛骨天生胆气雄。
>
> 金垺乍调光照地，玉关初别远嘶风。
>
> 花明锦襜垂杨下，露湿朱缨细草中。
>
> 一夜羽书催转战，紫髯骑出佩骍弓。

赞颂汗血马白如雪霜，光色照地，胆气天生，嘶鸣于边关玉门，最能适应南征北战。在咏赞作为战马的汗血马的诗篇中，乔知之的长诗《羸骏篇》是一篇力作：

> 喷玉长鸣西北来，自言当代是龙媒。万里铁关行入贡，九重金阙为君开。蹀躞朝驰过上苑，趋趋暝走发章台。玉勒金鞍荷装饰，路傍观者无穷极。小山桂树比权奇，上林桃花况颜色。忽闻天将出龙沙，汉主持将驾鼓车。去去山川劳日夜，遥遥关塞断烟霞。山川关塞十年征，汗血流离赴月营。肌肤销远道，膂力尽长城。长城日夕苦风霜，中有连年百战场。摇珂啮勒金羁尽，争锋足顿铁菱伤。垂耳罢轻赍，弃置在寒谿。大宛蒲海北，滇螫隽崖西。沙平留缓步，路远暗频嘶。从来力尽君须弃，何必寻途我已迷。岁岁年年奔远道，朝朝暮暮催疲老。扣冰晨饮黄河源，拂雪夜食天山草。楚水澶溪征战事，吴塞乌江辛苦地。持来报主不辞劳，宿昔立功非重利。丹心素节本无求，长鸣向君君不留。只应澶漫归田里，万里低昂任生死。君王倘若不见遗，白骨黄金犹可市。

趋趋（cán tán），疾走貌。乔知之在则天朝官右补阙，曾率领军队镇守居延塞（在今内蒙古额济纳旗）。汗血宝马跋涉长途，屡经战场，饮冰黄河，食草天山，立下了赫赫战功，却不为名利。最终命运不济，只能归回田里，任其衰朽。这首诗通过对汗血马的颂赞，抒发了边塞立

---

① （汉）班固：《汉书》（六），中华书局 1962 年版，第 1639 页。

功的壮志，也寄寓了理想难以实现的个人遭遇。

在唐人有关诗篇中，汗血马之"汗血"，始终让诗人们惊异："毛骨合天经，拳奇步骤轻。曾邀于阗驾，新出贰师营。嘶勒金铃响，追风汗血生。"（郑薰《天骥呈材》）"汗血到王家，随鸾撼玉珂。"（李贺《马诗二十三首》其二十二）"香鞯镂襜五色骢，值春景初融。流珠喷沫蹙蹀，汗血流红。"（毛文锡《接贤宾》）关于汗血马之"汗血"，《史记集解》注汉武帝《太一之歌》"霑赤汗兮沫流赭。"句引应劭语曰："大宛马汗血霑濡也，流沫如赭。""大宛旧有天马种，蹋石汗血，汗从前肩膊出如血，号一日千里。"[1]"流沫如赭"，是说汗血马所汗之血呈泡沫状。[2]今天有学者认为汗血马"其皮肤前肩与项背处常感染草原寄生虫，当疾驰发汗时，毛细血管从伤口处随汗渗出血液。"[3]但也有论者认为，"汗血马"真的"汗血"。[4]从现存的汗血马来看，笔者认为，汗血马急速奔跑时血脉偾张，色红如血，润之以汗水，故有"汗血"的错觉。

汗血马的神异，一直受到唐人由衷的赞美，唐人进而以马喻人。魏征以渥洼神马称颂李密："公渥洼龙种，凡穴凤雏。"（《唐故邢国公李密墓志铭》）杜甫以汗血马喻天才少年，最终能成大事业："骅骝作驹已汗血，鸷鸟举翮连青云。"（《醉歌行》）"尔惟外曾孙，倜傥汗血驹。"（《别张十三建封》）而到了风雨飘摇的南宋，对于爱国词人而言，汗血马则成了英才埋没、英雄无用武之地的象征，充满了悲剧色彩："汗血盐车无人顾，千里空收骏骨。正目断、关河路绝。"（辛弃疾《贺新郎·同父见和再用前韵》）"辔摇衔铁，蹴踏平原雪，勇趁军声曾汗血，闲过升平

---

① （汉）司马迁：《史记》（四），中华书局1975年版，第1179页。

② 侯丕勋：《"汗血马"诸问题考述》，《西北民族研究》1998年第2期。

③ 周伟洲、丁景泰主编：《丝绸之路大辞典》，陕西人民出版社2006年版，第222页。又，《专家试揭"汗血马"秘密》，《中国动物保健》2002年第7—8期。此文说："中国古代视为'天马''神马'的汗血马学术研讨会近日在乌鲁木齐市举行，专家们从各个角度探讨了有关'汗血马'的种种谜团，试图揭开'汗血马'的神秘面纱。与会专家包括动物医学专家、史学家、文学家、考古专家等。动物专业学界就'汗血'到底是什么达成一致。大家普遍认同'汗血马'的'血汗'是一种寄生虫病，这一说法认为，这种'汗血症'只是一种病症，属马匹个体现象，与马匹品种无关。这种马病广泛分布于中亚地区各国、俄罗斯草原地区、印度次大陆、南非和我国新疆、云南及青海高原。这是一种季节性疾病，首批病例常在四月开始，至七八月达到高潮。"

④ 刘岩、王宏斌：《图说丝绸之路》，吉林人民出版社2010年版，第60页。

时节。茸茸春草天涯，涓涓野水晴沙，多少骅骝老去，至今犹困盐车。"
（张炎《清平乐·平原放马》）

我国马史专家认为，汗血马其实就是现在还在奔跑的土库曼斯坦的阿哈尔捷金马。[①]土库曼斯坦的首都塔什干是中亚著名的历史古城、"丝绸之路"上重要的商业和手工业中心之一。据说，今天全世界的汗血马仅有二千多匹，主要在土库曼斯坦的一个军马场。最贵的汗血马一匹价值两千多万美元。[②]无论如何，汗血马是那种能给人带来无限美感的古老生灵，是勇气和力量的象征。时至今日，汗血马依然在不断引发人们关于汉唐历史、战争、边塞、西域及"丝绸之路"的丰富想象力。

（五）"昭陵六骏"

历史上强大王朝的君主都喜欢骏马。像汉武帝一样，唐太宗李世民也酷爱骏马："雕弓写明月，骏马疑流电。"（《帝京篇十首》其三）"春搜驰骏骨，总辔俯长河。"（《临洛水》）"骏骨饮长泾，奔流洒络缨。"（《咏饮马》）一方面，"马者，甲兵之本，国之大用。安宁则以别尊卑之序，有变则以济远近之难"（《后汉书·马援传》），[③]"马者，国之武备，天去

---

① 刘岩、王宏斌：《图说丝绸之路》，吉林人民出版社 2010 年版，第 57 页。又，《专家试揭"汗血马"秘密》，《中国动物保健》2002 年第 7—8 期。此文说："'汗血马'是一种古老的世界名马，因其奔跑时脖颈部位流出的汗中有红色物质，鲜红似血而得名。我国马史专家认为，汗血马其实就是现在还奔跑在土库曼斯坦的阿哈尔捷金马。这种马体高 1.5 米左右，在平地上跑 1000 米仅需要 1 分 07 秒。目前全世界总量为 3000 匹左右。近代以来纯种'汗血马'在中国消失。又，目前男子 1000 米世界纪录是 2 分 11 秒 96，1999 年由肯尼亚运动员诺阿·恩盖尼创造。又，《人民日报》（2014 年 5 月 13 日）《习近平与别尔德穆哈梅多夫共同出席世界汗血马协会特别大会暨中国马文化节活动》："国家主席习近平 12 日晚与土库曼斯坦总统别尔德穆哈梅多夫共同出席在人民大会堂举行的世界汗血马协会特别大会暨中国马文化节主席会议。习近平代表中国政府和人民，对大会的举行表示祝贺。习近平表示，汗血马是享誉世界的优良马种，是土库曼斯坦民族的骄傲和荣耀。中国人民喜爱汗血马，将之誉为'天马'。早在 2000 多年前，天马就穿越古老的丝绸之路，不远万里来到中国。中土建交以来，土方先后两次将汗血马作为国礼赠送中方，增进了两国人民感情。汗血马已经成为中土友谊的使者和两国人民世代友好的见证。""习近平接受了别尔德穆哈梅多夫代表土方赠予中方的一匹汗血马。"

② 胡孝文、徐波主编：《永远的"西域"——古代中国与世界的互动》，徐波主讲，时代出版传媒股份有限公司、黄山书社 2011 年版，第 34 页。

③（南朝）范晔：《后汉书》（三），中华书局 1965 年版，第 840 页。

其备，国将危亡"（《新唐书·五行志三》），[①] 马是国力的体现，也是国防的重要物资；另一方面，在太宗眼里，骏马见证了他南征北战的生涯及所立下的赫赫战功。唐太宗屡战屡胜，拥有一支比游牧民族更为精锐的骑兵部队是重要原因。《新唐书·兵志》："秦汉以来，唐马最盛，天子又锐志武事，遂弱西北蕃。"[②] 北方游牧地区盛产骏马，太宗喜好的骏马，多来自此地，如"十骥"，《旧唐书·北狄传》："骨利干北距大海，去京师最远，自古未通中国。贞观中遣使来朝贡，遣云麾将军康苏密往慰抚之，仍列其地为玄阙州。俄又遣使随苏密使入朝，献良马十匹。太宗奇其骏异，为之制名。号为十骥：一曰腾霜白，二曰皎雪骢，三曰凝露骢，四曰悬光骢，五曰决波騟，六曰飞霞骠，七曰发电赤，八曰流金騧，九曰翺麟紫，十曰奔虹赤。又为文以叙其事。自延陀叛后，朝贡遂绝。"[③] 太宗自述骨利干献马之事：

> 骨利干献马十匹，特异常伦。观其骨大业粗，鬣高意阔，眼如悬镜，头若侧塼。腿像鹿而差圆，颈比凤而增细。后桥之下，促骨起而成峰；侧鞯之间，长筋密而如瓣。耳根铁勒，杉材难方；尾本高丽，掘塼非拟。腹平臁小，自劲驱驰之方；鼻大喘疏，不乏往来之气。殊毛共枥，状花蕊之交林；异色同群，似云霞之闲彩。仰轮乌而竞逐，顺绪气而争追。喷沫则千里飞红，流汗则三条振血，尘不及起，影不暇生。顾见弯弓，逾劲羽而先及；遥瞻伏兽，占人目而前知。骨法异而应图，工艺奇而绝象，方驰大宛，固其驽骞者欤。（《唐会要》卷七十二）[④]

骨利干，属铁勒部；延陀，指薛延陀，属敕勒部。"特异常伦"一句说，衡量一般骏马的标准，对于"十骥"来说是不适合的。"十骥"体格健壮、骨相非凡、嗅觉灵敏、毛色亮丽，远非一般骏马可比。从命名及叙文中可以看出，太宗一是赞赏骏马的体型、长相之美，如"鬣高意阔""眼如悬镜""腿像鹿""颈比凤"，二是赞赏骏马的毛色之美，如

---

① （宋）欧阳修、宋祁：《新唐书》（三），中华书局1975年版，第952页。

② （宋）欧阳修、宋祁：《新唐书》（五），中华书局1975年版，第1338页。

③ （后晋）刘昫等：《旧唐书》（十六），中华书局1975年版，第5349页。

④ （宋）王溥：《唐会要》（下），上海古籍出版社2006年版，第1542页。

"霜白""皎雪""凝露",三是赞赏骏马的速度,如"发电""奔虹""尘不及起""影不暇生"。从"飞红""振血"的描写中,可知这是汗血马。

"十骥"之外,唐太宗还有著名的"昭陵六骏"。昭陵是太宗的陵墓,位于陕西省礼泉县城东北22.5公里的九嵕(zōng)山上,是陕西关中"唐十八陵"中规模最大的一座。贞观十一年(637),太宗命令把他征战所骑的六匹战马雕刻在昭陵以纪功,即《唐会要》卷二十所说的"常所乘破敌马六匹"①,由著名画家阎立本画图起样,良匠用六块青石板刻成高浮雕,每块高约172厘米、宽204厘米,是典型的纪念性雕塑。②"六骏"分两列东西相对地放置在唐太宗陵前,马头均朝向南边的陵寝。从南向北,西侧依次是"飒露紫""拳毛䯄""白蹄乌",东侧依次是"特勒骠""青骓""什伐赤"。太宗亲作《六马图赞》,由欧阳询书写,以表达对"六骏"的怀念之情:

拳毛䯄:黄马黑喙,平刘黑闼时乘。前中六箭,背二箭。赞曰:月精按辔,天驷横行。弧矢载戢,氛埃廓清。(其一)

什伐赤:纯赤色,平世充建德时乘。前中四箭,背中一箭。赞曰:瀍涧未静,斧钺伸威。朱汗骋足,青旌凯归。(其二)

白蹄乌:纯黑色,四蹄俱白,平薛仁杲时所乘。赞曰:倚天长剑,追风骏足。耸辔平陇,回鞍定蜀。(其三)

特勒骠:黄白色,喙微黑色,平宋金刚时所乘。赞曰:应策腾空,承声半汉。入险摧敌,乘危济难。(其四)

飒露紫:紫燕骝,平东都时所乘。前中一箭。赞曰:紫燕超跃,骨腾神骏。气詟山川,威凌八阵。(其五)

青骓:苍白杂色,平窦建德时所乘。前中五箭。赞曰:足轻电影,神发天机。策兹飞练,定我戎衣。(其六)③

太宗的图赞以精练的语言评价了自己所乘战马的特点。"六骏"均为"马之良才者",是从西域波斯马种的优良群马中精选出来的。④"六

---

① (宋)王溥:《唐会要》(上),上海古籍出版社2006年版,第458页。
② 中国历史博物馆:《简明中国文物词典》,福建人民出版社1991年版,第364页。
③ (清)董诰等编:《全唐文》(一),上海古籍出版社1990年版,第48—49页。
④ 王崇人:《古都西安》,陕西人民美术出版社1981年版,第109页。

骏"刚毅神俊、骁勇善战、出生入死、临危不惧，像六位屡经沙场、屡建奇功的战斗英雄。"六骏"象征了太宗一生所经历的最主要的六大战役。"六骏"中"什伐赤"产于波斯，波斯称马曰"什伐"；"特勒骠"产于突厥特勒，特勒是突厥常用的一个官衔。葛承雍教授认为"六骏"之名均来源于突厥语，如"飒露紫"意为"勇健者的紫色骏马"，"青骓"意为"来自西方大秦的骏马"。^①"六骏"中三匹做奔驰状，三匹为站立状。"六骏"中有四匹中箭，少则一箭，多则八箭。"六骏"的鞍、鞯、镫、缰绳等，都逼真地再现了唐代战马的装饰。"六骏"石刻以形传神，形神结合，真实简练地表现了隋唐之际重型骑乘马的形神特征：头长腰短，眼大眸明，筋粗骨细，腕促蹄高，既有悍威、速度、耐力兼备的体魄，又有冲锋陷阵、勇往直前的品质。无论是忍痛拔箭的"飒露紫"、中箭犹自从容的"拳毛䯄"，还是带箭飞驰的什伐赤、青骓，都把人们带回到那个剑戟林立、矢飞如雨的古战场。^②在"六骏"中，关于"飒露紫"的记载最为具体生动，据《旧唐书·丘行恭传》记载：

> 初，从讨王世充，会战于邙山之上。太宗欲知其虚实强弱，乃与数十骑冲之，直出其后，众皆披靡，莫敢当其锋，所杀伤甚众。既而限以长堤，与诸骑相失，惟行恭独从。寻有劲骑数人追及太宗，矢中御马；行恭乃回骑射之，发无不中，余贼不敢复前。然后下马拔箭，以其所乘马进太宗。行恭于御马前步执长刀，巨跃大呼，斩数人，突阵而出，得入大军。贞观中，有诏刻石为人马以象行恭拔箭之状，立于昭陵阙前。^③

王世充（？—621），隋末割据者之一。在夺取洛阳邙山一战中，李世民与随从失散，当时仅有侍臣丘行恭跟随，李世民骑乘的"飒露紫"中箭，丘行恭下马为其拔箭，"飒露紫"前腿挺立，身躯微向后倾，忍受着巨大的痛苦配合拔箭，表现了危难中人与马的深情厚谊，场面生动

---

① 葛承雍：《昭陵六骏与突厥葬俗研究》，《中华文史论丛》第六十辑，上海古籍出版社1999年版。

② 《中国大百科全书·美术》（二），中国大百科全书出版社1990年版，第1060页。

③ （后晋）刘昫等：《旧唐书》（七），中华书局1975年版，第2326—2327页。

感人。① 丘行恭将自己所乘的马让给李世民，然后徒步与敌人作战，突围而归。因其战功卓著，丘行恭陪葬昭陵。"六骏"石刻中唯一有人物形象的，就是丘行恭。"六骏"石刻是一个沙场驰骋的英雄时代的象征，演绎着一段千古传奇。杜甫有《重经昭陵》一诗，赞美唐太宗一生功勋卓著，令人怀念：

> 草昧英雄起，讴歌历数归。
>
> 风尘三尺剑，社稷一戎衣。
>
> 翼亮贞文德，丕承戢武威。
>
> 圣图天广大，宗祀日光辉。
>
> 陵寝盘空曲，熊罴守翠微。
>
> 再窥松柏路，还见五云飞。

在隋末混乱黑暗之世，太宗出生入死、南北征战，辅佐高祖李渊平定天下，偃武用文，终成大业。太宗一生的战功，是与"十骥""六骏"分不开的。苏轼有五言古诗《昭陵六马，唐文皇战马也，琢石象之，立昭陵前，客有持此石本示予，为赋之》，诗在咏"昭陵六骏"的同时，赞美了唐太宗叱咤风云、所向披靡的英雄气概。全诗如下：

> 天将铲隋乱，帝遣六龙来。
>
> 森然风云姿，飒爽毛骨开。
>
> 飙驰不及视，山川俨莫回。
>
> 长鸣视八表，扰扰万驽骀。
>
> 秦王龙凤姿，鲁鸟不足摧。
>
> 腰间大白羽，中物如风雷。
>
> 区区数竖子，搏取若提孩。
>
> 手持扫天帚，六合如尘埃。
>
> 艰难济大业，一一非常才。
>
> 维时六骥足，绩与英卫陪。
>
> 功成锵八鸾，玉辂行天街。

---

① 孙振华：《中国古代雕塑史》，中国青年出版社 2011 年版，第 115 页。

荒凉昭陵阙，古石埋苍苔。[①]

苏轼追忆了唐太宗充满传奇的一生，"六骏"横空出世，纯属天意，它们就是为平定隋末动乱来到秦王身边的，唐人牛上士《古骏赋》所谓"毕会战场，挑身锋镝。人控马以腾踊，马随人而奋击。转足生风，籋尘无迹。跳山超涧，冒刃冲敌"[②]。"六骏"风驰电掣、速度惊人，有龙凤姿容的秦王李世民横扫天下，成就大业，非有"六骏"陪伴不可，少年英才与骏马相辅相成、相得益彰。

"昭陵六骏"是驯马史上的奇迹，赢得了历代诗人的喜好，元代诗人张昱的《唐太宗骏马图》咏赞了唐太宗的非凡功业及"昭陵六骏"的神勇无比、可济时艰：

> 昭陵石刻今无有，绢素乃能存不朽。当时奇骨济时艰，驾驭尽入天人手。隋家再世俱凡庸，不知肘腋生英雄。晋阳奋起六骏马，蹴踏大海波涛红。帝王一出万邦定，干戈四指群小空。凌烟勋臣尽图画，一旦肯遗汗血功。呜呼何从得此样，规模却与石刻同。乃知帝王所驭是龙种，岂可求之凡马中？唐家开基三百载，展卷尚觉来英风。[③]

张昱看到的虽然是绢画，但画中展示的马的雄姿英发丝毫不亚于石刻的"昭陵六骏"，这些号为"龙种"、来自西域的汗血马见证了大唐基业的开创。早在晋阳起兵时，它们就已经伴随在秦王李世民的身边。炀帝荒淫无度，天下大乱，李世民转战东西，重振河山，并成为一代英明之主，开启"贞观之治"，这其中"昭陵六骏"是功不可没的。王恽《韩干画照夜白图》诗说："昭陵六骏秋风里，辛苦文皇百战功。"[④]赞美太宗与"六骏"扫除割据，统一天下，建立丰功伟绩。

金世宗朝画家赵霖有《昭陵六骏图》，[⑤]以宋刻"昭陵六骏"浮雕石刻拓片（今存陕西礼泉县昭陵博物馆）为本，既忠实于石刻原作的风

---

① 《苏轼诗集》（八），（清）冯应榴辑注，孔凡礼点校，中华书局1982年版，第2725页。

② （清）董诰等编：《全唐文》（二），上海古籍出版社1990年版，第1797页。

③ （清）顾嗣立编选：《元诗选》（初集下），中华书局1987年版，第2059页。

④ （清）顾嗣立编选：《元诗选》（初集上），中华书局1987年版，第494页。

⑤ 《中国名画博物馆》（二），海燕出版社2002年版，第212页。

貌，又发挥出了绘画的特长。全画分为六段，每段画一匹战马，旁边有题赞。画中的骏马，鬃毛飞扬，肌肉劲健，嘴鼻、眼睛刻画细致，形象栩栩如生。"六骏图"还原了丘行恭像及其为"飒露紫"拔箭的景象。赵霖参酌了韩干画马的技法，描绘柔和匀细，设色浓重沉稳，"六骏"的造型朴拙饱满，将石刻硬朗简洁的艺术风格转变成了精致细腻的绘画语言，使人追想"六骏"驰骋战场的勃勃英姿。原画为设色绢本，藏于北京故宫博物院。

黑格尔说："在造型艺术中获得地位的主要是马，因为马很美而且活泼雄壮。马一般很接近人的勇猛敏捷之类英雄品质和英雄品质的美。"[①]"昭陵六骏"是唐代留存下来的最为精美的石刻，线条简洁有力，造型栩栩如生，"充分发挥了浮雕的表现力，作者在处理轮廓和体面关系的时候，运用了流畅的弧线和犀利遒劲的直线，使得曲直相辅，刚柔并济"[②]，是印证初盛唐时期阳刚壮美的审美取向不可多得的实物，实现了黑格尔所说的雕刻理想，即"在石头上仍焕发着蓬勃生气的光辉"[③]，有内在的精神力量，洋溢着英雄主义的气质。石雕是要注入灵魂的，否则它只是一块冰冷的石头。鲁迅先生认为，唐王朝的闳放，从昭陵上"刻着带箭的骏马"身上，也可以见出一斑，"简直前无古人"。[④]梁思成先生说："唐代陵墓雕刻，尤有足述者，则昭陵六骏是也"；"昭陵而外，各陵石像甚多，然于美术史上无大价值"。[⑤]王永兴先生说："千百年后，观此图，读此文，当年太宗君臣气吞山河的场面，仍如在目前。"[⑥]2001年10月28日，国家邮政局发行《昭陵六骏》特种邮票一套，并在昭陵北司马门遗址举行盛大的发行仪式。由于太过逼真，"六骏"甚至在人们心目中被神化了。传说"安史之乱"时，潼关之战中忽然飞沙走石，军旗招展，杀出数百队骑兵，致使叛军惊恐不已，仓皇逃

---

① ［德］黑格尔：《美学》（第三卷·上），朱光潜译，商务印书馆1979年版，第174页。

② 孙振华：《中国古代雕塑史》，中国青年出版社2011年版，第115页。

③ ［德］黑格尔：《美学》（第三卷·上），朱光潜译，商务印书馆1979年版，第139页。

④ 《鲁迅全集》（第一卷），人民文学出版社2005年版，第208页。

⑤ 梁思成：《中国雕塑史》，生活·读书·新知三联书店2011年版，第139页。

⑥ 王永兴：《唐代前期军事史略论稿·后记》，昆仑出版社2003年版，第433页。

窜。偃旗息鼓后，骑兵也突然消失。后来，据护陵人说，就在潼关交战那天，昭陵上的石人石马汗湿欲滴。

可惜的是，"六骏"中的"飒露紫"和"拳毛䯄"两石，于1914年（一说1915年）被不法商人凿成碎块盗运出国，现藏于美国费城宾夕法尼亚大学博物馆，西安昭陵博物馆发文呼吁美国宾大博物馆归还昭陵二骏。[1] 其余四石也被打碎，在盗运时被当地民众截获，现藏于陕西省西安碑林博物馆。[2] 近人连横《关中纪游诗》（其一十二）记述了此事，并表达了自己的无限感慨：

战罢归来血尚红，东西驰骋逐群雄。

昭陵六骏今亡二，片石犹铭讨伐功。[3]

原诗注曰："昭陵六骏：曰特勒骠，曰青骓，曰白蹄乌，曰什伐赤，曰飒露紫，曰拳毛䯄，为唐代石刻之瑰宝。十年前，某军阀盗卖外人，陕人士闻之，中途截回，已亡其二。现在四石在西京图书馆。"

（六）舞马[4]

正如其曾祖太宗李世民一样，唐玄宗李隆基也喜欢骏马。不过，太宗喜欢的是战马，玄宗喜欢的则是舞马。《太平广记》卷二〇四《乐二·李龟年》："开元中，禁中初重木芍药，即今牡丹也。得四本，红、紫、浅红、通白者，上因移植于兴庆池东沉香亭前。会花方繁开，上乘'照夜白'，太真妃以步辇从。"[5] 杜甫《韦讽录事宅观曹将军画马图》："曾貌先帝照夜白，龙池十日飞霹雳。"《丹青引赠曹将军霸》："先帝天马玉花骢，画工如山貌不同。"陆龟蒙《开元杂题七首·照夜白》："雪

① 澎湃新闻网：《昭陵博物馆发文吁美国宾大博物馆：还我昭陵二骏》，2017年1月13日。
② 《中国大百科全书·考古》，中国大百科全书出版社1986年版，插图第51页。又，关于"飒露紫""拳毛䯄"及被盗情形，霍宏伟《守望汉唐——美国宾夕法尼亚大学博物馆藏中国陵墓石刻》一文记述甚详，《文史知识》2012年第5期。
③ 《雅堂文集·剑花室诗集》（合订本，台湾文献史料丛书第八辑），台湾大通书局1964年印行，第148页。
④ 高建新：《舞马与唐王朝的盛衰》，《内蒙古大学学报》2013年第4期。又，高建新：《舞马：马中的舞蹈家》，《文史知识》2018年第4期。
⑤ （宋）李昉等：《太平广记》（二），上海古籍出版社1990年版，第344页。

虹轻骏步如飞，一练腾光透月旗。应笑穆王抛万乘，踏风鞭露向瑶池。"所赞颂的都是唐玄宗所乘的骏马。"照夜白""玉花骢"，均为骏马之名。唐代著名画家韩干有纸本设色《照夜白图》，现藏于美国大都会博物馆，画中"照夜白"，被系在一木桩上，昂首嘶鸣，前蹄奋起，似欲挣脱缰索、奔腾而去。[1]"飞霹雳"，夸赞骏马速度之快，如霹雳闪电。但从历史记载看，玄宗似乎更用心于舞马。按照宋人程大昌《考古编》卷九"舞马起于景龙间"条的考察："世传舞马衔杯上寿起于开元，非也，中宗时已有之。《景龙文馆记》：殿中奏蹀马之戏，婉转中律，遇作《饮酒乐》者，以口衔杯，卧而复起，吐蕃大惊，即不起于开元时矣。"[2]宋人曾慥《类说》卷六"蹀马戏"条说：景龙年间（703—710），唐中宗"宴土蕃使蹀马之戏，皆五色彩丝、金具装于鞍，上加麟首、飞翅。乐作，马皆随音蹀足，宛转中节，胡人大骇。"[3]即使舞马衔杯之戏始于中宗，但将舞马艺术发扬到令人咋舌的地步，却是玄宗。

　　舞马，指马之能舞者，[4]简言之，就是会跳舞的马。曹植《献马表》："臣于先武皇帝（指曹操——笔者注）世，得大宛紫骍马一匹，形法应图，善持头尾，教令习拜，今辄已能，又能行与鼓节相应，谨以奉献。"（《艺文类聚》卷九十三《兽部》上）[5]经过训练，这匹大宛马不仅能"拜"，而且"行与鼓节相应"，这是关于舞马最早的记载。此后，有关舞马的记载不绝于史书。《宋书·孝武帝纪》：大明三年（459）十一月，"西域献舞马"；[6]《宋书·谢庄传》："河南献舞马，诏群臣为赋"；[7]《梁书·张率传》：天监四年（505）三月，"河南国献舞马，诏率赋之"。[8]河南国即吐谷浑，因地处黄河南而得名。据程大昌《演繁露》卷三考察："梁天监四年（505），禊饮华光殿，其日河南献赤龙

---

① 《中国传世花鸟画》(上)，北京出版社 2004 年版，第 21 页。

② 《影印文渊阁四库全书》(第八五二册)，(台湾)商务印书馆 1983 年发行，第 55 页。

③ 《影印文渊阁四库全书》(第八七三册)，(台湾)商务印书馆 1983 年发行，第 108 页。

④ 罗竹风主编：《汉语大词典》(上)，汉语大词典出版社 1997 年版，第 1947 页。

⑤ (唐)欧阳询：《艺文类聚》(下)，上海古籍出版社 1999 年版，第 1623 页。

⑥ (梁)沈约：《宋书》(一)，中华书局 1974 年版，第 125 页。

⑦ (梁)沈约：《宋书》(八)，中华书局 1974 年版，第 2175 页。

⑧ (唐)姚思廉：《梁书》(二)，中华书局 1973 年版，第 457 页。

驹，能伏拜善舞，周兴嗣为赋。案：此时已有舞马，不待开元间矣。"[①]
当时的文学家谢庄有《舞马赋应诏》："玄骨满，燕室虚，阳理竞，潜
策纤，汗飞赭，沫流朱"，"历岱野而过碣石，跨沧流而轶姑余，朝送日
于西坂，夕归风于北都，寻琼宫于倏瞬，望银台于须臾"（《全宋文》卷
三十四），[②] 极言由汗血马训练而成的舞马的俊秀与神速。张率《河南国
献舞马赋应诏并序》：

> 河南又献赤龙驹，有奇貌绝足，能拜善舞，天子异之，使臣作
> 赋曰：

> "既倾首于律同，又蹀足于鼓振。擢龙首，回鹿躯，睆两镜，
> 蹙双兔。既就场而雅拜，时赴曲而徐趋。敏躁中于促节，捷繁外于
> 惊桴，骐行骧动，兽发龙骧，雀跃鹜集，鹄引兔翔，妍七盘之绰
> 约，陵九剑之抑扬。岂借仪于褕袂，宁假器于髦皇。婉眷投倾，俯
> 膺合雅。露沫喷红，沾汗流赭。"（《全梁文》卷五十四）[③]

吐谷浑进献的"赤龙驹"训练有素，能起舞拜寿，动作合节，流汗
如血，有奇异的本领。舞马及舞马艺术，主要来自西域一带。[④]《太平御
览》卷八百九十六《兽部八》："《凉州记》曰：吕光麟嘉五年（393），
疏勒王献火浣布、善舞马。"[⑤]《北史·氐吐谷浑等传》：西魏大统
（535—551）初，"夸吕再遣使，献能舞马及羊、牛等"。[⑥] 夸吕（531—
591），一作吕夸，吐谷浑首领。张说《舞马千秋万岁乐府词》："圣王
至德与天齐，天马来仪自海西。"海西，指西域，如大宛、吐谷浑、吐
火罗、大秦等地。《文献通考·乐考二十一·夷部乐》（卷一百四十八）：
大宛"其国多善马，马汗血，其先天马种。其马有肉角数寸，或解人语

---

① 《影印文渊阁四库全书》（第八五二册），（台湾）商务印书馆 1983 年发行，第 93 页。

② （清）严可均校辑：《全上古三代秦汉三国六朝文》（三），中华书局 1965 年版，第
2626 页。

③ （清）严可均校辑：《全上古三代秦汉三国六朝文》（四），中华书局 1965 年版，第
3269 页。

④ 侯立兵：《汉唐辞赋中的西域"水""马"意象》，《文学遗产》2010 年第 3 期。

⑤ （宋）李昉：《太平御览》（八），夏剑钦、黄巽斋等校点，河北教育出版社 1994 年版，第
177 页。

⑥ （唐）李延寿：《北史》（十），中华书局 1974 年版，第 3187 页。

言及知音乐,其舞与鼓节相应。观马如此,其乐可知矣"。①

舞马,又称蹀马。蹀,小步走,指马能控制自己的步伐,徘徊向前。据《通典·乐五·杂舞曲》(卷一百四十五)记载:"今翔麟、凤苑厩有蹀马,俯仰腾跃,皆合曲节,朝会用乐,则兼奏之。"②翔麟、凤苑,唐时皇家的养马房。《旧唐书·职官志三》:"开元时仗内六闲:曰飞龙、祥麟、凤苑、鸧刍鸟、吉良、六群等,号六厩马。"③《新唐书·文艺中》:唐中宗宠幸文人,"从行给翔麟马,品官黄衣各一"。④李贺《马诗》其三:"鸣驹辞凤苑,赤骥最承恩。"朝会,诸侯、群臣或外国使者朝谒国君。《旧唐书·音乐志二》记载:"及会,先奏坐部伎,次奏立部伎,次奏《蹀马》,次奏《散乐》而毕矣。"⑤《蹀马》,是专为舞马按照音乐节奏谱成的乐曲。

关于蹀马的姿态,主要见诸史志及唐人的诗文,从现存的考古实物中可见一斑。1970 年 10 月 9 日,在西安市南郊何家村(即唐长安城中的兴化坊,是皇家贵戚和高官显宦居住的黄金地带)唐代窖藏出土了 1000 多件金、银、玉、水晶、玛瑙、琉璃器皿,其中有"舞马衔杯仿皮囊银壶"⑥,现陈列于陕西历史博物馆"大唐遗宝"展厅,展出名称为"鎏金舞马衔杯纹银壶",通高 14.8 厘米。银壶的造型采用的是北方游牧民族皮囊的形状,方便外出游猎活动携带,"也是唐代中原汉族与北方契丹族文化交流的物证"。⑦壶身为扁圆形,壶两侧采用凸纹工艺各塑造出一匹奋首鼓尾、翩然起舞的骏马,即舞马。舞马后腿蹲屈,昂首扬尾,正在作起舞状,颈间飘带高高飞扬,嘴中还衔着一只酒杯,专为皇帝祝寿,称"衔杯上寿"。⑧"壶上的舞马通体鎏金,其金灿灿的黄

---

① (元)马端临:《文献通考》(上),中华书局 1986 年版,第 1294—1295 页。

② (唐)杜佑:《通典》(四),王文锦等点校,中华书局 1988 年版,第 3709 页。

③ (后晋)刘昫等:《旧唐书》(六),中华书局 1975 年版,第 1856 页。

④ (宋)欧阳修、宋祁:《新唐书》(十八),中华书局 1975 年版,第 5748 页。

⑤ (后晋)刘昫等:《旧唐书》(四),中华书局 1975 年版,第 1081 页。

⑥ 《中国大百科全书·考古》,中国大百科全书出版社 1986 年版,彩图插页第 56 页。笔者于 2013 年 8 月 2 日参观陕西历史博物馆,见到"舞马衔杯仿皮囊银壶"实物。

⑦ 陕西历史博物馆、北京大学考古文博学院、北京大学震旦古代文明研究中心:《花舞大唐春——何家村遗宝精粹》,文物出版社 2003 年版,第 239 页。

⑧ 韩建武:《舞马衔杯纹银壶》,《文明》2001 年第 1 期。

色与银白色的壶体交相辉映，色调格外和谐富丽，生动地再现了歌舞升平的盛世景象。"①宋人柴望《念奴娇·山河》有"舞马衔杯酒"之句："闻道凝碧池边，宫槐叶落，舞马衔杯酒。旧恨春风吹不断，新恨重重还又。"北京中国国家博物馆在陶瓷馆中展出有"驯马陶俑"（1988年河南偃师唐墓出土，洛阳博物馆藏），俑高40厘米。驯马者所驯之马正是舞马。驯马者右手用力地拉紧缰绳，筋腱鼓起，左膝微弯，牙齿紧咬下唇，腮部肌肉紧绷，表情丰富。而马身体后坐，高抬左前蹄，扭头反抗，作不肯前行的桀骜不驯状，仿佛还能听到它嘶叫的声音。②并不是凡马皆可为舞马，宋人董逌在研究了前代《舞马图》之后总结说："《舞马图》，唐人所作也。其为马异于今者众矣，或角或距，朱尾白鬃。盖所用于舞者，其马果有异邪？"（《广川画跋》卷四）③对舞马无论是血统还是体型毛色都有特殊的要求，所以唐玄宗的舞马中，有许多是来自西域的汗血马。

舞马，堪称马中的舞蹈艺术家。它们高大清峻，形体健美，仪表堂堂，秀外慧中，擅长表演，有极好的音乐感受能力和极强的动作协调能力。这些来自西域的血统纯正、精挑细选的骏马④，仿佛是"文化使者"，它们来到当时世界最大、最繁华的都市——长安，跻身于杰出的乐师、歌手、优伶、百官以及各国使节之列，参与一年一度的最富丽豪奢的盛会，得以一展自己的才艺。《旧唐书·音乐志一》说：

> 玄宗在位多年，善音乐，若燕设酺会，即御勤政楼。先一日，金吾引驾仗北衙四军甲士，未明陈仗，卫尉张设，光禄造食。候明，百僚朝，侍中进中严外办，中官素扇，天子开帘受朝。礼毕，又素扇垂帘，百僚常参供奉官、贵戚、二王后、诸蕃酋长，谢食就坐。太常大鼓，藻绘如锦，乐工齐击，声震城阙。太常卿引雅乐，每色数十人，自南鱼贯而进，列于楼下。鼓笛鸡娄，充庭考击。太常乐立部伎、坐部伎依点鼓舞，间以胡夷之伎。日旰，即内闲厩引

---

① 谭前学：《陕西历史博物馆》，三秦出版社2003年版，第85页。

② "中国国家博物馆官方网站·陶瓷馆"展品介绍。

③ 《影印文渊阁四库全书》（第八一三册），（台湾）商务印书馆1983年发行，第474页。

④ 刘永连：《舞马和马舞》，《中国文化研究》2005年第3期。

蹀马三十匹，为《倾杯乐》曲，奋首鼓尾，纵横应节。又施三层板床，乘马而上，抃转如飞。又令宫女数百人自帷出击雷鼓，为《破阵乐》《太平乐》《上元乐》，虽太常积习，皆不如其妙也。若《圣寿乐》，则回身换衣，作字如画。①

酺会，聚会饮食。皇家定期举办的盛大宴会，场面宏伟，出席者甚众，一般在八月初五唐玄宗生日这一天，称"千秋节"，②一般都要连续举行三天，王建《楼前》："天宝年前勤政楼，每年三日作千秋。飞龙老马曾教舞，闻著音声总举头。""千秋节"始设于开元十七年（729）八月初五日，右丞相张说有《请八月五日为千秋节表》：

> 臣等不胜大愿，请以八月五日为千秋节，著之甲令，布于天下，咸令宴乐，休假三日。群臣以是日献甘露醇酎，上万岁寿酒，王公戚里进金镜绶带，士庶以丝结承露囊，更相遗问，村社作寿酒宴乐，名为赛白帝，报田神。上明元天，光启大圣，下彰皇化，垂裕无穷，异域占风，同见美俗。③

玄宗欣然同意，并布告天下，《旧唐书·玄宗纪上》："八月癸亥，上以降诞日，宴百僚于花萼楼下。百僚表请以每年八月五日为千秋节，王公已下献镜及承露囊，天下诸州咸令宴乐，休暇三日，仍编为令，从之。"④"千秋节"事实上成了法定的国家假日。玄宗有《千秋节宴》诗自述其盛："兰殿千秋节，称名万寿觞。风传率土庆，日表继天祥。玉宇开花萼，宫县动会昌。衣冠白鹭下，帠幕翠云长。献遗成新俗，朝仪入旧章。月衔花绶镜，露缀彩丝囊。处处祠田祖，年年宴杖乡。深思一德事，小获万人康。"充满了自豪感。每到"千秋节"，必有舞马祝寿，玄宗用以招待贵戚、王侯、各国使节。《新唐书·礼乐志十二》：

> 玄宗又尝以马百匹，盛饰，分左右，施三重榻，舞《倾杯》数十曲，壮士举榻，马不动。乐工少年姿秀者十数人，衣黄衫、文玉带，立左右。每千秋节，舞于勤政楼下，后赐宴设酺，亦会勤政

---

① （后晋）刘昫等：《旧唐书》（四），中华书局1975年版，第1051页。
② 张勃：《唐代节日研究》，中国社会科学出版社2013年版，第85—89页。
③ （清）董诰等编：《全唐文》（二），上海古籍出版社1990年版，第994页。
④ （后晋）刘昫等：《旧唐书》（一），中华书局1975年版，第193页。

楼。其日未明，金吾引驾骑，北衙四军陈仗，列旗帜，被金甲、短后绣袍。太常卿引雅乐，每部数十人，间以胡夷之技。内闲厩使引戏马，五坊使引象、犀，入场拜舞。宫人数百衣锦绣衣，出帷中，击雷鼓，奏《小破阵乐》，岁以为常。[1]

为了展示舞马的不同寻常，连配合的乐工都必须年轻韶秀、衣着讲究。为舞马伴奏的乐曲名为《倾杯乐》，又名《倾杯》《倾杯序》《古倾杯》。[2]《乐府诗集》卷八十引《唐会要》曰："贞观中，有裴神符者，妙解琵琶。初唯作《胜蛮奴》《火凤》《倾杯乐》三曲，声度清美，太宗深爱之。"（《乐府诗集·近代曲辞二》）[3]后成为著名的词调，宋无名氏《鹧鸪天·集曲名》："倾杯乐处笙歌沸，苏幕遮阑笑语随。"舞马是宫廷的爱宠之一，其设计用心，表演精湛，既是"千秋节"的核心和高潮，又是玄宗向四海宾朋展示大唐繁盛的保留节目。《全唐文》（卷九百六十一）中有两篇佚名的《舞马赋》，[4]描绘了舞马表演的动人情形：

> 皇帝叶天行，乘春候，张广乐而化通鬼神，徵舞马而怀柔奔走。尔其聆音却立，赴节腾凑，顾迟影而倾心，效长鸣而引胆，徘徊振迅，类威凤之来仪；指顾倏忽，若腾猨之惊透。眂钟鼓而载止，畅箫韶之九奏。洄宛迹迟迟，汗血生姿，顺指不动，因心所之。日照金羁，而晴光交映；风飘锦覆，而淑气相资。顾以退而未即，将欲进而复疑。绝节交衢，而大人相庆；赴曲齐列，而皇心则怡。

> 渥洼之骏兮，逸群特秀；简伟之来兮，稀代是觏。岂惮夫行地无疆，是美其承天之祐，弭雄心以顺轨，习率舞而初就，因大乐以逞状，随伶官而入奏。乐彼皇道，上委折于一人；狎节广场，下欢心于百兽。饰金錽，顿红绶，类却略以凤态，终宛转而龙姿，或

---

[1]　（宋）欧阳修、宋祁：《新唐书》（二），中华书局1975年版，第477页。

[2]　张开：《唐〈倾杯乐〉考论》，《社会科学辑刊》2007年第6期。

[3]　（宋）郭茂倩：《乐府诗集》（四），中华书局1979年版，第1136页。

[4]　（清）董诰等编：《全唐文》（五），上海古籍出版社1990年版，第4427页。

进寸而退尺，时左之而右之。至如鼍鼓历考，龙笛昭宣，知执辔之有节，乃蹀足而争先，随曲变而貌无停趣，因矜顾而态有遗妍，既习之于规矩，或奉之以周旋。迫而观焉，若桃花动而顺吹；远而察之，类电影倏而横天，固绝伦之妙有，岂众技之齐焉？

这些来自西域的汗血宝马，装饰漂亮，有龙姿凤态，神俊秀逸无比，终于被训练成了身怀绝技、闻乐起舞的舞马。舞马舞姿绰约，顾盼有态，时左时右，进退有致，随着音乐的变化调整舞步，无论搔首还是弄姿，皆中节奏。舞马妙绝人寰，哪里是凡马可比的？"錽"（wàn），马头上的装饰；"緌"（ruí），下垂的缨饰。也许玄宗私心欲借舞马昭告天下：马在你们那里只是畜牲，只有在我皇皇大唐，它们才有可能成为一代表演艺术家！《容斋续笔》说："唐以赋取士，而韵数多寡、平仄次叙，元无定格。故有三韵者，《花萼楼赋》以题为韵是也；有四韵者，《赏莱赋》以'呈瑞圣朝'，《舞马赋》以'奏之天庭'，《丹甑赋》以'国有丰年'，《泰阶六符赋》以'元亨贞利'为韵是也。"[1]这样看来，《舞马赋》以"奏之天庭"为韵，成为"以赋取士"的赋题，可见玄宗痴迷舞马已到了无所不用其极的地步，由此进一步推动了全社会奢靡之风。《全唐文》中这两篇佚名的《舞马赋》，均以"奏之天庭"为韵，可能就是举子所作。

天宝九年（750）的进士钱起生逢其时，也有机会大饱眼福，在观赏了神奇的舞马之后，兴奋地写下了《千秋节勤政楼下观舞马赋》：

> 金鼓奏，玉管传。忽兮龙踞，愕尔鸿翻；顿缨而电落朱鬣，骧首而星流白颠。动容合雅，度曲遗妍；尽庶能于意外，期一顾于君前。喷玉生风，呈奇变态。[2]

在大作的音乐声中，舞马时而如蛟龙腾跃、时而如大雁翻空。舞马旋转如电落星流，喷玉生风，极尽奇姿妙态。中唐诗人郑嵎的七言长诗《津阳门诗并序》（《全唐诗》卷五六七）中也有关于"舞马"记载：

> 千秋御节在八月，会同万国朝华夷。

---

① （宋）洪迈：《容斋随笔》，岳麓书社 1994 年版，第 248 页。

② （清）董诰等编：《全唐文》（二），上海古籍出版社 1990 年版，第 1703 页。

花萼楼南大合乐，八音九奏鸾来仪。

都卢寻橦诚龌龊，公孙剑伎方神奇。

马知舞彻下床榻，人惜曲终更羽衣。

都卢，古国名，在南海一带，国中之人善爬竿之技。《文选·张衡〈西京赋〉》："非都卢之轻趫，孰能超而究升。"李善注："《汉书》曰：自合浦南有都卢国。"① 寻橦，古代百戏之一，一人手持或头顶长竿，另有数人缘竿而上，进行表演。王建《寻橦歌》："人间百戏皆可学，寻橦不比诸余乐。""千秋节"上，高贵的宾客来自四方，场面热闹非凡，有宏大的音乐演奏，有百戏的滑稽登场，有公孙大娘的神妙剑舞。这其中，舞马的出场，最能掀起"千秋节"的高潮，郑嵎在诗中自注说：

上始以诞圣日为千秋节。每大酺会，必于勤政楼下使华夷纵观。有公孙大娘舞剑，当时号为雄妙。又设连塌，令马舞其上。马衣纨绮而被铃铎，骧首奋鬣，举趾翘尾，变态动容，皆中音律。又令宫妓梳九骑仙髻，衣孔雀翠衣，佩七宝璎珞，为《霓裳羽衣》之类，曲终，珠翠可扫。

鬣（liè），马鬃。舞马身披锦绣，悬挂铃铛，昂首抖鬣，举蹄翘尾，旋转变化，与音乐节奏妙合无间，无可挑剔，一副训练有素的专业舞蹈家的模样，观赏者自然情绪激昂，眼福大饱。《明皇杂录·补遗》（又见《太平广记》卷四三五《畜犬二》）的记载更为详尽：

玄宗尝命教舞马四百蹄各为左右，分为部目，为某家宠、某家骄。时塞外亦有善马来贡者，上俾之教习，无不曲尽其妙。因命衣以文绣，络以金银，饰其鬃鬣，间杂珠玉。其曲谓之《倾杯乐》者数十回，奋首鼓尾，纵横应节。又施三层板床，乘马而上，旋转如飞。或命壮士举一榻，马舞于榻上，乐工数人立左右前后，皆衣淡黄衫、文玉带，必求少年而姿貌美秀者。每千秋节，命舞于勤政楼下。其后上既幸蜀，舞马亦散在人间。禄山常观其舞而心爱之，自是因以数匹置于范阳。其后转为田承嗣所得，不之知也，杂之战马，置之外栈。忽一日，军中享士，乐作，马舞不能已，厮养皆谓

---

① （梁）萧统：《文选》（一），上海古籍出版社1986年版，第58页。

其为妖，拥篲以击之。马谓其舞不中节，抑扬顿挫，犹存故态。吏遂以马怪白承嗣，命篲之甚酷，马舞甚整，而鞭挞愈加，竟毙于枥下。时人亦有知其舞马者，惧暴而终不敢言。①

如同教习梨园子弟一样精心，玄宗教习的一百匹舞马，分作两队，各有称呼。每逢"千秋节"宴设酺会，便舞于勤政楼下，尽情展示自己的才艺。舞马之曲称为《倾杯乐》，故奏乐之时，舞马亦须"以口衔杯，卧而复起"。舞马身着五彩花衣，挂满各式珠玉，装扮华贵，随着音乐的节奏开始摆首、甩尾、奋蹄、屈身、进退、旋转，整齐划一地做出美妙的舞姿。每一匹舞马都嘴衔金杯，旖旎有态，曲终时齐向皇帝屈膝敬酒祝寿。不仅如此，舞马还能在装扮得同样漂亮的力士托起的榻上翩翩起舞、旋转如飞。本来桀骜不驯、身高体大的舞马，竟然能够与舞蹈的顿挫有致、杂技的惊险高难奇妙地调和在一起，真可谓叹为观止。安禄山私吞的几匹舞马，后落入其旧部田承嗣之手，田承嗣把舞马当战马用。一日，军中有人奏乐，舞马闻乐起舞，故态犹存，养马人惊怪以为妖异，大加鞭笞。舞马以为是自己专业程度不够，舞蹈得不够好，越发卖力，舞姿曼妙，极尽所能，但最终还是被鞭笞而死，罕见的舞马之技也就此灭绝。唐玄宗的宰相张说有《舞马词》六首，前二首称"圣代升平乐"，后四首称"四海和平乐"，用心记录了舞马舞蹈的场面：

> 万玉朝宗凤扆，千金率领龙媒。
>
> 眄鼓凝骄蹑蹀，听歌弄影徘徊。
>
> 天禄遥征卫叔，日龙上借羲和。
>
> 将共两骖争舞，来随八骏齐歌。
>
> 彩旄八佾成行，时龙五色因方。
>
> 屈膝衔杯赴节，倾心献寿无疆。
>
> 帝皂龙驹沛艾，星兰骥子权奇。

---

① 《开元天宝遗事十种》，丁如明辑校，上海古籍出版社1985年版，第34—35页。

腾倚骧洋应节，繁骄接迹不移。

二圣先天合德，群灵率土可封。

击石骋骦紫燕，拟金顾步苍龙。

圣君出震应箓，神马浮河献图。

足踏天庭鼓舞，心将帝乐跐蹋。

　　张说盛赞舞马是驾驭太阳车的神马，是载着周穆王巡游天下的"八骏"。舞马训练有素、踏着鼓乐节奏，徘徊起舞，顾盼有态，舞步合德，"屈膝衔杯"上寿，仿佛宠臣。"在此曲题的六言诗中，每一句都采用二二二的三拍形式，其鲜明而急促的节奏感，十分符合舞马配乐表演的节奏要求。"[1]张说以此取悦于唐玄宗，语多谄媚之词，于是有了配乐而歌的《舞马词》："舞马词，平仄不拘叶，首句可不用韵。此与回波、三台等皆六言绝句。用以按叠入歌，如七言之清平调、小秦王等，虽字数相同，而体制自别。"（《词苑萃编》卷一）[2]不仅如此，张说还有《舞马千秋万岁乐府词》三首，再写舞马，以纪盛世之"盛"：

金天诞圣千秋节，玉醴还分万寿觞。

试听紫骝歌乐府，何如骁骥舞华冈。

连骞势出鱼龙变，蹀躞骄生鸟兽行。

岁岁相传指树日，翩翩来伴庆云翔。

圣皇至德与天齐，天马来仪自海西。

腕足齐行拜两膝，繁骄不进踏千蹄。

髦鬖奋鬣时蹲踏，鼓怒骧身忽上跻。

更有衔杯终宴曲，垂头掉尾醉如泥。

远听明君爱逸才，玉鞭金翅引龙媒。

---

① 张开：《唐〈倾杯乐〉考论》，《社会科学辑刊》2007 年第 6 期。

② 唐圭璋编：《词话丛编》（二），中华书局 1986 年版，第 1774 页。

不因兹白人间有，定是飞黄天上来。

影弄日华相照耀，喷含云色且裴徊。

莫言阙下桃花舞，别有河中兰叶开。

海西，指西域。来自海西头的天马亦即汗血马，灵颖聪慧，体态优美，音乐素养良好。舞马鬃毛披拂，步履齐整，能上榻而舞，能原地踏步，特别令人称奇的是还能两腿双跪、衔杯祝寿。聪明的舞马懂得挥洒才情、博取皇帝的欢心，甚至饮尽所衔杯中之酒，烂醉如泥，分享普天同庆的欢乐。连舞马都知道，盛世千载难逢，索性放情放性地舞他一回、醉他一回，这比死在疆场上幸福多了。鬣髵（pī ér），猛兽鬣发竖立。张说通过颂马，不断颂扬玄宗无可比拟、前无古人的盛大功德，营造歌舞升平、天下祥和的盛世氛围。对于张说等人的一味逢迎、没有尽到为人臣的责任后世多有指摘，宋人范祖禹说："明皇享国既久，骄心寖生，（源）乾曜、（张）说不能以义正君，每为谄首以逢迎之，后世犹谓（张）说等为名臣，不亦异乎。"（《唐鉴》卷九）[1]源乾曜，唐玄宗开元年间两度担任宰相近十年。而在踌躇满志的唐玄宗的心里，盛世不仅天下统归于圣主，连最难驯服的域外之马也必须归于一统，乖巧无比，任人挥斥。舞马的表演当然不止一种形式，晚唐段安节《乐府杂录·舞工》："马舞者，栊马人著彩衣，执鞭于床上，舞蹀躞，蹄皆应节奏也。"[2]人站在三层床板上面，指挥舞马舞蹈。栊马人，驯马师；蹀躞，小步缓行貌，皎然《长安少年行》："翠楼春酒虾蟆陵，长安少年皆共矜。纷纷半醉绿槐道，蹀躞花骢骄不胜。"蹀躞，实际上是写那些训练有素的舞马小心翼翼地舞蹈，不敢有丝毫的差池，生怕主人会因不满意而惩罚它们。

唐代国力强大，疆域辽阔，边防线绵长，高宗总章二年（669），唐朝疆域面积达到1076平方公里，[3]马匹用量巨大，即使是违心赞誉舞马的右丞相张说也知道养马的不易，"日中而出，日中而入，禁原燎牧，

---

① 《影印文渊阁四库全书》（第六八五册），（台湾）商务印书馆1983年印行，第530页。

② （唐）南卓：《羯鼓录》（外二种），古典文学出版社1957年版，第28页。

③ 宋岩：《中国历史上几个朝代的疆域面积估算》，《史学理论研究》1994年第3期。

除蓐衅厩"①，一点儿都马虎不得。前一"日中"，指春分，到了春分时节，牲畜就应放出来到草场上牧放。后一"日中"，指秋分，到了秋风时节，牲畜就应收牧，开始入舍饲养。《左传·庄公二十九年》说："凡马，日中而出，日中而入。"杜预注曰："日中，春、秋分也。"②孔颖达疏："中者，谓日之长短与夜中分，故春秋二节谓之春分、秋分也。《释例》曰：春秋分而昼夜等，谓之日中。凡马，春分百草始繁，则牧于坰野；秋分农功始藏，水寒草枯，则皆还厩，此周典之制也。"（《春秋左传正义》卷十）③饲养像马这样的大型家畜要遵循时节、辛劳异常：当原野新草萌发时，要注意保护草场，禁止践踏火烧，是为"禁原"；当草场冬天枯萎时，就应烧野，让来年牧草旺盛，是为"燎牧"。到了春天，把马在厩中睡卧的垫草除去，换上新的，是为"除蓐"；新修的马厩要涂抹牲畜的血，以示神明，是为"衅厩"。凡此种种，是对《周礼·夏官·圉师》"圉师掌教圉人养马。春除蓐、衅厩，始牧。夏庌马，冬献马"（《周礼注疏》卷三十三）④等养马古训的继承。张说在《大唐开元十三年陇右监牧颂德碑》中说：

> 大唐接周、隋乱离之后，承天下征战之弊，鸠括残烬，仅得牝牡三千，从赤岸泽徙之陇右，始命太仆张万岁茸其政焉。而奕代载德，纂修其绪，肇自贞观，成于麟德，四十年闲马至七十万六千匹，置八使以董之，设四十八监以掌之。跨陇西、金城、平凉、天水四郡之地，幅员千里，犹为隘狭，更析八监，布于河曲丰旷之野，乃能容之。⑤

从太宗贞观元年（627）一直到高宗麟德二年（665），用了近40年的时间，以每年增长不足20000匹的速度，好不容易才由3000匹马增至706000匹。但到了玄宗开元元年（713），仅剩下240000匹，直到开

---

① （清）董诰等编：《全唐文》（二），上海古籍出版社1990年版，第1007页。

② （晋）杜预撰：《春秋经传集解》（一），上海古籍出版社1988年新1版，第202页。

③ （清）阮元校刻：《十三经注疏》（下），中华书局1980年版，第1782页。

④ （清）阮元校刻：《十三经注疏》（上），中华书局1980年版，第861页。

⑤ （清）董诰等编：《全唐文》（二），上海古籍出版社1990年版，第1007页。

元十三年（725），才又增至430000匹。①《新唐书·兵志》："毛仲既领闲厩，马稍稍复，始二十四万，至十三年乃四十三万。其后突厥款塞，玄宗厚抚之，岁许朔方军西受降城为互市，以金帛市马，于河东、朔方、陇右牧之。既杂胡种，马乃益壮。"②虽说马是国家的重要武备，是国力的体现，但玄宗管不了那么多。玄宗精力充沛，精通艺术，擅长音律，喜爱一切新鲜、华美、优雅之物，有创造的兴致和挥洒不尽的才气，于是舞马艺术便在玄宗的手里发扬光大了。然而其后果也是惨重的，当时的有识之士已看出端倪。参加过无数次宫廷华筵的薛曜有《舞马篇》，极尽才情：

> 奔尘飞箭若麟螭，蹑景追风忽见知。咀衔拉铁并权奇，被服雕章何陆离。紫玉鸣珂临宝镫，青丝彩络带金羁。随歌鼓而电惊，逐丸剑而飙驰。态聚蹄还急，骄凝骤不移。光敌白日下，气拥绿烟垂。婉转盘跚殊未已，悬空步骤红尘起。惊兔翔鹭不堪俦，矫凤回鸾那足拟。蕲垂桂褭香氛氲，长鸣汗血尽浮云。不辞辛苦来东道，只为箫韶朝夕闻。

作者称赞舞马：速度惊人，奔驰迅疾；身披彩衣，拢金戴玉，装饰华美。随着鼓点起舞，如跳丸弄剑一样让人眼花缭乱。忽而小跑，忽而伫立不动；光彩耀目，气象非凡。盘桓摇摆，又腾空跃起，溅得尘土飞扬；姿态优美，就是惊飞的野鸭、盘旋的鸥鹭、高翔的凤鸟都不能相比。沐浴在馥郁的香风中，昂首嘶鸣。最后笔锋一转，痛心地指出，珍稀异常的汗血马，本该是驰骋于沙场的战马，现在不辞辛劳、远道而来，每日都能听到美妙的《箫韶》之乐，成了歌舞升平的摆设。王昌龄的《殿前曲二首》也语带讥讽、自有看法：

> 贵人妆梳殿前催，香风吹入殿后来。
>
> 仗引笙歌大宛马，白莲花发照池台。
>
>
> 胡部笙歌西殿头，梨园弟子和凉州。

---

① 王仲荦：《隋唐五代史》（上），上海人民出版社2003年版，第487页。
② （宋）欧阳修、宋祁：《新唐书》（五），中华书局1975年版，第1338页。

新声一段高楼月，圣主千秋乐未休。

此诗写在开元十七年（729）之后，当时诗人正在长安任校书郎，可能亲逢其盛。王昌龄诗说，就在嫔妃们被催促赶紧梳妆之时，胭脂的香气却随风吹至宫殿的后头；仪仗队笙歌大奏，舞马随之进入白莲花盛开的表演场地；胡部乐在宫殿西头演奏，梨园子弟奏的尽是"新声"《凉州曲》。这样的欢会从上午一直持续到明月升起楼头，玄宗依旧乐此不疲。"千秋"一语双关，既写玄宗在"千秋节"上乐不知足，又写玄宗期愿这样的场景常年持续，永无止境，但这怎么可能呢?《唐诗选脉会通评林》评《殿前曲二首》（其一）："此篇调古讽深，真有不可思议处。"[1] 宋人刘辰翁《金缕曲·古岩和去年九日约登高韵再用前韵》说："绕郊墟、残灰败壁，冷烟斜雨。舞马梦惊城乌起，散作童妖灶语。"[2] 以舞马为代表的极端享乐生活，最终导致了败乱的产生。元人柯九思《跋马图》也描写到了舞马："骅骝解语意相得，肉骢振动嘶春风。天子临轩催羯鼓，绣茵檀板登床舞。"（《丹丘生稿》）[3] 杨贵妃解语，舞马亦解语，相似惊人。

"安史之乱"爆发后，玄宗精心调教的数百匹舞马，尽属安禄山。"初，上皇每酺宴，先设太常雅乐坐部、立部，继以鼓吹、胡乐、教坊、府县散乐、杂戏；又以山车、陆船载乐往来；又出宫人舞《霓裳羽衣》；又教舞马百匹，衔杯上寿；又引犀、象入场，或拜，或舞。安禄山见而悦之，既克长安，命搜捕乐工，运载乐器、舞衣，驱舞马、犀、象皆诣洛阳。"（《资治通鉴》卷二百一十八《唐纪》三十四）[4] 当年玄宗"千秋节"宴会的场面极其奢华，音乐、舞蹈、杂技、旱船、花车之外，还有舞马按节而舞、"衔杯上寿"，以及犀牛、大象的表演。作为玄宗最爱重的宠臣，安禄山也多次参加"千秋节"宴会，目睹了精彩绝伦的场面，心里也着实喜欢。安史叛军攻克了长安，安禄山随即搜捕乐工，运载乐器、舞衣，驱赶着舞马、犀、象到了洛阳，也想像玄宗那样排场一

---

① 胡问涛、罗琴撰：《王昌龄集编年校注》，巴蜀书社 2000 年版，第 71 页。

② 唐圭璋编：《全宋词》（五），中华书局 1965 年版，第 3245 页。

③ （清）顾嗣立编选：《元诗选》（三集），中华书局 1987 年版，第 220 页。

④ （宋）司马光：《资治通鉴》（十五），中华书局 2011 年版，第 7112 页。

下，借此证明自己篡逆的合法性，结果德非玄宗，犀、象不从，这些宠物的结局就更为悲惨了：

> 禄山以车辇乐器及歌舞衣服，迫胁乐工，牵制犀象，驱掠舞马，遣入洛阳，复散于北，向时之盛扫地矣。肃宗克复，方散求于人间，复归于京师，十得二三。禄山至东都，既为僭逆，尝令设乐。禄山揣幽燕戎王、蕃胡酋长多未之见，乃诳曰："自吾得天下，犀象自南海奔来，见吾必拜舞，禽兽尚知天命所归，况于人乎？则四海安得不从我！"于是令左右领象至，则瞪目忿怒，略无舞者。禄山大惭，怀怒命置于穿井中，以烈火烧，使力愈，俾壮士乘高而投之，洞达胸腋，血流数石。旧人乐工见之，无不掩泣。（《安禄山事迹》卷下）①

关于犀、象的结局，陆游《避暑漫抄》的文字与此略有不同："于是左右引象来，至则瞪目愤怒，略无拜舞者，禄山大怀惭怒，命置于槛穿中，以烈火爇之，以刀槊，俾壮士乘高投之，洞中胸臆，血流数丈，鹰人乐工见者，无不掩泣。"（陆楫《古今说海》卷一百二十五）②肃宗收复两京后，曾搜求"安史之乱"中散失在民间的舞马及犀、象，但找到的不足二三成。这些投入了巨大财力物力、精心训练而成的舞马及犀、象，最终被安禄山残害而死。"安史之乱"后，唐王朝大势已去，军阀割据，山河破碎，民不聊生，皇帝偷生不暇，舞马之技，遂至失传。目睹战乱的诗人们开始以理性的态度反思历史，反思如日中天的唐王朝为何会有这横来之祸。大历四年（769）八月，流寓在潭州（治今湖南长沙）的杜甫写下了《千秋节有感二首》，诗题后注："八月二日为明皇千秋节"。在第一首诗中，诗人通过追忆"千秋节"及节上的舞马表演，表达了强烈的今昔盛衰之感：

> 自罢千秋节，频伤八月来。
>
> 先朝常宴会，壮观已尘埃。

---

① （五代）王仁裕、（唐）姚汝能：《开元天宝遗事·安禄山事迹》，中华书局 2006 年版，第 106 页。

② 《影印文渊阁四库全书》（第八八六册），（台湾）商务印书馆 1983 年发行，第 55 页。

> 凤纪编生日，龙池漶劫灰。
>
> 湘川新涕泪，秦树远楼台。
>
> 宝镜群臣得，金吾万国回。
>
> 衢尊不重饮，白首独余哀。

　　"安史之乱"发生后，"千秋节"就被迫停止了，八月因此成了一个让人感伤的月份。当年舞马表演的场地，已是尘埃满目；"千秋节"宴请群臣的兴庆宫，龙气全无。清人仇兆鳌说："赐宴之事，虽编于帝纪，而龙池王气，久已销亡，不但壮观尘埃也。"[1]当年得到"千秋镜"赏赐的群臣已经凋零，在万国面前手执仪仗的禁卫军亦不知所终。漂泊在川湘一带的诗人，远忆当年长安的繁盛，心中悲伤。又有《千秋节有感二首》其二：

> 御气云楼敞，含风彩仗高。
>
> 仙人张内乐，王母献宫桃。
>
> 罗袜红蕖艳，金羁白雪毛。
>
> 舞阶衔寿酒，走索背秋毫。
>
> 圣主他年贵，边心此日劳。
>
> 桂江流向北，满眼送波涛。

　　仇兆鳌通释此诗说："御楼受贺，彩仗迎风。于是梨园奏乐，太真献桃；舞阶之白马，衔酒前来；走索之宫人，红蕖高露。当年可谓恣情尊贵矣，岂知边忧即从此日而生乎？至今目送波涛，不胜北望伤神也。"[2]诗人说，"千秋节"当年的盛况中，已经潜藏了后日的凄凉。杜甫还有《斗鸡》一诗，讽刺唐玄宗的奢靡荒唐：

> 斗鸡初赐锦，舞马既登床。
>
> 帘下宫人出，楼前御柳长。
>
> 仙游终一阕，女乐久无香。
>
> 寂寞骊山道，清秋草木黄。

　　陈鸿祖《东城老父传》：玄宗酷爱斗鸡，"治鸡坊于两宫间。长安

---

① （清）仇兆鳌撰：《杜诗详注》（五），中华书局 1979 年版，第 1999 页。
② （清）仇兆鳌撰：《杜诗详注》（五），中华书局 1979 年版，第 2000 页。

雄鸡，金毫铁距，高冠昂尾，千数养于鸡坊。选六军小儿五百人，使驯扰教饲。上好之，民风尤甚"，有小儿甚通斗鸡之道，"护鸡坊中谒者王承恩言于元宗。召试殿庭，皆中元宗意，即日为五百小儿长。加之以忠厚谨密，天子甚爱幸之，金帛之赐，日至其家"。①"斗鸡初赐锦"，即指此。诗人说，斗鸡童受宠、舞马登床，都是荒唐透顶之事。玄宗沉于声色，荒于政务，终致"安史之乱"发生，不仅《霓裳羽衣舞》永远终曲，女乐流散殆尽，自己也不能再与杨贵妃同临骊山的温泉了。杜诗委婉的刺讽中，充满了离散与丧亡之感。直到晚唐，陆龟蒙《开元杂题七首·舞马》还在追忆玄宗当年，表面写马，实则讽人：

> 月窟龙孙四百蹄，骄骧轻步应金鞞。
>
> 曲终似要君王宠，回望红楼不敢嘶。

月窟，即月支窟，指西域的大宛国。高适《东平留赠狄司马》诗说："马蹄经月窟，剑术指楼兰。"舞马是来自边远之地，属于神龙一类的稀有之物，故有"月窟龙孙"的美称。鞞（pí），通"鼙"，鼓，金鞞，即金鼓。一百匹舞马应和着金鼓的节奏，步履轻盈，翩翩起舞；舞马乖巧懂事，音乐结束时似要向君王邀宠，回望红楼时都不敢嘶鸣一声。李商隐《思贤顿》也婉讽了玄宗的荒唐行径："内殿张弦管，中原绝鼓鼙。舞成青海马，斗杀汝南鸡。"有"龙种"之称的"青海马"本为战马，结果却被荒嬉无度的玄宗训练成了舞马，其灾难性的后果是可想而知的。宋人徐积亦有《舞马诗》：

> 开元天子太平时，夜舞朝歌意转迷。
>
> 绣榻尽容骐骥足，锦衣浑尽渥洼泥。
>
> 才敲画鼓头先奋，不假金鞭势自齐。
>
> 明日梨园翻旧曲，范阳戈甲满东西。②

开元是承平时代，天子夜舞朝歌，全部心思都用在了舞马身上；绣榻上随处有舞马的足迹，锦衣上粘黏的尽是天马所出处渥洼的淤泥。训练有素的舞马倒是不辱使命，伶俐乖巧，一听到画鼓敲击之声就昂头奋

---

① （清）董诰等编：《全唐文》（四），上海古籍出版社1990年版，第3284页。
② 北京大学古籍文献研究所编：《全宋诗》（十一），北京大学出版社1991年版，第7691页。

尾，不用鞭子催促已经行列整齐、步履一致。就在玄宗谱写新曲、教习舞马之时，安禄山已在范阳磨刀霍霍、准备起兵了。放情无度的享乐之中，必然是危机四伏。

舞马文化是中原娱乐文化发展到极致的畸形显示。一方面，"舞马堪称西域文化渗入中原娱乐文化的艺术化石"；[①]另一方面，舞马又确实是歌舞升平的典型代表，体现了一个空前强盛的王朝是怎样奢靡到了令人发指的程度！连《新唐书》的作者欧阳修、宋祁都感慨万端："千秋节者，玄宗以八月五日生，因以其日名节，而君臣共为荒乐，当时流俗多传其事以为盛。其后巨盗起，陷两京，自此天下用兵不息，而离宫苑囿遂以荒埋，独其余声遗曲传人间，闻者为之悲凉感动。盖其事适足为戒，而不足考法，故不复著其详。"（《新唐书·礼乐志十二》）[②]以舞马为代表的君臣"荒乐"，欧阳修、宋祁都不忍详著，担心流风延续，祸及后世。宋人张表臣的记述更加发人深思：

> 唐开元中，教舞马四百蹄，衣以文绣，饰以珠玉，和鸾金勒，星粲雾驳，俯仰赴节，曲尽其妙。每舞，藉以巨榻。杜诗云："斗鸡初赐锦，舞马既登床。"初，明皇命五方小儿，分曹斗鸡，胜者缠以锦缎。舞马则藉之以榻耳。禄山之乱，散徙四方。魏博田承嗣一日享军，乐作而马舞不休，以为妖而杀之，后人嗟其不遇。颜太初曰："引重致远，马之职也。变其性而为倡优，其谓之妖而死也，宜矣。"（《珊瑚钩诗话》卷二）[③]

负重驰远是马的天职。《庄子·马蹄》："马，蹄可以践霜雪，毛可以御风寒，龁草饮水，翘足而陆，此马之真性也。虽有义台路寝，无所用之。"郭象注曰："马之真性，非辞鞍而恶乘，但无羡于荣华。"[④]龁（hé），咬；义台，高台；路寝，宽适的寝卧之榻。马的蹄子可以践霜雪，毛皮能够御风寒，吃草饮水，抬起足跳跃，这本是马的真性。唐玄宗却人为地改变了马的畜类本性，让马如倡优一样取媚于人，后被当作

①　侯立兵：《汉唐辞赋中的西域"水""马"意象》，《文学遗产》2010年第3期。
②　（宋）欧阳修、宋祁：《新唐书》（二），中华书局1975年版，第477页。
③　（清）何文焕辑：《历代诗话》（上），中华书局1981年版，第461—462页。
④　《庄子》，（晋）郭象注，上海古籍出版社1995年版，第110页。

妖物而遭棒杀也是合乎情理的。如果一个王朝的最高统治者醉心于驯马，却又出于非军事需要，仅仅是为了娱乐，整个时代浪漫的艺术氛围浓郁到连马都成了俯首帖耳的谀臣、成了技艺精湛的表演艺术家，那么这个王朝究竟还能有多少气数呢？这确实是一个让人触目惊心的巨大反讽。

唐王朝的文治武功是在经历太宗"贞观之治"、高宗"永徽之治"、武则天"武周之治"的130年后，在玄宗开元年间达到鼎盛的，确属史无前例。早在贞观十五年（641）唐太宗就对侍臣说："朕有二喜一惧。比年丰稔，长安斗粟直三、四钱，一喜也；北虏久服，边鄙无虞，二喜也。治安则骄侈易生，骄侈则危亡立至，此一惧也。"（《资治通鉴》卷一百九十六《唐纪十二》）[①]"此一惧"，一百多年后不幸成为现实。玄宗"晚年自恃承平，以为天下无复可忧，遂深居禁中，专以声色自娱，悉委政事于林甫。林甫媚事左右，迎会上意，以固其宠；杜绝言路，掩蔽聪明，以成其奸；妒贤疾能，排抑胜己，以保其位；屡起大狱，诛逐贵臣，以张其势。自皇太子以下，畏之侧足。凡在相位十九年，养成天下之乱，而上不之寤也"（《资治通鉴》卷二百一十六《唐纪三十二》）。[②]我们不能说舞马导致了"安史之乱"，但我们却有理由认为，舞马这一类极端的所谓艺术，确实让早年励精图治、堪称一代明主的唐玄宗昏了头、花了眼，以至于成了向藩王及各国使节炫耀王朝强盛的得意扬扬的自我展示：

> 明皇恃其承平，不思后患，殚耳目之玩，穷声技之巧，自谓帝王富贵皆不我如，欲使前莫能及，后无以逾，非徒娱己，亦以夸人。岂知大盗在旁，已有窥窬之心，卒致銮舆播越，生民涂炭。乃知人君崇华靡以示人，适足为大盗之招也。（《资治通鉴》卷二百一十八《唐纪》三十四）[③]

唐玄宗毫不体恤民情，一味地满足个人私欲，早年的励精图治已

---

① （宋）司马光：《资治通鉴》（十三），中华书局2011年版，第6283页。

② （宋）司马光：《资治通鉴》（十五），中华书局2011年版，第7033页。

③ （宋）司马光：《资治通鉴》（十五），中华书局2011年版，第7112—7113页。

转为贪图奢华享乐，无所不用其极。为了维持这种空前绝后的极端艺术，唐玄宗"骄于佚乐而用不知节，大抵用物之数，常过其所入"（《新唐书·食货志一》）。[①] 到了天宝后期，唐玄宗愈加昏聩，杨氏一家势倾天下，李林甫瞒上欺下，安禄山野心勃勃。到了这个时候，王朝如果还未发生变乱，那才是咄咄怪事呢！宋人王十朋《明皇》诗说，"天宝君臣玩太平，梨园弟于奏新声。贵妃一笑天颜喜，不觉胡尘暗两京"，道出了个中的原委。虽然德宗年间乔彝《渥洼马赋》发出了"愿以求马之人为求贤之使，待马之意为待贤之心"[②] 的真切呼吁，但一个强盛的王朝一旦逝去，就再也没有机会重现，历史的法则就是这样无情，李商隐《咏史》所谓"历览前贤国与家，成由勤俭破由奢"。

　　安史乱起，逃难路上的玄宗禁不住自抹眼泪，好端端的王朝不知怎么就灰飞烟灭了。该怨谁呢？歌舞升平，自诩盛世，孰知是祸是福？为玄宗作传的欧阳修、宋祁感慨深沉："方其励精政事，开元之际，几致太平，何其盛也！及侈心一动，穷天下之欲不足为其乐，而溺其所甚爱，忘其所可戒，至于窜身失国而不悔。考其始终之异，其性习之相远也至于如此，可不慎哉！可不慎哉！"（《新唐书·玄宗本纪》）[③] "侈心"，即奢侈之心、恣肆享乐之心，此心一动，横祸飞来。由此来看，警钟长鸣，居安思危，永远不会过时。

　　总之，自张骞开通"丝绸之路"之后，从音乐、服饰到日常饮食，中原文化受到北方游牧民族文化的影响，初、盛唐时到达极致。对此，鲁迅先生曾给予高度赞扬："遥想汉人多少闳放，新来的动植物，即毫不拘忌，来充装饰的花纹。唐人也还不算弱，例如汉人的墓前石兽，多是羊，虎，天禄，辟邪，而长安的昭陵上，却刻着带箭的骏马，还有一匹驼鸟，则办法简直前无古人。""汉唐虽然也有边患，但魄力究竟雄大，人民具有不至于为异族奴隶的自信心，或者竟毫未想到，凡取用外来事物的时候，就如将彼俘来一样，自由驱使，绝不介怀。一到衰弊陵

---

① （宋）欧阳修、宋祁：《新唐书》（五），中华书局 1975 年版，第 1346 页。

② （清）董诰等编：《全唐文》（三），上海古籍出版社 1990 年版，第 2452 页。

③ （宋）欧阳修、宋祁：《新唐书》（一），中华书局 1975 年版，第 154 页。

夷之际，神经可就衰弱过敏了，每遇外国东西，便觉得彷佛彼来俘我一样，推拒，惶恐，退缩，逃避，抖成一团，又必想一篇道理来掩饰，而国粹遂成为屠王和屠奴的宝贝。"(《坟·看镜有感》)[①] 这里有非同寻常的气度、勇气、决心和自信心，绝非其他王朝可比。

从汉到唐，在北方游牧民族文化通过各种途径不断传入中原的八百多年间，中原学者代有焦灼和忧虑，有激烈的"华夷之辨"。"匈奴亦通用中国乐矣用，华音变胡俗可也。以胡音乱华，如之何而可。"(《文献通考·乐考七·金之属》卷一百三十四)[②] 西晋以来，"论乐岂须钟鼓，但问风化浅深，虽此胡声，足败华俗。"(《文献通考·乐考二·历代乐制》卷一百二十九)[③] 华夏正声影响改变胡俗是正常的、正当的，"胡音""胡声"影响改变华夏则是危险的、不能接受的。干宝认为，"羌煮""貊炙"流行中原，是"戎、翟侵中国之前兆也"(《搜神记》卷七)；[④] 元稹认为，"雅弄虽云已变乱，夷音未得相参错。"(《法曲》) 在北方游牧民族文化的强烈冲击下，中原雅乐已经发生了"变乱"，参用"夷音"需格外小心，不得有错；白居易认为，"一从胡曲相参错，不辨兴衰与哀乐。愿求牙旷正华音，不令夷夏相交侵。"(《法曲·美列圣正华声也》) 法曲本是华夏正声，自从与胡曲掺杂后，曲中的兴衰哀乐难以分辨，希望有如伯牙、师旷之类音乐造诣深厚的音乐家出来挽救，不要让蛮夷之音与华夏之乐相交侵。元稹、白居易甚至认为，是"胡旋舞"的传入直接导致了"几乎毁灭了唐朝"[⑤] 的"安史之乱"的发生："天宝欲末胡欲乱，胡人献女能胡旋。旋得明王不觉迷，妖胡奄到长生殿。"(元稹《胡旋女》)"禄山胡旋迷君眼，兵过黄河疑未反。贵妃胡旋惑君心，死弃马嵬念更深。从兹地轴天维转，五十年来制不禁。"(白居易《胡旋女》) 元、白的看法表明，"安史之乱"导致的后果是，"中国

---

① 《鲁迅全集》(第一卷)，人民文学出版社 2005 年版，第 208 页、第 209 页。
② （元）马端临：《文献通考》(上)，中华书局 1986 年版，第 1195 页。
③ （元）马端临：《文献通考》(上)，中华书局 1986 年版，第 1151 页。
④ （晋）干宝：《搜神记》，汪绍楹校注，中华书局 1979 年版，第 94 页。
⑤ ［英］杰弗里·巴勒克拉夫主编：《泰晤士世界历史地图集》，毛昭晰、刘家和等译，生活·读书·新知三联书店 1985 年版，第 126 页。

与中亚之间深厚的文化联系被破坏了，中国变得更加内向"，以至于到了宋朝，"对外部世界经常采取防范和猜疑的态度"。[①]《乞寒胡戏》在华夏的遭遇也令人叹息，韩朝宗《谏作乞寒胡戏表》说："今之乞寒，滥觞胡俗，臣参听物议，咸言非古。作事不法，无乃为戒。"[②]认为《乞寒胡戏》是"胡俗"，与先王之法相悖，应该禁绝，但《乞寒胡戏》最终却演化成了今天深受西南各少数民族喜好的"泼水节"。

事实上，中原文化在碰撞融合中从西域文化、北方游牧文化中获取了不尽的养分，不仅形成了属于自己的新文化，也给中原汉人的物质生活带来了巨大方便。且不说别的，仅是物产如胡麻（芝麻）、胡豆（蚕豆）、胡瓜（黄瓜）、胡荽（香菜）、胡桃（核桃）、胡饼（芝麻烧饼）、胡椒、胡蒜、胡萝卜、棉花、椰枣、开心果、葡萄、葡萄酒、西瓜、番瓜等，[③]没有一样不是从北方、西北方的各民族地区传入的，今天又有谁能离开呢？《汉书·西域传赞》所谓"殊方异物，四面而至"。[④]所以，对待外来文化应该像鲁迅先生说的那样："必须敢于正视，这才可望敢想，敢说，敢作，敢当。倘使并正视而不敢，此外还能成什么气候"（《坟·论睁了眼看》）；[⑤]"要进步或不退步，总须时时自出新裁，至少也必取材异域，倘若各种顾忌，各种小心，各种唠叨，这么做即违了祖宗，那么做又像了夷狄，终生惴惴如在薄冰上，发抖尚且来不及，怎么会做出好东西来"（《坟·看镜有感》）。[⑥]敢于正视，体现的是自信心，就可能有开明、开放的态度，而后"自出心裁"、"取材异域"、为我所用，最终目的是丰富自己、强大自己，由此建设更加伟大的文化。

---

① ［英］杰弗里·巴勒克拉夫主编：《泰晤士世界历史地图集》，毛昭晰、刘家和等译，生活·读书·新知三联书店1985年版，第126页。

② （清）董诰等编：《全唐文》（二），上海古籍出版社1990年版，第1352页。

③ 《中国大百科全书·中国历史》（1997年修订本），中国大百科全书出版社1998年版，第315页。

④ （汉）班固：《汉书》（十二），中华书局1962年版，第3928页。

⑤ 《鲁迅全集》（第一卷），人民文学出版社2005年版，第251页。

⑥ 《鲁迅全集》（第一卷），人民文学出版社2005年版，第210—211页。

第四章　唐诗中的西北边关

——以玉门关、阳关为研究对象

　　玉门关与阳关北南呼应，是"丝绸之路"上中原通往西域与中亚的重要关口，均设于汉武帝时期。《汉书·西域传上》："汉兴至于孝武，事征四夷，广威德，而张骞始开西域之迹。其后骠骑将军击破匈奴右地，降浑邪、休屠王，遂空其地，始筑令居以西，初置酒泉郡，后稍发徙民充实之，分置武威、张掖、敦煌，列四郡，据两关焉。"① 两关，指玉门关、阳关，二关北南相对，一在敦煌西北，一在敦煌西南，与敦煌正好形成一个等边的三角形，每一边边长约为 70—75 公里。汉唐以来，玉门关与阳关为保卫长安与中原的安全及"丝绸之路"的畅通，为东西方交通、贸易和文化交流发挥了不可替代的重要作用，杜甫《喜闻盗贼蕃寇总退口号五首》其三说："崆峒西极过昆仑，驼马由来拥国门。"描绘汉唐"丝绸之路"的繁盛，诗中的国门，主要指的是玉门关和阳关。向达先生说："唐人于役西陲者，尤喜以之入于吟咏。是故两关不仅在中外交通历史上有其地位，即在文学上亦弥足以增人伤离惜别之情。"（《两关杂考》）② 唐诗中关于玉门关和阳关的丰富多彩的描写，深深感动着后世读者。

---

① （汉）班固：《汉书》（十二），中华书局 1962 年版，第 3873 页。
② 向达：《唐长安与西域文明》，河北教育出版社 2007 年版，第 365 页。

一、玉门关

玉门关位于敦煌西北 80 余公里处祁连山西端疏勒河南岸的戈壁滩上，今存关城遗址，呈方形，板筑而成。因为大量的和阗玉、昆仑玉由此运往中原，故称玉门关，亦称玉关。伯希和所获敦煌遗书《沙洲都督府图经》（P.2005 号）载："兴胡泊，东西十九里，南北九里，深五尺。右在州西北一百一十里，其水咸苦，唯泉堪食。商胡从玉门关道往还居止，因以为号。"[1] 由此可知，玉门实为运输玉石之门，与"丝绸之路"关系密切。《旧唐书·玄宗本纪下》载："于斯时也，烽燧不惊，华戎同轨。西蕃君长，越绳桥而竞款玉关；北狄酋渠，捐毳幕而争趋雁塞。"[2]《元和郡县志·陇右道·沙州寿昌县》载："玉门故关，在县西北一百一十七里，谓之北道，西趋车师前庭及疏勒，此西域之门户也。"[3] 因地处西北边塞，军事国防地位重要，玉门关又有"玉塞"之称："控弦玉塞，跃马金山"（《晋书·秃发傉檀载记》）。[4]"辞水穴而南傺，去轮台而东暨。"（谢庄《舞马赋》）[5] 著名的舞马就是经过汉轮台东入长安的。2014 年 6 月 22 日，在卡塔尔多哈举行的第 38 届世界遗产大会宣布：由中国与吉尔吉斯斯坦、哈萨克斯坦联合提交的"丝绸之路：长安—天山廊道路网"文化遗产申请项目入选《世界遗产名录》，玉门关遗址也赫然在列，认为玉门关"是公元 2 至 3 世纪汉王朝设立在河西走廊地区西端最重要的关隘遗存，在地理区域上具有东西交通分界的标志地位"[6]。

（一）玉门关与边塞立功

唐王朝国力强盛，疆域广阔，经济繁荣，对外开放，激发了一代人建功立业的豪情，初盛唐诗人多数有边塞从军或漫游的经历，如骆

---

[1] 郑炳林：《敦煌地理文书汇辑校注》，甘肃教育出版社 1989 年版，第 9 页。

[2] （后晋）刘昫等：《旧唐书》（一），中华书局 1975 年版，第 236 页。

[3] （唐）李吉甫：《元和郡县图志》（下），贺次君点校，中华书局 1983 年版，第 1027 页。

[4] （唐）房玄龄等：《晋书》（十），中华书局 1974 年版，第 3158 页。

[5] （唐）徐坚等：《初学记》（三），中华书局 2004 年版，第 705 页。

[6] 冯志军：《世界文化遗产玉门关遗址出土汉晋简牍首次完整公布》，"中国新闻网" 2019 年 12 月 1 日。

宾王、陈子昂、王昌龄、王维、岑参、高适等，写下了大量的边塞诗，表达远赴边疆、立功报国的理想，洋溢着英雄主义精神："路出金河道，山连玉塞门。旌旗云里度，杨柳曲中喧。喋血多壮胆，裹革无怯魂。"（员半千《陇头水》）《汉书·张骞李广利传》说："酒泉列亭障至玉门。"[①]《旧唐书·李德裕传》说："据地志，安西去京七千一百里，北庭去京五千二百里。承平时，向西路自河西、陇右出玉门关，迤逦是国家州县，所在皆有重兵。"[②] 特殊的地理位置，决定了玉门关不同寻常的军事及边防地位。汉唐以来，玉门关既是边关也是战场，每每成为英雄的用武之地，与功名和胜利紧密关联，当然也是诗人寄寓豪情壮志的所在，如李白《从军行二首》其二：

> 从军玉门道，逐虏金微山。
>
> 笛奏梅花曲，刀开明月环。
>
> 鼓声鸣海上，兵气拥云间。
>
> 愿斩单于首，长驱静铁关。

全诗感情激昂，表达了要扫清边患的雄心壮志。玉门道，即玉门关，《北史·史宁传》："寻迁鸿胪卿，从征吐谷浑。祥出玉门道，击虏，破之。"[③] 金微山，今阿尔泰山，东汉永元三年（91），耿夔、任尚等在此大破北匈奴，北单于遂逾此山西走入康居（今巴尔喀什湖和咸海之间）。这两句说，唐军骁勇善战，定能阻挡敌人于国门之外。颔联、颈联说唐军士气高昂，敢于消灭一切来犯之敌。尾联说誓愿杀尽敌人，让边关重归于安宁。铁关，铁门关，在今新疆库尔勒市北8公里处，南临塔里木河和塔克拉玛干沙漠，是天山南麓与昆仑山北坡交汇的交通要冲，岑参说："铁关控天涯，万里何辽哉。"（《使交河郡郡在火山脚其地苦热无雨雪献封大夫》）虞羽客《结客少年场行》表达的亦是边塞立功的壮志：

> 幽并侠少年，金络控连钱。

---

① （汉）班固：《汉书》（九），中华书局1962年版，第2695页。

② （后晋）刘昫等：《旧唐书》（十四），中华书局1975年版，第4522—4523页。

③ （唐）李延寿：《北史》（七），中华书局1974年版，第2189页。

> 窃符方救赵，击筑正怀燕。
>
> 轻生辞凤阙，挥袂上祁连。
>
> 陆离横宝剑，出没骛徂旃。
>
> 蒙轮恒顾敌，超乘忽争先。
>
> 摧枯逾百战，拓地远三千。
>
> 骨都魂已散，楼兰首复传。
>
> 龙城含晓雾，瀚海接遥天。
>
> 歌吹金微返，振旅玉门旋。
>
> 烽火今已息，非复照甘泉。

全诗写身怀绝技的幽州、并州少年骑着战马走上前线，英勇抗击来犯之敌。骛（wù），驰；徂旃（cú zhān），军旗；蒙轮，冲锋陷阵；超乘，跳跃上车；骨都，指匈奴左右骨都侯，"银鞍玉勒绣蝥弧，每逐嫖姚破骨都"（高适《送浑将军出塞》）；楼兰，西域古国名；骨都、楼兰，指来犯之敌。结尾四句说，唱着凯歌回返金微山、班师玉门关。如今战火熄灭、和平降临，烽火不再会照到咸阳的甘泉宫。再如刘希夷《从军行》：

> 秋来风瑟瑟，群胡马行疾。
>
> 严城昼不开，伏兵暗相失。
>
> 天子庙堂拜，将军玉门出。
>
> 纷纷伊洛间，戎马数千匹。
>
> 军门压黄河，兵气冲白日。
>
> 平生怀仗剑，慷慨既投笔。
>
> 南登汉月孤，北走燕云密。
>
> 近取韩彭计，早知孙吴术。
>
> 丈夫清万里，谁能扫一室。[1]

在秋风瑟瑟、胡马奔驰之时，谙熟兵书、兵法的将军拜谒天子，慷慨受命，出军玉门。"丈夫清万里，谁能扫一室"一句，最见英雄情怀。将士们以保卫国家、扫清天下为己任，岂能眷顾己之一室！此亦王维所

---

① （宋）郭茂倩：《乐府诗集》(二)，中华书局 1979 年版，第 485 页。

言："誓辞甲第金门里，身作长城玉塞中。"（《燕支行》）

因为理想高远，矢志报国，主动选择高尚的社会角色，加上诗人情绪饱满，内心敞亮，不惧艰难困苦，审美格调健康阳刚，绝少灰色和颓唐，所以唐代诗人常常能将荒寒僻远之景甚至是危险处境，化为一幅幅关于自然和人生的美好图画，让人眼前一亮，叫绝称奇。如戎昱的《塞下曲》，就描绘了一幅让人振奋的凯旋图：

> 汉将归来虏塞空，旌旗初下玉关东。
>
> 高蹄战马三千匹，落日平原秋草中。

玉关东，写汉军东归进入玉门关内，是胜利的象征。军旗猎猎，战马嘶鸣，映照在火红的夕阳下，更显威武雄壮、英气勃发。全诗气象壮阔，节奏明快，用韵铿锵，有图画之美。在诸多写玉门关的诗中，王昌龄《从军行七首》（其四）是一首情感丰富、感人至深的佳作：

> 青海长云暗雪山，孤城遥望玉门关。
>
> 黄沙百战穿金甲，不破楼兰终不还。

青海，青海湖；雪山，指祁连山；孤城，即四面无靠、孤立无援之城，暗指所处环境危险："转战疲兵少，孤城外救迟。"（于鹄《出塞》其一）"孤城万里绝，四望无人烟。"（韦应物《鼙鼓行》）在青海湖上远望祁连山阴云密布，驻守孤城的将士心里充满了对家乡的思念；经历了无数战争，身上的铠甲虽已磨穿，但是不把敌人彻底消灭，即使多么想家也不能回去。强烈的报国之心与浓郁的思乡之情就这样交织融会在了一起，难解难分。"不破楼兰终不还"，其实正是李昂所说的"匈奴未灭不言家，驱逐行行边徼赊"（《从军行》）之意。《唐诗笺注》："玉关在望，生入无由，青海雪山，黄沙百战，悲从军之多苦，冀克敌以何年。'不破楼兰终不还'，愤激之词也。"[1]诗中是有"愤激"，但更多的是誓愿及对家国的承诺。关于此诗，《唐贤清雅集》说"清而庄，婉而健，盛唐人不作一凄楚音"，[2]是从格调上评价；《诗式》说"首句长云迷漫，雪山亦暗，有不甚明见之意。二句惟见有孤城，遥而望之，系玉门关

---

① 陈伯海主编：《唐诗汇评》（上），浙江教育出版社 1995 年版，第 435 页。

② 陈伯海主编：《唐诗汇评》（上），浙江教育出版社 1995 年版，第 435 页。

云，起势远甚。三句在黄沙之地已经百战，终穿上金甲，转得突兀。四句不破楼兰不还，如顺流之舟矣，结句壮甚"，[①]是从诗艺、句法上评价。近人俞陛云先生的评说最有见地："首二句乃逆挽法。青海云低，雪山天暗，其地已在玉门关外。次句所谓遥望者，乃从青海回望孤城，见去国之远也。后二句谓确斗无前，黄沙百战，虽金甲都穿，誓不与骄虏共戴三光。胜概英风，可谓烈士矣。"[②]"确斗"，倾全力拼死作战。与王昌龄《从军行七首》（其四）有异曲同工之妙的是王之涣的《凉州词二首》（其一），这也是一首脍炙人口的名作：

> 黄沙直上白云间，一片孤城万仞山。
>
> 羌笛何须怨杨柳，春风不度玉门关。

诗中"黄沙直上"一本作"黄河远上"，《唐人绝句精华》说："此诗各本皆作'黄河远上'，惟计有功《唐诗纪事》作'黄沙直上'。按玉门关在敦煌，离黄河流域甚远，作'河'非也。且首句写关外之景，但见无际黄沙直与白云相连，已令人生荒远之感。再加第二句写其空旷寥廓，愈觉难堪。乃于此等境界之中忽闻羌笛吹《折杨柳》曲，不能不有'春风不度玉门关'之怨词。"[③]笔者以为"黄沙直上"更见边塞实景与守边之艰辛，自然引出后两句，正如《唐贤三昧集笺注》所评："此状凉州之险恶也。笛中有《折柳曲》，然春光已不到，尚何须作杨柳之怨乎？明说边境苦寒，阳和不至，措词宛委，深耐人思。"[④]怨生于情，有情则怨，情愈浓，怨愈深。王之涣诗中之"怨"自有怀抱，非仅因"春风不度"。高适的《和王七玉门关听吹笛》，通过"雪净""月明"描绘出一幅明亮的西北戍边图：

> 雪净胡天牧马还，月明羌笛戍楼间。
>
> 借问梅花何处落，风吹一夜满关山。

雪净胡天、牧马还归，就在一轮明月冉冉升起之时，在玉门关的戍楼上羌笛一曲吹出的《落梅花》，一夜之间随风传遍了关山。诗歌笔调

---

① 陈伯海主编：《唐诗汇评》（上），浙江教育出版社1995年版，第435—436页。

② 俞陛云：《诗境浅说》，北京出版社2003年版，第184页。

③ 陈伯海主编：《唐诗汇评》（中），浙江教育出版社1995年版，第1356页。

④ 陈伯海主编：《唐诗汇评》（中），浙江教育出版社1995年版，第1355页。

明快，抓住塞外特有的景物，描绘出一幅亮丽宽阔的戍边图景，表达了盛唐时期的文人投笔从戎、渴望建功立业的豪情。王昌龄、高适、王之涣的诗作，最能体现守卫玉门关将士们的家国情怀，无论是内容的厚实、风骨的健举，还是格调的高爽，都是盛唐之作的典型代表。

走上玉门关，就意味着走上战场，保家卫国，恪尽职守，由此诗人讥讽那些无所事事、只知行乐的守边将军，如岑参《玉门关盖将军歌》的前半部分：

> 盖将军，真丈夫，行年三十执金吾，身长七尺颇有须。玉门关城迥且孤，黄沙万里白草枯。南邻犬戎北接胡，将军到来备不虞。五千甲兵胆力粗，军中无事但欢娱。暖屋绣帘红地炉，织成壁衣花氍毹。灯前侍婢泻玉壶，金铛乱点野酡酥。

氍毹（qú shū），一种毛织毯子。诗中描绘了一位把守玉门关的将军形象，因为边塞无战事，故其极尽豪奢，一味享乐。诗人以"迥且孤"三字，指出了玉门关城所处位置远离后方又孤立无援，是应该加倍防护、不敢掉以轻心的。诗的后一部分，具体地描写这位将军的声色犬马，不可一世。这首诗的讽刺意味十分明显，与徐彦伯"暗碛埋砂树，冲飙卷塞蓬。方随膜拜入，歌舞玉门中"（《胡无人行》）一诗表达的感情相近。清人吴乔说："岑参《盖将军歌》，直是具文见意之讥刺，通篇无别意故也。"（《围炉诗话》卷二）[1]这样的守边将军一旦遭遇战争，必将溃不成军、一败涂地。

（二）玉门关与怀远思归

早在南北朝，羁留北方的庾信就说："玉关道路远，金陵信使疏。独下千行泪，开君万里书。"（《寄王琳》）[2]"千行泪"，写泪之多，可见其悲伤。一出玉门关，便进入了茫茫的西域，浩瀚的沙漠与迥异于中原的风土民情，让诗人惊异甚至震撼。回首家乡，远在天边，一种浓烈的思乡之情油然而起："东去长安万里余，故人何惜一行书。玉关西望堪肠

---

① 郭绍虞选编：《清诗话续编》（一），富寿荪校点，上海古籍出版社1983年版，第529页。
② 逯钦立辑校：《先秦汉魏晋南北朝诗》（下），中华书局1983年版，第2401页。

断，况复明朝是岁除。"（岑参《玉关寄长安李主簿》）玉门关因此又是遥远异乡的象征，是有家难回的心灵郁结。李白《清溪半夜闻笛》是一首脍炙人口的名作，表现羌笛名曲《落梅花》的动人力量：

> 羌笛梅花引，吴溪陇水情。
>
> 寒山秋浦月，肠断玉关声。

诗人夜半闻笛，耳边正是凄切的《落梅花》，不禁想起北朝民歌《陇头歌》"陇头流水，鸣声幽咽"的描写；寒山披霜，秋浦月冷，远在玉门关外的羌笛声令人肠断。征夫之苦、思乡之痛，尽在不言中了。骆宾王《在军中赠先还知己》写征战与思念之苦：

> 蓬转俱行役，瓜时独未还。
>
> 魂迷金阙路，望断玉门关。
>
> 献凯多惭霍，论封几谢班。
>
> 风尘催白首，岁月损红颜。
>
> 落雁低秋塞，惊兔起暝湾。
>
> 胡霜如剑锷，汉月似刀环。
>
> 别后边庭树，相思几度攀。

虽有战功，但青春的容颜已在无情的战争中消损殆尽。"魂迷""望断"句极具表现力。金阙，天子所住的宫阙，代指帝都；望断，极目眺望，直到看不见为止，《南齐书·苏侃传》："青关望断，白日西斜"[1]。这两句写出征夫心念长安而人已西出玉门关，愈行愈远，不断回望，直到玉门关完全消失在视线之中，浓郁的思乡之情不言自见。"剑锷""刀环"两句用南北朝吴均"匈奴数欲尽，仆在玉门关。莲花穿剑锷，秋月掩刀环"（《和萧洗马子显古意诗六首》其六）诗意，[2] 因带以"胡霜""汉月"，既写玉门关一带严寒的气候，又写征战的久远，故比吴诗感情更为深沉。

玉门关远离中原，遥遥万里，一去难回："一上玉关道，天涯去不归。"（李白《王昭君二首》其二）对于闺房独守的思妇而言，玉门关

---

① （梁）萧子显：《南齐书》（二），中华书局1972年版，第528页。

② 逯钦立辑校：《先秦汉魏晋南北朝诗》（中），中华书局1983年版，第1746页。

又是天各一方、长久离别、不能团圆的象征，是思妇的伤心之地："频想玉关人，愁卧金闺里。"（刘希夷《春女行》）"玉关征戍久，空闺人独愁。"（苏颋《山鹧鸪》）"魂飞沙帐北，肠断玉关中。"（赵嘏《昔昔盐·风月守空闺》）"玉关遥遥戍未回，金闺日夕生绿苔。"（崔液《代春闺》）李白《思边》（一作《春怨》）一诗，也委婉地表达了思妇的幽怨：

> 去年何时君别妾，南园绿草飞蝴蝶。
>
> 今岁何时妾忆君，西山白雪暗晴云。
>
> 玉关去此三千里，欲寄音书那可闻。

首句写初次分别是在南园草绿、蝴蝶双飞之时，有李白"八月胡蝶来，双飞西园草。感此伤妾心，坐愁红颜老"（《长干行》）的况味。次句写别后的思念。第三句写玉关遥遥三千里，即使有鸿雁传书也难以抵达。李白的《子夜吴歌·秋歌》是写思妇的脍炙人口的名篇，全诗委婉多姿，动人情肠：

> 长安一片月，万户捣衣声。
>
> 秋风吹不尽，总是玉关情。
>
> 何日平胡虏？良人罢远征。

在长安月明、家家响起捣衣声之时，思妇秋风中不住思念的是远在玉门关守边的亲人。闺中人急切地期盼着早日平定胡虏，远征的亲人回到家乡。"总是玉关情"，写出了抹也抹不掉的愁情。《唐诗镜》评说此诗："有味外味。每结二语，余情余韵无穷。'秋风吹不尽，总是玉关情'，此入感叹语意，非为万户砧声赋也。"[①] 中唐诗人戴叔伦《闺怨》表达的也是这样一种深长的感情：

> 看花无语泪如倾，多少春风怨别情。
>
> 不识玉门关外路，梦中昨夜到边城。

看花无语，泪如雨下，和煦的春风激起了多少怨别之情。本想走向寻亲之路，但因不识玉门关外的道路只能作罢，唯有昨夜梦中到了边城，来到了亲人身边。后两句极写思念之急切，于中更见哀伤。又如戎昱《苦哉行五首》（其五）：

---

① 陈伯海主编：《唐诗汇评》（上），浙江教育出版社1995年版，第616页。

可汗奉亲诏，今月归燕山。

忽如乱刀剑，搅妾心肠间。

出户望北荒，迢迢玉门关。

生人为死别，有去无时还。

汉月割妾心，胡风凋妾颜。

去去断绝魂，叫天天不闻。

出门北望，茫茫大荒，玉门关遥不可及。思妇之所以心如刀绞，就在于"生人为死别，有去无时还"。思妇感情如此沉痛，反衬出守卫玉门关的极度危险。"初唐四杰"之一的卢照邻的《关山月》亦写相思之苦："相思在万里，明月正孤悬。影移金岫北，光断玉门前。"金岫，金山，即阿尔泰山；断，尽也。月光仅止于此，不肯再往前照，极写玉门关之荒远。

怀远之作并不都是凄凉哀切的，如翁绶《关山月》：

裴回汉月满边州，照尽天涯到陇头。

影转银河寰海静，光分玉塞古今愁。

笳吹远戍孤烽灭，雁下平沙万里秋。

况是故园摇落夜，那堪少妇独登楼。

皎洁一轮，寥廓万里，从边州到故园，由咏月到思人，诗中的景物浸满了抒情主人公浓郁的主观感情。诗人感慨深沉，但又不仅仅是为一人（"少妇"）遭遇而发。"汉月""边州"、"天涯""陇头"、"银河""寰海"、"远戍孤烽""平沙万里"，无一不意蕴深厚，由此构成以玉门关为中心的阔大空间与明亮的画面。全诗感情深挚绵长，可观可赏，引人追怀遥想。

玉门关是一个与英雄事迹、英雄名字紧密相连的地方。说到玉门关，就不能不提东汉军事家、外交家班超（32—102）。为了国家安危，班超殚精竭虑，经营西域31年，建立了不朽功勋，官至西域都护，封定远侯，世称"班定远"。垂老时思归乡里，永元十二年（100）上疏曰：

蛮夷之俗，畏壮侮老。臣超犬马齿歼，常恐年衰，奄忽僵仆，孤魂弃捐。昔苏武留匈奴中尚十九年，今臣幸得奉节带金银护西域，如自以寿终屯部，诚无所恨，然恐后世或名臣为没西域。臣不敢望到酒泉郡，但愿生入玉门关。臣老病衰困，冒死瞽言，谨遣子勇随献物入塞。及臣生在，令勇目见中土。"（《后汉书·班梁列传》）①

班超说自己都不敢指望能回到玉门关再东的酒泉郡（今天两地相距一百三十余公里），如果能活着回到玉门关内，一生的心愿也就了结了。可见玉门关在班超心里的神圣地位，它是班超心灵的故乡和温暖。永元十四年（102）八月，饱经沧桑的班超抵达洛阳，拜为射声校尉，到了九月便病逝，享年 71 岁。班超的事迹感人至深，被后代诗人不断书写，如令狐楚《从军词五首》(其五）：

> 暮雪连青海，阴霞覆白山。
>
> 可怜班定远，生入玉门关。

青海，青海湖；白山，指天山，《后汉书·窦融列传》："固遂破白山，降车师。"②《元和郡县志·陇右道下·伊州》："天山，一名白山，一名折罗曼山，在州北一百二十里。春夏有雪。出好木及金铁。匈奴谓之天山，过之皆下马拜。"③岑参《优钵罗花歌》："白山南，赤山北，其间有花人不识。"阴霞，云霞。诗说，克服了严酷的自然环境，值得庆幸的是，衰迈的班超最终是活着进入了玉门关，了结了平生最后的也是最大的心愿。胡曾《咏史诗·玉门关》歌咏的也是此事：

> 西戎不敢过天山，定远功成白马闲。
>
> 半夜帐中停烛坐，唯思生入玉门关。

诗题虽为《玉门关》，歌咏的却是班超其人其事。曾经凶悍的西戎再也不敢越过天山，都是班超的功劳。停烛，熄灭灯烛，一说燃烛。④"唯"，义同"惟"，单，只。"唯思"，没有别的任何想法。停烛夜坐的班超，全部的心愿就只是想活着进入玉门关，回到阔别多年的故

① （南朝）范晔：《后汉书》（六），中华书局 1965 年版，第 1583 页。
② （南朝）范晔：《后汉书》（三），中华书局 1965 年版，第 810 页。
③ （唐）李吉甫：《元和郡县志》（下），贺次君点校，中华书局 1983 年版，第 1029 页。
④ 杨琳：《俗语词"停烛·停灯"考源》，《南开语言学刊》2016 年第 1 期。

乡。后两句深挚又感伤，写尽了班超对汉地和故乡的思念。隋末唐初的来济《出玉关》一诗，更见悲慨：

> 敛辔遵龙汉，衔悽渡玉关。
>
> 今日流沙外，垂涕念生还。

龙汉，道教谓元始天尊年号之一，又为五劫之始劫，此诗中当指运命。诗说班超只能听凭运命的安排，虽然满怀悲凄，但还是庆幸活着回到玉门关内。王贞白《胡笳曲》则从玉门关外严酷的环境落笔，指出班超渴望回到玉门关内是符合情理的：

> 陇底悲笳引，陇头鸣北风。
>
> 一轮霜月落，万里塞天空。
>
> 戍卒泪应尽，胡儿哭未终。
>
> 争教班定远，不念玉关中。

荒远，寂寥，空旷，北风中胡笳声悲，明月如霜，寒空万里，戍卒泪尽，胡儿痛哭，怎么能让班超不思念玉门关内的故乡。戴叔伦《塞上曲二首》（其二）一诗则反用班超"生入玉门关"之典，表达了终身报国的豪情：

> 汉家旌帜满阴山，不遣胡儿匹马还。
>
> 愿得此身长报国，何须生入玉门关。

阴山，此处指天山，[①] 岑参《热海行送崔侍御还京》："侧闻阴山胡儿语，西头热海水如煮。"诗说，在班超的经营下，敌人远遁，汉家的军旗插遍天山，西域已完全归入汉家。既然以身许国，又何必非得活着进入玉门关呢？李益"伏波惟愿裹尸还，定远何须生入关"（《塞下曲》），亦是反用班超"生入玉门关"之典。伏波，东汉初名将马援被封为伏波将军。马援不为胜利冲昏头脑，尝言："方今匈奴、乌桓尚扰北边，欲自请击之。男儿要当死于边野，以马革裹尸还葬耳，何能卧床上在儿女子手中邪。"（《后汉书·马援传》）[②] 曾任剑南节度使的武元衡有《元和癸巳余领蜀之七年奉诏徵还二月二十八日清明途经百牢关因题石

---

① 谭其骧主编：《中国历史大辞典·历史地理》，上海辞书出版社1996年版，第371页。

② （南朝）范晔：《后汉书》（三），中华书局1965年版，第841页。

门洞》(一作《石洞门》)一诗,以班超自比:

> 昔佩兵符去,今持相印还。
>
> 天光临井络,春物度巴山。
>
> 鸟道青冥外,风泉洞壑间。
>
> 何惭班定远,辛苦玉门关。

诗说自己在节度使任内的辛劳,并不亚于多年经营西域的班超。在《送张六谏议归朝》一诗中,武元衡又说:"归去朝端如有问,玉门关外老班超。"说自己就如玉门关外的班超,希望有机会回到京城。以班超自喻,既夸赞了在地方任上的功绩,又委婉含蓄地表达了自己的渴望和诉求。

漫长的西北边境线上,玉门关不仅是边防重地,是通往西域的门户,是国门,同时也是家门。《汉书·西域传》说:"西域以孝武时始通,本三十六国,其后稍分至五十余,皆在匈奴之西,乌孙之南。南北有大山,中央有河,东西六千余里,南北千余里。东则接汉,厄以玉门、阳关,西则限以葱岭。"[①]征战多年的将士,都盼望通过玉门关回到家乡。如果玉门关关闭了,就意味着前路断绝,不能还国更不能回家:"汉家未得燕支山,征戍年年沙朔间。塞下长驱汗血马,云中恒闭玉门关。"(李昂《从军行》)"闻道玉门犹被遮,应将性命逐轻车。年年战骨埋荒外,空见蒲萄入汉家。"(李颀《从军行》)在将士们常年征战和护卫下,"丝绸之路"全线通畅,通过"丝绸之路"上的玉门关,汗血马、葡萄等西域物产源源不断地进入皇家,进入中原。征战多年,将士们本以为可以荣归故里,谁知得到的却是"闭玉关"的遭遇,心中的哀伤可想而知,据《史记·大宛列传》记载:

> 贰师将军军既西过盐水,当道小国恐,各坚城守,不肯给食。攻之不能下。下者得食,不下者数日则去。比至郁成,士至者不过数千,皆饥罢。攻郁成,郁成大破之,所杀伤甚众。贰师将军与哆、始成等计:"至郁成尚不能举,况至其王都乎?"引兵而还。往来二岁。还至敦煌,士不过什一二。使使上书言:"道远多乏食;

---

① 班固:《汉书》(十二),中华书局1962年版,第3871页。

且士卒不患战，患饥。人少，不足以拔宛。愿且罢兵，益发而复往。"天子闻之，大怒，而使使遮玉门，曰：军有敢入者辄斩之！贰师恐，因留敦煌。[①]

贰师将军，指领兵讨伐大宛国贰师城的将军李广利；盐水，一般认为指今新疆境内的孔雀河与库鲁克河；[②]郁成，大宛国属邑之一。为了征战讨伐取得胜利，汉武帝全然不顾已在外征战数年的将士们对家乡、对亲人的刻骨思念，"使使遮玉门"，见出最高统治者的薄情寡义、唯我独尊，玉门关由此又成为转战西北将士们的伤心之地，绝望之地，所以唐人为李广利打抱不平："卫霍才堪一骑将，朝廷不数贰师功。"（王维《燕支行》）"天子预开麟阁待，只今谁数贰师功。"（岑参《献封大夫破播仙凯歌六首》其一）"恨到荒城一闭关，乡园阻隔万重山。咫尺音书犹不达，梦魂何处得归还。"（无名氏《失题》）玉门关一闭，封闭的看似是关卡、道路，冰凉的却是守边将士的思乡之心。

（三）玉门关与荒野之美

玉门关地处河西走廊西端，距离内地遥远，地理环境独特，天高地阔，风光壮美，以此连带起的无边大漠、雄伟高山、绵延长城、数不尽的亭障烽燧，加上奇寒的气候、独特的物产、浓郁的民族风情，构成了具有荒野之美的全幅边塞风景。以此入诗，最适宜张扬个性，表达英雄主义精神，抒写壮美人生理想，描绘阔大的、有气象和冲击力的自然与人生图景："玉关亭障远，金方水石多。"（薛道衡《奉和临渭源应诏诗》）[③]"胡马悠悠未尽归，玉关犹隔吐蕃旗。"（王建《朝天词十首寄上魏博田侍中》其八）"玉关晴有雪，砂碛雨无泥。"（陈羽《冬晚送友人使西蕃》）"春至金河雪似花，萧条玉塞但胡沙。"（陈去疾《塞下曲》）"接影横空背雪飞，声声寒出玉关迟。"（林宽《闻雁》）"酒泉西望玉关道，千山万碛皆白草。"（岑参《赠酒泉韩太守》）"身似星流迹似蓬，玉关孤

---

① （汉）司马迁：《史记》（十），中华书局1975年版，第3175页。
② 余太山撰：《两汉魏晋南北朝正史西域传要注》，中华书局2005年版，第42页。
③ 逯钦立辑校：《先秦汉魏晋南北朝诗》（下），中华书局1983年版，第2682页。

望杳溟濛。"（吴商浩《塞上即事》）"扬鞭玉关道，回首望旌旗。"（李华
《奉使朔方赠郭都护》）"观兵洪波台，倚剑望玉关。"（李白《登邯郸洪
波台置酒观发兵》）"玉塞抵长城，金徽映高阙。遥心万余里，直望三边
月。"（徐九皋《关山月》）这样的诗，虽偶见苍凉，但阳刚大气，读来
令人神旺气壮。

狄德罗认为，荒野之美才具有真正的诗意。地处荒野之中的玉
门关，具有狄德罗所说的"巨大的、野蛮的、粗犷的气魄"（《论戏剧
诗》）。① 是不可多得的诗材、画材，李白《关山月》即以此显示了他的
巨大才情及对西域和玉门关的天才把握，须知李白并没有亲临此地：

> 明月出天山，苍茫云海间。
>
> 长风几万里，吹度玉门关。
>
> 汉下白登道，胡窥青海湾。
>
> 由来征战地，不见有人还。
>
> 戍客望边色，思归多苦颜。
>
> 高楼当此夜，叹息未应闲。

关山月，汉乐府《横吹曲》名。《乐府题解》说："《关山月》，伤离
别也。古《花木兰诗》曰：'万里赴戎机，关山度若飞。朔气传金柝，
寒光照铁衣。'按相和曲有《度关山》，亦类此也。"（《乐府诗集·横吹
曲辞三·关山月》）② 白登，今山西大同市东有白登山，公元前200年，
汉高祖刘邦曾亲率大军与匈奴交战于此，结果中了匈奴的诱兵之计，被
围困七个日夜，后用计得脱。这首诗描绘了西北壮阔的边塞风光，进而
写战争的残酷及戍卒思妇的相思之苦，尤其是开头四句，大气磅礴，格
调雄伟超凡，万里江山如在目前。《诗薮》说："青莲'明月出天山，苍
茫云海间。长风几万里，吹度玉门关'，浑雄之中，多少闲雅！"③ 王昌
龄《从军行七首》（其七）描写玉门关一带特殊的地理环境：

> 玉门山嶂几千重，山北山南总是烽。

① 《狄德罗美学论文选》，徐继曾、陆达成等译，人民文学出版社1984年版，第206页。
② （宋）郭茂倩：《乐府诗集》（二），中华书局1979年版，第334页。
③ 陈伯海主编：《唐诗汇评》（上），浙江教育出版社1995年版，第584页。

人依远戍须看火，马踏深山不见踪。

山嶂，状如屏风之山："山嶂远重迭，竹树近蒙笼。"（沈约《游沈道士馆》）[1]"山嶂绵连那可极，路远辛勤梦颜色。"（胡皓《大漠行》）烽，烽火台，是古代重要的军事防御设施，通讯、预警、戍守是其最重要的功能。[2] 与阳关一样，玉门关自汉唐以来就是出入西域的必经之路。"路出金河道，山连玉塞门"（员半千《陇头水》），玉门关东接敦煌，西邻库姆塔格沙漠，西北有天山山脉，南有阿尔金山，地形险要，军事地位重要。这一带山连着山，峰连着峰，山外有山，峰外有峰，峰峰都有烽火，连绵起伏，一望无际，构成了唐代西北最重要的边防线。当年玄奘就是西出玉门关，通过"丝绸之路"中路翻越葱岭，最后到达天竺的，《大慈恩寺三藏法师传》卷一记载：

> 法师因访西路。或有报云：从此北行五十余里有瓠芦河，下广上狭，洄波甚急，深不可渡。上置玉门关，路必由之，即西境之襟喉也。关外西北，又有五烽，候望者居之，各相去百里，中无水草。五烽之外即莫贺延碛，伊吾国境。闻之愁愤。所乘之马又死，不知计出，沉默经月余日。[3]

玄奘九死一生，艰难跋涉，通过五座相隔百里的烽火台后，再穿越莫贺延碛（今新疆哈密与甘肃瓜州之间的噶顺戈壁），才到了伊吾（今新疆伊吾）。诗的后两句说：将士监察敌情、采取应对措施，所依凭的就是远方亭堠所举的烽火，故需不时查看，大意不得；因为峰峦叠嶂，地形复杂，所以马一进入山中就再也看不到踪影了。

作为"丝绸之路"上的雄关，玉门关开放，意味着国门开放："列土金河北，朝天玉塞东。"（张惟俭《赋得西戎献白玉环》）唐王朝国土面积广大，北至金河以北、玉门关以东的各国也争相来朝。[4] 西域的许多物产（不仅仅是玉石）与文化由玉门关而入，丰富了中原的物质

---

① 逯钦立辑校：《先秦汉魏晋南北朝诗》（下），中华书局1983年版，第1637页。

② 高建新：《烽火及其设置》，《文史知识》2016年第12期。

③ （唐）慧立、彦悰：《大慈恩寺三藏法师传》，孙毓棠等点校，中华书局1983年版，第12页。

④ 高建新：《一首诗中的唐朝对外开放》，《学习时报》2017年7月7日"中外历史"版。

生活和精神生活，汗血马就是其中之一。汗血马的西来，为汉唐的边防提供了重要的武备，提高了汉唐的军事实力，如唐彦谦《咏马二首》（其二）：

> 峻嶒高耸骨如山，远放春郊苜蓿间。
>
> 百战沙场汗流血，梦魂犹在玉门关。

诗题中的马，指的就是汗血马，原产于葱岭以西的大宛国（今中亚费尔干纳盆地），经由玉门关进入中原。诗说，汗血马骨相高奇，牧放在苜蓿茂盛的春郊。汗血马百经沙场，无敌不克，最难忘记的还是在玉门关的战斗经历，期待再次走向战场。汉唐漫长的边境线上有了汗血马，可攻可守，可远距离突袭，战斗力大为增强。

二、阳关[①]

近代西方探险家认为，"中亚向东之最后中心就是敦煌"（《中亚佛教艺术》）。[②] 阳关，就位于这个中心——敦煌西的南湖乡古董滩上，因地处玉门关之南，故称"阳关"。这一带属于沙漠绿洲，远离中原，地理位置特殊。要走西域，就必须西出玉门关或西出阳关，没有其他道路可走。汉代走"丝绸之路"北道（唐代的中道），要出玉门关；走南道，必出阳关。隋代学者裴矩《西域图记·序》中记载的"丝绸之路"有三条：

> 发自敦煌，至于西海，凡为三道，各有襟带。北道从伊吾，经蒲类海铁勒部突厥可汗庭，度北流河水，至拂菻国，达于西海。其中道从高昌、焉耆、龟兹、疏勒，度葱岭，又经钹汗、苏对沙那国、康国、曹国、何国、大小安国、穆国，至波斯，达于西海。其南道从鄯善、于阗、朱俱波、喝槃陀，度葱岭，又经护密、吐火罗、挹怛、帆延、漕国，至北婆罗门，达于西海。其三道诸国，亦

---

① 高建新：《诗与音乐绘画的会通——从王维〈送元二使安西〉到〈阳关三叠〉〈阳关图〉》（上、下），《文史知识》2018年第3、4期。

② （唐）郭鲁柏、格鲁赛、色加兰：《西域考古记举要·中国西部考古记》，冯承钧译，国家图书馆出版社2011年版，第63页。

各自有路，南北交通。其东女国、南婆罗门国等，并随其所往，诸
处得达。故知伊吾、高昌、鄯善，并西域之门户也，总凑敦煌，是
其咽喉之地。(《隋书·裴矩传》)①

丝绸之路北、中、南三条道路以敦煌为咽喉要道，可以南北交通，
皆能抵达西海。《史记·大宛列传》："条枝在安息西数千里，临西海。
暑湿。"②西海，今波斯湾、红海、阿拉伯海及印度洋西北部。③唐代走
"丝绸之路"中道、南道都要经过阳关，所谓"绝漠秋山在，阳关旧路
通"(耿沛《送王将军出塞》)。

（一）诗中阳关

由于阳关特殊的地理位置与重要的军事地位，唐王朝开国以来，诗
里阳关就包蕴着异常丰富深沉的情感："鸣笳瀚海曲，按节阳关外。落
日下河源，寒山静秋塞。"(王维《奉和圣制送不蒙都护兼鸿胪卿归安西
应制》)"沙场烽火隔天山，铁骑征西几岁还。战处黑云霾瀚海，愁中明
月度阳关。"(钱起《送张将军征西》)是边疆守卫者的阳关，是将士们
的责任，前者从容镇定，后者充满英雄气概。"暗啼罗帐空自怜，梦度
阳关向谁说。"(刘元淑《妾薄命》)"直候阳关使，殷勤寄海西。"(赵嘏
《昔昔盐二十首·织锦窦家妻》)"浮云遮却阳关道，向晚谁知妾怀抱。"
(刘氏云《有所思》)"落絮萦衫袖，垂条拂鬓鬟。那堪音信断，流涕望
阳关。"(崔湜《折杨柳》)是内地思妇的阳关，她们遥望等候、寂寞孤
独，因为阳关有她们日夜思念的亲人。英雄气魄与儿女情长构成了唐代
阳关诗动人的内涵。

玄奘（600—664）西天取经的故事家喻户晓，他走的线路即是唐
代的"丝绸之路"。在《大慈恩寺三藏法师传》中，玄奘备述行程的艰
难危险，九死一生。贞观元年（627），27岁的玄奘西出玉门关，走的
是"丝绸之路"中道（汉代的北道），贞观十九年（645），45岁的玄奘

---

① （唐）魏征等：《隋书》(六)，中华书局1973年版，第1579—1580页。

② （汉）司马迁：《史记》(十)，中华书局1975年版，第3163页。

③ 史为乐主编：《中国历史地名大辞典》(上)，中国社会科学出版社2005年版，第938页。

归国，走的是南道：从泥壤城（今新疆民丰）东入流沙，"无径路，行人往返，望人畜遗骸以为幖帜"[1]，而后辗转进入阳关所在的沙洲（今敦煌），再至长安。[2] 浩瀚的沙漠上酷热难当，没有道路，唯以人畜的遗骨为路标。高宗朝的张鷟也说："出阳关而直望，但见平沙；历险固以遐征，惟多积雪；秋风旦惨，白日黯而将昏；寒云夕愁，黄尘暗而无色。"（《郎将侯珪使西域市马属碛石乏食遂将赉马价籴食以救之……》）[3] 登上今天的阳关烽燧遗址，四望苍茫，不见水草，荒寂依旧。[4] 由此看来，无论是西出玉门关还是阳关都绝非浪漫之旅，而是充满了艰难和危险，王维的《送元二使安西》即以朴素却深情的语言触碰到了这一点，因此在众多题咏阳关的唐人作品中脱颖而出，成为千古绝唱：

> 渭城朝雨浥轻尘，客舍青青柳色新。
>
> 劝君更尽一杯酒，西出阳关无故人。

就在渭城朝雨初停、客舍杨柳青葱之时，客人也该上路了，主人在咸阳渭水渡口设宴饯别。因为前路漫漫，未有归期，所以诗人掏心掏肺地劝酒：无论之前你酒喝了多少，但这一杯一定要喝下去，因为此去你要西出阳关，穿越茫茫沙海进入西域，出使遥远陌生的安西都护府（治今新疆库车），一路上恐难再碰到老朋友了。言外之意，此行能否安全（活着）出去再安全（活着）回来，实在是没有把握的事情。也许，这杯酒就是我们平生的最后一杯酒，无论如何你都要喝下去，大有戍昱"生人为死别，有去无时还"（《苦哉行五首》其五）的况味。诗人的感伤、忧心和不舍，尽在杯酒之中。

清人赵翼说："王摩诘'劝君更尽一杯酒，西出阳关无故人'，至今犹脍炙人口，皆是先得人心之所同然也。"（《瓯北诗话》卷十一）[5] 此诗感动人心之处，首先在于触动了人人都有的一别成永诀的担忧与感伤。

---

[1] （唐）慧立、彦悰：《大慈恩寺三藏法师传》，孙毓棠等点校，中华书局1983年版，第17、124页。

[2] 杨庭福：《玄奘年谱》，上海古籍出版社2011年版，第220页。

[3] （清）董诰等编：《全唐文》（一），上海古籍出版社1990年版，第780页。

[4] 笔者于2004年7月14日、2017年7月27日先后两次前往敦煌阳关遗址考察。

[5] （清）赵翼：《瓯北诗话》，霍松林、胡主佑校点，人民文学出版社1981年版，第171页。

王维用最浅近直白的语言，表达出最真切深挚的情感，赢得了后世的无数赞赏："语老情深，遂为千古绝调。"(《唐诗镜》)"片言之悲，令人魂断。""信手拈出，乃为送别绝唱。"(《唐诗选脉会通评林》)"唐人别诗，此为绝唱。"(《唐诗绝句类选》)，"风韵超凡，声情刺骨，自尔百代如新，更无继者。"(《唐风定》)"不作深语，声情沁骨。"(《唐诗笺要》)[1] 王维诗中的"绝域阳关道，胡沙与塞尘。三春时有雁，万里少行人"(《送刘司直赴安西》)、刘长卿诗中的"阳关望天尽，洮水令人愁。万里看一鸟，旷然烟霞收"(《送裴四判官赴河西军试》)、孙光宪词中的"空碛无边，万里阳关道路。马萧萧，人去去，陇云愁"(《酒泉子》其一)，不只是为了烘托离别的悲伤，也确实是把出阳关、走西域视为畏途的。由于影响广泛，"阳关引""阳关三叠"到了宋代已成为词调。寇准《阳关引》：

> 塞草烟光阔，渭水波声咽。春朝雨霁轻尘歇。征鞍发。指青青杨柳，又是轻攀折。动黯然，知有后会甚时节。

> 更尽一杯酒，歌一阕。叹人生，最难欢聚易离别。且莫辞沉醉，听取阳关彻。念故人，千里自此共明月。

演绎了王维诗意，情景动人，意味深长。南宋柴望亦有《阳关三叠·庚戌送何师可之维扬》："此夜思君，肠断不禁。尽思君送君。立尽江头月，奈此去、君出阳关，纵有明月，无酒酌故人。奈此去、君出阳关，明朝无故人。"在"奈此去、君出阳关"的重复与强调中，送别者的悲伤与无奈已尽在其中。

（二）曲中阳关

李东阳说："作诗不可以意徇辞，而须以辞达意。辞能达意，可歌可咏，则可以传。王摩诘'阳关无故人'之句，盛唐以前所未道。此辞一出，一时传诵不足，至为三叠歌之。后之咏别者，千言万语。殆不能出其意之外。必如是，方可谓之达耳。"(《麓堂诗话》)[2] 因为感动人心

---

① 陈伯海主编：《唐诗汇评》(上)，浙江教育出版社1995年版，第352页。

② 丁福保辑：《历代诗话续编》(下)，中华书局1983年版，第1372页。

的巨大力量，《送元二使安西》一诗在唐代就被改编为歌曲《阳关三叠》广为流传，因诗中有"渭城""阳关"字样，亦称《渭城曲》《阳关曲》："旧人唯有何戡在，更与慇勤唱渭城。"（刘禹锡《与歌者诗》）"阳关多古调，无奈醉中闻。"（戴叔伦《送别钱起》）"十二年前边塞行，坐中无语叹歌情。不堪昨夜先垂泪，西去阳关第一声。"（张祜《听歌二首》其一）"渭城朝雨休重唱，满眼阳关客未归。"（崔仲容《赠歌姬》）"红绽樱桃含白雪，断肠声里唱阳关。"（李商隐《赠歌妓二首》其一）"醉里不辞金爵满，阳关一曲肠千断。"（冯延巳《蝶恋花》其三）白居易尤其喜欢《阳关曲》，多次在诗中提及："最忆阳关唱，真珠一串歌。"（《晚春欲携酒寻沈四著作先以六韵寄之》）"理曲弦歌动，先闻唱渭城。"（《和梦得冬日晨兴》）"相逢且莫推辞醉，听唱阳关第四声。"（《对酒》）"更无别计相宽慰，故遣阳关劝一杯。"（《荅苏六》）"我有阳关君未闻，若闻亦应愁杀君。"（《醉题沈子明壁》）从唐人的描述中可以看出，《阳关三叠》多在酒席上演唱，曲调优美感伤，感人至深，听者以至于"垂泪""断肠""肠千断""愁杀"。

《阳关三叠》又有琴曲，以王维《送元二使安西》诗为中心歌词，增添词句，引申诗意，抒写离别之愁情。因全曲分三段，原诗反复三次，故称"三叠"。《阳关三叠》乃是三次叠唱之意，以尽情发挥诗中之意趣。唐末诗人陈陶说："愿持卮酒更唱歌，歌是伊州第三遍。唱著右丞征戍词，更闻明月添相思。"（《西川座上听金五云唱歌》）《阳关三叠》后被收入《伊州大曲》，成为大曲中的第三段（遍），《伊州大曲》是在开元（713—741）中由北庭伊西节度使盖嘉运进献宫廷的。现今经常演奏的《阳关三叠》，出自清末张鹤所编《琴学入门》，全曲三大段，即三次叠唱，每次叠唱，加入若干词句，系从原诗诗意发展而来，结束时添加尾声。[1]歌词如下：

初叠

清和节当春，渭城朝雨浥轻尘，客舍青青柳色新。劝君更尽一杯酒，西出阳关无故人。霜夜与霜晨，遄行，遄行，长途越度关

---

① 《中国大百科全书·音乐舞蹈》，中国大百科全书出版社1989年版，第781—782页。

津，惆怅役此身。历苦辛，历苦辛，历历苦辛，宜自珍，宜自珍。

二叠

渭城朝雨浥轻尘，客舍青青柳色新。劝君更尽一杯酒，西出阳关无故人。依依顾恋不忍离，泪滴沾巾，无复相辅仁。感怀，感怀，思君十二时辰，参商各一垠。谁相因，谁相因，谁可相因。日驰神，日驰神。

三叠

渭城朝雨浥轻尘，客舍青青柳色新。劝君更尽一杯酒，西出阳关无故人。芳草遍如茵，旨酒，旨酒，未饮心已先醇。载驰骃，载驰骃，何日言旋轩辚，能酌几多巡。千巡有尽，寸衷难泯。无穷的伤感，楚天湘水隔远滨，期早托鸿鳞。尺素申，尺素申。尺素频申，如相亲，如相亲。

尾声

噫，从今一别，两地相思入梦频，闻雁来宾。①

歌词后云："以上四曲与古斋家藏秘谱、与诸本所刊不同，音节简古雅静，知音者自能领悉。"琴歌歌词扩展、深化了原诗内容，加重了原诗的感情色彩。今人关乃忠编曲，乔珊演奏、演唱的《阳关三叠》，歌词即取自《琴学入门》。②《阳关三叠》由唐一直传唱至宋，宋人尤其看重《阳关三叠》催人泪下的艺术效果："莫攀杨柳涛江岸，莫唱《阳关》动凄断。"（周必大《送光禄寺丞李德远请春祠》）③"莫唱阳关曲，泪湿当年金缕。离歌自古最消魂，闻歌更在魂消处。"（晏几道《梁州令》）"佳人亦何念，悽断《阳关曲》。"（苏轼《送顿起》）④"柔姬一唱阳关曲，独任刚肠亦泪流。"（刘攽《酬王定国五首》其一）⑤"一曲阳关肠断处，临风惨对离尊。"（米友仁《临江仙》）"阳关一曲声凄楚，惹起离筵愁

---

①　（清）张鹤编：《琴学入门》，中国书店 2010 年影印本。

②　关乃忠编曲：《阳关三叠》，乔珊演奏、演唱，北京钧天坊古琴文化艺术传播有限公司 2015 年出品。

③　（清）吴之振等选，（清）管庭芬、蒋光熙补：《宋诗钞》（二），中华书局 1986 年版，第 1615 页。

④　《苏轼诗集》（三），（清）王文诰辑注，孔凡礼点校，中华书局 1982 年版，第 871 页。

⑤　北京大学古籍文献研究所编：《全宋诗》（十一），北京大学出版社 1991 年版，第 7264 页。

绪。"（杨冠卿《东坡引》）诗词中流漾着无限的愁绪，如春天无所不在的飞絮。唱出的离情比写出的离情更加感人，今天听古琴演奏家乔珊女士的琴歌《阳关三叠》，依旧能够感受到那种浸入骨髓的感伤和一去不回的悲壮。沈德潜说："相传曲调最高，倚歌者笛为之裂。阳关在中国外，安西更在阳关外。言阳关已无故人矣，况安西乎？此意须微参。"（《唐诗别裁》卷十九）[①] 能让伴奏者"笛为之裂"，足见《阳关三叠》声调之亢烈，悲情之深重。

唐诗中已有"三叠"字样："早服还丹无世情，琴心三叠道初成。"（李白《庐山谣寄卢侍御虚舟》）"扣枻歌三叠，飞觞泻百柸。"（陈元光《题龙湖》其一）但未见"阳关三叠"之名，宋诗、宋词中则多有记述："三叠阳关声，两行铅水泪。人方入荒陬，天或我遐弃。"（李新《别莫倩赴茂林》）[②] "曲水一觞今意懒，阳关三叠重情伤。"（洪适《望江南·再作》）[③] "阳关三叠君须秘，除却胶西不解歌。"（苏轼《和孔密州五绝·见邸家园留题》）[④] "三叠古阳关。轻寒噤、清月满征鞍。"（孙惟信《风流子》）"阳关莫作三叠唱，越女应须为我留。"（辛弃疾《鹧鸪天·郑守厚卿席上谢余伯山用其韵》）[⑤] "想征帆万里，阳关三叠，肠空断、人谁忆。"（京镗《水龙吟·次邛州赵守韵》）"樽前休更说燕然，且听阳关三叠了。"（王安中《木兰花·送耿太尉赴阙》）"三叠阳关声堕泪，写平时、兄弟情长久。"（林正大《括贺新凉》）"三叠"通过叠唱的形式不断营造氛围，一层层推进感情、浓化感情，加上酒的催化作用，前途未卜、心怀忐忑的离别者真真是泪如雨下，心如刀割。元曲中亦有相关描写："正春风杨柳依依，听彻阳关，分袂东西。看取樽前，留人燕语，送客花飞。""理征衣鞍马匆匆，又在关山，鹧鸪声中。三叠阳关，一杯鲁酒，逆旅新丰。"（阿鲁威《双调·山鬼》）[⑥] 鲁酒，薄酒；新丰，地名，

① （清）沈德潜：《唐诗别裁》，中华书局 1964 年版，第 110 页。
② 北京大学古籍文献研究所编：《全宋诗》（二十一），北京大学出版社 1991 年版，第 14149 页。
③ 唐圭璋编：《全宋词》（二）中华书局 1965 年版，第 1388 页。
④ 《苏轼诗集》（三），（清）王文诰辑注，孔凡礼点校，中华书局 1982 年版，第 729 页。
⑤ 邓广铭撰：《稼轩词编年笺注》，上海古籍出版社 1978 年版，第 223 页。
⑥ 隋树森编：《金元散曲》（上），中华书局 1964 年版，第 685 页、第 686 页。

在今陕西临潼。"阳关三叠""三叠阳关"如此频繁地出现在诗词之中，也可见乐曲的影响越来越深入广泛。

（三）画中阳关

由于特殊地位和文化价值，诗里阳关不仅被披之于歌，还被绘之于画。从现存的宋元明诗人的题咏看，《阳关图》是绘画的常见题材，主要是延续、扩展王维《送元二使安西》诗的意境，强调《阳关三叠》（《渭城曲》）感动人心的艺术力量："邂逅故人逃难处，王孙气象独升平。诗吟摩诘如无味，画到阳关别有情。"（晁说之《谢蕴文承议阳关图》）[①]宋代的《阳关图》以李伯时所绘最为著名，题咏的诗人最多，张舜民所谓"古人送行赠以言，李君送人兼以画。自写阳关万里情，奉送安西从辟者。澄心古纸白如银，笔墨轻清意潇洒。短亭离筵列歌舞，亭亭喧喧簇车马。"（《京兆安汾叟赴辟临洮幕府南舒李君自画阳关图并诗以送行……》，见《画墁集》卷一）[②]李君，李伯时（1049—1106），名公麟，号龙眠居士，舒城（今安徽舒城）人。元祐（1086—1094）进士，元符（1098—1100）年间拜御史大夫。博学好古，尤善画山水、佛像，与苏轼、苏辙、米芾、黄庭坚为至交。苏轼《书林次中所得李伯时〈归去来〉〈阳关〉二图后》：

其一

不见何戡唱渭城，旧人空数米嘉荣。

龙眠独识殷勤处，画出阳关意外声。

其二

两本新图宝墨香，樽前独唱小秦王。

为君翻作归来引，不学阳关空断肠。[③]

何戡、米嘉荣，均为中唐著名歌唱家。刘禹锡《与歌者何戡》："二十余年别帝京，重闻天乐不胜情。旧人唯有何戡在，更与殷勤唱渭

---

① （清）陈邦彦选编：《康熙御定历代题画诗》（上），北京古籍出版社1996年版，第674页。
② 《影印文渊阁四库全书》（第一一一七册），（台湾）商务印书馆1983年发行，第8页。
③ 《苏轼诗集》（五），（清）王文诰辑注，孔凡礼点校，中华书局1982年版，第1599页。

城。"刘禹锡《与歌者米嘉荣》:"唱得凉州意外声,旧人唯数米嘉荣。"
刘诗借听何氏演唱《渭城曲》、米氏演唱《凉州曲》,抒发了今昔盛衰之
感。沈德潜评《与歌者米嘉荣》说:"王维《渭城》诗,唐人以为送别
之曲。梦得重来京师,旧人惟一乐工,为唱《渭城》送别,何以为情
也?"(《唐诗别裁》卷二十)[①] 苏轼追忆唐代著名歌唱家意在说明,与诉
诸听觉的《渭城曲》相比,诉诸视觉的《阳关图》别具情怀,画中有演
唱者难以传递的意蕴。苏辙《李公麟阳关图二绝》:

其一

百年摩诘阳关语,三叠嘉荣意外声。

谁遣伯时开缟素,萧条边思坐中生。

其二

西出阳关万里行,弯弓走马自忘生。

不堪未别一杯酒,长听佳人泣渭城。[②]

第一首诗说,从王维的《送元二使安西》诗,到米嘉荣演唱的歌曲
《阳关三叠》,再到李伯时的绘画《阳关图》,使用的媒介不同,但带给
人的"萧条边思"却是一致的。第二首诗说,李伯时的《阳关送别图》,
描绘的是守边将士西出阳关、远行万里的情形,他们弯弓走马、勇于自
我牺牲,却被一杯赠别酒、一声《渭城曲》所感动,以至于心潮翻涌,
悲不自胜。苏颂《和题李公麟阳关图二首》表达的感情与苏辙一样:

其一

渭城凄咽不堪听,曾送征人万里行。

今日玉关长不闭,谁将旧曲变新声。

其二

三尺冰纨一绝诗,翩翩车马送行时。

尊前怀古闲开卷,见尽关山远别离。[③]

第一首诗说,凄楚的《渭城曲》不忍卒听,曾送别征人万里西行;

---

① (清)沈德潜:《唐诗别裁》,中华书局1964年版,第130页。

② 《苏辙集》(一),陈宏天、高秀芳点校,中华书局1990年版,第324页。

③ (宋)苏颂:《苏魏文公集》(上),王同策等校点,中华书局1994年版,第142页。

如今的玉门关已常开不闭，不似汉武帝当年，人们把旧曲变作新声，但表达的依旧是离别之情。据《史记·大宛列传》记载，贰师将军李广利率领的将士们在外征战数年，渴望回到玉门关内稍作休整，"天子闻之，大怒，而使使遮玉门，曰军有敢入者辄斩之！贰师恐，因留敦煌"①。第二首诗说，李伯时丝绢上画的、王维诗里写的都是"车辚辚，马萧萧，行人弓箭各在腰"（杜甫《兵车行》）的送别情景，引发了观赏者无尽的思古之情。黄庭坚《题阳关图二首》：

其一

断肠声里无形影，画出无声亦断肠。

想得阳关更西路，北风低草见牛羊。

其二

人事好乖当语离，龙眠貌出断肠诗。

渭城柳色关何事，自是离人作许悲。②

从诗中"龙眠"一词看，此诗题咏的依旧是李伯时所绘的《阳关图》。第一首诗说，不论是有声的歌曲还是无声的绘画，无一例外地表达了"断肠"的主旨，并由此描绘出一幅如北朝民歌《敕勒歌》所咏赞的"天苍苍，野茫茫。风吹草低见牛羊"一样壮阔的西北边塞与自然的图景。第二首诗用陶渊明"人事好乖，便当语离"（《答庞参军并序》）诗意，说人事常违背心愿，离别亦不可避免，李伯时描绘出一幅令人悲伤的阳关送别图；渭城的青青柳色关人何事，但在离人眼里就染上了伤心之色，何况耳边响起了《渭城曲》。貌，描绘；作许，这般，如此。"江西诗派"的著名诗人谢薖（1074—1116）亦有《观李伯时阳关图二首》（《竹友集》卷七）：

其一

坐对丹青伤别离，泪和朝雨想频挥。

道边垂柳年年在，看尽行人长不归。

---

① （汉）司马迁：《史记》（十），中华书局 1975 年版，第 3175 页。

② 《黄庭坚诗集注》（四），（宋）任渊等注，刘尚荣校点，中华书局 2003 年版，第 1322—1323 页。

其二

春草春波伤底事，青青柳色最消魂。

龙眠自有离家恨，貌得阳关烟雨昏。①

与此同时，谢邁夸赞王维诗与李伯时画互为映衬，各有千秋："摩诘句中有眼，龙眠笔下通神。佳篇与画张本，短纸为诗写真。"（《集庵摩勒园观李伯时画阳关图……》《竹友集》卷五）② 何况，诗画本来就是相通的。楼钥（1137—1213）亦有《题汪季路太傅所藏龙眠阳关图二首》：

其一

离觞别泪为君倾，行李匆匆欲问程。

不用阳关寻旧曲，图中端有断肠声。

其二

画出阳关古别离，萧疏柳质不胜悲。

行人顾叹离人泣，柳下渔翁总不知。

楼钥赞美李伯时的阳关图中浸透了《阳关三叠》的悲伤，自有"断肠声"。在宋人题咏阳关图的诗中，陆游《题阳关图》自有格调，别具情怀：

谁画阳关赠别诗，断肠如在渭桥时。

荒城孤驿梦千里，远水斜阳天四垂。

青史功名常蹭蹬，白头襟抱足乖离。

山河未复胡尘暗，一寸孤愁只自知。③

诗说，是谁将王维《送元二使安西》诗意画成了《阳关送别图》？蕴含其中的哀伤之情一如当年渭桥赠别之时。荒城、孤驿、远水、斜阳叠加在"梦千里""天四垂"之上，更见路途之遥远，意绪之悲凉。"青史功名""白头襟抱"，对于陆游来说就是实现抗击敌人、收复失地的爱国理想。但现实的境遇却偏偏是"常蹭蹬""足乖离"。蹭蹬，路途险阻

---

① 《影印文渊阁四库全书》（第一一二二册），（台湾）商务印书馆1983年发行，第594—595页。

② 《影印文渊阁四库全书》（第一一二二册），（台湾）商务印书馆1983年发行，第581页。

③ 钱仲联：《剑南诗稿校注》（四），上海古籍出版社2005年版，第2022页。

难行，比喻困顿不顺利；乖离，抵触，背离。所以结尾诗人说，山河破碎依旧，内心的孤愁唯有自己咀嚼。陆游将自己浓浓的爱国情怀与深重的悲伤无奈之情全部融入了《阳关送别图》中，可谓借他人酒杯，浇自己胸中之块垒。

宋人之后，元明的阳关图与题咏阳关图的诗作亦源源不断："一杯送别古阳关，关外千重万叠山。试问青青渭城柳，不知眼见几人还。"（李俊民《阳关图》）[1]"咸阳西距玉门关，万里征人惮往还。此别尊前须尽醉，相逢俱是鬓毛斑。"（杨载《阳关图》）[2]"故人写出阳关意，都付丹青半幅中。"（张昱《题秋江送别图》见《可闲老人集》卷三）[3]"阳关图里，小邮亭掩映，几株杨柳。"（唐桂芳《念奴娇》见《白云集》卷四）[4]"三月皇州送佩珂，柳花吹雪满官河。纵令渭水深千尺，不似阳关别泪多。"（僧来复《题阳关送别图》）[5]"行行重行行，送客安西征。可怜渭城曲，已作阳关声。阳关去渭城，四千五百里。才闻征马嘶，初见行尘起。行尘征马短亭前，弱柳垂杨古道边。"（杨慎《阳关图引》，见《升庵集》卷三十七）[6]……从"几人还""惮往还""别泪多"的描写中可以看出，对于离别亲人、远赴阳关、归期难定，人们忧心忡忡。这之中，明人郑嘉的《题阳关送别图》最有特点：

> 漠漠杨柳花，青青杨柳树。带花折长条，将送行人去。灞陵勿淹留，明日发沙洲。沙洲连塞路，望望使人愁。愿推双车轮，推过寿昌县。寿昌何蔚蔚，边城如眼见。别曲歌且停，春醪香更清。一杯歌一曲，曲尽两含情。含情岂无语，别离心更苦。懊恨别离多，欢娱能几许。万水复千山，人去几时还。谁言功名好，侬道不如闲。[7]

---

① （清）顾嗣立：《元诗选》（初集上），中华书局1987年版，第121页。

② （清）顾嗣立编选：《元诗选》（初集中），中华书局1987年版，第979页。

③ 《影印文渊阁四库全书》（第一二二二册），（台湾）商务印书馆1983年发行，第585页。

④ 《影印文渊阁四库全书》（第一二二六册），（台湾）商务印书馆1983年发行，第832页。

⑤ （清）陈邦彦选编：《康熙御定历代题画诗》（上），北京古籍出版社1996年版，第676页。

⑥ 《影印文渊阁四库全书》（第一二七〇册），（台湾）商务印书馆1983年发行，第256—257页。

⑦ （清）陈邦彦选编：《康熙御定历代题画诗》（上），北京古籍出版社1996年版，第676页。

灞陵，古地名，本作霸陵，故址在今陕西西安市东，汉文帝葬于此，故称。李白《忆秦娥》："年年柳色，灞陵伤别。"沙洲，今甘肃敦煌。寿昌，沙洲领寿昌县。与一般阳关图表达的单纯的离别悲伤不同，这首题画诗不仅容量大，而且抒情角度独特。诗一开始，描绘杨柳青青的春天景色，以古代折柳送别习俗表达对远行人的留恋之情。行人从长安的灞陵出发，到万里之外的沙洲。她愿意推着双车轮，一直把行人（征人）亦即自己的爱人推到寿昌县，眼望着边城两人酌酒告别。人生短暂，聚少离多，内心的痛苦难以言表。内地和边城相隔万水千山，相见难上加难。结尾一句"谁言功名好，侬道不如闲"，是这位女子的了悟之语：虚诞的功名之想怎么能和相聚的美好、幸福相比？题画诗展现的画面悠远阔大，由灞陵到阳关，由内地到边疆，所谓"万水复千山"，贯穿其中的始终是思妇的不舍与牵念。

（四）诗歌、音乐、绘画三者会通

丝路兴，阳关兴；丝路衰，阳关废。阳关的兴废，见证的是一个王朝的兴衰。"自禄山首乱，中夏不安，蕃戎乘釁，侵败封略，道路梗绝，往来不通。"（陆贽《慰问四镇北庭将吏敕书》）[1]"安史之乱"爆发之后，盘踞青藏高原的吐蕃趁机北上，占据河陇地区，唐王朝失去了对西域的控制，"丝绸之路"就此中断，所以杜甫喟叹"乘槎断消息，无处觅张骞"（《有感五首》其一）。因为"丝绸之路"的中断，阳关也逐渐被废弃。巴黎藏敦煌石室写本《沙州地志》（P.5034 号）云："二古关：阳关，东西二十步，南北二十七步。右在县西十里，今见毁坏，基趾见存，西通石□（城）、于阗等南路。以在玉门关南，号曰阳关。"[2]县，指寿昌县，唐沙洲领敦煌、寿昌二县。唐敦煌人作品《敦煌廿咏·阳关戍咏》：

> 万里通西域，千秋尚有名。
>
> 平沙迷旧路，昚井引前程。
>
> 马色无人问，晨鸡吏不听。

---

[1] （清）董诰等编：《全唐文》（三），上海古籍出版社 1990 年版，第 2098 页。
[2] 郑炳林：《敦煌地理文书汇辑校注》，甘肃教育出版社 1989 年版，第 45—46 页。

遥瞻废关下，昼夜复谁扃。

此诗所描绘的情形已经相当寂寞冷清。根据王重民先生考释，敦煌唐人诗集的写作年代应该不早于乾元三年（760），也不晚于贞元元年（785），[1] 也就是说，大约中唐前期阳关已经废圮，这也印证了晚唐诗人储嗣宗的记述："五原西去阳关废，日漫平沙不见人。"（《随边使过五原》）储嗣宗是储光羲的曾孙，宣宗大中十三年（859）登进士第，曾任校书郎，到过北方边塞。1943年，考古学家向达先生曾亲临阳关所在的古董滩考察："今南湖西北隅有地名古董滩，流沙壅塞，而版筑遗迹以及陶片遍地皆是，且时得古器物如玉器、陶片、古钱之属，其时代自汉以迄唐宋皆具，古董滩遗迹迤逦而北以迄于南湖北面龙首山俗名红山口下，南北可三四里，东西流沙湮没，广阔不甚可考。"[2]

今天的阳关仅存一座汉代烽燧遗址，近前有今人立的一块"阳关古道"石碑，但游人如织，络绎不绝，可见他们对汉唐辉煌的追怀。就是这条古道，亦称阳关路、阳关大道，原指汉唐经过阳关通向西域的大道，历史上多突出其荒寒遥远："阳关万里道，不见一人归。唯有河边雁，秋来南向飞。"（庾信《重别周尚书诗二首》其一）[3] "发到阳关白，书今远报君。"（岑参《岁暮碛外寄元撝》）"弱水应无地，阳关已近天。今君渡沙碛，累月断人烟。"（杜甫《送人从军》）"安西虽有路，难更出阳关。"（许棠《塞下二首》其一）由于"丝绸之路"在历史上发挥的巨大作用以及影响的广泛深入，阳关道逐渐指宽阔平坦的交通大道，等同于光明大道、康庄大道："我将这引魂幡招飐到两三遭，存孝也，则你这一灵儿休忘了阳关大道。"（关汉卿《邓夫人苦痛哭存孝·第四折》）[4] 在谚语中，阳关道与"独木桥"并置，"你走你的阳关道，我过我的独木桥"，足见其影响已深入到民间和日常生活之中。阳关路是通衢大道，可以北往南来。在后人眼里，通往西域的阳关路就是"丝绸之路"，虽

---

[1] 王重民：《敦煌唐人诗集残卷考释》，《中华文史论丛》1984年第四辑，又见《全唐诗》（十三），中华书局1999年版，第10368—10370页。

[2] 向达：《两关杂考》，《唐代长安与西域文明》，河北教育出版社2001年版，第367页。

[3] 逯钦立辑校：《先秦汉魏晋南北朝诗》（下），中华书局1983年版，第2402页。

[4] 《关汉卿戏剧集》，人民文学出版社1976年版，第346页。

然充满艰辛和危险，却是一条英雄之路、一条梦想和希望之路。

阳关虽然自中唐后就废圮了，但阳关却逐渐演化为著名的文化符号，成为一个辉煌时代的象征：汉唐的强大和开放，对外交流的频繁，广阔的疆域，漫长的边境线，往来于此的诗人、使节、官员、商旅、僧人以及守边的将士等。阳关一经文人题咏加工，便长存于人们的记忆之中。解读阳关是多角度的，可以是历史的、文化的，也可以是文学的、艺术的，曾大兴教授则从文学景观的角度解读阳关："从某种意义上讲，一个著名的文学景观，就是一个'层累地造成的'人类文化的记忆库。以阳关为例。你也说阳关，我也说阳关。阳关在军士们看来是一个需要日夜把守的要塞，在信使们看来是一个更换马匹的驿站，在商人们看来是一打尖歇脚的旅店，在游子们看来是一个瞭望故乡的危楼，在思妇们看来是一个怀念亲人的坐标，在诗人们看来是一个抒情言志的意象，在众多的旅游者看来则是一个追寻历史的符号……阳关累积了太多的历史记忆与文化想象，谁又能穷尽它的意义？"[①]阳关具有如此丰富的内涵，说到底，还是因为阳关久远的历史，曾经发挥过的巨大的作用，并且一直为文学家、艺术家所钟情和关注。说汉唐，离不开说阳关；说阳关，必然要和汉唐的历史相连。既进入历史视野，又进入审美视野，阳关的魅力便是无穷尽的。

刘勰说："古来辞人，异代接武，莫不参伍以相变，因革以为功，物色尽而情有余者，晓会通也。"（《文心雕龙·物色》）[②]王维一首《送元二使安西》诗打通了文学、音乐、绘画等不同领域，诗人、音乐家、画家共同参与创造。无论是诗里词里吟诵的阳关，还是歌中曲中演唱的阳关、绘画中描摹的阳关，都不是静态的、凝固的，而是活动着的、开放的，诗、音乐、绘画三者会通，文字符号、节奏旋律、色彩线条并用，随着读者、听众与观赏者的联想与想象而跃动，而且不时有新的内涵注入，由此成为令人惊叹的文化现象，《瓯北诗话》说：

人意中所有，却未有人道过，一经说出，便人人如其意之所欲

---

① 曾大兴：《"丝绸之路"上的文学景观》，《中国社会科学报》2017年4月17日。

② （梁）刘勰著，周振甫注释：《文心雕龙注释》，人民文学出版社1983年版，第494页。

出，而易于流播，遂足传当时而名后世。如李太白"今人不见古时月，今月曾经照古人"，王摩诘"劝君更尽一杯酒，西出阳关无故人"，至今犹脍炙人口，皆是先得人心之所同然也。①

从《送元二使安西》到《阳关三叠》(《渭城曲》《阳关曲》)，再到《阳关图》《阳关送别图》，不只是名目和门类的不同，也不只是从文学到艺术的简单转换。它说明带有普遍意义的题材的巨大影响力和包容性，说明离别、思乡、奔赴远方，始终在人们的生活中占据着重要地位，当然也说明诗歌、音乐、绘画在本质上的相通。"悲欢聚散一杯酒，南北东西万里程"(《西厢记·长亭送别》)②已成为今天阳关的关联，③一时间激起行人的多少感慨！也正是这些基本的感情和行为，最能触动人心、感染人心。在古代中国，没有比阳关这个巨大的文化符号更适合也更能够承载这些基本的感情和行为了；也没有比诗词、音乐、绘画三者因阳关而会通更能全方位地表现这些基本的感情和行为了。阳关是不朽的，哪怕它只剩下一座烽燧遗址！

总之，作为唐代西北边疆的咽喉要地和国家门户，玉门关、阳关扩大了唐代诗人的审美视野，激发了诗人的创作灵感，丰富了诗人的想象力，为唐诗带来了别样的风采，是唐代边塞诗最引动人心的题材之一。与此同时，作为唐诗中最重要的审美意象，玉门关、阳关从一开始就熔铸了深长的感情，构成的境界高远明丽、意蕴深厚，交织着报国、思乡等多种感情，既昂扬奋发又深挚低回，不仅显示了诗人内心世界的丰富，也是一个辉煌时代的见证。

---

① 陈伯海主编：《唐诗汇评》(上)，浙江教育出版社1995年版，第352页。
② （元）王实甫：《西厢记》，王季思校注，上海古籍出版社1978年新一版，第151页。
③ 笔者于2017年7月27日再访敦煌阳关烽燧遗址，此联书写在"阳关古道"刻石两侧的廊亭上。

第五章　唐诗中的北方边城

——以金河、五原、居延为研究对象

　　唐代国力强大，版图辽阔，边境线漫长，周边与多个少数民族毗邻。《旧唐书·地理志一》记载，唐代解除边境威胁、开疆拓土自唐初就已经开始："自北殄突厥颉利，西平高昌，北逾阴山，西抵大漠。其地，东极海，西至焉耆，南尽林州南境，北接薛延陀界。凡东西九千五百一十里，南北万六千九百一十八里。"[①] 突厥颉利，东突厥末代可汗；高昌，在今新疆吐鲁番；阴山，今内蒙古阴山；焉耆，今新疆焉耆县；林州南境，今越南北部；薛延陀，今蒙古中北部土拉河一带。环绕着唐王朝的边境，建有众多的边关、边城，尤其是在西北，仅是岑参边塞诗中提到的著名边关、边城就有凉州（今甘肃武威）、酒泉（今甘肃酒泉）、玉门关（在今甘肃敦煌西北）、阳关（在今甘肃敦煌西南）、安西（今新疆库车）、北庭（今新疆吉木萨尔北）、轮台（今新疆米泉至乌鲁木齐市南郊之乌拉泊古城一带）、[②] 蒲昌（今新疆鄯善）等。此外还有其他诗人写到的处在北部边境的居延、五原、金河、受降城、云中、雁门关等，这些散布在漫长边境线上的边关、边城，多为交通枢纽，处于咽喉要地，军事战略地位十分重要，是唐代边塞战争发生的主要区域。开元时代诗人李昂《从军行》就描写了自汉以来频繁的边塞战争及其征戍的异常艰苦：

---

① （后晋）刘昫等：《旧唐书》（五），中华书局 1975 年版，第 1384—1385 页。
② 冯志华等编著：《西域地名词典》，新疆人民出版社 2002 年版，第 285 页。

汉家未得燕支山，征戍年年沙朔间。塞下长驱汗血马，云中恒闭玉门关。阴山瀚海千万里，此日桑河冻流水。稽洛川边胡骑来，渔阳戍里烽烟起。长途羽檄何相望，天子按剑思北方。羽林练士拭金甲，将军校战出玉堂。幽陵异域风烟改，亭障连连古今在。夜闻鸿雁南渡河，晓望旌旗北临海。塞沙飞渐沥，遥裔连穷碛。玄漠云平初合阵，西山月出闻鸣镝。城南百战多苦辛，路傍死卧黄沙人。戎衣不脱随霜雪，汗马趁趁长被铁。

守边将士东西转战，马不停蹄，沙漠戈壁，无远不至。诗中提到的燕支山、玉门关、阴山、桑河、渔阳以及与之紧密关联的边塞大漠——沙朔、瀚海、塞下、塞沙、穷碛、黄沙、玄漠，均在唐代中国的北部、西北部，历来战争蜂起，是兵家必争之地。

唐诗中涉及的西部边关引起了研究者特别是边塞诗研究者的浓厚兴趣，有大量研究论文发表，而同一时期处在北部的边关，虽在唐诗中被多次提及，却鲜有关注者，更谈不上研究。缘于此，本章以在今内蒙古自治区境内的北部边关金河、五原、居延为研究重点，考察它们在唐诗中是如何被描写的，并承载了哪些情感内涵。金河、五原、居延以及三受降城，均处黄河以北广阔的游牧民族聚居的区域，由东向西，排成一线，跨度达上千公里，[①] 共同构成了唐代北部边疆最为重要的边防屏障，护卫着京师长安及广大中原地区的安全，同时也是民族融合、中原文化与北方游牧文化交流碰撞的重要场所和通道。

---

① 呼和浩特市至额济纳旗（古居延）政府所在地达来呼布镇，距离 1067 公里。乘坐 4661/4662 次火车，经包头、临河，一路向西，全程运行 16 小时。沿途有高山（大青山、狼山、乌拉山）、河湖（黄河、乌梁素海、乌加河、额济纳河）、沙漠（库布齐沙漠、乌兰布和沙漠、巴丹吉林沙漠）、林带（胡杨林、梭梭林、白桦林）及广阔草原，自然形态丰富，是一条可观可赏的风景长廊。笔者曾数次前往。

一、金河

（一）历史上的金河

杜佑《通典·州郡九》（卷一百七十九）说："单于大都护府，战国属赵，秦汉云中郡地也。大唐龙朔三年（663），置云中都护府，又移瀚海都护府于碛北（瀚海都护府旧曰燕然都护府），二府以碛为界。麟德元年（664），改云中都护府为单于大都护府。领县一：金河，有长城。有金河，上承紫河及象水。又南流入河。李陵台、王昭君墓。"[①]《太平寰宇记》卷四十九"云中县""金河水"条下注引《郡国志》说："云中郡有紫河镇，界内有金河水，其泥色紫，故曰金河。"[②]云中，即今内蒙古呼和浩特的托克托县。金河，即今天呼和浩特市南的大黑河。《中国古今地名大词典》说："金河，古水名。即今内蒙古自治区呼和浩特市南，托克托县北大黑河，下游汇为金河泊，南入黄河。《资治通鉴》隋大业三年（607），炀帝'车驾发榆林，历云中，溯金河'，即此。"[③]《元和郡县图志·关内道四·胜州》："炀帝大业五年（609），以胜州为榆林郡，领榆林、富昌、金河三县。""金河泊，在县东北二十里，周回十里。"[④]胜州，隋开皇二十年（600）分云州治置，治榆林县（今内蒙古自治区准格尔旗十二连城），辖境相当于今准格尔旗、达拉特旗、伊金霍洛旗、东胜县及黄河东岸托克托县一带。五代后废弃。西夏又置，后废弃。[⑤]

金河之名第一次出现在历史文献中是《隋书·北狄·突厥传》：大业三年"帝亲巡云内，溯金河而东北，幸启民所居。启民奉觞上寿，跪伏甚恭。帝大悦，赋诗曰：'鹿塞鸿旗驻，龙庭翠辇回。毡帐望风举，穹庐向日开。呼韩顿颡至，屠耆接踵来。索辫擎羶肉，韦鞲献酒杯。如

---

① （唐）杜佑：《通典》（五），王文锦等点校，中华书局1988年版，第4745页。

② （宋）乐史：《太平寰宇记》（二），王文楚等点校，中华书局2007年版，第1034页。

③ 戴均良等主编：《中国古今地名大词典》（中），上海辞书出版社2005年版，第1847页。

④ （唐）李吉甫：《元和郡县图志》（上），贺次君点校，中华书局1983年版，第109、110、111页。

⑤ 谭其骧主编：《中国历史大辞典·历史地理》，上海辞书出版社1996年版，第659页。

何汉天子，空上单于台。'"①云内，指云中县，治所在今内蒙古托克托县东北；金河，今呼和浩特市南郊的大黑河；启民，东突厥首领，曾居朔州大利城（今内蒙古和林格尔西北）；鹿塞，当为"鸡鹿塞"之简称，在今内蒙古磴口县西北哈隆格乃峡谷口，为贯穿阴山南北交通要冲，汉曾筑塞于此；羶（shān）肉，指羊肉；索辫，用细绳把头发分股编成带状，韦韝（wéi gōu），皮制的臂衣，二者都是古代北方游牧民族的装束，借指北方游牧民族。隋炀帝为自己在云中受到的热情接待兴奋不已，即兴赋《云中受突厥主朝宴席赋诗》以志其盛。诗中提到的"毡帐""穹庐"以及敬献羊肉、美酒等，都是典型的当地风物、礼俗，今天犹存。

金河，今称大黑河，蒙语名为伊克土尔根河，意为大激流河，是黄河在呼和浩特市的主要支流，全长 100 余公里，发源于今内蒙古卓资山县北、察哈尔右翼中旗南山。源出后，大黑河向西南流经卓资山、呼和浩特市南、昭君墓北，再西南经托克托县河口镇注入黄河。②金河历史悠久，《汉书·地理志八下》"定襄郡"条称"荒干水"："荒干水出塞外，西至沙陵入河。"③《水经注》卷三称"芒干水"："白渠水又西北，迳沙陵县故城南，王莽之希恩县也。其水西注沙陵湖。又有荒干水，出塞外，南迳钟山，山即阴山。"④沙陵，指沙陵湖，也就是金河泊，故址

---

① （唐）魏征等：《隋书》（六），中华书局 1973 年版，第 1875 页。
② 陈国灿：《大黑河诸水沿革考辨》，《内蒙古大学学报》1964 年第 2 期。此文长达 2 万余字，是有关大黑河诸水沿革研究最重要的文献，文后附有"大黑河诸水示意图"。陈国灿（1933—2018），湖北鄂城人，1958 年武汉大学研究生毕业后即赴内蒙古大学历史系任教，从事中国古代史教学及北方民族关系史研究。1975 年调回武汉大学历史系，任副教授、教授、博士研究生导师，兼任中国敦煌吐鲁番学会常务理事兼副会长、中国敦煌研究院兼职研究员。又，大黑河"全长 236.5 公里，流域面积 6835 平方公里。在呼市过境 106 公里，河床宽一般 20—50 米，枯水期多因上游引水灌溉而干涸，一般水深 0.5 米左右"。呼和浩特市史志办公室编纂：《呼和浩特市志》（内蒙古地方志丛书），内蒙古人民出版社 2005 年版，第 162 页。
③ （汉）班固：《汉书》（六），中华书局 1962 年版，第 1620 页。
④ （北魏）郦道元：《水经注》，陈桥驿点校，上海古籍出版社 1990 年版，第 51 页。

在今托克托县西北。① 《新唐书·高霞寓传》：唐将高霞寓任振武节度使时，"浚金河，溉卤地数千顷"②。今天的大黑河紧邻位于呼和浩特市玉泉区的内蒙古大学南校区，两岸土地肥沃，绿野青青，林木繁茂，塞北著名的风景胜地——王昭君墓就坐落于大黑河的南岸。

与金河、金河泊密切关联的是金河县，金河县因北有金河而得名。《元和郡县图志·单于大都护府·东受降城》："金河县，天宝四年置。初，景龙二年（708）张仁愿于今东受降城置振武军，节度使王忠嗣移于此城内，置县曰金河。"③ 《旧唐书·玄宗下》载：天宝四年（745），"冬十月，于单于都护府置金河县，安北都护府置阴山县"④。《中国历史地名大辞典》说："金河县，隋开皇十八年（598）改阳寿县置，属云州。治所在今内蒙古托克托县北中滩乡哈拉板申村大黑河东岸古城。一说在托克托县西南之沙拉湖附近。以金河（今大黑河）为名。二十年（600）改属胜州。后废，唐天宝四年复置，为振武治，移治今和林格尔县西北土城子，后废。"⑤ 《中国古今地名大词典》说：金河县"唐天宝四年置，治今内蒙古自治区和林格尔县西北土城子，唐末废"⑥。从以上材料可以看出，无论金河、金河泊还是金河县，三地相距甚近，均在今天呼和浩特境内南部，是中原进出朔方的交通要道，也是唐王朝北部的边防要地，游牧文化与农耕文化在这里分界也在这里汇合，有着非同寻常的政治与军事价值，吴融所谓"北驰柳塞，南控金河，欲净烟尘，必资心膂"（《授王行审鄜州节度使制》）是也。⑦ 《新唐书·地理志七下》载："入四夷之路与关戍走集最要者七"，"四曰中受降城入回鹘道"。⑧

---

① 戴均良等主编：《中国古今地名大词典》："沙陵湖，古湖名。约今内蒙古自治区托克托县西北低洼淤积滩地。《水经注·河水》：白渠水（今宝贝河）'西注沙陵湖'，'芒干水（今大黑河）又西南注沙陵湖'，皆即此。唐代称'金河泊'，明代名'天瑞泊'，清代名'黛山湖'，清代后期逐渐湮废。"上海辞书出版社 2005 年版，第 1558 页。

② （宋）欧阳修、宋祁：《新唐书》（一五），中华书局 1975 年版，第 4662 页。

③ （唐）李吉甫：《元和郡县图志》（上），贺次君点校，中华书局 1983 年版，第 108 页。

④ （后晋）刘昫等：《旧唐书》（一），中华书局 1975 年版，第 219 页。

⑤ 史为乐主编：《中国历史地名大辞典》（下），中国社会科学出版社 2005 年版，第 1605 页。

⑥ 戴均良等主编：《中国古今地名大词典》（中），上海辞书出版社 2005 年版，第 1861 页。

⑦ （清）董诰等编：《全唐文》（四），上海古籍出版社 1990 年版，第 3830 页。

⑧ （宋）欧阳修、宋祁：《新唐书》（四），中华书局 1975 年版，第 1146 页。

中受降城，在今内蒙古包头市西南黄河北岸，开元二年（714）至天宝八年（749），安北都护府治此。[①] 由东受降城所在的金河向西，即可抵达中受降城，由此向北便进入了回鹘道。[②]

（二）唐诗中的金河[③]

金河在《全唐诗》中一共出现了二十余次，大多数与边塞、战争、烽烟、荒凉、僻远、寒冷以及边塞建功的理想、思乡盼归的感情相联系，这一部分诗歌都可以归入唐代的边塞诗中。金河地处朔北，面临黄河，背倚阴山的主峰大青山，是突厥等北方游牧民族的聚居地，军事和边防的地位极其重要，历来为兵家必争之地："薙垣铺障，钿亭伐鼓，斩元于铁防之门，流血于金河之浦。"（徐彦伯《登长城赋》）[④] 唐将张仁愿所筑三受降城之一的东受降城就在今天的托克托县南的东岗古城，筑城目的就是吕温所称的"纳阴山于寸眸，拳大漠于一掌。惊尘飞而烽火耀，孤雁起而刁斗鸣"（《三受降城碑铭并序》），[⑤] 让阴山和金河一带完全在唐军的掌控之中，以防范和阻止北方游牧民族对中原的袭扰。

李德裕《条疏太原以北边备事宜状》指出："云州之北，并是散地，备御之要，系把头烽。""三受降城相去四百里，自置天德军及振武节度，其东受降城中并在腹内，都无大段兵马镇守。就中中受降城不过三五十人，古城摧断，都不修筑。今虏众在阴山之北，山中尽有过路，若突出山南，便入二城，即天德、振武当时隔断。其中受降城本是突厥拂云祠，最是要地，今天德人力不及，望令太原、振武共出三千人，速与修筑，便令镇守，即天德形势自壮，虏骑不敢窥边。""东受降城缘是近年新筑，城内无水，城外取金河水充饮，又于城西门掘一二十井，若被围守，即须困蹙。今筑月城，护取井水。"[⑥] 作为唐文宗朝的宰相，李

---

① 谭其骧主编：《中国历史大辞典·历史地理》，上海辞书出版社1996年版，第136页。
② 谭其骧主编：《中国历史地图集·隋唐五代十国时期》，中国地图出版社1982年版，第36—37页。
③ 高建新：《唐诗中的金河》，《内蒙古大学学报》2010年第5期。
④ （清）董诰等编：《全唐文》（二），上海古籍出版社1990年版，第1200页。
⑤ （清）董诰等编：《全唐文》（三），上海古籍出版社1990年版，第2814页。
⑥ （清）董诰等编：《全唐文》（三），上海古籍出版社1990年版，第3207页。

德裕心忧边患，不仅指出金河在北部边防中的特殊意义，更提醒皇帝要切实加强金河一带的边防，万万不可掉以轻心。这样，体现在唐诗中，金河从一开始就与保家卫国的使命感及其边塞立功的理想紧密相连，从中体现出的是一种英雄主义的精神与品质，如唐初员半千《陇头水》：

> 路出金河道，山连玉塞门。
>
> 旌旗云里度，杨柳曲中喧。
>
> 喋血多壮胆，裹革无怯魂。
>
> 严霜敛曙色，大明辞朝暾。
>
> 尘销营卒垒，沙静都尉垣。
>
> 雾卷白山出，风吹黄叶翻。
>
> 将军献凯入，万里绝河源。

作为唐王朝的边防重地，金河、玉门关直接护卫着首都长安的安全，所以杨炯说："路指金河，途连玉塞，尘沙共起，烽火相惊，秋草将腓，胡笳动吹，寒胶欲折，虏骑腾云。"(《大周明威将军梁公神道碑》)[1] 在这样严酷的环境下，唐军从金河一路向西北浩浩荡荡地行进，英勇无畏，所向披靡。全诗表现出的英雄主义品格，俨然有岑参"虏骑闻之应胆慑，料知短兵不敢接，车师西门伫献捷"(《走马川行奉送出师西征》)的气概。再如沈佺期《塞北二首》其二：

> 胡骑犯边埃，风从丑上来。
>
> 五原烽火急，六郡羽书催。
>
> 冰壮飞狐冷，霜浓候雁哀。
>
> 将军朝授钺，战士夜衔枚。
>
> 紫塞金河里，葱山铁勒隈。
>
> 莲花秋剑发，桂叶晓旗开。
>
> 秘略三军动，妖氛百战摧。
>
> 何言投笔去，终作勒铭回。

丑，指十二月。在寒冷遥远的西北边关，不断有紧急的军情发生，将士不畏自然环境的恶劣，长途跋涉，不停地转战于紫塞、金河、葱

---

① （清）董诰等编：《全唐文》（一），上海古籍出版社1990年版，第870页。

山、铁勒等地。"飞狐冷""候雁哀"，写出了边地的奇寒，将士就是在这种连动物都受不了的地方常年征战、驻守，全力去除边患，最终建立功业，勒铭而归。中唐郑锡《出塞曲》表现的也是边关立功的理想：

> 校尉征兵出塞西，别营分骑过龙溪。
>
> 沙平虏迹风吹尽，雾失烽烟道易迷。
>
> 玉靶半开鸿已落，金河欲渡马连嘶。
>
> 会当系取天骄入，不使军书夜刺闺。

出征塞西，满目茫茫黄沙，不见敌人踪迹。"金河欲渡"句写渡河人马之众，渲染出激战前的紧张气氛。"系取天骄"，表现了渴望建立功勋的雄心壮志。王维"吹角动行人，喧喧行人起。笳悲马嘶乱，争渡金河水"（《从军行》），描写的景象与此相似，但更见悲劲苍凉。贺朝的《从军行》是一首长诗，以充满感情的笔调写在"边树萧萧不觉春，天山漠漠长飞雪"的荒寒北地，将士们不顾个人安危，英勇作战，颂扬了一种"直为甘心从苦节"的牺牲精神，其中写道：

> 自从一戍燕支山，春光几度晋阳关。金河未转青丝骑，玉箸应啼红粉颜。鸿归燕相续，池边芳草绿。已见氛清细柳营，莫更春歌落梅曲。烽沉灶减静边亭，海晏山空肃已宁。行望凤京旋凯捷，重来麟阁画丹青。

在春来春去、鸿归燕来的季节推移中，征人依旧戍守金河，经年未移，家中的妻子在盼归中早已是泪水涟涟。如今边尘既净，功勋已建，还乡的时刻终于到来了。雍陶《僧金河戍客》表现的则是戍守金河的苦寒生活：

> 惯猎金河路，曾逢雪不迷。
>
> 射雕青冢北，走马黑山西。
>
> 戍远旌幡少，年深帐幕低。
>
> 酬恩须尽敌，休说梦中闺。

诗题中"僧"字疑为"赠"。因为常年在金河戍边，已熟悉金河一带的自然环境，即使遭逢大雪天气也不再会迷路。驻守的地方偏远，因守军不多，故军旗见少；营垒常年不移，沙土越积越多，故幕帐愈显得低矮。要报答皇恩，不杀尽敌人是不便提及回乡之事的。青冢，即今呼和浩特市南的昭君墓；黑山，今呼和浩特市东南的杀虎山，[①]一说，黑山即今内蒙古境内的蛮汉山，[②]蛮汉山居阴山主峰大青山南支，西距呼和浩特40公里。青冢北、黑山西，其地理范围大致是今天的呼和浩特市。唐人尉迟匡《塞上曲》有"夜夜月为青冢镜，年年雪作黑山花"之句。许浑的《登蒜山观发军》写的是北部边防军情危急，朝廷征兵选将，远赴前线，中有"去想金河远，行知玉塞空"之句。蒜山，在今江苏镇江市西滨江，后为江水淹没，今仅存孤峰。从长江南岸的镇江远赴漠北的金河，路途遥遥漫长可想而知。

抒发边塞建功立业理想的同时，在提及金河的诗歌中，有一部分作品表达的是厌战的情绪，虽然数量不多，但弥足珍贵，如李约的《从军行三首》（其二），写在金河一带征战戍边的艰辛及战争的激烈残酷，已经有厌战的情绪在内：

> 栅壕三面斗，箭尽举烽频。
>
> 营柳和烟暮，关榆带雪春。
>
> 边城多老将，碛路少归人。
>
> 杀尽金河卒，年年添塞尘。

诗说部队三面受敌，箭尽之后频繁举烽求救，情况万分危急。征人知道，一旦沦为金河卒，就将岁岁戍边、年年征战，直到战死在异域他乡，最终化为边塞上的尘土。"多老将""少归人"，指出了战争造成的残酷现实，流露出对统治者的不满情绪。张震的《宿金河戍》，在表现戍边将士异常辛劳的同时，同样隐隐地流露出了厌战的情绪：

> 朝发铁麟驿，夕宿金河戍。
>
> 奔波急王程，一日千里路。
>
> 但见容鬓改，不知岁华暮。
>
> 悠悠沙漠行，王事弥多故。

从铁麟驿到金河戍，两地有千里之遥，朝夕奔波，不辞辛劳。在

---

① 朱东润主编：《中国历代文学作品选》（中编一），上海古籍出版社1979年版，第393页。

② 朱成德主编：《中华诗词文库·内蒙古诗词卷》，中国文联出版社2009年版，第499页。

无休止的征战中，美好的年华悄然逝去，青春的容颜日渐衰老。如果问"我"为什么常年穿行在浩瀚的沙漠中不能回家，那是因为"王事弥多"。"王事弥多"，传递出的是如《诗经》"王事靡盬，不能蓺稷黍。父母何怙？悠悠苍天，曷其有所"（《唐风·鸨羽》）一样的怨愤之情，劳役、兵役无穷无尽，何时才是一个尽头呀！柳宗元的族叔柳中庸擅长边塞诗，他的《凉州曲二首》（其一）"关山万里远征人，一望关山泪满巾。青海戍头空有月，黄沙碛里本无春"，是边塞诗中的名作，赞者认为"言北地戍役凄凉，此诗极矣"（《唐诗绝句类选》）。[1] 他的《征人怨》描写战士常年辗转边塞，欲归不得，更直接明白地表达了厌战的情绪：

> 岁岁金河复玉关，朝朝马策与刀环。
>
> 三春白雪归青冢，万里黄河绕黑山。

诗题一作《征怨》。前两句说战士年年不是戍守金河就是戍守玉门关，每天接触的不是马鞭就是武器，在"岁岁""朝朝"的重叠中，已含厌倦情绪；后两句说三春时青冢尚有白雪，万里黄河围绕着黑山奔流，又指出了此地气候、地理环境的奇特。俞陛云评此诗说："四句皆作对语，格调雄厚。前二句言岁岁在穷荒之地，朝朝与刀马为缘。后二句言正芳序三春，而青冢寻碑，仍是茫茫白雪；长征万里，而黑山立马，唯见浩浩黄河。诗题为'征人怨'，前二句言情，后二句写景，而皆含怨意。嵌'白''青''黄''黑'四字，句法浑成。"[2] 李益《夜上西城听梁州曲二首》（其一）表达的厌战情绪就更加强烈了：

> 鸿雁新从北地来，闻声一半却飞回。
>
> 金河戍客肠应断，更在秋风百尺台。

西城，即西受降城，故址在今内蒙古杭锦后旗乌加河北岸；《梁州曲》，也称《梁州》《凉州词》，多用来抒写戍边将士慷慨悲凉的情怀。李益是当时常受到外族侵扰的陇西姑臧（今甘肃武威）人，8岁时逢"安史之乱"。代宗大历四年（769）中进士，曾任象郑县尉等职位低下的小官，后弃官游于燕、赵间，在藩镇任幕僚18年，先后入渭北节度

---

① 陈伯海主编：《唐诗汇评》（中），浙江教育出版社1995年版，第1372页。

② 俞陛云：《诗境浅说》，北京出版社2003年版，第211页。

使臧希让、朔方节度使李怀光、灵州大都督杜希全、邠宁节度使张献甫幕，后又被幽州节度使辟为从事。长期南北征战，李益对边塞军旅生活非常熟悉，写下了多篇表现边塞风光、边塞战争的诗歌，自言"腰悬锦带佩吴钩，走马曾防玉塞秋。莫笑关西将家子，只将诗思入凉州"（《边思》）。这首诗就是他长期军旅生涯的杰作，生动地写出了长期戍边将士的厌战情绪。金河处地荒僻，自然环境恶劣异常，连刚从北地飞来的鸿雁都不肯停留。秋风中，金河戍守的将士产生了强烈的思乡之情。诗中的"一半"，一语双关，含义丰富，既指鸿雁群中的一半，也指"闻声"闻到了一半，即雁群听苍凉的《梁州曲》听到一半就受不了了，要返回内地。雁群尚且如此，更何况是守边之人！因为思归不得，所以将士们痛苦得以至于肝肠寸断。诗在厌战情绪中又融入了浓重的感伤情绪。关于诗中的金河，袁行霈先生认为是金河县，"金河县也就是东受降城"，[①] 东受降城在今托克托县南。范之麟先生则认为，把金河县解释为东受降城"与'西城'不切。应指位于西受降城以东，今内蒙古黄河北岸乌梁素海以北的金河水。《新唐书》卷四十三下《地理志下》记述自夏州北行的路线，经库结沙沙漠继续往北，过古大同城，'北经大泊，十七里至金河'，即是。这里借指西受降城一带"。[②] 按，今天的大黑河是在距乌梁素海三百余公里东面，而非北面。其实，"金河戍客"在诗中既可以确指，指在金河一带戍守的将士，也可以泛指，即指在北部边塞戍守的将士。有着丰富的边塞生活经历的李益，夜上西受降城听《梁州曲》，一时悲情难耐，他的思绪是可以自由飞翔的。

战争戕害生命，夺取生命，毁坏家园，包括自己和对方的家园。伴随着厌战情绪的产生，就是对故乡、家园的强烈思念之情，而且厌战情绪越浓，思乡情绪就越重。中唐陈去疾的《塞下曲》，表达的就是戍边将士对家乡的深挚思念：

> 春至金河雪似花，萧条玉塞但胡沙。
>
> 晓来重上关城望，惟见惊尘不见家。

---

① 袁行霈主编：《中国文学史》（二），高等教育出版社1999年版，第307页。

② 范之麟撰：《李益诗注》，上海古籍出版社1992年版，第107—108页。

春至金河唯有飘雪似花，遥想家乡的春天恰恰是花开似雪："春景春风花似雪，香车玉舆恒阗咽。"（卢照邻《行路难》）"两岸山花似雪开，家家春酒满银杯。"（刘禹锡《竹枝词九首》其五）在僻远萧条的玉门关，入目但见满天尘沙；心怀着希望重登关城，遥望家乡，除了"惊尘"依旧一无所见。"重上"，说明已经远不止是一次遥望了；"不见家"，说明心怀着希望却总是失望，正如刘驾所谓"胡风不开花，四气多作雪。北人尚冻死，况我本南越。"（《出塞》）北地的自然环境的恶劣，更激起了戍边人对家乡的热望，汉乐府"悲歌可以当泣，远望可以当归，思念故乡，郁郁累累。"（《悲歌行》）[1]的悲慨再一次升起在征人的心头。晚唐罗邺的《春闺》则以闺怨的形式，表现了闺中人对远在金河戍守亲人的关切和深挚的思念之情：

> 愁坐兰闺日过迟，卷帘巢燕羡双飞。
>
> 管弦楼上春应在，杨柳桥边人未归。
>
> 玉笛岂能留舞态，金河犹自浣戎衣。
>
> 梨花满院东风急，惆怅无言倚锦机。

兰闺独坐，春日迟迟，连重归旧巢的燕子都是结伴飞来，这让孤处的闺中人羡慕不已。在声声管弦中，闺中人翘首企盼，渴望杨柳轻拂的桥边有她思念的人归来，然而却不见亲人的踪影。她在推想：塞上玉笛纵然动听，又岂能留住她日夜思念的亲人；此时的亲人正在冰凉的金河水里浣洗着自己的军服吧。在等中盼中，又到了暮春时分，就在初起的东风吹落满院洁白的梨花之时，闺中人独倚锦机，惆怅无言。全诗如一幅色彩明丽的图画，"金河犹自浣戎衣"一句最能见出闺中人对戍边亲人的牵挂。罗邺曾有北入单于都护府幕的经历："既而俯就督邮，不得志，踉跄北征，赴职单于牙帐。邺去家愈远，万里沙漠，满目谁亲，因兹举事阑珊，无成于邑而卒。"（《唐才子传》卷八）[2]因有漠北生活的体验，故其此类诗情真景真，感人至深。罗邺还有一首《秋怨》诗"梦断南窗啼晓乌，新霜昨夜下庭梧。不知帘外如珪月，还照边城到晓无"，

---

[1]　（宋）郭茂倩：《乐府诗集》（三），中华书局 1979 年版，第 898 页。

[2]　傅璇琮主编：《唐才子传校释》（三），中华书局 1987 年版，第 474 页。

可与此诗对读。《唐才子传》评其诗"清致而联绵"，[①] 信然。

金河县属单于大都护府统辖，近带河山，远接大漠，是唐代中央政府设在版图内最北的军政机构之一，金河自东北向南纵贯今天的呼和浩特地区，这里不仅是用兵之地，也是古代北方的交通要道，距内地路途遥远。王勃《春思赋》："榆塞连延玉关侧，云间沈沈不可识。葱山隐隐金河北，雾里苍苍几重黝。"[②] 牛上士《狮子赋》："彷徨于金河之外，生长乎葱山之里。"[③] 葱山，即葱岭，帕米尔高原和喀喇昆仑山脉的总称，黝（yù），黑。将金河与葱山相提并论，构建了辽阔的地理空间，也足见金河在唐人心目中遥远的程度。还有"金河流而更遥，铜柱去而太剧；凝云披岭，惊沙满碛；马向北以嘶风，人上陇而吹笛"（符载《愁赋》），[④]"金河一去路千千，欲到天边更有天。马上不知何处变，回来未半早经年"（敦煌曲子词《何满子》其四），都是说金河的遥不可及、如在天边，金河也因此成了僻远、荒寒、绝域的代名词，给人一去不归之感。唐初上官仪的《相和歌辞·王昭君》，则是通过昭君远嫁写出了金河的遥远：

> 玉关春色晚，金河路几千。
>
> 琴悲桂条上，笛怨柳花前。
>
> 雾掩临妆月，风惊入鬓蝉。
>
> 缄书待还使，泪尽白云天。

诗将金河与玉门关并置，以突显其遥远；"路几千"更见对前程的忧惧。昭君怨的感情，普遍存在于历代文人的咏昭君作品中。事实上，昭君辞别亲友，带着汉元帝赠送的锦绣、杂帛等各种丝织品一万八千匹、絮一万六千斤和黄金、图画以及其他贵重物品，离开长安，翻过莽莽群山，渡过滔滔黄河，出塞来到辽阔的草原。昭君出塞后，被呼韩邪单于封为"宁胡阏氏"，颜师古曰："言胡得之，国以安宁也"（《汉

---

① 傅璇琮主编：《唐才子传校释》（三），中华书局1987年版，第474页。

② （清）董诰等编：《全唐文》（一），上海古籍出版社1990年版，第793页。

③ （清）董诰等编：《全唐文》（二），上海古籍出版社1990年版，第1797页。

④ （清）董诰等编：《全唐文》（三），上海古籍出版社1990年版，第3120页。

书·匈奴传》），[①] 说王昭君嫁到匈奴后会带来和平安宁。唐人张仲素《王昭君》"仙娥今下嫁，骄子自同和。剑戟归田尽，牛羊绕塞多"，就充分肯定了昭君出塞。至于马致远《汉宫秋》第三折说昭君到了汉番交界的"黑江"（当指今大黑河）投江而死，[②] 自有其复杂的民族情怀，无须苛责。"初唐四杰"之一骆宾王的《秋晨同淄川毛司马秋九咏·秋雁》，通过咏秋雁的长途飞行映衬出金河的遥远：

> 联翩辞海曲，遥曳指江干。
>
> 阵去金河冷，书归玉塞寒。
>
> 带月凌空易，迷烟逗浦难。
>
> 何当同顾影，刷羽泛清澜。

海曲，指海湾；江干，指江岸。从海湾到江岸，一行行、一队队的秋雁联翩飞翔，不辞辛劳。诗人推想秋雁飞往的北方金河、玉门关，不仅遥远，而且寂寥、冷落，难以栖息。宋人王沂孙也有"日衔山，山带雪，笛弄晚风残月。湘梦断，楚魂迷，金河秋雁飞"（《更漏子》）的感叹。

武则天朝诗人郑愔的《塞外三首》是边塞诗中的精品。第一首极写塞外荒凉又雄奇壮阔的景象："塞外萧条望，征人此路赊。边声乱朔马，秋色引胡笳。遥嶂侵归日，长城带晚霞。断蓬飞古戍，连雁聚寒沙。"大漠、高山、古堡、长城叠映在夕阳、晚霞中，边地已然被涂抹成一幅撼人心魄、引人神往的重彩油画。第三首描写动荡不安的征戍生活，其中又融入了浓浓的思乡、思归之情：

> 阳鸟南飞夜，阴山北地寒。
>
> 汉家征戍客，年岁在楼兰。
>
> 玉塞朔风起，金河秋月团。
>
> 边声入鼓吹，霜气下旌竿。

① （汉）班固：《汉书》（十一），中华书局1962年版，第3807页。

② 马致远《汉宫秋》第三折："（昭君）[做跳江科][番王惊救不及，叹科，云]嗨！可惜，可惜！昭君不肯入番，投江而死。罢罢罢！就葬在此江边，号为青冢者。"王季思主编：《中国古典十大悲剧集》（上），上海文艺出版社1982年版，第53页。青冢，即今王昭君墓，距离呼和浩特市南一段大黑河仅有两三公里远。

> 海外归书断，天涯旅鬓残。
>
> 子卿犹奉使，常向节旄看。

子卿，苏武的字。汉家（以汉喻唐）征人常年在外，不是楼兰，就是玉门关、金河，在南北征战中耗尽的是青春年华，而思乡之心就如同北海牧羊 19 年的苏武一样没有丝毫改变。卢照邻也说："子卿北海，伏波南川；金河别雁，铜柱辞鸢。"（《秋霖赋》）[1] 北海牧羊的苏武有金河别群之雁的悲苦，被封为伏波将军的汉代马援在南方亦遭遇了常人难以想象的恶劣环境。别群之雁本已悲苦，却偏又别在遥远荒凉的金河上，那滋味就更难尝了。杜牧的《早雁》则托物寓意，句句写雁，字字寓人：

> 金河秋半虏弦开，云外惊飞四散哀。
>
> 仙掌月明孤影过，长门灯暗数声来。
>
> 须知胡骑纷纷在，岂逐春风一一回。
>
> 莫厌潇湘少人处，水多菰米岸莓苔。

唐武宗会昌二年（842），回鹘族首领乌介可汗"师众过杷头烽南，突入大同川，驱掠河东杂虏、牛马数万，转斗至云州城门，刺史张献节闭门自守，吐谷浑、党项皆挈家入山避之"（《资治通鉴》卷二四六《唐纪六十二》）。[2] 八月的金河，正是回鹘开弓射猎之时，被袭扰的边地百姓流离四散，如被弓箭惊散的大雁。如今春天又来，善射的回鹘兵早已布满了金河一带，即使大雁想随着春风逐一返回又怎么可能呢？全诗充满了对流离失所百姓的深挚同情。

此外，唐诗中提及金河的诗歌，代宗朝诗人张惟俭的《赋得西戎献白玉环》颂扬了唐王朝平等开放的民族政策带来的四海统一，人心所向，可谓慧眼独具。诗人怀念"偃武修文，中国既安，四夷自服"[3] 的太宗朝、"承平岁久，自开远门至番界一万二千里，居人满野，桑麻如织"[4] 的玄宗朝，认为那才是真正意义上的盛世：

> 当时无外守，方物四夷通。

---

[1] （清）董诰等编：《全唐文》（一），上海古籍出版社 1990 年版，第 744 页。

[2] （宋）司马光：《资治通鉴》（十七），中华书局 2011 年版，第 8085 页。

[3] （宋）司马光：《资治通鉴》（十三），中华书局 2011 年版，第 6197 页。

[4] 陶敏主编：《全唐五代笔记》（二），三秦出版社 2012 年版，第 1035 页。

列土金河北，朝天玉塞东。

自将荆璞比，不与郑环同。

正朔虽传汉，衣冠尚带戎。

幸承提佩宠，多愧琢磨功。

绝域知文教，争趋上国风。

太宗、玄宗朝国家统一安定，敞开国门与四方交通："东至于海，南及五岭，皆外户不闭，行旅不赍粮，取给于道路。"（《资治通鉴》卷一九三《唐纪九》）①即便是看似荒远的金河之北也分封土地，玉门关以东的僻远之邦也入国朝贡，和平、富裕、繁荣的景象随处可见，一如礼部员外郎沈既济所言："至于开元、天宝之中，上承高祖、太宗之遗烈，下继四圣治平之化，贤人在朝，良将在边，家给户足，人无苦窳，四夷同来，海内晏然。"（《通典》卷十五《选举三》）②"正朔虽传汉，衣冠尚带戎"二句最有内涵，说的是"胡"文化对唐文化的影响。唐王朝的正朔虽传自于汉朝，但唐人崇尚"胡"文化，好胡食、胡服、胡乐，好打马球，这从一个侧面也证明了唐文化的开放和大度。③"绝域知文教，争趋上国风"，又是说唐文化对"胡"文化产生的深刻影响，当时，天竺、扶南、西凉、龟兹、疏勒、康国、高昌以及高丽、日本等，竞相与当时世界上最强大的唐王朝频繁交往，并从中获取文化上的养分以发展壮大自己。张仲素《天马辞二首》（其二）是骏马的赞美诗："躞蹀宛驹齿未齐，拟金喷玉向风嘶。来时欲尽金河道，猎猎轻风在碧蹄。"西域大宛所产的宛马名闻四方，被称为"天马"。"宛驹"，大宛的马驹，亦即汗血马之驹。金河长路漫漫，可以试出大宛名马的耐力。"欲尽金河道"，更能体现在风中嘶鸣驰骋的"宛驹"的神骏不凡。金河道，在今内蒙古乌拉特中旗东（王亦军、裴豫敏《李益诗文杂考·统汉烽考》）。④

金河在唐诗中获得不同程度的表现，可见出唐朝廷布防之远，直到最北部的边界，也可见出唐代诗人视野之辽阔，其边塞行不只在西北的

---

① （宋）司马光：《资治通鉴》（十三），中华书局 2011 年版，第 6196—6197 页。

② （唐）杜佑：《通典》（一），王文锦等点校，中华书局 1988 年版，第 358 页。

③ 高建新：《"胡气"与盛唐诗》，《苏州大学学报》2009 年第 3 期。

④ 王亦军、裴豫敏：《李益集注》，甘肃人民出版社 1989 年版，第 524 页。

阳关、玉门关，还有北部的金河、云中、五原等。

二、五原[①]

（一）历史上的五原

五原，郡名，今内蒙古西部河套地区，战国时属于赵国，秦时属九原郡，九原郡是秦始皇的"三十六郡"之一。《史记·苏秦列传》注引《地理志》："云中、九原二郡名。秦曰九原，汉武帝改曰五原郡。"又引《史记正义》："二郡并在胜州也。云中郡城在榆林县东北四十里。九原郡城在榆林县西界。"[②]《史记·赵世家》：赵武灵王二十六年（前300），赵国"攘地北至燕、代，西至云中、九原"。[③]《史记·秦始皇本纪》：秦始皇三十三年（前214），"使将军蒙恬发兵三十万人北击胡，略取河南地"。[④]河南地，即今河套地区，秦置九原郡，秦亡后，为匈奴所居。《汉书·武帝纪》：元朔二年（前127），"匈奴入上谷、渔阳，杀略吏民千余人。遣将军卫青、李息出云中，至高阙，遂西至符离，获首虏数千级。收河南地，置朔方、五原郡"；"元封元年（前110）冬十月，诏曰：'南越、东瓯咸伏其辜，西蛮、北夷颇未辑睦。朕将巡边垂，择兵振旅，躬秉武节，置十二部将军，亲帅师焉。'行自云阳，北历上郡、西河、五原，出长城，北登单于台，至朔方，临北河。勒兵十八万骑，旌旗径千余里，威震匈奴"。[⑤]《元和郡县图志·关内道四·盐州》："汉武帝元朔二年置五原郡，地有原五所，故号五原。"[⑥]汉武帝置五原郡，郡治在九原县（今内蒙古包头市九原区麻池镇西北），辖地相当今天内蒙古后套以东、阴山以南、包头市以西和达拉特、准格尔等地。东汉初年，匈奴南单于分众部屯于五原郡，东汉末年废。魏晋

---

① 高建新：《唐诗中的北部边防重地——五原》，《文学地理学》第2辑，世界图书出版公司2013年版，第126—139页。

② （汉）司马迁：《史记》（七），中华书局1975年版，第2243页。

③ （汉）司马迁：《史记》（六），中华书局1975年版，第1811页。

④ （汉）司马迁：《史记》（一），中华书局1975年版，第252页。

⑤ （汉）班固：《汉书》（一），中华书局1962年版，第170、189页。

⑥ （唐）李吉甫：《元和郡县图志》（上），贺次君点校，中华书局1983年版，第98页。

时其地为鲜卑、羌胡所据。西魏改大兴郡置，治五原县（今陕西定边县），辖境相当于今陕西定边县、宁夏盐池县，属盐州。隋初置丰州，大业中改为五原郡，治九原县（今内蒙古五原县西南），辖境相当于今内蒙古乌加河以南至库布齐北部地，隋末废。[①] 隋极盛之时，是以五原为北部边界的，[②]《旧唐书·地理志一》："其地东西九千三百里，南北一万四千八百一十五里。东、南皆际大海，西至且末，北至五原，隋氏之极盛也。"[③]

贞观四年（631），唐朝廷在河套地区置丰州都督府，不领县。天宝元年（742），改盐州为五原郡，乾元元年（758）复改盐州。[④]《旧唐书·地理志一》：

> 盐州下，隋盐川郡。武德元年（618），改为盐州，领五原、兴宁二县。其年，移州及县寄治灵州。四年（621），省兴宁入五原县。贞观元年（627），废盐州五原县入灵州。二年（628），平梁师都，复于旧城置盐州及五原、兴宁二县，隶夏州都督府。其年，改为灵州都督府。天宝元年（742），改为五原郡。乾元元年（758），改为盐州。永泰元年（765）十一月，升为都督府。元和八年（813），隶夏州。旧领县二，户九百三十二，口三千九百六十九。天宝，户二千九百二十九，口一万六千六百六十五。在京师西北一千一百里，至东都二千一十里。五原，隋县。武德元年，寄治灵州。贞观元年省，二年

---

① 谭其骧主编：《中国历史大辞典·历史地理》，上海辞书出版社1996年版，第126页。

② 谭其骧主编：《中国历史地图集·隋唐五代十国时期》，中国地图出版社1982年版，第3—4页。

③ （后晋）刘昫等：《旧唐书》（五），中华书局1975年版，第1384页。

④ 《巴彦淖尔盟志·建置沿革》："唐初，高祖改（五原）郡为州，巴彦淖尔地区属丰州辖境，其丰州府址仍在隋五原郡治处。丰州府下辖三县：九原、永丰、丰安。太宗贞观元年（627），因州县设置颇多，始命省并，将全国分为十道，道以下设州、郡县建制，其时，巴彦淖尔地区属关内道丰州九原郡。贞观四年（630），在郡下设置都督府（专管突厥降户的军事机构）。贞观十一年（637），又将丰州撤销，并入灵州（今宁夏回族自治区）。其时，巴彦淖尔地区又属灵州辖境。贞观二十三年（649），又恢复九原郡建制，脱离灵州管辖。"巴彦淖尔盟志编纂委员会编：《巴彦淖尔盟志》，内蒙古人民出版社1996年版，第132页。

复置。①

梁师都（？—628），隋将，隋灭亡后割据朔方，后长期依附东突厥，怂恿突厥南侵，是唐初北方一患。贞观二年（628）唐军压境，被堂弟洛仁所杀。据上引《旧唐书·地理志一》五原郡有盐州、丰州、九原郡几个不同的名称，指的主要是内蒙古河套地区，②治所在今内蒙古巴彦淖尔市五原县南，辖境相当于今内蒙古河套西北部及其迤北一带。③《元和郡县图志·关内道四》：盐州晋时称西安州，"以其北有盐池，又改为盐州"，隋称盐川郡，唐初置盐州。州境"东西二百四十八里，南北二百七十里"，"管县二：五原，白池"。"五原县，本汉马岭县地，贞观二年（619）与州同置。五原，谓龙游原、乞地千原、青岭原、可岚贞原、横槽原也。"④

五原虽地处僻远，但紧傍黄河，冲积平原辽阔，海拔不到1000米，自然条件优越，土地肥沃，物产丰富。⑤《新唐书·地理志一》：丰州九原郡"土贡：白麦、印盐、野马胯革、驼毛褐、氈"。⑥五原郡历史上盛产原盐，乌池、白池、细项池、瓦窑池皆为著名盐池。《史记·货殖列传》引《史记正义》云："缘黄河盐池有八、九所，而盐州有乌池，犹出三色盐，有井盐、畦盐、花盐。其池中凿井深一二尺，去泥即到盐，掘取若至一丈，则著平石无盐矣。其色或白或青黑，名曰井盐。"⑦在缘黄河的盐池中，最大的盐池当指位于今天内蒙古阿拉善盟阿拉善左旗北部的吉兰泰盐池，东距黄河100余公里，现在年产原盐100万吨、精盐20万吨，是中国最重要的盐产地之一。

五代及宋、辽、金时，五原地区皆为西夏属地；元时属中书省大同

---

① （后晋）刘昫等：《旧唐书》（五），中华书局1975年版，第1417页。

② 河套"指内蒙古自治区和宁夏回族自治区境内贺兰山以东、狼山和大青山以南黄河地区。因为黄河流经此形成一个大弯曲，故名。以乌拉山为界，东为前套，西为后套。又旧以黄河以南、长城以北的地区称前套，和黄河北岸的后套相对称"。罗竹风主编：《汉语大词典》（中），汉语大词典出版社1997年版，第3183页。

③ 谭其骧主编：《中国历史大辞典·历史地理》，上海辞书出版社1996年版，第98页。

④ （唐）李吉甫：《元和郡县图志》（上），贺次君点校，中华书局1983年版，第98、99页。

⑤ 任美锷主编：《中国自然地理纲要》（修订版），商务印书馆1982年版，第314页。

⑥ （宋）欧阳修、宋祁：《新唐书》（四），中华书局1975年版，第976页。

⑦ （汉）司马迁：《史记》（十），中华书局1975年版，第3260页。

路云内州西部地；明清时期，河套地区为蒙古游牧之地；民国时期，归绥远省管辖；1950 年，绥远省人民政府成立陕坝专员公署；1954 年，绥远省建置撤销，陕坝专员公署改为河套行政区；1958 年撤销河套行政区，成立巴彦淖尔盟；①2003 年 12 月，经国务院批准，撤巴彦淖尔盟，建巴彦淖尔市。

（二）五原的军事及边防地位

《括地志》云："盐州，古戎狄居之，即朐衍戎之地，秦北地郡也。"②五原北接大漠，紧临黄河，南下长安不到 800 公里，是玄宗《命张知运持节赴军敕》中所言的边防要地："大漠南守，长河北介，地险可凭，天兵有警。"③五原历史上一直是北方游牧民族的聚居地，又是唐王朝通往北部及西北的交通要冲，历史上军事位置异常重要。④《太平御览·兵部》："《唐书》曰：高祖与群臣言备边之事，将作大匠于筠进曰：'未若多造船舰于五原、灵武，置舟师于黄河之中，足以断其入寇之中路。'中书侍郎温彦博又进曰：'昔魏文帝掘长堑以遏匈奴，亦由因循其事。'高祖并从之。于是遣将军桑显和堑断北边要路，又征江南习水之士，更发卒于灵州造战船。"⑤

唐朝开国以来，五原的军事地位就受到了高度重视："初，突厥连于梁师都，其郁射设入居五原旧地，道宗逐出之。振耀威武，开拓疆界，斥地千余里，边人悦服。"（《旧唐书·王道宗传》）⑥王道宗是唐太宗时大将，突厥部的郁射设被王道宗从五原逐出。高宗"永淳中（682—

---

① 《五原县志》编委会编：《五原县志》（内蒙古地方志丛书），内蒙古人民出版社 1996 年版，第 68 页。

② （唐）李泰等著，贺次君辑校：《括地志辑校》，中华书局 1980 年版，第 46 页。

③ （清）董诰等编：《全唐文》（一），上海古籍出版社 1990 年版，第 159 页。

④ 《呼和浩特市志·建置沿革》："赵武灵王征服了林胡、楼烦之后，为防御北方游牧民族越过阴山南下，沿阴山南麓筑起了一条长城，据《史记·匈奴传》记载，这条长城东起于代（今河北张家口地区），中间经过山西北部，西北折入阴山，至高阙（今乌拉山与狼山之间的缺口）为止。"呼和浩特市史志办公室编纂：《呼和浩特市志》（内蒙古地方志丛书），内蒙古人民出版社 2005 年版，第 113 页。

⑤ （宋）李昉：《太平御览》（三），夏剑钦、黄巽斋等校点，河北教育出版社 1994 年版，第 907 页。

⑥ （后晋）刘昫等：《旧唐书》（七），中华书局 1975 年版，第 2354 页。

683），突厥围丰州，都督崔智辩战死，朝廷议弃丰保灵、夏，休璟以为不可"（《新唐书·唐璿传》），[①] 于是上《谏罢丰州书》：

> 丰州控河遏贼，实为襟带。自秦汉以来，列为郡县，田畴良美，尤宜耕牧。隋季丧乱，不能坚守，乃迁徙百姓，就宁、庆二州，致使戎羯交侵，乃以灵、夏为边界。贞观之末，始募人以实之，西北一隅，方得宁谧。今若废弃，则河傍之地，复为贼有，灵、夏等州，人不安业，非国家之利也。[②]

朔州长史唐璿（字休璟）认为，五原作为唐王朝的北部屏障，沃野千里，宜于耕牧，秦汉以来就已经列为郡县。从军事角度上看，五原平安，则北方平安；北方平安，则长安平安。如果轻弃五原，不仅傍河之地沦为突厥所有，而且灵州（今宁夏西北部）、夏州（今陕西靖边、内蒙古杭锦旗、乌审旗一带）也不得安宁。"高宗从其言"，丰州得以保全。"既而边州建请屯置，尽如休璟策。后曰：'恨用卿晚。'进拜夏官尚书、同凤阁鸾台三品。后诮杨再思、李峤、姚元崇等曰：'休璟谏知边事，卿辈十不当一。'"（《新唐书·唐璿传》）[③] 唐璿远见卓识，深得武则天的赏识。德宗朝学者、政治家陆贽《论裴延龄奸蠹书》也认为："平原远镇，扼制蕃戎；五原要冲，控带灵、夏。"[④] 五原郡的战略地位与平原郡（今山东德州一带）一样重要，作为北部边防的咽喉之地，不仅可以阻遏吐蕃、回鹘的入侵，还可以控制掩映灵州、夏州。

另外，唐修筑的西受降城就在五原郡，是三座受降城最北的一座，虽冠以"受降"之名，但又不是为了接受突厥贵族投降而建的，而是黄河外侧驻防城群体，与周边军镇、州形成中晚唐时期河套内外的防御体系，带有突出的军事驻防性质。[⑤] 元和八年（813），中书侍郎平章事李吉甫上疏朝廷，建议整修天德军旧城："天宝中，安思顺、郭子仪等本

---

① （宋）欧阳修、宋祁：《新唐书》（十三），中华书局1975年版，第4149页。

② （清）董诰等：《全唐文》（一），上海古籍出版社1990年版，第843页。

③ （宋）欧阳修、宋祁：《新唐书》（十三），中华书局1975年版，第4150页。

④ （清）董诰等编：《全唐文》（三），上海古籍出版社1990年版，第2109页。

⑤ 艾冲：《论唐代河曲内外驻防城群体的分布及其对北疆民族关系的作用》，《唐史论丛》第10辑，2008年；又，黄利平：《唐天德镇领三受降城说质疑》，《中国历史地理论丛》1989年第1辑。

筑此城，拟为朔方根本，其意以中城、东城连振武为左翼，又以西城、丰州连定远为右臂，南制党项，北制匈奴，左右钩带，居中处要，诚长久之规。"①《资治通鉴》卷二百一十八《唐纪三十四》在"朔方留后杜鸿渐"后胡三省注曰："朔方所统有三受降，及丰安、定远、振武三城，皆在黄河外。"②《新唐书》《旧唐书》多次写及五原，强调其非同寻常的军事及边防地位。如果五原失守，唐王朝的北部防线就会溃散，进而危及整个国家的安全。

（三）唐诗中的五原

　　由于特殊的军事和边防地位，体现在唐诗中，五原首先是因为战略地位重要而被诗人格外关注，如骆宾王《早秋出塞寄东台详正学士》诗中有这样的描述：

> 促驾逾三水，长驱望五原。
>
> 天街分斗极，地理接楼烦。
>
> 汉月明关陇，胡云聚塞垣。
>
> 山川殊物候，风壤异凉温。
>
> 戍古秋尘合，沙寒宿雾繁。

　　三水，三水县，西汉置，治今宁夏同心县东，东汉末年后地入羌胡，唐治今陕西旬邑县，属邠州。斗极，北斗星和北极星，刘长卿《禅智寺上方怀演和尚寺即和尚所创》："斗极千灯近，烟波万井通。"楼烦，楼烦郡，隋大业四年（608）置，辖境相当于今山西省西北部的保德、岢岚、宁武一带。诗说驾车越过三水，直抵塞北的五原；五原天空星辰明亮，直连着东南的楼烦；边关上明月静照，云烟聚拢；这里物候与长安殊异，气温早晚冷暖不一；古老的烽戍笼罩在秋天的尘埃里，广漠上浓雾弥漫。"山川"二句化用北齐诗人裴让之"方域殊风壤，分野各星辰"（《公馆燕酬南使徐陵》）、陆厥"归来翳桑柘，朝夕异凉温"（《奉答内兄希叔》其一）诗意，意在说北地风物、气候与内地的巨大

①　（唐）李吉甫：《元和郡县图志》（上），贺次君点校，中华书局 1983 年版，第 114 页。

②　（宋）司马光：《资治通鉴》（十五），中华书局 2011 年版，第 7099 页。

差异。"关陇""塞垣""戍古",点明五原一带自古以来就是边防重地,边患历代都没有得到彻底解决。"戍古",即古戍,于鹄《出塞》其一:"观兵登古戍,斩将对双旌。"开元年间诗人陶翰在《出萧关怀古》诗中写道:

> 驱马击长剑,行役至萧关。
>
> 悠悠五原上,永眺关河前。
>
> 北虏三十万,此中常控弦。
>
> 秦城亘宇宙,汉帝理旌旃。
>
> 刁斗鸣不息,羽书日夜传。

《史记·项羽本纪》:"人或说项王曰:'关中阻山河四塞,地肥饶,可都以霸。'"四塞,即四关,"东函谷,南武关,西散关,北萧关"(《集解》引徐广语),[①] 是守卫中原及长安的险隘。萧关,在今宁夏固原东南,是三关口以北、古瓦亭峡以南的一段险要峡谷,有泾水相伴,历来为兵家必争之地。卢照邻《上之回》:"回中道路险,萧关烽侯多。"王维《使至塞上》:"萧关逢候骑,都护在燕然。"出了萧关一直向北,就进入了五原郡。五原地广千里,关河险阻,是汉唐北部最重要的边关。关外有劲敌无数,装备精良,屡犯边境。虽然秦皇、汉武都曾大张旗鼓北巡五原,传威朔方,但边境上的战事从来就没有停止,刁斗声声,羽书日夜传递着紧急军情。高宗时期诗人沈佺期《塞北二首》其二也说:

> 胡骑犯边埃,风从丑上来。
>
> 五原烽火急,六郡羽书催。
>
> 冰壮飞狐冷,霜浓候雁哀。
>
> 将军朝授钺,战士夜衔枚。
>
> 紫塞金河里,葱山铁勒隈。
>
> 莲花秋剑发,桂叶晓旗开。
>
> 秘略三军动,妖氛百战摧。
>
> 何言投笔去,终作勒铭回。

诗说敌人来犯,五原军情紧急,唐军出发,一路向北、向西进发,

---

① (汉)司马迁:《史记》(一),中华书局 1975 年版,第 315 页。

最终将获得胜利。诗中提到多处边塞之名：五原、六郡、紫塞、金河、葱山，皆在北方，是汉唐重要的边防之地。六郡，西北近塞之地，多出良将。《汉书·地理志下》："天水、陇西，山多林木，民以板为室屋。及安定、北地、上郡、西河，皆迫近戎狄，修习战备，高上气力，以射猎为先。"颜师古注："六郡谓陇西、天水、安定、北地、上郡、西河。"[①]紫塞，晋崔豹《古今注》卷上："秦所筑长城，土色皆紫，汉塞亦然，故称紫塞焉。"[②]金河，即今天内蒙古呼和浩特市南的大黑河，经托克托县河口镇注入黄河。[③]葱山，即葱岭，古代对帕米尔高原及昆仑山、天山西段的统称，为"丝绸之路"的要道，汉属西域都护，唐开元中属安西都护府。铁勒，即回纥，《新唐书·回鹘传上》说"回纥，其先匈奴也，俗多乘高轮车，元魏时亦号高车部，或曰敕勒，讹为铁勒"，[④]世居塞北。因为地处北地、战略地位重要，"五原烽火"在唐诗中就成了边塞战事的代称。贾至《出塞曲》："万里平沙一聚尘，南飞羽檄北来人。传道五原烽火急，单于昨夜寇新秦。"说北方大漠战火又起，羽檄向南传递、征人望北而来，敌人昨夜又侵入了五原郡。五原郡西邻乌兰布和沙漠，南有库布齐沙漠、毛乌素沙漠，故称"万里平沙"；新秦，指河南地，即五原一带，《盐铁论·诛秦》："秦任战胜以并天下，小海内而贪胡、越之地，使蒙恬击胡，取河南以为新秦，而亡其故秦，筑长城以守胡，而亡其所守。"[⑤]《史记·平准书》《集解》引瓒曰："秦逐匈奴以收河南地，徙民以实之，谓之新秦。"[⑥]

　　唐朝是继汉以来中国历史上最为统一强盛的王朝，疆土面积广大，声威远震四海，举国崇尚武功，赞颂英雄主义品格，这就普遍激发了唐人保家卫国、边塞立功的理想："扬麾氛雾静，纪石功名立。"（李世民《饮马长城窟行》）"人生感意气，功名谁复论。"（魏徵《出关》）"行子对

① （汉）班固：《汉书》（六），中华书局1962年版，第1644页。
② 《汉魏六朝笔记小说大观》，上海古籍出版社1999年版，第236页。
③ 高建新：《唐诗中的金河》，《内蒙古大学学报》2010年第5期。
④ （宋）欧阳修、宋祁：《新唐书》（十九），中华书局1975年版，第6111页。
⑤ （汉）桓宽：《盐铁论》，上海人民出版社1974年版，第94页。
⑥ （汉）司马迁：《史记》（四），中华书局1975年版，第1425页。

飞蓬，金鞭指铁骢。功名万里外，心事一杯中。"（《高适《送李侍御赴安西》）"古来青史谁不见，今见功名胜古人。"（岑参《轮台歌奉送封大夫出师西征》）"曈曈白日当南山，不立功名终不还。"（王建《东征行》）"家本清河住五城，须凭弓箭得功名。"（令狐楚《少年行四首》其二）"寄言天下将，须立武功名。"（张祜《采桑》）"且愿乐从军，功名在殊俗。"（刘长卿《赠别于群投笔赴安西》）"功名待寄凌烟阁，力尽辽城不肯回。"（许浑《寄远》）"所思在功名，离别何足叹。"（陆龟蒙《别离》）从天子、朝廷重臣到普通文人，功名理想贯穿了有唐一代。贞观十九年（645），唐太宗为了扫除边患、亲征高丽，"时远近勇士应募及献攻城器械者不可胜数，上皆亲加损益，取其便易"；"有不预征名，自愿以私装从军，动以千计，皆曰：'不求县官勋赏，惟愿效死辽东！'上不许"。唐太宗十分感慨："炀帝无道，失人已久，辽东之役，人皆断手足以避征役，玄感以运卒反于黎阳，非戎狄为患也。朕今征高丽，皆取愿行者，募十得百，募百得千，其不得从军者，皆愤叹郁邑，岂比隋之行怨民哉！"（《资治通鉴》卷一百九十七《唐纪十三》）[1]玄感，指杨玄感，隋末最早起兵反炀帝的贵族首领。大业九年（613）春，炀帝第二次出征高句丽（gāo gōu lí），命玄感在黎阳（今河南浚县）督粮，玄感滞留粮草，屯兵于黎阳，进围洛阳。与其他北方边关一样，体现在唐诗中，出征和戍卫北部边防重地五原，也就自然含有建功立业的强烈愿望，如卢象《杂诗二首》其一：

> 家居五原上，征战是平生。
>
> 独负山西勇，谁当塞下名。
>
> 死生辽海战，雨雪蓟门行。
>
> 诸将封侯尽，论功独不成。

家住五原，惯见烟尘，故一生以征战为事。从辽海（今辽东）到蓟门（今天津市蓟县），栉风沐雨，顶风冒雪，转战东西。因惋惜功名未得，故需努力再战。李白《塞上曲》表达的是去除边患的愿望：

> 大汉无中策，匈奴犯渭桥。

---

① （宋）司马光：《资治通鉴》（十三），中华书局 2011 年版，第 6327 页、6331 页、6329 页。

五原秋草绿，胡马一何骄。

命将征西极，横行阴山侧。

燕支落汉家，妇女无华色。

转战渡黄河，休兵乐事多。

萧条清万里，瀚海寂无波。

中策，中等谋略。《汉书·匈奴传下》："臣闻匈奴为害，所从来久矣，未闻上世有必征之者也。后世三家周、秦、汉征之，然皆未有得上策者也。周得中策，汉得下策，秦无策焉。当周宣王时，猃允内侵，至于泾阳，命将征之，尽境而还。其视戎狄之侵，譬犹蚊虻之螫，驱之而已。故天下称明，是为中策。汉武帝选将练兵，约赍轻粮，深入远戍，虽有克获之功，胡辄报之，兵连祸结三十余年，中国罢耗，匈奴亦创艾，而天下称武，是为下策。秦始皇不忍小耻而轻民力，筑长城之固，延袤万里，转输之行，起于负海，疆境既完，中国内竭，以丧社稷，是为无策。"[1] 匈奴，指突厥颉利部，武德九年（626）七月，曾率十万大军至渭水便桥。时为秦王的太宗独与颉利临水对话，责以负约，颉利愧而退。贞观三年（629），"鞑靼遣使入贡，上曰：'鞑靼远来，盖突厥已服之故也。昔人谓御戎无上策，朕今治安中国，而四夷自服，岂非上策乎！'"（《资治通鉴》卷一百九十三《唐纪》九）[2] 李白诗说，朝廷不采用中策，在五原秋草尚绿之时，突厥部纵马犯边；朝廷诏令西征，军队浩浩荡荡行进在阴山下。敌人被肃清后，天下重归太平。阴山，指今内蒙古呼和浩特至包头境内的阴山主峰大青山一段，《括地志·朔州》曰，"阴山在朔州北塞外突厥界"。[3] 燕支，燕支山，亦作焉支山，在今甘肃省山丹县东南。《史记·匈奴列传》引《西河旧事》云："山在张掖、酒泉二界上，东西二百余里，南北百里，有松柏五木，美水草，冬温夏凉，宜畜牧。匈奴失二山，乃歌云：'亡我祁连山，使我六畜不蕃息；失我燕支山，使我嫁妇无颜色'。祁连一名天山，亦曰白山。"[4] 燕支山

① （汉）班固：《汉书》（十一），中华书局1962年版，第3824页。

② （宋）司马光：《资治通鉴》（十三），中华书局2011年版，第6179页。

③ （唐）李泰等：《括地志辑校》，贺次君辑校，中华书局1980年版，第70页。

④ （汉）司马迁：《史记》（九），中华书局1975年版，第2909页。

被汉朝控制，"此山产红蓝，可为燕脂，而阏氏资以为饰，故失之则妇女无颜色"（《北边备对》），[①] 所以李白说"妇女无华色"。

元狩二年（前121）春，西汉名将霍去病带领万骑出陇西，讨匈奴，过焉支山千有余里。其夏，又攻祁连山，俘获甚多，由此控制了河西地区，解除了匈奴对汉王朝的威胁，打通了"丝绸之路"。李白提及五原的诗还有一首《发白马》，表达的同样是边塞立功、保家卫国的愿望：

> 将军发白马，旌节度黄河。
>
> 箫鼓聒川岳，沧溟涌涛波。
>
> 武安有振瓦，易水无寒歌。
>
> 铁骑若雪山，饮流涸滹沱。
>
> 扬兵猎月窟，转战略朝那。
>
> 倚剑登燕然，边烽列嵯峨。
>
> 萧条万里外，耕作五原多。
>
> 一扫清大漠，包虎戢金戈。

白马，春秋时卫国曹邑有白马津，指发兵之地。武安，在今河北武安县西南。《史记·廉颇蔺相如列传》：秦伐韩，"秦军军武安西，秦军鼓譟勒兵，武安屋瓦尽振"。[②] 李白《赠常侍御》："传闻武安将，气振长平瓦。"易水，《史记·刺客列传》：易水饯别，荆轲歌"风萧萧兮易水寒，壮士一去兮不复还！"[③] 这里反用其意，指唐军气势高昂，所战必胜。滹沱，滹沱河，发源于山西繁峙县，东流至河北献县臧桥与滏阳河相汇入海。朝那，治今宁夏固原，西汉置，属安定郡。萧条万里，用班固《封燕然山铭》"萧条万里，野无遗寇"（《后汉书·窦融列传》）意。[④] 全诗说，唐军浩浩荡荡向西北进发，气势高昂，扫清敌人之后便藏起兵器，让五原重归和平，恢复传统的农业耕作。

---

① （清）王琦注：《李太白全集》，中国书店1996年版，第143页。又，周裕锴：《说"燕支"》，《古典文学知识》2014年第3期。

② （汉）司马迁：《史记》（八），中华书局1975年版，第2445页。

③ （汉）司马迁：《史记》（八），中华书局1975年版，第2534页。

④ （南朝）范晔：《后汉书》（三），中华书局1965年版，第815页。

　　五原在历史上一直是唐王朝的北部屏障，关乎着中原及长安的安危。《旧唐书·德宗纪下》："贞元三年（787），（盐州）城为吐蕃所毁，自是塞外无堡障，犬戎入寇，既城之后，边患息焉。"[1]正是在这个背景下，白居易写成了《城盐州》一诗：

　　　　城盐州，城盐州，城在五原原上头。蕃东节度钵阐布，忽见新城当要路。金乌飞传赞普闻，建牙传箭集群臣。君臣赪面有忧色，皆言勿谓唐无人。自筑盐州十余载，左衽毡裘不犯塞。昼牧牛羊夜捉生，长去新城百里外。诸边急警劳戍人，唯此一道无烟尘。灵夏潜安谁复辨，秦原暗通何处见。鄜州驿路好马来，长安药肆黄蓍贱。

　　　　城盐州，盐州未城天子忧。德宗按图自定计，非关将略与庙谋。吾闻高宗中宗世，北虏猖狂最难制。韩公创筑受降城，三城鼎峙屯汉兵。东西亘绝数千里，耳冷不闻胡马声。如今边将非无策，心笑韩公筑城壁。相看养寇为身谋，各握强兵固恩泽。愿分今日边将恩，褒赠韩公封子孙。谁能将此盐州曲，翻作歌词闻至尊。

　　诗副题："美圣谟而诮边将也"。圣谟，语出《书·伊训》"圣谟洋洋，嘉言孔彰"，本谓圣人治天下的宏图大略，后亦为称颂帝王有谋略，李白《明堂赋》："虽暂劳而永固兮，始圣谟于我皇。"白诗诗题有小注："贞元壬申岁，特诏城之"。贞元壬申，唐德宗贞元八年（792）。贞元九年（793），德宗下《城盐州诏》，强调五原非同寻常的战略地位：

　　　　设险守国，《易象》垂文，有备无患，先王令典。况修复旧制，安固封疆，按甲息兵，必在于此。盐州地当冲要，远介朔陲，东达银、夏，西接灵武，密迩延庆，保捍王畿。乃者城池失守，制备无据；千里亭障，烽燧不接；三隅要害，役戍其勤。若非兴集师徒，缮修壁垒，设攻守之具，务耕战之方，则封内多虞，诸华屡警，由中及外，皆靡宁居。深惟永图，岂忘终食。顾以薄德，至化未孚，既不能复前古之封，致四夷之守，与其临事而重扰，岂若先备而即安。是用宏久远之谋，修五原之垒，使边城有守，中夏克宁。不有

_____

① （后晋）刘昫等：《旧唐书》（二），中华书局1975年版，第376页。

暂劳，孰能永逸？^①

边境防务必须从长计议。五原地处要冲，远接大漠，东可达银州、夏州，西连接灵武，紧挨延州、庆州，有"保捍王畿"之重要地位。银州，治所在今陕西儒林县，辖境相当于今陕西榆林、米脂、佳县以及衡山县东部地区；夏州，今陕西靖边，内蒙古杭锦旗、乌审旗一带；灵武，今宁夏灵武；延州，治所在今陕西延安，辖境相当今陕西延安、安塞、延长、延川、志丹等地；庆州，治所在今甘肃庆阳，辖境相当于今甘肃庆阳、环县、合水、华池及陕西吴起等地；"千里亭障"，在其中处于核心位置。从今天的行政区域看，五原连通的是今天的内蒙古西部、陕西北部、宁夏北部、甘肃东部的大片区域，这里几乎是德宗时期唐代的整个北部防线。因此修筑五原壁垒，连通了唐王朝的整个北部防线，不仅边关有守，而且可以保证中原尤其是长安的安全，德宗是站在战略高度看待五原壁垒的修筑的。白居易《城盐州》诗赞美德宗修筑盐州城计远谋深，为北部边疆带来了安宁："自筑盐州十余载，左衽毡裘不犯塞。"进而追溯高宗、中宗朝事，认为中宗同意张仁愿修筑受降城是英明之举，从此"东西亘绝数千里，耳冷不闻胡马声"。《旧唐书·张仁愿传》："时突厥默啜尽众西击突骑施娑葛，仁愿请乘虚夺取漠南之地，于河北筑三受降城，首尾相应，以绝其南寇之路。""以拂云祠为中城，与东、西两城相去各四百余里，皆据津济，遥相应接，北拓地三百余里，于牛头朝那山北置烽候一千八百所。自是突厥不得度山放牧，朔方无复寇掠，减镇兵数万人。"^②三受降城筑于景云三年（712）；朝那山，《元和郡县图志·关内道四》作"牟那山"，即今乌拉山，位于黄河之北，东起内蒙古包头市九原区昆都仑沟，西止巴彦淖尔市乌拉特前旗西山嘴，战略位置重要，历来是兵家必争之地。直至清代，顾炎武仍在叹赏受降城在北部边防中的重要意义："雾灵山上杂花生，山下流泉入塞声。却恨不逢张少保，碛南犹筑受降城。"（《古北口》）陈寅恪先生对

---

① （清）董诰等编：《全唐文》（一），上海古籍出版社1990年版，第245页。
② （后晋）刘昫等：《旧唐书》（九），中华书局1975年版，第2982页。

《城盐州》一诗有精辟的阐释，可参看。[①] 储光羲之孙中唐诗人储嗣宗《随边使过五原》诗说："偶逐星车犯房尘，故乡常恐到无因。五原西去阳关废，日漫平沙不见人。"写五原及以西的阳关，大漠漫漫，寂无人声，同时也表达了对边备松弛的失望。

为了进一步加强北部边防，天宝十三年（754），朝廷于九原郡内置天德军。乾元元年（758），九原郡复为丰州，置都防御使，管天德军、西受降城、中受降城。《新唐书·方镇表一》：贞元十二年（796），"朔方节度使罢领丰州及西受降城、天德军，以振武之东、中二受降城隶天德军，以天德军置都团练防御史，领丰、会二州、三受降城"。[②] 元和二年（807）至元和六年（811）之间，白居易在翰林学士任上有《除周怀义丰州刺史天德军使制》：

> 西受降城尤居边要，西戎、北房介乎其间。委之郡符，建以戎号。将守之选，宜乎得人。前汝州刺史周怀义久列禁卫，尝从征伐。又领军郡，率著勤功。宜加奖用，可属忧寄。况兹要镇，实扼戎吭，犄角诸军，扃镝右地。牧人训旅，兼领非轻。无替前劳，在申后效。可丰州刺史、天德军使。[③]

白居易认为丰州地处咽喉要地，军事边防地位特殊，所以丰州刺史、天德军使的选任一定要慎重。最终，周怀义出任丰州刺史、天德军使，忠实地履行职责。周怀义，一作"周怀义"。《旧唐书·李坦传》："元和八年（813），西受降城为河徙浸毁，宰相李吉甫请移兵于天德故城。坦与李绛叶议，以为：'西城张仁愿所筑，制匈奴上策。城当碛口，居房要冲，美水丰草，边防所利。今河流之决，不过退就二三里，奈何舍万代安永之策，徇一时省费之谋？况天德故城僻处确瘠，其北枕山，与河绝远，烽候警备，不相统接。房之唐突，势无由知，是无故而蹙国二百里，非所利也。'及城使周怀义奏利害，与坦议同。事竟不行。"[④]《旧唐书·宪宗纪下》：元和九年（814）"六月丙子朔。戊寅，以天德军

---

① 陈寅恪：《元白诗笺证稿》，上海古籍出版社1978年版，第188—193页。
② （宋）欧阳修、宋祁：《新唐书》（六），中华书局1975年版，第1777页。
③ （清）董诰等编：《全唐文》（三），上海古籍出版社1990年版，第2976页。
④ （后晋）刘昫等：《旧唐书》（十二），中华书局1975年版，第4092页。

经略使周怀乂卒，废朝一日。经略使废朝，自怀乂始也。"[①] 天德军属唐关内道，故址在今内蒙古巴彦淖尔市乌拉特前旗的额尔登布拉格苏木，已陷入黄河北岸的乌梁素海内。[②] 卢纶《赴天德军》(一作《送刘判官赴丰州》) 表达赴边建功的愿望：

> 衔杯吹急管，满眼起风砂。
>
> 大漠山沈雪，长城草发花。
>
> 策行须耻战，虏在莫言家。
>
> 余亦祈勋者，如何别左车。

大漠雪落，长城花发，季节转换，犹不停止征讨。诗中体现的是如王昌龄"黄沙百战穿金甲，不破楼兰终不还"(《从军行七首》其四) 一样的以身许国的豪情。左车，李左车，赵国名将李牧之孙，韩信采用其攻灭齐、燕方略，燕不伐而降，事迹见《史记·淮阴侯列传》。中唐诗人窦牟有《送刘公达判官赴天德军幕》诗：

> 特建青油幕，量分紫禁师。
>
> 自然知召子，不用问从谁。
>
> 文武轻车少，腥膻左衽衰。
>
> 北风如有寄，画取受降时。

诗题中的刘公达判官，不能判定是否是卢纶送别的刘判官。诗人在表达依恋之情的同时，希望刘公达判官能够将赫赫有名的受降城的情形告诉自己，委婉地表达了对远赴边塞的关切。因写"残星几点雁横塞，长笛一声人倚楼"(《长安晚秋》) 带来诗名的赵嘏有《平戎》诗，表达对天德军武备的忧虑：

> 边声一夜殷秋聱，牙帐连烽拥万蹄。
>
> 武帝未能忘塞北，董生才足使胶西。
>
> 冰横晓渡胡兵合，雪满穷沙汉骑迷。
>
> 自古平戎有良策，将军不用倚云梯。

诗题下原注："时谏官谕北虏未回，天德军帅请修城备之。"由此来

---

① （后晋）刘昫等：《旧唐书》(二)，中华书局 1975 年版，第 449 页。

② 倪玉明：《图说巴彦淖尔》，远方出版社 2008 年版，第 57 页。

看，盐州城的武备堪忧，天德军帅请求修城，以防御突厥。牙帐，将帅所居的营帐。董生，董召南，韩愈《嗟哉董生行》："寿州属县有安丰，唐贞元时县人董生召南隐居行义于其中。刺史不能荐，天子不闻名声。爵禄不及门，门外惟有吏，日来征租更索钱。嗟哉董生朝出耕夜归读古人书，尽日不得息。"诗说天德军周边鼙鼓阵阵、边声四起，主帅紧依烽燧而建的牙帐有万马相拥；塞北的防御始终让皇帝忧心，仕途坎坷的董生才能足以出使胶西。趁着坚冰纵横，胡兵在拂晓时分渡河会合；而在雪满大漠之际，汉骑往往容易迷路。平定边关应有更好的策略，将军不一定非靠攻城取胜。诗人对以对抗、冲突、战争为主的边塞政策进行反思，认为应该寻求更好的办法取而代之。《唐诗评选》称此诗"亦警亦适"。[1] 刘禹锡《送浑大夫赴丰州》表达的是诗人的依依惜别之情：

> 凤衔新诏降恩华，又见旌旗出浑家。
>
> 故吏来辞辛属国，精兵愿逐李轻车。
>
> 毡裘君长迎风驭，锦带酋豪踏雪衙。
>
> 其奈明年好春日，无人唤看牡丹花。

浑大夫，浑鐬，《旧唐书·浑鐬传》："（浑）瑊第三子，以父荫起家为诸卫参军，历诸卫将军。元和初，出为丰州刺史、天德军使。"[2] 辛属国，名武贤，汉朝大臣。属国，即典属国，官名。辛武贤在汉宣帝时任酒泉太守，以破羌立功，《汉书·宣帝纪》：神爵元年（前60）夏六月，"即拜酒泉太守辛武贤为破羌将军"；二年（前59）"夏五月，羌虏降服，斩其首恶大豪杨玉、酋非首。置金城属国以处降羌"。[3] 李轻车，指李广的从弟李蔡，因击匈奴有功，封为轻车将军，鲍照《代东武吟》："仆本寒乡士，出身蒙汉恩。始随张校尉，占募到河源。后逐李轻车，追虏穷塞垣。密途亘万里，宁岁犹七奔。"[4] 毡裘君长、锦带酋豪，皆指边地游牧民族首领。诗说浑鐬出任丰州刺史、天德军使，远赴边地，一定能建立功业，让统领的边地民众信服。冯舒称此诗为

① 陈伯海主编：《唐诗汇评》（下），浙江教育出版社1995年版，第2522页。

② （后晋）刘昫等：《旧唐书》（十一），中华书局1975年版，第3711页。

③ （汉）班固：《汉书》（一），中华书局1962年版，第261页、第262页。

④ 逯钦立辑校：《先秦汉魏晋南北朝诗》（中），中华书局1983年版，第1261页。

"送行之圣"，纪昀则曰"无深味，而爽朗可颂"（《瀛奎律髓汇评》卷二十四）。①

五原地处塞北，遥远荒凉，气候严寒，《郡国志》曰："云中、五原，唾出口成冰，言苦寒也。"（《太平御览》卷一百六十三《州郡部九》引）②这一带历史上就被目为苦寒之地，秦国大将在这里开始修筑长城，更加重了五原的荒远和苦寒。《史记·蒙恬列传》："秦已并天下，乃使蒙恬将三十万众北逐戎狄，收河南。筑长城，因地形，用制险塞，起临洮，至辽东，延袤万余里。于是渡河，据阳山，逶蛇而北。"《史记集解》徐广曰："五原西安阳县北有阴山。阴山在河南，阳山在河北。"③阳山，秦汉时称阴山最西一段为阳山，即今内蒙古巴彦淖尔市临河区北部狼山，长约 370 公里，南侧以断崖临河套平原，北侧倾斜较缓，逐渐过渡到巴彦淖尔高原，西端没入博克台沙漠。阳山因位于当时黄河正流（今黄河支流乌加河）之北，故名。④蒙恬率三十万大军北击匈奴，收复河南地（今内蒙古河套地区）。其后修筑西起陇西的临洮（今甘肃岷县），东至辽东（今辽宁境内）的万里长城，把原燕、赵、秦长城连为一体。在汤因比教授看来，"当文明衰落时，文明与毗邻的蛮族社会之间的流动区域就被冻结成一条不可逾越的军事边界：邻居变成了仇敌，文化交流也停止了。"⑤事实上，长城就是横亘在中原与北方游牧民族之间的巨大阻隔。由于工程浩大，施工条件异常艰苦，修筑长城引发了百姓的强烈不满。古诗有《饮马长成窟行》，《文选》卷二十七注："郦善长《水经》曰：余至长城。其下往往有泉窟，可饮马。古诗《饮马长城窟行》，信不虚也。然长城蒙恬所筑也，言征戍之客，至于长城而饮其

① （元）方回选评，李庆甲集评校点：《瀛奎律髓汇评》（中），上海古籍出版社 2005 年版，第 1072 页。

② （宋）李昉：《太平御览》（二），夏剑钦、黄巽斋等校点，河北教育出版社 1994 年版，第 379 页。

③ （汉）司马迁：《史记》（八），中华书局 1975 年版，第 2565—2566 页。

④ 谭其骧主编：《中国历史大辞典·历史地理》，上海辞书出版社 1996 年版，第 373 页。

⑤ ［英］阿诺德·汤因比：《历史研究》（修订插图本），刘北城、郭小凌译，上海人民出版社 2000 年版，彩图 65 图注。

马，妇思之，故为《长城窟行》。"① "建安七子"之一陈琳有"饮马长城窟，水寒伤马骨"之句，对无休止修筑长城表达了心中的怨愤。陈子昂《为乔补阙论突厥表》甚至认为，秦是因为修筑长城而灭国的：

> 臣闻始皇之时，并吞六国，制有天下。按剑叱咤，八荒奔驰，然匈奴强梁，威不能服，牧马河内，以侵边疆。始皇赫然，使蒙恬将四十万众，北筑长城，因以逐胡，取其河南之地七百余里。当时燕、齐海岱，赢粮给费，徭役烦苦，人以不堪。故长城未毕，而闾左之戍，已为其患，二世而亡，莫不始于事胡也。②

蒙恬后受遣为秦始皇巡游天下开直道，依然是从五原开始的："始皇欲游天下，道九原，直抵甘泉，乃使蒙恬通道，自九原抵甘泉，堑山堙谷，千八百里。"（《史记·蒙恬列传》）③ 秦之九原，即汉之五原郡。秦之直道从九原郡直达长安的甘泉宫，截断山脉，填塞深谷，全长一千八百里，可惜最后没有完工。一百年后，司马迁曾随汉武帝巡游天下、北访直道后说：

> 吾适北边，自直道归，行观蒙恬所为秦筑长城亭障，堑山堙谷，通直道，固轻百姓力矣。夫秦之初灭诸侯，天下之心未定，痍伤者未瘳，而恬为名将，不以此时强谏，振百姓之急，养老存孤，务修众庶之和，而阿意兴功，此其兄弟遇诛，不亦宜乎！（《史记·蒙恬列传》）④

司马迁感慨蒙恬身为名将，不顾百姓疾苦，一味追求自己的功名，不去强力阻止秦始皇修筑直道，最后兄弟二人落得或自杀或被杀的结局，不也是罪有应得吗？

---

① （梁）萧统：《文选》（三），上海古籍出版社 1986 年版，第 1277—1278 页。《水经注·河水三》："其水又西南入芒干水。芒干水又西南迳白道南谷口，有城在右，萦带长城，背山面泽，谓之白道城。自城北出有高阪，谓之白道岭。沿路惟土穴，出泉，挹之不穷。余每读《琴操》，见琴慎相和，《雅歌录》云：饮马长城窟。及其跋陟斯途，远怀古事，始知信矣，非虚言也。"（北魏）郦道元：《水经注》，陈桥驿点校，上海古籍出版社 1990 年版，第 52 页。
② （清）董诰等编：《全唐文》（二），上海古籍出版社 1990 年版，第 934 页。
③ （汉）司马迁：《史记》（八），中华书局 1975 年版，第 2566—2567 页。
④ （汉）司马迁：《史记》（八），中华书局 1975 年版，第 2570 页。

汉末蔡文姬被掠入的南匈奴，也是在内蒙古巴彦淖尔市临河、五原一带，"款五原塞，愿永为藩蔽，扞御北虏""立其庭，去五原西部塞八十里"等语，屡见《后汉书·南匈奴列传》。[①] 蔡琰《悲愤诗》说："边荒与华异，人俗少义理。处所多霜雪，胡风春夏起。翩翩吹我衣，肃肃入我耳。感时念父母，哀叹无穷已。"[②] 五原地处边荒，不仅风俗与中原不同，而且气候寒冷，风沙在春夏之交还在刮着。隋代诗人卢思道《从军行》言从军之艰辛，其中写道：

> 天涯一去无穷已，蓟门迢递三千里。
>
> 朝见马岭黄沙合，夕望龙城阵云起。
>
> 庭中奇树已堪攀，塞外征人殊未还。
>
> 白雪初下天山外，浮云直上五原间。
>
> 关山万里不可越，谁能坐对芳菲月。
>
> 流水本自断人肠，坚冰旧来伤马骨。
>
> 边庭节物与华异，冬霰秋霜春不歇。
>
> 长风萧萧渡水来，归雁连连映天没。

从蓟门到塞上，迢迢三千里。朝见马岭黄沙弥漫，夕望龙城阵云聚拢。"白雪初下""浮云直上"叠加在"天山外""五原间"，更见北方的浩瀚广阔。边庭节气、物候与中原大异其趣，冬天是霰，秋天是霜，直至春天也不歇。马岭，关隘，在今山西太谷东南。龙城，匈奴祭天祭祖之地，约在今内蒙古锡林郭勒盟境内阴山一带；[③] 一说，在今蒙古国鄂尔浑河西侧和硕柴达木湖附近；[④]《读史方舆纪要》卷四十五说，"龙城，古单于亭也。胡氏曰：'匈奴祭天、大会诸部之处即曰龙城，无常处'"。[⑤] 伤马骨，用陈琳《饮马长成窟行》"饮马长城窟，水寒伤马骨"诗意，说边地酷寒，马骨尚伤，况人乎！李益《过五原胡儿饮马泉》

---

① （南朝）范晔：《后汉书》（十），中华书局1965年版，第2942、2943页。

② 逯钦立辑校：《先秦汉魏晋南北朝诗》（上），中华书局1983年版，第200页。

③ 林庚、冯沅君主编：《中国历代诗歌选》上编（一），人民文学出版社1964年版，第272页。

④ 谭其骧主编：《中国历史大辞典·历史地理》，上海辞书出版社1996年版，第189页。

⑤ （清）顾祖禹：《读史方舆纪要》（四），贺次君、施和金点校，中华书局2005年版，第2060页。

（一作《盐州过胡儿饮马泉》）：

> 绿杨著水草如烟，旧是胡儿饮马泉。
>
> 几处吹笳明月夜，何人倚剑白云天。
>
> 从来冻合关山路，今日分流汉使前。
>
> 莫遣行人照容鬓，恐惊憔悴入新年。

眼前的绿杨拂水、碧草如茵，原先是胡人的饮马之地。"胡儿饮马泉"，即骨䭼泉。诗人自注："骨䭼泉，在丰州城北，胡人饮马于此。"《新唐书·回鹘下》："使者道出天德右二百里许抵西受降城，北三百里许至骨䭼泉。"[1]《新唐书·地理一》："西受降城，开元初为河所圮，十年（722），总管张说于城东别置新城。北三百里有骨䭼泉。"[2]《新唐书·地理七下》："中受降城正北如东八十里，有呼延谷，谷南口有呼延栅，谷北口有归唐栅，车道也，入回鹘使所经。又五百里至骨䭼泉。"[3] 明月之夜，胡笳声声；白云天下，戍边人握剑远望；冻结关山路的冰泉，已在春风中渐渐融化；征人切莫临泉自照，一照必然心惊憔悴。汉使、行人，皆指诗人自己。全诗感慨深沉，气调高迈，前人评此诗"可谓探源昆仑，雄才浩气，更笼络千古"（《唐诗选脉会通评林》），"亦悲壮，亦流丽"（《唐诗笺要》）。[4] 姚合《送独孤焕评事赴丰州》：

> 东门携酒送延评，结束从军塞上行。
>
> 深碛路移唯马觉，断蓬风起与雕平。
>
> 烟生远戍侵云色，冰叠黄河长雪声。
>
> 须凿燕然山上石，登科记里是闲名。

"深碛路移""断蓬风起"二句写通往五原道路的艰难形象真切。前句写道路随大漠沙丘移动而不断移动，唯有老马才能知觉；后句写狂风吹折蓬草漫天旋转，直与鹰雕同高。"烟生远戍""冰叠黄河"，更见塞外景色苍凉、气候严寒。张敬忠《边词》通过对比，写五原春天到来之迟缓："五原春色旧来迟，二月垂杨未挂丝。即今河畔冰开日，正是长

---

① （宋）欧阳修、宋祁：《新唐书》（十九），中华书局1975年版，第6148页。

② （宋）欧阳修、宋祁：《新唐书》（四），中华书局1975年版，第976页。

③ （宋）欧阳修、宋祁：《新唐书》（四），中华书局1975年版，第1148页。

④ 陈伯海主编：《唐诗汇评》（上），浙江教育出版社1995年版，第1480页、1481页。

安花落时。"按照节气早已是春天，但五原的垂杨农历二月尚未挂丝。等到五原黄河开河之日，长安已到暮春花落时分。五原的物候，比长安整整晚了一个月还多，这与岑参笔下的凉州何其相似："凉州三月半，犹未脱寒衣。"（《河西春暮忆秦中》）"胡地三月半，梨花今始开。"（《登凉州尹台寺》）贾岛《送陈判官赴绥德》也说："丝竹丰州有，春来只欠花。"丰州不缺丝竹，缺的只是春来如期盛放的鲜花，因此也就缺了南来的和风与和风吹拂下鹅黄嫩绿的柳丝。

五原不仅气候严寒，而且路途遥远，往来艰辛。《元和郡县图志》说盐州"八到：南至上都一千五百里，东至东都一千七百三十里，东北至经略军四百里，南至庆州四百五十里，西北至灵州三百里。西北取乌池黑浮屠堡私路至灵州四百里"。[1] 从上都长安、东都洛阳到五原的路程均有千里之遥，所以李白《千里思》诗说："迢迢五原关，朔雪乱边花。一去隔绝国，思归但长嗟。"五原关迢迢千里，朔北飞雪如花；一去边地，如隔绝国，思归不得，唯有长嗟。黄滔《河梁》诗也说："五原人走马，昨夜到京师。"从五原出发，马不停蹄，一路奔驰，也只是昨夜才到了长安。德宗朝的欧阳詹《初发太原途中寄太原所思》表达的是在远行途中对情人的深切思念：

> 驱马觉渐远，回头长路尘。
>
> 高城已不见，况复城中人。
>
> 去意自未甘，居情谅犹辛。
>
> 五原东北晋，千里西南秦。
>
> 一履不出门，一车无停轮。
>
> 流萍与系匏，早晚期相亲。

从太原城出发，渐行渐远，唯见大路上尘土飞扬，高城和高城中的所思之人已渺不可见。地处塞北的五原与关中相隔千里，难成秦晋之好。

战争毁灭家园，夺取生命，破坏生产，其惨烈程度无与伦比，晚唐诗人李山甫所谓"千里烟沙尽日昏，战余烧罢闭重门。新成剑戟皆农

---

① （唐）李吉甫：《元和郡县图志》（上），贺次君点校，中华书局1983年版，第98页。

器，旧著衣裳尽血痕。卷地朔风吹白骨，柱天青气泣幽魂"（《兵后寻边三首》其一）。形象地描绘了这种情形。按照汤因比教授的观点，"旷日持久的战争会对经济结构复杂的社会产生越来越大的破坏性影响"，"旷日持久的对峙将会使文明社会承受巨大的负担。常备军数量的增加就会导致捐税压力的增大，从而导致经济生活的逐渐瓦解"。①因此，无论是将士还是诗人都更期盼边塞平安，能化干戈为玉帛，杜甫《近闻》就表达了对和平的渴望：

> 近闻犬戎远遁逃，牧马不敢侵临洮。
>
> 渭水逶迤白日净，陇山萧瑟秋云高。
>
> 崆峒五原亦无事，北庭数有关中使。
>
> 似闻赞普更求亲，舅甥和好应难弃。

《新唐书·郭子仪传》：永泰元年（765），郭子仪与回纥约定共同出击吐蕃，"因曰：'吐蕃本吾舅甥国，无负而来，弃亲也。马牛被数百里，公等若倒戈乘之，若俯取一芥，是谓天赐，不可失。且逐戎得利，与我继好，不两善乎？'会怀恩暴死，群虏无所统一，遂许诺。吐蕃疑之，夜引去。子仪遣将白元光合回纥众追蹑，大军继之，破吐蕃十万于灵台西原，斩级五万，俘万人，尽得所掠士女、牛、羊、马、橐驼不胜计。"②中宗神龙三年（707），吐蕃王遣使来朝求和亲，中宗许嫁金城公主。玄宗有《赐吐蕃赞普书》："舅甥之礼，万里如初；协和之勤，一心逾亮。义节可尚，情见乎词。朕以公主在蕃，亲爱之极，纵有违负之过，讵移骨肉之情。深明至怀，知得良算。至于止戈为武，国之大猷，怀远以德，朕之本意。中外无隔，夷夏混齐，托声教于殊方，跻含灵于仁寿，朕之深旨，来使具知。"③杜甫所写，大约就是这个事件。临洮，今甘肃临洮县；崆峒，崆峒山，在今甘肃平凉城西；北庭，北庭都护府，治所在今新疆吉木萨尔北破城子。这些地方都是西北的边防要地，也是"丝绸之路"上的重镇。诗说因为唐军的取胜，近来吐蕃已不

---

① ［英］阿诺德·汤因比：《历史研究》（修订插图本），刘北城、郭小凌译，上海人民出版社2000年版，第327页。

② （宋）欧阳修、宋祁：《新唐书》（十五），中华书局1975年版，第4606–4607页。

③ （清）董诰等编：《全唐文》（一），上海古籍出版社1990年版，第189页。

敢轻易犯边，崆峒、五原也平安无事，北庭时见唐使络绎往来，就连渭水、陇山也显得格外明爽，吐蕃王又来求亲，传统的舅甥关系应该继续维持。无名氏《送薛大夫和蕃》：

> 戎王归汉命，魏绛谕皇恩。
> 旌旆辞双阙，风沙上五原。
> 往途遵塞道，出祖耀都门。
> 策令天文盛，宣威使者尊。
> 澄波看四海，入贡仟诸蕃。
> 秋杪迎回骑，无劳枉梦魂。

魏绛，春秋时晋国卿。《史记·匈奴列传》："晋悼公使魏绛和戎翟，戎翟朝晋。"[1]杜甫《投赠哥舒开府二十韵》："廉颇仍走敌，魏绛已和戎。"国家强盛，藩王归汉，宣威使者在旌旆飘扬中离开京师，前往风沙弥漫的五原宣扬威德。梁代任昉《王文宪集序》："每荒服请罪，远夷慕义；宣威授指，实寄宏略。"[2]在宣威的背后，含有朝廷的特别用意。许棠《五原书事》描写的是诗人在五原所见的景色、风俗：

> 西出黄云外，东怀白浪遥。
> 星河愁立夜，雷电独行朝。
> 碛迥人防寇，天空雁避雕。
> 如何非战卒，弓剑不离腰。

西出有大漠黄云，东行有黄河白浪。星河夜横，雷电朝行。碛上人人防寇，天空大雁回翔，躲避着鹰雕的偷袭。让诗人惊异的是，这里有许多人不是士兵，腰间却挂着弓箭。"弓剑不离腰"，实际上体现的是北方游牧民族的勇猛尚武、喜好佩戴弓箭的习俗。

王昌龄《箜篌引》说："碧毛毡帐河曲游""橐驼五万部落稠"。卢纶《送饯从叔辞丰州幕归嵩阳旧居》说："屯田布锦周千里，牧马攒花溢万群。白云本是乔松伴，来绕青营复飞散。三声画角咽不通，万里蓬根一时断。丰州闻说似凉州，沙塞晴明部落稠。"汉唐朝廷为了解决军

① （汉）司马迁：《史记》（九），中华书局1975年版，第2885页。
② （梁）萧统：《文选》（五），上海古籍出版社1986年版，第2082页。

粮问题，减少内运，在河套地区采取屯田的方式，利用军队就地开垦土地，种植粮食，既保证军队的给养，又收到开发边疆的效益，即唐玄宗所谓"秣马练兵，观衅而动；屯田积谷，固敌是求；殄戎可期，战胜斯在"（《命备吐蕃制》）。[①] 五原沃野千里，如锦缎般铺展，在鲜花盛开的草原上有牧马万群；白云游荡，围绕在青营帐上，聚而复散；画角声声，归者如蓬断根回到嵩阳；北边的丰州如"丝绸之路"上的凉州一样富饶，战略地位如凉州一样重要，如今的五原塞平静安宁，人丁兴旺，各民族和平相处，部落稠密。

"黄河九曲流，缭绕古边州。"（卢纶《送郭判官赴振武》）河套是黄河中上游两岸的平原、高原地区，农业灌溉发达，故民谚有"黄河百害，唯富一套"的说法。《元和郡县图志·关内道四·天德军》："牟那山钳耳觜，山中出好材木。""牟那山南又是麦泊，其地良沃，远近不殊。"[②] 牟那山，即今乌拉山，是阴山山脉西段的南支，海拔 1500—2000 米，东西长 94 公里，在包头市境内长 30 余公里，主峰大桦背在乌拉特前旗境内。[③] 河套地区以乌拉山为界，东为前套，西为后套。乌拉山南，紧傍黄河，土地肥沃，盛产小麦。清人彭始奋《寄陇西观察赵韫退先生》诗"部傍先零毡作帐，道通西域雪为泉。阴山控驭六千里，河套因循三百年"，[④] 也可看作是对河套地区的描述。先零（xiān lián），古代西羌最大的部落，其名初见于《汉书·赵充国传》，[⑤] 这里泛指北方游牧民族。河套地区历史上就是北方游牧民族的主要聚居地，阴山南北、黄河两岸一直活跃着他们的身影。时至今日，河套地区依旧水草丰美，牛羊遍野，瓜果飘香，富饶发达，不仅是内蒙古的粮食主产区，也是中国西部的粮食主产区。

---

① （清）董诰等编：《全唐文》（一），上海古籍出版社 1990 年版，第 111 页。

② （唐）李吉甫：《元和郡县图志》（上），贺次君点校，中华书局 1983 年版，第 114 页。

③ 冯军胜、苏林娜、高建新：《内蒙古奇景》（内蒙古旅游文化丛书），内蒙古人民出版社 2003 年版，第 16—19 页。

④ （清）沈德潜：《清诗别裁》（上），中华书局 1975 年版，第 268 页。

⑤ （汉）班固：《汉书》（九），中华书局 1962 年版，第 2972 页。

三、居延 [①]

居延，今内蒙古自治区阿拉善盟额济纳地区，总面积 11.6 万平方公里，汉唐以来一直是西北地区的交通要塞、军事重地，也是当时中央政府版图内最北的边防要塞，历史上在此多次发生与匈奴、鲜卑、突厥、回鹘等北方游牧民族大规模的军事冲突。

居延地处中央戈壁弱水（今额济纳河）三角洲，东邻巴丹吉林沙漠北缘，西界马鬃山山地，北连由弱水汇注而成的东居延海（今称苏泊淖尔）、西居延海（今称嘎顺淖尔），与蒙古国南戈壁省相接，南通河西走廊，经度与张掖相同。居延地势西南高，东北低，海拔 900—1100 米，地形平坦开阔，戈壁、沙漠广布，植被稀少，日照丰富，气候干燥，昼夜温差大，年降雨量不足 38 毫米，蒸发量却达 3653 毫米。东部海拔 1247 米的洪果尔吉山和西部的马鬃山构成北部的天然屏障，控扼蒙古高原大漠以北的广大地区，是通向河西、西域的交通要冲，地理位置异常重要。境内古迹众多，如红城遗址（汉代）、同城遗址（唐代）、绿城遗址（西夏）、黑城遗址（元代）。由于自然条件独特，境内埋藏保存着大批极其珍贵的历史文物，如居延汉简、西夏文书等等，"简牍学""西夏学"应运而生，居延由此成为中国文明的重要发源地之一。悠悠流淌的额济纳河由南向北、纵贯额济纳全境，流经之处，形成大片绿洲，即著名的"额济纳绿洲"。楼兰古国的发现者，瑞典地理学家、探险家斯文·赫定（1865—1952）曾于 1927 年、1934 年两次来到额济纳，他这样写道：

> 经过了在东部戈壁滩长途跋涉后，我觉得这里简直是一个无限美好的人间天堂，看不出有什么不好的地方。你看，古老的杨树令人心驰神往；夏天，可以在树荫下小憩；冬天，寒风掠过秃秃的树梢时，发出悦耳的沙沙声。沙丘起伏的曲线如同巨大的海豚，有的光秃秃的，随风流动，有的披满植被，被柽柳团得紧紧的。春天，

---

① 高建新：《居延及唐诗中的居延》，《唐代文学研究》第 15 辑，广西师范大学出版社 2014 年版，第 195—224 页。

柽柳绽出紫色的嫩枝，十分秀丽；茂密的树丛常是那些腼腆斯文的
雉鸟藏身的地方。在这神奇的、地地道道的中亚景色中，额济纳河
道就像一把利剑，劈开这块世界上最壮观的沙漠而流贯其中。①

境内还有"活着的化石树"胡杨 45 万亩，每到深秋，万树摇金，
是北方沙漠深处最震撼人心的绝美风景，还不说这里的 126 万亩红柳、
278 万亩梭梭林。历史上的"额济纳绿洲"，水草丰美，林木葱茏，植
物众多，生态环境良好，曾经是"草原丝绸之路"上的交通枢纽，是守
护"河西四郡"的屏障及桥头堡，为人向往。

（一）历史上的居延

居延，先秦时称"流沙"或"弱水流沙"，《尚书·夏书·禹贡》：
"导弱水至于合黎，余波入于流沙。"（《尚书正义》卷六）②说大禹治水，
把弱水导至合黎山后，弱水便进入了流沙之中。流沙，即沙漠戈壁，实
指今天的巴丹吉林沙漠，③面积达 4.7 万平方公里，是我国第三大沙漠，
沙漠中湖泊星罗棋布，有 113 个湖泊。弱水，即今天的额济纳河。弱水
的上游是黑河（也称张掖河），流入今天的内蒙古自治区境内长达 250
公里，称之为额济纳河，是黑河自甘肃金塔县天仓到额济纳旗湖西新
村段的别称。④"额济纳"是西夏语"亦集乃"，意为黑水。⑤《西域水道
记》卷三称："额济讷，即《元史》之亦集乃，蒙古语，额济讷，幽隐
也。"⑥又，"居延"是匈奴语"幽隐"之意；⑦"居延"为匈奴语音，意为
"天池"。⑧合黎，即合黎山，在今甘肃河西走廊中部与内蒙古边境，清

---

① ［瑞典］斯文·赫定：《丝绸之路》，江红、李佩娟译，新疆人民出版社 2010 年版，第
　73 页。
② （清）阮元校刻：《十三经注疏》（上），中华书局 1980 年版，第 151 页。
③ 李并成：《汉居延县城新考》，《考古》1998 年第 5 期。
④ 谭其骧主编：《中国历史大辞典·历史地理》，上海辞书出版社 1996 年版，第 786 页。
⑤ "'额济纳'一词为西夏党项族语，意即'黑水'，自元朝以来由'亦集乃'转音而成。"
　阿拉善盟志编委会编：《阿拉善盟志·区划》，方志出版社 1998 年版，第 152 页。
⑥ （清）徐松：《西域水道记》，朱玉麒整理，中华书局 2005 年版，第 128 页。
⑦ 额济纳旗志编纂委员会编：《额济纳旗志》（内蒙古自治区地方志丛书），方志出版社 1998
　年版，第 48 页。
⑧ 赵丽洁、陈淮：《沧桑大美——丝绸之路》，上海文艺出版总社 2008 年版，第 84 页。

《禹贡古今注通释》："合黎山，因水而名。黎，黑也……弱水合黑水而行，故曰合黎。"[1] 合黎山是河西走廊与额济纳旗的自然分界线。《山海经》中有多处提到"流沙"："观水出焉，西流注于流沙。"（《西山经》）"流沙出钟山，西行又南行昆仑之虚，西南入海黑水之山。"（《海内西经》）"国在流沙外者，大夏、竖沙、居繇、月支之国。"（《海内东经》）"流沙之东，黑水之间，有山名不死之山。"（《海内经》）[2] 《史记·夏本纪》："道九川：弱水至于合黎，余波入于流沙。"《史记集解》："孔安国曰：'弱水余波西溢入流沙。'郑玄曰：'《地理志》：流沙在居延（西）［东］北，名居延泽。'《地记》曰：'弱水西流入合黎山腹，余波入于流沙，通于南海。'马融、王肃皆云合黎、流沙是地名。"《史记索隐》："《地理志》云：'张掖居延县西北有居延泽，古文以为流沙'。《广志》：'流沙在玉门关外，有居延泽、居延城'。"[3] "古文"，当指《尚书》。《后汉书·西域传》：大秦国"或云其国西有弱水流沙，近西王母所居处，几于日所入也"。[4]《水经注》卷四十："流沙地在张掖居延县东北。居延泽在其县故城东北，《尚书》所谓流沙者也，形如月生五日也。弱水入流沙，流沙，沙与水流行也。"[5] 居延泽，又作居延海、西海等，包括今天的苏泊淖尔、嘎顺淖尔，由额济纳河下游汇聚而成，在今额济纳旗政府所在地达来呼布镇北 40—50 公里处，地处巴丹吉林沙漠的北缘，是古称"弱水"的径流和现称巴嘎日河水的集水地，为古代游牧民族居住之地。《元和郡县图志·甘州》："居延海，在县东北一百六十里。即居延泽，古文以为流沙者，风吹流行，故曰流沙。"[6] 居延城，汉代所筑，是"草原丝绸之路"居延古道上的名城重镇，遗址在今额济纳旗巴彦陶来浩宁呼布东南 6 公里处。[7]《史记·五帝本纪》：帝颛顼高阳"治气以

---

① 戴均良等主编：《中国古今地名大词典》（中），上海辞书出版社 2005 年版，第 1213 页。

② 袁珂撰：《山海经校注》，上海古籍出版社 1980 年版，第 44、292、328、444 页。

③ （汉）司马迁：《史记》（一），中华书局 1975 年版，第 69—71 页。

④ （南朝）范晔：《后汉书》（十），中华书局 1965 年版，第 2920 页。

⑤ （北魏）郦道元：《水经注》，陈桥驿点校，上海古籍出版社 1990 年版，第 766 页。

⑥ （唐）李吉甫：《元和郡县图志》（下），贺次君点校，中华书局 1983 年版，第 1022 页。

⑦ 额济纳旗志编纂委员会编：《额济纳旗志》（内蒙古自治区地方志丛书），方志出版社 1998 年版，第 68、750 页。

教化，絜诚以祭祀，北至于幽陵，西至于流沙，东至于蟠木。"《史记集解》注引《地理志》曰："流沙，在张掖居延县。"又引《括地志》云："居延海南，甘州张掖县东北千六十四里是。"①

弱水名声显赫，在古代诗文小说中多有描述："地道巴陵北，天山弱水东。"（卢照邻《西使兼送孟学士南游》）"交河浮绝塞，弱水浸流沙。"（骆宾王《晚度天山有怀京邑》）"西扼弱水道，南镇枹罕陬。"（杜甫《送韦十六评事充同谷郡防御判官》）"弱水应无地，阳关已近天。今君渡沙碛，累月断人烟。"（杜甫《送人从军》）"扶桑西枝对断石，弱水东影随长流。"（杜甫《白帝城最高楼》）"西海有水，散涣而无力，不能负芥，投之则委靡垫没，及底而后止，故其名曰弱水。"（柳宗元《愚溪对》）"度玉关而去张掖，弃置一生；瞰弱水而望沙场，横行万里。"（娄师德《镇军大将军行左鹰扬卫大将军兼贺兰州都督上柱国凉国公契苾府君碑铭并序》）② 弱水在小说中的描写也颇有意味，《西游记》第八回："师徒二人正走间，忽然见弱水三千，乃是流沙河界。菩萨道：'徒弟呀，此处却是难行。取经人浊骨凡胎，如何得渡？'惠岸道：'师父，你看河有多远？'那菩萨停云步看时，只见：东连沙碛，西抵诸番；南达乌戈，北通鞑靼。径过有八百里遥，上下有千万里远。水流一似地翻身，浪滚却如山耸背。"又，第二十二回："八百流沙界，三千弱水深。鹅毛飘不起，芦花定底沉。"③《红楼梦》第九十一回："黛玉道：'宝姐姐和你好，你怎么样？宝姐姐不和你好，你怎么样？宝姐姐前儿和你好，如今不和你好，你怎么样？今儿和你好，后来不和你好，你怎么样？你和他好，他偏不和你好，你怎么样？你不和他好，他偏要和你好，你怎么样？'宝玉呆了半晌，忽然大笑道：'任凭弱水三千，我只取一瓢饮。'"④

"居延"之称，首次出现在《史记》中。《史记·李将军列传》：李陵"尝深入匈奴二千余里，过居延，视地形"。《史记正义》引《括地

---

① （汉）司马迁：《史记》（一），中华书局1975年版，第11—12页。
② （清）董诰等编：《全唐文》（一），上海古籍出版社1990年版，第837页。
③ （明）吴承恩：《西游记》（上），齐鲁书社1980年版，第88—89、268页。
④ （清）曹雪芹：《红楼梦》（四），人民文学出版社1964年版，第1193页。

志》云："居延海在甘州张掖县东北六十四里。《地理志》云：'居延泽，古文以为流沙'。甘州在京西北二千四百六十里。"①《汉书·武帝纪》："将军去病、公孙敖出北地二千余里，过居延，斩首虏三万余级。"颜师古注曰："居延，匈奴中地名也，韦昭以为张掖县，失之。张掖所置居延县者，以安处所获居延人而置此县。"②按照颜师古的说法，居延应该是匈奴一个部族的名称。③居延本是匈奴的放牧之地，《史记·大宛列传》：汉武帝太初三年（前102）"置居延、休屠以卫酒泉"。④置居延县还有一个目的，就是安置俘获的"居延人"。居延县治在今额济纳旗东南哈拉和图，属张掖郡，为郡都尉治。关于汉居延县城的所在位置，西北师范大学敦煌学研究所李并成教授认为，其遗址可能在今天额济纳旗所在地达来呼布镇东南45公里处的绿城。因为城内的文化层堆积可分为上下两层，上层为西夏、元代层，下层从出土灰陶片、砖瓦碎块及绳纹、旋纹、水波纹等考察，主要为汉晋时代遗存，因此可能是汉代居延县城遗址。⑤

　　居延县和居延都尉的设置，对防御匈奴南下和保卫河西走廊畅通起到了重要作用。居延及额济纳河一带，有汉朝大规模修筑的长城。林梅村教授说："蒙古草原是汉朝抵御匈奴的重点防区，汉朝在这里加筑了两条南北向、相距5—10公里的复线式长城。东线从内蒙古阴山、大青山一直深入到外蒙古草原；西线则在额济纳河东岸，北起古居延泽，沿弱水南下，直至甘肃金塔县，全长达200多公里。"⑥汉武帝北击匈奴，居延广阔的沙漠地带始终是主战场之一。元狩二年（前121），"春，汉使骠骑将军去病将万骑出陇西，过焉支山千余里，击匈奴，得胡首虏万八千余级，破得休屠王祭天金人。其夏，骠骑将军复与合骑侯数万骑出陇西、北地二千里，击匈奴。过居延，攻祁连山，得胡首虏三万

---

① （汉）司马迁：《史记》（九），中华书局1975年版，第2877页。
② （汉）班固：《汉书》（一），中华书局1962年版，第176页。
③ 侯丕勋、刘再聪主编：《西北边疆历史地理概论》，甘肃人民出版社2008年版，第18页。
④ （汉）司马迁：《史记》（十），中华书局1975年版，第3176页。
⑤ 李并成：《汉居延县城新考》，《考古》1998年第5期。
⑥ 林梅村：《丝绸之路考古十五讲》，北京大学出版社2006年版，第307页。

余人，裨小王以下七十余人”(《史记·匈奴列传》)。[①]“骠骑将军出北地，已遂深入，与合骑侯失道，不相得，骠骑将军逾居延至祁连山，捕首虏甚多。天子曰：‘骠骑将军逾居延，遂过小月氏，攻祁连山，得酋涂王。’”(《史记·卫将军骠骑列传》)[②] 通过居延，由北向南，可直抵祁连山。

汉武帝太初三年（前102），伏波大将军路博德筑塞居延泽上。居延塞，一名遮虏塞、遮虏鄣，以遮断匈奴由此南下侵入河西之路，顾祖禹说：“居延之出匈奴，乃其要路也。汉既全得月支之地，立为四郡，则居延又为酒泉要路，故筑塞其上，以扼其来，名为遮虏，可见其实也。”(《读史方舆纪要·陕西十二·居延城》)[③] 居延塞今遗迹犹存。汉沿弱水岸筑长城接酒泉塞，其间设置了大量的烽燧、障，遂成为历代屯兵设防重镇。侯丕勋、刘再聪先生认为，居延塞有以下几方面突出特点：一是居延塞基本上呈南—北向以线条状分布；二是汉塞南段由墙垣、烽燧与障共同构成；三是汉塞北段仅为烽燧与障；四是汉塞北段在居延地区的烽燧与障基本呈三角形状分布。[④] 陈子昂《吊塞上翁文》说：“居延海南四百余里有古城焉，土人云：‘是塞上翁城’。今为戍，其基局趾迹，盖数千年也。”[⑤] 文中的“塞上翁城”，疑指居延塞。“汉朝占据了居延，不只河西得以安宁，对于控制西域，也有很大的作用，可见居延当时在军事上的重要性。”[⑥] 西汉时期，发生在居延一带最著名的、影响深远的历史事件就是李陵战败、投降匈奴，据《史记·李将军列传》载：

> 李陵既壮，选为建章监，监诸骑。善射，爱士卒。天子以为李氏世将，而使将八百骑。尝深入匈奴二千余里，过居延，视地形，无所见虏而还。拜为骑都尉，将丹阳楚人五千人，教射酒泉、张掖

① （汉）司马迁：《史记》（九），中华书局1975年版，第2908页。
② （汉）司马迁：《史记》（九），中华书局1975年版，第2931页。
③ （清）顾祖禹：《读史方舆纪要》（六），贺次君、施和金点校，中华书局2005年版，第2976页。
④ 侯丕勋、刘再聪主编：《西北边疆历史地理概论》，甘肃人民出版社2008年版，第202页。
⑤ 《陈子昂集》（修订本），徐鹏校点，上海古籍出版社2013年版，第169页。
⑥ 陈序经：《匈奴史稿》，中国人民大学出版社2007年版，第65页。

以屯卫胡。

　　数岁，天汉二年（前99）秋，贰师将军李广利将三万骑击匈奴右贤王于祁连天山，而使陵将其射士步兵五千人出居延北可千余里，欲以分匈奴兵，毋令专走贰师也。陵既至期还，而单于以兵八万围击陵军。陵军五千人，兵矢既尽，士死者过半，而所杀伤匈奴亦万余人。且引且战，连斗八日，还未到居延百余里，匈奴遮狭绝道，陵食乏而救兵不到，虏急击招降陵。陵曰："无面目报陛下。"遂降匈奴。其兵尽没，余亡散得归汉者四百余人。①

　　李陵与匈奴两千多年前的这一仗异常激烈残酷。《汉书·李广苏建传》："（李）陵居谷中，虏在山上，四面射，矢如雨下。""令军士人持二升糒，一半冰，期至遮虏鄣者相待。夜半时，击鼓起士，鼓不鸣。陵与韩延年俱上马，壮士从者十余人。虏骑数千追之，韩延年战死。陵曰：'无面目报陛下！'遂降。军人分散，脱至塞者四百余人。"②糒（bèi），干粮。《史记·匈奴列传》《正义》引《括地志》云："汉居延县故城，在甘州张掖县东北一千五百三十里，有汉遮虏鄣，彊弩都尉路博德之所筑。李陵败，与士众期至遮虏鄣，即此也。《长老传》云：鄣北百八十里，直居延之西北，是李陵战地也。"③顾祖禹说："李陵之军自遮虏障北出，亦望遮虏障南入，可见寇路出入，无不由此也。"（《读史方舆纪要·陕西十二·居延城》）④居延北与匈奴骑相接，又值草好马肥的秋天，仅率领五千步兵的李陵哪里是熟悉地形的八万匈奴骑兵的对手！"防秋"之时，是不能轻易深入敌境的。历史上的北方游牧部落往往趁秋高马肥之时，南下袭掠中原，届时守边将士特加警卫，严密防守，称为"防秋"，对此唐人多有描写："习战边尘黑，防秋塞草黄。知君市骏马，不是学燕王。"（岑参《虢州送天平何丞入京市马》）"凉州四边沙皓皓，汉家无人开旧道。边头州县尽胡兵，将军别筑防秋城。"（王

---

① （汉）司马迁：《史记》（九），中华书局1975年版，第2877—2878页。

② （汉）班固：《汉书》（八），中华书局1962年版，第2455页。

③ （汉）司马迁：《史记》（九），中华书局1975年版，第2916页。

④ （清）顾祖禹：《读史方舆纪要》（六），贺次君、施和金点校，中华书局2005年版，第2976页。

建《凉州行》)"单于骄爱猎，放火到军城。乘月调新马，防秋置远营。"
(于鹄《出塞》其三)"西北防秋军，麾幢宿层冰。匈奴天未丧，战鼓长
登登。"((鲍溶《塞下》)"汉兵候月秋防塞，胡骑乘冰夜渡河。河塞东西
万余里，地与京华不相似。"(屈同仙《燕歌行》)"雁行缘古塞，马鬣起
长风。遮虏关山静，防秋鼓角雄。"(皇甫冉《送王相公之幽州》)"一朝
嫁得征戍儿，荷戈千里防秋去。去时只作旦暮期，别后生死俱不知。"
(薛逢《追昔行》)

　　"防秋"之时，是匈奴战斗力最强的时候，即便是西汉名将李广将
军之孙，也无力回天。经过浴血奋战，五千士兵中仅有四百余人退回至
居延塞。陈陶的"誓扫匈奴不顾身，五千貂锦丧胡尘。可怜无定河边
骨，犹是春闺梦里人"(《陇西行四首》其二)，咏叹的正是此战。胡曾
的《咏史诗·李陵台》："北入单于万里疆，五千兵败滞穷荒。英雄不
伏蛮夷死，更筑高台望故乡"，对李陵的遭遇亦感慨不已。李陵兵败的
消息传到长安后，正在全身心地撰写《史记》的司马迁以史家之良心，
痛恨那些见风使舵的大臣，尽力为李陵辩护：

　　　　夫仆与李陵俱居门下，素非相善也，趣舍异路，未尝衔杯酒接
　　殷勤之欢。然仆观其为人自奇士，事亲孝，与士信，临财廉，取予
　　义，分别有让，恭俭下人，常思奋不顾身以徇国家之急。其素所畜
　　积也，仆以为有国士之风。

　　　　夫人臣出万死不顾一生之计，赴公家之难，斯已奇矣。今举事
　　壹不当，而全躯保妻子之臣随而媒孽其短，仆诚私心痛之！且李陵
　　提步卒不满五千，深践戎马之地，足历王庭，垂饵虎口，横挑强
　　胡，卬亿万之师，与单于连战十余日，所杀过当。虏救死扶伤不
　　给，旃裘之君长咸震怖，乃悉征左右贤王，举引弓之民，一国共攻
　　而围之。转斗千里，矢尽道穷，救兵不至，士卒死伤如积。然李陵
　　一呼劳军，士无不起，躬流涕，沫血饮泣，张空弮，冒白刃，北首
　　争死敌。陵未没时，使有来报，汉公卿王侯皆奉觞上寿。后数日，
　　陵败书闻，主上为之食不甘味，听朝不怡。大臣忧惧，不知所出。

　　　　仆窃不自料其卑贱，见主上惨凄怛悼，诚欲效其款款之愚。以

为李陵素与士大夫绝甘分少，能得人之死力，虽古名将不过也。身虽陷败，彼观其意，且欲得其当而报汉。事已无可奈何，其所摧败，功亦足以暴于天下。(《汉书·司马迁传》)①

这是对李陵居延战场设身处地、充满正义的复原。司马迁出于公心的直言触怒了汉武帝，汉武帝认为，司马迁不仅为本该以自杀挽回汉朝面子的李陵辩护，居然还敢讽刺劳师远征、战败而归、又是自己宠妃李夫人之兄的贰师将军李广利，于是下令将司马迁打入大牢并处以残忍的宫刑，一部《史记》就此鲜血淋漓，开始了它更为艰难的写作。晚唐诗人司空图《狂题十八首》(其三)是站在司马迁一边的，认为司马迁揭示了事实的真相："交疏自古戒言深，肝胆徒倾致铄金。不是史迁书与说，谁知孤负李陵心。"具有讽刺意味的是，在李陵降匈奴的10年(前89)之后，"贰师复将七万骑出五原，击匈奴，度郅居水。兵败，降匈奴，为单于所杀。"(《汉书·张骞李广利列传》)②郅居水，今色楞格河，在乌兰巴托北、贝加尔湖南。对于李陵的悲剧性遭遇，王维写有《李陵咏》，表达了深挚的同情：

> 汉家李将军，三代将门子。
>
> 结发有奇策，少年成壮士。
>
> 长驱塞上儿，深入单于垒。
>
> 旌旗列相向，箫鼓悲何已。
>
> 日暮沙漠陲，战声烟尘里。
>
> 将令骄虏灭，岂独名王侍。
>
> 既失大军援，遂婴穹庐耻。
>
> 少小蒙汉恩，何堪坐思此。
>
> 深衷欲有报，投躯未能死。
>
> 引领望子卿，非君谁相理。

《史记·李将军列传》："单于既得陵，素闻其家声，及战又壮，乃以其女妻陵而贵之。汉闻，族陵母妻子。自是之后，李氏名败，而陇西

---

① (汉)班固：《汉书》(九)，中华书局1962年版，第2729—2730页。

② (汉)班固：《汉书》(九)，中华书局1962年版，第2704页。

之士居门下者皆用为耻焉。"① 与司马迁的看法一样，王维也认为李陵未能死，是"深衷欲有报"。刘湾《李陵别苏武》一诗，对于李陵的遭遇同样充满了同情：

> 汉武爱边功，李陵提步卒。
>
> 转战单于庭，身随汉军没。
>
> 李陵不爱死，心存归汉阙。
>
> 誓欲还国恩，不为匈奴屈。
>
> 身辱家已无，长居虎狼窟。
>
> 胡天无春风，虏地多积雪。
>
> 穷阴愁杀人，况与苏武别。
>
> 发声天地哀，执手肺肠绝。
>
> 白日为我愁，阴云为我结。
>
> 生为汉宫臣，死为胡地骨。
>
> 万里长相思，终身望南月。

李陵虽欲有报，但在汉的家已全无，只能死在胡地。在苏武出使匈奴的次年（前98），李陵投降匈奴。18年后，李陵眼睁睁看着持节匈奴19年的苏武终归汉朝，哀痛欲绝，椎心泣血。饯别之时，"陵起舞，歌曰：'径万里兮度沙幕，为君将兮奋匈奴。路穷绝兮矢刃摧，士众灭兮名已聩。老母已死，虽欲报恩将安归！'陵泣下数行，因与武决。"（《汉书·李广苏建传》）② 苏武归汉，李陵满腹的心事又能和谁诉说呢？唯有撕心裂肺的痛楚至死相随："子归受荣，我留受辱，命也如何？""嗟乎子卿！夫复何言？相去万里，人绝路殊，生为别世之人，死为异域之鬼，长与足下生死辞矣。"（李陵《重报苏武书》）③ 诗人杜甫对李陵、苏武的遭遇也充满了同情，甚至以师相称："李陵苏武是吾师，孟子论文更不疑。一饭未曾留俗客，数篇今见古人诗。"（《解闷十二首》其五）顾况也说："李陵寄书别苏武，自有生人无此苦。"（《刘禅奴弹琵琶歌》）

---

① （汉）司马迁：《史记》（九），中华书局1975年版，第2878页。

② （汉）班固：《汉书》（八），中华书局1962年版，第2466页。

③ （清）严可均校辑：《全上古三代秦汉三国六朝文》（一），中华书局1958年版，第283页。

法国学者鲁保罗认为：李陵与匈奴之战"是一场悲剧，但也是一部史诗。无论是在汉人中，还是在北方民族中，人们都长时间地谈论李陵。黠戛斯人（柯尔克孜人）追认他为本民族的祖先"。[①] 黠戛斯人认为："黑瞳者，必曰陵苗裔也。"（《新唐书·回鹘下》）[②]

东汉时期，居延为张掖属国都尉治，北面与鲜卑相接。《后汉书·郡国志五》："张掖居延属国，故都尉治，安帝别领一城，户一千五百六十，口四千七百三十二。居延有居延泽，古流沙。"[③] 汉献帝建安（196—220）末年到魏晋时居延为西海（今额济纳河流域）郡治，后废。梁代刘孝威《结客少年场行》诗中亦有"边城多警急，节使满郊衢。居延箭箙尽，疏勒井泉枯"的描写。[④] 箭箙（fú），盛放箭的工具；疏勒，疏勒河，古称"端水"，发源于祁连山脉西段疏勒南山和托来南山之间的疏勒脑，西北流经甘肃玉门、安西等绿洲，注入哈拉湖，全长600公里。汉代以来，居延、疏勒一带一直是北部、西部的边防重镇，多有战争发生于此。

（二）居延的军事战略地位

居延地区地处河西走廊的西陲，历史上一直是连接漠北草原与河西走廊的要地。"纵横交错的'居延道路'，是中国'草原丝绸之路'交通贸易的重要孔道。这条维系东西方贸易和南北交通的便径，自西汉开通以后，始终是联系中原与西域，以及北非、东欧诸国的交通要津。""唐朝，这一地区的通道更是北庭、安西等西域使节与中原王朝联系的'参

---

① ［法］鲁保罗：《西域的历史与文明》，耿昇译，新疆人民出版社2006年版，第115页。

② （宋）欧阳修、宋祁：《新唐书》（十九），中华书局1975年版，第6147页。

③ （南朝）范晔：《后汉书》（十二），中华书局1965年版，第3521页。

④ 逯钦立辑校：《先秦汉魏晋南北朝诗》（下），中华书局1983年版，第1869页。

可汗道'。"①"额济纳河流域历史上曾是通往漠北的重要道路，也是汉通西域'丝绸之路'河西走廊地段的屏障。"②"当河西路不通时，居延路是中原地区与西北边疆各族政府和民间交通往来的替补道路。"③"'安史之乱'期间（755—763），河西走廊被吐蕃领主切断，旗（额济纳旗——笔者注）境成为长安通往西域的主要途径。"④

汉唐以来，居延的边防地位始终备受重视。北魏正光二年（521），柔然国乱，其王阿那环、婆罗门来降，朝廷问凉州刺史袁翻安置之所，袁翻上表曰："西海郡本属凉州，今在酒泉直北、张掖西北千二百里，去高车所住金山一千余里，正是北虏往来之要冲，汉家行军之旧道，土地沃衍，大宜耕殖。非但今处婆罗门于事为便，即可永为重成，镇防西北"；"今不早图，戎心一启，脱先据西海，夺我险要，则酒泉、张掖自然孤危，长河以西，终非国有。不图厥始，而忧其终，噬脐之恨，悔将何及。"（《魏书·袁翻传》）⑤顾祖禹说："所谓西海，即居延矣。"（《读史方舆纪要·陕西十二·居延城》）⑥唐时的居延北面与突厥、回鹘相接，是西北最重要的军事重镇之一，其重要程度丝毫不亚于玉门关、凉

---

① 额济纳旗志编纂委员会编：《额济纳旗志》（内蒙古自治区地方志丛书），方志出版社 1998 年版，第 323 页。又："据新华社电（记者丁铭、于嘉），记者近日从正在对元上都遗址进行考古研究的内蒙古自治区博物院获悉，根据最新考古发现和历史文献研究，元上都是蒙元时期草原丝绸之路的起点，曾对东西方文化的交融与发展产生深远影响。据历史文献记载，中国古代丝绸之路的主要通道有四条，其一为沙漠丝绸之路，从洛阳、西安出发，经河西走廊至西域，然后通往欧洲，也称为绿洲丝绸之路；其二为北方草原地带的草原丝绸之路；其三为东南沿海的海上丝绸之路；其四为西南地区通往印度的丝绸之路。内蒙古博物院历史研究人员李艳阳说，草原丝绸之路是指从中原地区向北越过长城入塞外，然后穿越蒙古高原、南俄草原、中西亚北部，西去欧洲的陆路商道。而元上都则是蒙元时期草原丝绸之路的起始点。"《宁波日报》2011 年 12 月 1 日。内蒙古博物院"草原遗珍——中国古代北方草原丝绸之路遗珍"，有丰富的实物展出。在四条丝绸之路中，草原丝绸之路是最北、最久远的一条，以此证实蒙古高原作为亚欧大陆桥在沟通东西方文化经济方面的历史贡献。
② 李军、邓淼：《斯文·赫定》，中国民族摄影艺术出版社 2002 年版，第 156 页。
③ 石云涛：《3—6 世纪草原丝绸之路的利用》，张柱华主编：《"草原丝绸之路"学术研讨会论文集》，甘肃人民出版社 2010 年版，第 98 页。
④ 中共内蒙古自治区委员会党史研究室编，张宇主编：《内蒙古建制沿革概览》，内蒙古人民出版社 2010 年版，第 457 页。
⑤ （北齐）魏收：《魏书》（五），中华书局 1974 年版，第 1542、1543 页。
⑥ （清）顾祖禹：《读史方舆纪要》（六），贺次君、施和金点校，中华书局 2005 年版，第 2976 页。

州、张掖、酒泉，发河西骑士讨伐北方来犯者，往往从居延海出兵向北方广大的沙漠。《新唐书·地理志四》载："北渡张掖河，西北行出合黎山峡口，傍河东壖屈曲东北行千里，有宁寇军，故同城守捉也，天宝二载（743）为军；军东北有居延海，又北三百里有花门山堡，又东北千里至回鹘衙帐。"①居延东南的合黎山和龙首山，共同构成了河西走廊的北部屏障。处在居延塞外的北方游牧民族如突厥、回鹘等，一旦穿过居延绿洲、越过合黎山、龙首山，或沿弱水南下，就可以直抵河西走廊，向西是酒泉、玉门关、敦煌，向东是张掖、金昌、武威，只要突破一地，就会给河西地区乃至首都长安带来巨大威胁。"安史之乱"期间，吐蕃占领了河西走廊，"丝绸之路"被截断后，通过居延及其以东的内蒙古河套地区向北进入回鹘汗国，就成了到达西域各国最重要的道路。②瑞典探险家斯文·赫定20世纪30年代初考察"丝绸之路"，即是乘火车从北京西直门出发，经张家口到呼和浩特（时称归化城）后，改乘汽车至内蒙古达尔罕茂明安联合旗的百灵庙，一路向西北，穿越茫茫戈壁到达额济纳旗，再由甘肃明水进入新疆。③

因为军事位置重要，隋代即在居延置大同城，亦称"同城"；④唐初置"同城守捉"，武则天垂拱二年（686），朝廷即把安北都护府由漠北（今蒙古国哈尔和林一带）移至同城，遗址在今额济纳旗政府所在地达来呼布镇东南19公里的马圈城，以安置漠北归附的突厥部落。唐玄宗天宝二年（743），再置"宁寇军"，以统领居延地区的军事防务。⑤"守捉""军"，均为边防屯戍之所，《新唐书·兵志》："唐初，兵之戍边者，大曰军，小曰守捉，曰城，曰镇，而总之者曰道。"⑥

唐初诗人陈子昂（661—702）一生理想远大，年轻时就有边塞立功的大志，26岁随左补阙（一为"右补阙"）乔知之的军队来到居延一

---

①（宋）欧阳修、宋祁：《新唐书》（四），中华书局1975年版，第1045页。

②　周伟洲、丁景泰主编：《丝绸之路大辞典》，陕西人民出版社2006年版，第2页。

③　［瑞典］斯文·赫定：《丝绸之路》，江红、李佩娟译，新疆人民出版社2010年版。

④　周伟洲、丁景泰主编：《丝绸之路大辞典》，陕西人民出版社2006年版，第107页。

⑤　额济纳旗志编纂委员会：《额济纳旗志》（内蒙古自治区地方志丛书），方志出版社1998年版，第4、50页。

⑥（宋）欧阳修、宋祁：《新唐书》（五），中华书局1975年版，第1328页。

带，深入详细考察了居延的地理形势，[1] 指出了居延及同城的重要军事地位，并对西北的边防提出了自己的见解，其《上西蕃边州安危事（三条）》说：

> 臣伏见今年五月敕，以同城权置安北府。此地逼碛南口，是制匈奴要冲，国家守边，实得上策。臣在府日，窃见碛北归降突厥，已有五千余帐，后之来者，道路相望。又甘州先有降户四千余帐，奉敕亦令同城安置。碛北丧乱，先被饥荒，涂炭之余，无所依仰，国家开安北府，招纳归降，诚是圣恩洪流，覆育戎狄。然臣窃见突厥者，莫非伤残赢饿，并无人色，有羊马者，百无一二。然其所以携幼扶老，远来归降，实将以国家绥怀，必有赈赡，冀望恩覆，获以安存，故其来者日以益众。然同城先无储蓄，虽有降附，皆未优矜。蕃落嗷嗷，不免饥饿，所以时有劫掠，自相屠戮。君长既不能相制，以此盗亦稍多，甘州顷者抄窃尤甚。今安北府见有官羊及牛六千头口，兵粮粟麦万有余石，安北初置，庶事草创，孤城兵少，未足威怀。国家不赡恤来降之徒，空委此府安抚，臣恐降者日众，盗者日多，戎虏桀黠，必为祸乱。夫人情莫不以求生为急，今不以此粟麦，不以此牛羊，大为其饵，而不救其死，人无生路，安得不为群盗乎？群盗一兴，则安北府城必无全理，府城一坏，则甘、凉已北恐非国家所有，后为边患，祸未可量。[2]

今年五月，即武则天垂拱二年（686）五月。[3] 陈子昂认为，朝廷在同城置安北都护府，实在是加强北部边防的重要举措，因为居延地处巴丹吉林沙漠的南口，在历史上就是遏制匈奴南下的要塞。更何况，此时的突厥内部自相残杀，又遭遇了多年未见的大旱，生存艰难，突厥各部落通过居延归附大唐者扶老携幼，络绎不绝，朝廷应该厚加安抚，给予

---

[1]　陆庆夫：《陈子昂的河西之行与唐代同城考辨》，《兰州大学学报》1983年第1期。

[2]　（清）董诰等编：《全唐文》（二），上海古籍出版社1990年版，第944页。

[3]　陈子昂：《观荆玉篇并序》："丙戌岁，余从左补阙乔公北征。夏四月，军幕次于张掖河。"见《陈子昂集》（修订本），徐鹏点校，上海古籍出版社2013年版，第14页。丙戌岁，即武则天垂拱二年（686）；乔公，即乔知之；张掖河，即今黑河，流经内蒙古阿拉善境内称额济纳河，下游汇为居延海。

优待。如果安北都护府不能保全，那么甘州（今甘肃张掖）、凉州（今甘肃武威）一带就会落入突厥之手，给国家造成的祸患将是难以估量的。在《为乔补阙论突厥表》一文中，陈子昂再次论述了居延非同寻常的重要军事地位："臣比在同城，接巨延海，西逼近河南口，其碛北突厥来入者，莫不一一臣所委察。"同城与居延海相连，西面靠近黄河南口，突厥人如从漠北进入，莫不在唐军的视野之内。接着陈子昂又说：

> 伏见去月日敕，令于同城权置安北都护府，以招纳亡叛，扼匈奴之喉。臣伏庆陛下见几于万里之外，得制匈奴之上策。臣闻隗嚣言汉光武见事于万里之外，制敌应变，未尝有遗。今陛下超然，神鉴远照，实所谓圣明之见睹于无形也。臣比住同城，周观其地利，又博问谙知山川者，莫不悉备。其地东、西及北，皆是大碛，碛并石卤，水草不生。突厥尝所大入道，莫过同城。今居延海泽接张掖河，中间堪营田处数百千顷，水草畜牧，足供巨万。又甘州诸屯，犬牙相接，见所蓄粟麦，积数十万，田因水利，种无不收，运到同城甚省功费。又居延河海，多有鱼盐，此所谓强兵用武之国也。陛下若调选天下精兵，采拔名将，任以同城都护，臣愚料之，不用三万，陛下大业，不出数年，可坐而取成。[1]

同城的东、西、北三面皆是浩瀚的沙漠、戈壁，水草不生，难有人居，突厥要想南下进入河陇一带，唯有通过同城才可能实现。居延海连接着张掖河（即今黑河），流域千里，其间水草丰美，可营田数百千顷，放养牲畜，能养活万余人；汉代以来"河西四郡"所设的军事要塞，犬牙相接，地势险要，屯聚着大量粟麦；因有水利之便，这里良田沃野，种无不收，收获的粮食运到同城，交通便利，省功省力，加上居延一带的河海盛产鱼盐，使居延成为真正的强兵用武之地。朝廷如果调遣精兵强将把守同城，那将战无不胜、攻无不克。陈子昂随乔知之军队北入居延，就是驻扎在同城的："是岁也，金微州都督仆固始桀骜，惑乱其人，天子命左豹韬卫将军刘敬同发河西骑士，自居延海入以讨之，特敕左补阙乔知之摄侍御史护其军事。夏五月，师舍于同城，方绝大汉，以临瀚

---

① 《陈子昂集》（修订本），徐鹏点校，上海古籍出版社 2013 年版，第 101—102 页。

海。"(《燕然军人画像铭并序》)[①] 金微，为瀚海都护府所领都督府之一，以金微山（即今阿尔泰山）名之，故地在今蒙古国肯特省一带。仆固，是漠北草原铁勒族的一个部落。《资治通鉴》卷二百零三《唐纪十九》：武则天垂拱元年（685）六月，"同罗、仆固等诸部叛，遣左豹韬卫将军刘敬同发河西骑士出居延海以讨之，同罗、仆固等皆败散。敕侨置安北都护府于同城以纳降者"。胡三省注："甘州删丹县北渡张掖河，西北行，出合黎山峡口，傍河东壖（rúan），屈曲东北行千里，有宁寇军，军东北有居延海。""同城，即删丹之同城守捉，天宝二载（743）改为宁寇军。"[②] 武则天敕令刘敬同在同城设置安北都护府，时在垂拱二年（686）。此后，同城便成为唐代西北边防重镇以及连通漠北与河西走廊最重要的通道。刘敬同，一作"刘敬周"。

隋唐以来，居延一直处于农业与游牧两大势力的争夺之中。晚唐五代时期，居延被吐蕃、沙陀、回鹘占领，重新成为游牧人的牧场。[③] 宋时，居延为西夏属地。元至正二十三年（1286），置亦集乃路，《元史·地理志三·亦集乃路》："在甘州北一千五百里，城东北有大泽，西北俱接沙碛，乃汉之西海郡居延故城，夏国尝立威福军。"[④]《马可波罗行纪》第六十二章"亦集乃城"："从此甘州城首途，若骑行十六日，可抵一城，名曰亦集乃（Edzina）。城在北方沙漠边界，属唐古忒州。居民是偶像教徒。颇有骆驼牲畜，恃农业牧畜为生。盖其人不为商贾也。其地产鹰甚众。行人宜在此城预备四十日粮，盖离此亦集乃城后，北行即入沙漠。"[⑤] 亦集乃，即今天的额济纳。明代居延为漠北鞑靼牧地。清乾隆十八年（1753），置额济纳旧土尔扈特特别旗，直隶清廷理藩院管辖，受陕甘总督节制。民国初期，直属国民政府蒙藏委员会，宁夏护军兼管，后直隶宁夏省政府管辖。中华人民共和国成立后，初归甘肃酒泉专员公署代管，1956年归内蒙古自治区巴彦淖尔盟辖属，1969

① （清）董诰等编：《全唐文》（二），上海古籍出版社1990年版，第956页。
② （宋）司马光：《资治通鉴》（十四），中华书局2011年版，第6550页。
③ 林梅村：《丝绸之路考古十五讲》，北京大学出版社2006年版，第316页。
④ （明）宋濂等：《元史》（五），中华书局1976年版，第1451页。
⑤ ［意］马可波罗：《马可波罗行纪》，冯承钧译，上海书店出版社2001年版，第132页。

年再归甘肃酒泉地区管辖，1979 年复归内蒙古自治区管辖。[①]

（三）唐诗中的居延

居延虽然地处僻远，包围在浩瀚无际的沙漠戈壁之中，与中原远隔千山万水，却是汉唐以来西北地区的军事重镇，历来为兵家所必争。隋代杂曲歌辞《出塞》诗说："候骑出甘泉，奔命入居延。旗作浮云影，阵如明月弦。"[②] 王维《送韦评事》诗说："欲逐将军取右贤，沙场走马向居延。遥知汉使萧关外，愁见孤城落日边。"因为特殊的地理位置和非同寻常的军事价值，汉与匈奴历史上在这里又发生过大规模的战争，汉代名将如霍去病、路博德等都是在这里博取功业、一举成名的，杜牧《郑液除通州刺史李蒙除陈州刺史等制》说："光禄护塞，居延视胡，虏不敢窥，士争为死。"[③] 光禄，指光禄塞，又称光禄城，《汉书·匈奴传》：西汉武帝太初三年（前 102），"汉使光禄勋徐自为出五原塞数百里，远者千余里，筑城鄣列亭至卢朐，而使游击将军韩说、长平侯卫伉屯其旁，使强弩都尉路博德筑居延泽上。"《汉书·武帝纪》："遣光禄勋徐自为筑五原塞外列城，西北至卢朐，游击将军韩说将兵屯之。强弩都尉路博德筑居延。"[④] 卢朐（qú），颜师古《汉书》注引张晏曰："山名"，当指今内蒙古西北阴山支脉。[⑤] 汉在五原郡长城边塞外，阴山石门水（今内蒙古包头西北昆都仑河）峡谷口，修筑光禄城等军事城障，以控扼汉、匈之间的南北重要通道石门水谷，城址在今内蒙古乌拉特前旗暗乡小召门梁古城。[⑥] 居延，指居延塞。由于地势险要，在光禄塞、居延塞设防，北方的匈奴是不敢轻易来犯的。所以居延出现在唐诗中，从一开始就与边塞立功以及理想难以实现的苦闷紧密关联。曾入陇右节度使哥舒翰幕府掌书记的高适渴望边塞立功，他在《信安王幕府》一诗中

---

① 额济纳旗编纂委员会：《额济纳旗志》（内蒙古自治区地方志丛书），方志出版社 1998 年版，第 50 页。
② 逯钦立辑校：《先秦汉魏晋南北朝诗》（下），中华书局 1983 年版，第 2750 页。
③ 吴在庆撰：《杜牧集系年校注》（三），中华书局 2008 年版，第 1067 页。
④ （汉）班固：《汉书》（一），中华书局 1962 年版，第 201 页。
⑤ 史为乐主编：《中国历史地名大辞典》（上），中国社会科学出版社 2005 年版，第 731 页。
⑥ 谭其骧主编：《中国历史大辞典·历史地理》，上海辞书出版社 1997 年版，第 301 页。

写道：

> 振玉登辽甸，拟金历蓟壖。
>
> 度河飞羽檄，横海泛楼船。
>
> 北伐声逾迈，东征务以专。
>
> 讲戎喧涿野，料敌静居延。

军乐高奏，大唐军队浩浩荡荡行进在北部边防要塞；羽檄飞河，楼船泛海；北伐东征，声威远播；练兵声喧于涿鹿之野，料敌不敢进犯居延边塞。"静居延"，意味着敌人不敢犯边，边境和平安宁。王维在河西节度判官任上，也曾到过居延一代，作有《出塞作》诗：

> 居延城外猎天骄，白草连天野火烧。
>
> 暮云空碛时驱马，秋日平原好射雕。
>
> 护羌校尉朝乘障，破虏将军夜渡辽。
>
> 玉靶角弓珠勒马，汉家将赐霍嫖姚。

诗题下注："时为御史，监察塞上作。"《旧唐书·玄宗下》记载：开元二十五年（737），"三月乙卯，河西节度使崔希逸自凉州南率众入吐蕃界二千余里。己亥，希逸至青海西郎佐素文子觜，与贼相遇，大破之，斩首二千余级"。[1] 唐玄宗命王维以监察御史身份出塞宣慰，并被留在河西（唐方镇，辖境相当于今甘肃河西走廊）节度使崔希逸幕下任节度判官。这首诗说，居延城外，有"天之骄子"的匈奴人正在打猎；白草连天，野火燃烧，战争的氛围越来越浓。戈壁滩上暮云低垂，匈奴人在草原上驱马射雕，实则是伺机来犯。护羌校尉一清早就察看敌情、登城防御，破虏将军乘着夜色渡过黑河出击敌人。将军玉靶角弓，骁勇善战，获胜归来，又一位像霍去病一样的勇将诞生了。辽，辽河，此借指居延泽的上游黑河。[2] 这首诗赞扬了唐军将士士气旺盛，英勇抵御敌人，充满了英雄主义气概，其中也反映了诗人自己的英雄理想。王维《送李补阙充河西支度营田判官序》"汉张右掖，以备左衽，西遮空道，北护居延。然犬戎夜猎于山外，匈奴射雕于塞下，岁或有之。我散骑

---

① （后晋）刘昫等：《旧唐书》（一），中华书局1975年版，第208页。

② 朱瑜章：《历代咏河西诗歌选注》，中国文史出版社2007年版，第103页。

常侍曰王公，勇能尽敌，礼可用兵，读黄石书，杀白马将"[1]，可看作这首诗的最好注脚。直到清代，清人程可则《送纪载之备兵肃州》依然说"万古焉支路，迢迢欲上天。送君持汉节，吹角去防边。问俗清西海，题诗赉酒泉。羌戎群下拜，不敢向居延"（《清诗别裁》卷三）[2]，还把居延看作北部边防的重镇，认为把守住居延塞，敌人就不敢轻易犯边。

中原汉族政权与北方少数民族对峙和冲突由来已久，不断有战争发生，汉唐以来有无数的将士远赴边关，保家卫国，同时也期待着实现自己的功名理想。但伴随着理想的难以实现，苦痛、焦虑也因此而生。高适《武威作》（一作《登百丈烽》）其二："朝登百丈烽，遥望燕支道。汉垒青冥间，胡天白如扫。忆昔霍将军，连年此征讨。匈奴终不灭，寒山徒草草。唯见鸿雁飞，令人伤怀抱。"武威在居延东南、巴丹吉林沙漠南缘，是唐代抵御西北突厥、回鹘南下的重镇。诗人感叹边患不能尽除，功业难以建立。陈子昂《题居延古城赠乔十二知之》表达的是同样的情感：

> 闻君东山意，宿昔紫芝荣。
>
> 沧洲今何在，华发旅边城。
>
> 还汉功既薄，逐胡策未行。
>
> 徒嗟白日暮，坐对黄云生。
>
> 桂枝芳欲晚，薏苡谤谁明。
>
> 无为空自老，含叹负生平。

武则天垂拱二年（686）五月，怀抱着边塞立功理想的陈子昂随左补阙乔知之的部队来到西北边塞，这首诗就是陈子昂在居延古城赠予乔知之的。诗中慨叹时光流逝、功业难成、空老边塞。"功既薄""策未行"，写出了心中的焦虑和矛盾。中唐诗人杨凝《从军行》，抒发的也是边塞建功之难的感喟：

> 都尉出居延，强兵集五千。
>
> 还将张博望，直救范祁连。

---

① 陈铁民撰：《王维集校注》（三），中华书局1997年版，第845页。

② （清）沈德潜：《清诗别裁》（上），中华书局1975年版，第55页。

> 汉卒悲箫鼓，胡姬湿采旌。
>
> 如今意气尽，流泪挹流泉。

都尉，骑都尉，指李陵。张博望，指张骞，因出使西域有功，封为博望侯。范祁连，当指范羌，范羌是东汉戊己校尉耿恭手下的军吏，耿恭在疏勒城被匈奴大军围困时，派遣军吏范羌前去找援兵，《后汉书·耿弇列传》记述了这个悲壮的故事：

> 羌固请迎恭，诸将不敢前，乃分兵二千人与羌，从山北迎恭，遇大雪丈余，军仅能至。城中夜闻兵马声，以为虏来，大惊。羌乃遥呼曰："我范羌也。汉遣军迎校尉耳。"城中皆称万岁。开门，共相持涕泣。明日，遂相随俱归。虏兵追之，且战且行。吏士素饥困，发疏勒时尚有二十六人，随路死没，三月至玉门，唯余十三人。衣屦穿决，形容枯槁。[①]

李陵带领5000强兵，出居延深入匈奴腹地，被重重围困，终因兵败被俘。无论是出使西域一去13年，去时一百余人，归来时仅剩两人的张骞，还是在苦寒中搬兵，冒死解救被围困的耿恭的范羌，都经历了巨大的危险，经历了人生最艰难的时候。缘于此，汉卒在箫鼓声中哀痛，胡姬的热泪打湿了彩旗。一想到当年发生的悲剧事件，不由得人泪流如涌泉。清人侯怀风《感昔》："黄河流水响潺潺，当日腥风战血殷。大地尽抛金锁甲，长星乱落玉门关。居延蔓草萦枯骨，太液芙蓉失旧颜。成败百年流电疾，苍梧遗恨不堪攀。"（《清诗别裁》卷三十一）[②]慨叹玉门关、居延一带的边塞战争不休，涂炭生灵，代代有血雨腥风。

历史上，"居延古道"一直是"草原丝绸之路"交通贸易的重要孔道，因为与内地相距遥远，归路难寻，所以在唐诗中，居延往往用来表达浓烈的思乡之情。李白《千里思》说："李陵没胡沙，苏武还汉家。迢迢五原关，朔雪乱边花。一去隔绝域，思归但长嗟。鸿雁向西北，飞书报天涯。"李陵没于胡沙，是在居延；苏武被囚19年，也是自居延还归汉家的。五原，指五原郡，汉武帝元朔二年（前127）置，郡治在九

---

① （南朝）范晔：《后汉书》（三），中华书局1965年版，第722页。

② （清）沈德潜：《清诗别裁》（下），中华书局1975年版，第565页。

原县（今内蒙古包头市九原区麻池镇西北）。居延、五原都属于典型的"绝域"，一来到这些极远之地，往往会产生浓烈的思乡之情。陈子昂《居延海树闻莺同作》诗说：

> 边地无芳树，莺声忽听新。
>
> 间关如有意，愁绝若怀人。
>
> 明妃失汉宠，蔡女没胡尘。
>
> 坐闻应落泪，况忆故园春。

身在遥远荒寒的居延海苦盼春来，终于听到了黄莺的啼鸣。莺啼无意，听者有心。啼鸣声声悲苦愁绝，仿佛在怀念远人。无论是失宠的王昭君，还是被抢掠的蔡文姬，都是从这里进入胡地的。莺啼声使听闻者不禁热泪盈眶，更何况是正忆念着故园明媚的春天。诗人通过王昭君、蔡文姬的不幸遭遇，抒发了诗人自己的思乡之情。张仲素《秋思二首》表达的是闺中人对远在居延戍边的亲人的深挚思念：

其一

> 碧窗斜日蔼深晖，愁听寒螀泪湿衣。
>
> 梦里分明见关塞，不知何路向金微。

其二

> 秋天一夜静无云，断续鸿声到晓闻。
>
> 欲寄征衣问消息，居延城外又移军。

时至深秋，思妇望着落日斜晖，听着寒螀的鸣叫，不禁愁绪满怀、泪湿衣衫，梦里分明看见远在关塞的亲人，却不知道哪条道路可以通向塞外的金微。金微，为瀚海都护府所领都督府之一，以金微山（即今阿尔泰山）名之，故地在今蒙古国肯特省一带。既已在梦中见到亲人，醒后更增添了浓重的思念之情，耳听着南归大雁声声一夜无眠。欲寄征衣却不知该寄往何方，因为一打探消息，亲人所在的部队从居延城外又转移了。"又移军"，说明战争频繁，军队在不断转移战场。胡应麟认为，此诗中所描绘的情境，"皆去龙标不甚远"（《诗薮·内编·近体下》）。[①]龙标，指王昌龄，曾被贬为龙标（今湖南黔阳）尉。赵嘏《昔昔盐二十

[①] （明）胡应麟：《诗薮》，中华书局 1962 年版，第 118 页。

首·长垂双玉啼》抒发的也是对戍防北部边塞亲人深挚的思念之情：

> 双双红泪堕，度日暗中啼。
>
> 雁出居延北，人犹辽海西。
>
> 向灯垂玉枕，对月洒金闺。
>
> 不惜罗衣湿，惟愁归意迷。

闺中人每日红泪双堕、暗中泣啼，就是因为戍边的亲人远在居延北、辽海西。"居延北""辽海西"两句互文，都是说人在远方，难以归家，所以使闺中人愁情满怀，每日以泪洗面。居延的遥远，让人触目惊心，顿生有去无回之惊惧，陈子昂《为人陈情表》说：

> 臣谬齿王人，职在驱役。今岁奉使，已至居延，单行虏庭，绝漠千里。臣虽万死，无答鸿恩，恐先朝露，有负老母。伏惟陛下仁隐自天，孝思在物，哀臣孤苦，降鉴幽冥，使臣来年，得营葬具，斩草旧域，合骨先坟，保送羁魂，获申子道，乌乌之志，获遂私情。迁窆事毕，驰影奔赴，虽即陨殁，甘心无憾。①

主人公因置身于千里之外的居延，怕有不测，所以哀求皇帝恩准，允许其返归故里，葬母骨于祖坟，以满足平生唯一的心愿，而后再度赴边，万死不辞，这更加重了人在居延浓重的哀伤之情。

苏武出使匈奴被扣留，北海牧羊19年，终归汉朝，是"使于四方，不辱君命"（《论语·子路》）的典范，唐人多有歌咏，陈羽《读苏属国传》就赞美了苏武的不屈和节操：

> 天山西北居延海，沙塞重重不见春。
>
> 肠断帝乡遥望日，节旄零落汉家臣。

苏武归汉后，曾做典属国。《汉书·李广苏建传》："武既至海上，廪食不至，掘野鼠去草实而食之。杖汉节牧羊，卧起操持，节旄尽落。"②天山西北的居延海上，大漠茫茫，关塞重重，不见春日，苏武遥望故国故乡，节旄落尽也不改汉臣的本色。宣宗时诗人胡曾《咏史诗·居延》一诗也是赞叹苏武的：

---

① 《陈子昂集》（修订本），徐鹏校点，上海古籍出版社2013年版，第69页。
② （汉）班固：《汉书》（八），中华书局1962年版，第2463页。

> 漠漠平沙际碧天，问人云此是居延。
>
> 停骖一顾犹魂断，苏武争禁十九年。

平沙漫漫，直与碧天相连，人说这就是边塞居延。停下马来仅是一顾就已难受得魂断，苏武是靠着什么，在这个地方一坚持就是19年呢？诗人通过反问，赞美了苏武的信仰力量。《唐才子传》卷八说胡曾"作咏史诗，皆题古君臣争战、废兴尘迹。经览形胜，关山亭障，江海深阻，一一可赏。人事虽非，风景犹昨，每感辄赋，俱能使人奋飞"，此诗足可以当此评价。因为居延自然环境荒寒、处地僻远，杨凝《送客往夏州》一诗体现了主人对客人分外的关切：

> 怜君此去过居延，古塞黄云共渺然。
>
> 沙阔独行寻马迹，路迷遥指戍楼烟。
>
> 夜投孤店愁吹笛，朝望行尘避控弦。
>
> 闻有故交今从骑，何须著论更言钱。

夏州，唐改名为朔方县，在今陕西省靖边县北白城子，辖境相当于今天的陕西大理河以北的红柳河流域及内蒙古杭锦旗、乌审旗等地区，[①]境内有毛乌素沙漠。穿过毛乌素沙漠向西北行进入巴丹吉林沙漠后，方可到达居延。诗人处处为客人着想，说客人要去的地方并非一般的地方，而是古塞重重、黄云飘荡的居延。广阔的大漠上独行时要循着马迹（也是人迹）向前，迷路时要注意瞭望戍楼升起的燧烟识别方向。夜投孤店，朝避控弦，须处处小心谨慎才好。幸好有故交相从，也就多少让人放心些。清人叶映榴《庚申夏至日起武威至张掖》："武帝功成吏守边，伤心天末是居延。人家板屋风声里，思妇寒衣泪眼前。目断燕支愁见月，槎浮银汉渡经年。惭余不作征西将，药裹书囊信一鞭。"（《清诗别裁》卷六）[②]依旧为远留居延、不能回乡而苦痛。

居延地处北方绝漠，地域辽阔，自然形态丰富，有坦荡的阿拉善高原，有高山峡谷、河流湖泊，有沙漠绿洲，有丰美草原，日照丰富，风光壮美，豁人心胸。因为地处开阔的大漠，居延的自然风光毫无遮拦地

---

① 谭其骧主编：《中国历史大辞典·历史地理》，上海辞书出版社1996年版，第730页。

② （清）沈德潜：《清诗别裁》（上），中华书局1975年版，第105页。

展示在人们的眼前。就整体而言，属于康德所说的壮美范畴，可激发英
雄主义情怀，培养人们的英雄主义品格。陈子昂《度峡口山赠乔补阙知
之王二无竞》描写了居延南部峡口山的雄奇险峻：

> 峡口大漠南，横绝界中国。
>
> 丛石何纷纠，小山复翁艳。
>
> 远望多众容，逼之无异色。
>
> 崔崒乍孤断，逶迤屡回直。
>
> 信关胡马冲，亦距汉边塞。
>
> 岂依河山险，将顺休明德。
>
> 物壮诚有衰，势雄良易极。
>
> 逦迤忽而尽，泱漭平不息。
>
> 之子黄金躯，如何此荒域。
>
> 云台盛多士，待君丹墀侧。

　　峡口山，在居延大漠南边，横跨塞北，是中原和北方游牧民族的天
然分界。《中国古今地名大词典》："峡口山，在今甘肃高台县西北，为
合黎山诸峰之一。"[①] 峡口山上乱石杂陈、怪石嶙峋，但小山坡上却葱葱
郁郁、草木繁茂。远望峡口山千姿百态，近看却纯然一色。突然间孤峰
耸立，继而又是逶迤绵延、曲折往复的山峦。"乍""断"二字把纵横跌
宕的山势写活了，"乍"写出人意想，"断"突出了悬崖峭壁、奇险突兀
的景状。"胡马冲""汉边塞"两句，说峡口山一带既是胡人驱马南下的
要道，又是唐军驻守的要塞，因为越过峡口山，北方游牧民族就可以直
抵河西走廊。接下来，诗人笔锋一转，说山川之险不足以凭依，将士顺
服、政治清明更为重要。说理之后，又是写景："逦迤忽而尽，泱漭平
不息"，越过连绵起伏的崇山峻岭，眼前出现了辽远天边的大漠。泱漭，
本指水势浩瀚，这里用来形容一望无际的巴丹吉林沙漠。结尾四句诗人
为乔知之、王无竞的遭遇打抱不平：乔知之等人志情高远，因远隔君
恩，只能投身到荒远的边塞；而其他朝臣却安逸自在，留在宫中陪侍天
子。这首诗先写峡口山的雄峻险要，继写天险不足恃，再叹世事往复与

---

① 戴均良等主编：《中国古今地名大词典》(中)，上海辞书出版社 2005 年版，第 2168 页。

友人的遭际，景、理自然相融。李端的《千里思》，则以清淡雅致的笔触，描绘了一幅悠远广阔的西北边塞图景：

> 凉州风月美，遥望居延路。
>
> 泛泛下天云，青青缘塞树。
>
> 燕山苏武上，海岛田横住。
>
> 更是草生时，行人出门去。

《汉书·地理志下》说："自武威以西，本匈奴昆邪王、休屠王地，武帝时攘之，初置四郡，以通西域，鬲绝南羌、匈奴。"该地域"习俗颇殊，地广民稀，水草宜畜牧，故凉州之畜为天下饶。保边塞，二千石治之，咸以兵马为务；酒礼之会，上下通焉。吏民相亲。是以其俗风雨时节，谷籴常贱，少盗贼，有和气之应，贤于内郡"。[①]北魏温子升《凉州乐歌二首》其一："远游武威郡，遥望姑臧城。车马相交错，歌吹日纵横。"和平富饶、景色优美的凉州（今甘肃武威，治姑臧），西北连通广大的居延地区。抬头遥望，只见淡淡的白云飘浮、青青的绿树缘塞障而生。燕山自有持节的苏武攀缘，海岛理应壮士田横占据。在春草初生之时，行人也该出门远行，观览壮阔的西北风光。诗人由赞美凉州的风月之美，进而赞美居延的辽阔广远，推想居延也该有凉州一样的风月之美。更何况，"居延之地处北方草原民族与西域交界地区，是北方草原民族交通西域通常经行之路"。[②]由此，"遥望居延路"就有了更为悠远美好的期待。

与"河西四郡"一样，"居延城不仅是漠北游牧人兵荒马乱或灾害之年的避难所，而且是一个国际化城市"[③]，是北方各民族的汇聚之地。"丝绸之路"开通后，"立屯田于膏腴之野，列邮置于要害之路。驰命走驿，不绝于时月；商胡贩客，日款于塞下"（《后汉书·西域传》）[④]，居延更成为中国与西域交通的重镇，中原汉文化与北方游牧文化的汇结点。

---

① （汉）班固：《汉书》（六），中华书局1962年版，第1644—1645页。

② 石云涛：《3—6世纪草原丝绸之路的利用》，张柱华主编：《"草原丝绸之路"学术研讨会论文集》，甘肃人民出版社2010年版，第98页。

③ 林梅村：《丝绸之路考古十五讲》，北京大学出版社2006年版，第306页。

④ （南朝）范晔：《后汉书》（十），中华书局1965年版，第2931页。

这里民族众多，民族风情浓郁，岑参《田使君美人如莲花舞北旋歌》就描写了来自居延一带的民族歌舞：

> 如莲花，舞北旋，世人有眼应未见。高堂满地红氍毹，试舞一曲天下无。此曲胡人传入汉，诸客见之惊且叹。曼脸娇娥纤复秾，轻罗金缕花葱茏。回裙转袖若飞雪，左旋右旋生旋风。琵琶横笛和未匝，花门山头黄云合。忽作出塞入塞声，白草胡沙寒飒飒。翻身入破如有神，前见后见回回新。始知诸曲不可比，采莲落梅徒聒耳。世人学舞只是舞，恣态岂能得如此。①

作者自注曰："此曲本出北同城。"唐朝廷在这里初置"同城守捉"，武则天垂拱二年（686），又将安北都护府移至同城，遗址在今额济纳旗政府所在地达来呼布镇东南19公里处。天宝七年（748），岑参出塞入安西节度使高仙芝幕府路经张掖郡，张掖郡田太守北游同城，并到最前沿的花门山堡。返回同城后，在田太守举办的舞会上观赏了北方民族歌舞，即《北旋》。"北旋，舞名，当与《胡旋舞》相类。大概因其'本出北同城'，故名《北旋》。"②一般认为，此诗描述的就是由康国（今乌兹别克斯坦撒马尔罕一带）传入的"胡旋舞"。杜佑《通典·乐六》（卷一百四十六）"四方乐"："《康国乐》，工人皁丝布头巾，绯丝布袍，锦衿。舞二人，绯袄，锦袖，绿绫浑裆裤，赤皮靴，白袴帑，舞急转如风，俗谓之《胡旋》。乐用笛二，正鼓一，和鼓一，铜钹二。"③胡旋舞属健舞类，因舞蹈时不停歇地快速旋转而得名。西域各国曾向唐朝进献胡旋女：康国"开元初，贡锁子铠、水精杯、玛瑙瓶、驼鸟卵及越诺、侏儒、胡旋女子"；"开元时，献璧、舞筵、师子、胡旋女"（《新唐书·西域传下》）④。胡旋舞一传入唐朝，便风行开来，白居易《胡旋女》曾有生动的描绘："胡旋女，胡旋女。心应弦，手应鼓。弦鼓一声双袖举，回雪飘飖转蓬舞。左旋右转不知疲，千匝万周无已时。人间物类无可比，奔车轮缓旋风迟。"元稹《和李校书新题乐府十二首·胡旋女》

---

① 陈铁民、侯忠义撰：《岑参集校注》，中华书局2004年版，第124页。
② 彭庆生、曲令起撰：《唐代乐舞书画诗选》，北京语言学院出版社1988年版，第187页。
③ （唐）杜佑：《通典》（四），王文锦等点校，中华书局1988年版，第3724页。
④ （宋）欧阳修、宋祁：《新唐书》（二十），中华书局1975年版，第6244、6247页。

也说："骊珠迸珥逐飞星，虹晕轻巾掣流电。潜鲸暗吸笪波海，回风乱舞当空霰。"此舞不同于中原舞蹈的婀娜多姿，而是矫健刚劲，风格火辣，充满了生命热力，所以岑参感叹说，与"胡旋舞"相比，汉唐以来一直流行的柔曼的《采莲曲》《梅花落》实在是不值得一提。

岑参《与独孤渐道别长句兼呈严八侍御》："军中置酒夜挝鼓，锦筵红烛月未午。花门将军善胡歌，叶河蕃王能汉语。"《新唐书·地理志》"甘州张掖郡"条：天宝二载唐朝在居延置宁寇军，"军东北有居延海，又北三百里有花门山堡。""北庭大都护府"条："自庭州西延城西""又渡叶叶河，七十里有叶河守捉"；[①] 花门，指花门山堡；叶河，在今新疆乌苏县境。"花门将军""叶河蕃王"，指供职于北庭大都护府的西域少数民族。"善胡歌""能汉语"，可见出当时居延及其周边地区胡、汉文化交流的普遍和深入。

总之，"居延是中国文明的重要发源地之一"，[②] 历史悠久、民族众多、考古资源丰富，是一块发掘不尽的文化宝地，汉唐史籍及诗文所展示的只是冰山一角。著名的历史学家、简牍学家劳干（1907—2003）一生致力于秦汉史及居延汉简的研究，所著《居延汉简考释》六卷（释文四卷、考证二卷）为居延汉简研究的集大成之作。劳干先生曾于20世纪40年代，随当时的中央研究院历史语言研究所、中央博物院筹备处、中国地理研究所共同组成的"西北史地考察团"到西北一带考察文物，在居延期间，写下五言古诗《居延故址》，对居延深厚的历史人文表达了深深的缅怀之情：

> 行役尚未已，日暮居延城。
>
> 废垒高重重，想见悬旗旌。
>
> 今兹天海间，但有秋云轻。
>
> 归途遇崎岖，枯柳相依凭。
>
> 长河向天流，落日如有声。
>
> 刺草凝白霜，古道纷纵横。

---

① （宋）欧阳修、宋祁：《新唐书》（四），中华书局1975年版，第1045、1047页。

② 林梅村：《丝绸之路考古十五讲》，北京大学出版社2006年版，第306页。

岂伊车辙间，曾有千军行。

吊古宁复而，世乱思清平。

谁为画长策，赢此千载名？[①]

废垒重重，落日有声，刺草凝霜，古道纵横。历史上的居延曾经具有怎样动人的自然和人文景观，曾经创造了何等辉煌灿烂的文化，曾经演绎了多少惊心动魄、至今犹有回响的故事！

唐诗中的北部边防重镇金河、五原、居延，都处在今天的内蒙古自治区境内，金河、五原在黄河以北，居延在黄河以西，虽然荒寒冷寂，远离中原特别是首都长安，是典型的边塞，但它们遥遥相连，共同构成了唐王朝的北部防线，护卫着国家的安全。笔者以为，唐代边塞诗研究既要以作者论，如高适、岑参、王昌龄、李益等，更要以地域论，如北部边塞的金河、五原、居延、云中、受降城、雁门关等，它们和西北边关凉州、张掖、酒泉、敦煌、阳关、玉门关有同等重要的地位。可以肯定地说，唐诗中描写金河、五原、居延、云中、雁门关、受降城的诗篇是唐代边塞诗的重要组成，虽未出现高、岑那样的名家，却为我们提供了研究唐代军事、政治、边防以及北部边地历史、地理、气候、风俗、风光等方面的珍贵材料，应该引起高度重视。

---

① 劳干：《成庐诗稿》，台湾正中书局，1979 年版。

第六章　反映北方游牧文化的代表诗人

——以王维、岑参、李益为研究对象

唐王朝结束了汉末以来400年的动荡分裂局面，疆土广阔统一，民族政策开放平等，对外交流频繁，所谓"百蛮奉遐赆，万国朝未央。"（李世民《正日临朝》）"千官肃事，万国朝宗。"（武则天《唐明堂乐章·迎送王公》）"九天阊阖开宫殿，万国衣冠拜冕旒。"（王维《和贾舍人早朝大明宫之作》）"千官扈从骊山北，万国来朝渭水东。"（卢象《驾幸温泉》）"千官望长至，万国拜含元。"（崔立之《南至隔仗望含元殿香炉》）"百蛮""万国""九天""千官"加之以"朝""拜"，呈现了只有唐王朝才有的泱泱大国之气象。

唐王朝国力强盛，经济繁荣，物质充裕，《资治通鉴》卷一百九十三《唐纪九》：贞观四年（630），"是岁，天下大稔，流散者咸归乡里，斗米不过三、四钱，终岁断死刑才二十九人。东至于海，南极五岭，皆外户不闭，行旅不赍粮，取给于道路焉。"[1]杜甫《忆昔二首》（其一）说："忆昔开元全盛日，小邑犹藏万家室。稻米流脂粟米白，公私仓廪俱丰实。九州道路无豺虎，远行不劳吉日出。"连王安石都羡慕不已："汝生不及贞观中，斗粟数钱无兵戎。"（《河北民》）蒸蒸日上的时代、充裕丰厚的物质条件、安全的社会环境，不仅激发了诗人实现理想抱负的雄心壮志，也为诗人们提供了游观天下的难得机会。因此，初盛唐诗人大多有漫游的经历，要么是通都大邑，要么是吴越山水，要么是西北边塞，丰富的游历，使诗人们有机会接触生活实际，以

---

[1] （宋）司马光：《资治通鉴》（十三），中华书局2011年版，第6196—6197页。

开阔的视野、开放的胸襟面对世界，从中获取新鲜的养分，滋养心灵，使创作呈现出异样的风采。

作为以边塞诗名闻天下的唐代著名诗人，王维（701？—761）、岑参（715？—770）、[①]李益（748—829）都有过或长或短的边塞生活经历。王维在河西节度使崔希逸幕下任节度判官，在凉州一带生活了一年的时间。岑参一生有两次出塞经历，先后在安西节度使高仙芝幕、北庭节度使封常清幕任职，在边塞生活长达五六年。李益虽处中唐，但其边塞经历更为丰富，从军时间先后达 18 年之久，入过多个幕府，可谓枪林剑雨，半生戎马。王维、岑参的边塞诗的笔触主要集中在西北边地，李益则集中在北部边地。他们的作品不同程度上反映了西部和北部游牧地区的风光、风俗以及丰富多彩的军旅生活，为唐诗带来了异样的风采，注入了新鲜的活力，也是"以诗证史""诗史互证"的珍贵材料。

一、王维诗中的西北边塞[②]

作为典范的盛唐诗人，王维亲历了盛唐的开放、繁盛，在时代精神的感召和鼓舞下，王维生活的前期，对人生怀有积极进取的态度，写下了多篇意气风发、充满豪情的诗篇，热情礼赞了建功立业的理想，如写于早年的《少年行四首》（其一、其二）：

> 新丰美酒斗十千，咸阳游侠多少年。
>
> 相逢意气为君饮，系马高楼垂柳边。
>
> 出身仕汉羽林郎，初随骠骑战渔阳。
>
> 孰知不向边庭苦，纵死犹闻侠骨香。

唐代社会普遍崇尚侠气，把侠气看作一种英雄的品格，任侠风气大大激发了唐人的主动性和进取心，促使他们产生了强烈的功名事业感。体现在唐诗之中，就是追求宏大气魄，抒写英雄怀抱。正是怀着"纵死

---

① 周祖譔主编：《中国文学家大辞典》（唐五代卷），中华书局 1992 年版，第 49、376 页。

② 高建新：《王维诗中的西北边塞风情》，《内蒙古大学学报》2011 年第 6 期。

犹闻侠骨香"的壮志，开元二十五年（737）三月，37 岁的王维以监察御史的身份出使塞上，来到凉州（今甘肃武威）宣慰守边将士，并被留在河西（唐方镇，辖境相当于今甘肃河西走廊）节度使崔希逸幕下任节度判官，《旧唐书·玄宗下》记载，这年"三月乙卯，河西节度使崔希逸自凉州南率众入吐蕃界二千余里"[①]，王维可能参与其间。开元二十六年（738）五月，崔希逸改任河南尹，王维也自河西返回长安，仍官监察御史。河西一年，王维写下多首反映西北边塞风情的诗篇，今天存留下来的还有《使至塞上》《出塞作》《凉州郊外游望》《凉州赛神》《双黄鹄歌送别》《从军行》《陇西行》《陇头吟》《老将行》《送崔三往密州觐省》等十数首，虽然其中一些诗作的写作时间、地点尚有争论，但从内容和气调上看，多数论者仍将其归入这一时期的创作。

（一）王维诗中的边地风俗

王维在凉州生活期间，是唐王朝与西北少数民族关系最好的一个时期，所以在他这一时期的诗作中，反映了边民生活的安定、祥和，描绘出了一幅幅边地风俗图，如《凉州郊外游望》：

> 野老才三户，边村少四邻。
>
> 婆娑依里社，箫鼓赛田神。
>
> 洒酒浇刍狗，焚香拜木人。
>
> 女巫纷屡舞，罗袜自生尘。

诗题下注："时为节度判官，在凉州作。"这首诗描述的是诗人在凉州郊外看到的边地居民在神社祭祀的景象。舞姿婆娑，在箫鼓声声中，为数不多的边地居民正在乡里的土地祠里祭祀田神（"赛田神"）。把酒洒在用刍草编成的狗上，焚香拜谒木神，巫祝、巫婆由于长时间的跳舞，脚上的罗袜也落满了尘土。"才三户""少四邻"，写边地居民的稀少。"浇刍狗""拜木人"，都是祭神的内容，祈求来年风调雨顺、粮食丰收。刍狗，用刍草编成的狗，《淮南子·说山训》说："圣人用物，若用朱丝约刍狗，若为土龙以求雨。刍狗待之而求福，土龙待之

---

① （后晋）刘昫等：《旧唐书》（一），中华书局 1975 年版，第 208 页。

而得食。"① 刘禹锡《汉寿城春望》有"田中牧竖烧刍狗，陌上行人看石麟"的描述。木人，当指木神，亦称"句芒神"，《山海经·海外东经》说："东方句芒，鸟身人面，乘两龙。"② 是古代掌管农事的神祇。"纷屡舞""自生尘"，则显示了乡民祭神的忘情和投入。只有在和平安定的环境下，才能如此专心地"赛田神"。作于同一时期的《凉州赛神》，写的则是军中的"赛神"：

> 凉州城外少行人，百尺烽头望虏尘。
>
> 健儿击鼓吹羌笛，共赛城东越骑神。

赛神，指赛神会，用仪仗、箫鼓、杂戏迎神，集会酬祭。张籍《江村行》说："一年耕种长苦辛，田熟家家将赛神。"凉州城外行人稀少，士兵们一边站在百尺高的烽墩上警惕地守望着远处的边境，一边在城中击鼓、吹羌笛，参加赛神活动。"越骑神"，指主射骑之神。《资治通鉴》卷一百九四《唐纪十》：贞观十年（636），"年二十为兵，六十而免。其能骑射者为越骑，其余为步兵"。胡三省注："越骑者，言其劲勇能超越也。"③ "安史之乱"后，凉州被吐蕃攻陷，老百姓流离失所，境况悲惨。元稹《和李校书新题乐府十二首·缚戎人》说："五六十年消息绝，中间盟会又猖獗。眼穿东日望尧云，肠断正朝梳汉发。"张籍《陇头行》说："陇头路断人不行，胡骑夜入凉州城。汉兵处处格斗死，一朝尽没陇西地。驱我边人胡中去，散放牛羊食禾黍。去年中国养子孙，今著毡裘学胡语。谁能更使李轻车，收取凉州入汉家。"两诗写的都是吐蕃侵入凉州，遭殃的凉州百姓盼望唐军早日收复失地。在《送宇文三赴河西充行军司马》诗中，王维有"横吹杂繁笳，边风卷塞沙"的描写。横吹，横笛，亦指乐府曲名，晋崔豹《古今注》卷中："横吹，胡乐也，张博望入西域，传其法于西京，唯得《摩诃》《兜勒》二曲。李延年因胡曲更造新声二十八解，乘舆以为武乐。后汉以给边将军。"④ 横笛和胡笳，都是典型的西域少数民族的乐器。横笛、胡笳和着边塞风卷沙尘的

---

① 刘文典撰：《淮南鸿烈集解》（下），冯逸、乔华点校，中华书局1989年版，第539页。

② 袁珂撰：《山海经校注》，上海古籍出版社1980年版，第265页。

③ （宋）司马光：《资治通鉴》（十三），中华书局2011年版，第6237页。

④ 上海古籍出版社编：《汉魏六朝笔记小说大观》，上海古籍出版社1999年版，第239页。

声音同时响起，更渲染了远行者所去之地的遥远和不同于中原的风物、风俗。

凉州地处河西走廊的东端，是"丝绸之路"上的重镇，繁华异常。玄奘西行，曾在凉州停留："凉州为河西都会，襟带西蕃、葱右诸国，商侣往来，无有停绝。"①陈子昂说："凉州岁食六万斛，甘州所积四十万斛。观其山川，诚河西咽喉。"(《新唐书·陈子昂传》)②"当唐之盛时，河西、陇右三十三州，凉州最大，土沃物繁而人富乐"(《新五代史·四夷附录第三》)，③是当时东西方物资交流的主要驿站和商埠。曾在哥舒翰幕府中任职的高适在《陪窦侍御灵云南亭宴诗》序中对凉州的山川风物也有过动人的描述："凉州近胡，高下其池亭，盖以耀蕃落也。""军中无事，君子饮食宴乐，宜哉。白简在边，清秋多兴，况水具舟楫，山兼亭台，始临泛而写烦，俄登陟以寄傲，丝桐徐奏，林木更爽，觞蒲萄以递欢，指兰芷而可掇。胡天一望，云物苍然，雨潇潇而牧马声断，风袅袅而边歌几处，又足悲矣。"④一幅天高地阔、景色独特的边城图画。凉州又是中原文化与北方游牧文化重要的交汇处，居住着众多的少数民族，民族风情浓郁："弯弯月出挂城头，城头月出照凉州。凉州七里十万家，胡人半解弹琵琶。"(岑参《凉州馆中与诸判官夜集》)"国使翻翻随旆旌，陇西岐路足荒城。毡裘牧马胡雏小，日暮蕃歌三两声。"(耿沣《凉州词》)

凉州与长安、洛阳一样，是西域商人的主要聚集地，中原的丝绸、铁器、陶瓷和华夏文明从这里输出，西域的琉璃、珠宝、香料、药材和西方文化特别是印度文化又通过这里源源不断地输入内地。在王维诗中，多次提到了从西域传入的胡麻、胡床："御羹和石髓，香饭进胡麻。"(《奉和圣制幸玉真公主山庄因题石壁十韵之作应制》)"山中无鲁酒，松下饭胡麻。"(《送孙秀才》)"舍人下兮青宫，据胡床兮书空。"

---

① （唐）慧立、彦悰：《大慈恩寺三藏法师传》，孙毓棠等点校，中华书局1983年版，第11页。
② （宋）欧阳修、宋祁：《新唐书》（十三），中华书局1975年版，第4073页。
③ （宋）欧阳修：《新五代史》（三），中华书局1974年版，第913页。
④ 孙钦善撰：《高适集校注》，上海古籍出版社1984年版，第234页。

（《登楼歌》）胡麻，即今之芝麻；胡床，上面结有绳子的简便折叠凳。虽然，胡麻、胡床早在汉末魏晋时期就已传入中原，受到人们的普遍欢迎，但到了盛唐时期尤甚。

（二）王维诗中的守边将士

唐代的北部和西北部边境与突厥、吐蕃毗邻，阳关、玉门关、金河都是重要的边防要镇。唐玄宗一方面修好与周边少数民族的关系，与其有频繁的文化和贸易往来，另一方面又不断拓边，不时与周边少数民族政权发生军事冲突。西北的少数民族也觊觎唐朝，见机犯边，进而袭扰中原地区及首都长安。王维《陇西行》描写的就是在西北边境上发现了进犯的敌人：

> 十里一走马，五里一扬鞭。
>
> 都护军书至，匈奴围酒泉。
>
> 关山正飞雪，烽戍断无烟。

陇西行，是乐府古题名之一。陇西，陇山之西，在今甘肃陇西县以东，通过陇西向西北可以到达河西走廊。边境上发生了紧急的军情，都护派人乘驿马报送告急的军书，敌人在围困酒泉。"十里""五里"，古人标记路程以封土为堠，五里一堠，十里双堠。由于边关上大雪纷飞，烽火台无法举火、燃烟报警，只能驰马递送军书。德宗时代长孙佐辅的《陇西行》具体描绘了边关严酷艰苦的环境、奇寒的气候，可以看作是这首诗的注脚：

> 阴云凝朔气，陇上正飞雪。
>
> 四月草不生，北风劲如切。
>
> 朝来羽书急，夜救长城窟。
>
> 道隘行不前，相呼抱鞍歇。
>
> 人寒指欲堕，马冻蹄亦裂。
>
> 射雁旋充饥，斧冰还止渴。
>
> 宁辞解围斗，但恐乘疲没。
>
> 早晚边候空，归来养羸卒。

正因为如此，一提到陇西，就让人心生畏惧，李白《赠别从甥高五》说，"闻君陇西行，使我惊心魂。与尔共飘飖，云天各飞翻"，大有有去无回之势。王维作于河西时期的《从军行》，描绘出的则是一幅北方边境战争的图景：

> 吹角动行人，喧喧行人起。
>
> 笳悲马嘶乱，争渡金河水。
>
> 日暮沙漠陲，战声烟尘里。
>
> 尽系名王颈，归来献天子。

金河，今称大黑河，发源于今内蒙古卓资山县北、察哈尔右翼中旗南山，是黄河的支流，全长 100 余公里。源出后，金河西南流经卓资山、呼和浩特市南，再西南经托克托县河口镇注入黄河。金河地处朔北，背靠黄河，面对阴山的主峰大青山，既是突厥等北方游牧民族的聚居地，又是进出内地的要塞，历来为兵家必争之地，在唐王朝的北部边防中有着重要的军事价值。号角、胡笳声声响起，战马仰天嘶鸣，征人喧嚷，竞相渡过金河。日暮的大漠上，烟尘滚滚，战斗激烈，最终捕获敌人，献给天子。诗不仅渲染出激战前的紧张气氛，更表现了将士渴望建立功勋的雄心壮志。全诗的描写景象逼真，风格悲劲苍凉。王维的《老将行》有学者认为，同样作于河西任节度判官时期。[①] 全诗叙述了一位东征西战、功勋卓著的老将的一生，因为朝廷刻薄寡恩，老将无端被弃，当边境战事又起，老将却不计个人恩怨，请缨报国：

> 誓令疏勒出飞泉，不似颍川空使酒。
>
> 贺兰山下阵如云，羽檄交驰日夕闻。
>
> 节使三河募年少，诏书五道出将军。
>
> 试拂铁衣如雪色，聊持宝剑动星文。
>
> 愿得燕弓射天将，耻令越甲鸣吾君。
>
> 莫嫌旧日云中守，犹堪一战取功勋。

诗歌颂了老将的高尚节操和爱国热忱。其中写到的疏勒、贺兰山、云中，均为唐代北疆地名。疏勒，汉时西域国名，今新疆喀什市疏勒

---

① 陈铁民撰：《王维集校注》（一），中华书局 1997 年版，第 148 页。

县。"疏勒""颍川"二句说自己要像后汉名将耿恭那样，在疏勒城水源断绝后，与战士们同甘共苦，终于又获得泉水，却敌立功，而绝不像前汉颍川人灌夫那样，被解除军职之后使酒骂座，发泄怨气。贺兰山，又名阿拉善山，在今宁夏与内蒙古交界处，历史上是北方游牧文化与中原农耕文化的天然分界处。云中，即云中郡，秦汉时治云中（今内蒙古托克托县东北），辖境相当于今内蒙古土默特右旗、大青山以南、卓资县以西、黄河南岸及长城以北，唐天宝元年（742）改置云州，治云中县，辖境相当于今山西大同、左云、怀仁、右玉、浑源等地。云中、云州都是古代北方游牧民族活跃的地方，与中原汉族政权经常有战争发生。这里借用汉文帝时魏尚的故事，表明只要朝廷肯任用老将，他一定能从三河（河南、河内、河东）征召大批青年入伍，杀敌立功，报效国家。魏尚曾任云中太守，深得军心，匈奴不敢犯边，后被削职为民，冯唐为其打抱不平，又官复旧职。与《老将行》有异曲同工之妙的是王维的《陇头吟》：

> 长安少年游侠客，夜上戍楼看太白。
>
> 陇头明月迥临关，陇上行人夜吹笛。
>
> 关西老将不胜愁，驻马听之双泪流。
>
> 身经大小百余战，麾下偏裨万户侯。
>
> 苏武才为典属国，节旄落尽海西头。

自幼习武的长安少年夜上戍楼观看太白星，表明杀敌立功的愿望。无论是高临边关的陇头明月，还是夜吹横笛的陇上行人，激发的都是关西老将对历史与现实的深沉思索和感慨。出生入死、身经百战的李广却不能封侯，北海牧羊19年的苏武归汉后，也不过做了一个掌管属国事务的小官。沈德潜评此诗说："少年看太白星，欲以立边功自命也。然老将百战不侯，苏武只邀薄赏，边功岂易立哉。"（《唐诗别裁》卷五）①王维作于20岁的《燕支行》，抒发的也是边塞立功的壮志理想："誓辞甲第金门里，身作长城玉塞中。""画戟雕戈白日寒，连旗大旆黄尘没。叠鼓遥翻瀚海波，鸣笳乱动天山月。"写出了唐军的威武雄壮，"长

---

① （清）沈德潜：《唐诗别裁》，中华书局1964年版，第44页。

城""玉塞""叠鼓""鸣笳""黄尘""瀚海""天山"，均为典型的西北边地风物。诗题中的"燕支"，即焉支山，又名胭脂山，在今甘肃山丹县东南40公里处。"誓辞甲第"，用的是汉代大将霍去病不要天子所赐宅第的典故，《史记·卫将军骠骑列传》说："天子为治第，令骠骑视之，对曰：'匈奴未灭，无以家为也。'由此上益重爱之。"[①]关西老将决心固守玉门关，要以自己的身体作抵御外寇入侵的长城，表达以身许国的强烈愿望。

（三）王维诗中的边地风光

在唐王朝漫长的西北边境线上，不仅汇聚了多个少数民族，有奇异的民族风情，还有无数令人心动的壮美的自然风景：巍峨延绵的阴山、贺兰山、祁连山、天山，奔流的黄河，碧波荡漾的青海湖以及浩瀚无际的戈壁、辽阔丰美的草原，这都是众多盛唐诗人所向往的美景，武元衡《出塞作》所谓："虽云风景异华夏，亦喜地理通楼烦。"王维《出塞作》（一题作《塞上作》）描绘的就是居延一带的风光："居延城外猎天骄，白草连天野火烧。暮云空碛时驱马，秋日平原好射雕。"诗题下注："时为御史，监察塞上作。"居延，居延县，汉武帝时置，属张掖郡，故址在今内蒙古额济纳旗北境。居延是古代西北地区军事重镇，东南邻巴丹吉林沙漠北缘，南面直通河西走廊，北接大漠，地形平坦开阔，戈壁、沙漠广布无际，弱水（今额济纳河）南北纵贯，终端汇储为居延海，古称居延泽，今称嘎顺淖尔。居延泽与其周围的群山构成北部的天然屏障，是通往河西、西域的交通要冲，战略地位十分重要。沿弱水岸修筑的长城直接酒泉（今甘肃酒泉）塞，遂成为历代屯兵设防的重镇。这首诗在借汉朝与匈奴的对抗来写唐王朝与吐蕃冲突的同时，也写出了居延城外的大漠风光：连天的白草，暮云低垂下空旷的戈壁、沙漠，秋日一望无际的草原。王维《送韦评事》一诗，也有"欲逐将军取右贤，沙场走马向居延。遥知汉使萧关外，愁见孤城落日边"的描述。

王维擅长写相思、别离，因为送别者所去之地为河西、安西，所以

---

① （汉）司马迁：《史记》（九），中华书局1975年版，第2939页。

诗中大都有关于西北边塞风光的描述，《送张判官赴河西》说：

> 单车曾出塞，报国敢邀勋。
>
> 见逐张征虏，今思霍冠军。
>
> 沙平连白雪，蓬卷入黄云。
>
> 慷慨倚长剑，高歌一送君。

单车出塞，岂是邀勋！守卫疆土、击退敌人、立功报国才是远赴河西者的心声。全诗声调高朗，气魄宏大，是典型的"盛唐之音"。"沙平连白雪，蓬卷入黄云"两句，极写西北边塞壮阔的景象。平沙莽莽，与皑皑积雪相连；蓬草漫卷，直入高空黄云中。"沙平""蓬卷""白雪""黄云"，景物清疏简旷，却捕捉到了西北边塞特有的自然景象，使人想到岑参的"君不见走马川行雪海边，平沙莽莽黄入天"（《走马川行奉送出师西征》）与王昌龄的"向夕临大荒，朔风轸归虑。平沙万里余，飞鸟宿何处"（《从军行二首》其一）的描写。在《送陆员外》中说："九河平原外，七国蓟门中。阴风悲枯桑，古塞多飞蓬。万里不见虏，萧条胡地空。"写西北边塞的广漠、寂寥。再如《送刘司直赴安西》：

> 绝域阳关道，胡沙与塞尘。
>
> 三春时有雁，万里少行人。
>
> 苜蓿随天马，葡萄逐汉臣。
>
> 当令外国惧，不敢觅和亲。

安西，在今新疆库车县附近，唐代设安西都护府治所。在遥远的阳关道上，入目的唯有胡沙与塞尘。三春时分时有大雁飞过，万里之外绝少行人。《唐诗直解》评说此诗："起便酸楚，中俱实境实事。"[1]虽说酸楚，但酸楚中却有着悲壮和坚定的信念。"苜蓿""葡萄"句，是说随着"丝绸之路"的开通，西域的物产也源源不断地进入了内地。结句说因为唐王朝的空前强盛，历史一再重演的和亲之事也该就此断绝了吧。这也是王之涣"汉家天子今神武，不肯和亲归去来"（《凉州词二首》其二）表达的思想。在《送平澹然判官》诗中，诗人再次提及阳关："不识阳关路，新从定远侯。黄云断春色，画角起边愁。瀚海经年到，交河

---

① 陈伯海主编：《唐诗汇评》（上），浙江教育出版社1995年版，第305页。

出塞流。"定远侯，指班超，东汉明帝时曾奉命出使西域。交河，在今新疆吐鲁番西北，唐贞观十四年（640）置交河县。出了敦煌西面的阳关，就进入了茫茫的西域。漫天的黄云遮断了春色，画角撩起了无尽的愁绪。浩瀚的沙漠须经年才能穿越，蜿蜒的交河一直流出塞外。阳关、黄云、画角、瀚海、交河相互交织映衬，连缀成一条独属于西域的悠长风景线。

王维诗中之所以有如此丰富的有关西北边塞风情的描写，除去他在河西节度使崔希逸幕下任节度判官，在凉州一带生活了长达一年的时间，还有一个重要的原因就是，盛唐王朝尚"胡"，崇尚北方游牧民族的风俗习惯，[①] 包括服饰、饮食、音乐等，王维生活的长安，历史上就是多民族的聚居地，特别是魏晋南北朝以来，中原的汉民族文化与北方的少数民族文化在这里密切接触交融。与岑参的边塞诗一样，王维的这部分反映西北边塞风情的诗歌，情调健壮，视野开阔，鲜明地体现了盛唐时代的浪漫理想，是处在鼎盛时期的封建社会知识分子的共同追求。

（四）"大漠孤烟直，长河落日圆"新解

王维是盛唐著名的诗人，田园山水诗与边塞诗均取得了极高的成就，边塞诗中最著名的诗篇莫过于《使至塞上》。《旧唐书·吐蕃上》记载：

> 吐蕃西击勃律，遣使来告急。上使报吐蕃，令其罢兵。吐蕃不受诏，遂攻破勃律国，上甚怒之。时散骑常侍崔希逸为河西节度使，于凉州镇守。时吐蕃与汉树栅为界，置守捉使。希逸谓吐蕃将乞力徐曰："两国和好，何须守捉，妨人耕种。请皆罢之，以成一家，岂不善也？"乞力徐报曰："常侍忠厚，必是诚言。但恐朝廷未必皆相信任。万一有人交拘，掩吾不备，后悔无益也。"希逸固请之，遂发使与乞力徐杀白狗为盟，各去守备，于是吐蕃畜牧被野。俄而希逸傔人孙诲入朝奏事，诲欲自邀其功，因奏言"吐蕃无备，若发兵掩之，必克捷。"上使内给事赵惠琮与孙诲驰往观察事

---

① 高建新：《"胡气"与盛唐诗》，《苏州大学学报》2009 年第 3 期。

宜。惠琮等至凉州，遂矫诏令希逸掩袭之，希逸不得已而从之，大破吐蕃于青海之上，杀获甚众，乞力徐轻身遁逸。[①]

这是这首诗的写作背景，事在开元二十四年（736）。勃律，西域古国名，在今克什米尔西北巴尔提斯坦，是连接西域、印度、吐蕃的交通要冲。崔希逸大破吐蕃，为朝廷挽回了作为勃律宗主国的声誉，开元二十五年（737），唐玄宗命王维以监察御史的身份出使河西，察访军情，传达宣慰之意，在居延塞上王维写下了《使至塞上》：

> 单车欲问边，属国过居延。
>
> 征蓬出汉塞，归雁入胡天。
>
> 大漠孤烟直，长河落日圆。
>
> 萧关逢候骑，都护在燕然。

《使至塞上》为王维带来了巨大的声誉和无穷的赞美，但对于此诗的解读仍存在不同意见，特别是"大漠孤烟直，长河落日圆"两句。一是"大漠"具体指的是哪一片沙漠；二是"孤烟"的准确含义；三是"长河"究竟指的是哪一条河；四是王维写作此诗的具体地点。要搞清楚这些问题，我们须对全诗详加分析，逐句解释，以期得出符合客观实际的结论。

这首诗题作"使至塞上"，意即奉使到边塞宣慰。"单车欲问边，属国过居延"两句说，轻车简从，因为慰问守边将士，我来到了居延塞。"问"，慰问，探望；"问边"，慰问边塞将士；"过"，至，到达。裴迪《辋川集二十首·竹里馆》："来过竹里馆，日与道相亲。""过居延"，并非是"自己已经经过了居延"之意。[②]"属国"，东汉时期，居延为张掖属国都尉治，北面与鲜卑相接。《后汉书·郡国志五》："张掖居延属国，故都尉治，安帝别领一城，户一千五百六十，口四千七百三十三。"[③]诗中的属国，指典属国，本是秦汉官名，这里诗人用以自称。中国社会科学院文学研究所编的《唐诗选》认为，"此诗

---

① （后晋）刘昫等：《旧唐书》（十六），中华书局1975年版，第5233页。

② 葛兆光撰：《唐诗选注》，浙江文艺出版社1999年版，第108页。

③ （南朝）范晔：《后汉书》（十二），中华书局1965年版，第3521页。

'属国'指人指地均可通，但指人句法比较顺。"① 本文取前者。

这两句诗中的关键词是居延。居延，并非地域泛指，而是具体指建在居延泽上的居延塞。汉武帝太初三年（前102），伏波大将军路博德筑塞居延泽上，以遮断匈奴由此南下侵入河西之路，此后又筑起东联汉光禄塞、西接敦煌郡的汉长城。② 汉沿弱水岸筑长城接酒泉塞，其间设置了大量的烽燧、障，遂成为历代屯兵设防重镇。"汉朝占据了居延，不只河西得以安宁，对于控制西域，也有很大作用，可见居延当时在军事上的重要性。"③ 因为军事位置重要，隋代即在居延置大同城，亦称"同城"④，唐初置"同城守捉"，天宝二年（743）改为宁寇军。"宁寇军""同城守捉"，均为设在居延塞的边防屯戍之所。《旧唐书·地理志一》："宁寇军，在凉州东北千余里。"⑤ 武则天垂拱二年（686），朝廷即把安北都护府由漠北（今蒙古国哈尔和林一带）移至同城，《新唐书·陈子昂传》："近诏同城权置安北府，其地当碛南口，制匈奴之冲，常为剧镇。"⑥ 同城遗址在今额济纳旗政府所在地达来呼布镇东南19公里的马圈城。⑦ 玄宗天宝二年（743），再置"宁寇军"，以统领居延地区的军事防务。⑧ 此前六年，即开元二十五年（737），唐玄宗命王维以监察御史的身份出塞宣慰，可能会住在马圈城。所以关于这首诗的具体写作地点有一种说法："在傍晚时分，王维登上马圈城头，驻足远望"写下此诗。⑨ 这种说法是有道理的，故此诗非"初至凉州时所作"⑩。与《使至塞上》作于同一时间的《塞上作》（一题作《出塞作》）一诗，有"居延城外猎天骄，白草连山野火烧"之句，《送韦评事》诗中亦写到居

① 中国社会科学院文学研究所编：《唐诗选》(上)，人民文学出版社1978年版，第114页。
② 额济纳旗志编纂委员会编：《额济纳旗志》(内蒙古自治区地方志丛书)，方志出版社1998年版，第48页。
③ 陈序经：《匈奴史稿》，中国人民大学出版社2007年版，第65页。
④ 周伟洲、丁景泰主编：《丝绸之路大辞典》，陕西人民出版社2006年版，第107页。
⑤ (宋)欧阳修、宋祁：《新唐书》(五)，中华书局1975年版，第1386页。
⑥ (宋)欧阳修、宋祁：《新唐书》(十三)，中华书局1975年版，第4072页。
⑦ 景爱：《居延沧桑——寻找消失的绿洲》，中华书局2005年版，第56页。
⑧ 额济纳旗志编纂委员会编：《额济纳旗志》(内蒙古自治区地方志丛书)，方志出版社1998年版，第4、50页。
⑨ 景爱：《居延沧桑——寻找消失的绿洲》，中华书局2005年版，第60页。
⑩ 陈铁民撰：《王维集校注》(一)，中华书局1997年版，第133页。

延："欲逐将军取右贤，沙场走马向居延。"可见王维对居延塞是比较熟悉的。

"征蓬出汉塞，归雁入胡天"两句，诗人说自己像蓬草一样随风飘出"汉塞"，像"归雁"一样飞入"胡天"。"就'归雁入胡天'的景象而言，其时令疑是初夏"，陈铁民先生推测《使至塞上》写于开元二十五年的初夏（《王维年谱》）①；此前，陈认为王维开元二十五年"自春徂夏，在长安任右拾遗。秋，赴河西节度使幕为监察御史兼节度判官"（《王维年谱》）②，《使至塞上》写在这年秋天。揣摩诗中景象，笔者认为此诗应作于秋天。即使是南归之雁，也一样可以进入辽阔的"胡天"，与"征蓬"景象扣合。"征蓬"，即飘蓬，在风中飘转之蓬，正是秋天的塞外景象；"胡天"，指胡人所在地域的天空，亦泛指胡人居住的地方。诗中化用了曹操《却东西门行》"鸿雁出塞北，乃在无人乡。举翅万里余，行止自成行。冬节食南稻，春日复北翔。田中有转蓬，随风远飘扬"诗意，有自喻之意，同时通过动（"征蓬"）与静（"汉塞"）、小（"归雁"）与大（"胡天"）的对比，写出了北方边地的浩瀚无边。诗中的"汉塞"，即指居延塞。诗人单车独行，来到了边远的居延塞，就在自叹如流离转徙的蓬草、南来北往的大雁，孤独惆怅之情溢满怀抱之时，眼前的景象让诗人心神为之一振，千古绝唱"大漠孤烟直，长河落日圆"就此诞生。

"大漠孤烟直"中的"大漠"，亦非泛指，而是指巴丹吉林沙漠，先秦时称"流沙"或"弱水流沙"。面积约4.43万平方公里，主要属于今天内蒙古额济纳旗与阿拉善右旗，东部小范围属于阿拉善左旗，在中国四大沙漠（塔克拉玛干沙漠、古尔班通古特沙漠、巴丹吉林沙漠、腾格里沙漠）中排名第三大，地貌多样，有鸣沙、湖泊、湿地，沙丘高大密集，其中巴彦诺尔、吉河德沙山是世界上最高的沙丘，③居延塞就处在巴丹吉林沙漠边缘的北端。

---

① 陈铁民撰：《王维集校注》（四），中华书局1997年版，第1341页。
② 陈铁民：《王维新论》，北京师范学院出版社1990年版，第11页。
③ 《中国大百科全书·中国地理》，中国大百科全书出版社1993年版，第17页。

　　《唐诗广选》："蒋仲舒曰：旷远之景，'孤烟'如何'直'，须要理会。"[1] "孤烟"，指的是烽烟，亦即平安火，用以报告平安，始见于唐代文献。《通典·兵·守拒法》（卷一百五十二）："每晨及夜平安举一火。闻警，固举二火；见烟尘，举三火；见贼，烧柴笼。如每晨及夜平安火不来，即烽子为贼所捉。"[2] 烽子，守卫烽火台的士卒。唐代在边境地区每隔三十里设置一座烽火台，白天无敌情，入夜举火以报，夜里无敌情，平明举烟以报，皆称"平安火"。对此唐人多有描写："古镇城门白碛开，胡兵往往傍沙堆。巡边使客行应早，每待平安火到来。"（张籍《凉州词三首》其二）"沿边千里浑无事，唯见平安火入城。"（姚合《穷边词二首》其二）"蓬莱每望平安火，应奏班超定远功。"（许浑《献鄜坊丘常侍》）"陇上征夫陇下魂，死生同恨汉将军。不知万里沙场苦，空举平安火入云。"（高骈《塞上曲二首》其一）"城枕萧关路，胡兵日夕临。唯凭一炬火，以慰万人心。"（杨蘷《宁州道中》）《资治通鉴》卷二一八《唐纪三十四》："是日，翰麾下来告急，上不时召见，但遣李福德等将监牧兵赴潼关。及暮，平安火不至，上始惧。"胡三省注："《六典》：唐镇戍烽候所至，大率相去三十里。每日初夜，放烟一炬，谓之平安火。时守兵已溃，无人复举火。"[3] 翰，哥舒翰，唐将，曾把守潼关，抗拒安史叛军；上，唐肃宗。其时是"安史之乱"爆发的第二年，即至德元年（756），唐王朝前途未卜，正所谓"昭阳亦待平安火，谁握旌旗不见勋"（韩琮《京西即事》）。宋代沿袭了唐代的平安火制度，南宋周辉《清波杂志》卷十："沿江烽火台，每日平安，即于发更时举火一把；每夜平安，即于次日平明举烟一把。缓急盗贼，不拘时候，日则举烟，夜则举火，各三把。"[4] "发更时"，即一更天，古人所称的戌时，指晚上七时至九时。白天一天平安，入夜时要举火一把；黑夜一夜平安，天刚亮的时候，要举烟一把。如果敌人来犯，白天要举烟三把，黑夜则要举火

① 陈伯海主编：《唐诗汇评》（上），浙江教育出版社1995年版，第321页。
② （唐）杜佑：《通典》（四），王文锦等点校，中华书局1988年版，第3901页。
③ （宋）司马光：《资治通鉴》（十五），中华书局2011年版，第7089页。
④ （宋）周辉：《清波杂志》，《丛书集成初编》第2774册，商务印书馆1939年版，第96页。

三把。前者日烟夜火属于平安火，后者纯粹是预警。具体说，王维诗中的"孤烟"，就是"大漠孤堡上的烽烟"。[1]诗人说：傍晚，大漠孤堡上的烽烟升起，报告边境上平安无事。赵殿成注"孤烟直"："或谓边外多回风，其风迅急，袅烟沙而直上。"[2]"回风"，即旋风。还有论者说："孤烟"并非"烽烟"，亦非炊烟，而是大漠中自然之"烟"——龙卷风。[3]这两种说法缺乏充足的依据，因而是不准确的。

"长河落日圆"中的"长河"，传统解释是指黄河，如影响广泛的中国社会科学院文学研究所编的《唐诗选》[4]《汉语大词典》均认为"长河"指黄河。[5]葛兆光先生认为，"长河，一说指黄河，一说指弱水，即额洛纳河、黑河。"[6]额洛纳河，应为额济纳河之误。实际上，这里的"长河"，指的是川流在巴丹吉林沙漠中的弱水，[7]即今额济纳河。[8]弱水的上游是黑河（也称张掖河），全长810公里，流入今天内蒙古自治区境内的长达250公里河段，称额济纳河，所以有论者说王维"沿黑河经大漠时，有《使至塞上》"[9]，也是有依据的。悠悠流淌的额济纳河由南向北，纵贯额济纳全境，流经之处，形成大片绿洲，即著名的"额济纳绿洲"。从方位上讲，王维此诗既然是写在居延塞上，他看到的"长河"就不可能是黄河，因为黄河远在祁连山之外、青海湖之南，距离居延尚有千余公里。即使是距离居延最近的东面一段黄河，也在今天内蒙古巴彦淖尔市西南部的磴口县，直线距离也有五百余公里。另外，日落在西方，黄河在东方，身在居延塞上的诗人如果面向东方或南方的黄河，是不可能看到落日的，而西方的落日与额济纳河就在诗人眼前。诗人在这里写的是眼前实景，而非想象中的虚景。"大漠孤烟直，长河落日圆"

---

① 袁行霈主编：《中国文学史》（二），高等教育出版社1999年版，第236页。

② （清）赵殿成撰：《王右丞集笺注》，中华书局1962年版，第156页。

③ 张秀芹：《"孤烟""萧关"与"燕然"——读王维〈使至塞上〉札记》，《南阳师范学院学报》2006年第11期。

④ 中国社会科学院文学研究所编：《唐诗选》（上），人民文学出版社1978年版，第114页。

⑤ 罗竹风主编：《汉语大词典》（下），汉语大辞典出版社1997年版，第6756页。

⑥ 葛兆光撰：《唐诗选注》，浙江文艺出版社1999年版，第109页。

⑦ 景爱：《居延沧桑——寻找消失的绿洲》，中华书局2005年版，第61页。

⑧ 《中国大百科全书·中国地理》，中国大百科全书出版社1993年版，第184页。

⑨ 王秉德：《张掖史稿》，甘肃省张掖市地方志学会2009年印行，第239页。

是全诗的诗眼。诗人以如椽之笔勾勒出一幅雄奇壮阔的立体的北方边塞风光图，强烈的叹赏之情溢于言表，形成雄浑壮阔的诗境：在浩瀚无际的金色沙漠（巴丹吉林沙漠）映衬下，一柱燧火青烟悠悠直上，报告着边境的平安；奔流远去的弱水（额济纳河）水天相连处，是冉冉落下的一轮浑圆夕阳。这不是一个简单的几何图形，它是诗境也是画境，让人想到云天之苍茫、大地之辽阔，想到额济纳河浩浩荡荡、永不停息地奔向前方。

王维是开元、天宝时期著名的画家，"维工草隶，善画，名盛于开元、天宝间，豪英贵人虚左以迎，宁、薛诸王待若师友。画思入神，至山水平远，云势石色，绘工以为天机所到，学者不及也。"（《新唐书·文艺中》）[1] 作为画家，王维有极好的构图能力，所以毫不费力地捕捉住了眼前画面最基本的线条：垂直线（"孤烟"）与水平线（"长河"）相交，背景是浩瀚无边的巴丹吉林沙漠。垂直线引人向上，遥视孤烟之上的云天；水平线引人远望弱水（额济纳河）悠悠一线，流向远方；而镶嵌在垂直线与水平线相交之处的"圆"（"落日"），又让人看到火红的夕阳如车轮一样缓缓辗入滔滔的额济纳河，夕阳映衬下的额济纳河水闪烁着金子般的光辉。《唐诗镜》曰："五六得景在'日圆'二字，是为不琢而佳，得意象故。"[2] 铺展在巴丹吉林沙漠上的这一切景象都不是静止的，而是充满了动感，或上腾（"烽烟"），或下降（"落日"），或远去（"长河"）。诗人在简洁的线条中，创造了充满动感的无限寥廓的空间。同是出塞外、临大漠，陶翰的"大漠横万里，萧条绝人烟。孤城当瀚海，落日照祁连"（《出萧关怀古》），更多的是苍凉和悲慨。

诗人浓墨重泼，大笔开阖，描绘风吼雷鸣般的雄奇壮阔、夺人心魄的山川风光，正是巴丹吉林沙漠、额济纳河等"胡地"特有的自然景象带给诗人的眼界和笔力。王国维先生认为"此种境界，可谓千古壮观"（《人间词话》）。[3] 诗人展示的不只是风光，更是诗人浩荡的心胸。《而

---

① （宋）欧阳修、宋祁：《新唐书》（十八），中华书局 1975 年版，第 5765 页。

② 陈伯海主编：《唐诗汇评》（上），浙江教育出版社 1995 年版，第 322 页。

③ 徐调孚撰：《校注人间词话》，中华书局 2003 年版，第 27 页。

庵说唐诗》说："'大漠''长河'一联，独绝千古。"《唐贤清雅集》说："'直''圆'字，十二分力量。"《唐贤三昧集笺注》说："'直''圆'二字极锤炼，亦极自然。后人全讲炼字之法，非也；不讲炼字之法，亦非也。顾云：'雄浑高古。'"① 由此，"大漠孤烟""长河落日"成为后世不断追慕描摹的范本。白居易的"孤烟生乍直，远树望多圆"（《渡淮》）与贾岛的"飘蓬多塞下，君见益潜然。迥碛沙衔日，长河水接天"（《送友人游塞》），就明显模仿了王维之作。范仲淹《渔家傲》的"千嶂里，长烟落日孤城闭"，用王维诗意极写边塞的壮美风光，动人心神。《红楼梦》第四十八回，香菱跟黛玉学诗，谈到这首诗时香菱说："想来烟如何直？白日自然是圆的。这'直'字似无理，'圆'字似太俗。合上书一想，倒象是见了这景的。要说再找两个字换这两个，竟再也找不出两个字来。"② 说明了王维山水诗用线条创造画境的高妙之处。20世纪40年代，著名历史学家劳干先生曾随当时的中央研究院历史语言研究所、中央博物院筹备处、中国地理研究所共同组成的"西北史地考察团"到西北一带考察文物，在居延期间，写下五言古诗《居延故址》，③ 对居延深厚的历史人文表达了深深的缅怀之情，其中有"长河向天流，落日如有声"两句，明显地受到了王维诗的影响，诗中的"长河"，指的就是额济纳河。

　　王维诗最后两句"萧关逢候骑，都护在燕然"，说当时（来时）在萧关遇到了侦察的骑兵，得知首领（都护）正在前线（燕然），这也是林庚、冯沅君先生说的"回想从萧关的候骑那里得到的消息，都护还在更远的地方"。④ 萧关，在今宁夏固原东南，为关中通向塞北的交通要冲。《汉书·武帝纪》所说，元封四年（前107），"通回中道，遂北出萧关，历独鹿，鸣泽，自代而还，幸河东"中的萧关，即此，⑤ 王维

---

① 陈伯海主编：《唐诗汇评》（上），浙江教育出版社1995年版，第322页。
② （清）曹雪芹：《红楼梦》（二），人民文学出版社1964年版，第598页。
③ 劳干：《成庐诗稿》，台湾正中书局，1979年版。
④ 林庚、冯沅君主编：《中国历代诗歌选》上编（二），人民文学出版社1964年版，第341页。
⑤ 谭其骧主编：《中国历史大辞典·历史地理》，上海辞书出版社1996年版，第803页。

《送韦评事》："遥知汉使萧关外，愁见孤城落日边。"唐代其他诗人对萧关亦多有描写："萧关远无极，蒲海广难依。"（虞世南《从军行二首》其二）"凉秋八月萧关道，北风吹断天山草。"（岑参《胡笳歌送颜真卿使赴河陇》）"萧关城南陇入云，萧关城北海生尘。咄嗟塞外同为客，满酌杯中一送君。"（胡皓《答徐四萧关别醉后见投》）"愁指萧关外，风沙入远程。"（李昌符《送人游边》）。"候骑（jì）"，骑马的侦察兵；"都护"，都护府的长官，此处指河西节度使崔希逸；"燕然"，燕然山，今蒙古国境内的杭爱山；"在燕然"，意指我军在前线追击敌人，建立功勋。《后汉书·窦融列传》：窦宪追击北单于，"遂登燕然山，去塞三千余里，刻石勒功，纪汉威德，令班固作铭"。[1] 也有论者将燕然解释为燕然都护府。[2] 燕然都护府，贞观二十一年（647）置，统铁勒、回纥诸部各羁縻府、州，治所于西受降城（今内蒙古乌拉特中旗西南乌加河北岸）东北四十里，辖境相当于今内蒙古河套地区以北、蒙古国及俄罗斯额尔齐斯河、叶尼塞河上游和贝加尔湖周围地区。龙朔三年（663）移治所于漠北回纥本部（今蒙古国哈尔和林西北），改名瀚海都护府。[3] 因王维来居延塞在开元二十五年（737），是燕然都护府更名瀚海都护府后的74年，故本文仍将"燕然"解释为燕然山。仔细考察，"萧关逢候骑，都护在燕然"两句似从唐初诗人虞世南《饮马长城窟行》"前逢锦车使，都护在楼兰"中化出。也有论者认为，这两句实际上是蹈袭了南朝梁代诗人何逊《见征人分别》"候骑出萧关，追兵赴马邑"的诗意："王维赴河西并不经过萧关，其诗之萧关非实指，乃袭何之诗意也。"[4]

通过对全诗的具体分析，关于《使至塞上》我们可以得出如下结论：一是"大漠"具体指巴丹吉林沙漠；二是"孤烟"指烽烟，即平安火；三是"长河"指川流在巴丹吉林沙漠中的弱水，即今额济纳河；四是王维写作此诗的具体地点是在居延塞上，既非途中，亦非初至凉州。

---

① （南朝）范晔：《后汉书》（三），中华书局 1965 年版，第 815 页。

② 中国社会科学院文学研究所编：《唐诗选注》（上），北京出版社 1978 年版，第 74 页。

③ 谭其骧主编：《中国历史大辞典·历史地理》，上海辞书出版社 1996 年版，第 1016—1017 页。

④ 王志清撰：《王维诗选》，商务印书馆 2015 年版，第 65 页。

二、"胡地"与岑参边塞诗之奇峭美 [①]

壮游天下，感受新鲜的生活和景色，实现人生价值，是盛唐人共同的理想。对于岑参来说，不甘心在内地虚度光阴、渴望有所作为、实现理想抱负，是其出塞的重要原因。袁行霈先生说："两次出塞深入西北边陲，是岑参一生中最有意义的壮举"，"再次出塞，给岑参提供了成为边塞诗大师的又一次机会"。[②] 老死一隅、坐井观天，是不会产生大师的。今天我们看到的《岑嘉州集》中最出色的诗篇，都是边塞之作。

（一）岑参的出塞经历

岑参一生有两次出塞经历。第一次是天宝八年（749）冬至天宝十年（751）夏，33岁的岑参赴远安西，任安西节度使高仙芝幕僚："一身从远使，万里向安西。汉月垂乡泪，胡沙费马蹄。"（《碛西头送李判官入京》）"为言地尽天还尽，行到安西更向西。"（《过碛》）第一次出塞岑参历尽艰难，自言"寂寞不得意，辛勤方在公"（《安西馆中思长安》），写下了《武威送刘判官赴碛西行军中作》《早发焉耆怀终南别业》《敦煌太守后庭歌》《碛中作》《武威送刘单判官赴安西行营便呈高开府》等诗篇，但并未引起重视。

从边地回到长安后，仍任微官，岑参十分郁闷，于是于天宝十三年（754），36岁的岑参第二次出塞，在北庭为安西、北庭节度使封常清幕僚："侧身佐戎幕，敛衽事边陲。自逐定远侯，亦著短后衣。近来能走马，不弱并州儿。"（《北庭西郊候封大夫受降回军献上》）这次出塞，岑参情绪昂扬饱满，他的那些彪炳诗史的七言歌行如《走马川行奉送出师西征》《轮台歌奉送封大夫出师西征》《白雪歌送武判官归京》等，都是写在这一个时期。大约至德二年（757），岑参由北庭东归。[③]

岑参出塞的路线大致上是从长安出发，经咸阳、陇山、渭州、临

---

① 高建新：《"胡地"与岑参边塞诗之奇峭美》，《内蒙古大学学报》2009年第1期。

② 袁行霈主编：《中国文学史》（二），高等教育出版社1999年版，第255、256页。

③ 孙钦善、陈铁民等撰：《高适岑参诗选·前言》，人民文学出版社1985年版。

洮、金城临河驿、武威、酒泉，出玉门关至敦煌，一路向西，直至今天的新疆交河、吐鲁番一带，这在他的诗中均有记述。两次出塞经历不仅奠定了岑参边塞诗人霸主的地位，而且为其边塞诗带来盛唐其他诗人所没有的奇峭之美，正如《石州诗话》所谓"嘉州之奇峭，入唐以来所未有。又加以边塞之作，奇气益出。风会所感，豪杰挺生，遂不得不变出杜公矣"。[1]奇，就是新奇，奇特，奇异；峭，就是峭拔，峭硬，如山岩陡峭、峻峰挺拔。无论是写景、记事还是抒情，岑参都不以平凡语出之，所以同时代的殷璠说："参诗语奇体峻，意亦造奇。"（《河岳英灵集》卷上）[2]方东树说："'忽如'六句，奇才奇气，奇情逸发，令人心神一快。"（《昭昧詹言》卷十二）[3]沈德潜也说："参诗能作奇语，尤长于边塞。"（《唐诗别裁》卷一）[4]

《汉书·匈奴传下》："胡地沙卤，多乏水草。""胡地秋冬甚寒，春夏甚风。"[5]岑参两次出塞所到之处皆为"胡地"：安西（今新疆库车）、北庭（今新疆吉木萨尔北）、轮台（今新疆米泉）、蒲昌（今新疆鄯善）、贺延碛（今甘肃安西）、武威（今甘肃武威）、酒泉（今甘肃酒泉）以及祁连山、天山、昆仑山等等。这些地方人烟稀少，气候寒冷，少雨水，多风沙霜雪，生存环境严峻："凉州三月半，犹未脱寒衣。"（《河西春暮忆秦中》）"胡地三月半，梨花今始开。"（《登凉州尹台寺》）"玉门关城迥且孤，黄沙万里白草枯。"（《玉门关盖将军歌》）"秋雪春仍下，朝风夜不休。"（《北庭作》）"四月犹自寒，天山雪濛濛。"（《北庭贻宗学士道别》）"九月天山风似刀，城南猎马缩寒毛。"（《赵将军歌》）"终日风与雪，连天沙复山。"（《寄宇文判官》）"黄沙西际海，白草北连天。"（《过酒泉忆杜陵别业》）"沙上见日出，沙上见日没。"（《日没贺延碛作》）"银山碛口风似箭，铁门关西月如练。双双愁泪沾马毛，飒飒胡沙迸人面。"（《银山碛西馆》）风雪、沙漠、严寒，几乎成了边塞的代表，景物之单调，

---

① 陈伯海主编：《唐诗汇评》（上），浙江教育出版社1995年版，第788页。
② 《唐人选唐诗》（十种），上海古籍出版社1978年版，第81页。
③ （清）方东树：《昭昧詹言》，汪绍楹校点，人民文学出版社1961年版，第248页。
④ （清）沈德潜：《唐诗别裁》，中华书局1964年版，第26页。
⑤ （汉）班固：《汉书》（十一），中华书局1962年版，第3824、3825页。

可想见生活之单调。

（二）岑参边塞诗的内容

岑参边塞诗的奇峭之美，首先体现在内容上。第一次从气候温和、风景秀丽的长安西行至边塞，路途之遥远艰辛、自然环境之恶劣难当，连诗人自己也感到震惊。《初过陇山途中呈宇文判官》一诗写道："前月发安西，路上无停留。都护犹未到，来时在西州。十日过沙碛，终朝风不休。马走碎石中，四蹄皆血流。"在《武威送刘单判官赴安西行营便呈高开府》一诗中，诗人描绘的景物不仅寂寞荒远，而且让人心惊胆战：

> 曾到交河城，风土断人肠。
>
> 寒驿远如点，边烽互相望。
>
> 赤亭多飘风，鼓怒不可当。
>
> 有时无人行，沙石乱飘扬。
>
> 夜静天萧条，鬼哭夹道傍。
>
> 地上多髑髅，皆是古战场。
>
> 置酒高馆夕，边城月苍苍。

交河，在今新疆吐鲁番西北，自西汉至后魏，车师前国王皆都于此，公元 450 年为高昌所并。这里旋风怒吼，沙石飞扬，间有鬼哭之声，惨淡月色映照下的是满地骇人的白骨。这样的景象触目惊心，自然让诗人在震撼异常的同时也眼界大开。褚遂良《谏戍高昌疏》："高昌涂路，沙碛千里，冬风冰冽，夏风如焚，行人去来，遇之多死。"[1]就是在这样僻远之地和恶劣的自然环境下，岑参却能发现和发掘出边塞景物的奇异之美、壮阔之美。《经火山》一诗说：

> 火山今始见，突兀蒲昌东。
>
> 赤焰烧虏云，炎氛蒸塞空。
>
> 不知阴阳炭，何独然此中。
>
> 我来严冬时，山下多炎风。

---

[1] （清）董诰等编：《全唐文》（一），上海古籍出版社 1990 年版，第 664 页。

> 人马尽汗流，孰知造化功。

火山，今天吐鲁番的火焰山。火山赤焰四射，燃烧不止，即使严冬，依旧热气蒸腾，实在是大自然的奇观。岑参《使交河郡郡在火山脚其地苦热无雨雪献封大夫》诗说：

> 暮投交河城，火山赤崔巍。
>
> 九月尚流汗，炎风吹沙埃。
>
> 何事阴阳工，不遣雨雪来。

不只是严冬，就是农历九月，火焰山也是酷热难当。明人陈诚"一片青烟一片红，炎炎气焰欲烧空。春光未半浑如夏，谁道西方有祝融。"（《火焰山》）[1] 亦极写火焰山热气逼人。在《火山云歌送别》中岑参再次写道：

> 火山突兀赤亭口，火山五月火云厚。
>
> 火云满山凝未开，飞鸟千里不敢来。

诗人在北庭生活期间，曾多次目睹火焰山的壮丽景象。在《热海行送崔侍御还京》一诗中，岑参从旁听说加上自己的想象力，把热海特异的景色描绘得如幻如真：

> 侧闻阴山胡儿语，西头热海水如煮。
>
> 海上众鸟不敢飞，中有鲤鱼长且肥。
>
> 岸旁青草常不歇，空中白雪遥旋灭。
>
> 蒸沙烁石然虏云，沸浪炎波煎汉月。
>
> 阴火潜烧天地炉，何事偏烘西一隅。
>
> 势吞月窟侵太白，气连赤坂通单于。
>
> 送君一醉天山郭，正见夕阳海边落。
>
> 柏台霜威寒逼人，热海炎气为之薄。

热海，就是今天吉尔吉斯斯坦东部的伊克塞湖。《大唐西域记》卷一："山行四百余里，至大清池（或名热海，又谓咸海）。周千余里，东西长，南北狭。四面负山，众流交凑，色带青黑，味兼咸苦，洪涛浩

---

[1] 吴蔼宸选辑：《历代西域诗钞》，新疆人民出版社1982年版，第78页。

汗，惊波汩淴，龙鱼杂处，灵怪间起。"①《大慈恩寺三藏法师传》卷二：
"出山后至一清池，（清池亦云热海。见其对凌山不冻，故得此名，其
水未必温也。）周千四五百里，东西长，南北狭，望之森然，无待激风
而洪波数丈。"②《通典·边防九》（卷一百九十三）引杜环《大食国经行
记》："教达岭北行千余里，至碎叶川，其川东头有热海。兹地寒而不
冻，故曰热海。"③热海沸地蒸天，炼石熔砂，再衬以"夕阳海边落"，
愈发气象万千，让人神旺。季羡林先生说："岑嘉州《热海行》称：'西
头热海水如煮'，似望文生义，然证明热海一名已通行于唐代。"④在这
样浓墨重彩涂抹的景象里送别，自然不同凡响，从中足见出送别者的壮
阔胸襟、万丈豪情。诗人不仅描绘了火山、热海至为奇特的景象，凸显
了干旱沙漠的酷热难当，还描绘了沙漠奇观："孤城倚大碛，海气迎边
空。"（《北庭贻宗学士道别》）大碛，大沙漠；海气，指海市蜃楼。在孤
城上遥观大漠，风光变幻莫测，奇丽无比。

岑参笔下的火山、赤炎、热海、大漠、雪山等，是康德所列举的在
审美范畴上属于"崇高"这一类型的景物，"高耸而下垂威胁着人们的
断岩，天边层层堆叠的乌云里面挟着闪电与雷鸣，火山在狂暴与肆虐之
中，飓风带着它摧毁了的荒墟，无边无界的海洋，怒涛呼啸着，一个洪
流的高瀑"等，它们空间巨大，充满动荡和力量，让人敬畏和景仰。康
德又说："我们称呼这些对象为崇高，因它们提高了我们的精神力量越
过平常的尺度。"⑤在这里，风光、景物因灌注了抒情主人公浓郁真挚的
感情而不再是异己的、神秘的、令人惊恐畏惧的，而是可知可感、可观
可赏的，甚至是可亲可近的。这样一来，人的主体意识不仅被强烈唤
醒，人的精神力量也获得了空前的强化。陆游说：

予自少时，绝好岑嘉州诗。往往山中，每醉归，倚胡床睡，辄

① 季羡林等撰：《大唐西域记校注》（上），中华书局 2000 年版，第 69 页。
② （唐）慧立、彦悰：《大慈恩寺三藏法师传》，孙毓棠等点校，中华书局 1983 年版，第
　 27 页。
③ （唐）杜佑：《通典》（五），王文锦等点校，中华书局 1988 年版，第 5275 页。
④ 季羡林等撰：《大唐西域记校注》（上），中华书局 2000 年版，第 70 页。
⑤ ［德］康德：《判断力批判》（上），宗白华译，商务印书馆 1964 年版，第 101 页。

令儿曹诵之，至酒醒，或睡熟，乃已。尝以为太白、子美之后，一人而已。今年自唐安别驾来摄犍为，既画公像斋壁，又杂取世所传公遗诗八十余篇刻之，以传知诗律者，不独备此邦故事，亦平生素意也。乾道癸巳八月三日，山阴陆某务观题。（《跋岑嘉州诗集》）①

犍为，县名，在四川乐山地区，唐代属于嘉州，岑参曾任嘉州刺史，人称岑嘉州。乾道癸巳，宋孝宗乾道九年（1173），陆游48岁。来到岑参曾任职的地方，诵传岑参诗，描绘岑参像，崇敬之情溢于言表。陆游如此喜好岑参诗，最重要的原因就在于岑参有英雄气，气骨奇高，敢于走向万里边疆，有对异域文化与风光景物亲切具体的感受，有其他诗人所不能及的奇峭之美。

宋人许顗说："岑参诗亦自成一家，盖尝从封常清军，其记西域异事甚多。如《优钵罗花歌》《热海行》，古今传记所不载者也。"（《彦周诗话》）② 郑振铎先生说："岑参是开、天时代最富于异国情调的诗人。王维的友人苑咸善于梵语，可惜其诗传者不多，未见其曾引梵诗的风趣到汉诗中来。岑参却是以秀挺的笔调，介绍整个的西陲、热海给我们的。唐诗人咏边塞诗颇多，类皆捕风捉影。他却自句句从体验中来，从阅历里出。以此，他一边具有高适的慷慨壮烈的风格，他一边却较之更为深刻隽削，富于奇趣新情。"③ 岑参所历边塞之地，均为西北少数民族居住的"胡地"，不只是景色，风俗也与中原、江南迥然不同，岑参以一个江南人的眼光，妙笔生花，描绘了一幅又一幅"胡地"风俗画。岑参这类"记西域异事"的诗歌，不仅弥补了史书之不足，而且给人以无限的美感："黑姓蕃王貂鼠裘，葡萄宫锦醉缠头。"（《胡歌》）"暖屋绣帘红地炉，织成壁衣花氍毹。灯前侍婢泻玉壶，金铛乱点野酡酥。"（《玉门关盖将军歌》）"异域阴山外，孤城雪海边。秋来唯有雁，夏尽不闻蝉。雨拂毡墙湿，风摇毳幕膻。"（《首秋轮台》）与中原迥异的气候、新鲜奇异的饮食、装饰以及风俗，加上色彩斑斓的动人描写，更加耀人眼目，

---

① 《陆游集》（五），中华书局1976年版，第2229页。
② 丁福保辑：《历代诗话》（上），中华书局1981年版，第391页。
③ 郑振铎：《插图本中国文学史》（二），人民文学出版社1957年版，第324—325页。

惹人神往。胡笳，是岑参在"胡地"听到最多的少数民族器乐："酒泉
太守能剑舞，高堂置酒夜击鼓。胡笳一曲断人肠，座上相看泪如雨。"
(《酒泉太守席上醉后作》)胡笳一曲让人肝肠寸断，泪如雨下，其中蕴
含着一种其他乐器所没有的幽怨哀婉，往往逗引起的是人的生命深处的
悲情。早在长安时，岑参就曾感受过胡笳悲音的不同凡响，在《胡笳歌
送颜真卿使赴河陇》诗中，岑参倾其笔力，描绘了胡笳感动人心的巨大
力量：

> 君不闻，胡笳声最悲，紫髯绿眼胡人吹。吹之一曲犹未了，愁
> 杀楼兰征戍儿。凉秋八月萧关道，北风吹断天山草。昆仑山南月欲
> 斜，胡人向月吹胡笳。胡笳怨兮将送君，秦山遥望陇山云。边城夜
> 夜多愁梦，向月胡笳谁喜闻。

"紫髯绿眼"已迥然不同于中原人，而"向月吹胡笳"又写出胡人
有怎样深广的孤独。从诗里出现的"楼兰""萧关""天山""昆仑山""陇
山"看，诗人在出塞前就谙熟"胡地"的山川地理，至少是在写这首诗
的天宝七年（748），岑参就已经在为出塞作准备了。身处"胡地"，岑
参一方面说"曾到交河城，风土断人肠"，另一方面对异域风情、物产
又大加赞美："琵琶长笛曲相和，羌儿胡雏齐唱歌。浑炙犁牛烹野驼，
交河美酒归叵罗。"(《酒泉太守席上醉后作》)"胡地"有动人的音乐、歌
曲，有诱人的美酒佳肴，虽然在长安就已经体会过"胡姬酒垆日未午，
丝绳玉缸酒如乳"(《青门歌送东台张判官》)、"送君系马青门口，胡姬
垆头劝君酒"(《送宇文南金放后归太原寓居因呈太原郝主簿》)的异域
风情。在《田使君美人如莲花舞北旋歌》一诗中，岑参对北方少数民族
舞蹈艺术表示了由衷欣赏："如莲花，舞北旋，世人有眼应未见。高堂
满地红氍毹，试舞一曲天下无。此曲胡人传入汉，诸客见之惊且叹。"
作者自注曰："此曲本出北同城。"同城，故址在今内蒙古额济纳旗
北境。

难能可贵的是，岑参不只是关注和欣赏边疆的民族艺术，也关注边
疆的地理环境，他的《优钵罗花歌》细致具体地描述了生长在天山的稀
有高山植物，这在唐人文献中是极其罕见的：

白山南，赤山北。其间有花人不识，绿茎碧叶好颜色。叶六瓣，花九房。夜掩朝开多异香，何不生彼中国兮生西方。移根在庭，媚我公堂。耻与众草之为伍，何亭亭而独芳。何不为人之所赏兮，深山穷谷委严霜。吾窃悲阳关道路长，曾不得献于君王。

此诗写在北庭的幕府中，诗前小序说："交河小吏有献此花者，云得之于天山之南。其状异于众草，势龍嵷如冠弁，嶷然上耸，生不傍引，攒花中拆，骈叶外包，异香腾风，秀色媚景。"认为此花虽生在边僻之地，却香气馥郁、独有姿色，堪与中原爱重的牡丹、江南垂青的荷花媲美。优钵罗花，梵语的音译，一般译作青莲花或红莲花，即今雪莲花，生长在新疆、西藏、云南的高山中，有极好的药用价值。王琦《李太白年谱》说："青莲花，出西域，梵语谓之优钵罗花，清净香洁，不染纤尘，李白自号，疑取此义。"[①]《纲目拾遗》说，雪莲花生长于西北大寒之地，"积雪春夏不散，雪中有草，类荷花，独茎，亭亭雪间可爱。较荷花略细，其瓣薄而狭长，可三、四寸，绝似笔头，云浸酒则微红"。[②]对于这样的奇花，唐人几无涉及。直至晚唐，也只有贯休诗中有二处出现"优钵罗花"字样，但着眼点并不在花本身，而在阐扬佛理："可怜优钵罗花树，三十年来一度春。"（《闻迎真身》）"优钵罗花万劫春，频犁田地绝纤尘。"（《道情偈三首》其三）着眼于花本身来描述，岑参是第一人，这在植物学研究史上有着特殊的意义。

岑参两度出塞，时间长达五年，足迹几遍西北边疆。岑参一方面看到了中原与"胡地"在气候、风物、习俗、语言文字上的差异："轮台风物异，地是古单于。三月无青草，千家尽白榆。蕃书文字别，胡俗语音殊。"（《轮台即事》）另一方面，他也看到了汉文化与"胡文化"的交融互通："花门将军善胡歌，叶河蕃王能汉语。"（《与独孤渐道别长句兼呈严八侍御》）

---

① （清）王琦注：《李太白全集》，中国书店1996年版，第811页。

② 江苏新医学院编：《中药大辞典》（下），上海科学技术出版社1986年版，第2088页。

（三）岑参边塞诗的格调美

岑参边塞诗的奇峭之美，不仅反映在内容中，还体现在格调上，最重要的呈现就是以风骨为核心的刚健、豪爽、英气勃发。《唐才子传》卷三说：

> 参累佐戎幕，往来鞍马烽尘间十余载，极征行离别之情，城障塞堡，无不经行。博览史籍，尤工缀文，属词清尚，用心良苦。诗调尤高，唐兴罕见此作。放情山水，故常怀逸念，奇造幽致，所得往往超拔孤秀，度越常情。与高适风骨颇同，读之令人慷慨怀感。[1]

大漠长歌、雪山秣马，最能见出风骨。"往来鞍马烽尘间"的边塞军旅生涯，锻铸了岑参的诗人品格，也成就了其诗的风骨，明人徐献忠说："嘉州诗一以风骨为主，故体裁峻整，语亦造奇。"（《唐诗品》）[2] 如《送李副使赴碛西官军》：

> 火山六月应更热，赤亭道口行人绝。
>
> 知君惯度祁连城，岂能愁见轮台月。
>
> 脱鞍暂入酒家垆，送君万里西击胡。
>
> 功名只向马上取，真是英雄一丈夫。

自然环境的严酷，只能强化而不能改变英雄主义的本色。功名不是谁赐予的，功名只能是在南北征战中获取。在《走马川行奉送出师西征》中，诗人表达的英雄主义情怀更为激动人心：

> 君不见走马川行雪海边，平沙莽莽黄入天。轮台九月风夜吼，一川碎石大如斗，随风满地石乱走。匈奴草黄马正肥，金山西见烟尘飞，汉家大将西出师。将军金甲夜不脱，半夜军行戈相拨，风头如刀面如割。马毛带雪汗气蒸，五花连钱旋作冰，幕中草檄砚水凝。虏骑闻之应胆慑，料知短兵不敢接，车师西门伫献捷。

无边雪海、莽莽平沙、如猛兽咆哮的夜风和在风中翻滚的巨石，并没有让人望而生畏，"在诗人印象中却成了衬托英雄气概的壮观景色，

---

① 傅璇琮主编：《唐才子传校释》（一），中华书局 1987 年版，第 443 页。

② 陈伯海主编：《唐诗汇评》（上），浙江教育出版社 1995 年版，第 787 页。

是一种值得欣赏的奇伟美景",^① 这需要怎样的胆气啊！大约也只有岑参这样的怀有壮志的英雄才能做得到。唐诗中的"大如斗"多为想象、夸张之词，如"一行数字大如斗"（李白《草书歌行》）、"新书大字大如斗"（苏涣《赠零陵僧》）、"虎迹印雪大如斗"（卢纶《敩颜鲁公送挺赟归翠微寺》）、"后解黄金大如斗"（李贺《许公子郑姬歌》）、"虽然诗胆大如斗"（陆龟蒙《早秋吴体寄袭美》）、"终取封侯之印大如斗"（贯休《杜侯行》）等，而岑参却是实写，因为他有亲身的经历。正因为如此，清人洪亮吉认为岑参是真正意义上的"诗之奇而入理者"，并结合自己塞外的经历、深有感触地说：

> 尝以己未冬杪，谪戍出关，祁连雪山，日在马首，又昼行戈壁中，沙石吓人，没及髁膝，而后知岑诗"一川碎石大如斗，随风满地石乱走"之奇而实确也。大抵读古人诗，又必身亲其地，身历其险，而后知心惊魄动者，实由于耳闻目见得之，非妄语也。（《北江诗话》卷五）^②

与《走马川行奉送出师西征》为姊妹篇的是《轮台歌奉送封大夫出师西征》，一样的英气干云，一样的视死如归：

> 轮台城头夜吹角，轮台城北旄头落。
>
> 羽书昨夜过渠黎，单于已在金山西。
>
> 戍楼西望烟尘黑，汉兵屯在轮台北。
>
> 上将拥旄西出征，平明吹笛大军行。
>
> 四边伐鼓雪海涌，三军大呼阴山动。
>
> 虏塞兵气连云屯，战场白骨缠草根。
>
> 剑河风急雪片阔，沙口石冻马蹄脱。
>
> 亚相勤王甘苦辛，誓将报主静边尘。
>
> 古来青史谁不见，今见功名胜古人。

"雪海涌""阴山动"写出了同仇敌忾的夺人气势，胜利者的自信吐露无遗，金人元好问的名句"野蔓有情萦战骨，残阳何意照空城"（《歧

---

① 袁行霈主编：《中国文学史》（二），高等教育出版社1999年版，第256页。

② （清）洪亮吉：《北江诗话》，人民文学出版社1983年版，第86页。

阳三首》其二），①想来是受到了"战场白骨缠草根"的启发。明人熊相说：岑参诗"清新、俊逸弗若李太白，而正大过之；视之老杜，奇且工弗若焉"（《岑嘉州诗集后序》）。②"正""大"正是"风骨"的典型体现，有"风骨"才会有"正""大"。又如《凉州馆中与诸判官夜集》：

> 弯弯月出挂城头，城头月出照凉州。
>
> 凉州七里十万家，胡人半解弹琵琶。
>
> 琵琶一曲肠堪断，风萧萧兮夜漫漫。
>
> 河西幕中多故人，故人别来三五春。
>
> 花门楼前见秋草，岂能贫贱相看老。
>
> 一生大笑能几回，斗酒相逢须醉倒。

琵琶声声，却不能让人悲凄；人生短暂，岂能一生甘于贫贱。这是诗人在凉州与老友聚饮时所表现出的奋发豪迈，这种豪迈奋发来源于对前途对生活充满信心。"大笑""醉倒"，如闻其声，如见其人。

在艺术表达上，岑参这类诗的最大特点就是以情观景，这个"情"就是盛唐昂扬向上的社会、文化带给诗人的强烈自信，立功边塞的慷慨豪情。"万里奉王事，一身无所求。也知塞垣苦，岂为妻子谋。"（《初过陇山途中呈宇文判官》）"胡地"的壮丽风光强化了诗人的自信和豪情，诗人又把这种自信和豪情灌注于自然景物中。"在立功边塞的慷慨豪情的支配下，诗人印象中的军旅生活、边塞风物、异域风情，全都变得神奇瑰丽起来，并热情地加以歌颂。突破了以往征戍诗写边地苦寒和士卒劳苦的传统格局，极大地丰富拓宽了边塞诗的描写题材和内容范围。"③在《白雪歌送武判官归京》中他盛赞北国雪景："北风卷地白草折，胡天八月即飞雪。忽如一夜春风来，千树万树梨花开。"比之于江南二月盛放的万树梨花，胡天八月的漫天飞雪更是可观可赏，引人入胜。"纷纷暮雪下辕门，风掣红旗冻不翻"一句，写越来越低的气温，把翻卷的红旗冻成了一幅绝美的图画，而呈现的却一直是招展的姿势。赤焰蒸腾

---

① 狄宝心撰：《元好问诗编年校注》（二），中华书局 2011 年版，第 548 页。

② 陈铁民、侯忠义撰：《岑参集校注·附录》，中华书局 2004 年版，第 516 页。

③ 袁行霈主编：《中国文学史》（二），高等教育出版社 1999 年版，第 257 页。

的火焰山、如煮如沸的热海是一种美，皑皑的雪山则是另外一种美，如《天山雪歌送萧治归京》：

> 天山有雪常不开，千峰万岭雪崔嵬。
> 北风夜卷赤亭口，一夜天山雪更厚。
> 能兼汉月照银山，复逐胡风过铁关。
> 交河城边飞鸟绝，轮台路上马蹄滑。
> 晻霭寒氛万里凝，阑干阴崖千丈冰。
> 将军狐裘卧不暖，都护宝刀冻欲断。
> 正是天山雪下时，送君走马归京师。
> 雪中何以赠君别，惟有青青松树枝。

天山的千峰万岭终年积雪、银装素裹，这是中原和江南所没有的由地域和气候带来的特殊之美，李白也有"五月天山雪，无花只有寒。笛中闻折柳，春色未曾看"（《塞下曲六首》其一）的描写。"阴崖千丈冰""宝刀冻欲断"，凸显的是边塞的奇寒无比，与诗人所见的火山、热海形成了鲜明的对比，是气温另一极造成的雄奇壮丽的自然景象，与《白雪歌送武判官归京》异曲同工。结句在纷扬的大雪中以"青青松树枝"赠别，显示了抒情主人公精神世界的超迈和高洁，这样就一扫崔嵬雪山的压迫和边疆冬日的酷寒，大异于历代诗人在送别时的难以抑制的悲愁、哀伤，给人以难能可贵的振奋。康德说："对象不单是由于它在自然所表示的威力激动我们深心的崇敬，而且更多地是由于我们内部具有机能，无畏惧地去评判它，把我们的规定使命作为对它超越着来思维。""对于自然界里的崇高的感觉就是对于自己本身的使命的崇敬。""崇高不存在于自然界的任何物内，而是内在于我们的心里。"[①] 岑参边塞诗是康德观点再好不过的例证。"胡地"奇景激人奇情奇思，所以诗人无论观还是写，都能出人手眼之外，给人耳目一新之感。从诗体上说，岑参这类诗多为七言古诗，所以清人施补华说："嘉州诗七古劲骨奇翼，如霜天一鹗，故施之边塞最宜。"（《岘佣说诗》）[②]

---

① ［德］康德：《判断力批判》（上），宗白华译，商务印书馆1964年版，第97、104页。
② 丁福保辑：《清诗话》（下），上海古籍出版社1978年版，第984页。

狄德罗说："诗人需要的是什么？是未经雕琢的自然，还是加工过的自然；是平静的自然，还是动荡的自然？他喜欢纯净肃穆的白昼的美呢？还是狂风阵阵呼啸，远方传来低沉而连续的雷声，或闪电所照亮的上空中黑夜的恐怖？""诗需要的是巨大的、野蛮的、粗犷的气魄。"（《论戏剧诗》）[1] 英国美学家洛克在分析狄德罗这个观点时说："狄德罗要求文艺向自然吸取的是它的原始的野蛮的气息。他认为这种气息才有诗意，因为第一，这里面有巨大的活力和强烈的情感；其次，在原始情况之下，人也才可以毫无拘束地表现这种活力和情感；他的思维方式才是形象的而不是抽象的，语言也是如此。"[2] 事实上，岑参两次出塞的经历及其所深刻感受体验到的"胡地"奇异的风光、景物及其风俗，其中确实有"一种巨大的粗犷的野蛮的气魄"，它不仅锤炼了诗人坚强的意志，而且扩大了诗人的胸襟和审美视野，强化了诗人的艺术感觉，是诗人抒写英雄情怀、理想人生的有力衬托，最终使岑参成为唐朝最为杰出的诗人之一。

三、李益边塞诗的独特价值 [3]

李益（748—829），字君虞，凉州姑臧（今甘肃武威）人。李益少年时，西北一带常受到外族侵扰，代宗广德二年（764）李益随家离开姑臧，定居洛阳，大历四年（769）中进士，任郑县（今陕西华县）尉等职。《唐才子传·李益》卷四："同辈行稍进达，益久不升，郁郁去游燕、赵间，幽州节度刘济辟为从事。"[4] 因为官职低下，难以实现其政治理想，李益转而到幕府中寻求机会。大历九年（774），27岁的李益入渭北节度使臧希让幕，随军北征，由此开始了"五在兵间"、长达18年的军旅生涯。德宗建中二年（781），李益转入朔方节度使李怀光幕，曾

---

[1] 《狄德罗美学论文选》，许继曾等译，人民文学出版社1984年版，第206页。
[2] ［英］洛克：《西方美学史》，关运文译，商务印书馆1999年版，第267页。
[3] 高建新：《李益边塞诗及其对唐代中国北疆的书写》，《中文学术前沿》第九辑，浙江大学出版社2015年版，第30—42页。
[4] 傅璇琮主编：《唐才子传校释》（二），中华书局1987年版，第93页。

随巡行朔方。贞元元年（785），入灵州大都督，西受降城天德军，灵州、盐州、夏州节度使杜希全幕。贞元六年（790），入邠宁节度使张献甫幕。贞元十三年（797），由从事进为营田副使。贞元十六年（800），始脱离军幕。[①] 后来李益尝自言："予本疏放士，竭来非外矫。误落边尘中，爱山见山少。"（《自朔方还与郑式瞻崔称郑子周岑赞同会法云寺三门避暑》）他说自己本是疏放之士，原本来去自由，非外力所能勉强。结果是长期从边北地，爱山却没有机会见山，见得更多的是瀚海大漠。

李益长期征战，经历过多次战争，对边地及军旅生活非常熟悉，写了多篇内容丰富、风格独特的边塞诗，李益"以征人的眼睛和心灵实地观察、体验而出的作品，极其真实，是同时代诗人虚拟想象之作所难以企及的"，[②] 由此成为盛唐边塞诗最有力的继承者。

（一）李益笔下的唐代北部边地

李益现存诗歌一百五十余首，其中边塞诗五十余首，占其创作的三分之一。李益边塞诗所反映的内容，集中在唐代北部的边地风光、气候、风俗以及波澜壮阔、苦乐参半的军旅生活，而又以后者为主，这两者在许多诗中又是相互交融的。

李益青壮年时期是在军幕中度过的。从李益的从军经历来看，当时唐王朝的北部边防重地——朔方、灵州、宁州、夏州、上郡、五原、云中、振武、盐州、幽州等，即今内蒙古西部及北部、陕西北部、甘肃北部、宁夏西北部、河北北部，李益都曾亲临。这一带是唐王朝的北部屏障，守卫着中原及京师长安的安全。《从军有苦乐行》说他从军之始就到了遥远寒冷的朔方：

> 秉笔参帷帝，从军至朔方。
>
> 边地多阴风，草木自凄凉。
>
> 断绝海云去，出没胡沙长。
>
> 参差引雁翼，隐辚腾军装。

---

① 吴庚舜、董乃斌主编：《唐代文学史》（下），人民文学出版社1995年版，第73页。

② 蒋寅：《大历诗人研究》，北京大学出版社2007年版，第365页。

剑文夜如水，马汗冻成霜。

诗题下自注："时从司空鱼公北征。"司空鱼公，司空鲁公之误，指臧希让，大历四年至九年（769—774）任渭北节度使。朔方，汉武帝所置十三刺史部之一，辖境相当于今银川市至壶口的黄河流域，北括阴山南北，南迄陕西宜川、宁县一带。唐玄宗时为防突厥入侵，置朔方节度使，治所在灵州（今宁夏灵武县西南），辖地相当于今宁夏东北部、陕西北部、内蒙古河套地区及鄂尔多斯一带。十三刺史部，亦称"十三州：豫州、兖州、青州、徐州、冀州、幽州、并州、凉州、益州、荆州、扬州、交趾、朔方"[①]。一说，朔方郡治所在今内蒙古乌审旗南白城子。[②] 李益说朔方凄冷萧条、草木凋零，经常出没于戈壁沙漠的军队如雁成行、威武雄壮；夜晚气温下降，剑上的刻纹如水清凉，疾驰的战马出汗旋即冻结成霜花。又如《暖川》（一作《征人歌》）亦言边地之寒远：

胡风冻合鸊鹈泉，牧马千群逐暖川。

塞外征行无尽日，年年移帐雪中天。

鸊鹈泉，即胡儿饮马泉。李益《过五原胡儿饮马泉》（一作《盐州过胡儿饮马泉》）："从来冻合关山路，今日分流汉使前。"诗人自注："鸊鹈泉，在丰州城北，胡人饮马于此。"《新唐书·地理志一》：西受降城"开元初（713）为河所圮，十年（722），总管张说于城东别置新城，北三百里有鸊鹈泉"[③]。刘言史"碛净山高见极边，孤烽引上一条烟。蕃落多晴尘扰扰，天军猎到鸊鹈泉"（《赋蕃子牧马》）、李益"平戎七尺剑，封检一丸泥。截海取蒲类，跑泉饮鸊鹈"（《再赴渭北使府留别》）"破讷沙头雁正飞，鸊鹈泉上战初归"（《度破讷沙二首》其二），都写到了鸊鹈泉。从这些描写看，鸊鹈泉一带经常有战争发生。这里提到的五原、盐州、丰州，唐代皆在今内蒙古河套地区。诗说边地苦寒，冻结了胡儿饮马的鸊鹈泉，牧马千群，都趋近于温暖的平川。塞外征讨不知何时是尽头，唯有年年在大雪纷飞中转移营帐。这首诗既写出边地气候寒

---

① 谭其骧主编：《中国历史大辞典·历史地理》，上海辞书出版社1997年版，第8页。

② 范之麟撰：《李益诗注》，上海古籍出版社1990年版，第3页。

③ （宋）欧阳修、宋祁：《新唐书》（四），中华书局1975年版，第976页。

冷，也揭示了边患久存、难以尽除的中唐现实。"牧马千群"，写出了牧马之众多与草原之广阔，充满了生机。

常年转战于边地，李益对于西北的物候有细致的观察和切身的感受，往往能以精练的语言加以捕捉，道他人所不能道。如《赴邠宁留别》："黄云断朔吹，白雪拥沙城。"邠宁，唐方镇，乾元二年（759）置，治所在邠州（今陕西彬县），长期领邠、宁、庆三州，辖境相当于今甘肃东部的环江、马连河流域以东及陕西彬县、永寿、旬邑、长武等县地。[1]诗说黄云万里，阻断呼啸的北风；白雪茫茫，堵拥着被沙漠围裹的戍城。一"断"一"拥"，极有蕴含，"断"写云之浓，"拥"写雪之盛。与李白"白雪关山远，黄云海戍迷"（《紫骝马》）、李颀"黄云雁门郡，日暮风沙里"（《塞下曲》）、柳宗元"平沙际天极，但见黄云驱"（《唐铙歌鼓吹曲十二篇·李靖灭高昌为高昌第十一》）的描写有异曲同工之妙。《邠宁春日》也是写在李益入邠宁节度使张献甫幕期间："桃李年年上国新，风沙日日塞垣人。伤心更见庭前柳，忽有千条欲占春。"同是春天来临，京都长安年年桃李盛放，而戍边之人则日日处在风沙弥漫之中。就在思春不见春的感伤之时，忽见庭前柳枝千条摇曳，欲独占春色，不禁心中喜悦。大约与《邠宁春日》作于同一时间的《立春日宁州行营因赋朔风吹飞雪》说："边声日夜合，朔风惊复来。龙山不可望，千里一裴回。"宁州，治今甘肃东部的肃宁、正宁县；边声，边地特有的声音，李陵《重答苏武书》说"胡地玄冰，边土惨裂，但闻悲风萧条之声。凉秋九月，塞外草衰，夜不能寐。侧耳远听，胡笳互动。牧马悲鸣，吟啸成群，边声四起，晨坐听之，不觉泪下。"[2]龙山，逴（chuō）龙山，《楚辞·大招》："魂乎无北！北有寒山，逴龙赩只。"王逸注："逴龙，山名也。赩（xì），赤色，无草木貌也。言北方有常寒之山，阴不见日，名曰逴龙。其土赤色，不生草木，不可过之，必冻杀人也。"[3]鲍照："胡风吹朔雪，千里度龙山。"（《学刘公干体诗五首》其三）[4]李益

---

① 谭其骧主编：《中国历史大辞典·历史地理》，上海辞书出版社1996年版，第309页。

② （清）严可均校辑：《全上古三代秦汉三国六朝文》（一），中华书局1958年版，第283页。

③ （宋）洪兴祖撰：《楚辞补注》，白化文等校点，中华书局1983年版，第218页。

④ 逯钦立辑校：《先秦汉魏晋南北朝诗》（中），中华书局1983年版，第1299页。

化用楚辞及鲍照诗意，说自己来到了北方极寒之地，大雪纷飞，北风劲吹，边声四起，龙山渺远难寻，眼前之景让人悚然心惊、徘徊不已。"惊"字写出了陡然而生的身处异乡的强烈感触，真切、生动。

李益亲历的北方边地，大多为沙漠之地。《登长城》（一题作《塞下曲》）一诗说："汉家今上郡，秦塞古长城。有日云长惨，无风沙自惊。"上郡，战国魏文侯所置，后为秦初三十六郡之一，治所在肤施县（在今陕西榆林市东南），西汉时辖境相当于今陕西富县以北，榆林、米脂、子长等市县及延安市西、内蒙古乌审旗一带。在秦的长城脚下、汉家的上郡故地，就是出了太阳，云也常呈惨淡之色；即使无风之时，沙尘也会滚滚而起。李益曾亲临上郡，《从军诗序》说："迨贞元初（785），又忝今尚书之命，从此出上郡、五原四、五年，荏苒从役。"所以他的描述真实可信，绝非虚拟想象。时至今日，这一带的气候特征依旧如此。又如《度破讷沙二首》（一作《塞北行次度破讷沙》）其一：

> 眼见风来沙旋移，经年不省草生时。
>
> 莫言塞北无春到，总有春来何处知。

破讷沙，亦作"普纳沙"，一名"库结沙"，即今内蒙古西部库布齐沙漠。[①]《新唐书·地理志七下》："又经大非苦盐池，六十六里至贺兰驿。又经库也干泊、弥鹅泊、榆禄浑泊，百余里至地颏泽。又经步拙泉故城，八十八里渡乌那水，经胡洛盐池、纥伏干泉，四十八里度库结沙，一曰普纳沙，二十八里过横水，五十九里至十贲故城，又十里至宁远镇。"[②]库布齐沙漠位于鄂尔多斯高原北缘，西、北、东三面临黄河，长400公里，宽30—80公里，流动沙丘约占61%。唐代北部边地从东到西，沙漠连着沙漠，库布齐沙漠、毛乌素沙漠、乌兰布和沙漠、腾格里沙漠、巴丹吉林沙漠、罗布泊、库姆塔格，直至今天新疆的塔克拉玛干沙漠，构成绵延数千公里的奇特瀚海景观。这些沙漠大部分为移动沙漠，风来沙走，而且多为不毛之地，所以李益说眼见着风来沙丘移东，

---

① 谭其骧主编：《中国历史地图集·隋唐五代十国时期》，中国地图出版社1982年版，第40—41页。

② （宋）欧阳修、宋祁：《新唐书》（四），中华书局1975年版，第1147—1148页。

整年不知道草生之时。因为不知道草生何时，也就难以通过草的生长判断春天的到来。虽说如此，诗人却坚定地相信塞北的春天终将会到来。"塞北无草木，乌鸢巢僵尸。泱漭沙漠空，终日胡风吹。战卒多苦辛，苦辛无四时。"（戎昱《塞下曲》其三）"日日风吹虏骑尘，年年饮马汉营人。千堆战骨那知主，万里枯沙不辨春。"（陈标《饮马长城窟》）"一阵风来一阵砂，有人行处没人家。黄河九曲冰先合，紫塞三春不见花。"（周朴《塞上曲》）"绝国浩浩，穷西极滨；强胡居之，犬视猖狞；流沙无波，阴山无春；边草不绿，塞鸿不宾。"（李观《吊韩弇没胡中文》）[1]可看作此诗的注脚。唐初杜审言《经行岚州》："北地春光晚，边城气候寒。往来花不发，新旧雪仍残。"岚州，治今山西岚县北。杜审言来到今天山西中北部的岚县就已经觉得北地寒冷、春光难见，这里北距库布齐沙漠至少还有四百余公里，李益从军之地的边远苦寒由此可知。

李益熟悉西北边疆地理及其历史典故，其诗多写其亲历之地，如秦长城、单于台、受降城、青冢、云中、朔方、阴山、雁门、代地、拂云堆等，为我们研究北部边地提供了大量鲜活珍贵的材料。《批点唐音》这样评价李益的"破讷沙头雁正飞，鸊鹈泉上战初归。平明日出东南地，满碛寒光生铁衣"（《度破讷沙二首》其二）："不见此景，安得此语。"[2]郑振铎先生称赞岑参说："唐诗人咏边塞诗颇多，类皆捕风捉影。他却自句句从体验中来，从阅历里出。"[3]如岑参一样，李益诗同样"从体验中来，从阅历里出。"同样不捕风捉影。诗中写到的边地古迹名胜、郡县旧地，不仅给人以现场感，又增加了其诗的历史感和空间感。如《拂云堆》：

> 汉将新从虏地来，旌旗半上拂云堆。
>
> 单于每近沙场猎，南望阴山哭始回。

《新唐书·地理志一》："中受降城，有拂云堆祠。接灵州境有关，元和九年（814）置。"[4]《水经注》卷三："又有芒干水，出塞外，南迳

---

① （清）董诰等编：《全唐文》（三），上海古籍出版社1990年版，第2407页。

② 陈伯海主编：《唐诗汇评》（中），浙江教育出版社1995年版，第1482页。

③ 郑振铎：《插图本中国文学史》（二），人民文学出版社1957年版，第324—325页。

④ （宋）欧阳修、宋祁：《新唐书》（一五），中华书局1975年版，第4662页。

钟山，山即阴山。故郎中侯应言于汉曰：阴山东西千余里，单于之苑囿也。自孝武出师，攘之于漠北。匈奴失阴山，过之，未尝不哭。"①李华《韩国公张仁愿庙碑铭并序》说："公忠贯神明，虑几造化，镇以长策，溃其奸谋。一麾偏师，屠名王，复丧马，夺堑拂云，堆而城之，并河之阿，列筑三镇。将精士锐，谈笑就役，匈奴莫敢南视，雷哭而遁。老幼望公，以相震怖。"②郦道元之所述，李华之所赞，正是李益诗之所咏。拂云堆，在黄河之北的中受降城（今内蒙古包头市西），战略地位极其重要，吕温《三受降城碑铭并序》说："有拂云祠者，在河之北，地形雄坦，控扼枢会。虏伏其下，以窥域中，祷神观兵，然后入寇。""三城岳立，以拂云祠为中城，东西相去各四百里，过朝那而北辟，斥堠迭望，几二千所，损费亿计，减兵万人，分形以据，同力而守。东极于海，西穷于天，纳阴山于寸眸，拳大漠于一掌。"③《新唐书·高霞寓传》：丰州刺史、三城都团练防御使高霞寓"召为右卫大将军，拜振武节度使。会吐蕃攻盐、丰二州，霞寓以兵五千屯拂云堆，虏引去。浚金河，溉卤地数千顷。"④史载之外，唐诗有数篇写到了拂云堆："单于北望拂云堆，杀马登坛祭几回。汉家天子今神武，不肯和亲归去来。"（王之涣《凉州词二首》其二）"走马台边人不见，拂云堆畔战初酣。"（王涯《秋思赠远二首》其二）"黄沙连海路无尘，边草长枯不见春。日暮拂云堆下过，马前逢著射雕人。"（杜牧《游边》）拂云堆，是北部边防的标志性防御工事。拂云堆平安无事，北部边疆就平安无事。李益通过对盛唐边防历史的回顾，表达了对边境和平的期盼。

　　在李益眼里，边地虽然遥远荒寒，却有悠悠流淌的黄河、壮阔无边的草原、绵延雄伟的高山，还有世世代代生活在这里的各少数民族及其特有的风俗文化，《送柳判官赴振武》描写的是今内蒙古呼和浩特一带的风光："虏地山川壮，单于鼓角雄。关寒塞榆落，月白胡天风。""壮""雄"二字极富表现力，写出了此地河山壮丽，气候非常，

---

① （北魏）郦道元：《水经注》，陈桥驿点校，上海古籍出版社1990年版，第51—52页。
② （清）董诰等编：《全唐文》（二），上海古籍出版社1990年版，第1426页。
③ （清）董诰等编：《全唐文》（三），上海古籍出版社1990年版，第2814页。
④ （宋）欧阳修、宋祁：《新唐书》（十五），中华书局1975年版，第4662页。

人物风流。振武，唐方镇，治所在单于都护府（今内蒙古和林格尔县西北），北有阴山，西南临东受降城，军事战略地位重要。又如《献刘济》：

> 草绿古燕州，莺声引独游。
>
> 雁归天北畔，春尽海西头。
>
> 向日花偏落，驰年水自流。
>
> 感恩知有地，不上望京楼。

　　刘济，幽州节度使，李益曾入其幕下。古燕州，古燕地，指今北京、河北一带。天北畔，指北部边塞。海西头，指西北边塞，海指今新疆罗布泊，古称蒲昌海。①《汉书·西域传上》："蒲昌海，一名盐泽者也，去玉门、阳关三百余里，广袤三百里。"②岑参《北庭作》"雁塞通盐泽，龙堆接醋沟。孤城天北畔，绝域海西头。"又，岑参《武威送刘单判官赴安西行营便呈高开府》："扬旗拂昆仑，伐鼓震蒲昌。"古燕州芳草萋萋，莺声阵阵，大雁又飞回遥远的北国，无边的春色一直延续到蒲昌海的西头。天北畔、海西头，描绘出一幅悠远辽阔的北方边塞图景。《唐才子传·李益》卷四："自负其才，凌轹士众，有不能堪，谏官因暴其诗'不上望京楼'等句，以涉怨望，诏降职。俄复旧，除侍御史，迁礼部尚书致仕。"③其实，诗人的"不上望京楼"，主要是在说自己安于边地，以酬知遇之恩。

　　李益的从军之地，皆在唐王朝的北部边地，是北方游牧民族的主要聚居地。这里的风俗不同于中原的农耕民族的安于土地、春耕秋收，游牧民族好武尚勇，以骑马射箭为常事。如《塞下曲四首》其一曰：

> 蕃州部落能结束，朝暮驰猎黄河曲。
>
> 燕歌未断塞鸿飞，牧马群嘶边草绿。

　　蕃州，指北部及西北少数民族聚居地。黄河曲，黄河弯曲之处，李益所谓"黄河东流流九折"（《塞下曲》其三），指今内蒙古河套地区，

---

① 范之麟撰：《李益诗注》，上海古籍出版社 1990 年版，第 71 页。

② （汉）班固：《汉书》（十二），中华书局 1962 年版，第 3871 页。

③ 傅璇琮主编：《唐才子传校释》（二），中华书局 1987 年版，第 100 页。

包括准格尔旗、伊金霍洛旗、东胜等地，属于北方草原带上的绿洲，是游牧产生的关键地区。[①] 结束，装扮，这里指戎装。燕歌，燕地之歌，指牧歌。边地游牧民族喜欢戎装，一天到晚驰猎在黄河边上。边地蓝天辽阔，大雁群飞，牧歌悠扬。在牧马群的嘶鸣声中，边草更显得翠绿可爱。太宗、高宗时期，朝廷为了经济发展和取得军事胜利，大规模开辟新牧场，河曲一带正是新牧场所在。[②] 诗人写出了边地及新牧场一派生气蓬勃的景象，饱含着热爱之情。从内容看，这是一首表现边地游牧民族及其生活环境的诗篇，而非有论者所称是表现守边部队的生活。[③]《登夏州城观送行人赋得六州胡儿歌》表现的则是六州胡儿的习俗及其对遥远故乡的深挚思念之情：

六州胡儿六蕃语，十岁骑羊逐沙鼠。

沙头牧马孤雁飞，汉军游骑貂锦衣。

云中征戍三千里，今日征行何岁归。

无定河边数株柳，共送行人一杯酒。

胡儿起作和蕃歌，齐唱呜呜尽垂手。

心知旧国西州远，西向胡天望乡久。

回头忽作异方声，一声回尽征人首。

蕃音虏曲一难分，似说边情向塞云。

故国关山无限路，风沙满眼堪断魂。

不见天边青作冢，古来愁杀汉昭君。

夏州，唐属关内道，治所在朔方，即今陕西靖边、内蒙古杭锦旗、乌审旗一带；六州，《新唐书·方镇一》：开元九年（721）"置朔方军节度使，领单于大都护府，夏、盐、绥、银、丰、胜六州，定远、丰安二军，东、中、西三受降城。"[④] 诗中的六州指六胡州，是初唐时为安置

---

① 王明珂：《游牧者的抉择——面对汉帝国的北亚游牧部族》，广西师范大学出版社2008年版，第66页。

② 王仲荦：《隋唐五代史》（上），上海人民出版社2003年版，第487页。

③ 《唐诗鉴赏辞典》，上海古籍出版社1983年版，第709—710页。

④ （宋）欧阳修、宋祁：《新唐书》（六），中华书局1975年版，第1761页。

迁入黄河河套南的突厥降户而专门设置的，人口大约在三四万。①《元和郡县图志·关内道四》"新宥州"："本在盐州北三百里。初，调露元年（679）于灵州南界置鲁、丽、含、塞、依、契等六州，以处突厥降户，时人谓之'六胡州'。长安四年（704），并为匡、长二州。"②玄宗《遣牛仙客往关内诸州安辑六州胡敕》说："古之降虏，皆置边郡，将遂畜牧之性，以示柔怀之德。河曲之北，先有六州，群胡编列，积百年余。"③六胡州设于"河曲"之地的中西部一带，介于六州中的灵州、夏州之间。在突厥降户中，主要是贾胡降户被集体安置在这些州城之内。这些州城位于今内蒙古河套地区的最南段一带，以及长城以北较为狭窄的地区，属于北方著名的湖泽地区，利于养马，因为六胡州民多为北方游牧民族，具有养马等技术特长。④西州，贞观十四年（640），灭高昌麴氏王朝，以其地置西昌州，后改名西州，治高昌（今新疆吐鲁番东南高昌故城）。青作冢，即青冢，汉王昭君墓，在今内蒙古呼和浩特市南。⑤六胡州是唐代北方的游牧之地，生活着突厥等多个民族，所以六州的胡儿通晓多种少数民族语言，10 岁时就能骑着羊追逐沙鼠。《史记·匈奴列传》："儿能骑羊，引弓射鸟鼠；少长则射狐兔；用为食。"⑥在送别征人之时，胡儿用蕃语作歌，歌声呜咽。一想到旧国西州远在天边，一起面向西天，长久地伫望故乡。故乡渺远难寻，内心充满悲伤。这首诗把六州胡儿思乡之情表现得哀伤欲绝，动人情肠，《历代诗发》称此诗"声韵铿锵入古"⑦。《城傍少年》（一作《汉宫少年行》），描写的是边地少年的英武异常、骁勇善战：

　　　生长边城傍，出身事弓马。

① 周伟洲：《唐代六胡州与"康待宾之乱"》，《民族研究》1988 年第 3 期。
② （唐）李吉甫：《元和郡县图志》（上），贺次君点校，中华书局 1983 年版，第 106 页。
③ （清）董诰等编：《全唐文》（一），上海古籍出版社 1990 年版，第 167 页。
④ ［韩］朴汉济：《唐代"六胡州"州城的建置及其运用——"降户"的安置和役使的一个类型》，李椿浩译，《中国历史地理论丛》2010 年第 2 辑。又，王乃昂、何彤慧等：《六胡州古城址的发现及其环境意义》，《中国历史地理论丛》2006 年第 3 辑。
⑤ 林方直、高建新："独留青冢向黄昏"》，《古典文学知识》1999 年第 5 期。
⑥ （汉）司马迁：《史记》（九），中华书局 1975 年版，第 2879 页。
⑦ 陈伯海主编：《唐诗汇评》（中），浙江教育出版社 1995 年版，第 1477 页。

少年有胆气，独猎阴山下。

偶与匈奴逢，曾擒射雕者。

名悬壮士籍，请君少相假。

城傍，是唐代的一种兵牧合一的军事制度。《唐六典·兵部·郎中》："诸州城傍子弟亦常令教习，每年秋集本军，春则放散。"[1]城傍制度存在于唐前期的东北、北方及西北边区，士兵多由归附的北方游牧民族如契丹、突厥人充任。"城傍相对于定额边兵是补充，但在征战时，由于其部落组织及骑射之强，为唐兵中最为善战者，因而成为唐开疆拓土战役中的主要依赖对象。城傍不仅是大唐帝国赫赫武功的重要创造者，而且对唐后期历史及军事均有较大影响。"[2]阴山，横亘于内蒙古西部，东段进入河北西北部，连绵1200多公里，是黄河流域的北部界线，也是古代游牧文化与农耕文化的分界，历史上一直是匈奴族的生息繁衍之地，匈奴也藉此南下袭扰中原。秦始皇修筑的长城就在阴山之巅。阴山主峰大青山在呼和浩特市至包头市一段。《汉书·匈奴传下》："北边塞至辽东，外有阴山，东西千余里，草木茂盛，多禽兽。"[3]王昌龄《出塞二首》（其一）："但使龙城飞将在，不教胡马度阴山。"可见出阴山一带的辽阔富饶和军事地位的异常重要。因为生长在边城，少小就具有了游牧民族的习性，喜好骑射，自有胆气，敢独猎阴山之下。勇猛像当年的李广一样，曾擒获匈奴的射雕手。这样的少年，当然属于壮士的行列，理应被人看重。诗中对边城少年的赞赏，实际上也是对北方游牧民族骁勇、英武的赞赏。当然，其中也有诗人自己的影子。耿沣《塞上曲》也说："惯习干戈事鞍马，初从少小在边城。"与李益诗异曲同工的是李白的《行行游且猎篇》："边城儿，生年不读一字书，但知游猎夸轻趫。胡马秋肥宜白草，骑来蹑影何矜骄。金鞭拂云挥鸣鞘，半酣呼鹰出远郊。弓弯满月不虚发，双鸧迸落连飞髇。海边观者皆辟易，猛气英风振沙碛。儒生不及游侠人，白首下帷复何益。"可以参看。

---

①　（唐）李林甫等：《唐六典》，陈仲夫点校，中华书局1992年版，第157页。

②　王永兴：《唐代前期军事史略论稿》，昆仑出版社2007年版，第102页。

③　（汉）班固：《汉书》（十一），中华书局1962年版，第3803页。

（二）李益边塞诗中的戍边与思乡主题

李益的边塞诗充满了英雄主义情怀，始终回荡着保家卫国、建功立业的主旋律，与盛唐边塞诗精神一脉相承。《从军夜次六胡北饮马磨剑石为祝殇辞》是一篇告慰战士亡灵的祷辞，最能见出李益边塞诗的精神：

> 我行空碛，见沙之磷磷，与草之幂幂，半没胡儿磨剑石。当时洗剑血成川，至今草与沙皆赤。我因扣石问以言："水流呜咽幽草根，君宁独不怪阴燐？""吹火荧荧又为碧，有鸟自称蜀帝魂。南人伐竹湘山下，交根接叶满泪痕。请君先问湘江水，然我此恨乃可论。"秦亡汉绝三十国，关山战死知何极。风飘雨洒水自流，此中有冤消不得。为之弹剑作哀吟，风沙四起云沉沉。满营战马嘶欲尽，毕昴不见胡天阴。东征曾吊长平苦，往往晴明独风雨。年移代去感精魂，空山月暗闻鼙鼓。秦坑赵卒四十万，未若格斗伤戎虏。圣君破胡为六州，六州又尽为胡丘。韩公三城断胡路，汉甲百万屯边秋。乃分司空授朔土，拥以玉节临诸侯。汉为一雪万世仇，我今抽刀勒剑石，告尔万世为唐休。又闻招魂有美酒，为我浇酒祝东流。殇为魂兮，可以归还故乡些。沙场地无人兮，尔独不可以久留。[①]

这是建中（780—783）年间，诗人北巡朔野到夏州时写的一篇悼辞。[②]大漠空旷，磷火闪烁；阴云沉沉，野草浓密。诗用招魂的形式表达对战死沙场将士的沉痛哀悼，渗透在诗中的是包括诗人自己在内的守边将士一以贯之的慷慨情怀、为国捐躯的坚定意志，比之于盛唐边塞诗又多了一层悲壮沉郁的色彩。徐学夷认为：李益"《祝殇辞》语多奇警，与李华《吊古战场文》并胜"（《诗源辩体》卷二十二）。[③]唐玄宗《赐兵士葬祭诏》："自开元元年（713）以来，诸军兵士殒殁，骸骨不归坟垄者，宜令军使为造棺，递送本贯，委州县府助其埋瘗。河曲陇外，往岁

---

① 范之麟撰：《李益诗注》，上海古籍出版社1992年版，第44—45页。
② 王亦军、裴豫敏：《李益集注》，甘肃人民出版社1989年版，第113页。
③ （明）徐学夷：《诗源辩体》，杜维沫校点，人民文学出版社1987年版，第237页。

战场殂殁无归，阴雨犹哭。言念于此，良用恻然。亦委朔方、陇右、河西节度使聚敛骸骨，就高燥处同葬。祭以酒脯，高大筑坟，使久远标识。"[1]边塞战争连年不断，伤亡惨重，玄宗诏书虽写在盛唐，但也可以看作此诗的注脚。《塞下曲四首》其四：

> 为报如今都护雄，匈奴且莫下云中。
>
> 请书塞北阴山石，愿比燕然车骑功。

　　都护，都护府的最高长官。都护府是唐朝设置在边疆用以统辖羁縻地区的军事行政机构，玄宗朝设有安东、安北、单于、安西、北庭、安南六大都护府。云中，云中郡，战国赵武灵王置，秦代治所在云中（今内蒙古托克托县东北），这里泛指唐王朝边地。诗说，都护正严阵以待，来犯者切莫轻举妄动；在塞北的阴山上勒石纪功，希望能像当年大破匈奴的窦宪在燕然山（今蒙古国杭爱山）勒石一样。《塞下曲》更见信念意志，令人心神一振：

> 伏波惟愿裹尸还，定远何须生入关。
>
> 莫遣只轮归海窟，仍留一箭射天山。

　　伏波，东汉伏波将军马援，62岁尚请出征，有"马革裹尸还葬"的豪言壮语。定远，指定远侯班超，经营西域三十一年，老年渴望还乡，上疏曰："臣不敢望到酒泉郡，但愿生入玉门关。"（《后汉书·班梁列传》)[2]定远，语意双关，既指班超，又指安定边远之地。只轮，一只车轮。《论衡·儒增篇》："秦缪公伐郑，过晋不假途，晋襄公率羌戎要击于崤塞之下，匹马只轮无反者。"[3]海窟，瀚海，这里指西北大漠，敌人的老巢。"莫遣只轮归海窟"，意谓杀得敌人片甲不留，没有一个生还。一箭射天山，《旧唐书·薛仁贵传》：仁贵"领兵击九姓突厥于天山"，"时九姓有众十余万，令骁健数十人逆来挑战，仁贵发三矢，射杀三人，自余一时下马请降。仁贵恐为后患，并坑杀之。更就碛北安抚余众，擒其伪叶护兄弟三人而还。军中歌曰：'将军三箭定天山，战

---

[1]　（清）董诰等编：《全唐文》(一)，上海古籍出版社1990年版，第140页。

[2]　（南朝）范晔：《后汉书》(六)，中华书局1965年版，第1583页。

[3]　（东汉）王充：《论衡》，上海人民出版社1974年版，第124页。

士长歌入汉关。'九姓自此衰弱，不复更为边患"。[1]李益谙熟边地史实，一诗四句，句句有典，表达自己要像前代的马援、班超、薛仁贵一样，在边塞建立奇功。需要说明的是，薛仁贵的行为太过残忍，必须谴责，这也是后来引发李益反思边塞战争的一个重要原因。再如《暮过回乐烽》：

> 烽火高飞百尺台，黄昏遥自碛西来。
>
> 昔时征战回应乐，今日从军乐未回。

这首诗写在朔方节度使幕中。回乐烽，回乐县（今宁夏灵武西南）附近的烽火台。回乐故城在今宁夏回族自治区灵武县西南。[2]"乐未回"，是"回未乐"的倒装句。碛西，一本作"碛南"。当烽火在百尺高台上熊熊燃起之时，黄昏也从遥远的大漠西边无声到来，又一个漫长的守边之夜也随之降临。同是征战，古今不同，昔时是"回应乐"，今日是"乐未回"。在"回应乐""乐未回"的对比中，体现了守边将士誓死卫国的豪迈之情。《送辽阳使还军》是一首送别诗：

> 征人歌且行，北上辽阳城。
>
> 二月戎马息，悠悠边草生。
>
> 青山出塞断，代地入云平。
>
> 昔者匈奴战，多闻杀汉兵。
>
> 平生报国愤，日夜角弓鸣。
>
> 勉君万里去，勿使虏尘惊。

辽阳，指辽阳州（今辽宁辽阳），属安东都护府；青山，疑指内蒙古境内的阴山，因为阴山西段进入今包头市西北（中受降城所在）后渐隐渐没。代地，指代州，治所在今山西代县。诗说，虽然二月边境平安，没有战事，但将士们依旧不断操练，为的就是"报国愤"。《夜发军中》所表达的也是要为国建功的愿望：

> 边马枥上惊，雄剑匣中鸣。
>
> 半夜军书至，匈奴寇六城。

---

① （后晋）刘昫等：《旧唐书》（八），中华书局1975年版，第2781页。

② 马茂元编：《唐诗选》，上海古籍出版社1986年版，第436页。

中坚分暗阵，太乙起神兵。

出没风云合，苍黄豺虎争。

今日边庭战，缘赏不缘名。

六城，唐代有朔方六城。《资治通鉴》卷二百一十八《唐纪三十四》在"朔方留后杜鸿渐、六城水陆运使魏少游"下引胡三省注曰："朔方所统有三受降城，及丰安、定远、振武三城，皆在黄河外。"[①] 丰安，今宁夏中卫市以北、吴忠市南，定远，今宁夏贺兰县北，振武，今内蒙古和林格尔县西北土城子，这里泛指北方边塞。诗说战马夜惊，剑鸣匣中，当敌人侵入边地六城之际，时刻保持警惕的唐军同仇敌忾，气势如虹。今日的边地作战、艰苦卓绝，就是要获得嘉赏，不只是为了博取个人的声名。这与张九龄"因声谢远别，缘义不缘名"（《送使广州》）、钱起"安危皆报国，文武不缘名"（《送王相公赴范阳》）的精神实质是相通的。

从秦汉、魏晋南北朝、隋，直至初唐、盛唐，边塞战争绵绵不绝，无止无歇。汤因比说："7世纪，唐朝建立了一个大帝国，但最终还是饱受蛮族入侵之苦。"[②] "紫塞连年戍，黄砂碛路穷"（《石楼山见月》，一作《宿青山石楼》），在常年的征战中，面对战争的血雨腥风，李益也在不断追溯边塞战争的历史，思考着如何才能彻底平息战争，让边境长久归于和平。如《塞下曲四首》其二：

秦筑长城城已摧，汉武北上单于台。

古来征战虏不尽，今日还复天兵来。

单于台，在今呼和浩特市西南。《汉书·武帝纪》：元封元年（前110）冬十月，"行自云阳，北历上郡、西河、五原，出长城，北登单于台，至朔方，临北河。"[③]《通典·州郡九》（卷一百七十九）"云州"说："云中，汉旧县"，"单于台，在今县西北百余里。汉孝武帝元封元年

---

① （宋）司马光：《资治通鉴》（十五），中华书局2011年版，第7099页。

② ［英］阿诺德·汤因比：《历史研究》（修订插图本），刘北城、郭小凌译，上海人民出版社2000年版，第322页。

③ （汉）班固：《汉书》（一），中华书局1962年版，第189页。

（前110），勒兵十八万骑，出长城，北登单于台。"①韦充《汉武帝勒兵登单于台赋》："汉兴五叶，帝曰孝武。气盖群方，威加丑虏。谓八有可以臣服，四夷可以力取。所以发王者之师于中原，登单于之台于北土。"②由此，北登单于台就成了展示胸怀、实现功名理想的象征。陈子昂《感遇诗三十八首》："西驰丁零塞，北上单于台。登山见千里，怀古心悠哉。"（其三十五）"朝入云中郡，北望单于台。胡秦何密迩，沙朔气雄哉。"（其三十七）中晚唐诗人张蠙《登单于台》："边兵春尽回，独上单于台。白日地中出，黄河天外来。沙翻痕似浪，风急响疑雷。欲向阴关度，阴关晓不开。"表达了对北地雄奇风光的赞美。李益这首诗说，为了抵御北方游牧民族入侵，秦不惜耗尽国力修筑长城，但如今长城已经崩塌。出于同样的目的，汉武帝大张旗鼓北巡，登上单于台，欲以武力威慑，但都没有从根本上去除边患。诗人设想，如果天神之兵降临，敌人无论有多少都可以尽除了。实际上，诗人在反思为什么边塞战争历代不息，希望找到一条彻底解决边患的有效途径。《统汉烽下》（一作《过降户至统漠烽》）诗说：

> 统汉烽西降户营，黄河战骨拥长城。
>
> 只今已勒燕然石，北地无人空月明。

统汉烽，烽火台名；降户营，安置突厥降户地区驻军营地，在六胡州一带。高宗调露元年（679），于灵州（今宁夏灵武县西南）南界置六州安置突厥降户，玄宗开元二十六年（738）废六州置宥州（今内蒙古鄂托克前旗东敖勒召其古城），统领突厥降户。玄宗《遣牛仙客往关内诸州安辑六州胡敕》："如闻已有逃在关内诸州，及先招携在灵、庆州界者，宜委侍中牛仙客于盐、夏等州界内，选土地良沃之处，都置一州，量户多少置县。"③元和九年（814），又在宥州城北三百里置新宥州（今内蒙古杭锦旗一带），统领突厥降户。诗说，在统汉烽西的六胡州所在的黄河两岸，发生过无数残酷的战争，战骨簇拥在冰冷的长城脚下。

---

① （唐）杜佑：《通典》（五），王文锦等点校，中华书局1988年版，第4744页。

② （清）董诰等编：《全唐文》（四），上海古籍出版社1990年版，第3351页。

③ （清）董诰等编：《全唐文》（一），上海古籍出版社1990年版，第167页。

虽说满足了边将勒石纪功的愿望，但也造成了北地空旷无人、一片萧条的现状。诗人意在指出，战争是一把双刃剑，只要战火燃起，无论是战胜方还是失败方，都会受到严重的伤害。《临滹沱见蕃使列名》则记述了诗人参加的一次和亲会见：

> 漠南春色到滹沱，碧柳青青塞马多。
>
> 万里关山今不闭，汉家频许郅支和。

滹沱，水名，即滹沱河，发源于山西省五台山北麓繁峙县泰戏山，东流进入河北，李颀《欲之新乡答崔颢綦毋潜》："寒风卷叶度滹沱，飞雪布地悲峨峨。孤城日落见栖鸟，马上时闻渔者歌。"郅支（zhì zhī），汉匈奴单于名，这里借指回纥可汗。《旧唐书·回纥传》：

> 贞元三年（808）八月，回纥可汗遣首领墨啜达干、多览将军合阙达干等来贡方物，且请和亲。四年（809）十月，回纥公主及使至自蕃，德宗御延喜门见之。时回纥可汗喜于和亲，其礼甚恭，上言："昔为兄弟，今为子婿，半子也。"又詈辱吐蕃使者，及使大首领等妻妾凡五十六妇人来迎可敦，凡遣人千余，纳聘马二千。德宗令朔州、太原分留七百人，其宰相首领皆至，分馆鸿胪，将作。癸巳，见于宣政殿。乙未，德宗召回纥公主、出使者对于麟德殿，各有颁赐。庚子，诏咸安公主降回纥可汗，仍置府官属视亲王例。[1]

可敦，"可贺敦"的省称，鲜卑、柔然、突厥、回纥等民族对可汗之妻的称呼。德宗将自己的亲生女儿咸安公主嫁与回纥可汗，李益参加的有可能就是这次和亲活动。此前有肃宗亲生女儿宁国公主、此后有宪宗亲生女儿太和公主，嫁与回纥可汗。[2]通过互结姻好、保持亲密关系的和亲，有时虽出于无奈，但客观上平息了战争，为冲突的双方带来了和平。所以诗人说和亲带来了春天，不仅边塞上马群增多、牧业恢复繁荣，而且两地来往频繁，万里边关从今往后可以不再关闭了。对于中原汉族与北方游牧民族的关系，说到底，李益期待的是"当今圣天子，不

---

① （后晋）刘昫等：《旧唐书》（十六），中华书局 1975 年版，第 5208 页。
② 王仲荦：《隋唐五代史》（上），上海人民出版社 2003 年版，第 567 页。

战四夷平"（《登长城》，一题作《塞下曲》）。

思乡，是李益边塞诗的一大主题："何地可潸然，阳城烽树边。今朝望乡客，不饮北流泉。"（《军次阳城烽舍北流泉》）"征戍在桑干，年年蓟水寒。殷勤驿西路，北去向长安。"（《题太原落漠驿西堠》）阳城烽，故址在今内蒙古乌审旗西；[1]桑干，今永定河之上游，相传每年桑椹成熟时河水干涸，故名。与盛唐边塞诗不同，李益表达的思乡之情往往与厌战情绪交织，因思乡而厌战，因厌战更加思乡，其中流漾着一种难以摆脱的感伤甚至是苍凉情调，如《夜上受降城闻笛》：

> 回乐烽前沙似雪，受降城外月如霜。
>
> 不知何处吹芦笛，一夜征人尽望乡。

受降城，唐高宗时朔方总管张仁愿为抵御突厥的入侵而建筑的，有东、西、中三城，均在今内蒙古西部的黄河以北，中城在今包头市西，东城在今托克托县南，西城在今杭锦后旗乌加河北岸，这里指的是西城。芦笛，即芦笳，北方民族的一种乐器；笛，一作"管"。这是一首表现戍边将士思乡之情的诗篇，开头二句描写月下登城所见边塞的荒寒景色：回乐烽前的沙地似雪，受降城外的月色如霜，洁白清冷，让人望而生寒。"沙似雪""月如霜"，渲染环境荒寒，鲜明生动。后二句写闻笛生愁，在万籁俱寂的夜里，晚风传来的凄凉幽怨的芦笛声，更加重了征人的思乡之情，与崔融"夜夜闻悲笳，征人起南望"（《关山月》）所表达的情感是一致的。"尽望乡"之"尽"字，写出了戍边将士无一不思乡，厌战情绪已暗寓其中。这首诗将景、音、情三者融为一体，意境浑成，简洁空灵，是中唐绝句中的名篇。与此诗有异曲同工之妙的是《从军北征》：

> 天山雪后海风寒，横笛偏吹行路难。
>
> 碛里征人三十万，一时回首月中看。

天山，横亘于今新疆中部；海风，指从蒲昌海（今罗布泊）吹来的风；行路难，《乐府解题》："《行路难》，备言世路艰难及离别悲伤之

---

[1] 王亦军、裴豫敏撰：《李益集注》，甘肃人民出版社1989年版，第121页。

意，多以君不见为首。"(《乐府诗集·杂曲歌辞十》)[1]大雪纷飞、天寒地冻，就在征人艰难行进之时，横笛偏偏吹响的是《行路难》。悲凉哀伤的曲调一时唤起在沙漠里行军的三十万征人共同怀有的强烈思乡之情。《唐语林·文学》(卷二)："李益诗名早著，有《征人歌且行》一篇，好事者画为图障。又有云：'回乐峰前沙似雪，受降城外月如霜。不知何处吹芦管，一夜征人尽望乡'，天下亦唱为歌曲。"[2]可见这首诗与《夜上受降城闻笛》在当时就已经很有影响了。再如《夜上西城听梁州曲二首》：

> 行人夜上西城宿，听唱梁州双管逐。
>
> 此时秋月满关山，何处关山无此曲。
>
>
> 鸿雁新从北地来，闻声一半却飞回。
>
> 金河戍客肠应断，更在秋风百尺台。

西城，西受降城；梁州曲，即凉州曲、凉州词，多用来抒写边关情怀。金河，在今内蒙古呼和浩特市南，西受降城所在，是唐代北方边防、交通要地，唐人多有描写："阵去金河冷，书归玉塞寒。"(骆宾王《秋晨同淄川毛司马秋九咏·秋雁》)"紫塞金河里，葱山铁勒隈。"(沈佺期《塞北二首》其二)"岁岁金河复玉关，朝朝马策与刀环。"(柳中庸《征怨》)悲凉的凉州曲连刚从北地飞来的大雁都不忍听，更何况久戍在外的征人！《唐诗笺注》评说："'鸿雁'二句，起得陡兀。'闻声一半却飞回'，'一半'二字，妙不可说，物犹如此，人何以堪！'更在秋风百尺台'，妙在托起一笔，分明是'一夜征人尽望乡'、'一时回向月中看'意，而故以托笔为缩笔，令人味之弥旨。此二首之用笔，真不可思议。"[3]李益的这两首诗中，"秋月、秋风与边声，全由气氛烘托出来，其中有一重难以摆脱的感伤"。[4]《回军行》不掩感伤与浓重的乡愁，却又从大处着眼：

---

① (宋)郭茂倩：《乐府诗集》(三)，中华书局1979年版，第997页。
② (宋)王谠：《唐语林》，上海古籍出版社1978年版，第67—68页。
③ 陈伯海主编：《唐诗汇评》(中)，浙江教育出版社1995年版，第1483页。
④ 袁行霈主编：《中国文学史》(二)，高等教育出版社1999年版，第307页。

关城榆叶早疏黄，日暮沙云古战场。

表请回军掩尘骨，莫教士卒哭龙荒。

回军，撤军；龙荒，以龙城（今蒙古国鄂尔浑河西侧和硕柴达木湖附近）为中心的北部荒漠地带。在榆叶疏黄，日暮云起的深秋时节，上表奏请朝廷及时撤军、掩埋牺牲战士的遗骨，为的就是不要让悲剧继续下去。"莫教士卒哭龙荒"，是恳求也是忠告，基于国家利益，也充分考虑到了守边士卒的实际遭遇。多年的从军经历，诗人深知"唐风本忧思，王业实艰难"（《北至太原》），所以他出于真心，敢于"表请回军"。《观回军三韵》则写撤军回防的无奈与哀伤："行行上陇头，陇月暗悠悠。万里将军没，回旌陇戍秋。谁令呜咽水，重入故营流。"月色幽暗，军队行进在陇山上头。因为将军去世，军队必须回防营地，守边将士内心的苦痛，无以言喻。这与王建的"战余落日黄，军败鼓声死"（《吊王将军墓》）一样让人哀伤。《五城道中》真实地描写了戍边生活：

金铙随玉节，落日河边路。

沙鸣后骑来，雁起前军度。

五城鸣斥堠，三秦新召募。

天寒白登道，塞浊阴山雾。

仍闻旧兵老，尚在乌兰戍。

笳箫汉思繁，旌旗边色故。

寝兴倦弓甲，勤役伤风露。

来远赏不行，锋交勋乃茂。

未知朔方道，何年罢兵赋。

五城，朔方节度使所辖定远城（今宁夏平罗南）、丰安城（今内蒙古乌拉特前旗西）以及西、中、东三受降城，合称五城；[1] 三秦，项羽三分秦之故地关中，后为关中地区的代称；白登，白登山，在今山西大同东北马铺山，汉高祖七年（前200）汉高祖刘邦被匈奴冒顿单于围困于此，几乎全军覆没；乌兰，县名，在今甘肃靖远县南。诗人历数了转战边塞的历程，从南到北，从东向西，没有停歇。战士们夙兴夜寐、风

---

① 王亦军、裴豫敏撰：《李益集注》，甘肃人民出版社1989年版，第123页。

餐露宿、辛劳异常，时刻都有丧失生命的危险，所以诗人喊出了"未知朔方道，何年罢兵赋"的心声。诗中虽无"有田不得耕，身卧辽阳城。梦中稻花香，觉后战血腥"（司马札《古边卒思归》）的悲诉，但与思乡情绪一样浓重的厌战情绪已表露无遗。

李益的边塞诗充满感伤气氛，有浓重的乡愁和较为鲜明的厌战情绪，与李益生活的中唐边患又起的时代形势紧密关联。《旧唐书·吐蕃传上》载：

> 于是岁调山东丁男为戍卒，缯帛为军资，有屯田以资糇粮，牧使以娩羊马。大军万人，小军千人，烽戍逻卒，万里相继，以却于强敌。陇右鄯州为节度。河西凉州为节度。安西、北庭亦置节度，关内则于灵州置朔方节度，又有受降城、单于都护庭为之藩卫。及潼关失守，河洛阻兵，于是尽征河陇、朔方之将镇兵入靖国难，谓之行营。曩时军营边州无备预矣。乾元之后，吐蕃乘我间隙，日蹙边城，或为虏掠伤杀，或转死沟壑。数年之后，凤翔之西，邠州之北，尽蕃戎之境，湮没者数十州。[①]

"安史之乱"前，唐王朝马强兵盛，北部边防严整，烽戍万里相继，军事制度完备，足以抵御强敌。"安史之乱"起，黄河、洛河被叛军切断，为解燃眉之急，保卫首都的安全，朝廷不得不从北部边防线上调兵，这样就大大削弱了北部边防力量，导致边备的空虚。乾元（758—760）之后，吐蕃趁唐王朝国力衰退、内部空虚，不断袭扰边境，入侵中原。数年之间，凤翔之西、邠州之北的数十个州被吐蕃占据。李益诗中的感伤及厌战情绪，是属于一个时代的，并不只是诗人个人情绪的孤立传递。

（三）李益边塞诗的艺术价值

"大历诗人普遍写边塞诗很少，李益可以说是边塞诗的中兴。"[②] 李益的边塞诗独树一帜，有盛唐之风却又不同于盛唐。就气调而言，李益

---

① （后晋）刘昫等：《旧唐书》（十六），中华书局1975年版，第5236页。
② 蒋寅：《大历诗人研究》，北京大学出版社2007年版，第366页。

的边塞诗与王昌龄属于一脉，有悲壮激昂的英雄气概，写出了征人的心中之情，都以七绝擅场，清刚矫健，顿挫抑扬，自有骨气。胡应麟说："七言绝，开元之下，便当以李益为第一。如《夜上西城》《从军》《北征》《受降》《春夜闻笛》诸篇，皆可与太白、龙标竞爽，非中唐所得有也。"（《诗薮·内编·近体下》）[①] 徐学夷说：李益"七言绝，开宝而下，足称独步"，"气格有类盛唐"（《诗源辩体》卷二十二）。[②] 李益的七绝，直追盛唐的七绝圣手王昌龄和李白。《诗薮》所举，除去《春夜闻笛》，皆为边塞诗。清人施补华《岘佣诗说》（第一九九条）在评价唐边塞诗时说："'秦时明月'一首，'黄河远上'一首，'天山雪后'一首，'回乐烽前'一首，皆边塞名作，意态绝健，音节高亮，情思悱恻，百读不厌也。"[③] 边塞七绝名作四首，王昌龄、王之涣各占一首，李益独占两首。清人李慈铭说："若论绝句，则李十郎之雄浑高奇，不特冠冕十子，即太白、龙标亦当退让。"（《越缦堂读书记》卷一二）[④] 如果论诗格的"雄浑高奇"，李益当然大大高于"大历十才子"，即使是叶燮夸赞的"七言绝句，古今推李白、王昌龄"（《原诗》卷四），[⑤] 二人的成就也不能与李益比肩。

李益的边塞诗具有特殊的艺术魅力，远非一般游历边塞者所可及，更不用说在想象中虚拟边塞者。在笔者看来，除了论者所及的情景交融、含蓄蕴藉、节奏和谐、语言优美精炼、擅长七绝之外，还有两个方面值得注意：

一是能将深沉的思绪融入特定的情景之中，形成意味深长的画面，给读者以身临其境的真切感受。关于这一点，为李益编辑诗集的清人张澍评说得最为精湛："君虞以爽飒之气，写征戍之情，览关塞之胜，极辛苦之状。当朔风驱雁，荒月拜狐，抗声读之，恍见士卒踏冰而靸瘃，

---

① （明）胡应麟：《诗薮》，中华书局1962年版，第120页。

② （明）徐学夷：《诗源辩体》，杜维沫校点，人民文学出版社1987年版，第237、238页。

③ 丁福保辑：《清诗话》（下），上海古籍出版社1978年版，第997页。

④ 范之麟撰：《李益诗注·附录三》，上海古籍出版社1992年版，第178页。

⑤ 丁福保辑：《清诗话》（下），上海古籍出版社1978年版，第611页。

介马停秣而悲鸣，讵非才之所独至耶。"（《李尚书诗集序》）① 透过李益边塞诗的字里行间，仿佛看到守边士卒脚踏冰河、皮肤皲裂、手生冻疮的惨烈，看到披甲战马要冲向战场却被停供饲料、在无奈中悲鸣的孤绝，这都是诗人才情卓越、匠心独运的结果。皲瘃（jūn zhú），手足受冻坼裂，生冻疮。

《唐才子传》卷四说李益"风流有词藻，与宗人贺相埒，每一篇就，乐工赂求之，被于雅乐，供奉天子。如《征人》《早行》篇，天下皆施绘画。"② 沈德潜说："君虞边塞诗最佳，《征人歌》《早行》等篇，好事者画为屏障。"（《唐诗别裁》卷四）③ 无论是"皆施绘画"，还是"画为屏障"，都是因为李益诗具有鲜明的画面感，能激发读者丰富的想象和联想。如《征人歌》（一作《暖川》）："胡风冻合鸊鹈泉，牧马千群逐暖川。塞外征行无尽日，年年移帐雪中天。"情景宛然，如在目前。《观骑射》："边头射雕将，走马出中军。远见平原上，翻身向暮云。"由近及远，仿佛摄影镜头一样，把将军的神勇和不凡身手准确地表现出来了。"关城榆叶早疏黄，日暮沙云古战场。表请回军掩尘骨，莫教士卒哭龙荒。"（《回军行》）前两句深秋的苍茫萧瑟之景恰恰为后两句的"表请回军"做了极有力的铺垫。"二月戎马息，悠悠边草生"（《送辽阳使还军》），写边草似乎也知道机会难得，趁着边境平安之际，抓紧时间，悠然生长。在许多时候，李益有意将对象置于月光之下观照，以获得一种特殊的美学效果，如"回乐烽前沙似雪，受降城外月如霜"（《夜上受降城闻笛》）。《唐绝诗钞注略》说："首二句写景，已为'望乡'二字勾魂摄魄。"④ 俞陛云说："对苍茫之夜月，登绝塞之孤城，沙明讶雪，月冷凝霜，是何等悲凉之境。"⑤ "只今已勒燕然石，北地无人空月明"（《统汉峰下》），"行行上陇头，陇月暗悠悠"（《观回军三韵》），诗歌画面中的景物，在月色笼罩下，也已不再是纯客观的景物，而化为一种情思，一

① 范之麟撰：《李益诗注·附录三》，上海古籍出版社1990年版，第178页。
② 傅璇琮主编：《唐才子传校释》（二），中华书局1987年版，第98页。
③ （清）沈德潜：《唐诗别裁》，中华书局1964年版，第17页。
④ 陈伯海主编：《唐诗汇评》（中），浙江教育出版社1995年版，第1486页。
⑤ 俞陛云：《诗境浅说》，北京出版社2003年版，第206页。

种似不可感实又可感的透明情思。

二是善于捕捉瞬间而起的音乐对人心复杂微妙的影响，并将这种影响不着痕迹地传递出来。他的边塞诗中写到了多种北方游牧民族的乐器，如鼓角、琵琶、横笛、芦笛、芦管、筇、箫等，表明了李益对音乐的敏感和高度关注。他的几首边塞诗名作，都有乐声的加入，藉此获得特殊的抒情效果。如《听晓角》：

> 边霜昨夜堕关榆，吹角当城汉月孤。
>
> 无限塞鸿飞不度，秋风卷入小单于。

晓角，报晓的号角声；角，军中吹奏乐器。小单于，曲调名，鲍溶《淮南卧病闻李相夷简移军山阳以靖东寇感激之下因抒长句》："玉帐黄昏大刁斗，月营寒晓小单于。"汉月孤，一作"片月孤"。在浩瀚的大漠上，号角之声尤让人感怀。俞陛云对此诗有细密精彩的解析："首句谓严霜一夕，榆林万叶，非堕关前，时在破晓之前。次句霜天拂晓，有独立城头寒吹画角者。用'当'字固妙，接以'片月孤'三字，尤善写苍莽之神，宜其佳句流传，播为图画也。后二句之意，或谓无限塞鸿，闻角声悲奏，回趄南飞，声音之感物，如六马仰秣，游鱼出听也。或谓地处极边，更北则为小单于之境，塞鸿避其严寒，至此不能飞度，惟有呜咽角声，随秋风远送，吹入单于。此两层之意，皆极言边地荒寒，而征人闻角生悲，不言而喻矣。"[1]

法国艺术史家丹纳说："人的喜怒哀乐，一切骚扰不宁，起伏不定的情绪，连最微妙的波动，最隐蔽的心情，都能由声音直接表达出来，而表达的有力，细致，正确，都无与伦比。"[2] 李益善于表现乐声对人心的触动，特别是触动人心最柔软部分而悲情顿生的那一瞬间。《夜上受降城闻笛》："不知何处吹芦笛，一夜征人尽望乡。"吹者或许无心，听者却是有意。一声芦笛，唤起千万征人对家乡亲人的深挚思念。《诗法易简录》说："征人望乡，只加一'尽'字，而征戍之苦，离乡之

---

① 俞陛云：《诗境浅说》，北京出版社2003年版，第208页。

② ［法］丹纳：《艺术哲学》，傅雷译，人民文学出版社1963年版，第30页。

久，胥包孕在内矣。"①俞陛云评说此二句："言荒沙万静中，闻芦管之声，随朔风而起，防秋多少征人，乡愁齐赴。则己之郁伊善感，不待言矣。"②《从军北征》："天山雪后海风寒，横笛偏吹行路难。"就在征人冒着蒲昌海的寒风，在积雪的道路上艰难行进之时，有横笛吹起了《行路难》，由此更加重了征人内心的忧伤和行路的艰难。"偏吹"二字似在埋怨，诗人意在说明，久戍在外，征人的内心愈加敏感和脆弱，怕什么却偏来什么，正是李颀《古塞下曲》所谓"琵琶出塞曲，横笛断君肠"。横笛一吹，吹出的是沙漠里三十万征人"一时回首月中看"的悲壮场面。李益的《夜宴观石将军舞》又写道："微月东南上戍楼，琵琶起舞锦缠头。更闻横笛关山远，白草胡沙西塞秋。"夜上戍楼，听到横笛声声，更觉关山遥远，边秋萧瑟寂寥，身在满眼白草、胡沙的塞外。《夜上西城听梁州曲二首》其一："此时秋月满关山，何处关山无此曲。"《梁州曲》随处皆有，也许平日听来并无特别感触，但在遥远荒凉的北方边关，又映照在清冷的秋月之下，竟是如此的让人不堪。清人黄叔灿《唐诗笺注》说："'此时'二句，不言关山明月，听《凉州曲》之哀惨，乃偏说何处无此，则此时此际，同一悲凉，不言自喻矣。笔墨入微。"③李益着力克服音乐的非语义性、非造型性产生的不便，通过语言描绘情境，通过乐声构筑情境，进而将微妙的心理影响转化为视觉形象。征人心中原本就有的那份情感，被李益敏锐捕捉并加以出神入化地表现。

李益的边塞诗创作，无论是丰富多彩的内容还是让人感动的格调，都离不开其十几年的戎马生涯，诗人在《从军诗序》中自言：

> 君虞长始八岁，燕戎乱华。出身二十年，三受末秩；从事十八载，五在兵间。故其为文，咸多军旅之思。自建中初（780），故府司空巡行朔野。迨贞元初（785），又忝今尚书之命，从此出上郡、五原四、五年，荏苒从役。其中虽流落南北，亦多在军戎。凡所作边塞诸文及书奏余事，同时幕府选辟，多出词人。或因军中酒酣，

---

① 陈伯海主编：《唐诗汇评》（中），浙江教育出版社1995年版，第1486页。
② 俞陛云：《诗境浅说》，北京出版社2003年版，第206页。
③ 陈伯海主编：《唐诗汇评》（中），浙江教育出版社1995年版，第1483页。

或时塞上兵寝，相与拔剑秉笔，散怀于斯文。率皆出于慷慨意气，武毅犷厉。（清·张澍编《李尚书诗集》）①

李益说自己大半生在军中生活，思考、创作都围绕着这一主题展开，创作的地点也多在军中、塞上，所谓"年发已从书剑老，戎衣更逐霍将军"（《上黄堆烽》），所作皆有感而发，意气纵横，凌厉豪迈。"拔剑秉笔"，表明李益的边塞诗是真正意义上的军人的军中之作，而非一般的文人创作，这就大大超越了当时及后来的许多诗人。《唐才子传》卷四：李益"二十三受策秩，从军十年，运筹决胜，尤其所长。往往鞍马间为文，横槊赋诗，故多抑扬激厉悲离之作，高适、岑参之流也"。②《唐音癸签》卷七说："李君虞生长西凉，负才尚气，流落戎旃，坎壈世故，所作从军诗，悲壮怨转，乐人谱入声歌，至今诵之，令人凄断。"③可以这样说，没有长期的戎马生涯，没有真切的刀光剑影的战争体验，也就没有李益的边塞诗和诗人笔下丰富鲜活的唐代中国北疆，更不要说"令人凄断"的感人力量。

由于李益特殊的人生经历及其诗歌的巨大影响，同时代稍后的中唐作家蒋防（元和中官右拾遗）将李益写入传奇小说《霍小玉传》中，并成为主角。李益爱上了才艺俱佳的长安名妓霍小玉后又变心，为霍小玉的冤魂困扰终生。到了明代，伟大戏剧家汤显祖改编《霍小玉传》为《紫箫记》（别名《李十郎紫箫记》）及《紫钗记》，继续演绎李益的传奇故事，李益因此成为著名的文学人物形象，为后世的读者和观众长期关注。

李益有关中国北疆的书写，与岑参、高适对河西走廊及西域的书写，共同描绘出了唐代中国北方、西北方连绵壮阔的边塞风景线，体现了唐人开放的视野，"心雄万夫""舍我其谁"的用世精神以及崇尚刚健骨气的审美取向，值得后人深入研究，从中获取滋养。

---

① 范之麟撰：《李益诗注·附录三》，上海古籍出版社1992年版，第145页。

② 傅璇琮主编：《唐才子传校释》（二），中华书局1987年版，第99页。

③ （明）胡震亨：《唐音癸签》，古典文学出版社1957年版，第53页。

主要参考文献

1.（清）严可均编：《全上古三代秦汉三国六朝文》，中华书局 1965 年版。

2.（北魏）郦道元撰：《水经注》，陈桥驿点校，上海古籍出版社 1990 年版。

3.（北魏）杨衒之：《洛阳伽蓝记》，杨勇校笺，中华书局 2006 年版。

4.（清）董诰等编：《全唐文》，上海古籍出版社 1990 年版。

5.《全唐诗》（增订本），中华书局 1999 年版。

6.《唐人选唐诗》（十种），上海古籍出版社 1978 年新 1 版。

7.（唐）殷璠选：《河岳英灵集注》，王克让注，巴蜀书社 2006 年版。

8.（唐）欧阳询撰：《艺文类聚》，上海古籍出版社 1999 年新 2 版。

9.（唐）吴兢：《贞观政要集校》，谢保成集校，中华书局 2009 年版。

10.（唐）慧立、彦悰：《大慈恩寺三藏法师传》，孙毓堂、谢方点校，中华书局 1983 年版。

11.（唐）玄奘、辩机：《大唐西域记校注》，季羡林等校注，中华书局 2000 年版。

12.（唐）义净：《大唐西域求法高僧传校注》，中华书局 1988 年版。

13.（唐）李吉甫撰：《元和郡县图志》，贺次君点校，中华书局 1983 年版。

14.（唐）李泰等撰：《括地志辑要》，贺次君点校，中华书局 1980 年版。

15.（唐）李林甫等撰：《唐六典》，陈仲夫点校，中华书局 1992 年版。

16.（唐）杜佑撰：《通典》，王文锦等点校，中华书局 1988 年版。

17.（五代）王仁裕等撰：《开元天宝遗事十种》，丁如明辑校，上海古籍出版社 1985 年版。

18.（宋）计有功撰：《唐诗纪事校笺》，王仲镛校笺，中华书局 2007 年版。

19.（元）辛文房撰：《唐才子传校笺》，傅璇琮主编，中华书局 1987 年版。

20.（宋）王存撰：《元丰九域志》，王文楚、魏嵩山点校，中华书局 1984 年版。

21.（宋）祝穆撰：《方舆胜览》，祝洙增订，施和金点校，中华书局 2003 年版。

22.（宋）乐史撰：《太平寰宇记》，王文楚等点校，中华书局 2007 年版。

23.（明）胡震亨：《唐音癸签》，古典文学出版社 1957 年版。

24.（明）高棅：《唐诗品汇》，上海古籍出版社 1982 年版。

25.（明）唐汝询选释：《唐诗解》，河北大学出版社 2001 年版。

26.（清）王尧衢选释：《唐诗合解笺注》，河北大学出版社 2001 年版。

27.（清）顾祖禹撰：《读史方舆纪要》，贺次君、施和金点校，中华书局 2005 年版。

28.（清）徐松撰：《西域水道记》，朱玉麒整理，中华书局 2005 年版。

29. 闻一多：《唐诗杂论》，上海古籍出版社 1997 年版。

30. 彭庆生、曲令起选注：《唐代乐舞书画诗选》，北京语言学院出版社 1988 年版。

31. 陈伯海主编：《唐诗汇评》，浙江教育出版社 1995 年版。

32. 中国舞蹈艺术研究会舞蹈史研究组编：《全唐诗中的乐舞资料》，人民音乐出版社 1996 年版。

33. 胡可先：《唐诗发展的地域因缘和空间形态》，中国社会科学出版社 2010 年版。

34. 詹锳：《李白诗论丛》，人民文学出版社 1957 年版。

35. 詹锳：《李白诗文系年》，人民文学出版社 1984 年新 1 版。

36. 薛天纬：《李白·唐诗·西域》，上海古籍出版社 2011 年版。

37. 韩国磐：《隋唐五代史纲》，生活·读书·新知三联书店 1962 年版。

38. 王仲荦：《隋唐五代史》，上海人民出版社 2003 年版。

39. 陈寅恪：《金明馆丛稿初编》，上海古籍出版社 1980 年版。

40. 陈寅恪：《金明馆丛稿二编》，上海古籍出版社 1980 年版。

41. 陈寅恪：《隋唐制度渊源略论稿》，上海古籍出版社 1982 年新 1 版。

42. 陈寅恪：《唐代政治史述论稿》，上海古籍出版社 1997 年版。

43. 陈序经：《匈奴史稿》，中国人民大学出版社 2007 年版。

44. 林干：《匈奴史》，内蒙古人民出版社 2007 年版。

45. 余太山：《两汉魏晋南北朝正史西域传研究》，中华书局 2003 年版。

46. 余太山撰：《两汉魏晋南北朝正史西域传要注》，中华书局 2005 年版。

47. 余太山：《两汉魏晋南北朝与西域关系史研究》，商务印书馆 2011 年版。

48. 李锦绣、余太山著：《〈通典〉西域文献要注》，上海人民出版社 2009 年版。

49. 张广达：《西域史地丛稿初编》，上海古籍出版社 1995 年版。

50. 张广达：《文书·典籍与西域史地》，广西师范大学出版社 2008 年版。

51. 康乐：《唐代前期的边防（台湾大学文史丛刊）》，台湾大学出版委员会 1979 年版。

52. 王永兴：《唐代经营西北研究》，兰州大学出版社 2010 年版。

53. 丁笃本：《中亚探险史》，新疆人民出版社 2009 年版。

54. 赵丰：《唐代丝绸与丝绸之路》，三秦出版社 1992 年版。

55. 荣新江：《丝绸之路与东西方文化交流》，北京大学出版社 2015 年版。

56. 侯丕勋、刘再聪：《西北边疆历史地理概论》，甘肃人民出版社 2008 年版。

57. 李智君：《关山迢递——河陇历史文化地理研究》，上海人民出版社 2011 年版。

58. 王永兴：《唐代经营西北研究》，兰州大学出版社 2010 年版。

59. 景爱：《居延沧桑——寻找消失的绿洲》，中华书局 2005 年版。

60. 向达：《唐代长安与西域文明》，河北教育出版社 2007 年版。

61. 葛承雍：《唐韵胡音与外来文明》，中华书局 2006 年版。

62. 吕一飞：《胡族习俗与隋唐风韵——魏晋北朝北方少数民族社会风俗及其对隋唐的影响》，书目文献出版社 1994 年版。

63. 张景明：《中国北方游牧饮食文化研究》，文物出版社 2008 年版。

64. 乜小红：《唐五代畜牧经济研究》，中华书局 2006 年版。

65. 侯丕勋：《汗血宝马研究》，甘肃文化出版社 2006 年版。

66. 沈知白:《中国音乐史纲要》,上海文艺出版社 1982 年版。

67. 郑祖襄主编:《中国古代音乐史》,上海音乐学院出版社 2009 年版。

68. 梁思成:《中国雕塑史》,生活·读书·新知三联书店 2011 年版。

69. 沈从文等:《中国服饰史(修订本)》,陕西师范大学出版社 2004 年版。

70. 孙晨阳、张珂编著:《中国古代服饰辞典》,中华书局 2015 年版。

71. 〔英〕杰弗里·巴勒克拉夫主编:《泰晤士世界历史地图集》,毛昭晰、刘家和等译,生活·读书·新知三联书店 1985 年版。

72. 〔法〕雷纳·格鲁塞:《蒙古帝国史》,龚钺译,商务印书馆 1989 年版。

73. 〔法〕勒内·格鲁塞:《草原帝国》,蓝琪译,商务印书馆 1998 年版。

74. 〔英〕阿诺德·汤因比:《历史研究(修订插图本)》,刘北城、郭小凌译,上海人民出版社 2000 年版。

75. 〔美〕爱德华·谢弗:《唐代的外来文明》,吴玉贵译,陕西师范大学出版社 2005 年版。

76. 〔日〕羽田亨:《西域文明史概论(外一种)》,耿世民译,中华书局 2005 年版。

77. 〔法〕鲁保罗:《西域的历史与文明》,耿昇译,新疆人民出版社 2006 年版。

78. 〔美〕斯塔夫里阿斯诺:《全球通史——从史前史到 21 世纪》,吴象婴、梁赤民等译,北京大学出版社 2006 年版。

79. 〔美〕狄宇宙:《古代中国与其强邻——东亚历史上游牧力量的兴起》,贺严、高书文译,中国社会科学出版社 2010 年版。

80. 〔英〕奥里尔·斯坦因:《斯坦因西域考古记》,向达译,新疆人民出版社 2010 年版。

81. 〔法〕伯希和等:《伯希和西域探险记》,耿昇译,云南人民出版社 2011 年版。

82. 〔法〕郭鲁柏、格鲁塞、色伽兰撰:《西域考古记举要·中国西部考古记》,冯承钧译,国家图书馆出版社 2011 年版。

83. 〔美〕巴菲尔德:《危险的边疆——游牧帝国与中国》,袁剑译,江苏人民出版社 2011 年版。

后　记

　　常年研习讲授唐诗，又生活在辽阔的北方游牧地区，是笔者完成这部书稿的重要动因。唐诗尤其是盛唐诗的雄浑壮美、游牧文化的大气快爽，本已动人心神，二者结合，珠联璧合，熠熠生辉，更加令人着迷。为此，笔者决心做专门的研究，探求唐诗与北方游牧文化的内在契合。从2009年秋冬之交开始，笔者再次阅读《全唐诗》，并从《史记》《汉书》《后汉书》《旧唐书》《新唐书》中搜求相关材料，夙兴夜寐，锱铢必集，同时走访全国各大博物馆，寻找唐诗中写到的文物，以便参照印证。因为从头做起，工作量巨大，除了上课和旅行，几乎所有的时间都用在此课题的研究上了。屈指一数，从开始研究到最后完成书稿，前后差不多花了10年的时间。拙著中的部分内容先期在《民族文学研究》《文史知识》《古典文学知识》《中文学术前沿》《唐代文学研究》《文学地理学》《内蒙古大学学报》《苏州大学学报》《海南师范大学学报》《光明日报》《中华读书报》《中国社会科学报》《学习时报》等刊物上发表。

　　值得一说的是，唐诗中有大量关于今天内蒙古西部地理、气候、风俗的描写，虽然相隔一千多年，读来却格外亲切，这给笔者的研究带来莫大乐趣。如五原、居延、金河、阴山，都是笔者曾亲历的神奇之地。九曲黄河环绕的五原富庶可比江南，美如油画的居延大漠胡杨挺拔苍劲、豁人胸襟，一旦遭遇就再难忘怀。悠悠流淌的金河，则紧邻内蒙古大学南校区，只要给学生上课，透过教学主楼宽大的玻璃窗，就会不时与它对望。至于巍峨的阴山主峰——大青山，则横亘于呼和浩特市区北部，夏日苍郁，冬日清寂，举头即可相见。"阴山一夜雨，白草四郊秋。乱雁鸣寒渡，飞沙入废楼"（栖白《边思》）、"路始阴山北，迢迢雨雪天。长城人过少，沙碛马难前"（马戴《送和北虏使》）、"黄沙风卷半空抛，云动阴山雪满郊"（赵延寿《塞上》）、"月明星稀霜满野，毡车夜宿阴山下"（无名氏《胡笳曲》），虽显萧瑟，却也壮阔，是古代北方游牧地区自然与风俗的真实图景。汉唐以来的阴山南北，原本就是游牧民族的活跃之地，在与农耕文明长期的碰撞与交融中，曾发生过无数惊天动地的故事，至今犹有回响。曾吟小诗，表达对唐诗及唐文化的认识：

> 骏马追风舞，唐音半自胡。
>
> 东西合一璧，大志起鸿图。

北方游牧文化是以马为核心的，故取第一句为拙著书名。本书的部分内容与"丝绸之路"及西域文化交叉，以笔者的研究水平，目前尚难以清晰切割，对此已在绪论中说明。关于唐诗与"丝绸之路"及西域文化关系研究的成果，笔者期待不久能在另一本学术著作中集中呈现。

本书出版得到内蒙古大学"一流学科建设经费"慷慨资助，得到人民出版社贺畅编审的大力支持，冯文开教授通读拙著并指出其中的错误，在此一并表示感谢。需要说明的是，拙著涉及学科领域众多，如民族史、边疆史、边疆地理、考古学以及舞蹈史、音乐史、服装史等，皆非笔者所能通晓，故书中存在的不足和谬误，敬祈专家指正。

2020 年 6 月 5 日于内蒙古大学中文系，时为农历芒种节

责任编辑：贺　畅

封面设计：武守友

图书在版编目（CIP）数据

骏马追风舞：唐诗与北方游牧文化/高建新 著. —北京：人民出版社，
　2020.10

ISBN 978－7－01－022132－8

Ⅰ.①骏…　Ⅱ.①高…　Ⅲ.①唐诗-诗歌研究②游牧民族-
　民族文化-文化研究-中国　Ⅳ.①I207.227.42②K280.3

中国版本图书馆 CIP 数据核字（2020）第 086223 号

骏马追风舞

JUNMA ZHUIFENGWU

——唐诗与北方游牧文化

高建新　著

人民出版社 出版发行

（100706　北京市东城区隆福寺街 99 号）

中煤（北京）印务有限公司印刷　新华书店经销

2020 年 10 月第 1 版　2020 年 10 月北京第 1 次印刷

开本：710 毫米×1000 毫米 1/16　印张：21.75

字数：313 千字

ISBN 978－7－01－022132－8　定价：79.00 元

邮购地址 100706　北京市东城区隆福寺街 99 号

人民东方图书销售中心　电话（010）65250042　65289539